Desculpa, quero me casar contigo

Federico Moccia

Desculpa, quero me casar contigo

Tradução

Sandra Martha Dolinsky

2ª reimpressão

Planeta

Título original: *Scusa ma ti voglio sposare*

Capa: adaptada do projeto original de mot_studio
Imagem de capa: © Luisa e Mª José, 2009
Preparação: Bianca Albert
Revisão: Gisélia Costa

Dados Internacionais de Catalogação na Publicação (CIP)
(Câmara Brasileira do Livro, SP, Brasil)

Moccia, Federico
Desculpa, quero me casar contigo / Federico Moccia ; tradução Sandra Martha Dolinsky. – São Paulo : Editora Planeta do Brasil, 2010.

Título original: Scusa ma ti voglio sposare
ISBN 978-85-7665-561-9
1. Romance italiano I. Título.

10-10305 CDD-853

Índice para catálogo sistemático:

1. Romances : Literatura italiana 853

2010

EDITORA PLANETA DO BRASIL LTDA.
Avenida Francisco Matarazzo, 1500 - 3º andar - conj. 32B
Edifício New York - 05001-100 - São Paulo - SP
www.editoraplaneta.com.br
vendas@editoraplaneta.com.br

Aos meus amigos. Casados ou não.
E a todos os que estão pensando em se casar.

Ti sposerò perché
mi sai comprendere
e nessuno lo sa fare come te.

Ti sposerò perché
ti piace ridere
e sei mezza matta proprio come me.

Ti sposerò perciò
ci puoi scommettere
*quando un giorno quando io ti troverò.**

Eros Ramazzotti, Ti sposerò perché

* Casarei contigo porque/Sabes me compreender/e ninguém faz isso tão bem//Casarei contigo porque/gostas de rir/e é louca assim como eu//Casarei contigo por isso/podes apostar/no dia em que eu te encontrar

1

"Eu te amo."

Talvez preferisse dizer isso em silêncio, sussurrar. Porém, Alex se limita a sorrir e olhar para ela. Ela dorme despreocupada, entre os lençóis. Doce, suave, sensual, os lábios entreabertos ainda com o gosto do amor. Seu amor. Seu grande amor. Para, levanta-se. Uma dúvida. "Você já gostou de outro, Niki?" Alex permanece absorto, em silêncio, imóvel, afasta-se um pouco como se pretendesse focá-la. Sorri. "Não, não é possível. O que estou dizendo? Niki gostando de outro... Isso é impossível." Mas de novo surge a dúvida, uma penumbra breve, um espaço da vida dela ao qual ele não teve acesso. E sua frágil segurança se desfaz em um abrir e fechar de olhos, como um sorvete na praia em um dia de verão.

Já se passou um ano desde que voltaram daquele farol, na ilha Blu, a maravilhosa ilha dos apaixonados.

Em um instante, volta para lá. Fim de setembro.

– Alex, veja... Veja... Não tenho medo!

Niki está no alto de um penhasco, completamente nua, recortada pelo sol atrás dela. Sorri à contraluz e grita:

– Vou pulaaar! – e pula no vazio.

Seus cabelos escuros com algumas mechas clareadas pelo sol e o mar, por todos esses dias que passaram na ilha, a acompanharam. Ploft! Está na água. Mil borbulhas em volta dela, que desaparece no azul do mar.

Alex sorri e balança a cabeça, divertido.

– Não acredito, não acredito...

Ele se levanta de uma pedra mais baixa, onde estava lendo o jornal, e pula também. Em um instante, emerge junto às bolhinhas e a vê reaparecer, sorrindo.

– Então? Gostou? Você não tem coragem!

– Mas que bobagem!

– Já que é assim, vamos, tente. Não tenho o dia todo.

Riem alegremente e se abraçam, nus, agitando os pés embaixo d'água a toda velocidade para não afundarem. Trocam um beijo salgado, longo, suave, com o doce sabor do amor. Seus corpos quentes se aproximam e se unem na água fresca. Estão sozinhos. Sozinhos no meio do mar. E um beijo, e outro, e mais um. De repente, uma rajada de vento. O jornal sai voando, abandona a rocha, voa para longe, para cima, mais acima, como uma pipa sem linha que, furiosa e rebelde, se abre de repente e parece se multiplicar em outros jornais idênticos que, plaft, se abrem também com o vento e depois caem espalhados sobre Alex e Niki.

– Nãão! Meu jornal!

– Qual o problema, Alex? Há algo tão importante que precise saber?

Afastam-se um do outro e nadam velozes para pegar as páginas molhadas: anúncios, desgraças, dados econômicos, crônicas, reportagens, política, espetáculos.

– Pronto, tá vendo? É o meu jornal.

Mas o interesse dura só um instante; Alex esboça um sorriso. É verdade, o que tanto tenho que saber? Do que é que eu preciso? Nada. Eu tenho tudo. Tenho ela.

Alex olha para Niki, que suspira e dá meia-volta na cama como se tivesse sentido todas as suas recordações. Imediatamente suspira de novo, dessa vez de forma mais prolongada, e continua dormindo, alheia a tudo. Então, Alex volta para a ilha como por encanto, está diante da fogueira que fizeram na praia naquela mesma noite, comendo o peixe fresco assado na lenha que haviam pegado em um matagal próximo. Depois, ficaram por horas em frente às chamas que foram se apagando pouco a pouco, ouvindo a respiração do mar, e banharam-se à luz da lua nas poças que a maré alta havia deixado para trás. O sol havia aquecido durante o dia todo a água do mar que ficara aprisionada.

– Venha, vamos entrar na gruta secreta; ou melhor, na gruta dos reflexos ou na gruta do arco-íris – Deram nome a todos os recantos da praia, desde as poças naturais até as árvores, as rochas e os penhascos. – Sim, esse é o penhasco do elefante! – Só porque tinha uma estranha curva que lembrava uma orelha engraçada. – Esse aqui é o penhasco da lua, e esse do gato. Reconhece esse?

– Não, o que é?

– É o penhasco do sexo – Niki se aproxima e morde Alex.

– Ai, Niki!

– Como você é chato! Achei que íamos viver nesta ilha como os protagonistas de *A lagoa azul*!

– Na verdade, eu estava pensando mais em Robinson Crusoé e Sexta-feira.

– Ah, é? Nesse caso, vou imitar um selvagem de verdade! – e torna a morder Alex.

– Ai, Niki!

Perder a noção dos dias, das noites, do tempo, a ausência de compromissos, comer e beber só quando se sente verdadeira necessidade, viver sem problemas, discussões ou ciúmes.

– Isso aqui é o paraíso!

– Talvez, mas vamos ter que ficar bem pertinho...

– Ei! – Niki esboça um sorriso. – Que está fazendo?

– Estou com vontade de...

– Desse jeito, vamos para o inferno.

– Desculpe, mas é para o paraíso mesmo, porque se eu a chamar de amor, tenho salvo-conduto.

Niki faz borbulhas com a boca, como se fosse uma menininha balbuciando porque não sabe realmente o que dizer; como se estivesse precisando de atenção e carinho. Alex olha para ela com um sorriso no rosto.

Faz mais de um ano que voltaram para Roma, e desde então todos os dias têm sido diferentes. Dá a impressão de que os dois levaram ao pé da letra aquela canção da banda Subsonica: *"Abitudine tra noi è un soggetto da evitare, tra le frasi di dolore e gioia, nei desideri, non ci si è concessa mai..."* *

---

* "Devemos evitar a todo custo que a rotina se instale entre nós, entre as frases de dor e de alegria, e no desejo, devemos rechaçá-la a todo momento". (N. T.)

Niki se matriculou no curso de filologia, começou logo a estudar. Alex, por sua vez, voltou ao trabalho, mas o tempo que passaram na ilha Blu os marcou, deixou-os absolutamente encantados, deu-lhes uma grande segurança. Mas Alex, alguns dias depois de voltar, achou estranho retornar à velha realidade. E tomou uma decisão: deixar tudo para trás para que nenhuma página de sua nova vida pudesse ter o sabor do passado.

E assim, naquele dia, a magnífica surpresa...

– Alex, parecemos dois bobos.

– Que nada! É só não pensar.

– Mas como não vou pensar?

– Não pense e pronto. Chegamos.

Alex desce do carro e contorna-o rapidamente, dizendo:

– Espere, eu ajudo.

– Claro que me ajuda. Acha que vou descer sozinha do carro com os olhos vendados? E se eu descer pelo lado errado, depois atravessar a rua e...

– Amor, não diga isso nem de brincadeira. Mas, bem, se isso acontecesse, eu jamais a esqueceria.

– Imbecil!

Niki, com os olhos ainda vendados, tenta acertá-lo no ombro, mas só encontra o vazio. Tenta de novo, e dessa vez o acerta no pescoço.

– Ai!

– Você mereceu.

– Por quê?

– Por dizer essas maldades.

Alex massageia a nuca sob o olhar espantado do porteiro.

– Mas, meu amor, foi você quem disse.

– Sim, mas depois você soltou essa bobagem!

– Qual?

– Você sabe muito bem. Que nunca vai me esquecer depois que eu morrer atropelada por um carro.

Alex pega sua mão e a leva até o portão.

– Entendeu o que eu disse, Alex?

Niki lhe dá um beliscão.

– Ai! Claro que sim, amor.

– Você não deve me esquecer jamais.

– Está bem, mas daquele jeito a recordação se intensifica. Por exemplo, se agora, vendada, você fosse parar embaixo de uma moto...

– Idiota! – Niki tenta bater nele de novo, mas dessa vez Alex se agacha rapidamente e fica atrás dela, para se esquivar.

– Eu estava brincando, meu amor!

Niki tenta beliscá-lo outra vez.

– Eu também!

Alex tenta se esquivar da mão dela, que no fim consegue alcançá-lo de novo.

– Ai!

– Entendeu ou não? – Niki começa a rir e continua tentando beliscá-lo enquanto Alex a empurra para frente pelos ombros, mantendo o corpo para trás.

– Bom dia, senhor Belli – o porteiro o cumprimenta animado.

Alex leva o dedo indicador aos lábios para lhe pedir silêncio.

– Ssshh!

Niki se volta, desconfiada, com a venda ainda nos olhos.

– Quem era?

– Um homem.

– Sim, já sei, eu ouvi; e conhece você! Mas, onde estamos?

– É surpresa! E você está de olhos vendados, acha que vou lhe dizer onde estamos? Espere... Fique aqui um instante.

Alex avança e abre o portão.

– Quieta, hein?

– Estou quieta.

Niki bufa e cruza os braços sobre o peito. Alex entra, chama o elevador e então volta para buscá-la.

– Vamos, em frente, em frente. Isso, cuidado com o degrau, sempre em frente... Cuidado!

Niki se assusta e dá um pulo para trás.

– Que foi?

– Oh, não, nada, desculpe, eu me enganei!

– Imbecil! Você me assustou, idiota!

– Meu amor, você está falando muito palavrão. Está me tratando muito mal!

– Mas você está se fazendo de idiota!

Alex ri e já vai apertar o botão do andar, mas antes que as portas se fechem entra um homem de cara alegre e rechonchuda. Deve beirar os sessenta anos. Fica perplexo por alguns instantes, sorri para Alex, depois para Niki com os olhos vendados, e de novo para Alex. Então, arqueia as sobrancelhas e faz a expressão própria de um homem que já viveu muito, muito mesmo.

– Subam, subam sozinhos!

E sai com um sorriso malicioso nos lábios. Alex assente e aperta o botão. As portas se fecham, Niki está curiosa e levemente inquieta.

– Posso saber o que está acontecendo?

– Nada, meu amor, nada, está tudo bem.

O elevador chega ao andar.

– Pronto, venha comigo – Alex pega a mão dela, conduzindo-a pelo hall, abre a porta rapidamente, faz Niki entrar e a fecha atrás de si. – Venha, Niki, venha comigo. Cuidado, isso, por aqui.

Ele a ajuda a se desviar de uma mesa de centro, um sofá ainda envolvido em plástico, um mancebo e uma tevê embalada. Em seguida, abre a porta de um grande quarto.

– Está pronta? Tchanan...

Alex tira a venda dos seus olhos.

– Não acredito. Estou em meu quarto! – Niki olha à sua volta. – Como conseguiu entrar em minha casa? Que surpresa é esta? As pessoas de antes eram meus pais? Mas, a voz... Não pareciam eles.

Niki sai do quarto e fica admirada. Há uma sala, um corredor, outros quartos, os banheiros e a cozinha completamente diferentes. Volta a seu dormitório.

– Mas, como é possível? – Vê a mesa, os pôsteres, as cortinas e os bichos de pelúcia de sempre. – Todas as minhas coisas, aqui, em outra casa!

– Sim, mudei o quarto por você; queria que sentisse esta nova casa como se fosse sua – A seguir, abraça-a. – Quando quiser vir aqui, terá seu próprio quarto.

Alex pega o celular e mostra a Niki as fotografias do quarto dela.

– Mas, como você fez isso?

– Uma foto de cada vez – Alex sorri e torna a guardar o celular no bolso. – O mais difícil foi encontrar os bichinhos de pelúcia. Gosta? Não pode dizer que não, você escolheu tudo! – Niki começa a rir e Alex se aproxima e a abraça. – Vamos estrear? – E lhe dá um beijo leve, suave, alegre. Então, sorri e sussurra entre seus cabelos, perto da orelha: – Estamos em seu quarto, mas seus pais não vão entrar! É perfeito. Adrenalina... mas sem risco.

Acabam deitados na cama nova. A cama dela, deles. E em um instante se deixam levar pelo riso, os suspiros, nesse novo recanto que não tarda a se impregnar com o aroma do amor.

Mais tarde:

– Ah... Estas seriam as suas gavetas que ficam embaixo da mesa – Alex se aproxima e abre as três de uma vez –, mas são falsas, eu as transformei em um minibar – Pega uma garrafa de champanhe. – Vai saber o que havia nas gavetas de sua casa... Tentei abri-las, mas estavam trancadas.

Niki sorri.

– Pequenos ou grandes... segredos.

Alex olha para ela, primeiro sorridente, depois inquieto. Mas logo trocam um beijo, e outro, e mais outro. Bebem um pouco de champanhe e brindam:

– À nova casa!

E essas borbulhas, esses risos e esse olhar repentinamente diferente. Os ciúmes se dissipam em sua mente como por encanto, e são afastados com o sabor do amor que sentem.

Alex pega sua mão e lhe mostra o resto da casa: a sala, a cozinha, os banheiros, todas as coisas que ainda precisam escolher juntos. Entram no quarto dele.

– É lindo!

Alex vê sua agenda sobre o criado-mudo. Lembra o que escreveu nela, as palavras e os testes tolos e inúteis que fez em seu escritório. E depois essa frase: "Há na vida uma hora em que se sabe perfeitamente que chegou o momento de pular. Agora ou nunca. Agora, ou nada será como antes. E o momento é este." Pular. Pular.

De repente, a voz dela. Mais uma vez o agora, esta noite.

– Alex...

Volta-se para ela.

– Ahn? Sim, meu amor, diga.

Niki está com os olhos levemente fechados.

– Que horas são? Por que não está dormindo?

– Estou pensando...

– Precisa parar de trabalhar um pouco, meu amor... Você não tem jeito.

Niki se volta pouco a pouco para o outro lado, mostrando parcialmente suas pernas e acendendo em um instante o desejo dele. Alex esboça um sorriso. Não. Vai deixá-la descansar.

– Durma, princesa. Te amo.

– Hummm... Eu também.

Um último olhar para a agenda. É agora ou nunca. Alex desliza sob os lençóis com um sorriso nos lábios, como se tudo já houvesse acontecido. E a abraça por trás. Niki também sorri. Ele estreita o abraço. Sim. É a coisa certa.

2

– Amor, tenho que ir. Venha, o café da manhã está pronto.

Niki serve um pouco de café da cafeteira fumegante nas duas xícaras grandes e idênticas. Alex chega e se senta diante dela, ainda meio sonolento. Niki sorri.

– Bom dia! Dormiu bem?

– Mais ou menos...

– Não sei por quê, mas acho que você vai voltar para a cama.

– Nada disso, eu também tenho que sair.

Niki acaba de servir o café e também se senta.

– Aqui está o leite quente, aqui o gelado e aqui os biscoitos de chocolate que comprei outro dia. São uma delícia, mas você nem abriu o pacote.

Alex apoia a leiteira na borda da xícara e se serve de um pouco de leite. Niki leva sua xícara à boca e sorri, quase escondida por trás dela.

– Lembra destas, meu amor?

Alex pega a xícara e a faz girar em suas mãos.

– Estas? Nunca vi!

– Mas, amor, são as que compramos na primeira vez em que fugimos para Paris! Lembra? Você disse: "Um dia, vamos tomar o café da manhã com estas xícaras sentados à mesa de nossa própria casa." Lembra?

Alex toma um gole de seu *cappuccino* e nega com a cabeça, rindo.

– Não.

– Está mentindo. Ok, tanto faz, é bobagem.

Alex quase engasga. Pega um biscoito de chocolate, leva-o à boca e começa a mastigar.

– Hummm, que delícia!

– Imagino... Bem, vou indo, tenho aula hoje e vai ser uma loucura. – Niki veste seu casaco. – Ah, a propósito, acho que esta noite não vou dormir aqui; vou para casa estudar, depois vou para a academia e à noite vou jantar com meus pais. Tenho a impressão de que não estão gostando de eu dormir de vez em quando na casa da "Olly".

– Por quê?

– Porque eles sabem muito bem que "Olly" é você.

– Ah, claro...

Alex para com um biscoito meio mordido na boca. Niki sorri e se prepara para sair.

– Não beba muito café, porque depois não consegue dormir à noite, viu? – Olha para ele se referindo à noite anterior.

Alex se faz de inocente.

– Sim, tem razão. Ontem bebi o último muito tarde, quando estava no escritório.

Niki reflete por um momento e para.

– Ouça, Alex... Não, nada.

Ele se levanta e vai até ela.

– O que foi, Niki? Diga.

– Não, não, nada... – Ela vai abrir a porta. Alex a impede e fica na frente dela.

– Ou me conta, ou vai chegar atrasada para a aula. Venha, diga o que se passa nessa cabecinha.

– A minha?

– Claro, de quem mais?

Niki sorri.

– É só curiosidade. Em que estava pensando ontem à noite enquanto me olhava dormir?

– Ah... – Alex dá um suspiro e vai até a mesa. – Eu estava pensando... – Senta-se e sorri. – Eu pensava na sorte que tenho. Pensava: esta garota é realmente linda. E no momento que estamos vivendo, e que... quase tenho medo de dizer.

Niki se aproxima e o observa com olhos alegres, resplandecentes, cheios de entusiasmo.

– Não tenha medo, meu amor, por favor, diga.

Alex olha nos seus olhos, inspira profundamente e finalmente diz:

– O que quero dizer é que... jamais fui tão feliz na minha vida.

– Meu amor, isso é maravilhoso – Niki o abraça, entusiasmada.

Alex a observa disfarçadamente enquanto ela permanece em seus braços. Está um pouco irritado consigo mesmo. Gostaria de ter dito algo mais. Não disse tudo o que pensava, mas mesmo assim sorri. Niki se afasta.

– Bem, vou indo, senão vou chegar realmente tarde. – Dá um rápido beijo em sua boca – Depois eu ligo! – e sai, deixando-o assim, com meio biscoito na mão e meio sorriso no rosto.

– Ok... tchau, meu amor.

Lembra por um instante a canção de Mina: *"Adesso, ti prego o mai. Ora o mai più, sono sicura che m'ami anche tu."* * Sorri e come o último pedaço de biscoito. Precisa dar esse salto, agora ou nunca. Bem, também não é assim. Ainda tem tempo. Termina o *cappuccino*. "Pelo menos um pouco, espero."

---

* "Agora, por favor, ou nunca. Agora ou nunca mais, tenho certeza de que você me ama também." (N. T.)

3

O saguão do prédio é imenso. Tudo está pintado de branco e a luz intensa se espalha por todos os cantos. O piso é de resina e transmite uma sensação quase lunar. Uma grande escadaria em espiral envolve um dos pilares. Os *banners* das campanhas publicitárias das coleções de anos anteriores estão pendurados por todos os lados, testemunhando a importância e a solidez do ateliê de moda. Do outro lado das portas de vidro duas garotas bonitas e bem-vestidas recebem as pessoas que chegam. Estão sentadas em frente a suas pequenas mesas e ambas mantêm o *notebook* aberto e o telefone sem fio ao lado. Ao lado da recepção, um balcão oferece um pouco de tudo para entreter os convidados que terão de esperar. Do outro lado há uma longa mesa de centro, de madrepérola, com várias revistas de moda e alguns jornais espalhados por cima, e em frente, um sofá branco imenso e muito confortável. Duas mulheres de uns quarenta anos aguardam sentadas nele. Usam terninhos justos e botas de salto agulha. Estão bem maquiadas e penteadas, e uma delas carrega uma maleta de couro. Falam de maneira sofisticada e parecem ignorar propositalmente o que acontece à sua volta. Em um dado momento, uma delas olha para o relógio e balança a cabeça. Dá para ver que alguém as está fazendo esperar por muito tempo.

As portas de vidro se abrem de repente e entra uma mulher negra deslumbrante vestindo simplesmente uma calça jeans, um suéter e um par de tênis. Ela vem seguida por várias mulheres carregando cabides que acabam de descarregar do carro estacionado na entrada. A garota se senta no sofá ao lado das duas mulheres, que imediatamente reparam nela mas tentam demonstrar indiferença. Falam "oi" com frieza e logo retomam sua conversa. Ela devolve o cumprimento com um sorriso e olha, entediada, para o celular. Enquanto isso, as mulheres que a acompanham continuam descarregando os vestidos cobertos com plásticos. Talvez seja uma modelo que vai desfilar para algum cliente.

Olly anda pra lá e pra cá, nervosa. Tenta manter a calma. Escolheu com cuidado todos os detalhes de sua roupa. Usa uma calça branca lindíssima, uma camiseta e uma jaqueta justa lilás com um grande cinto. Carrega uma pequena pasta com alguns desenhos e várias fotografias impressas. E, claro, o currículo que mandou com antecedência junto com a solicitação para fazer estágio. Seu coração bate forte. Como será a entrevista? Quantas perguntas lhe farão? Apesar de pagarem uma mixaria pelo estágio, pode representar uma boa oportunidade para ela. Passar alguns meses ali, trabalhar em alguma campanha, conquistar a simpatia de alguém, tudo isso poderia abrir-lhe muitas portas. Inclusive a possibilidade de arranjar um trabalho de verdade. Tomara.

A garota negra se levanta do sofá. Uma das duas recepcionistas pediu-lhe com um gesto para se aproximar. Olly consegue ouvir o que dizem: está sendo esperada no andar de cima. A recepcionista também diz às mulheres que estão com ela que a sigam. Então, a garota negra sobe a escada com movimentos elegantes e impecáveis.

"Caramba", pensa Olly, "ela é deslumbrante. Mas, e eu? Quando chegará minha vez?" Olha para o relógio. "Já são seis horas. Mandaram eu vir às cinco e meia. Ufa.

Agora os sapatos estão começando a machucar. Estou com eles desde cedo. Não estou acostumada. Os saltos são muito altos." Dá uma última olhada na modelo, que nesse momento desaparece no alto da escadaria. "Que sorte estar de tênis. Mas ela já está com a vida ganha. Já trabalha."

Depois de alguns instantes, uma das recepcionistas a chama.

– Com licença, senhora Crocetti...

Olly se volta.

– Sim?

– Acabam de me avisar que você pode subir. Egidio Lamberti está esperando você. Suba, é a primeira porta à direita. De qualquer maneira, o nome está escrito na placa – e sorri de maneira simpática, mantendo a seriedade.

Olly agradece e começa a subir. "Egidio. Que nome estranho! Quem será? Um sujeito do ano mil antes de Cristo? É um nome muito antigo." Enquanto sobe, Olly tropeça com a pasta, que bateu em um degrau. Volta-se para ver se alguém no saguão notou. As duas mulheres sentadas no sofá obviamente sim. Observam-na. Olly se volta de novo para frente. Recompõe-se. "Não, não quero saber que cara estão fazendo ou se estão rindo de mim. Não quero que essas duas infelizes engomadinhas me deem azar." Assim, continua a subir de cabeça bem erguida. Chega ao andar de cima. Olha para a direita. Vê a porta e a placa: "Egidio Lamberti." Bate com delicadeza. Ninguém responde. Bate de novo, desta vez com um pouco mais de energia. Ainda sem resposta. Tenta pela terceira vez, mas nesta usa força demais. Leva a mão à boca, como dizendo: "Que exagerada!". Enfim ouve uma voz lá dentro.

– Finalmente... Entre, entre.

Olly arqueia as sobrancelhas. "Por que 'finalmente'? Não é culpa minha se me fizeram esperar mais de meia hora. Eu cheguei pontualmente. Aliás, adiantada. E, como se não bastasse, que voz mais nasal! Que sensação horrível..."

Gira a maçaneta pouco a pouco.

– Com licença...

Mantém a porta entreaberta durante alguns segundos e põe apenas a cabeça para dentro, para dar uma olhada. Espera um sinal, alguma coisa. Tipo um "entre". Mas nada. Então, enche-se de coragem, escancara a porta, entra e a fecha atrás de si.

Atrás de uma mesa de vidro muito grande, um homem de uns quarenta anos, com entradas na testa e óculos de armação extravagante. Usa suéter fino cor-de-rosa, camisa vermelha por baixo e um chapéu xadrez tipo borsalino. Está sentado e concentrado na tela de um Mac. "O nome depõe contra ele", pensa Olly.

O sujeito não ergue o olhar; limita-se a fazer um gesto para indicar que se aproxime.

Olly dá uns passos hesitantes.

– Boa tarde, meu nome é Olimpia...

Nem sequer lhe dá tempo de dizer seu sobrenome.

– Sim, sim, Crocetti, eu sei – diz ele, ainda sem olhar para ela. – Eu que marquei a entrevista, de modo que devo saber seu nome, não? Sente-se. Olimpia, que nome...

O coração de Olly bate cada vez com mais força. "Como assim? 'Olimpia... que nome'? E o dele! Que sensação horrível. Não, não, não. Assim não. Recomponha-se. Coragem. Respire, vamos, não é nada. Está só um pouco irritado, talvez tenha dormido pouco, tenha comido mal, não transou esta noite, ou vai saber há quanto tempo não transa... mas, ainda assim, é só um homem... Vou ter um pouco mais de paciência." Olly muda de expressão e põe no rosto seu melhor sorriso. Sedutora. Aberta. Serena. Instigante. O sorriso de Olly ataca.

– Bem. Vim solicitar um estágio... Seria uma honra para mim.

– Claro que seria uma honra para você. Somos um dos ateliês de moda mais importantes do mundo – e continua digitando no computador sem olhar para ela.

Olly engole em seco. "Ultramegaterrível sensação. Não, hoje não é um mau dia. Ele é azedo mesmo. Sim. É um desses caras difíceis e estressados, uma pessoa que trabalha demais, que passa a vida no escritório e não relaxa nunca. Mas eu vou conseguir. Tenho que conseguir."

– Tem razão. Foi justamente por isso que escolhi vocês.

– Não, você não nos escolheu. Nós não somos escolhidos. Nós é que escolhemos – e dessa vez ergue os olhos da tela do computador e a encara. Assim, direto, sem rodeios.

Olly sente seu rosto queimar. E também as pontas das orelhas. Ainda bem que não prendeu o cabelo, senão ele perceberia. Inspira profundamente. "Eu o odeio. Odeio. Odeio. Mas quem é esse sujeito? Quem ele pensa que é?"

– Exato. É obvio. Eu quis dizer que...

– Você não tem nada a dizer. Precisa me mostrar seus trabalhos e pronto. Eles falarão por você. Vamos – diz, e faz um gesto impaciente com a mão. – Você veio para isso, não é? Vamos ver o que sabe fazer, e, principalmente, quanto tempo perderemos com você.

Olly começa a se inquietar de verdade, mas resiste. "Às vezes, é preciso saber encaixar as coisas para conseguir o que se deseja. É inútil enfrentá-lo agora, apesar de ser um verdadeiro babaca." Inspira de novo. Pega a pasta e a abre sobre a mesa. Tira seus trabalhos. Vários desenhos feitos com diferentes técnicas, alguns também de vestidos. E depois as fotografias. De Niki, Diletta, Erica. De desconhecidos na rua. Pessoas, estudos, paisagens. Passa-os um a um para mostrá-los a Egidio. Ele pega, vira, revira, descarta alguns com ar desdenhoso. Resmunga alguma coisa. Olly não consegue entender, esforça-se e inclina-se um pouco sobre a mesa.

– Hummm... Banal... Previsível... Horroroso... Semipassável... – Egidio dispara uma ladainha de adjetivos em voz baixa enquanto vai examinando os trabalhos.

Olly se sente desfalecer. Seus trabalhos. O fruto de tanto esforço e imaginação, de noites em claro, de intuições captadas com esperança, tendo ao alcance da mão papel e lápis, ou a câmera fotográfica, tratado assim, com arrogância; pior ainda, com desprezo, por um sujeito que se chama Egidio e que se veste de vermelho e rosa, como um gerânio. Chegam ao último. Uma recriação, em Photoshop, de uma das últimas campanhas publicitárias de um ateliê de moda. Mais exatamente, do ateliê onde se encontra nesse instante. Egidio olha para ela. Observa-a. Examina-a. E resmunga de novo.

"Ah, não. De novo, não!" Olly tenta intervir:

– Fiz esse para me sentir um pouco parte de vocês.

Egidio olha para ela por cima da armação dos óculos. Observa-a intensamente. Olly se sente mal e desvia o olhar para a parede à sua direita. E vê ali, à vista de todos, em cima de um valioso móvel de madeira de estilo moderno. Um grande e precioso troféu com uma placa embaixo: "A Egidio Lamberti, o Eddy da moda e do bom gosto. *British Fashion Awards*". Continua olhando. Há na parede outros reconhecimentos. Mittelmoda. Prêmio ao melhor estilista jovem de 1995. E mais vários diplomas e placas. E todos com seu nome. Não Egidio, mas Eddy. O que já melhora; pelo menos, o nome.

Olly olha de novo para ele. Egidio/Eddy continua observando-a com a recriação em Photoshop ainda na mão.

– Vamos ver se entendi: Está me dizendo que para se sentir mais próxima de nós roubou nosso anúncio? É esse seu conceito de criatividade?

Olly está desconcertada. Não consegue reagir. Sente apenas seus olhos se umedecerem, mas recupera o domínio de si mesma. Segura o choro e lembra daquela frase que sempre escrevia no diário do colégio. Todos os anos, copiando-a várias vezes durante o horário de monitoria dos professores. "Os bons artistas copiam; os grandes artistas roubam." E, sem perceber, repete-a em voz alta.

Egidio/Eddy olha para ela. A seguir, olha os desenhos. E de novo para Olly.

– Por enquanto, você não passa de uma cópia.

Olly, prestes a explodir de raiva, por um momento pensa em pegar todos os seus trabalhos e guardá-los de novo na pasta. Mas depois, sem saber bem por quê, inspira profundamente pela enésima vez e se controla. Olha nos olhos de Egidio/Eddy. Não havia percebido como são azuis. Pergunta e espera a resposta prendendo a respiração. Em apneia.

– Então, fui selecionada para o estágio ou não?

Ele fica pensativo. Olha novamente para a tela do *notebook*. Digita alguma coisa.

– De todas as pessoas que vi até agora, você, de qualquer maneira, é a menos desastrosa. Mas só porque parece esperta – Em seguida, ergue os olhos para ela. – E, ao que parece, tem caráter. Seus trabalhos, porém, são lamentáveis. Posso encaminhá-la para o departamento de Marketing, já que gosta tanto das nossas campanhas publicitárias. Evidentemente, no início terá que se limitar a tirar cópias e fazer café, e a organizar alguns *mailings* que usamos para mandar convites e publicidade. Mas não deve se sentir menosprezada por isso. Ninguém nunca entende, em especial vocês, jovens de hoje, o quanto se pode aprender ouvindo e movendo-se aparentemente à margem do cenário. Onde as coisas acontecem. Vamos ver se você é humilde o suficiente para resistir. Depois conversaremos. Agora, pegue esses desenhos dignos de um aluno de pré-escola e vá embora. Vejo você amanhã pela manhã às oito e meia. – Olha para ela pela última vez, nos olhos. – Seja pontual.

"Pontual como você", pensa Olly enquanto recolhe seus desenhos e fotografias e os coloca de novo na pasta. Egidio/Eddy volta a se concentrar no computador.

Olly se levanta.

– Então, até amanhã. Boa tarde.

Ele não responde. Olly fecha a porta a suas costas. Ao sair, apoia-se nela. Ergue o olhar para o teto, fecha os olhos e suspira.

– É duro, né? – Olly abre os olhos de repente. Um rapaz quase tão alto quanto ela, moreno, com uns olhos verdes muito intensos, um par de óculos sem armação e uma expressão divertida a observa. – Eu sei, Eddy parece cruel. Para dizer a verdade, ele é, mas se o conquistar, tudo dará certo.

– Tem certeza? Não sei... Além do mais, é a primeira vez que um homem não me olha nem por um instante! Quero dizer, enquanto estava ali dentro, ocorreu-me de tudo: tenho vinte anos e já estou envelhecendo? Estou cada vez mais feia? Enfim, esse sujeito deprime a gente imediatamente! Ele me deixou arrasada!

– Não, isso não tem nada a ver. Ele é assim, excêntrico. Perfeccionista. Cruel. Mas também é fantástico, genial e, principalmente, capaz de descobrir novos talentos como ninguém que trabalha aqui. Mas, bem, diga, ele a mandou embora ou não?

– Disse que amanhã vai me pôr para tirar cópias. Um belo começo.

– Está brincando? É um começo maravilhoso! Você não tem nem ideia de quanta gente gostaria de estar em seu lugar.

– Caramba! A coisa está boa aqui na Itália se as pessoas sonham em tirar fotocópias, hein? Porém, já que, pelo visto, é a única maneira de aprender algo sobre moda e desenho aqui, aceito.

O rapaz sorri.

– Muito bem, é isso aí! Sábia e paciente. A propósito, meu nome é... – e enquanto estende a mão para se apresentar, os papéis que carrega embaixo do braço caem no chão e se espalham por todos os lados. Alguns descem voando pela grande escadaria.

Olly começa a rir. O rapaz fica vermelho, envergonhado.

– Meu nome é atrapalhado – diz, e se agacha para pegar os papéis.

Ela se ajoelha para ajudá-lo.

– Ok, atrapalhado é o sobrenome. E o nome? – sorri para ele.

O rapaz se sente aliviado.

– Bruno, meu nome é Bruno. Trabalho aqui há dois anos, no departamento de Marketing.

– Não acredito!

– Pode acreditar. Trabalho lá.

– Eu também. A partir de amanhã, se precisar de fotocópias, pode pedir. Eddy decidiu que vou começar lá, já que os meus desenhos são de doer.

– Caramba! Se é assim, vou lhe passar um monte de folhas!

– É! Parece que já começou. – E enquanto fala, continua recolhendo os papéis.

Bruno olha para ela envergonhado.

– Nossa, é verdade, desculpe. Eu pego, você foi muito gentil. Se precisar ir, vá...

Olly recolhe mais alguns papéis, desce alguns degraus da escadaria e pega os que foram parar ali. Sobe de novo e os entrega a Bruno. Depois olha para o relógio. "Caramba! Sete horas!"

– Bom, vou indo.

Bruno agrupa todas as folhas e se levanta.

– Claro, imagino que deve ter muitas coisas para fazer. A partir de amanhã, terá pouco tempo livre! Aproveite esta noite!

Olly se despede e desce a escada. A frase soa como uma sentença. De qualquer maneira, ele é engraçado. Um pouco atrapalhado, mas engraçado. Bruno a admira enquanto ela se afasta. Ágil, magra, elegante. Linda. Sim, é muito linda. E a ideia de poder vê-la no dia seguinte fazendo fotocópias o anima.

Olly espera a porta de vidro se abrir. Cumprimenta as duas recepcionistas. A seguir, abandona o edifício. Dá alguns passos, atravessa o grande portão elétrico e quando está quase chegando à sua moto, ela vê Giampi. Ele está no carro. Em seu novo Fiat 500 branco com faixas pretas nas laterais. Ele dá sinal de luz. Olly levanta a mão e o cumprimenta, sorrindo. Vai até ele correndo e abre a porta.

– Ei, Giampi, o que está fazendo aqui? – Dá-lhe um beijo na boca. – Que bom te ver aqui! Eu não esperava!

– Meu amor, eu sabia que era um dia importante para você e pensei em passar para pegá-la. Deixe a moto aqui, depois eu pego – diz Giampi enquanto engata a primeira.

– Oba, maravilha! Esta é uma daquelas vezes em que eu realmente fico feliz por você existir.

Giampi olha para ela fingindo-se magoado.

– Por quê? Das outras vezes não?

– Também, mas hoje preciso de um pouco de amor!

Giampi volta a sorrir. Embora essa palavra o angustie um pouco, disfarça.

– Então, conta, como foi?

– Eu diria que foi pouco menos que desastroso. Mas vou conseguir – e Olly decide contar tudo enquanto vão para o centro deixando o grande edifício para trás.

4

Niki chega correndo à universidade. Estaciona a moto fora, trava a roda e atravessa a grade que leva ao jardim cheio de gente. Avança rapidamente entre as moitas verdes, muito bem cuidadas, e entre as fontes ao longo do caminho até chegar à escadaria da faculdade. Vários jovens estão sentados nos degraus. Reconhece os colegas do seu curso no murinho: Marco e Sara, Luca e Barbara, e sua nova amiga Giulia.

– Ei, que estão fazendo aqui fora? Por que não estão na aula?

Luca folheia veloz as páginas do *Repubblica,* que, pelo visto, já leu.

– É por causa da ocupação da Onda, o movimento estudantil.

Por um instante, Niki tem vontade de rir. Pensa em Diletta, em Erica e, principalmente, em Olly. "Uma Onda de... sei lá! Tomara que isso nunca aconteça!" Mas depois fica séria de novo. Sabe muito bem que não se trata de nenhuma delas.

– Hoje também! Que saco! Eu ia ter uma aula ótima de literatura comparada. Quando há algo interessante...

Então, de repente, uma voz às suas costas. Nova, desconhecida, que esconde um sorriso.

– "Tu, forma silenciosa, a mente nos tortura. Tal como a eternidade."

Ela gosta dessas palavras. Volta-se sorrindo e vê um rapaz desconhecido. Alto, magro, de cabelo comprido e um pouco cacheado. Tem um belo sorriso. Gira em volta dela praticamente farejando-a, perdendo-se em seu cabelo, e, porém, sem se aproximar muito, sem tocá-la, sentindo-a, com a respiração. E com outras palavras.

– "A beleza é a verdade. A verdade a beleza."

Niki arqueia as sobrancelhas.

– Não é criação sua.

Ele sorri.

– É verdade. De fato, é de Keats, mas é sua, se quiser.

Luca abraça Barbara e diz:

– Não ouça o que ele fala, Niki. Este é Guido. Nós nos conhecemos desde que éramos pequenos. Ele morou fora porque o pai é diplomata. Voltou ano passado.

Guido o interrompe.

– Quênia, Japão, Brasil, Argentina. Estive no ponto em que confluem os dois países, nas cataratas do Iguaçu. Onde se formam uns arco-íris mágicos.

Luca sorri.

– E onde há lindas mulheres. Ainda tenho as fotos que você me mandou.

– Você tem a mente suja! Era uma reportagem fotográfica de inocentes crepúsculos, falavam da encantadora harmonia que une os homens e a natureza.

– Ok, pode ser. Eu só lembro de umas mulheres lindíssimas.

– Porque só reparou nelas.

Barbara dá um empurrão em Luca.

– Escute aqui, onde estão essas fotos? Eu nunca vi.

Ele a abraça sorrindo.

– Joguei fora há dois anos, pouco antes de conhecer você – diz, e tenta beijá-la, mas Barbara escapa por baixo.

– Sei! Quando for à sua casa, vou procurar em todas as gavetas.

Luca abre os braços, leva uma mão ao peito e levanta a outra para o céu.

– Eu juro, princesa, joguei fora! E, de qualquer maneira, era ele quem me levava pelo caminho da perdição.

Barbara o empurra de novo.

– Entendeu, Niki? Cuidado com Guido: ele gosta de poesia e de surfe, mas, principalmente, de garotas bonitas.

Guido abre os braços.

– Não entendo por que me descreve assim. Eu me matriculei em filologia com a única intenção de estudar. Sim, é verdade, gosto de surfe. Adoro as ondas porque, como dizia Eugene O'Neill, só no mar somos verdadeiramente livres. E no que se refere a garotas bonitas, bem, é verdade – aproxima-se de Niki e sorri para ela –, a gente olha para elas – anda em volta dela novamente examinando-a de cima a baixo –, observa como estão vestidas, diverte-se apreciando o que escolheram... Imagina... Para que serve uma mulher apenas linda? Para causar boa impressão aos outros. Os outros... A aparência, por si só, não basta para viver. Mas, e a beleza do espírito? Essa é reservada aos verdadeiros amigos; sim, essa é a que eu quero.

Guido estende a mão para Niki.

– Vamos ser amigos?

Niki olha para ele, depois sua mão, e de novo seus olhos. "São bonitos", pensa. Mesmo assim, opta por sair pela tangente.

– Lamento, mas este ano já conheci gente demais. – Dá de ombros e se afasta.

Giulia desce do murinho.

– Espere, Niki, eu vou com você.

Guido se volta surpreso para Luca e Marco, que estão rindo dele.

– Dançou!

– Graças à propaganda de vocês.

– Ela é nossa amiga.

– Eu gostaria que fosse minha também.

– Sim, claro, sua... vítima!

Guido balança a cabeça.

– Não tem jeito, vocês me julgam muito mal. De qualquer maneira, essa Niki foi bem clara.

– O que quer dizer?

– Bem, é quase banal dizer, mas quem desdenha quer comprar.

– Ei, isso não é de Keats! – Barbara desce do murinho surpresa.

– Não, mas ela me desafiou. E como diz Tucídides, "Os mais corajosos são certamente aqueles que têm a visão mais clara do que têm diante de si, tanto a glória quanto o perigo, e, mesmo assim, saem ao seu encontro".

Marco começa a rir.

– Sim, é um valentão mesmo!

Luca assente.

– Se Niki fosse feia, queria ver você enfrentar todos esses perigos!

5

Erica ergue os olhos do livro que está estudando para a prova de etnologia e antropologia cultural. Tenta repetir mentalmente um parágrafo que lhe parece relevante. Desiste na metade e olha para o papel. Levanta de novo os olhos e torna a tentar. Nada. Não entra. Quando isso acontece, não adianta insistir. Então vai até a cozinha, enche uma panela de água e espera que esquente. Pega a chaleira, o açúcar mascavo e uma colher e coloca tudo em cima da mesa. A seguir, procura na despensa a caixa de metal onde guarda os saquinhos de chá, encontra e abre. Começa a escolher. Não há tantos. "Este não. Este, bebi ontem. Este é sem graça. Pronto, este está bom." Groselha, baunilha e ginseng. Desembala o chá e espera. Quando a água começa a ferver, apaga o fogo, despeja na xícara e coloca o saquinho e cobre a xícara com a tampa. Depois dos dois ou três minutos habituais, levanta a tampa, acrescenta o açúcar e se senta. Sopra um pouco para esfriar o chá e bebe um gole. Está gostoso. Tem muito gosto de groselha. Dá outro gole saboreando a mescla de aromas. Depois, olha para a xícara. É branca e tem um desenho de flores cor de laranja no alto, da marca Thun. Lembra-se perfeitamente da noite em que a ganhou de Giò. Foi antes do Natal, há três anos. Ele sabia que Erica adorava chás e todos os utensílios para prepará-los, de modo que apareceu com uma caixa grande de papelão que continha a chaleira, o filtro e a tampa, junto com uma mistura de chá branco, malva e hibisco. Mesmo fechada, dava para sentir o perfume. Erica adorou o presente. Simples, mas pensado, escolhido com todo o cuidado, como devem ser as surpresas feitas com o coração. Desde então, usa-a sempre. E é um milagre que ainda não a tenha quebrado, como costuma acidentalmente fazer com as xícaras. Giò. Seu Giò. "Que estranho. Apesar de tê-lo deixado, não consigo me afastar dele. As Ondas riem de mim por causa disso. Dizem que não o largo porque não sei cortar o cordão umbilical. Que o arrasto como se fosse um capacho. Mas não é verdade. Gosto muito de Giò. Ele é uma pessoa maravilhosa. Eu tenho direito de conservá-lo como amigo, não é? Além do mais, se para ele tudo bem... Ele poderia dizer chega, mas não diz. E, no fundo, o que tem de estranho? Conversamos, tomamos uma cerveja no fim da tarde, trocamos mensagens, e-mails, conversamos no Facebook, saímos para passear, vamos ao cinema, a shows. Só isso. Não dormimos juntos. Somos só amigos. Ou melhor, mais que amigos, porque já experimentamos o que significa estar juntos, com todas as complicações que isso representa, e agora nos limitamos à melhor parte. O que isso tem de estranho? Só porque nem todo mundo é suficientemente maduro para saber transformar uma relação de amor em amizade? Fico feliz por não ter perdido Giò." Erica dá outro gole no chá. "Além do mais, o que tem a ver? Sei que talvez ele não goste quando saio com alguém, mas eu não quero um namorado. E também, eu não conto tudo a ele. Nem às Ondas. Já imaginou, por exemplo, se Diletta soubesse com quantos rapazes saí desde que terminei com Giò? Ela diria que sou superficial. Que estou comprometendo minha reputação. Reputação, essa é boa. Tudo sempre depende de como se faz as coisas. Não é verdade. Para elas, é muito fácil falar. Niki está com Alex. Olly está apaixonada por Giampi. Diletta tem Filippo. Mantêm um relacionamento. Estão firmes. Decidiram que está bom assim, que não têm necessidade de conhecer mais ninguém. Mas, como podem saber que isso é o certo? Eu, porém, quero entender. Experimentar. Quero conhecer gente. Comparar. Só assim, um dia, poderei saber se encontrei o homem mais adequado para mim. Vou reconhecê-lo justamente graças a isso: graças a todos aqueles com quem saí antes. Além do mais, são casos sem importância. Não faço mal a ninguém. Eu me comporto como os homens, não é? Ninguém os critica quando saem com várias garotas. É a velha história de sempre: o que as mulheres são sempre criticadas por aquilo que fazem. Por outro lado, não era isso que Olly fazia? E todos a achavam simpática por isso. Pois bem, agora é minha vez. A vida é minha, e faço dela o que bem entender. Além do mais, as únicas garotas com quem realmente me dou bem são as Ondas. As outras são simples conhecidas. Com os homens, porém, tudo é muito mais simples. São diretos, sinceros e simpáticos. Com eles não existem problemas de competição, não tenho que me preocupar com a concorrência quando quero conquistar alguém. Somos iguais. Eles e eu. E, muitas vezes, eles são até melhores que nós, mulheres. De verdade. Por exemplo, com Francesco é assim. Gosto dele, é simpático, gentil, estou bem com ele, mas não é meu namorado. Acho que ele já entendeu e acha que tudo bem. Além disso, se me comportar de forma sincera e espontânea, não pode ser um erro. O coração tem sempre razão. É o que dizem as canções, os livros, os filmes. No fundo, até meu livro de etnologia diz isso."

Erica termina seu chá. A seguir, pega a xícara, lava, coloca no escorredor e faz o mesmo com a colherzinha. Deixa a panela ali, com um pouco de água ainda morna. Então, coloca o açucareiro no lugar. Pronto. Enquanto vai para seu quarto para estudar, o interfone toca. "E agora, quem será?" Erica olha o relógio. Cinco horas. "Não estou esperando ninguém." Passa por seu quarto. Olha para dentro. "Ainda bem, nem percebeu." Francesco continua dormindo na cama. "Não ouviu nada." Erica atende o interfone.

– Quem é? – pergunta, tentando não gritar muito.

– Olá, coração, está ocupada?

Erica se afasta por um instante. Não é possível. O que ele está fazendo ali?

– Antonio, é você?

– Claro que sou eu, quem mais? Por que está falando tão baixo? Com esse barulho do trânsito, não entendo nada do que você diz. Ouça, quer ir ao Baretto, no Trastevere? Um DJ vai tocar no *happyhour*.

Erica permanece em silêncio por alguns segundos.

– Não posso, não estou muito bem, prefiro ficar em casa – responde finalmente. – Vamos deixar para outro dia, ok?

– Ok, está bem. Que pena. Deixe eu subir, de qualquer maneira, para dar um oizinho.

Erica bufa levemente.

– Não, ouça, já estou de pijama, de verdade. A gente se vê amanhã de manhã na faculdade, ok?

Antonio faz silêncio por um momento e, depois, uma pequena careta.

– Está bem, como quiser – e vai embora um pouco contrariado, ajeitando a calça de cintura baixa.

Queria muito ir tomar alguma coisa com ela. Desde que se conhecem, só saíram algumas vezes, mas queria mais do que isso. Só que ela parece sempre tão arredia...

Erica se afasta do interfone e volta a seu quarto. Francesco continua dormindo. Pula na cama.

– Ei, você passa a vida dormindo! – exclama, e o sacode um pouco.

Ele abre um olho e olha para ela meio de canto. Depois, deita de lado.

– Então, vai acordar ou não? Como pode dormir com uma mulher tão bonita a seu lado?

Francesco levanta um pouco o corpo.

– Ah... sei, uma linda mulher...

Erica bate no ombro dele.

– Ai! É verdade – Francesco parece ter acordado. – Agora, olhando melhor, sim, desculpe, você é linda. Muito mais. Será que já a encontrei em um sonho?

– Ok, desta vez passa, mas da próxima ponho você para fora de casa pelado mesmo.

Erica sai da cama e se senta de novo em frente ao livro.

– Pode me ajudar a repassar isto para ver se aprendi?

Francesco bufa.

– Ah, não, não estou a fim. Passe o iPod, quero ouvir um pouco de música e sonhar com você de novo.

Erica sorri. Bem, pelo menos ele sabe dizer coisas bonitas. Inclina-se sobre a mesa, pega o iPod e joga para Francesco. Volta para o livro. "Ok, vou repassar sozinha. Quero ficar bem com o professor Giannotti na prova da próxima semana. Quero deixá-lo de queixo caído. E não porque me importo muito com essa prova. É porque o professor é um gato! Gosto muito dele. E ir bem na prova é, com certeza, o melhor modo de impressioná-lo."

6

Cristina está arrumando umas gavetas do móvel de seu quarto. Encontra algumas camisetas de Flávio dobradas. Pega e fica olhando para elas. Sente ternura e raiva por seu marido. Aperta e cheira as camisetas. Lembra quando as comprou, quando o viu vesti-las. Todos os momentos. Há quantos anos estão casados? Oito. Superaram a chamada crise dos sete anos. Mas isso é só papo furado. Lenda urbana. Atribuir um número ao amor, uma idade para a crise. Para quê? Estúpido cinismo humano. E, de repente, lembra do dia em que comprou essa camiseta em particular, quando ele a vestiu pela primeira vez. Depois, ao colocá-la de novo na gaveta encontra, escondido um pouco mais embaixo, um bilhete. Estranha. É um papel cor de marfim, tipo pergaminho. A princípio, não lhe lembra nada. Depois, abre-o. Seu coração dá um pulo. Reconhece a caligrafia. Precisa. Seca. Levemente inclinada para a frente. Lê a data à direita. Ano 2000. O primeiro do novo milênio. 14 de fevereiro. Dia dos Namorados. E começa a ler.

Amor. Essa é a palavra do Dia dos Namorados. A palavra deste dia que acaba de começar. Amor. Seu segundo nome. Estou sentado à mesa da cozinha. Com certeza você está dormindo. É noite. Amanhã vou deixar esta carta embaixo da porta. Imagino você saindo de casa, ainda meio adormecida, e encontrando-a. Seus lindos olhos se iluminam. Você se abaixa, pega e abre. E começa a ler. E eu espero que sorrindo. Uma carta, uma pequena carta que tenta conter uma grande história, a nossa. Quero agradecer pelo modo como você faz eu me sentir. Acho que duas páginas não são suficientes, mas, mesmo assim, vou tentar. Porque não posso evitar.

Dizem que não se pode falar de amor, só vivê-lo. É verdade. Eu também penso assim. Se conheço o amor é só porque você me fez vivê-lo e respirá-lo. Eu o aprendi com você. Mas depois entendi que, na realidade, não se aprende nada. Vive-se e pronto, juntos, próximos e cúmplices.

O amor é você. O amor sou eu quando estou com você. Feliz. Sereno. Melhor. Ainda lembro a primeira vez que a vi. Lindíssima. No meio da pista daquela pequena danceteria no Trastevere. Você estava dançando, balançava suavemente ao lado de sua amiga. Usava um vestidinho azul-claro com umas mangas finas que balançavam com você. O cabelo escuro, cacheado e solto nos ombros. Você acompanhava o ritmo com os olhos fechados. Eu a vi e de repente não conseguia parar de olhar para você. Meus amigos queriam ir para outro lugar, mas eu quis ficar. Fui para o balcão, pedi duas bebidas, deslizei por entre as pessoas com os copos no alto para que ninguém os derrubasse e me aproximei de você enquanto dançava de costas para mim. Sua amiga percebeu, fez um gesto com o queixo e você se virou. De perto, você era ainda mais linda. Eu sorri e lhe ofereci um dos copos. No início você fez uma cara séria, uma espécie de careta, mas depois sorriu. Aceitou a bebida e brindamos, dois desconhecidos no meio de uma pista de dança. Depois conversamos. Você não era só linda, mas também simpática. Conforme te conhecia, ia descobrindo suas mil qualidades. Sou um homem de sorte. Muita. E quando penso em tudo o que fizemos juntos, sorrio de felicidade. Nossas miniférias em Londres, quando pegamos o avião na sexta e voltamos no domingo. Os loucos passeios pelo Soho, o jantar, fazer amor naquele parque correndo o risco de sermos descobertos. E os risos. E tentando falar bem inglês. E cometemos gafes. E depois, aquela vez que fomos a Stromboli, quando caminhamos de mãos dadas por aquelas ruazinhas estreitas e cercadas por casas brancas e baixas, lindas, cheias de plantas e flores. E a subida ao vulcão. E os jantares nos terraços dos pequenos restaurantes. E quanto eu ri quando você subiu naquele burro que se fazia de bobo cada vez que você queria que virasse à esquerda, e você com aquela cara tão engraçada, um pouco desesperada, própria de quem desiste. E de novo nossas noites romanas, nossos passeios até altas horas da noite, quando jamais ficávamos entediados; sempre tínhamos mil coisas a nos dizer e a contar. Depois nos beijávamos de repente e eu sentia a suavidade dos seus lábios mal cobertos com esse brilho com sabor de fruta de que você tanto gosta. Qualquer noite, até mesmo a mais simples, é especial com você. Não falta nada. Pouco importa onde estejamos, para mim é sempre uma festa. E até quando brigamos, em poucas ocasiões, para dizer a verdade, no fundo você me diverte. Porque dura pouco e depois sempre fazemos as pazes.

Tenho mil recordações maravilhosas de você. À medida que o tempo passa me apaixono mais e mais por você. Mais do que eu achava possível. Te amo quando sorri. Te amo quando se comove. Te amo enquanto come. Te amo no sábado à noite quando vamos a um barzinho. Te amo na segunda de manhã, enquanto você continua sonolenta. Te amo quando canta bem alto nos shows. Te amo quando acordamos juntos pela manhã e você não acha o chinelo para ir ao banheiro. Te amo embaixo do chuveiro. Te amo na praia. Te amo à noite. Te amo ao entardecer. Te amo na hora do almoço. Te amo agora enquanto lê minha carta, minha lembrança de Dia dos Namorados, e talvez se pergunte se não estou um pouco louco. E você não está enganada. E agora, vá se arrumar. Saia. Viva seu dia. Usufrua meu pensamento que tenta provocar em você um novo sorriso para vê-la resplandecer com toda a sua beleza. Felicidades, meu amor. Passo para pegá-la dentro de uma hora. As surpresas ainda não acabaram!

Duas lágrimas brotam nos olhos de Cristina, ficam suspensas durante alguns segundos e depois deslizam por sua face. "Como ele era doce... Como tudo era diferente! Quanta vontade de surpreender, de ficar junto, de se amar... Éramos especiais. Achávamos que éramos únicos, um para o outro. Nós. Os outros ficavam em segundo lugar. O mundo. E agora? Onde foi parar tudo isso? Onde se perdeu? Por que me sinto assim?" Continua lendo as lindas palavras que Flávio escreveu há tantos anos sem parar de chorar. Pensando em sua longa história, na primeira vez que o viu. Em quanto gostou dele. Ele era lindíssimo. E não se conforma que tudo tenha mudado tanto.

7

Raios de sol caem sobre as rampas do Pincio. Um turista vestindo roupa multicolorida observa, admirado, a Piazza del Popolo, aponta algum detalhe, uma imagem, ou talvez uma nova meta a alcançar. Um casal de japoneses manipula uma minúscula câmera digital estudando os diferentes enquadramentos e soltam uma risadinha estridente quando finalmente encontram o melhor.

– Cuidado, você vai passar na frente deles.

– E daí?

Diletta, de repente, caminha um pouco mais arrogante, e com um sorriso irônico, coloca-se entre a objetiva e o alvo destinado a ser imortalizado. O japonês para, sorrindo. Espera. Diletta passa e sorri de volta. O japonês tenta de novo, mas é obrigado a parar.

– Diletta...

– Ora, vamos! Eu não tenho culpa se esqueci de lhe dizer uma coisa – e volta exatamente ao ponto de partida, enquanto o japonês começa a ficar nervoso. – Queria lhe dizer que... – e lhe dá um beijo na boca.

Filippo começa a rir.

– Como você é boba! Não podia esperar?

– Não. Como diz o ditado, não deixe para amanhã o que pode fazer hoje.

– Estou com um gênio! Uma redatora publicitária! – Filippo dá umas beliscadinhas no rosto dela.

– Ai! Não, não tenho talento para publicidade! A propósito, tenho que confirmar o compromisso com Niki... – e tira o celular do bolso da jaqueta. Abre e começa a digitar uma mensagem a toda velocidade.

– Vai confirmar o quê?

– O jantar. Já lhe disse que esta noite vou à casa de Niki... E, além disso, combinamos de comprar as coisas!

– Ora! E quem vai cozinhar?

– Que lhe importa, se você não foi convidado?

– Não, mas não quero que envenenem meu amor! Ainda lembro a última vez, a dor de barriga que você ficou o dia todo!

– É que fiquei resfriada!

– Você sempre defendendo suas Ondas!

– Claro! Quer acabar com elas para ocupar o espaço em meu coração... Mas você já ocupa todo o espaço. Ou será que pretende se tornar um tirano cruel e sem piedade?

Filippo ri e tenta mordê-la.

– Sim, e quero comer você inteira. Toda minha, só minha.

E continuam brincando enquanto caminham pela grama e observam as pessoas que passam. Uma mãe lê uma revista enquanto os filhos brincam ao lado do banco em que está sentada, ou um pouco afastados, o suficiente para fugir a seu controle e poder, talvez, sujar as calças se jogando na terra para pegar a bola. Um casal de idosos passa a seu lado conversando. Ela sorri, ele a abraça levemente.

Diletta se volta de repente.

– Espero que você não me abandone quando eu for assim.

– Depende.

– De quê?

– De você não ter me deixado antes!

O celular de Diletta vibra emitindo um leve som parecido com o tilintar das moedas.

– Seu dinheiro está caindo!

– Nada disso! É o toque de mensagens; parece barulho de moedas caindo, é superlegal! As pessoas caem nessa sempre. Até você! – Diletta abre o celular e lê depressa. – Perfeito. Confirmado. Daqui a uma hora na Piazza dei Giuochi Istmici. Sabe o que vou fazer? Vou levar aquele sorvete delicioso da San Crispino. Elas nunca experimentaram, ainda piram pelo de chocolate do Alaska. O que você acha?

Filippo começa a cantarolar.

– *Gelato al cioccolato, è dolce ma un po' salato, tu, gelato al cioccolato...** – e finge morder Diletta, que começa a rir.

Saem do Pincio abraçados, serenos, sem saber que nova e incrível mudança está prestes a acontecer em suas vidas.

8

Escritório de Alex. Tudo como sempre. O famoso caos sob a tranquilidade e o controle aparentes.

Leonardo entra com um pacote e o deixa em cima da mesa.

– Bom dia, isto é para você.

Alex levanta uma sobrancelha.

* "Sorvete de chocolate, é doce mas salgado, tu, sorvete de chocolate...", música de Pupo, um cantor italiano. (N. T.)

– Não é meu aniversário. Acho que não estamos celebrando nenhum acontecimento; acho que não esqueci nada e nem de longe penso que você precise me pedir um favor especial. Estou enganado?

– Que desconfiado! – Leonardo se senta à beira da mesa de Alex. – Não poderia ser simplesmente uma demonstração de felicidade por estar de volta, por você estar de novo aqui?

– Você já demonstrou isso com o aumento.

Leonardo esboça um sorriso.

– Não foi o bastante; ou melhor, sim, foi muito. Mas isto é um pequeno capricho pessoal.

Alex ergue a outra sobrancelha.

– De qualquer maneira, esse repentino gesto de afeto me deixa desconfiado. – Abre o presente e fica surpreso. – Um minicomputador e uma câmera?

Leonardo está entusiasmado.

– Gosta? É o que há de mais moderno em tecnologia. Dá para fazer filmes em alta definição e editá-los no computador, escolher as músicas no iTunes e introduzir efeitos diretamente da memória. Vem com um software muito sofisticado. Enfim, dá pra fazer um filme e projetá-lo logo depois, exatamente como Spielberg faz.

Alex está perplexo.

– Obrigado... mas isso quer dizer que talvez vamos nos dedicar também à produção cinematográfica?

– Não – Leonardo desce da mesa e anda até a porta –, isso só significa que estou feliz por você ter voltado, e que se quiser fazer um dos seus filmes sobre a ilha, o farol ou, enfim, toda essa história que me contou, pode fazê-lo tranquilamente daqui, sem desaparecer de novo.

Leonardo sai da sala e um segundo depois entra Alessia, a leal secretária e assistente de Alex.

– E então? Ele comentou com você?

– Sobre o quê?

– Sobre o novo trabalho, imagino.

– Não. Está tão contente por eu ter voltado que só queria me dar um presente... Isto! – e lhe mostra a câmera e o pequeno computador.

– Fantástico! – Alessia pega o aparelho. – É a última novidade da Apple, o MacBook Air. É muito leve. Sabia que tem um sistema incorporado que permite montar...

– Um filme...

– Ah, você sabe... Poderia ser praticamente o novo Tarantino.

– Ele disse Spielberg.

– Isso é porque ele é velho.

Nesse momento, entra Andrea Soldini, o magnífico designer gráfico de publicidade.

– Pessoal, vejam isso. Tenho uma notícia incrível. – Aproxima-se. Alex e Alessia olham para ele. Andrea Soldini tira do bolso da calça um papel dobrado. – Encontrei este e-mail...

Alex sorri.

– Você não se cansa nunca?

– Nunca.

Alex rememora por um instante aquela ocasião. Outro e-mail, outra verdade. Uma história já distante. Abre o papel que Andrea Soldini lhe entrega e o lê por alto.

– "À sociedade Osvaldo Festa..." – olha para Soldini e Alessia. – Somos nós. "Em virtude de seus grandes sucessos internacionais, decidimos lhes comunicar a possibilidade de participar do concurso para a nova campanha do automóvel que vamos lançar no mercado..." – Alex lê apressadamente as demais frases e para na notícia mais relevante – "que prevê a realização de um curta-metragem!" – Abaixa o papel. – Agora entendo o lance da câmera e do computador: "Estou feliz por tê-lo aqui...". Ele quer que eu trabalhe em dobro, é isso.

Andrea Soldini dá de ombros.

– Talvez tenha sido sem pensar.

– Ele? Duvido.

Alessia sorri, contente.

– Bom, é um desafio fantástico.

Soldini concorda com ela.

– Sim! E sem aquele Marcello presunçoso. Vamos, Alex, vai ser moleza!

Os dois avançam para a saída, mas Alessia para junto à porta.

– Sabe de uma coisa, Alex? Estou muito feliz por você ter voltado.

– Sim, eu também – diz Soldini; saem rindo da sala e fecham a porta atrás de si.

Alex olha para a câmera, depois para o computador e por último para a porta fechada. E, de repente, tudo lhe parece perfeitamente claro. "Estão me enrolando." Depois, pensa melhor. "Mas, na realidade, nenhum deles me incentivou ou insistiu para que eu voltasse ao trabalho. Se estou aqui, é porque eu decidi. Se estou trabalhando como antes, ou melhor, muito mais que antes, é por escolha própria." E agora está prestes a encarar um desafio fantástico. De modo que só resta a Alex uma última e dramática consideração. "Eu mesmo me enrolei."

9

Fim de tarde. Um belo sol inesperado contradiz as previsões de Giuliacci, o meteorologista, que o havia encoberto com algumas nuvens brincalhonas. Mas não. Em quatro diferentes zonas da cidade, quatro garotas entram em seus respectivos carros ou montam em suas motos. Cada uma vestindo uma roupa confortável, alegre, própria para passar várias horas de absoluta liberdade. Tênis, camisetas, jaquetas. Em marcha pela amizade.

Niki liga sua scooter. Coloca o capacete e ajeita a roupa. Parte como um raio, como costuma fazer, desviando por um fio de uma bicicleta que passava por ali. "Com os anos, tudo se torna mais difícil. Novos compromissos, outros conhecidos, ritmos diferentes. E, às vezes, a pessoa tem a impressão de que se perdeu, de que não deu a devida importância aos relacionamentos. As mensagens já não chegam no ritmo de antes, as saídas noturnas se reduzem, as promessas de tornar a se ver são adiadas por uma razão ou outra. A época do colégio, quando podiam passar juntas tardes intermináveis, parece ter se perdido na noite dos tempos. Como uma segunda família. É preciso acreditar. Impregnar-se disso. Defender as relações. Renovar. Tentar atravessar o tempo sem se perder. Mas, bem, a verdade é que ainda estamos aqui. As Ondas, dispostas a largar tudo para nos vermos por algumas horas. Que maravilha. Tenho muita vontade de passear, de rir mais, de tomar um belo sorvete do Alaska com elas." Sim. Niki esboça um sorriso. É verdade.

Olly introduz um novo CD no *player* do Smart. *Best of*, de Gianna Nannini: *Grazie*. "Obrigada, sim. Obrigada por nós. Por nosso modo de ser. Pelo fato de, apesar de tudo, continuarmos aqui, como quando fingíamos desfilar na Piazza dei Giuochi Istmici. Como quando fingíamos dormir em minha casa e fugíamos para as festas. Como o dia em que compramos a agenda para que cada uma escrevesse o que pensava e depois pudéssemos ler tudo enquanto bebíamos uma xícara de chá. E o dia em que a enterramos. E também a vez em que escolhemos nosso nome, as Ondas, fazendo um monte de brincadeiras absurdas com as iniciais de nossos nomes enquanto estávamos sentadas a uma mesa no Alaska. Que divertido, ainda lembro. Olimpia, Erica, Niki, Diletta, OlErNiDi...NiErODi... DiNiErO... Isso! Diniero! As Diniero, pague uma e leve quatro. Quanta risada! E também N.E.D.O., um irmão bobo do peixe Nemo! E um monte de ideias absurdas até chegar ao verdadeiro nome, o único possível: as ONDAS, as Ondas. Sim. Ondas grandes, fortes, que procuram uma orla segura para poder partir imediatamente. Ondas de um mar que ainda existe. Para mostrar àqueles que não acreditam que a amizade que nasce no colégio pode perdurar."

Erica tropeça no meio-fio. "Caramba! Por que será que sempre caio aqui? Faz uma vida que isso acontece. Uma vida. E, de repente, pensando no lugar a que se dirige, muitas coisas surgem em sua mente. A viagem a Londres. À Grécia. O hospital. Quando Diletta sofreu o acidente. Quanto medo passou nesses dias. "E se ela não tivesse saído dessa? Impossível. Um mar órfão de uma onda. Não. Nós não teríamos permitido. E depois, o show escondidas, a fuga para a praia para jogar sal no mar antes do vestibular. E o amor. E o computador que encontrei. Aquele escritor. Pensar que era amor. E como me sentia feliz quando contava tudo a elas. Elas, que continuam a meu lado, mesmo que mais velhas e um pouco diferentes. Minhas amigas." Então, Erica entra em seu compacto bicolor, arranha o câmbio ao engatar a marcha e arranca.

Diletta contempla seu reflexo no retrovisor externo do carro. Hoje está com o cabelo mais volumoso, deve ser coisa do novo creme. Como dizia a propaganda, é para dar volume – e não estava mentindo. Ajeita a presilha em forma de coração que usa do lado esquerdo, acima da orelha, e entra em seu compacto vermelho. Liga o rádio, passa de uma emissora a outra e, depois de um ou outro chiado, encontra um noticiário e uns programas sobre economia e sociedade, solta o dedo e para de apertar. "Não. Não quero ouvir isso." Pega um porta-CD. Abre o zíper e começa a procurar um CD. "Um, dois, três... Aqui está. Às vezes, dá a impressão de que as músicas vêm ao nosso encontro porque sabem que precisamos delas." Diletta pega o CD e o introduz no tocador. "Oh! A seleção que nos demos de presente em setembro, depois das férias, antes de começarem as aulas na universidade. Cada uma escolheu umas músicas e depois fizemos quatro cópias. Talvez porque tínhamos medo de nos perdermos." Põe uma. Giorgia, *Che amica sei.* Diletta canta enquanto dirige. E se comove um pouco também pensando em todos os momentos que passaram juntas. Sim. *"Che amica sei, non tradirmi mai, gli amori vanno, tu resterai."* * É verdade. Mas prefiro que meu amor não se vá. Porque, do contrário, Filippo, juro que quebro seus braços! *"Che amica sei, chiama quando vuoi se hai bisogno di ridere. Passa il tempo volando, noi aspetteremo qui tra un segreto e l'altro..."* ** Sim, esperaremos e permaneceremos. *"Fidati di me, io mi fiderò di te e stare ore a parlare e raccontarsi di noi, io ti sto vicina, non sarai sola mai..."* *** Não, e espero de verdade que vocês também nunca me deixem sozinha. *"Che amica sei, non cambiare mai, se chiedo una mano so che ci sei..."* **** Diletta pega o trânsito cantando alto. Quase lá. Pontual. Semáforo vermelho. Balança a cabeça docemente ao ritmo da música. De repente, volta-se. Incrível!

– Erica! – Diletta abre a janela e chama outra vez. – Erica!

A amiga não percebe. O semáforo fica verde e ela arranca. Diletta balança a cabeça. "Está completamente cega. E, além do mais, andando na pista errada! Que barbeira! Diletta se coloca atrás dela e a segue. Afinal de contas, estão indo para o mesmo lugar. Começa a dar farol e a buzinar, rindo.

– Ah, mas quem é que está me enchendo o saco? O que é que esse aí quer? – Erica já está a ponto de fazer um gesto obsceno, mas, antes, olha pelo espelho retrovisor e reconhece a massa de cachos claros. – Ora, é ela? Está maluca! – Acena com a mão e mostra a língua. Perseguem-se um pouco até chegarem ao lugar onde marcaram. Estacionam com facilidade. Saem do carro e se jogam uma nos braços da outra pulando como duas malucas.

– Caramba, parece que não nos vemos há anos!

– E o que isso tem a ver? Eu te amo muito! – E continuam pulando coladas uma à outra como dois jogadores de futebol depois de marcar um gol importante. Depois de alguns instantes, chegam também Niki e Olly.

– O que vocês estão fazendo? Estão namorando, é? – E sem pensar duas vezes, unem-se a esse abraço louco, intenso, alegre, ali, no meio do estacionamento e das pessoas que passam ao lado sem entender o que está acontecendo com essas quatro garotas que pulam em rodinha gritando.

– Ok, já deu. Temos que fazer compras!

– Mas que chata!

– Tá, tá... Vou avisando: eu não vou cozinhar, ok?

– Então, vamos comprar pizzas.

---

* "Amiga, não me traia nunca, os amores passam, você ficará." (N. T.)

** "Minha amiga, ligue quando quiser se precisar rir. O tempo passa voando, nós esperaremos aqui entre um segredo e outro..." (N. T.)

*** "Confie em mim, eu confiarei em você e passaremos horas falando e contando de nós. Estou a seu lado, você jamais estará sozinha..." (N. T.)

**** "Amiga, não mude nunca, quando preciso de um ombro sei que tenho você..." (N. T.)

– Eu trouxe um sorvete novo, delicioso, comprei em San Crispino, o que vocês acham?

– Esperem... Esperem... Niki, resolveu salvar nossas vidas? Vai nos conceder misericórdia?

– O que quer dizer?

– Bom, já que não vai cozinhar, não vai nos envenenar!

– Idiotas!

E continuam brincando no meio da rua, uma empurrando a outra e rindo, sem idade, donas do mundo como só se pode ser em certos momentos de felicidade.

10

É noite. Alex volta para casa. Entra depressa e começa a arrumar a mochila. Abre o armário.

– Saco, onde a faxineira enfiou minha bermuda? – Abre duas ou três gavetas. – Ah, aqui está a camiseta.

Nesse exato momento seu celular toca. Olha para o visor. É Pietro. "O que será que ele quer? Não me diga que tenho que pegá-lo agora também." Atende.

– Já sei.

– Sabe o quê? Como já sabe? Não acredito que você já sabe, como descobriu?

Alex bufa.

– Porque é sempre a mesma história. Você sempre me pede carona.

– Não, desta vez é pior: não vamos jogar.

– O quê? Quer dizer que voltei correndo para casa para ir bater uma bolinha e agora não vamos jogar? Pode ir explicando agora mesmo; deve ter acontecido algo muito grave para suspenderem o jogo.

– Isso mesmo... Camilla deixou Enrico.

– Já passo aí para pegar você.

Um pouco mais tarde, Alex e Pietro estão no carro.

– Mas, como foi?

– Não sei de nada; ele desligava o telefone, não conseguia falar. Acho que, em certos momentos, estava até soluçando.

– Ah, claro! Você nem é exagerado...

– Juro, por que diria uma estupidez dessas se não fosse verdade?

Trim! O celular de Alex toca de novo.

– É Niki.

– Não diga nada a ela. Diga que vamos jogar de qualquer maneira.

– Mas já deveríamos estar no campo, são oito e dez.

– Então, diga que esta noite vamos jogar mais tarde.

– Mas, por quê?

– Depois eu explico.

Alex concorda e atende o celular.

– Oi, amor...

– Oi! Achei que você já estava no campo.

Alex olha irritado para Pietro, que, curioso, estica a cabeça em sua direção como se quisesse ouvir a conversa.

– Ahn… não... hoje vamos jogar um pouco mais tarde porque, como de costume, Pietro se enganou quando fez a reserva da quadra.

– É mesmo? Não está mentindo para mim?

– Eu? Por que mentiria, meu amor? Que razão eu poderia ter para lhe contar uma mentira?

Alex volta a olhar irritado para Pietro e balança a cabeça.

– Ah, não sei... desculpe... De qualquer maneira, queria dizer que vou à casa de Olly. Vamos nos reunir na casa dela. Mas meu celular está ficando sem bateria; mais tarde eu ligo, quando voltar para casa.

– Não pode carregar agora? Ou levar o carregador?

– Não... Já saí, e ele acabou de avisar que a bateria está no fim.

– Bom, então, pode carregá-lo na casa de Olly.

– Nenhuma das minhas amigas tem o mesmo carregador que eu... Mas, meu amor, por que está tão preocupado? Você vai estar jogando bola.

– Ah, claro, que imbecil! Até depois...

– Tá! Se marcar um gol, dedique a mim, como fazem os grandes campeões, viu?

– Pode deixar!

Alex desliga o telefone e abre um sorriso falso para Pietro.

– Parabéns. Você sempre consegue me meter em confusão, mesmo sem necessidade.

– O que quer dizer?

– Que agora ela acha que vamos jogar futebol, e não é verdade.

– E qual o problema?

– O problema é que eu menti.

– Quer dizer que é a primeira vez que você mente?

– Sim.

Pietro olha para Alex não muito convencido. Ergue as sobrancelhas, sem acreditar naquilo. Alex se sente observado, dá uma olhada na rua e depois para Pietro; depois de novo para a rua e para Pietro outra vez. No fim, dá o braço a torcer.

– Ok... tirando aquela vez, quando não contei a ela que Elena havia voltado para casa.

– E você acha pouco? Também não lhe contou que vocês haviam se reconciliado.

– Tá, tá! Mas isso foi há um ano.

– E daí?

– Não! Eu é que digo "E daí". Está me interrogando? A questão é que agora, um ano depois, estou mentindo outra vez, e como se não bastasse, sem uma razão concreta.

– Está enganado, a razão existe.

– E qual é?

– Imagine que Niki se encontre amanhã com Susanna e diga a ela que não jogamos.

– E daí?

– E daí que esta noite vou chegar muito tarde em casa porque eu disse a Susanna que íamos começar a jogar às onze.

– Às onze?

– Sim, eu disse que você havia se esquecido de reservar a quadra e que por isso ficamos com a última hora disponível para jogar.

– Era só o que me faltava!

Alex balança a cabeça enquanto continua dirigindo. Pietro o abraça.

– Obrigado, estou orgulhoso de ter um amigo como você.

Alex sorri.

– Eu gostaria de poder dizer o mesmo.

– Ah... – Pietro se afasta e se recompõe. – Sério?

– Não...

E Alex, naturalmente, começa a rir e balança a cabeça de novo.

11

Enrico está sentado na poltrona da sala. A pequena Ingrid dorme em seus braços.

– Vamos ver se vocês entendem: ela me ligou... Ligou no escritório e se limitou a dizer: "Dora fica até as sete e depois vai embora. Procure voltar até essa hora, porque, senão, Ingrid ficará sozinha".

Enrico olha para Ingrid, que dorme. Embala-a um pouco, e com um dedo ajeita seu babador debaixo do queixo.

– Entenderam?

Alex, Pietro e Flávio estão sentados em frente a ele no sofá. Os três boquiabertos. Enrico olha para eles e balança a cabeça. Alex parece o mais intrigado.

– E o que aconteceu depois?

– Voltei bem a tempo, porque Dora estava indo embora.

– Sim, mas Camilla..., quero dizer, onde está Camilla?

Enrico o olha sereno. Depois, dá uma olhada no relógio.

– Deve estar no avião. Dentro de três ou quatro horas chegará às Maldivas. Se o avião não se estatelar no chão antes, como eu gostaria que acontecesse!

– Ela foi para as Maldivas? Com quem?

– Com um advogado chamado Beretti, um sujeito muito distinto do meu clube que eu mesmo apresentei a ela.

– Você?! Por quê?!

– Camilla quis fazer uma reforma na casa nova, os pedreiros pisaram na bola com os rejuntes no banheiro e isso causou uma terrível infiltração de água. O advogado Beretti nos ajudou a processar a empresa.

– Conclusão?

– Conclusão: Beretti perdeu a causa para a empresa e eu perdi minha mulher, que foi embora com ele.

Flávio se levanta do sofá. Pietro repara.

– Você está com o uniforme do futebol.

– Caso não se recorde, esta noite íamos jogar juntos.

– É verdade!

– Como eu ia chegar muito atrasado, decidi me trocar para não fazer os outros esperarem no campo. Normal, caso tivéssemos jogado... Depois, ocorreu esse pequeno contratempo.

– Pequeno contratempo!

Enrico dá de ombros.

– Tanto faz... teríamos perdido de qualquer forma.

– Não tenho tanta certeza. Na minha opinião, hoje finalmente teríamos ganhado.

– É mesmo. – Enrico olha para eles e abre os braços. – Agora, ainda por cima me sinto culpado por ter impedido essa vitória.

– Bom, lembre que havíamos pensado em jogar às onze.

Flávio olha para Pietro sem entender, mas, de repente, se dá conta.

– Então, vamos jogar?

Alex nega com a cabeça.

– De jeito nenhum, hoje não tem jogo.

Pietro, porém, concorda.

– Vamos, vamos sim!

Agora é que Flávio não entende nada.

– Então, vamos jogar ou não? E aí, Pietro?

– Ouçam, é muito simples: vamos jogar, mas não vamos jogar, ok?

– Bom, para mim está meio confuso.

Pietro se senta e abre os braços.

– Está bem. Vejamos, rapazes, vou explicar como entendo a situação, do meu modesto ponto de vista. O xis da questão é a fidelidade.

Flávio olha para ele, curioso.

– O que quer dizer?

Pietro continua sorrindo.

– É inútil buscar a fidelidade. A fidelidade não é deste mundo. Ou, melhor, desta era. Oscar Wilde dizia que a fidelidade é para a vida afetiva o mesmo que a coerência para a vida intelectual: a confissão de um fracasso, nem mais nem menos. De modo que eu, em vez de entrar às onze em campo, vou me enfiar debaixo dos lençóis de uma mulher felizmente casada com um marido que... joga fora de casa!

Flávio vai para a cozinha.

– Desculpa, mas não concordo. Posso pegar algo para beber?

– Claro, tem Coca-Cola, cerveja e um suco na geladeira.

Flávio fala mais alto para ser ouvido da cozinha.

– A fidelidade é natural quando um relacionamento funciona. É evidente que agora as coisas não estão bem. Querem alguma coisa?

– Ssshh! – Enrico verifica se Ingrid ainda está dormindo. – Pode parar de gritar, Flávio?

Seu amigo entra de novo na sala com uma cerveja e continua falando em voz baixa:

– Estamos tratando de temas existenciais.

Alex faz um gesto com a mão como dizendo: "Até parece!".

– Claro, como não? Discutimos se é permitido ou não ir para a cama com uma mulher casada quando seu marido está fora.

Flávio abre a cerveja.

– Entendo... mas, Enrico, você não poderia colocar Ingrid no berço, independente das considerações de Pietro?

– Tem razão. – Enrico leva a menina para o quarto.

– Ele não consegue se afastar dela, né?

Pietro nega com um movimento de cabeça.

– Não. Imagine se Camilla tivesse ido embora com a menina. Ele teria se suicidado.

Enrico volta à sala. Flávio agora está sentado no sofá e tenta acalmá-lo.

– De qualquer maneira, você não deve se prender por Camilla. Precisa pensar que até ontem tudo estava ótimo. Infelizmente, alguma coisa se quebrou de repente.

– Sim, o encanamento do banheiro.

– É uma relação de amor – Flávio termina sua bebida, e uma ideia parece surgir em sua mente. – Espere aí, aquele detetive não encontrou nada há dois anos, não é?

Enrico olha para Alex. Alex olha para Flávio. Flávio olha para Pietro. Enrico está perturbado.

– Pois é... estou sem palavras. Alex, você contou para todos?

Alex olha fixamente para Pietro. Na realidade, só contou a ele. Dessa vez ele aprontou legal, pisou feio na bola; não tem mais alternativa que mentir pela segunda vez.

– Desculpe, Enrico... Era uma carga muito grande para mim e eu não podia carregar sozinho.

Pietro percebe seu erro e tenta consertar.

– Ok, nós já sabíamos, Enrico; quero dizer, que você procurou ajuda de um detetive porque não confiava em Camilla; mas não leve a mal. Somos amigos e temos que enfrentar as coisas juntos. Hoje é com você, mas amanhã a vítima pode ser eu, ou qualquer um deles.

Flávio e Alex batem três vezes na madeira tentando espantar o azar. Pietro percebe.

– É inútil, não há nada que possa afastar a desgraça. Quando é a hora... é a hora!

Alex sente um pouco de culpa. Deveria ter dado a Enrico as duas pastas do detetive! Mas, agora, não há mais nada que possa fazer.

Pietro dá uma palmada no ombro de Enrico.

– Vamos supor que o detetive fez seu trabalho direitinho. Só que, às vezes, não queremos aceitar que o amor acaba e pronto.

– Ok, cara, obrigado! Obrigado, de verdade! – Enrico se levanta, constrangido. – Eu agradeço, é disso que eu preciso neste momento. É a aspirina para a dor de cabeça, o xarope para a tosse.

– Isso, o preservativo para a prostituta! Querem parar de se iludir? – Pietro olha para os três amigos sacudindo a cabeça. – Como podem ainda acreditar em fábulas? Hoje, mais que nunca, graças aos celulares, aos chats e aos torpedos, as mulheres traem, se distraem, paqueram, sonham, dirigem seu romantismo para outro…, enfim, gostam de enganar tanto quanto os homens. Senão, não se explicaria meu enorme sucesso, inclusive esta noite. – Olha para o relógio. – Não vão fazer eu me atrasar, hein?

Pietro percebe que seus amigos o olham com desaprovação.

– Ok, vou explicar de outro jeito. Depois de certo tempo, a mulher fica farta, como o homem; essa história de que ela precisa estar apaixonada para ir para a cama com alguém não é verdade, vocês é que a inventaram; ou melhor, todos nós, homens, porque gostamos de acreditar que só estão conosco por amor! Mas não é verdade! Elas gostam tanto quanto nós, talvez até mais. E toda essa história de falar sem parar para convencê-las... Nada mais longe da realidade! Como diz Woody Allen, fazer amor é melhor que falar... Falar é o sofrimento pelo qual é inevitável passar para chegar ao sexo. Vou dizer outra frase ainda melhor de Balzac: "É mais fácil ser amante que marido, porque é mais difícil ser espirituoso todos os dias que dizer coisas bonitas de vez em quando". Verdade da boa! Eu constatei isso com Susanna: às vezes, não estou muito a fim, mas quando interpreto o papel de amante dou o melhor de mim!

Flávio decide intervir:

– Desculpe, Pietro, mas eu discordo totalmente. Onde fica, então, o prazer de construir juntos e o desejo de exclusividade? Eu faço coisas por minha mulher, ainda que às vezes seja difícil, porque quero que se sinta realizada, feliz e satisfeita!

– Espere aí! Não digo que não se possa ser feliz em parte, mas, no fim, é uma questão de costume, e as mulheres não gostam de novidades! Sabe quantas eu conheci que de repente queriam abandonar seus maridos só porque tinham ido para a cama comigo? Pensavam que eram como uma espécie de heroínas, loucas para dar uma guinada na vida. Mas, depois, assim que compreendiam que eu não tinha nenhuma intenção de manter um relacionamento com elas por medo dessa história de triângulo amoroso que me contaram várias vezes, curiosamente voltavam a seus maridos mais apaixonadas que antes. E sempre decidiam sair de férias logo depois! Assim, para várias delas, fui até terapêutico! Vamos, rapazes, às vezes o amor é realmente ridículo.

Enrico olha para ele surpreso.

– Isso quer dizer que Camilla... enfim, que por ela ter se comportado assim, você a está elogiando, acha que é uma mulher corajosa, ousada!

– Olha, não estou a fim de continuar falando dessas confusões. Não se pode generalizar. As mulheres nos fazem acreditar que são fiéis, nos dão segurança... – Pietro olha para Alex e ergue as sobrancelhas. – Talvez digam que estão com o celular descarregado porque não podem dizer que saíram com outro. Os relacionamentos não são mais abertos. Vivemos como antes de 1968! Todos traem e todos fingem.

Alex olha para ele irritado.

– Ouça bem, Niki estava com o telefone descarregado de verdade.

– É? E como você pode ter tanta certeza?

– Porque ela disse.

– Bela resposta.

– E, principalmente, porque se tivesse vontade de sair com outro, ela me diria!

– Essa é muito boa... Sempre adorei ficção científica. Victor Hugo disse uma grande verdade: "Uma mulher que tem um amante é um anjo; uma mulher que tem dois amantes é um monstro; uma mulher que tem três amantes é uma mulher". Sabem quantas mulheres casadas ou namorando tiveram um rolo comigo? Eu xaveco, faço que revivam o entusiasmo dos primeiros encontros, das surpresas na cama... e, por um instante, elas pensam em deixar o marido, ou talvez até o deixam por um tempo, só na imaginação; mas depois voltam, são medrosas, como nós, e "nesse aspecto", são idênticas! As mulheres são homens com peito, mas sem as bolas.

– Você é terrível. Então, por que se casou?

– Porque chega um ponto em que se deve dar essa tranquilidade a uma mulher. Além do mais, vocês têm que reconhecer que é conveniente. "A família é a associação instituída pela natureza para satisfazer as necessidades do homem", dizia Aristóteles. E Susanna era a pessoa adequada para dar esse passo. Mas todos os casamentos são assim: chega um ponto em que nenhum dos dois está contente, não bastam os filhos, ou a casa... "Ser marido é um emprego em tempo integral. É por isso que tantos maridos fracassam: não conseguem dedicar a isso toda a sua atenção", dizia Arnold Bennet. E ele tinha razão, caramba! Todos querem se apaixonar; desejamos o amor, e o buscamos onde podemos! Sonhamos com ele, nós o perseguimos!

Alex balança a cabeça.

– Mas quem é você, uma Wikipédia ambulante? Disparando citações a torto e a direito...

Pietro faz uma expressão solene:

– É que eu estudei muito o assunto para impressionar minhas doces presas: elas adoram citações, sabiam? Esta, por exemplo, eu uso quando alguém me ataca; vejam só: "Imediatamente depois do criador de uma boa frase vem, em ordem de importância, o primeiro que a cita", Ralph Waldo Emerson.

Alex sacode a cabeça novamente.

– Você é um caso perdido. De qualquer maneira, não penso assim e nunca vou concordar com você. Meus pais estão casados ainda e sempre foram felizes.

– São a exceção que confirma a regra.

– Os de Niki também.

– Muito cedo para ter certeza: eles têm quase nossa idade... E nós, como pode ver... – com os olhos indica Enrico, disfarçadamente –, estamos começando a cair.

Nesse exato momento, toca o celular de Alex.

– É Niki... – Atende o telefone. – Meu amor! Seu celular não estava descarregado?

Alex olha orgulhoso para Pietro e faz um gesto obsceno.

– Sim, mas vi que o carregador de Olly servia. Estamos na casa dela. Já acabaram de jogar?

– Eh... – Alex se levanta do sofá e vai para o quarto.

Pietro olha para ele e suspira.

– Acho que ele também tem um ou outro problema – diz dirigindo-se aos outros.

Assim que fica fora do alcance de seus amigos, Alex prossegue a conversa com Niki.

– Paramos porque um de nós se machucou.

– É mesmo? Quem?

– Você não conhece, um cara do time. Ah, e depois viemos para casa de Enrico porque ele não jogou.

– Ele não está bem?

– Pior...

– O que quer dizer?

– A mulher o abandonou.

– Ah... – Niki emudece.

– Niki?

– Sim?

– Infelizmente, pode acontecer.

– Ah, claro, sim... mas quando fazemos uma promessa diante de Deus, queremos que tudo dê certo. Porém...

Alex fica na expectativa, curioso.

– Porém?

– Nada... às vezes não somos capazes de tornar um sonho realidade.

– É, Niki, mas não fique mal por isso.

– Não, mas é que eu lamento. Vejo a incapacidade das pessoas de chegar ao fundo das coisas.

– Talvez os dois quisessem, mas depois algo mudou.

– E nós mudaremos?

– Espero que não.

– Eu também – Sua voz se anima. – De qualquer maneira, nós não fizemos nenhuma promessa, não é? Bem, volto a minhas amigas.

– Ok, mais tarde conversamos.

Alex olha para o telefone e fica atordoado por um instante. "Essa frase... 'Nós não fizemos nenhuma promessa.' A troco de quê? Por que ela disse isso? Ainda por cima, com voz alegre. O que ela quis dizer? Ainda bem que não nos prometemos nada?" Sente seu estômago se contrair levemente. "Deixa pra lá." Coloca de novo o celular no bolso e volta para a sala.

– Tudo bem? – pergunta Pietro sorrindo e particularmente curioso.

– Sim, perfeito.

Enrico olha para os amigos emocionado.

– Eu agradeço o interesse e o afeto que demonstraram. Sempre soube que podia contar com vocês.

Pietro gesticula exageradamente com as mãos.

– Sim, ok, agora você vai ter que nos fazer acreditar que isso aconteceu da noite para o dia, quando tudo estava bem. Ela não estava contente, reclamava, não estava satisfeita.

Enrico olha perplexo para ele. Alex e Flávio também.

– Desculpa, mas como você sabe?

– Bem... – Pietro olha à sua volta sentindo que foi pego desprevenido –, algumas coisas se deduzem. Dava para ler em seu rosto. Claro que para perceber é preciso certa sensibilidade, da qual não careço, evidentemente. E agora, com licença, mas tenho que ir transar com essa mulher que está sozinha em casa. – Olha o relógio. – Sim... Seus filhos vão estar dormindo e ele já terá ligado. Até logo, rapazes, amanhã conversamos.

E sai batendo a porta.

– Não carece de sensibilidade, hein? Um animal, isso é o que ele é!

– Bem – Flávio dá de ombros –, seja como for, ele tem razão: vive maravilhosamente bem, não liga para nada e se diverte como se tivesse dezoito anos.

Alex parece surpreso.

– Acho estranho que você pense assim. Esqueceu que ele tem uma esposa e dois filhos? Quando você decide ter uma família, deve optar automaticamente por outro tipo de vida, não pode ser tão irresponsável.

Nesse mesmo momento Enrico pega uma fotografia na mesinha. É de Camilla com Ingrid recém-nascida no colo.

– O que me dizem dessa foto? O que é, uma montagem? Uma mãe com sua filha! – Joga a fotografia com raiva na parede, quebrando-a em mil pedaços.

– Calma, Enrico. – Alex tenta acalmá-lo. – Eu conheço uma que teve um filho e depois o deixou aqui, em Roma, com o pai, porque queria experimentar uma vida nova, e pegou um avião para os Estados Unidos. Outra também abandonou o marido e foi morar em Londres; outra fez a mesma coisa e agora trabalha em Paris.

– Entendo... Então, o fato de Camilla ter deixado Ingrid e eu para ir passar "só" uma semana de férias com outro nas Maldivas é quase normal, não é?

– Talvez ela mude de ideia.

– Talvez volte.

– Sim, talvez, talvez... A única coisa que sei é que tenho que arranjar uma nova babá.

– E Dora?

– Não sei por quê, mas foi recomendada pelo advogado Beretti.

– E o que isso tem a ver?

– É que, por solidariedade, ela também foi embora.

Flávio está desconcertado.

– Mas solidariedade com quem? Parece que está todo mundo maluco aqui.

– A questão é que coloquei um anúncio, tenho que entrevistar várias babás também!

– O que é isso, *Ídolos*?

– Sim... quem sabe?

– Bem, pode ver qual canta melhor canções de ninar!

– Felizes são vocês, que estão sempre prontos para fazer gracinhas.

Enrico se joga de novo no sofá com as pernas abertas e põe a cabeça para trás. Flávio e Alex o observam. A seguir, seus olhares se cruzam. Flávio dá de ombros. "Na verdade, é muito difícil saber o que dizer a um amigo que sofre por amor. Ele está imerso em sua dor, sente-se pressionado por mil perguntas inúteis, e a única coisa que você pode fazer é oferecer suas respostas pessoais, relativas, que no fundo nada têm que ver com a vida dele." Alex se senta ao lado de Enrico.

– Eu só queria que você visse o lado bom.

– Acontece que não existe um lado bom.

– Sabe o que dizia Friedrich Oetinger? “Meu Deus, dai-me serenidade para aceitar as coisas que não posso mudar, coragem para mudar as coisas que posso e sabedoria para perceber a diferença.”

– Você parece Pietro com todas aquelas citações para justificar sua ânsia de sexo.

– Com uma única diferença: esta é útil e só serve para fazê-lo refletir sobre a situação em que se encontra.

– Mas quem é esse Friedrich sei lá o quê? Nunca ouvi esse nome.

– Friedrich Oetinger, um padre espiritual.

– Certo. Obrigado pelo conselho, Alex, mas, em poucas palavras, está me dizendo que devo virar padre!

– Bom, essa frase também é citada no filme *O barato de Grace*, no qual pessoas de todas as idades fumam baseados sem parar. Em resumo, há muitas coisas neste mundo; o único problema é o uso que fazemos delas.

Enrico sorri.

– Sabe de uma coisa? Às vezes adoro as palavras. Mas depois paro e penso: caramba, que saudade de Camilla! E então, todos os pensamentos perdem seu valor, até mesmo todas essas frases bonitas desse seu padre espiritual. À minha mente só vem uma frase anônima: “Pimenta no olho dos outros é refresco no da gente”.

Alex esboça um sorriso. “É verdade, a dor pertence a quem a experimenta e não há palavra que baste para explicá-la ou para fazer quem sofre se sentir melhor. Só posso lhe dar razão.”

12

Olly nota que Niki está estranha.

– Ei, o que aconteceu?

– Por que pergunta?

– Você está com uma cara...

– Não é nada. É que Enrico se separou da esposa.

Erica está preparando uma vitamina para todas: morango, banana, pêssego e leite. Desliga o liquidificador. Fica pensativa por um instante.

– Qual deles é Enrico? Ah, sei... Não gosto dele.

– Erica!

– Ouçam, garotas: eu estou passando por um momento parecido.

– Há anos você passa por um momento parecido!

– Como assim? Comecei a sair com Stefano, achava que ele era escritor e, no fim, trabalhava apenas como revisor em uma editora.

– Entendo... mas o que era mais importante? O trabalho dele ou o modo como a fazia se sentir e o que representava para você?

– Não sei... mas era como se, de alguma forma, ele tivesse mentido para mim!

– Ah, mas você fez um filme sozinha com aquele computador que encontrou, e pretendia que aquele que estava do outro lado fosse seu príncipe encantado na marra!

– Nada a ver! Pior é que ele nem era revisor de romances açucarados...

– De qualquer maneira, depois do revisor você saiu com Saulo, o pintor, com Giancarlo, o médico, e com Francesco, o jogador... Como é possível que com nenhum deles tenha dado certo e que não tenham durado mais de um mês?

Erica bufa. Liga de novo o liquidificador. A seguir, ergue a voz para que suas amigas consigam ouvir acima do barulho do aparelho.

– Ok... Eu estava experimentando. O que há de mau nisso? Vocês devem admitir que só um relacionamento não basta para entender o que é o amor. Além do mais, quando é Olly que faz isso, não há problema, mas quando sou eu...

– E o que eu tenho a ver com isso? – Olly pula no sofá, pega uma almofada e joga em Erica, gritando. – Além do mais, para mim, duram mais de poucas horas! Vamos, diga quem é! É Osvaldo, o domador? Ou Saverio, o manobrista?!

Niki sorri.

– Não, é Saverio o batedor! Quer desligar essa coisa de uma vez?

– Muito bem, podem debochar. Ele se chama Giovanni e é dentista.

– Bom, pelo menos pode ser útil para nós.

– Eu acho que, no fundo, você continua apaixonada por Giò.

– Nada a ver!

– Você sempre diz: "Nada a ver!" – Olly imita Erica em falsete. – Mas, na minha opinião – pisca para ela –, no fundo você sabe que estou dizendo a verdade!

– Eu concordo. Você nunca conseguiu superar o fato de o garoto "Deus no céu e ele na Terra", sua primeira história importante, não resistir ao passar do tempo. Conforme-se, é natural: a gente cresce, muda...

– Realmente, querida Olly, tenho a impressão de que você cresce muito depressa. Mauro, o encanador, durou apenas três semanas.

– Incompatibilidade cultural.

– Sei. E agora está com Giampi, morre de ciúmes e passam a vida brigando.

– Incompatibilidade de gênios.

– Acho que o que acontece é que você é incompatível e ponto.

– Que absurdo! Desta vez, estou dizendo que funciona! Eu mudei: antes eu tinha um namorado por semana, agora estou há seis meses saindo com Giampi. Erica sempre esteve com Giò e agora troca de namorado toda semana.

– A cada duas semanas...

– Que seja! – Diletta sorri. – Antes que vocês fiquem zicando, posso contar qual é a minha situação? Meu relacionamento é calmo e tranquilo, vai muito bem, obrigada. No caminho certo.

– Desde que você não escorregue!

– Pronto, falou a agourenta!

– Desculpe, mas todas nós já transamos pelo menos com um outro homem, além do que temos agora. Talvez até com mais.

Erica dá de ombros.

– Gente, não vamos ficar com sutilezas agora!

– O primeiro com quem saí não tinha o negócio exatamente sutil...

– Olly! Não seja vulgar!

– Ah, as coisas como são.

Niki balança a cabeça.

– Bem, eu estava falando sério. Explique uma coisa, Diletta: você agora está com Filippo, mas pretende ficar a vida toda com ele? Só com ele, quero dizer. Não pretende experimentar como é fazer sexo com outros homens?

Diletta dá de ombros.

– Minha mãe fez isso com meu pai.

Olly assente.

– Agora entendo: trata-se de uma doença hereditária!

Diletta discorda.

– Ou uma qualidade transmissível! Por que considera isso algo negativo?

– Porque não se pode amar de maneira absoluta sem comparar. Erica já disse isso antes. É pura filosofia!

– Sim, filosofia de bar. – Diletta se senta no sofá. – Seja como for, é muito cedo para saber; talvez todas nós mudemos nos próximos anos.

Erica chega com uma bandeja e quatro copos grandes de vitamina.

– Pronto, adocem a língua, suas víboras! De qualquer maneira, não estão levando Niki em consideração no que dizem! Ela é um fenômeno, um milagre italiano. Bem, com exceção da fuga para a ilha, Alex não voltou com Elena; e não é só isso... Ele e Niki continuam juntos!

– Onde tem madeira aqui?

– Para quê?

– Para isolar! – E bate três vezes.

As três riem, enquanto Erica bebe sua vitamina.

– Eu, que estou olhando de fora, acho que são um casal feliz, ou melhor, superfeliz, igual a todos esses em que existe certa diferença de idade, como Melanie Griffith e Antonio Banderas, Joan Collins e Percy Gibson, Demi Moore e Ashton Kutcher, Gwyneth Paltrow e Chris Martin. Tenho que reconhecer que estão durando bastante. Eles até se casaram!

– Aliás... – Olly, Diletta e Erica olham para Niki nesse momento, morrendo de curiosidade.

– Aliás, o quê?

– E então, já tocaram no assunto?

Niki olha para elas por um instante.

– O que querem saber?!

– Se é cedo para brigarmos entre nós para ver quem será sua dama de honra!

Niki levanta uma sobrancelha.

– Conversamos sobre ter filhos, mas não sobre casar.

– Por quê?

– Sei lá! O assunto surgiu assim. Você sabe, a gente faz planos enquanto conversa... Gostaríamos de ter quatro, dois meninos e duas meninas!

– Caraca! Estão malucos!

Erica cai na risada.

– Quatro... Acho uma loucura. Eu esqueceria até os nomes. A comida ia esfriar enquanto eu os chamasse para o jantar!

– Desculpem, mas quando se sonha, é melhor sonhar alto, não é? Sempre há tempo de fazer reajustes. De qualquer maneira, assim que tiver notícias a respeito, eu comunico vocês. Ah, aliás: hoje, na universidade, conheci um cara nada mal...

– Niki!

– Bem, na verdade, não o conheci, porque eu disse que este ano já tinham me apresentado gente demais.

– Ha, ha! Essa é boa! Você é um gênio, Niki!

– Que nada! Roubei a frase de *Charada*, aquele filme lindo com Audrey Hepburn e Cary Grant.

– Que pena, achei que fosse sua!

– É, pensando bem, poderia fazê-la passar por minha.

– Nada impede!

– Você está enganada – Diletta sorri. – Talvez todo mundo conheça esse filme ou lembre dessa frase.

– Mas ele não lembrava.

Olly fica séria.

– Mas, Niki, por acaso está arriscando seu relacionamento com Alex e o feliz projeto de ter quatro filhos por causa de um sujeito que você nem quis conhecer?

– Está maluca? Minha intenção era apresentá-lo a vocês. Para você, Olly, que se incomoda por sentir ciúmes de Giampi; para você, Diletta, que quer justamente experimentar algo diferente de seu "amor absoluto", e principalmente para você, Erica, se como de costume, depois de uma semana...

– Duas!

– Está bem, se depois de duas semanas você terminar com o dentista recém-chegado. Então, agora vocês têm um homem de reserva!

– Certo! Alguns têm um pneu, nós temos um homem como estepe!

– E ele não é nada mau, viu?

– Viu como gosta dele?

– Estou falando para vocês!

– Sim, sei, claro – e continuam rindo e brincando, bebendo a deliciosa vitamina que Erica preparou, olhando maliciosamente umas para as outras.

– Mas, sabem de uma coisa? Pensei melhor. Vocês não souberam apreciar meu gesto, então não vou emprestar meu homem-estepe! Gosto muito dele!

E as Ondas se jogam ao mesmo tempo no sofá.

– Socorro... Vocês estão malucas? Eu estava brincando!

– Não, não, você está falando sério!

– Algumas frases ditas sem pensar são mais verdadeiras do que parecem.

As Ondas continuam brincando, empurram-se, jogam almofadas, se agarram como no rúgbi, bebem a vitamina antes que se espalhe por todos os lados, na roupa e no sofá. Amigas. Desde sempre. Como sempre. A amizade é um fio muito fino e resistente que atravessa a vida e todas as suas mudanças.

13

Alex e Flávio saem da casa de Enrico. Flávio trocou de roupa, está de novo de calça jeans e ajeitando o suéter.

– Coitado do Enrico... Sinto muito por ele. Ainda lembro de seu casamento; ele era o homem mais feliz do mundo. Quanto tempo faz que se casou?

– Seis anos. Nem sequer chegou à crise do sétimo, mas, mesmo assim, durou bastante. Alguns resistem um ano, seis meses... Para não falar dos artistas! Lembra aquela história de alguns anos atrás? Aquela atriz, como é o nome? Ah, sim, Claudia Pandolfi. Essa superou todo mundo: se separou 75 dias depois de ter casado.

– Sim, mas Paul Newman sempre foi casado com a mesma mulher, e os dois viveram felizes e apaixonados. Ele dizia aquela famosa frase: "Para que sair atrás de um hambúrguer quando você tem um filé em casa?".

– Diga isso a Pietro. Esse aí se contenta até com um cachorro-quente, desde que seja fora de casa!

Flávio para e abre a mochila.

– O que está fazendo?

– Nada – Pega a camiseta e o agasalho, abre a torneira do jardim e joga um pouco de água na roupa.

– Mas estão limpas!

– Justamente. Como vou explicar a Cristina por que não jogamos?

– Cara, vocês são paranoicos.

– Prudência não faz mal a ninguém.

– Por que tudo isso?

– Porque nossas respectivas esposas jamais vão acreditar que não fomos jogar para consolar Enrico. Então é melhor dizer que jogamos!

Alex segue para o carro.

– Nem sei o que dizer.

Flávio se aproxima sem perder um segundo.

– Então, posso lhe dizer uma coisa, Alex? Falo por experiência própria: elas não devem, jamais, ter a menor sombra de dúvida; do contrário, será o fim. Você precisa demonstrar segurança.

– Mesmo quando já está casado?

– Mas claro! Principalmente! Percebeu o que você disse? Mesmo quando "já" está casado... Tudo começa aí!

– Não, o que eu queria dizer é que se você tomou a decisão de se casar com ela é porque encontrou a mulher certa, ela é o que você procurava. Não pode mais haver tensão entre vocês, só harmonia, cumplicidade, confiança... Enfim, como um time vencedor. E deveria ser sempre assim!

– Isso mesmo, você disse a frase certa! – Flávio entra em seu carro. – "Deveria" ser assim. Mas é? Antes Niki ligou e o celular dela estava funcionando. E agora? Funciona ou estará desligado? Você confia nela? Ela está mesmo na casa das amigas? E com elas? Você faz como eu, que nunca tive a menor dúvida sobre Cristina, vivo sem sentir ciúmes e até acho que ela aprecia minha confiança ilimitada; ou daqui a dez minutos você vai fazer um teste e ligar para Niki. E não só para ouvir a voz dela. Isso só você pode saber. – Flávio dá um grande sorriso e fecha a porta. Liga o carro e abaixa o vidro. – Só você, você e ninguém mais. Confiança ou ciúmes, esse é o dilema! – e se afasta deixando-o assim, sozinho, no meio da rua.

Alex não vê a hora de Flávio virar a esquina. Tira imediatamente o celular do bolso e digita o número. Permanece por um instante em silêncio, prendendo a respiração e contendo as batidas de seu coração, porque teme que o telefone de Niki esteja desligado. Finalmente ouve o sinal. Alex sorri. Está chamando. Ligado. E agora? Agora ela vai atender... não é?

14

Niki ainda está na casa de Olly, rindo e brincando com suas amigas.

– Parem, já derrubaram a vitamina em cima de mim! Ai..., vamos lá!

– Não tem problema, está gelada, vai fazer bem para suas pernas!

– Não, vai manchar tudo!

– E quem vai ver? Só Alex, ou não?

– Não sei...

– Ah, não? – e se jogam de novo em cima dela e começam a lhe fazer cócegas.

– Não, por favor, cócegas não, não estou me sentindo bem. Estou de estômago cheio. Socorro, chega, ou vou vomitar em cima de vocês! Eu juro que vou vomitar...

– Então, diga já o nome desse cara tão gato que você conheceu!

Niki ri e se debate sob as mãos delas, que continuam fazendo cócegas.

– Socorro, ai, chega, juro que não me lembro.

Finalmente consegue escapar por baixo, escorrega no sofá e foge, até que para ao lado de sua bolsa.

Justo nesse momento ouve o celular, que estava no vibracall. É Alex. Um, dois, três toques. Niki procura o telefone na bolsa, encontra-o e atende no último instante.

– Até que enfim! O que aconteceu? Por que não atendia? – É óbvio que Alex está agitado.

Niki olha para suas amigas por um instante e tem uma ideia.

– Ah, oi... Tudo bem? Que surpresa! – Então, cobre o aparelho com a mão e olha para as amigas. – É ele, é ele. Não acredito! – pula no lugar com uma alegria incontrolável.

– Nós também não – sussurra Olly aproximando-se dela.

Todas a cercam rapidamente, colam-se a ela aproximando a orelha do celular para ouvir a voz e, principalmente, o que o novo rapaz vai dizer.

Alex não entende a reação de Niki.

– Como surpresa? Acabamos de nos falar!

Niki percebe que suas amigas vão reconhecer a voz de Alex e se afasta de repente do grupo.

– Bom, mas, para mim, é uma surpresa ouvi-lo de novo. Sabe que hoje você está encantador?

– Hoje? E quando foi que nos vimos? Quando me despedi de você, ainda estava de pijama.

– Por isso mesmo, você estava perfeito, com aquele pijama.

Alex cada vez entende menos o que está acontecendo.

– O que há com você, Niki? Andou bebendo? – Logo Niki não consegue mais se manter afastada das Ondas, que conseguem imobilizá-la. Ela tenta não soltar o celular, cobre-o com a mão. – Não, parem, quietas, é meu, é meu...

Alex ouve toda a confusão.

– O que é seu? Niki?

Olly arranca o Nokia dela enquanto Alex tenta entender alguma coisa.

– Alô? Alô? Niki? O que está acontecendo?

Olly põe o celular na orelha.

– Não, pare, devolva. Devolva! – Niki se debate tentando recuperar o celular, enquanto Erica e Diletta a seguram. Mas Olly já o reconheceu.

– Oi, Alex!

– Quem é? Olly?

– Sim, sou eu. Tudo bem?

– Tudo ótimo. O que há com Niki?

Olly olha para a prisioneira das Ondas.

– Teve que ir correndo ao banheiro. Fazia uma hora que estava apertada. Bebemos umas vitaminas, chás, sabe como são essas coisas... Pronto, ela está aqui, já voltou, vou passar para ela. – As Ondas a libertam.

– Alô?

Alex continua parado, confuso, no meio da rua.

– Niki, o que está acontecendo?

– Olly acabou de lhe dizer. Precisava fazer xixi, não aguentava mais!

– Ok, mas não podia levar o celular para o banheiro?

– Para fazer xixi? Enquanto conversamos pelo celular? Safado! Dá para fazer videoconferência com meu aparelho, sabia... Você queria me espiar, é?

– Eu? Vocês estão malucas. Bom, vou para casa. Depois a gente conversa, ok?

– Ok, quando chegar em casa eu ligo.

Niki desliga. Erica olha para ela surpresa.

– Quantas vezes vocês se falam por dia?

– Muitas... Demais, cada vez que dá vontade.

– Pior que Giò e eu.

– Só espero que com a gente dê certo! Sem ofensa!

– Eu podia apostar que não era o carinha novo.

Olly dá de ombros, divertida.

– Eu também.

– Mas, como assim? O fato de quererem ouvir a voz dele prova que não tinham tanta certeza. Vocês são umas mentirosas.

Diletta senta no sofá.

– Eu tinha certeza de que era Alex.

– Por quê?

– Não sei, era uma sensação... Você não seria capaz de deixar Alex sem mais nem menos e já começar a sair com outro.

Niki se faz de misteriosa.

– Vocês mesmas disseram: as pessoas mudam. Além do mais, nunca se sabe. Você também, Olly, poderia ter inventado coisa melhor, não deu para engolir essa história da vontade incontrolável de fazer xixi!

– Mas ele acreditou.

– Digamos que ele preferiu acreditar.

– Erica!

– Tenho a impressão de que às vezes os homens sabem muito bem o que está acontecendo e disfarçam, não querem aceitar a realidade. Vejam o caso de Giò: ele acha que desde quando terminamos eu nunca mais saí com ninguém.

– Imagine se ele soubesse a verdade.

– Não ia acreditar!

– É, concordo.

– Acho que ele ficaria tão arrasado que mudaria de time.

– Olly!

– Claro que sim! Quando um homem descobre que sua mulher mudou a tal ponto, certamente começa a repudiar o sexo feminino em geral. Bom, e eu não tenho nada contra os homossexuais, pelo contrário.

– O que quer dizer?

– Eu convidei vocês hoje para comemorar uma coisa! Arranjei um estágio em um ateliê de moda! E lá, todo mundo é gay!

– Que legal!

– Que sejam todos gays?

– Não, o estágio!

– Sim, estou muito feliz.

– Fantástico! Parabéns!

Olly vai até a cozinha, pega um bolo branco e rosa cheio de flocos de açúcar com as seguintes palavras escritas em cima, e com pontos de exclamação: "Estagiária... sem riscos!", e o coloca no centro da mesa da sala.

Todas se aproximam.

– O que significa?

– Que não vou correr o risco de Monica Lewinsky. Já disse! Meu chefe é gay!

– Você é demais, Olly!

– Estou muito feliz! Pelo menos vou ganhar um pouco de dinheiro e não dependerei exclusivamente de minha mãe.

– Bom, se você tem esta casa, deve isso principalmente a ela!

– Claro! Se não fosse por ela...

– Olhe para nós: moramos na casa de nossos pais, vamos ser umas garotinhas o resto da vida.

– Não, há uma forma de evitar isso – Olly passa o primeiro pedaço de bolo. Erica o pega.

– Sim, claro: que sua mãe nos adote e nos financie.

– Vocês podem se casar.

– Que triste!

– Casar?

Niki se apodera do segundo pedaço e diz.

– Quero dizer, casar só para de sair de casa?

– Você não sabe quanta gente faz isso – Diletta fica com o último.

– É verdade, mas isso deve continuar sendo um sonho. Se se transforma em um simples passo, que graça tem?

– É, tem razão.

E, dessa vez, todas concordam, pelo menos nisso. Comem bolo de nata coberto por uns leves flocos de açúcar, sorrindo, pensativas e em silêncio, exclamando de vez em quando: "Hummm... Que delícia!".

– É... mais um quilo. Tudo aqui.

Com alegria nos olhos, o futuro incerto, mas com muita doçura na boca e todas com esse pequeno grande sonho no coração. Uma casa própria onde se sentir livre e protegida. Uma casa para decorar, construir e inventar. Uma maneira de se sentir ainda mais adulta.

15

Noite urbana. Noite de pessoas que dormem e de outras que não conseguem. Noite de pensamentos rápidos que embalam o sono. Noite de medos e de incertezas que os fazem desaparecer. "*Notte dei pensieri e degli amori per aprire queste braccia verso mondi nuovi*",* como canta Michele Zarrillo.

Um pouco mais tarde, Niki, alegre e satisfeita, deita-se na cama e manda um SMS para Alex: "Oi, meu amor, acabo de voltar para casa e vou para a cama. Saudades".

Alex sorri ao ler a mensagem e responde: "Eu também estou com saudades. Sempre. Você é meu sol noturno, minha lua de dia, meu melhor sorriso. Te amo".

E tudo parece sereno. Uma leve brisa noturna, uma ou outra nuvem parece deslizar sobre esse tapete azul. Porém, a noite não está tranquila de jeito nenhum.

Mais longe. Outra casa. Alguém não consegue conciliar o sono. Enrico anda de um lado para o outro pela sala, depois entra cuidadosamente no quarto da menina, olha para ela na penumbra, preocupado; um rostinho pequeno escondido por um lençol,

* "Noite dos pensamentos e dos amores para abrir estes braços a novos mundos." (N. T.)

uma respiração leve, tão leve que Enrico precisa se aproximar dela para conseguir ouvir. E inspira profundamente, sua fragrância delicada, seu cheiro de recém-nascida, esse frescor, o encanto que transmitem essas mãos tão minúsculas, tão incertas, abertas, agarradas ao pequeno travesseiro, a seu novo e personalíssimo mundo, e depois, docemente, outra vez fechadas, mas expressando o tempo todo uma serenidade incrível. Enrico inspira profundamente e sai do quarto deixando apenas um pouco de luz, reforçado, revigorado por sua filha, que é só sua, o milagre da vida. Por um instante sua mente se move a toda velocidade por mares, montanhas, outros países, rios, lagos, e de novo a terra para chegar ali, a essa praia. E imagina Camilla caminhando sob a luz do sol pela areia, na beira do mar, com uma canga amarrada na cintura, rindo, brincando e conversando com o homem que a acompanha. Mas só vê ela, nada mais, seu sorriso, suas gargalhadas, seus belos dentes brancos, sua pele já levemente morena, e sente que quase se aproxima dela, que a acaricia e que fazem amor pela última vez. Como se fosse Denzel Washington em *Déjà vu* com aquela morena lindíssima. Então, Enrico a vê entrar no bangalô e ele fica fora. Sozinho, abandonado, intruso, fora de lugar, indesejado, sobrando. Enquanto isso, outro entra em seu lugar, sorrindo, e fecha a porta. E ele deve se limitar a olhar de longe, a imaginar, e sofre ao recordar o desejo, a paixão, o sabor de seus beijos, a excitação que sentia quando a despia, seus vestidos elegantes, seu modo de balançar o cabelo, de tirar as meias, de se jogar na cama, de se acariciar... E o sofrimento cresce e se transforma em raiva, e nota em silêncio seus olhos opacos e um vazio enorme por dentro. Sofre, mas antes de deixar cair a primeira lágrima, vai até o computador. E a calma volta lentamente, de forma difusa, como essa luz que ilumina a tela. Inspira profundamente. Outra vez. De novo. E a dor se aplaca pouco a pouco. Um pensamento fugaz que se afasta como uma gaivota voando rente às ondas maldivas. Sente uma amarga certeza: você cresce, experimenta, aprende, acha que sabe como as coisas funcionam, tem certeza de ter encontrado o segredo que permitirá entender e enfrentar tudo. Mas, depois, quando menos espera, quando o equilíbrio parece perfeito, quando acredita ter encontrado todas as respostas, ou, pelo menos, a maior parte delas, surge um novo enigma. E você não sabe o que responder. É pego de surpresa. A única coisa que consegue entender é que o amor não lhe pertence, esse mágico momento no qual duas pessoas decidem ao mesmo tempo viver, saborear a fundo as coisas, sonhando, cantando na alma, sentindo-se leves e únicas. Sem possibilidade de pensar muito. Enquanto as duas quiserem. Até que uma das duas vai embora. E não haverá modo, fatos ou palavras que possam fazer o outro ouvir a razão. Porque o amor não responde a razões. Enrico olha para a pessoa que não está mais ali. Agora só pode admirar essa gaivota que toca a água, as ondas, e tem a impressão de que, quando plana sobre o mar, escreve a palavra "fim".

Enrico dá um suspiro, entra no Google, digita uma palavra e depois clica em "buscar". Surge na tela, de repente, a única e verdadeira solução possível para esse momento: uma babá.

Olly acaba de lavar os pratos nos quais suas amigas, as Ondas, comeram o bolo. Coloca-os no escorredor. Recolhe as quatro colherinhas dentro de um copo; depois, volta à sala para pegar o que sobrou do bolo. Que engraçado, cortaram o bolo bem no meio, de forma que o significado da frase escrita em cima mudou. Será uma brincadeira do destino ou a desesperada tentativa das Ondas de fazer um pouco de dieta? O fato é que o "sem" desapareceu, e Olly coloca o bolo na geladeira com um estranho pressentimento, quase uma ameaça, o perigo que sugerem as letras no meio de toda essa doçura deixando um pensamento amargo: "Estagiária... riscos!".

São duas horas da madrugada. Pietro sai discretamente pela portaria. Tenta esconder o rosto, como se fosse um ladrão que acaba de limpar um apartamento. Na realidade, foram dois que deram o golpe. Como se ambos houvessem admitido que não são capazes de viver exclusivamente com o que têm. Querem mais, querem algo diferente. Querem o que não têm e o roubam um do outro.

Pietro entra no carro, liga o motor e arranca a toda velocidade no meio da noite. Parece quase satisfeito, dá um longo suspiro. Deu tudo certo dessa vez também, pensa, como um estranho campeonato, um torneio ridículo no qual o primeiro e o último são uma única pessoa, dado que a competição é só sua e, portanto, não enfrenta ninguém.

Erica entra sorrateiramente em sua casa. Olha a sala. "Merda, era só o que faltava. Sempre a mesma coisa. Meu pai dormiu de novo em frente à televisão." Passa por ele tentando fazer o mínimo barulho possível e vai para o quarto, mas depois muda de ideia e volta para a sala.

Não tem jeito, não consegue resistir. Apesar do risco, a curiosidade é forte demais. Vai até a agenda sobre a mesinha, bem no canto mais próximo ao sofá onde seu pai dorme. Vamos ver quem me ligou. Quase sussurra: "Para Erica: Silvio, Giorgio e Dario." Que saco... Ninguém que me interessa.

Rrrrr. O forte ruído a assusta. Seu pai soltou uma espécie de ronco repentino, um grunhido noturno; levou um belo susto. Erica faz um gesto como a mandá-lo àquele lugar, mas depois sorri; sente seu coração com a mão no peito e nota que bate a toda velocidade. Balança a cabeça e vai para o quarto. Não pode desligar a tevê porque da última vez seu pai acordou de repente, deu um pulo no sofá e quase teve um troço. O repentino silêncio que se produziu ao desligar a tevê pareceu um barulho absurdo para alguém que dormia profundamente no meio de todo aquele estrondo.

Erica fecha a porta da sala, avança mais rapidamente pelo corredor, já que sua mãe dorme profundamente; entra em seu quarto e se despe em tempo recorde. Camiseta, sapatos, short e cinto. É boa nisso. Conseguiria se livrar de qualquer roupa na escuridão, mesmo que fosse cheia de botões. Joga tudo na poltrona. No escuro, porém, a pontaria não pode ser muito boa, de modo que a camiseta acaba no chão. Só vai perceber na manhã seguinte. O importante é que tenha tempo de colocar tudo no lugar antes que alguém entre no quarto. Vai para o banheiro, escova os dentes, passa a escova no cabelo, lava o rosto rapidamente e põe o pijama.

Antes de se deitar, pega o celular para carregá-lo. Não tem nenhuma mensagem. Nenhum envelopinho piscando. Nenhuma novidade. Ufa. Escreve a toda velocidade: "Você está aí?" E manda a mensagem para Giò. Espera um minuto. Dois. Por fim, dá de ombros. "Não faz mal, já deve estar dormindo." Erica sorri. "Talvez esteja sonhando comigo." E com essa última ideia na cabeça, cheia de confiança, desliza sob os lençóis e adormece feliz. Não pensa que quando deixamos de amar uma pessoa não devemos mantê-la ligada a nós apenas porque nos transmite segurança e nos faz sentir importante. O custo da independência é a liberdade, que só pode ser total quando a pessoa é honesta consigo e com as pessoas a quem amou.

Alex se revira inquieto na cama. Transpira levemente. Está tendo um pesadelo. Acorda assustado. Olha o relógio. Seis e quarenta. Toma um copo d'água e, pela primeira vez em muito tempo, lembra-se do sonho que acaba de ter. Em geral, esquece. Dessa vez, porém, lembra-se de todos os detalhes. Está em um tribunal. Todos os advogados usam perucas brancas e longas togas pretas. Quando se volta, de repente vê que seus advogados de defesa são seus amigos Pietro, Enrico e Flávio, ao passo que os da outra parte, da acusação, são suas esposas: Susanna, Camilla e Cristina. Estão com o rosto coberto de pó branco. O júri é composto pelas amigas de Niki: Olly, Erica e Diletta com seus respectivos namorados, os pais de Niki e os seus próprios! E, de repente, ouve uma voz: "Todos em pé, a juíza vai entrar". No centro da sala, atrás de uma grande mesa de madeira, há uma poltrona enorme de couro onde ela se senta. A juíza: Niki. Está lindíssima, mas parece mais mulher, mais adulta; parece que cresceu. Está serena. Dá umas fortes batidas com o martelo na mesa.

– Silêncio. Declaro o réu... culpado.

Alex fica petrificado, desconcertado, e se vira; olha em volta, mas todos assentem com um movimento de cabeça. Ele, porém, quer uma explicação.

– Mas, por quê? O que foi que eu fiz?

– O que foi que não fez – Pietro sorri para ele assentindo com a cabeça e pisca. – Nós o consideramos inocente.

Alex acordou justo nesse momento. Caminha pela casa, já são sete e vinte. Reflete sobre o sonho sem conseguir entender. Vai até o computador. "Que reuniões temos hoje?" Abre a página das reuniões. "Ah, sim, *briefing* ao meio-dia, mas não é muito importante, e à tarde a checagem de uns designs." Nesse instante, como por encanto, percebe que Niki não fechou sua página no Facebook. Toma a decisão em um instante, em um momento que parece eterno, envolvido em um silêncio enfeitiçado, quase suspenso. "Sim, tenho curiosidade. Quero saber." De modo que, repentinamente fraco, ávido, mesquinho, clica e um mundo se abre para ele. Uma série de garotos de quem nunca ouvira falar e a quem não conhece, e todas as suas mensagens no mural.

"E aí, linda! O que anda fazendo? Está namorando? Quando vamos nos ver? Você é uma gracinha, sabia? Está mesmo namorando ou é só armação?" Giorgio, Giovanni, Francesco e Alfio. Os nomes mais absurdos, os comentários mais absurdos e as fotografias ainda mais absurdas. Um sujeito de óculos espelhados, corrente de ouro, camiseta branca, calça jeans justa, jaqueta de couro, cinto com uma fivela enorme e músculos proeminentes. Outro de cabelos compridos caindo nos olhos, magro, com uma camisa justa estilo roqueiro. Um ou outro mais intelectual, de oclinhos e rosto comum. "Mas quem é toda essa gente, quem são, o que querem e, principalmente, o que fazem na página de Niki? Dão medo, mordem em vez de cortejar." Alex empalidece, torna a se ver naquela sala com os advogados amigos e inimigos que assentem como antes. E, de repente, compreende o sonho. Culpado! Sim, culpado por tê-la deixado escapar.

16

Alex toma o café da manhã, faz a barba, toma banho, veste-se, e em um abrir e fechar de olhos está no carro. "Não pode ser... Você, com 37 anos completos, faz isso de novo... Não, não é possível." Mas, depois, ouve um eco distante, uma frase que já ouviu antes: "Alex, o amor não tem idade". É verdade; sorri: é exatamente assim. Logo seu sorriso se torna mais contido. É verdade, não tem idade. Para o bem e para o mal.

A campainha toca. Enrico olha o relógio. Muito bem, chegaram. Vai abrir. No hall há uma fila de garotas esperando. Tantos *looks* e estilos diferentes. Uma loura com muitas trancinhas e um macacão jeans. Outra de boné de aba azul e vestidinho florido. Outra lê um livro e tem um fone no ouvido. Enrico conta rapidamente. Devem ser umas dez. Muito bem. O anúncio teve repercussão.

A primeira garota da fila, que tocou a campainha, cumprimenta-o:

– Olá, é aqui?

– Bom dia! Sim – responde Enrico olhando para ela. Usa uma calça *skinny* de duas cores, cintura alta, e uma camiseta leve de manga comprida, preta e completamente transparente que deixa à mostra o sutiã.

– Bem – sorri mascando um chiclete. – Estou pronta.

– Entre, por favor.

A garota passa a seu lado e para no meio da sala.

– Onde fico?

Enrico cumprimenta as outras garotas que estão no hall de entrada e diz que as chamará a seguir. Fecha a porta.

– Aí está bom, ao lado da mesinha, ficaremos mais confortáveis.

– Mas sentada não dá...

Enrico olha para ela espantado.

– Desculpe, mas não dá o quê? Ok, se prefere ficar em pé, tudo bem, conversaremos em pé.

A garota o observa e esboça um sorriso.

– Ok. Vamos ver, meu nome é Rachele, tenho vinte anos e canto desde que tinha seis.

Enrico a ouve. Coça levemente a testa.

– Ah, é? Bom, Ingrid adora música.

Rachele olha para ele.

– Ingrid? Quem é Ingrid? Outra examinadora?

Enrico começa a rir.

– Bem, na verdade, ela é que deveria escolher, só que não pode. É melhor eu mesmo escolher.

– Ah..., pois bem, o que eu mais gosto é pop. E sei todas as canções de Elisa e de Gianna Nannini.

Enrico olha para ela com mais atenção. Pelo visto, ela se concentra no repertório musical. Deve ser assim que se distrai crianças.

– Ok. Você tem muita experiência com crianças?

– Hein?

Enrico levanta as sobrancelhas.

– Você sabe lidar com crianças?

Rachele parece pasma.

– Pode me explicar que tipo de espetáculo pretende montar?

– Espetáculo? – Enrico olha para ela surpreso.

– Sim, o teste. Para que espetáculo está nos selecionando?

– Aqui, o único espetáculo é minha filha Ingrid.

– Sua filha? Ingrid? Desculpe, mas...

– Rachele, por que está aqui?

– Como, por quê? Vim fazer o teste para cantora!

Enrico olha para ela e solta uma gargalhada.

– Cantora? Mas eu estou procurando uma babá!

Rachele pega bruscamente sua bolsa, abre-a e tira um jornal.

– Ah, não, eu me enganei. Que saco!

– Se bem que ter uma babá que canta não é uma má ideia! – diz Enrico.

– Caramba...

Enrico nota sua decepção.

– Ok, fica para a próxima – e a acompanha até a porta.

Abre-a, mas quando ela está prestes a sair, volta-se.

– Por acaso não conhece alguém que esteja procurando uma cantora?

Enrico olha para ela negando com a cabeça. Rachele faz uma careta e se afasta.

– Enfim...

– Quem é a próxima?

– Eu!

Uma garota de cabelo curto e ruivo vai em direção à sala. Enrico torna a fechar a porta.

– Boa tarde, meu nome é Katiuscia e tomei a liberdade de preparar uma coisinha – Tira da mochila duas folhas dobradas e as abre. Olha para elas com ar sério e limpa a garganta. – Vejamos. Acho que talvez o melhor papel seja o de Scarlett Johansson em *O diário de uma babá,* não? Quando ela interpreta Annie Braddock, a jovem que nunca arranja emprego e depois vira babá de Grayer, cuja mãe é uma dondoca. Nesta cena, eles estão juntos, ela e o menino. Posso representá-la aqui, em pé – Katiuscia fala rápido e se prepara para recitar algo.

Enrico a interrompe:

– Não, não, espere, espere. O que está fazendo? Não precisa representar nada para me mostrar se serve para o cargo.

– Como não? E como pode saber, então?

– Vou fazer uma entrevista, só isso. Que horário você pode fazer? Porque eu preciso de alguém que fique com Ingrid até por volta das sete. Enfim, que seja um pouco flexível.

– Desculpe, mas não é o teste para o papel de babá em um filme?

Enrico não pode acreditar. Que tipo de gente foi até sua casa? Ninguém entendeu uma palavra!

– Não, ouça, só estou procurando uma babá para minha filha.

– Caramba, pois poderia ter escrito isso, não?

– Foi o que fiz! No jornal!

– Não, devia explicar direito!

É inacreditável. Enrico decide não dar muita trela.

– Ok, ok. Tudo bem.

– Tudo bem para você, mas eu passei a noite inteira me preparando para o papel. – Katiuscia pega a mochila, ajeita a roupa e vai saindo. – Você não deveria enrolar as pessoas assim. – E sai batendo a porta.

Enrico a segue. Abre novamente a porta e a vê desaparecer feito um raio. Enrico abre os braços.

– Muito bem, quem é a próxima?

E uma após a outra, entrevista todas as garotas. Fala. Pergunta. Pelo menos, essas entenderam o anúncio. São babás de verdade! Algumas parecem convencê-lo; outras, nem tanto. Vai buscar Ingrid, tenta ver como se relaciona com as aspirantes a babá, pensa, avalia, faz uma ou outra pergunta mais. Diz a todas: "Eu ligo." E quando acompanha a última até a porta e ela se despede e se afasta agradecendo, Enrico vê uma garota passando pelo hall nesse momento. Carrega duas sacolas de compras de tecido verde e uma mochila nas costas. Ouve música com fones de ouvido.

– Muito bem, a última. Entre, por favor – faz um movimento com o braço para que entre na casa.

A garota é loura, de cabelo liso penteado para trás e preso por uma pequena tiara azul. Usa uma calça branca e um suéter azul; nota o gesto, mas não o ouve. Olha para ele um pouco surpresa. Para, deixa as sacolas no chão e tira um dos fones.

– Está falando comigo?

– Claro, com quem mais? Você é a última de hoje. Vamos, entre.

Ela faz uma pequena careta. A seguir, tira o outro fone do ouvido. Olha para o relógio. Olha por uns instantes para frente como se tentasse enxergar algo ou alguém ao fundo do hall.

– Mas eu...

– Eu, o quê? Já está um pouco tarde, mas ainda temos tempo. Tenho que ir para o escritório, então, se não fizermos isso agora, vamos ter que deixar para amanhã. Entre, é rapidinho.

A garota parece cada vez mais espantada com a situação. "Mas o que esse sujeito quer? Até que tem uma cara simpática, parece agradável. Estou curiosa. Mas, na verdade, não o conheço. Não deveria estar aqui perdendo tempo." No fim, porém, a curiosidade vence. Esboça um sorriso. Pega as duas sacolas do chão.

– Fez compras?

– Sim, por quê?

– Por nada.

Enrico balança a cabeça e reflete durante alguns minutos. É verdade, ela tem razão, o que há de mau? Ao contrário, até parece uma garota mais prática que as outras: vai fazer uma entrevista e aproveita o tempo para fazer compras.

– Entre, por favor – Enrico a guia dentro do apartamento.

A garota o segue ainda hesitante. Entra, olha em volta. Vê um monte de coisas jogadas de qualquer maneira em cima do sofá, chinelos virados e um pôster na parede. Uma fotografia. Um homem abraçando um recém-nascido de roupinha rosa e uma chupeta. Uma menina, então. Reconhece o sujeito da foto, é o mesmo que a convidou para entrar.

– Pode se sentar aí. Então, como você se chama?

A garota deixa as sacolas no chão novamente e se senta.

– Anna.

– Prazer. Como já deve saber, sou Enrico. Papai Enrico... – Ri um pouco envergonhado.

Anna olha para ele. "Na verdade, não sabia que você se chama Enrico. Nem que é pai." Continua não entendendo a situação, acha cada vez mais engraçado e decide fazer o jogo dele.

– Quantos anos você tem?

– Vinte e sete. Estou acabando a faculdade. Faço psicologia.

– Psicologia? Perfeito! E quanto tempo livre tem por dia?

– Ah, eu não trabalho, e, tirando umas poucas aulas a que assisto na faculdade, para ser sincera, estou sempre em casa.

– Bom, isso seria perfeito. Onde você mora? Longe daqui?

Anna continua não entendendo nada.

– Na verdade, moro no andar de cima. É que, antes...

– Não! Não acredito. Aqui em cima? Nunca a vi. Então, resolveu ficar para fazer a entrevista antes de voltar para casa. Perfeito! Assim seria muito mais prático, realmente.

– Eu me mudei há pouco tempo. Minha tia me deixou o apartamento. Talvez já a tenha visto: é uma senhora alta, ruiva. E meu namorado veio morar comigo há algumas semanas. – "Por que estou dando tantas explicações?"

– Certo. Seja como for, você parece perfeita. Estuda, e por isso tem um horário mais flexível. Mora no andar de cima. Sim, decididamente é perfeita. Quando pode começar?

– Começar o quê?

– Como o quê? A ser a babá de minha filha. Veio para isso, não?

– Na verdade, não. Como você insistiu, entrei. Eu só estava passando pelo hall para ir para casa. Nunca pego elevador. Assim, faço um pouco de exercício.

Enrico olha para ela fixamente.

– Isso quer dizer que não está procurando emprego? Que não está aqui para fazer a entrevista?

– Ah, não. Como disse, foi uma coincidência, eu estava passando por aqui...

– Ah... – Enrico parece decepcionado. Olha pela porta de vidro que dá para a varanda. – Era bom demais para ser verdade...

Anna percebe sua inquietação e sorri.

– De qualquer maneira, você é um homem de sorte.

– Sei! A única que me pareceu boa depois de uma tarde inteira de entrevistas entra aqui por acaso; e, como se não bastasse, nem mesmo está procurando emprego. Muito sortudo, sim. Amanhã vou ter que começar tudo de novo.

– Você deve ser um pessimista crônico. Não acredita no destino? Em coincidências? Antes eu disse que não trabalho, mas não é que não esteja procurando. Ser babá me parece perfeito. Se eu soubesse, bastava ter descido a escada...

Enrico olha para ela e seu rosto se ilumina.

– Fantástico! A partir de amanhã você trabalha aqui – diz, e nem sequer lhe ocorre ir buscar Ingrid de novo. Sabe de antemão que as duas vão se dar bem.

Anna sorri. Levanta-se. Pega suas sacolas.

– Legal. Mas cuidado para não confundir qualquer morador que passar pelo hall com o encanador! – Encaminha-se à porta.

Enrico se levanta rapidamente, adianta-se e abre a porta. Anna passa por ele:

– Até amanhã, então! – E se afasta. Enrico a contempla enquanto ela desaparece ao virar a esquina. "Sim. Parece simpática. E, além do mais, é muito bonita. Mas isso não interessa a Ingrid".

17

Alex estaciona a poucos metros da casa de Niki. Olha para o relógio. São nove e meia. "Ela disse que tinha aula às dez, deveria sair agora." Nesse exato momento, abre-se a porta. E Niki sai. Parece maior, mais mulher. Claro... É Simona, a mãe dela! "Meu Deus, se ela me vir agora... 'Alex! Justamente você? Achávamos que você era o mais velho do casal. O mais maduro e confiável. Porém, o que está fazendo? Espiando minha filha? Por quê? Ela fez alguma coisa errada? Está desconfiando dela?' Bem, me parece normal que ela tenha novos amigos, uma nova escola, a faculdade... Mas tudo isso não tem nenhuma importância."

Alex desliza para baixo no banco, quase desaparece sob o volante, esconde-se envergonhado pelo absurdo de sua ideia. Logo busca um argumento de defesa. "Desculpe, mas não existe amor sem ciúmes." "*La gelosia... più la scacci e più l'avrai... È qui il serpente, è arrivato, è qui seduto in mezzo a noi, lui ti mangia il cuore come fosse un pomodoro, così diventi pazzo tu, e come un toro e come un toro purtroppo non ragioni* *piu...*"* "Mas, o que estou fazendo? Cantando Celentano? Não! Já sei! Tenho que simplificar. Eu vim... por amor!" Nesse instante, olha de novo para Simona, mãe de Niki, e a vê entrar em um carro; volta-se, abre a janela e acena para uma garota que está saindo de moto. Sim. É ela. Niki! Alex dá a partida e sai, esconde o rosto quando cruza com Simona, que segue em direção oposta. Depois, dobra a esquina e segue atrás da moto. Incrível. Como nos melhores filmes: "Siga aquele carro!" Alex ri sozinho. "Ou melhor, essa moto." E, por um instante, tem vontade de abandonar tudo, de sorrir e levar as coisas com mais calma. "Sim, é justo que ela tenha sua independência, sua liberdade, seus contatos, suas mensagens. Ela deve querer que estejamos juntos acima de tudo e de todos, mas não como uma obrigação. É até melhor que tenha vários pretendentes, pelo menos assim poderá comparar entre uns e outros, e, se me escolher, enfim, é porque sou o preferido. É muito fácil ganhar quando se joga sozinho. Ok, vou chegar antes ao escritório, assim tentarei fazer algum progresso sobre a ideia do filme."

De repente um turbilhão, uma coisa estranha, uma conjunção astral, enfim, sabe lá por que razão o volume do rádio aumenta de repente, invade seus pensamentos e apaga seu sorriso. Ram Power 102,70. "Una la vivi, una la ricordi". "*Ti stai sbagliando chi hai visto non è... non è Francesca. Lei è sempre a casa che aspetta me. Non è Francesca... se c'era un altro poi... no non può essere lei...*"** E em um instante Mogol e Battisti se transformam nos diabos tentadores, e surgem em sua mente todas as imagens do mundo, como se fosse um filme montado pelo melhor diretor de todos os tempos. Amor. Traição. Mentiras. E pronto. *De caso com o acaso*, quando Gwyneth Paltrow, por uma estranha fatalidade do destino, volta para casa e encontra o marido com a amante. Desvanece, e agora é *Infidelidade*, quando Richard Gere recebe uma multa de trânsito de sua mulher que o leva até a casa onde mora aquele jovem que vende livros usados, e descobre que ele tem um caso com ela, nada a ver com os livros. Uma nova fusão e surge *Men*, de Doris Dörrie, quando o marido esquece um folheto em casa, volta para buscá-lo e vê sua mulher sair; mas pouco antes ela estava na cama com bobes na cabeça. Então, ele a segue e a vê rodar por um prado... A seguir, Alex pensa em Enrico e sua mulher, que fugiu com um advogado que o próprio marido lhe apresentou. Em Pietro e em todas as suas amantes. E para de acalentar dúvidas, pisa no acelerador e começa a correr com uma única certeza. Sim, Celentano tem razão. Sou ciumento.

* "O ciúme... quanto mais você o afasta, mais o sente... Eis aqui a serpente, chegou, está sentada entre nós, engole seu coração como se fosse um tomate, e o enlouquece, e como um touro, e como um touro, infelizmente, não há mais razões." (N. T.)

** "Você está enganado, quem você viu não é... não é Francesca. Ela está sempre em casa me esperando. Não é Francesca... E se estava com outro... não, não pode ser ela..." (N. T.)

18

Alex vê Niki descer da moto, travar a roda e atravessar apressadamente o portão da universidade. Está desesperado. E agora, onde estaciono? Como posso saber aonde ela vai? De repente, um carro sai e deixa um lugar livre. Bem na hora! É incrível. Caprichos do destino. O que será que significa? O que isso quer dizer? Nesse mesmo instante, o rádio chama sua atenção de novo. Carmen Consoli. "*Prima luce del mattino, ti ho aspettato cantando a bassa voce e non è la prima volta, ti ho anche seguita con lo sguardo sopra il tavolo e tra i resti del giorno prima, e tra le sedie vuote qualcosa nell'aria suggeriva, in fondo non c'è troppa fretta, mentre accarezzavo l'idea delle coincidenze, raccoglievo segnali... spiegami cosa ho tralasciato, è quell'anello mancante la fonte di ogni incertezza, spiegami cosa mi è sfuggito...*" * "Sim, os sinais. Niki, estou perdendo algum? É estranho como às vezes as palavras mais inocentes se transformam em justificativas de nossas ações."

Mas Alex não tem tempo de pensar. Nem de se preocupar. Desce do carro e o tranca. Segundos depois, já está correndo pelas pequenas alamedas da universidade... "Meu Deus, eu a perdi." Olha em volta e a vê. Ali está, bem em frente a ele, caminha entre os estudantes, quase pulando, vê seu cabelo preso balançar com o vento. Niki sorri e toca as plantas com a mão direita, como se pretendesse acariciá-las, como se de algum modo quisesse fazer parte desse pedaço de natureza que com dificuldade surge nesses pequenos espaços de terra, que ainda respira entre as grandes lajes de mármore branco e de cimento.

– Oi, Niki – alguém a cumprimenta chamando-a pelo nome.

– Niki, linda! – outro, usando um *nick* da Internet.

"Niki linda. O que ele quer dizer? Claro que ela é linda. Não precisa que ninguém me diga, mas qual a necessidade de proclamar isso aos quatro ventos? Além do mais, quem é esse?" Não tem tempo de concluir. Uma freada repentina a suas costas. Um homem de meia-idade põe a cabeça para fora do carro.

– Meus parabéns! Onde está com a cabeça? Mas não está nem aí, não é? Se morrer, seus pais é que vão chorar, não é? – e continua esbravejando como um louco.

– Ssshh, por favor...

– Ah, isso é a única coisa que sabe dizer? "Por favor". Em que mundo você vive, hein? Onde está sua capacidade dialética?

Alex volta-se preocupado. Os jovens que estão sentados no murinho olham, curiosos e achando graça, o que está acontecendo. Niki continua avançando de costas para ele. "Ufa, ainda bem, não me viu."

– Desculpe, tem razão, eu estava distraído.

---

* "Primeira luz da manhã, eu o esperei cantando baixinho e não é a primeira vez; até o segui com o olhar por cima da mesa, entre os restos do dia anterior, e entre as cadeiras vazias algo flutua no ar. No fundo não há muita pressa. Enquanto acalentava a ideia das coincidências, recolhia os sinais... Explique-me em que me descuidei, é aquele anel que falta a fonte de todas as incertezas. Explique-me o que deixei escapar." (N. T.)

Alex aperta o passo e se afasta tentando não perder Niki de vista; ela, enquanto isso, vira para a direita ao fundo da rua. Alex passa pelo grupo de jovens que antes a cumprimentou. Um deles, que presenciou toda a cena, desce do muro:

– Esse sujeito é assim. Ele é ruim, sabemos como é.

– Sim – acrescenta outro –, já sofremos na carne com ele. E em nossos boletins também!

– Sim, o senhor não precisa se preocupar!

Alex sorri. Depois, um pouco menos. Chamaram-no de "senhor". Senhor. Mãe do céu, que impressão! Senhor. Velho. Adulto, mas também velho! Senhor... "É a primeira vez que me chamam de senhor!" E só então nota quantos jovens há a sua volta e a quantidade de anos que o separa deles. Jovens como Niki. Segue caminhando até chegar ao fundo da avenida. "Pois sim, para eles sou um senhor. Quer dizer, senhor equivale a Matusalém, velho, arcaico, antigo... Será que para Niki sou velho também?" E com essa última grande pergunta na cabeça, entra na Faculdade de Filologia.

19

Na grande sala, o professor caminha em frente à mesa, move-se, agita-se, participa curtindo sua aula.

– "Como homem ciumento sofro quatro vezes: por ser ciumento, por me culpar por ser assim, por temer que meu ciúme prejudique o outro, por me deixar levar por uma banalidade; eu sofro por ser excluído, por ser agressivo, por ser louco e por ser comum." Pois bem, isto é o que diz Roland Barthes em *Fragmentos de um discurso amoroso.* Fala do ciúme. O que é mais doentio, mais difícil de determinar? O ciúme sempre existiu. Ao que parece, temos uma endorfina que gera o ciúme de uma maneira automática, como uma luz que se acende, que indica o perigo, ou melhor, a avaria... E nosso Barthes, ensaísta, crítico literário e linguista francês, nos dá, em minha opinião, uma definição excelente do que é.

Alex não acredita. Uma aula sobre ciúme. Que dia! Observa furtivamente a sala e a vê: está um pouco mais embaixo. Dirige-se à última fila e continua olhando para ela enquanto avança entre os bancos antes de acabar atrás de um estudante com cabelos *à la* Giovanni Allevi; um esconderijo perfeito, em poucas palavras. O professor prossegue.

– E se, segundo a opinião de Rochefoucauld, no ciúme há mais amor-próprio que amor, poderão entender quantos motivos temos à nossa disposição hoje para debater com profundidade sobre o ciúme na literatura, um tema que não interessa só a seus colegas de psicologia.

O professor continua explicando enquanto Niki se inclina e tira da mochila um caderno grande que coloca em cima da mesa, canetas e marca-textos fluorescentes. Abre o caderno enquanto ouve as palavras do professor. De vez em quando anota algo, depois apoia o cotovelo na mesa e descansa um pouco a cabeça. Boceja uma vez ou outra e no final, só no final, tampa a boca com a mão. Alex sorri, mas pouco depois Niki parece ver alguém um pouco mais embaixo, à esquerda, e cumprimenta. "Oi, oi!", parece dizer de seu lugar enquanto agita os braços em silêncio. A seguir, com outro gesto indica que se verão depois. Alex fica receoso e, curioso, deixa o jovem Allevi à sua direita e se inclina para frente para ver com quem Niki está falando. Bem na hora. Uma garota faz um sinal de "legal" com a mão, sorri e, a seguir, volta a prestar atenção ao professor. Niki olha para ela uma vez mais e depois se concentra de novo na aula. "Que gracinha! É uma amiga dela. E eu imaginava... Mas, o que devo imaginar? Sou um imbecil." Nesse momento, como se suas dúvidas tivessem adquirido de repente peso e forma, como se curiosos houvessem se aproximado para espiá-la ainda mais de perto, Niki se volta e olha para trás. Alex se esconde de novo atrás do estudante, esconde-se por completo transformando-se em uma espécie de estátua, perfeitamente alinhado com o jovem que está à sua frente, como se fosse sua sombra. Está preocupado, quase sem ar. Depois, pouco a pouco, inclina-se para a direita. Niki se vira de novo, agora está olhando para frente e ouve o professor.

– Mas nosso François de La Rochefoucauld não parou por aí; acrescentou que existe um único tipo de amor, mesmo existindo inúmeros casais diferentes.

Alex suspira. "Menos mal, não me descobriu aqui."

– Chefia? Chefia?

Alex se assusta. Em sua fileira, escondido embaixo do banco e apoiando a mão na cadeira, há um sujeito estranho. Usa uma jaqueta militar com estrelinhas espalhadas aqui e ali sobre os ombros, cabelo comprido e um pouco cacheado, com rastafári, e preso com uma fita vermelha. O jovem sorri.

– Desculpe, chefia, não queria assustá-lo. O que vai querer? Maconha, ecstasy, coca... Tenho de tudo.

– Não, obrigado.

O sujeito dá de ombros e sai da sala, evaporando da mesma forma que surgiu. Alex balança a cabeça. "Mas que resposta foi aquela? Não, obrigado. Mas o que é que estou fazendo aqui?" Sai da sala sorrateiramente, tentando passar despercebido. Melhor ir para o escritório. E vai apressadamente para seu carro. Sai feliz pela avenida, de novo sereno, sem saber quantas coisas poderiam ter sido diferentes se tivesse ficado até o final da aula.

20

Olly está tirando fotocópias. Já se passou algum tempo desde que começou o estágio. Está entediada. Só às vezes, quando encontra Bruno pelos corredores, seu humor muda. A bem da verdade, esse rapaz é um pouco distraído, um desastre, mas também é engraçado, gentil e sincero. E é o único que lhe conta como as coisas funcionam realmente na empresa. O único disposto a lhe dar uma mão.

A sala onde se encontra a pequena mesa que deram a Olly é grande e bem iluminada. Sobre ela, colocou alguns bonecos e a fotografia das Ondas. Preferiu evitar a de Giampi. Talvez por pudor, quem sabe. Guarda em uma das gavetas suas folhas de desenho. De vez em quando, no fim da tarde, quando as pequenas tarefas que lhe atribuem terminam – sempre pouca coisa e, de qualquer maneira, e bem longe das suas verdadeiras aspirações –, distrai-se desenhando inspirando-se no que vê em volta. Trabalha na sede central de um ateliê de moda. "Muito bem, esta é minha bagunça." E relembra uma entrevista com Luciano Ligabue que viu na televisão. Ficou muito impressionada. Ele dizia: "Observei que o sucesso não é como esperamos, não bate com a famosa equação sucesso = felicidade. Resolve um monte de coisas, muitas delas são ótimas, mas não é o que achávamos. E, de alguma forma, para justificar que, afinal de contas, eu o mereço um pouco, compus *Una vita da mediano*. Para dizer: saiba que o sucesso não me chegou do nada. Escrevi essa canção em um momento em que sentia a necessidade de justificar meu sucesso, coisa que, por outro lado, é uma grande bobagem. Mas, ao mesmo tempo, é uma fase pela qual devo passar." Olly sorri. "Espero que comigo aconteça algo parecido, apesar de não estar muito no rumo. Neste momento, não me sinto nem uma mediana. Estou muito abaixo disso!"

Várias garotas digitam no computador, uma telefona para fazer um pedido, outra digita em um PDA. Estão sendo feitos os preparativos do novo desfile interno destinado aos clientes, e a agitação está no ar. Bruno explicou a Olly que a empresa revolucionou o conceito de distribuição no mundo da alta costura. Em vez de obrigar os clientes a comprar grandes quantidades de peças com vários meses de antecedência, montaram *showrooms* por toda a Itália, que os varejistas visitam com regularidade a fim de ter em suas lojas só as últimas novidades e trocá-las com frequência, como se faz no prêt-à-porter. Só que o conceito aplicado, neste caso, à alta costura. Nem é preciso dizer que o *showroom* mais importante é o da empresa. Por isso toda essa excitação: amanhã vão chegar os varejistas para a reunião quinzenal.

De repente entra Eddy. As garotas param e se calam depois de cumprimentá-lo. Suas visitas não são frequentes. Olly as imita.

– Bom dia, o que estão fazendo? Dormindo? Quero de novo os *banners* para amanhã.

Uma garota abre rapidamente o *notebook*, pede a ele que se aproxime e lhe mostra algo.

– Os *banners* já foram impressos. E, segundo o diretor, são estes, veja.

Eddy olha impassível para a tela. Não diz uma palavra. Não deixa entrever nenhuma expressão. Olly o observa. Está a certa distância deles, mas isso não a impede de sentir raiva. Esse homem lhe provoca um mal-estar instintivo. É mais forte do que ela.

– Que porcaria. Vocês acham que vamos fazer o desfile amanhã com *essa coisa* em volta?

A garota engole em seco. É evidente que sabe muito bem o que está prestes a acontecer.

– Bem, Eddy, o diretor disse...

– Eu sei o que ele disse. A questão é que, vendo-os hoje, esses *banners* dão nojo. Nojo! Vocês nunca têm uma ideia nova, ousada ou diferente. Nunca conseguem me surpreender.

– Mas é que o diretor gostou – o tom de voz da garota é cada vez mais imperceptível.

– Ah, não tenho a menor dúvida disso. Ele assina os papéis, põe o dinheiro. Mas quem é o criativo aqui, hein? Quem é o criativo? – e eleva o tom.

Todas as garotas e dois rapazes que se encontram um pouco afastados respondem em coro, como se obedecessem a um comando:

– Você.

Nesse exato momento entra Bruno, que, ao notar a presença de Eddy, para na porta.

– Exato. E eu digo que me dão nojo. E que se eu não gosto, o desfile não acontece. A menos que vocês, homens e mulheres do marketing, os operacionais, os técnicos do setor, os que tocam os projetos, inventem outra coisa para amanhã. E algo que me convença, para substituir essa porcaria.

– Mas o diretor...

– Eu falo com o diretor. Vocês façam o trabalho pelo qual ganham. Demais, aliás.

Duas garotas se olham e viram os olhos. Uma faz um leve gesto com a mão disfarçando para que Eddy não a veja. Parece querer dizer: "Sei! Se você soubesse quanto ganhamos...".

Eddy dá meia-volta e, quando está prestes a sair, olha para ela. Olly permaneceu o tempo todo em pé diante de sua mesa.

– Ora, vejam só, temos até pré-escola aqui. – Olly se esforça para não reagir. Eddy se aproxima dela. – Então, como vão as coisas? É excitante fazer fotocópias?

Olly olha para ele e esboça um sorriso falso.

– Bem, sim, quer dizer... eu preferiria fazer outra coisa, como desenhar, mas me dou por satisfeita por estar aqui.

Eddy a observa. A seguir, volta-se e olha para o resto do pessoal.

– Vocês ouviram, pessoal? Ela está disposta a ficar fazendo fotocópias só para estar aqui! – Depois olha para a mesa de Olly. Vê o *notebook*. O porta-retratos com a fotografia. Torna a olhar para ela. – E como vão os desenhos de pré-escolar? Já conseguiu passar pelo menos para o primeiro ano?

Olly suspira, inclina-se, abre a gaveta, pega sua pasta, coloca vários desenhos sobre a mesa e endireita o corpo novamente. Em silêncio. Eddy a observa. A seguir, baixa o olhar em direção à mesa. Olha os papéis por um momento. Pega um. Mantém a mesma expressão impassível de momentos antes. Torna a deixar o desenho sobre a mesa. Olha para Olly fixamente. Ela treme, arfante. Seu coração bate a toda velocidade. Suas mãos suam, mas ela tenta manter a calma.

– Digamos que chegou ao segundo ano. Vê como está melhorando com a fotografia? – e se volta sem acrescentar mais nada, sem esperar sequer uma resposta.

Abandona a sala da mesma forma que entrou, e todos voltam a respirar aliviados. Duas garotas bufam, outras correm para o telefone e um rapaz começa a queimar os miolos tentando pensar em alguma coisa.

Bruno se aproxima de Olly.

– Caramba! – diz espantado.

– Caramba, o quê? Ainda estou tremendo! – diz Olly, que só então consegue guardar os papéis no lugar.

– É incrível!

– O quê? Ele sempre me humilhar desse jeito?

– Humilhar? Não percebeu que ele fez um elogio? E saiba que isso é raríssimo!

– Ah, aquilo era um elogio?

– Garanto que sim. Você precisa saber interpretar Eddy. Ele é um artista, tem sua própria linguagem.

– É? E onde posso comprar um tradutor?

21

A aula acabou. Niki está colocando de novo o caderno e as canetas na mochila quando alguém se senta ao seu lado.

– Gostou da aula?

Ela se vira surpresa. É Guido. Olha para o fundo da sala um instante, depois volta a se concentrar em suas coisas.

– Ah, sim, adoro esse professor.

– Ah, é? E como acha que ele é? Um sujeito sincero, falso, delicado, insensível, oportunista, altruísta ou mulherengo?

Niki começa a rir.

– Mulherengo... mas, que termos!

– J. M. Coetzee diz que só os homens detestam os mulherengos, por ciúme. As mulheres, porém, gostam. Mulheres e mulherengos são inseparáveis.

– Bom, seja como for, acho que Trasarti gosta de humanidades, que é uma pessoa gentil e sensível e que talvez... talvez, pelo modo como se movimenta, pela feminilidade que transparece através dele, poderia sim também ser homossexual. Mas, sendo ou não, digo isso como um elogio, viu?

– Deixe que eu levo – Guido coloca no ombro a mochila de Niki.

– Não precisa.

– Mas eu gosto.

– Então está bem – Niki dá de ombros, pouco convencida –, como quiser.

Guido vai na frente, sorrindo.

– Aonde a acompanho?

– Tenho que ir à secretaria para fazer a inscrição para o exame e ver quando serão os próximos.

– Ok, perfeito. Você não vai acreditar, mas é exatamente o que eu tenho que fazer também.

– Realmente, não acredito.

Guido para e olha para ela, erguendo as sobrancelhas.

– Por que não? Porque a alegria e a felicidade que demonstro quando a vejo a fazem você pensar em outra coisa?

– Talvez.

– Sabia que eu também me matriculei em filologia e que talvez tenha que fazer o mesmo exame que você?

– Pode ser. Mas antes que eu marque os exames, você tem que me dizer quais tem intenção de fazer, ok?

– Ok, tudo bem – Guido assente repetidamente com a cabeça. – O que meus amigos disseram prejudica minha pessoa.

– Ou talvez sua imagem.

– Minha imagem?

– Quer saber a verdade? Mas não se ofenda.

– Ok.

– Jura?

– Juro.

– Sua imagem, seu modo de se comportar...

– O que quer dizer?

– Que dá para perceber que você é... que é...

– Que sou...?

– Usando suas próprias palavras, um mulherengo. Você estuda frases de efeito para impressionar, veste-se para ser notado, é simpático e educado com todas as pessoas para ver quem morde a isca.

– Ah, é? E não pensou que talvez esteja enganada?

– Se você está dizendo...

– Claro! Eu devo saber, não acha? Além do mais, o que há de mau em ser gentil com as mulheres? Fazer com que se sintam lindíssimas, importantes, o centro das atenções? Eu não sou mulherengo. Talvez seja o último dos românticos, isso sim.

Niki olha para ele sorrindo.

– Olha, tirando a última coisa, você não disse nenhuma mentira.

– Ah, é? – Guido também sorri. – Então, vou lhe dizer outra coisa. O professor Trasarti é casado e ano passado saiu com uma aluna do curso, Lucilla. Ao que parece, ele até a fez terminar com o namorado, engravidou-a e depois a obrigou a abortar.

– Ora, não acredito em uma palavra.

– Bem, talvez a história do filho... Tem razão, pode ser que isso não seja verdade. E o resto?

– O resto é: a garota se chamava Lucilla, tinha um namorado e manteve um relacionamento com o professor durante todo o curso.

– E como você sabe?

– Muito simples: porque eu era o namorado dela. – Guido sorri, abre os braços e apoia a mochila de Niki sobre o murinho. – Agora, desculpe, mas esqueci que tinha um compromisso. Este mulherengo a saúda.

E afasta-se. Niki fica espantada e também contrariada por um instante. Não pretendia fazer Guido se sentir mal. Pega a mochila e sobe a escada para ir à secretaria, mas nesse exato momento cruza com o professor Trasarti.

– Olá – ele a cumprimenta com um belo sorriso. – Precisa de alguma coisa?

Recordando a história que Guido acaba de lhe contar, Niki imagina que o professor olha para ela com outros olhos, como um homem atirado, e não sensível e delicado, e então, sem querer, fica vermelha.

– Não, obrigada, professor, só vim me inscrever para os exames.

– Ah.

Sem lhe dar tempo de acrescentar mais nada, Niki passa por ele.

– Desculpe, estou atrasada – e desaparece depressa, correndo.

Niki caminha a toda velocidade, e quando chega ao final do corredor, olha para trás. Ainda bem, o professor foi embora. Diminui o passo e sorri para si mesma. "Quem sabe se todas essas histórias são verdade? Sou muito influenciável. Mas não, devem ser verdade. Senão, por que Guido teria me contado uma coisa assim? Para se aproveitar da ternura, da pena que eu poderia sentir ao saber que sua namorada o trocou pelo professor? Imagine..." Niki checa a lista de exames. É verdade que seus amigos descreveram Guido como um sujeito que faria de tudo para impressionar uma garota. Inscreve-se para as próximas provas e depois fecha a lista. "Ora, para impressionar ele não precisa de todas essas artimanhas. É um cara atraente, simpático e divertido. E, no fim, até me despertou um certo carinho." Mas logo muda de ideia. "Niki, o que você está dizendo? Está ficando maluca? Pelo visto, Alex tem razão." Depois, quase começa a rir e lhe ocorre uma ideia. "Sim! Maravilhoso. Isso eu quero fazer. Ele merece." E sai correndo da secretaria, desce as escadas e pula os últimos degraus. Dá a volta no hall e começa a descer de novo rapidamente. Pula outra vez e, bum, cai em cima do professor Trasarti que, por conta do impulso, cai de cara no chão.

– Ai...

– Oh, desculpe, professor. – Niki o ajuda a levantar.

Ele limpa a calça sacudindo vigorosamente o pó com as mãos.

– Obviamente você não está atrasada. Está superatrasada!

Niki sorri, um pouco envergonhada. O professor parece estar mais tranquilo.

– Posso levá-la, se quiser.

– Não, obrigada, estou de moto. Talvez em outra oportunidade – e afasta-se de novo rapidamente.

– Ok – o professor a observa com um sorriso no rosto.

"Niki, maldição! Hoje você não está dando uma dentro. Não só o jogou no chão, como quando se ofereceu a acompanhá-la, você respondeu: 'Talvez em outra oportunidade'. E que 'talvez' é esse? Dá a entender a possibilidade, a esperança, o desejo... de que a acompanhe. Caramba! Isso sim que não deve acontecer." Balança a cabeça. Pelo menos de algo tem certeza: Guido não mentiu. Algumas coisas simplesmente se percebem. "Coitado, ele não merecia que o tratassem assim. Tenho que esclarecer as coisas com ele." Decide isso com a maior tranquilidade. Talvez demais. Sem saber que, mais uma vez, está enganada de novo.

22

– Posso entrar, Leonardo? – O diretor vê Alex colocar metade do corpo porta adentro.

– Claro! Você sabe que é sempre um prazer vê-lo. Ou melhor, minha sala está sempre aberta para você.

Alex sorri.

– Obrigado. – Mas não acredita em uma só palavra. – Eu trouxe uma coisa. – Coloca um presente em cima da mesa.

Leonardo pega o pacote e o examina.

– O que é? – Gira-o, curioso, nas mãos. Parece um CD ou um livro pequeno.

– Abra.

– Mas não é meu aniversário.

– Também não era o meu.

– E o que isso tem a ver? O meu era para demonstrar minha alegria por tê-lo aqui de novo entre nós.

– E o meu é para manifestar o prazer de estar de novo aqui com vocês.

– Hum... – Leonardo entende que Alex tem segundas intenções.

Desembrulha o pacote. É um DVD. *Sabe o que é?*, é o título que se lê na linda capa de papel couché.

– Nunca ouvi falar.

– Eu acho que você conhece. Vamos ver.

Leonardo sorri e dá de ombros. Na verdade, não faz ideia do que pode ser. Introduz o DVD no tocador e liga uma grande tevê de plasma fixa na parede. Ouve-se uma música tribal. Tum, tum, tum. Aparecem uns chimpanzés batendo ritmicamente em uns troncos grossos. E imediatamente depois, a toda velocidade, todos os colaboradores, os designers gráficos da Osvaldo Festa. A seguir, de repente, passa para o clipe de Pink Floyd: "We don't need no education". Vários estudantes caminham no lugar dos famosos martelos, mexendo as pernas ritmicamente, e depois aparecem de novo os animais.

O filme continua; Leonardo aparece falando em câmera lenta com o poderoso rugido de um leão ao fundo, e imediatamente após Charlie Chaplin em *O grande ditador*, e depois de novo Leonardo dando instruções, e a seguir Chaplin apertando uns parafusos com uma chave inglesa até acabar nas engrenagens. De repente, tudo chia e ouve-se uma espécie de freada. Os fotogramas de Chaplin ficam congelados. Uma câmera subjetiva foca-se rapidamente em um homem que está bebendo sentado em uma poltrona. Volta-se. Corta. E Alex sorri para a câmera e diz: "Não vou cair na armadilha!".

Leonardo fica de queixo caído.

– Mas... mas...

– Fiz isso com a câmera e o computador de edição acelerando os fotogramas do filme institucional da agência, aquele que apresentamos ano passado durante as grandes reuniões.

– Mas é genial! Eu ia lhe propor... Você sabia que temos que rodar um filme, um curta-metragem? É a primeira vez que nos encomendam a produção de um filme; não somos mais uma simples agência: agora somos também uma produtora, e tudo graças a você, ao sucesso de LaLuna. Até agora, os japoneses nunca haviam realmente acreditado em nós. Se conseguirmos aumentar as vendas nem que seja só 10%, teremos um aumento de benefícios. Sabe de uma coisa?

– O quê?

– Conseguimos 200%. Ganhamos muito, muitíssimo mais do que podíamos imaginar.

– Ganhamos? Leonardo, você...

– Sim, e...

– E agora você não pretende parar.

– Temos que trabalhar ainda mais! Temos a possibilidade de produzir esse filme. E você mostrou isso. Você é genial.

– Por acaso você viu o título do curta? Eu não vou cair na armadilha. – Alex vai até a porta. – Não conte comigo. Quero fazer o mínimo indispensável, já lhe disse isso.

– Mas, como? Eu lhe dei a maior sala...

– Eu não pedi.

– Dei-lhe um aumento significativo.

– Também não pedi isso.

– Dei-lhe uma nova assistente.

– Isso eu pedi, mas até hoje ainda não vi ninguém.

– Está esperando você na sua sala.

Alex fica surpreso.

– Arrumou uma justamente hoje?

– É que andei procurando muito. Queria contratar a melhor.

– Isso eu quero ver.

– Em todos os sentidos.

Mas Alex já saiu da sala de Leonardo e nesse momento está se dirigindo rapidamente para a sua. Cruza com Alessia, sua assistente de sempre.

– Alex, há uma pessoa...

– Sim, obrigado, eu sei.

Andrea Soldini o observa com uma expressão quase desconcertada. Está de queixo caído. Alex o olha preocupado.

– Ei, você não voltou a...

– De jeito nenhum! – Soldini ri. – É que não encontro as palavras. Vamos ver... sabe as russas? Pois é muito mais.

– Sei! – Alex balança a cabeça e entra em sua sala.

– Olá – Ela se levanta da cadeira. É alta, de cabelo castanho cacheado. Um belo sorriso. Ou melhor, um sorriso maravilhoso. E não só isso.

– Bom dia.

– Prazer, Alex.

Um segundo depois percebe que se apresentou com extrema descontração, mas ela se encarrega de manter certa formalidade.

– O diretor me disse para esperar aqui dentro. Espero que não se incomode. Meu nome é Raffaella, muito prazer.

Alex e Raffaella trocam um aperto de mãos. A jovem tem pernas longas, um corpo perfeito, e usa um lindo vestido, leve e elegante.

Tudo em ordem. Muito em ordem. É uma gracinha.

– Deixei meus trabalhos em cima de sua mesa.

Alex os examina com ar profissional e depois olha para ela por cima de uma folha. Ela continua em pé.

– Sente-se, por favor.

– Obrigada. – De novo esse sorriso maravilhoso.

Alex tenta se concentrar no *portfolio*, mas não é fácil. Como se não bastasse, ela é muito boa profissional. Como se fosse pouco, Alex? Já está enganado.

– Gosta?

– Sim... São muito bons, sério, diria até que são ótimos. Parabéns. – Alex sorri. Ela também. Seus olhares se cruzam e ficam suspensos por certo tempo. Alex guarda de novo os desenhos na pasta, desvia o olhar. – Bom, muito bom.

– Ah, trouxe isto também – Raffaella tira de sua bolsa um computador idêntico ao que Leonardo deu a Alex, aperta uma tecla e liga o aparelho. Coloca em cima da mesa virado para ele. – É um pequeno clipe. Nada de especial, mas o diretor gostou muito.

Alex assiste ao filme, curioso.

– É um vídeo que fiz durante as férias deste ano. Eu estava em Los Roques, fiz só para brincar, meu pai o filmou. Eu não queria ser a protagonista, isso me incomodava um pouco. Em parte porque havia brigado com meu namorado e estava furiosa – explica Raffaella. – Aqui eu estava chorando – no vídeo se vê, de fato, que procura afastar o pai, que está filmando; em um primeiro momento parece incomodada, mas depois cai na risada. – E depois eu o editei com uma série de combinações com desenhos animados.

De fato, pouco depois começa o vídeo com fragmentos dos primeiros desenhos de Disney; Mickey Mouse em preto e branco, Dumbo e outras imagens muito bonitas. Assim nasce um jogo de alternâncias entre Raffaella, que caminha em câmera lenta pela praia, e Mickey Mouse no papel do aprendiz de bruxo em *Fantasia*.

– Enfim, não sei por quê, mas o diretor, Leonardo, gostou demais.

Alex sorri. "Posso imaginar. Nunca vi uma mulher com um corpaço tão incrível, e que parece não dar a menor importância a isso."

– Está muito bem-feito. Nota-se a criatividade e a vontade de surpreender. – "Mas o que estou dizendo? Alex, chega."

– Obrigada. Ele disse que talvez trabalhemos juntos em algo parecido.

– Sei – Alex fecha o computador e o devolve. – Na realidade, ainda não tomamos nenhuma decisão.

Nesse exato momento seu ramal toca. Alex atende.

– Sim?

– Acabam de chegar os desenhos para a nova campanha. Posso levá-los?

– Ah, sim, claro.

Raffaella guarda de novo o computador na bolsa, pega a pasta e ajeita melhor os desenhos dentro dela.

– Se precisar de mim, estarei em minha sala.

– Perfeito, obrigado.

– Foi um prazer conhecê-lo – agora mais descontraída.

– O prazer foi meu – Alex a observa enquanto sai. – Deixe a porta aberta, por favor.

Ela sorri. Ele ainda a observa. Raffaella se volta para olhar para ele enquanto se afasta. "Ela é realmente linda. Ou melhor, maravilhosa." E por um instante Alex pensa que vão ter que trabalhar juntos. Um dia após o outro, ombro a ombro, lado a lado. Olha para ela pela última vez. "Como era mesmo o nome do meu vídeo?" Nesse exato momento, Raffaella, antes de entrar em sua sala, vira-se pela última vez como se soubesse que ele a continua observando. E abre um último sorriso. Fantasia, criatividade ou simples cumplicidade. Alex ergue o queixo e responde com um sorriso idiota, tão idiota que não pode evitar se sentir um verdadeiro imbecil. A seguir reflete, balança a cabeça, levanta-se e fecha a porta. E nesse instante se lembra do título do vídeo: *Eu não vou cair na armadilha.* E nunca como agora sua escolha lhe parece tanto uma brincadeira do destino.

23

Enrico está arrumando os brinquedos de Ingrid. A menina já está dormindo. Hoje brincou muito com Anna. Quando Enrico voltou para casa, estavam juntas sentadas em cima do tapete. Então Anna pegou sua mochila, cumprimentou-o com seu sorriso habitual e foi embora. "Ela é realmente uma boa garota. Tive muita sorte de encontrá-la." Coloca um ursinho amarelo em uma cadeirinha de plástico de Ingrid. De repente ouve um ruído forte vindo do teto. Uma espécie de golpe seco. Enrico ergue o olhar. De novo. Não entende nada. Não é a primeira vez que acontece. Depois de alguns instantes, outro golpe e ouve alguém arrastar uma cadeira. Enrico para e ouve com mais atenção. Pouco depois, um novo golpe e uma voz masculina abafada vindo de cima. Enrico procura distinguir as palavras. Julga ouvir algo do tipo: "Ah, é? O que você acha? Que eu sou otário?", uma voz grave, de homem, e a seguir uma voz feminina que o tenta acalmar: "Mas você não entende que não adianta? Você é muito ciumento!", e outras palavras que não consegue entender. E outro golpe. Algo cai no chão, um pau, ou ferro, ou algo parecido. Enrico pensa por um instante. Claro. O andar de cima. Anna. O barulho vem do apartamento dela. "Caramba, mas que estão fazendo?" Enrico recolhe outro brinquedo de Ingrid que ficou enroscado atrás do sofá. "Sim, ela me disse que mora com o namorado. Deve ser ele que está armando toda essa confusão." Continua ouvindo, triste e preocupado. "Que pena que uma garota tão bonita e tão gentil esteja com um sujeito como esse. Como é possível?"

24

À tarde. Muito depois.

– Oi, amor, o que está fazendo?

– Niki! Que surpresa! Estou trabalhando.

– Ah... E como foi esta manhã?

Alex fica perplexo por um momento.

– Por quê?

– Não sei, só para saber. Nunca conversamos sobre nossas coisas.

– Ah, esta manhã... – Alex se sente um pouco culpado. Mas por quê? Qual o motivo? À medida que tenta descobrir, o sentimento de culpa vai crescendo. – Esta manhã... esta manhã... Bem, foi tudo tranquilo. Dei uma olhada nos desenhos da nova campanha, são muito bons e estamos bem de tempo; talvez tenhamos que mudar um pouco as cores, mas isso é rápido.

– Ah, então, nenhuma novidade.

Segundos depois, alguém bate à porta.

– Entre.

Raffaella entra com uma pasta na mão. Alex olha para ela levemente envergonhado e cobre o celular com a mão.

– O que foi? – pergunta em voz baixa.

– Queria lhe mostrar estes. Tinha me esquecido.

– Ah, sim, só um instante.

Raffaella sorri e sai da sala. Alex retoma a conversa com Niki.

– Desculpe, o que estava dizendo?

– Não se preocupe, estava perguntando se não tinha nenhuma novidade.

– Não, não... Nada, por quê? – Sente-se um pouco mentiroso por não mencionar essa especial novidade de cachos escuros e pernas muito longas. E um sorriso cativante. E um corpo de tirar o fôlego. E...

– Por nada, Alex, já disse. Pura curiosidade. De qualquer maneira, estava estudando em casa e tive uma ideia: gostaria de convidá-lo pra jantar.

– Jantar?

– Sim... O que você tem hoje, Alex?

É que você nunca me convidou para jantar.

– Porque nunca calhou... Seja como for, um amigo meu abriu um novo restaurante muito legal, na Balduina.

– Está bem. – Alex se acalma um pouco. – Só que não sei a que horas vou sair daqui hoje.

– Sem problemas. Então, a gente se vê umas nove e meia; acha que vai dar a essa hora?

– Sim, tudo bem.

– Eu mando um SMS com o endereço certinho.

– Ok, um beijo.

Alex desliga e fica pensativo. "Hummm, que estranho. Algo aqui não se encaixa. Por que todas essas perguntas? Meu Deus, e se a tal Raffaella for amiga de Niki?" E imagina uma suposta conversa telefônica entre Niki e Raffaella. "E o que isso tem a ver? Posso lhe dizer que quando conversamos pelo telefone eu ainda não a conhecia. Que marcaram a entrevista com ela para o fim da tarde." Empalidece. "E se já conversaram? Então, com certeza agora Niki deve estar se perguntando: por que ele não me contou? Se for assim, o que posso lhe dizer? Meu Deus, o que estou fazendo? Estou me transformando em Pietro, procurando desculpas antes de ser acusado? Estou tentando me justificar sozinho? De quê? O que foi que eu fiz?" E em um instante volta a se ver em sonhos, com todos os seus amigos vestidos de advogados assentindo com a cabeça. E de novo o declaram culpado.

Assim, Alex só tem uma coisa a fazer: abre a porta e a chama.

– Raffaella, por favor.

– Sim... Desculpe, não queria incomodar, é que eu acabei não mostrando estes – põe vários desenhos em cima da mesa. – É uma campanha feita por outra empresa que fez muito sucesso no Japão.

– Ah... – Alex olha os desenhos, mas não os parece ver. – Ouça, por acaso você conhece Niki Cavalli?

Raffaella sorri de maneira ingênua, talvez até demais.

– Não... pelo menos, acho que não. Por quê? Deveria?

Alex dá um suspiro de alívio, mas a dúvida persiste. Não tem tanta certeza.

– Não, não. Perguntei porque... porque a usamos em uma campanha japonesa, LaLuna – e no exato momento em que a pronuncia, sente a palavra "usamos" sair de forma terrível de sua boca. – E, além disso, ela é minha namorada.

Raffaella sorri.

– Ah, entendi. Parabéns. Mas não, não a conheço, lamento. – Endireita-se, e com muita tranquilidade sai da sala.

"Lamento"? O que ela quis dizer? Talvez seja só força de expressão. Bem, mas para que todas essas perguntas? O que há comigo? Mas Niki perguntar sem parar se tenho novidades também não é normal. E esse repentino convite para jantar? É, tem gato na tuba. Bom, um convite para jantar pode ser apenas um pretexto para comemorar alguma coisa, para dar uma boa notícia." De repente, uma dúvida o assalta. E se Niki é que tem uma novidade? Uma dessas notícias incríveis que dão uma guinada na vida da gente e que geralmente se conta depois de um brinde? "Meu amor, tenho uma coisa importante para te contar." Imagina Niki olhando para ele e sorrindo por trás da taça de champanhe. "Alex... você vai ser papai!" "E olha que eu tive muito cuidado. Sim, o suficiente. Mas, também, poderia ser de outro." E nesse momento reaparecem em sua mente seus amigos com as togas de advogados. Seus semblantes estão ainda mais severos e seus olhos incrivelmente abertos. Culpado pelo simples fato de ter pensado nisso. Inspira profundamente, ainda mais profundamente. Alex só tem certeza de uma coisa: é culpado. De novo? Sim. Não vê a hora de sair para jantar com Niki. Depois, seu olhar pousa em sua mesa. Os últimos desenhos de Raffaella. E o bilhete sobre a agenda: jantar com Niki às nove e meia. Impossível. Alguma coisa não se encaixa.

25

Cristina está parada no semáforo. Olha em volta. Vê um casal caminhando abraçado pela calçada. Outro se beija no carro ao lado. Outro se persegue brincando. "Quanta gente feliz e apaixonada no mundo! Menos eu. Pareço Nanni Moretti em *Bianca,* quando, magro como um palito, com a música *Scalo a Grado*, de Franco Battiato de fundo, anda em uma cena de praia em um belo dia de sol. E vê um monte de casais que se amam, se abraçam, se beijam nas toalhas ou nas espreguiçadeiras. E então Moretti, com o cabelo bem seco e uns óculos marrons enormes do início dos anos 1980, primeiro impassível e depois sorrindo, decide que ele também deseja o amor. Sai andando, até que vê uma garota linda e loura deitada de bruços fazendo *topless*. Ele para e se deita sobre ela. E ela, como não podia deixar de ser, debate-se, protesta e se levanta. Várias pessoas se aproximam e obrigam Moretti a ir embora. Que cena! É, ele sentia falta do amor. Mas eu tenho amor. Não estou sozinha. Estou com Flávio."

O semáforo fica verde. Cristina engata a primeira e sai. Sorri. "Sim. Eu também tomei uma decisão. Não vou me deitar em cima de ninguém. Vou cuidar do meu amor. Vou mimá-lo. Vou fazer seu bolo preferido. Chocolate com coco. Faz muito tempo que não faço esse bolo. Não posso me queixar dos outros quando eu, de minha parte, não movo um dedo."

Cristina chega em casa. Estaciona. Sobe a escada. Sente-se feliz como uma garotinha, repentinamente feliz por fazer uma surpresa a alguém. Abre a porta, fecha-a atrás de si, joga a bolsa em cima do sofá e vai para a cozinha. Pega os ingredientes: dois tabletes de chocolate *fondant*. Um pouco de manteiga. Ovos. Leite. Farinha. Açúcar. E coco ralado. Liga o rádio e começa a cozinhar. Com paixão. Curtindo. De vez em quando, lambe os dedos que enfiou na massa. Liga o forno para preaquecer. Unta a forma com manteiga. E quase sem perceber começa a cantarolar sua versão pessoal de Vasco: "*Una torta per te... non te l'aspettavi, eh... e invece eccola qua... come mi è venuta e chi lo sa...*" *

Toca o celular. Está em um dos bolsos de sua calça. Atende com as mãos ainda brancas de farinha. É Flávio.

– Oi, meu amor, sou eu... Desculpe, mas isto aqui ainda demora. Vou chegar tarde. Tenho que acabar de redigir um relatório para amanhã de manhã e estou muito atrasado... Um beijo.

Cristina segura o telefone já silencioso com os dedos. Desliga e o deixa em cima da pia. Olha o forno onde nesse momento o bolo assa. Esboça um sorriso amargo. "Quando você quer fazer uma surpresa, quando pensa nos detalhes, se esforça e fica feliz pensando na felicidade que vai gerar... e a espera se transforma em alegria, ploft, basta uma ligação, uma frase inocente ou um atraso para que tudo vá por água abaixo e você fique de mãos vazias. Sabe-se lá onde ele está agora. De verdade, quero dizer. O

* "Um bolo para você... você não esperava, né... mas aqui está... quem sabe como ficou..." (N. T.)

que está fazendo? E com quem? Quem é a imbecil que acredita que precisa acabar de redigir um relatório? Acho que o que ele precisa acabar é com nossa relação. E se estiver me enganando? E se agora estiver com outra e tiver inventado essa desculpa?" Cristina imagina a cena. Flávio e uma mulher. Talvez seja bonita. Podem estar em sua sala. Juntos. Próximos. Beijam-se. Tocam-se. "O que sinto? Há alguns anos a simples ideia teria me matado. E agora? Agora tenho a impressão de que, no fundo, não me importo." E essa constatação a assusta. Sente-se mal, culpada. "Como é possível que a ideia de Flávio me trair me deixe indiferente? Flávio e outra mulher. Quem sabe, talvez seria até mais feliz." E lembra o que lhe dizia sua amiga Katia no colégio: que as histórias de amor não duram mais de sete anos e que a crise começa já no sexto. Que a paixão, mesmo a mais forte, se acaba aos poucos. E o tédio passa a ocupar seu lugar. A rotina. E tudo parece igual. Apagado. Sem estímulos. E o amor, esse que aparece nos livros e nos filmes, é só uma fantasia. Então, ocorrem duas possibilidades: terminar ou enganar. Para se renovar. Para recordar como era essa poderosa sensação que lhe devorava o estômago quando pensava nele. Ou nela. Em estar juntos. E continuam assim, presos em um círculo vicioso de hipocrisia no qual nenhum dos dois tem a coragem de dizer ao outro que o sentimento mudou, que acabou, que desapareceu. "Que tristeza. A vida é assim? É isso que nos tornamos?"

Toca o temporizador do forno.

O bolo está pronto. Cristina coloca a luva, abre a porta e retira a forma. Coloca-a em cima da mesa. Pega um grande prato de vidro e vira o bolo nele. A seguir, pega uma faca em uma gaveta. E volta a pensar em Flávio. Nele com outra mulher. E não sente nada. Sua tristeza aumenta. Come um pedaço. Como uma menina, afunda os dedos no chocolate doce e ainda quente do bolo. E suas lágrimas deslizam salgadas, contrastando com o açúcar do bolo, e a melancolia que as causa é ardente.

26

Noite romana. As ruas estão praticamente vazias – é hora do jantar. Não há trânsito. Alex dirige com calma, chega a tempo. A tarde passou sem problemas. Ou novidades. São nove e meia. Alex estaciona o carro, observa para ver se chegou ao número que Niki escreveu na mensagem. "É aqui, Balduina, 138." E, de fato, vê o letreiro bem iluminado: "Restaurante." Porém, é estranho, há pouca gente, não parece uma inauguração. "Bom, talvez as pessoas cheguem mais tarde." Alex desce do carro e entra no restaurante. Vê Niki sentada sozinha em uma mesa folheando o cardápio. Parece serena, tranquila. Com a mão esquerda, tamborila na mesa enquanto com a direita segura o cardápio aberto e lê as especialidades do restaurante. Alex só pensa uma coisa ao vê-la: como é linda! E essa constatação apaga de repente todas as suas dúvidas.

Aproxima-se dela e se senta.

– Cheguei, amor – Dá-lhe um selinho na boca. – Vim o mais rápido que pude.

Nike sorri e dá de ombros.

– Está ótimo.

Alex abre um guardanapo sobre as coxas. Então, olha em volta.

– Há pouca gente... O pessoal ainda vai chegar?

Niki sorri.

– Não... Acho que não.

– Ah...

Alex observa o local com mais atenção. Não lhe parece particularmente novo. É agradável, acolhedor, simples, mas dá a impressão de estar aberto há muito tempo. O proprietário está no fundo do ambiente, sentado em frente ao caixa. É um sujeito roliço, bonachão, careca, com os óculos enfiados no nariz. Está checando alguma coisa, com a caneta na mão, e parece distraído e entediado. Qualquer coisa menos um sujeito que transborda adrenalina devido à inauguração de seu novo restaurante, e menos ainda um possível amigo de Niki. Alex observa o local. Meia dúzia de gatos pingados. Alguma coisa está errada. Seu olhar se cruza com o de Niki.

– Há alguma coisa estranha, não é?

Alex sorri, curioso.

– É, na verdade, não me parece um local antes da inauguração.

– Tem razão. – Niki abre de novo o cardápio e o ergue, para se esconder atrás, ou como se pretendesse ler melhor a lista dos pratos para pedir alguma coisa. Depois, olha por cima e sorri. – Eu menti. Não é inauguração de nada.

– Ah... – Alex entende que a situação está tomando um rumo estranho, de modo que se esconde atrás do cardápio também.

Niki estende uma das mãos e afasta o cardápio dele para poder ver seu rosto.

– Ah, também contei outra mentira: o proprietário não é amigo meu.

Alex olha de novo para o homem que está sentado em frente ao caixa. Parece-lhe ainda mais gordo, mais velho e entediado que antes. Sorri um pouco envergonhado.

– É, na verdade, não parece mesmo – e ergue mais uma vez o cardápio, como se a situação fosse absolutamente normal.

Niki se inclina e torna a baixá-lo. Alex sabe que não tem saída. Niki sorri de novo. Dessa vez, de maneira forçada.

– Quer saber por que escolhi este lugar?

Alex assente, tentando parecer tranquilo, mas está seriamente preocupado.

– Sim, claro. – Em um instante, tudo brota de novo em sua cabeça. "Raffaella mentiu, elas são amigas íntimas. Mais ainda: Niki conversou com Leonardo e os dois combinaram e mandaram ela à minha sala. Não, isso não. Niki está grávida e talvez a criança seja minha." Depois, sem saber o que mais buscar dentro de sua mente, volta no tempo, escava, faz suposições, pensa, reflete. "Não posso acreditar. Niki encontrou Elena, e sabe-se lá as coisas que ela deve ter inventado. Ou talvez não a tenha encontrado, mas pensa que eu voltei a sair com ela." E esse esforço de recordar, deduzir, supor e temer vai esgotando-o pouco a pouco, até que Niki sorri uma última vez enquanto lhe mostra o cardápio.

– Este lugar não lhe diz nada?

Alex lê pela primeira vez o nome do restaurante: "Il Chiodo Fisso" [A obsessão]. A seguir, percorre o salão com o olhar. Várias pessoas comem e conversam tranquilamente, o proprietário continua no caixa, e agora, talvez devido a uma estranha circunstância, ergue a vista e dá uma olhada nas mesas. Seu olhar se cruza com o de Alex e sorri. Talvez de forma excessivamente amável? "Está querendo dizer alguma coisa, é um sinal, uma indicação, um código segreto?" Não. "É incrível! Será que é um local de troca de casais?" Alex observa com mais atenção. Há também uma família, com filhos e sogra incluídos. E em uma fração de segundo, vê pela enésima vez seus amigos vestidos de advogados rolando de rir e levando as mãos à cabeça. Não, melhor ignorar esse último pensamento absurdo; tem vergonha dele.

– Meu amor, desculpe... mas não estou entendendo.

Niki fica terrivelmente séria.

– Eu já imaginava – Depois, torna a sorrir, achando graça. – Eu trouxe – inclina-se, tira algo da bolsa que está embaixo da mesa e lhe entrega – um presente! Tome.

– É para mim?

– Para quem mais? Abra.

– Mas, meu amor...

O cérebro de Alex foge de novo em todas as direções. "Mas, por quê? Que dia é hoje? O dia em que nos conhecemos? Que começamos a sair? A primeira vez que fizemos amor? Que fomos a Paris? Que terminamos?" Não consegue associar a nada. Menos ainda depois de abrir o pacote. Um DVD. Olha, girando-o nas mãos. James Bond apontando sua pistola e cercado de várias garotas lindíssimas. Por um instante, volta a ver a sombra de Raffaella.

– Isto... – Alex já não sabe realmente o que pensar. – Não entendo...

– Não entende, hein? Qual é o título?!

Alex lê. *O espião que me amava.*

Niki sorri.

– Você me ama, não é, Alex?

– Claro... Mas que pergunta, Niki! Você sabe, não é?

– Claro... Mas talvez esteja pensando em fazer o *remake* do filme no papel do espião. – Niki muda de tom de repente. Passa a ser severo, duro e inquieto. – Posso saber o que estava fazendo na universidade hoje? Por que me seguiu? Por que estava me espiando? Que obsessão é essa? – pergunta mostrando-lhe o cardápio. – O que aconteceu?

– Eu, na verdade...

Logo Alex percebe que está perdido; sente-se como um dos protagonistas dos melhores desenhos animados que via quando era pequeno. De repente, está suspenso no vazio e a seguir se precipita como o Coiote em uma de suas vãs tentativas de pegar o Papaléguas, ou como o gato Frajola quando escorrega pelo gelo rumo ao precipício tentando deter a queda com as garras enquanto o Piupiu voa rindo; ou, melhor ainda, quando Tom persegue Jerry e acaba a corrida se estatelando na parede enquanto o roedor entra no buraco embaixo. Em resumo, um desastre de desenho animado: Alex, o ursinho perdido.

Percebendo a encrenca em que se meteu, fica vermelho.

– Eu... na verdade...

– Talvez você só quisesse assistir a uma aula, ver como é a universidade hoje em dia para se matricular em filologia? – Niki sorri.

Sim, ela lhe ofereceu uma saída. Porque quando se ama de verdade, é isso que se faz. Só se briga quando se trata de algo grave. Pode ser que essa seja a resposta que Niki deseja ouvir. Mas quando está prestes a responder, percebe que é uma armadilha... mortal. Se concordar, Niki compreenderá que ele não é uma pessoa sincera, e sim um palhaço, um sujeito ridículo, um impostor. Um homem que não sabe reconhecer seus erros, suas limitações e fraquezas. "Enfim, melhor que tenha me flagrado na universidade e não que seja amiga de Raffaella." De modo que ergue os olhos e fala com sinceridade.

– Não, Niki... eu não queria me matricular em filologia.

– Ah... – Ela parece aliviada. – Estava começando a me preocupar.

Alex esboça um sorriso e tenta fazer graça.

– Preocupada com a possibilidade de eu me sair melhor que você?

– Não. Que não fosse capaz de dizer a verdade. – Alex permanece em silêncio e baixa o olhar. Niki o observa aborrecida. – Por que, Alex? Por que me seguiu? O que o preocupa? Acha que eu escondo alguma coisa?

– Tem razão, sinto muito.

Niki se acalma um pouco.

– Achei muito estranho isso, de repente me senti insegura.

– Você?

– Sim, eu. Fiquei pensando nisso o dia todo. Se você, de repente, deixar de acreditar em mim e achar que posso ser uma pessoa diferente, ou que minto... Veja, minha voz treme só de falar. Eu me sinto mal, juro; de repente me dá vontade de chorar, meu estômago dói, e olha que não comi nada.

Nesse exato momento o sujeito roliço, dono do local e suposto amigo de Niki, se aproxima da mesa.

– Já decidiram? O que vão querer?

Alex e Niki se voltam ao mesmo tempo para ele. A tensão os endureceu a tal ponto que o proprietário compreende em um nanossegundo que o momento não é o mais adequado.

– Oh, desculpem. Eu... vejo que ainda estão pensando. Volto depois... ou melhor, vocês me chamam. – Recua e volta ao caixa.

Alex e Niki observam enquanto ele se afasta. Então ela retoma a conversa.

– Se pensou isso de mim é porque você fez algo antes. Quando se suspeita é porque a consciência não está tranquila.

Alex se surpreende.

– Eu? – Por um instante lhe vem à mente Raffaella, mas entende que isso não tem nada a ver com ela. Depois reaparecem seus amigos vestidos de advogados, que assentem com a cabeça. Alex se desfaz desse pensamento. – Não diga isso nem de brincadeira, Niki. Como pode ter lhe ocorrido uma coisa dessas?

– Porque você pensou isso de mim – Enquanto fala, saltam-lhe as lágrimas, mas ficam assim, suspensas, retidas por seus grandes e maravilhosos olhos, como se fossem pequenas bolhas prestes a estourar.

Alex estende a mão e segura a de Niki; aperta-a com força e se sente um miserável por ter pensado uma coisa dessas.

– Desculpe, meu amor...

Niki olha para ele sem pronunciar palavra, sem saber muito bem o que dizer; seu lábio inferior treme. Sente uma pontada incomum no coração. Um vazio sob seus pés. Perde o equilíbrio. Sente desejo de pular por cima da mesa para abraçá-lo, e ao mesmo tempo raiva por ele ter duvidado dela de uma maneira tão estúpida.

– Não sei o que me aconteceu, Niki, jamais havia me acontecido uma coisa assim. Talvez seja culpa de Camilla, que, de repente, abandonou Enrico e fugiu com um desconhecido. Ver desmoronar algo que parecia uma certeza... Eles, que ainda por cima são casados...

– Eu nunca faria uma coisa assim com você. Nunca o decepcionarei dessa forma. Não preciso prometer nada a ninguém para manter o que sinto em meu coração. E se chegar a acontecer, você será o primeiro a saber.

Alex muda de cadeira para se aproximar dela. O dono olha para eles do caixa, observa-os por um momento, murmura alguma coisa e volta a se concentrar em seus afazeres. Os dois percebem, e Alex diz em voz alta.

– Ah, agora entendi por que este lugar se chama assim: esse sujeito é muito curioso. Está obcecado por nós!

Niki solta uma gargalhada, algumas lágrimas deslizam por seu rosto, começa a fungar, ri de novo e assoa o nariz com o guardanapo. Ri, chora e se sente como uma idiota. No fim, fica olhando para o guardanapo.

– Eu sabia... borrei o rímel, caramba!

Com um dedo, Alex acaricia seu rosto com delicadeza e beija levemente suas pálpebras.

– Desculpe, meu amor, eu me sinto culpado por ter pensado... – Aperta-a em seus braços e respira com a cabeça afundada no cabelo dela. Ela continua tremendo. Sente-a quente, terna, frágil, pequena, e em um instante pensa que a única coisa que quer fazer neste mundo é protegê-la, amá-la sem preocupações, sem problemas, sem dúvidas, entregar-se a ela de corpo e alma. Sim, viver exclusivamente para vê-la sorrir. Alex a abraça mais forte e sussurra: – Te amo... – E a seguir se afasta e a vê sorrir com os olhos de novo brilhantes, só que dessa vez de felicidade; de novo parecem tranquilos e confiantes. E é coisa de um instante, desse instante. Decide dissipar a dúvida: agora ou nunca? Decide. Agora. Pular. Agora. Está sereno, tranquilo, e volta ao seu lugar enquanto Niki começa de novo a falar.

– Sabe, eu não podia acreditar... Quero dizer, por um lado, eu gostava da ideia de você frequentar comigo a universidade. Cheguei até a pensar que adoraria estudar com você... que você fosse meu colega...

Ela ainda não sabe o que Alex acaba de decidir, porque às vezes as decisões, grandes ou pequenas, são tomadas pelas razões mais variadas e ninguém sabe realmente qual foi o instante, a sensação, o desconforto ou a emoção que nos levou a decidir. E, no entanto, ela ocorre. Como nesse caso. Alex a vê sentada à sua frente, mais velha, sua para sempre. Olha para ela com outros olhos e finge ouvir; assente, feliz com a decisão que acaba de tomar. Agora. Para sempre. Quem sabe se ela percebeu alguma coisa, se consegue adivinhar o que pensa, sua maravilhosa decisão... Qual será sua resposta? Mas, principalmente, o que é mais importante: como faço a proposta?

– Alex?

– Hein?

– Em que está pensando?

– Estou ouvindo...

– Mentiroso – Mas Niki não insiste; já recuperou a calma. Pega o DVD *O espião que me amava*. – Temos que assistir. O homem da loja me garantiu que é fantástico. É um dos melhores de Roger Moore, mas, na verdade, fiquei na dúvida entre esse e outro.

– Qual?

– *Austin Powers: O agente "Bond" de cama.* – riem e fazem piadas.

Vendo que a tempestade já passou, o proprietário se aproxima de novo.

– Então, já sabem o que pedir? Senão, a cozinha vai fechar.

Por fim concordam com a cabeça, brincam com o cardápio, falam bobagens, comentam, pedem e logo mudam de ideia, obrigando o dono a rasurar o que acaba de escrever em seu talão e a anotar outra coisa. O homem bufa.

– Está bem, já chega, já decidi. Salada de frutos do mar.

– Para mim também.

– Quer um peixe ao forno?

– Sim, perfeito.

– Ok, então o mais fresco que tiver, para dois, e um pouco de vinho branco.

– Qual preferem?

Alex olha para ela por um instante.

– O que acha de jantarmos com champanhe?

– Oh, sim, eu adoro.

– Muito bem, então, uma garrafa de champanhe francês, bem gelada.

O proprietário se afasta satisfeito. Às vezes, essas brigas... depois, fazem as pazes assim! Niki olha para Alex convencida.

– Você sabe que precisa ganhar meu perdão, não é?

– Sim... – Alex esboça um sorriso sem saber muito bem por que pediu o champanhe. Ocorreu-lhe assim, embriagado pelo momento, pela alegria de ter salvado o que poderia ter se transformado em uma noite terrível.

O proprietário volta em um instante com uma garrafa de água mineral.

– Aqui está, por enquanto – e afasta-se.

Niki ameaça pegá-la para se servir, mas Alex se adianta.

– Obrigada – diz ela sorrindo.

– De nada, imagine.

– Adoro todas essas atenções. Você devia ir com mais frequência à faculdade! – Após beber um pouco, deixa o copo na mesa. – Hummm... Sabe que quase morri de rir?

– Quando?

– Quando o professor Borghi quase o atropelou!

– Você também viu isso?

– Eu já tinha visto você em frente à minha casa!

– É mesmo?

– Claro, esperei que me chamasse. Até cheguei a pensar que tinha me enganado, mas depois o vi estacionar na faculdade.

Alex reflete enquanto bebe. "Ela percebeu tudo, é incrível. Por quê? A que se deve tanta atenção? Ela está escondendo alguma coisa." Mas em um instante seus temores se desfazem e ele volta a se sentir feliz com sua decisão. Chega o champanhe. Ele serve as duas taças. Alex levanta a sua e busca o olhar de Niki. Olhos. Silêncio. Depois um sorriso.

– Meu amor...

– Sim?

– Eu gostaria de poder passar a vida espiando você!

Riem, brindam e bebem olhando-se nos olhos. Das caixas de som do restaurante de repente chega uma canção: "*La felicità è non pensare a niente, ehi... La felicità è insieme a te sconsideratamente. La felicità è la fortuna che ti bacia in fronte.*"* É verdade. É exatamente como canta Paola Turci. A felicidade consiste em se sentir bem assim, pelo simples fato de estar juntos. Claro que a felicidade é muito mais também; é poder dizer algo ao outro. Alex adoraria revelar sua decisão, mas para isso precisa de uma ideia realmente extraordinária. Algo diferente do Il Chiodo Fisso. Algo diferente do simples letreiro de um restaurante do centro da cidade. Aperta de novo sua mão e sente um agradável estremecimento. Como quando se sabe que tudo vai dar certo.

27

Manhã ensolarada. É cedo. Não há quase ninguém. As janelas resplandecem com uma luz agradável e branca que se reflete nas paredes do edifício da frente. Alex entra na sala de Leonardo, que se surpreende.

– Bom dia! Que alegria vê-lo de bom humor! Tem outro presente para mim?

Alex se senta diante dele.

– Querido diretor... Por acaso acha que merece?

Leonardo ergue as sobrancelhas pressagiando a tempestade.

– Entendo. Quer um café?

– Já tomei!

– Um chá de camomila?

Alex inclina a cabeça e Leonardo sorri para se desculpar.

– Ok, estou brincando. Mas acho que fiz todo o possível para que você se sentisse melhor no trabalho. Ninguém tem uma assistente como a sua. Queria que se sentisse feliz.

– Justamente, eu já era.

– E então?

– Arranje outra.

---

* "A felicidade é não pensar em nada... A felicidade é estar com você de forma imprudente. A felicidade é um beijo da sorte na testa." (N. T.)

– Mas ela é a melhor, a mais competente, a mais...

– Sim, já imagino tudo o que você poderia acrescentar. Posso intuir sem que você precise explicar.

– Então?

– Passe para outro. Com uma assistente assim vou trabalhar menos, e, portanto, você também sairá perdendo. É uma distração.

– Achei que você gostaria... Que o faria feliz.

– Já disse que sou feliz, muito feliz. E, acima de tudo, quero continuar sendo.

– Bem, como quiser. – Leonardo se levanta da cadeira. – Ok, entendi. Ela assinou um contrato de um ano, então não posso despedi-la. Vamos mantê-la à nossa disposição e a encaminharei para outros projetos.

– Para mim está ótimo.

– Só pretendia agradá-lo.

– Quer mesmo fazer algo por mim?

– Claro! Estou falando sério, com toda a sinceridade.

Alex sorri e decide confiar nele. Conta seu plano e fica surpreso com o entusiasmo que Leonardo demonstra ao ouvi-lo.

– Muito bem! Não entendi direito o que pretende fazer lá, mas acho que você merece! Além do mais, tenho certeza de uma coisa: isso lhe dará ideias para trabalhar em nosso curta-metragem depois.

Alex se vira e o olha irritado. Leonardo abre os braços.

– Sozinho. Máxima criatividade, sem assistente ou possíveis distrações.

– Ok.

Alex aperta a mão de Leonardo.

– Combinado, então.

E sai rapidamente da sala, corre para o elevador, mas encontra Raffaella no corredor.

– Oi, Alex, veja, compilei alguns filmes que poderiam nos dar algumas ideias para nosso projeto.

Ele continua caminhando para o elevador.

– Lamento, mas vou sair para fazer umas coisas. O diretor decidiu lhe atribuir um de seus projetos pessoais – Alex chega ao elevador e aperta o botão.

– Como? – Raffaella parece visivelmente decepcionada. – Eu não sabia.

Alex entra no elevador.

– Lamento. Eu também não gostei da ideia. Ele acabou de me dizer. Mas você sabe como é, não? Em um segundo, tudo pode mudar.

Aperta um botão e o elevador se fecha sem dar a ela a chance de responder. Como última imagem, Alex vê sua cara amarrada. E pela fresta que as portas deixam vê que ela se vira sobre suas magníficas pernas.

Teria sido impossível resistir à tentação. Renunciar também é amor.

28

O *outlet* da Levi's está abarrotado de gente. Diletta sente curiosidade pela seção infantil. Está olhando uns macacões pequenininhos muito bonitinhos. Olly e Niki percebem e debocham um pouco enquanto escolhem uns vestidos não muito longe dela.

Há fila nos provadores. Erica encontrou duas calças jeans e duas camisetas e está esperando que algum fique livre para experimentar tudo. Chama a atenção de um rapaz que está ao seu lado.

– Que confusão, hein?

Erica se vira.

– Hein? Sim, está tudo muito barato, é normal – sorri.

O rapaz segura várias calças na mão, e estão escorregando.

– Eu peguei estas – e mostra a Erica, que o olha um pouco perplexa.

– Eh... legal. Eu não.

O rapaz nota que não foi muito brilhante. Nesse momento, o provador diante deles fica livre. Ele se volta imediatamente para Erica.

– Entra você, eu espero.

Erica o olha e esboça um sorriso.

– Ah, obrigada, perfeito! – e entra. Despe-se e prova o primeiro conjunto: uma Levi's Slim Fit e uma camiseta justa azul que realça seus seios. Sai do provador e dá uma voltinha. Olha para o rapaz. – Como estou?

Ele faz um sinal com a cabeça, um pouco envergonhado.

– Maravilhosa.

Erica sorri maliciosa.

– Muito bem. Espere, vou provar o outro.

Puxa a cortina e entra de novo na cabine. Dois minutos depois sai novamente. Dessa vez veste um modelo 609 Hotstuff e uma camiseta branca de manga longa. Improvisa um pequeno desfile diante do rapaz. Enquanto isso, Olly e Niki chegam com várias peças na mão. Veem a cena, olham-se e caem na risada. O rapaz, sempre um pouco envergonhado, observa Erica, que para de repente diante dele.

– E então? O que acha deste?

Ele balbucia.

– Bom, também cai bem, sim.

– Então, fico com qual? – pergunta Erica sem parar de se mexer diante do espelho.

O rapaz não responde. Olly e Niki se aproximam dele.

– Vamos, aconselhe nossa amiga; senão, ela é capaz de passar a tarde toda aqui.

Erica se vira.

– Então, o que acha?

– Talvez devesse ficar com os dois – responde ele em um tom pouco convincente.

– Ah, claro! Será que você não é um funcionário da loja disfarçado?! Não pode ser, preciso escolher. Um ou outro. – Olha-se no espelho pela última vez. – Com o primeiro fico mais sexy. Pronto, decidido – e entra de novo no provador para se trocar.

O rapaz está pasmo.

– Sua amiga é sempre assim?

– Pior... mas ela é simpática, não é?

Ele não tem a menor vontade de contradizê-las.

– Sim, claro.

Olly e Niki se olham rindo. Depois de alguns minutos, Erica sai da cabine vestindo sua roupa e levando na mão as peças que escolheu. Para um instante e olha para o rapaz.

– Obrigada por me deixar entrar na sua frente. Minhas amigas também querem provar roupa, elas podem entrar?

Ele não pode acreditar no que está ouvindo. Que cara de pau! Só que não tem tempo de dizer não, porque Niki e Olly já entraram no provador. Erica sorri.

– Você é um amor, obrigada! – e se afasta.

O rapaz dá de ombros e fica esperando em frente aos provadores.

Erica se aproxima de Diletta.

– E então? Escolheu alguma coisa?

– Não... mas você viu que bonita a roupa de criança? Parece de gente grande! – diz Diletta.

– Sim, eu vi; mas escolheu alguma coisa?

Diletta olha à sua volta por alguns segundos.

– Ah, não tem nada que me convença.

– Para mim, sim, olha – mostra a Diletta a calça jeans e a camiseta azul.

– Lindo!

– Decidi me vestir assim para o exame do Giannotti.

– Não acha muito justo?

– Justamente por isso! Pelo menos vou chamar a atenção dele! Você não sabe que gato ele é.

– Mas, Erica, é seu professor!

– E daí? É um homem! E uma delícia; e, além do mais, é jovem. Não deve ter quarenta ainda. Se você visse como se veste: todo *fashion*, blusas polos de lã penteada e sapatos dockers, entende? Muito casual. E se você visse como fica... Ele tem uma bundinha...

– Erica!

– Que foi? Homens são homens, professores ou não! Além do mais, se eu chamar a atenção dele, talvez aumente minha nota!

Diletta leva a mão à testa.

– Você é um caso perdido. É pior que a Olly de antes!

– Evolução, Diletta, isso se chama evolução! – E segue para o caixa.

Enquanto isso, Niki e Olly saem do provador com a roupa que escolheram. Parecem satisfeitas. Olham uma para a outra rebolando, brincando, enquanto o rapaz continua na fila até que a cabine ao lado fica livre. Entra nela correndo, fugindo dessa situação embaraçosa. Olly e Niki riem como loucas e voltam para o provador.

Depois de um tempo, as Ondas saem do *outlet*. Todas com uma sacola na mão, menos Diletta.

– Sabiam que Erica está obcecada pelo professor de antropologia?

Niki e Olly se olham.

– Mas ele é velho, Erica!

– Nada disso! Deve ter a idade de Alex, então, se não acham Alex velho, o meu também não é! – replica esboçando um sorrisinho falso.

Niki se volta.

– Concordo, mas para mim é diferente. Ele é seu professor, ou seja, no seu caso há também um conflito de interesses.

– Que conflito? Pelo contrário! Talvez assim ele me dê uma boa nota!

Continuam caminhando assim, brincando, empurrando umas as outras, alegres e leves.

29

Em frente à porta, várias propostas escritas em cores chamativas. Vários folhetos com ofertas saltam de um quadro de anúncios que fica atrás de um vidro. Alex sobe os degraus e entra. Ali, sim, sabem como tratá-lo.

– Olá, Chiara! Bom... desta vez precisamos fazer algo realmente especial, importante.

– O que quer dizer? Que da última vez não ficou satisfeito?

– Não... Nada disso, foi tudo maravilhoso, perfeito, mas agora... bem, precisa ser mais ainda!

– E quem é a nova felizarda?

Alex levanta as sobrancelhas.

– Por que nova?

– Ora, você está muito entusiasmado.

De fato, para algumas pessoas parece estranho que alguém queira fazer sempre coisas diferentes para a mesma pessoa.

– É Niki Cavalli.

Chiara parece um pouco decepcionada. Alex percebe. Para ela, talvez o amor seja só uma questão de rotina. Pena. Alex senta em frente a ela.

– Vamos ver... tenho quatro dias livres e pensei que... isso poderia ser legal... Então, esta tarde, enquanto estava no escritório, naveguei um pouco pela Internet e encontrei umas coisas realmente maravilhosas – coloca vários papéis sobre a mesa.

Ela olha os papéis. Estão cheios de anotações, destaques, desenhos e lugares marcados, além de um mapa traçado com grande esmero e, principalmente... com amor. "Deve ser isso que surpreende tanto a Chiara", pensa Alex. E, de fato, é isso mesmo. Chiara percorre com o olhar as folhas de papel enquanto se pergunta como é possível que depois de dois anos um homem de sucesso como ele, bonito, divertido e simpático, um sujeito que, em poucas palavras, poderia ter muitas mulheres, ainda fique feliz como um menino pelo simples fato de fazer uma surpresa para essa bendita Niki Cavalli. Quem sabe por que ela é tão especial... Chiara ouve sorrindo esse turbilhão de palavras. Alex e suas propostas. Alex e suas ideias fantasiosas, suas suposições e curiosidades. E assente com a cabeça enquanto ele lê vários endereços que anotou. Então, olha-se no espelho que está atrás dele e ajeita o cabelo. E pensa: "O que essa tal de Nicoletta tem que eu não tenho? Por que uma garota como eu, linda, simpática e divertida, uma trintona muito bonita, não o atrai?"

Alex ergue o olhar.

– Está me ouvindo?

– Claro que sim! – Chiara volta à realidade. – Claro!

Abre uma página no computador, verifica alguns dados, depois abre outra, abre um folheto, faz uma série de considerações mentais e põe mãos à obra. Pela enésima vez, estuda o melhor pacote possível para contentar o cliente, o mesmo pacote que, pelo menos uma vez, uma única vez, gostaria de ganhar de presente de alguém que a surpreendesse e a raptasse por um dia, um fim de semana, por toda a vida. Programar as férias dos outros para Chiara é um sofrimento incrível. Ela adoraria ocupar o lugar dessa "menina", como a vive chamando em pensamento. Então, faz a pergunta de praxe:

– Quanto quer gastar?

Alex sorri.

– Não determinei nenhum limite.

Chiara balança a cabeça.

– Ok, muito bem – e se concentra de novo no computador.

De repente, cai a ficha. Ela não tem chance. Sorri mais uma vez para Alex por trás da tela com a certeza de que ele jamais será seu por uma simples, muito simples, razão: está perdidamente apaixonado por Niki.

Alex olha para Chiara. "Tenho que reconhecer que Chiara se esforça realmente quando faz as coisas. Não há nada mais bonito que ver uma pessoa que ama seu trabalho. É maravilhoso conhecer gente assim." Se Alex soubesse... Mas ele ignora a verdade, como com frequência acontece com as pessoas que vivem ao nosso lado e são gentis conosco. Jamais saberemos por que são gentis e o que sentem lá no fundo.

Depois de uma meia hora, Alex se despede, fecha a porta e desce os degraus. Está feliz com seu plano. Essa agência é muito competente. Pega o celular e liga para várias pessoas para que o ajudem a materializar sua ideia. Entende que é absurdo e sorri enquanto conta para as pessoas. Sim, deve reconhecer que não é fácil. Mas o simples fato de ter imaginado significa realizar metade do sonho.

30

Alex começa a arrumar a mochila para ir jogar futebol. Guarda a camiseta azul e a branca também. Dessa vez não formaram os times ainda, de forma que é melhor levar as duas camisetas. Além do mais, alguém sempre esquece a sua e pede uma emprestada.

Seu celular toca. Uma mensagem. Deus, e agora, o que será? Não me diga que... Alex tira rapidamente o telefone do bolso do casaco, aperta a tecla e abre o envelopinho. Lê: "Venha o mais rápido possível à casa de Enrico. Problemas. Flávio".

"Oh, não! Não vai haver jogo de novo. Que saco!" Alex digita o número de Flávio, que atende no segundo toque.

– Oi, Alex! – Ouve-se de fundo uma grande confusão.

– Eu vou pular, deixem-me em paz!

– Venha imediatamente, Alex!

– Mas o que está acontecendo?

– Não estamos conseguindo dominar a situação.

– Camilla voltou?

– Pior. – Ouve-se um grito: "Vou pular!", e um ruído de vidro quebrado.

– Quieto, quieto! – grita Flávio. – Tenho que desligar, Alex – e interrompe bruscamente a conversa.

Alex fica olhando atônito para o telefone mudo. Ele também ficou sem palavras. Não é capaz de imaginar o que pode ter acontecido. Veste o casaco e desce correndo a escada. Enquanto isso, digita um número no celular.

– Niki?

– Oi, o que foi? Está correndo? Vai jogar futebol? – Niki olha o relógio. – Não é um pouco cedo?

– Não, esta noite não vamos jogar – Alex lembra a mentira que contou na semana anterior e percebe que nessa ocasião não vale a pena mentir, de jeito nenhum.

– Aonde você vai, então? Espero que não tenha que espiar mais ninguém.

– Nada disso, vou à casa de Enrico.

– Ele o contratou para substituir aquele detetive da outra vez? Como era o nome mesmo? Costa. Ele não descobriu nada.

Alex relembra a segunda pasta com as fotos de alguém desconhecido e se amaldiçoa por isso. Também lhe vem à mente o papel ridículo que fez espiando-a na faculdade e se envergonha.

– Não, são meus amigos; devem ter se metido em outra confusão.

– De que tipo?

– Não sei.

– Alex... Você está me escondendo alguma coisa?

– Por que esconderia? Seja o que for, eu serei o primeiro a lhe contar.

Niki sorri ao ouvi-lo usar a mesma frase que ela.

– É assim que eu gosto.

Alex também sorri.

– É que eu tenho uma professora fantástica.

– Ok, deboche, se quiser! Mas ligue mais tarde, morro de curiosidade.

– Pode deixar, meu amor, até depois.

Em alguns minutos, bate na porta de Enrico.

– Quem é?

– Sou eu.

– Eu, quem?

– Como “eu, quem”? Alex.

Enrico abre a porta. Dá para ver que está furioso.

– Entre. – Fecha a porta e cruza os braços sobre o peito, sinal evidente de sua raiva. Flávio anda pela sala.

– Olá.

Pietro, porém, está sentado no sofá, segurando um pano com gelo sobre a sobrancelha direita, que está inchada. Alex olha para os amigos de queixo caído.

– O que aconteceu? Vocês discutiram? Saíram no soco? Alguém pode me explicar?

Flávio balança a cabeça, ainda não consegue acreditar no que aconteceu, está confuso. Enrico anda pisando duro.

– A única coisa que eu sei é que estou sozinho. Eu consegui fazer Ingrid dormir, e agora ela deve ter acordado com toda essa confusão.

Ouve a menina gritar no quarto ao fundo do corredor.

Enrico junta o polegar e o indicador e traça uma linha reta no ar.

– Viram? Um senso de oportunidade perfeito!

Flávio abre os braços.

– Você sempre reclamando!

– Ah, claro... Eu? Sempre vocês é que arrumam confusão!

Enrico se precipita para o quarto da menina.

Alex parece mais tranquilo.

– Enfim, podem me explicar de uma vez o que aconteceu? – Enquanto fala, percebe que uma das janelas da sala de Enrico está quebrada. – E isso? Quem foi?

Flávio aponta para Pietro.

– Ele. Queria se jogar!

– Desculpe, mas não podia ter aberto a janela?

– Que simpático! Por isso Enrico está tão irritado.

Pietro retira o pano do olho, ajeita o gelo e torna a colocá-lo na sobrancelha.

– Não vejo graça nenhuma.

Alex começa a se irritar.

– Ou me explicam o que aconteceu ou vou embora. Caramba, outra vez ficamos sem jogo.

Pietro olha para Alex desconsolado.

– Eu não consigo. Conte você, Flávio. Eu vou tampar os ouvidos. Não posso acreditar, eu me nego a pensar nisso.

Então, solta o gelo e tampa os ouvidos. Flávio olha para ele bufando.

– Susanna deixou Pietro.

– Também? Não acredito. Mas, o que é isso? Uma epidemia? Primeiro Enrico, agora Pietro...

Alex senta no sofá.

– Estamos caindo feito moscas – e então pensa: “E justamente agora. Isso não deveria ter acontecido”. – E pode-se saber por quê?

31

Algumas horas antes. À tarde. Susanna pega o telefone e digita rapidamente alguns números.

– Pietro?

– Sinto muito, mas ele não está. Acho que tinha uma reunião fora ou que não se sentia muito bem. Sabe como é... – A secretária sorri e dá de ombros. A essa altura, ela também conhece Pietro muito bem.

Susanna, porém, não está convencida. Desliga. "Não. Não sei como é. E como se não bastasse, desligou o celular, apesar de eu ter lhe dito mil vezes que poderia acontecer alguma emergência. Não entendo por que os homens não nos levam em consideração. Fazemos as compras, pegamos as crianças na escola, levamos à natação, à academia, ao inglês, limpamos a casa, e mesmo quando trabalhamos fora, procuramos fazer com que tudo funcione, cozinhamos, mantemo-nos em forma para continuar sendo atraentes e para evitar que nos traiam, passamos... Enfim, cuidamos de mil coisas. Somos esposas, mães, amantes e gerentes. E quando acontece uma emergência como hoje, o encanador finalmente está livre e pode vir, então tudo vai por água abaixo. É irritante. É um desses raros casos em que um homem deve estar com o celular ligado e estar disponível para nos substituir em uma de nossas paradas obrigatórias."

Susanna digita outro número. A linha está livre, ainda bem.

– Mamãe? Desculpe incomodar...

– Você nunca incomoda.

– Você pode ir pegar Lorenzo na natação?

– Ah...

– E depois o leve para a sua casa, eu passo à tarde para pegá-lo.

– Mas eu combinei com minhas amigas.

– Eu vou bem cedo, juro. É que agora tenho uma urgência e não quero que ele fique esperando na piscina e se sinta mal vendo que todos os seus amigos vão embora com os pais.

– Ah, sim... Já aconteceu antes...

– Exatamente, e eu gostaria que não voltasse a acontecer.

– Ok.

– Obrigada, mamãe... Eu ligo assim que acabar.

Susanna suspira. Pelo menos uma coisa arranjada. Entra no carro e arranca a toda velocidade. Sai do estacionamento e corta um carro, que freia em seco, deixando-a passar.

Um homem buzina com fúria e agita os braços, gritando.

– Isso é jeito de dirigir?

– Melhor que o seu! – responde Susanna, que dirige feito louca até chegar à porta de sua casa. Por sorte, encontra imediatamente uma vaga.

– Desculpe, desculpe...

Chega em um segundo ao portão, onde a espera um encanador jovem. Esboça um sorriso.

– Não se preocupe, eu cheguei há poucos minutos.

Ainda arfante, Susanna abre o portão, depois a porta, e por fim chama o elevador. Entram. Permanecem em silêncio. Certo embaraço, um sorriso de circunstâncias. Finalmente chegam ao apartamento. Uma vez diante da porta, Susanna introduz a chave na fechadura. "Que estranho. Só uma volta. Esta manhã fui a última a sair de casa e posso jurar que girei duas vezes a chave. Ah, estou completamente esgotada."

– Entre, por favor.

"É, na verdade, estou esgotada. Preciso de umas boas férias. Tenho que ligar para Cristina para passar uns dias no balneário. Nem sei quanto tempo faz que prometemos fazer uma pausa para ir a um spa."

– Por aqui, entre...

"Cristina está melhor que eu. Menos estressada. Não tem dois filhos que querem comprar e fazer tudo o que o mercado oferece e, principalmente, um marido que lhes permite tudo. Acho que Pietro faz isso para me pôr em apuros, para esticar a corda e testar minha paciência, para ver até que ponto eu resisto. Ah..." De repente, vê um casaco em cima do sofá, uma camiseta e uma camisa. Como na história que sua mãe lhe contava quando era pequena. As migalhas de João e Maria. Só que, nesse caso, são roupas. De Pietro! Sai em disparada pelo corredor e abre silenciosamente a porta do quarto.

Vê várias velas junto à cama. Um balde de gelo com uma garrafa de champanhe sobre a cômoda. Pietro está na cama. E ao seu lado, uma mulher.

– Pietro! – grita enlouquecida. Pega uma vela. – Estas velas que eu comprei! – A seguir, pega a garrafa de champanhe. – E esta eu comprei para o jantar de domingo!

– Desculpe, meu amor, mas não sei o que aconteceu. Estou com febre. Estava me sentindo mal e ela me ajudou. Ela é professora; quer dizer, médica...

Susanna nem sequer ouve a mentira descarada de Pietro. Olha para a mulher por alguns segundos. O que mais a incomoda é que é mais nova que ela. E, ainda por cima, feia. Isso a irrita ainda mais. Pega a roupa da mulher e joga na cara dela.

– Desapareça. – Gostaria de acrescentar algo mais, mas não consegue.

A mulher se levanta da cama seminua e corre para fora do quarto, sob o olhar curioso do encanador, que, um pouco constrangido, se dirige a Susanna:

– Sinto muito, senhora... Se quiser, eu também vou.

Não, não! Sabe se lá quando vai estar disponível de novo. Venha, é o banheiro do meu filho mais velho. – Susanna vai até o último quarto, no fundo do corredor. – É este. Vê o ralo do chuveiro? O problema deve estar embaixo... a água não corre bem e cria umidade. Arrume, por favor.

– Como quiser.

Um tanto perplexo, o encanador deixa sua bolsa no chão, tira as ferramentas, entre as quais há várias chaves de fenda, uma trena e uma chave inglesa especialmente grande, e começa a desmontar o ralo.

– Onde fica o registro, senhora?

– Atrás da porta.

– Ah, sim, encontrei. – O encanador gira o registro rapidamente e fecha a água.

Nesse exato momento, Pietro, já vestido, entra no banheiro.

– Sinto muito, meu amor... Não achei que você pudesse voltar...

– Claro que deve sentir muito. Eu arruinei seus planos!

– Não, não quis dizer isso... – Então dirige-se ao encanador: – E você, também... Não há modo de encontrá-lo... e resolve vir justamente hoje?

Com essa última piadinha estúpida, Susanna explode de raiva.

– Pelo menos tenha a decência de se calar!

Pega a enorme chave inglesa que está no chão e tenta acertar Pietro, que percebe no último instante e se esquiva, inclinando-se para a esquerda, de maneira que recebe o golpe na testa, logo acima do olho direito.

– Ai!

– Eu vou te matar! Maldito, maldito!

O encanador a segura por trás.

– Calma, senhora... Calma, calma... Senão vai acabar na cadeia. – Consegue arrancar a chave inglesa de suas mãos. – Eu vi que estava levando a coisa numa boa demais!

Pietro vai para a sala cambaleando. Susanna olha para ele sem experimentar a menor emoção.

– Desapareça para sempre da minha vida.

32

Pietro afasta as mãos dos ouvidos bem a tempo de ouvir essas últimas palavras.

– Você entende, Alex? Entende? Entende? Ela queria me matar.

Alex está atônito.

– Não, não entendo. Só consigo entender que você é um imbecil!

– Como assim?

– Além de enganá-la, como sempre fez, ainda por cima faz isso em sua própria casa?

Flávio intervém:

– Eu disse a mesma coisa. Você queria que ela descobrisse, não sabia como lhe contar e encontrou essa solução.

– Pronto, chegou o psicólogo. O conselheiro sentimental. Ela me pegou e pronto.

– Isso eu já entendi, mas você não podia ir para outro lugar, já que não era capaz de se controlar?

Flávio nega com a cabeça.

– Eu não conseguiria fazer uma coisa dessas.

– Porque vocês são muito calculistas. Quando a paixão arrebata dessa forma... Nós nos ligamos para tomar um café. Estávamos ao lado de casa. Quer subir? Vamos... a uma hora dessas, não é de bom-tom ir para um motel.

– Pietro! – grita Alex. – De bom-tom? Você está falando de seu casamento! Você tem dois filhos!

Enrico entrar na sala novamente.

– E eu tenho uma que acabou de dormir. Vocês podem fazer o favor de não gritar?

Alex dá um suspiro.

– E eu que pensei que Flávio e você haviam brigado. Teria sido melhor.

Flávio fuzila-o com os olhos.

– E quem teria ganhado?

– Imbecil... – Pietro massageia a testa. – Você parece Susanna. Sabe o que ela me disse? "Só quero saber de uma coisa: por que quando estávamos juntos você nunca acendeu uma vela, nunca criou um pouco de clima, nunca pôs uma música ou abriu uma garrafa de champanhe?"

– Ela perguntou isso?

– Sim, antes de me expulsar de casa para sempre.

– Então, talvez você ainda consiga dar um jeito.

– Estou tentando a tarde toda. Mas não tem jeito de ela ceder.

– Claro que não! Você acha que basta uma tarde? Eu acho que está claro, ela ainda está alterada.

– Alterada... Você quer dizer que ela não raciocina. Estou com duas malas no carro. Ela trocou a fechadura de casa e já recebi a ligação do advogado dela. Não posso me aproximar de minha mulher... E pensar que o advogado era amigo meu também.

– Que amigo!

– Pois é... Acontece que uma vez eu contei a Susanna que, antes de conhecê-la, eu havia tido um caso com a namorada desse advogado, então ela ligou para ele ontem, contou tudo e pediu que cuidasse do nosso caso. Ele aceitou imediatamente! Podem imaginar!

– Mas por que você contou a ela?

– Porque aconteceu há anos!

– E o que isso tem a ver? O tempo não conta quando se trata de amor.

– Eu achava que Susanna e eu éramos cúmplices, um time...

– Ah, claro, e você não escondia nada dela, não é?

Pietro olha para os amigos.

– Eu achava que entre nós existia um acordo subentendido. Todo mundo engana todo mundo. E todos fingimos não ver, não ouvir. Sabe quantas vezes eu fui para a cama com mulheres que segundos antes tinham jurado a seus maridos pelo telefone que os amavam loucamente? Várias delas até com uma criança na barriga. Mulheres grávidas, entendem? Que, porém, não sabem renunciar ao sexo. Assim como nós!

Alex nega com a cabeça, enojado.

– Não, nisso você está enganado; melhor dizer: como você. No meu caso, depois de romper com Elena, não senti vontade de estar com ninguém até que me apaixonei por Niki. Eu me apaixonei, compreende? E não a trai nem uma única vez desde que estamos juntos.

– E quanto tempo faz isso?

– Quase dois anos.

– Sim, mas você não é casado! Ponha-se no meu lugar. Eu a vejo diariamente há doze anos, semana após semana, mês após mês, ano após ano. Quero ver o que você é capaz de inventar. Espero que me conte... se conseguir, claro! Eu me considero um modelo a ser seguido. É um sucesso chegar aonde eu cheguei! Olhem para ele – e aponta para Enrico, que o olha surpreso.

– O que foi? Tem algo a dizer sobre mim?

– Você sempre foi fiel?

– Sempre.

– E pagou bem caro por isso! Ela foi embora com um desconhecido há dez dias. Pense na quantidade de trepadas que você perdeu!

Alex não está disposto a continuar ouvindo.

– Olha, Pietro, eu acho que você tem um problema. Não é um sacrifício para nós. Algo deve ter acontecido com você, há muita amargura em suas palavras.

Pietro abre os braços.

– Você está enganado, é meu jeito de pensar. Nada de traumas de adolescência.

Flávio se serve um pouco de cerveja.

– Isso é o que você pensa. Muitas vezes não temos consciência, mas o sofrimento causado pelo que acontece conosco nos leva a reprimir o fato ou a negá-lo.

– Não, veja – Pietro tira o pano da cabeça –, sou tão consciente quanto real é este galo que tenho na testa. Isso tudo é uma bobagem. E a gente vai percebendo à medida que o tempo passa. Você e Cristina continuam juntos por medo, Flávio, como muitos casais! O amor de vocês não é verdadeiro. É puro terror! Eu achava que Susanna e eu havíamos encontrado um equilíbrio. Mas não. Sabem de uma coisa? Melhor assim. – Levanta-se e veste a jaqueta. – A partir de amanhã, vida nova. Quero ter minha própria casa! Talvez um loft, um ambiente jovem, e muitas mulheres, vocês sabem... Diversão, e nenhuma responsabilidade! – Sai e fecha a porta.

– Desculpe – Flávio olha para os amigos sorrindo –, mas não é isso que ele fez até hoje?

Alex concorda com a cabeça.

– Sim, com a diferença de que até agora não tinha sido pego.

– De qualquer maneira, ele deveria ter tido mais cuidado. Eram um casal muito divertido. Lembro do casamento deles... ele parecia muito apaixonado.

– Você disse tudo: parecia! Nesse dia, ele tentou transar até com a moça da chapelaria.

– Ah, é... eu também lembro. Já faz doze anos, hein? Mas a menina era muito gostosa...

– Sim, tinha uns peitos! Mas no dia do casamento, caramba... quero dizer, pelo menos nesse dia deveria resistir.

– Ele não!

– Porém, o fato de que esteja procurando uma casa, de que vá morar sozinho, pode fazer com que entenda algumas coisas.

– Você acha?

Nesse exato momento batem à porta.

– E agora, quem será?

Enrico vai abrir. É Pietro, com uma mala na mão.

– Ó, amanhã mesmo vou procurar um lugar para dormir, mas posso ficar aqui esta noite? Afinal de contas, você está sozinho, não é? – Enrico se afasta e deixa ele entrar. – Você tem outra cama de casal além da sua?

Alex e Flávio se olham.

– Não, ele nunca vai mudar.

33

É uma bela manhã de sol. Sábado. Quase onze horas. As pessoas caminham com calma e curiosidade pelas ruas da feirinha. Niki está literalmente escavando uma cesta de camisetas em liquidação sobre um balcão lotado de uma barraca vermelha na rua Sannio.

– O que você acha? Esta rosa é bonita, não é?

– Sim, nada mal, e custa só cinco euros! – Olly mede uma calça jeans colocando-a sobre a sua, com vários bordados na perna esquerda. – Esta é fantástica, tem muito estilo!

– Vejam só como ela fala desde que começou a fazer esse estágio. Olly & Gabbana! – diz Erica enquanto examina um monte de bolerinhos de tricô.

– É... é que tem estilo de verdade. Nessas feirinhas sempre encontramos coisas originais, e depois as pessoas perguntam onde você comprou, porque parecem de butique... Vocês vão ver como vão me procurar quando eu for famosa e as pessoas pedirem meus vestidos!

– Então, é melhor você começar a pensar na marca – Diletta ri enquanto observa as amigas, procurando roupas.

– É verdade. Meu ateliê de moda poderia se chamar Olly the Waves! Olly as Ondas. Que legal!

– Isso! Me faz lembrar o apresentador de *Quem quer ser um milionário?*, quando diz "*Only the braves!*", "Só os corajosos!" – brinca Niki.

– Isso mesmo. Só os corajosos realizam seus sonhos! Giampi também diz isso sempre. – Olly deixa a calça jeans no balcão e dá um sinal às amigas que podem continuar o passeio. – Vamos ver onde é mais barato. Basta dar uma volta para encontrar a melhor oferta.

Caminham entre as pessoas, às vezes de braços dados, às vezes soltas, porque não é possível andar dessa forma. Olham todas as barracas, comentam, balançam a cabeça ao ver as camisetas, os vestidos, os cintos.

– Que coisa chata esse negócio de Giampi, Olly – diz Erica quando as alcança depois de ter ficado um pouco para trás para olhar uma jaqueta de couro. – Você não para de falar nele! Uma garota como você, que sempre falava mal do amor! Eu lembro, sabia?

– Eu não falava mal do amor! É que nunca tinha me apaixonado antes! E eu adoro Giampi! Ele é bonito, alto, moreno, gentil... mesmo que um pouco fanfarrão; tem muitos amigos, faz academia, é simpático, nunca esquece de me ligar... e me faz umas surpresas!

– É – interrompe Diletta –, parece a descrição de Filippo!

– Ou de Alex!

– Ou de... ah! Eu não tenho namorado! – diz Erica, e as quatro amigas começam a rir.

Continuam avançando por entre as barracas coladas umas às outras, vendendo roupas estilo *vintage*, militar, ponta de estoque ou sapatos. E também roupas de figurino de teatro; Niki para em uma dessas barracas. Vê um grande chapéu rosa com plumas e experimenta. Faz caras e bocas e pisca, fingindo ser uma atriz. A dona da barraca sorri.

– Fica maravilhoso em você.

As demais Ondas se aproximam e começam a experimentar de tudo. Vestidos longos, curtos, chapéus e lenços. Experimentam tudo por cima da própria roupa e desfilam em frente à barraca. As pessoas param e riem, mas não todas; algumas se afastam incomodadas, de cabeça baixa e reclamando que toda essa bagunça atrapalha o trânsito.

Minutos mais tarde caminham de novo pelas ruas da feirinha.

– Seja como for, queridas, Giampi é o máximo, e se alguma espertinha olhar muito para ele ou se aproximar, quebro a cara dela! Ele faz muito sucesso com as mulheres.

As Ondas se olham e soltam uma gargalhada.

– Quem te viu e quem te vê! Olly, ciumenta! Uhu! – Começam a fazer gestos provocativos com a mão.

– Vamos ver, Erica: esta noite você sai com Giampi ou é minha vez? – diz Niki.

– Na verdade, esta noite é a vez de Diletta. Amanhã sou eu e você na segunda!

– Ok, ok, chega de organizar a agenda! – Olly bate no ombro de Niki.

– Ai!

– Ai mesmo! E podem ir tirando a mão! Todas vocês já têm namorado, e a que não tem – volta-se para Erica – que vá comprar um na feira! – E sai correndo seguida de Erica e do resto do grupo.

Avançam assim por entre as pessoas, que não entendem essas quatro malucas que atropelam as bolsas, pulam por cima das caixas e abrem caminho aos empurrões. E riem. Amigas.

34

Alguns dias depois. Niki acaba de sair da aula quando topa com seu grupo de amigos da faculdade, que estão combinando alguma coisa para fazer. Marco e Sara propõem:

– O que vocês vão fazer? Querem ir comer alguma coisa com a gente?

Giulia, Luca e Barbara pensam por um instante.

– E você, Niki?

– Não, obrigada, eu vou voltar para casa. Logo é meu exame, e quero começar o quanto antes para não ter que estudar como uma louca no final.

Giulia reconsidera.

– Eu também vou para casa, quem sabe amanhã.

Barbara dá de ombros.

– Está bem, como quiserem, mas saibam que vocês são umas chatas.

Giulia tenta se desculpar.

– A única coisa que eu sei é que estou só no segundo ano e já não aguento mais.

Barbara retruca.

– Por quê? Acha que quando acabar a faculdade vai ser melhor?

Sara ergue as mãos em sinal de rendição.

– Não vá me dizer aquela frasezinha de sempre!

– Qual? – pergunta Niki, curiosa.

– Os exames nunca acabam.

– Ela tem razão.

Sara balança a cabeça.

– Nossa, como eu sou chata!

Niki sorri.

– Vamos, prometo que amanhã vamos almoçar juntos. Mais ainda, vou trazer bebidas e um bolo. Estou me especializando em doces. Quando fico nervosa e não tenho mais vontade de estudar, faço um bolo para relaxar. E garanto que estão ficando maravilhosos. Imagine a vontade de estudar que eu tenho!

– Não acredito! – Luca começa a rir. – Eu, quando canso de estudar, me masturbo!

– Luca! – Barbara bate no ombro dele. – Você ouviu a bobagem que acabou de dizer?

– Mas é verdade! É uma descarga! Soube que isso acontece com muitos rapazes, só que eles não têm coragem de dizer, e eu sim!

Marco ri.

– É, o masturbador valente.

Barbara não vê a menor graça.

– Ok... mas em quem você pensa enquanto se masturba?

– Desculpe, mas você estuda filologia e se masturba?! – Guido se intromete na conversa. – No mínimo, pensa em Nicole Kidman.

Barbara não entende.

– Por quê?

– Ora, ela interpretou o papel de Virginia Woolf e é uma gata.

Barbara desce do muro e balança a cabeça.

– Vocês são doentes! Você viu com que tipos saímos, Sara?

– E nós que pensávamos que eram os dois últimos poetas. Que nada! São os dois últimos sacanas!

– Ora, meu amor, não diga isso – Marco tenta pegar Sara, que se esquiva. – Niki, traga o bolo, é melhor.

– Isso, linda, quem sabe se pelo menos se adoçam um pouco!

Niki se diverte presenciando essa guerra de sexos.

– Ok, vou fazer um *tiramissu* delicioso. Se estudarem muito, vão precisar!

Niki se afasta rindo. Caminha pelas avenidas da universidade. Contempla o céu de um azul intenso, bonito, limpo. Um vento ainda morno varre os pátios, alguns pássaros atrasados passam velozes tentando em vão alcançar o último bando que já partiu faz tempo. Um momento simples e lindo, desses que acontecem inesperadamente e que nos fazem sentir em paz com o mundo. Por nenhum motivo em particular. A vida, apenas. Niki sorri enquanto surgem em sua mente alguns pensamentos leves. Seus novos amigos são demais, alegres e sinceros. Brincam e riem sem preocupações. Luca, Barbara, Marco, Sara e Giulia, que sempre está sozinha. Quem sabe quanto vão durar os dois casais, apesar de parecerem muito ligados. Quando um romance funciona dá para ver; essa alegria amorosa, essas brigas de brincadeira são a carga necessária, o que dá energia. Mudanças, sonhos, planos... não impor limites, pensar sempre de maneira positiva, achar que tudo é possível. Que não existe nenhum obstáculo. Niki contempla em silêncio o delicado entardecer e, de repente... bum!, todos os seus pensamentos fogem apressadamente, assustados, como um bando de pássaros pousados nos galhos de uma árvore. Um rápido bater de asas no céu e tudo se perde nesse pálido sol que se encontra no distante horizonte.

Ele está ali, sentado na moto dela. Quando a vê, esboça um sorriso. Niki não.

– O que está fazendo aqui?

– Queria me desculpar.

Guido desce da moto e só então Niki percebe que ele segura uma flor.

– É uma calêndula. Sabe o que significa? Dor e desgosto e, portanto, arrependimento. Ela se abre de manhã e se fecha à noite. Como se saudasse e chorasse todos os dias o nascer e a partida do sol.

– Está me pedindo desculpas? Por quê? Não era verdade o que me contou?

– Sim, era.

– Então, por que se desculpa?

Guido esboça um sorriso.

– Não quer a flor?

Niki pega a flor.

– Obrigada.

Guido olha para ela.

– Quando eu era pequeno, passava os verões em Ischia; havia uma garota que também ia à praia. Às vezes nos olhávamos durante todas as férias sem trocar uma palavra. Ela tinha um sorriso bonito como o seu.

– Só um detalhe...

– Eu sei, você namora.

– Não. Eu nunca estive em Ischia.

Guido ri.

– É uma pena. Você perdeu um lugar maravilhoso. Eu sei que você não é aquela garota! É que eu não gostaria de cometer o mesmo erro. Nunca voltei a vê-la nem pude dizer a ela como teria gostado de...

Niki apoia a bolsa na moto.

– Nesse caso, outro detalhe. Tem razão: eu namoro.

A seguir se inclina e começa a tirar o cadeado da moto.

– Deixe que eu tiro – Guido tira a chave das mãos dela, roçam-se por um segundo, olham-se nos olhos e ele sorri. – Posso? Acho que não há nada de errado em lhe dar uma mão.

Niki se endireita e se apoia na moto. Guido fecha o cadeado e o coloca no bagageiro.

– Pronto. Agora você está livre. De qualquer maneira, eu sabia que você namora. Mas queria falar de outra coisa. Muitas vezes, conhecemos uma pessoa e não sabemos nada sobre ela. Olhamos para ela, ouvimos o que os outros dizem sobre ela, talvez nos obriguemos a pensar se é adequada ou não para nós, e não nos deixamos simplesmente levar pelo coração.

– O que quer dizer?

– Que você achava que aquele professor era sensível, homossexual, e, na verdade, ele é um cara que sai com todas que consegue, que todos os anos troca de namorada, tanto faz se são de seu curso ou não; o que não muda é que sempre são mais novas do que ele.

– É verdade, eu me enganei.

– Então, nem sempre temos alguém no momento exato para nos dizer o que não sabemos, para nos mostrar as coisas sob outro ponto de vista, para evitar que cometamos um erro e impedir que nos deixemos enganar por uma mera imagem.

– Sim, é verdade.

– Da mesma forma, talvez você me considere um mulherengo e por isso não confia em mim; acha que falo as coisas com a única intenção de impressionar e não porque acredito sinceramente no que digo. E eu adoraria convencê-la do contrário.

Niki sorri.

– Bom, você me deu uma flor linda.

– No século XIX, ela era o símbolo dos cortesãos aduladores.

– Está vendo?

– Sim, mas há uma corrente de pensamento que a considera, também, um símbolo do amor puro e eterno. O emblema de Margarida de Orléans era uma calêndula que girava em volta do sol com o slogan: "Só quero seguir o sol".

– Seja como for, é uma flor linda, e...

E?

– E – Niki sorri, segura – para ajeitar as coisas isso bastava, não precisava fazer todo esse discurso.

– Isso não é verdade! Eu cometi um erro, fui embora porque fiquei nervoso ao recordar a história do professor e Lucilla. O fato de que, ainda por cima, você o considerava uma pessoa sensível e inocente me incomodou mais ainda. E eu errei, não soube me controlar, deixei sua bolsa em cima do muro e a abandonei ali, em vez de acompanhá-la até a secretaria, que era o que eu mais teria gostado de fazer naquele momento; em vez disso, a situação se complicou e eu estraguei tudo.

Niki não sabe bem o que fazer, sente-se um pouco envergonhada.

– Acho que você está dando importância demais para o assunto... Saiba que eu me sentia culpada.

Guido sorri.

– É? Mas não me deu flores para se desculpar.

– Não tão culpada assim.

– Ok. Minha moto está aqui perto. Posso acompanhar você até sua casa?

Niki permanece em silêncio por um instante. Longo demais. Guido compreende que não deve insistir.

– Acompanhe-me pelo menos até a Piazza Ungheria; afinal de contas, vamos na mesma direção, não é?

– Está bem.

Niki abre o bagageiro, pega o capacete e coloca. Introduz a chave no contato, gira-a e o painel se ilumina. A moto ronca. "Caramba. Ele quer me acompanhar até minha casa. Quer me escoltar. E ele sabe onde eu moro. Ele se informou, perguntou por mim." Por um instante seu coração acelera, mas é uma emoção estranha. Tenta compreendê-la, interpretá-la. Medo? Vaidade? Insegurança? Nesse momento, Guido se aproxima com uma Harley Davidson 883.

– Que bonita! É sua?

– Não, eu a roubei esta manhã! – responde sorrindo. – Claro que é minha... Ainda estou pagando!

– Eu também gosto de moto. Elas me dão sensação de liberdade; não sei, a gente nunca está quieto com ela; costurando entre os carros, ninguém pode nos deter... Somos livres o tempo todo.

– Essa é justamente a filosofia dos motociclistas. Perder-se no vento.

Niki sorri, tira o cavalete e respira fundo.

– Vamos.

Um vento leve parece pôr suas ideias em ordem. Niki agora se sente segura e serena. "É verdade, ele se informou sobre tudo e sabe até que eu namoro." Pilota tranquila, ele poucos metros atrás dela, e de vez em quando seus olhares se cruzam no espelho retrovisor. Ela vê seu cabelo dentro do capacete, o nariz reto, o sorriso que surge de repente. Ele percebeu que ela está olhando. Niki responde com um sorriso e depois se concentra no trânsito. "Na verdade, ele não é nada mau. Uma coisa é certa: se eu fosse Lucilla, jamais o teria trocado por aquele professor. Mas, como ele disse antes, nunca conhecemos todos os detalhes das coisas, às vezes nos deixamos levar pelas aparências. É mesmo. E se atrás desse sorriso se esconder uma pessoa maligna, um sujeito egoísta, alguém com quem corro o risco de me perder se me apaixonar, com quem só posso sofrer? Niki!" Sente vontade de gritar ao pensar em tudo isso. "O que está fazendo? Que lhe importa como ele é realmente?" Tem a impressão de que os pássaros recuperaram pouco a pouco o lugar que ocupavam antes nos galhos. "O que está dizendo? Por que se sente assim? Você não está arriscando nada. Você é de Alex. Teve coragem, apostou tudo, se atreveu e agora se sente feliz com o que encontrou." Para no farol vermelho da Viale Regina Margherita. Guido para ao seu lado. Niki aponta para o final da rua.

– Viro à direita na próxima.

– Sim, eu sei. Eu sigo reto. Moro na Barnaba Oriani.

– Ah, é? Não estamos muito longe.

– Não mesmo – Guido sorri. – Talvez um dia passe para pegá-la para irmos juntos à faculdade.

– Ah... – Niki reflete por um momento e encontra a resposta adequada. – Ainda não sei que cursos vou fazer. – Vê que Guido está prestes a acrescentar algo e prossegue com uma desculpa que não admite apelação. – Além do mais, depois da aula costumo sair com meu namorado ou ir à academia. Quando não, sempre tenho alguma coisa para fazer com minhas amigas. Por isso tenho que ser independente. – Vê o farol abrir. – Tchau, até mais – e sai a toda velocidade.

Guido a segue imediatamente e percorrem um trecho da rua juntos.

– Mas, assim – insiste –, a vida fica um pouco monótona, não é? É bom que surjam alguns imprevistos.

– A vida é um contínuo e maravilhoso imprevisto.

A seguir, Niki vira à direita. Um último olhar, um último sorriso e cada um segue seu caminho. "Para Erica, alguém assim também cairia bem, ele é perfeito. Tenho certeza de que, assim, ela começaria um novo romance sério e deixaria Giò em paz. É um absurdo que continuem se machucando. Terminam e voltam sem parar, e quando ela está sozinha, tenta com outros e nunca diz nada. Não sei o que Giò está fazendo agora. Por que as pessoas gostam tanto de se machucar? Por que não conseguem alcançar o equilíbrio sozinhas? Quando você deixa de amar uma pessoa, tem que dizer claramente; não pode mantê-la amarrada porque não se sente seguro. O que pode acontecer? Deixe-a... O resto é vida. Segue-se em frente... Em frente."

Niki segue serena e segura para casa, deixando-se acariciar pela brisa agradável, sem pensar em nada, com essa felicidade e essa tranquilidade que às vezes nos tomam e nos fazem sentir bem, no centro de tudo, sem inveja, ciúmes ou preocupações, sem saber de onde vem essa espécie de equilíbrio perfeito que nos faz temer até o simples fato de pronunciá-lo. Surpreende-se de ver até que ponto pode ser rara e difícil essa delicadíssima e mágica harmonia na qual nosso mundo parece, de repente, vibrar da maneira adequada. São instantes. Instantes que deveriam ser vividos em profundidade porque são incomuns. E porque, às vezes, podem acabar de repente sem que haja um verdadeiro motivo.

35

Susanna acaba de arrumar a cozinha depois de almoçar. Sobre o tapete azul, vários brinquedos espalhados. Lorenzo pega um pacote de *cards* Gormiti e tira um a um. Verifica cuidadosamente quais faltam. Depois se levanta, procura o celular, que está em um canto do grande tapete persa, abre-o e digita uma mensagem. Depois de alguns segundos chega a resposta. Lorenzo lê, satisfeito.

– Que legal, Tommaso tem repetido o que me falta! Vou pedir para ele levar ao colégio amanhã. Mas qual dou em troca? – Continua passando os *cards*, procurando também um repetido que possa interessar ao amigo.

Carolina, porém, está concentrada em uma luta de boxe no Nintendo Wii. Está em pé no meio da sala em frente à grande tevê de plasma. Escolheu o personagem que, em sua opinião, mais se parece com ela: um rosto redondo e sorridente com sardas e cabelo escuro preso em um rabo de cavalo. Colocou sobrancelhas altas para dar um ar de malvada. Aperta o botão do controle ergonômico e começa a contenda. Luta contra o console, que tem a aparência de um homenzarrão robusto e peludo, mas com cara de boa pessoa. Ela o escolheu. Começa. Ajoelha-se e luta mantendo os punhos no alto e junto ao rosto. E, de vez em quando, dispara em linha reta cortando o ar. Seu personagem reproduz as ações na tela movendo-se como ela quer, embora um pouco mais lento. Carolina bate diversas vezes.

– Isso! Legal, te joguei no chão! Nocaute!

Lorenzo ergue a cabeça e vê na tevê o homenzarrão caído no chão e o personagem de Carolina em pé, arfando no ringue. O público aplaude.

– Ok, legal, mas esse não é o mais forte! Dá aqui – Levanta-se. Pega o comando do Wii das mãos de Carolina e se coloca em posição.

– Mas eu não acabei de jogar! Mamãe!

– Mas você está jogando faz tempo!

– Então vamos lutar um contra o outro, vá pegar o outro controle!

– Não, mamããe! Eu quero jogar contra o computador!

Susanna sai da cozinha.

– Querem parar? Afinal de contas, já são três horas. Cada um para seu quarto fazer a lição de casa!

– Mas, mamãe... eu não tenho quase nada, posso fazer depois – Carolina protesta bufando.

– Não. Você já jogou bastante. Vá fazer a lição sem resmungar. Você também, Lorenzo. Vamos, guarde os brinquedos e os *cards* na cesta e vá para seu quarto.

As crianças obedecem à mãe contrariadas. Carolina desliga o console e Lorenzo joga tudo na cesta, menos os *cards*, que recolhe cuidadosamente antes de colocar um a um na embalagem. Depois vão cada um para seu quarto trocando empurrões. Susanna os vê desaparecer no corredor. Senta-se no sofá e ajeita a melhor almofada nas costas para ficar bem confortável. Olha em volta. A casa. Sua casa. A casa deles. Os quadros se destacam na parede. O de Schifano, *Paesaggio anemico*, que é simplesmente como ela se sente agora. Depois, os porta-retratos. Momentos em família. As crianças pequenas. Um retrato dela feito por um fotógrafo, ela com um grande chapéu branco de aba larga. Pietro de uniforme de futebol em um e em outro com um belo terno no casamento de um amigo. Recordações. Ele. Pietro. "Quanto o amei... Quanto gostava de você no colégio, quando fazia todos rirem. Quando dava uma de esperto, e se saía sempre bem em qualquer situação. E depois começamos a namorar. Graças a você eu me sentia lindíssima, uma rainha, a melhor de todas. Quantos presentes! Quantas atenções! Os jantares, as joias. As férias. Depois veio a faculdade, o diploma, o trabalho e o escritório. Sim, na verdade você sempre se virou. Quanto debochou de mim! Quanto acreditei em você! Eu o considerava um mito. Uma pessoa digna de toda admiração. Uma pessoa que toda hora me fazia sentir o centro das atenções. Por que fez isso comigo? Você me traiu. Sabe-se lá quantas vezes. Tocou, amou e apreciou outras mulheres em meu lugar. Admirou-as, excitou-as e me deixou de lado. Que raiva! Que humilhação! Imaginá-lo com elas, na cama ou no carro, rindo, brincando, fazendo que se sentissem importantes. O que dizia a elas que não disse a mim? Não sei. Jamais saberei. Dói muito. Não consigo aceitar." Os olhos de Susanna se embaçam. Raiva. Desilusão. Fraqueza. "Sinto-me sozinha. Estou sozinha. Só o que me resta são os filhos. E vou ter que recomeçar de algum jeito." De repente, levanta-se e dirige-se à janela. Olha para fora. "É, o mundo não percebe que estou mal. O mundo segue em frente. Tenho que fazer algo por mim mesma. Preciso me renovar. Sou uma mulher linda. Sou mãe. Sou uma pessoa. Tenho que me animar." A seguir, volta para a sala. Em cima de uma mesa há um folheto no meio das cartas e de outros prospectos. Abre-o. "Academia Wellfit. Treine grátis por uma semana! Experimente os novos cursos de *kickboxing* com Davide Greco e Mattia Giordani. Disciplina adequada para todos! Experimente!" Vê vários números de telefone e um endereço de e-mail para onde pode escrever para pedir informação. *Kickboxing*. "Será que é difícil? Nunca gostei de academia, de exercícios de tonificação, *bodybuilding*, pilates, *spinning*, *fitness* em geral. Mas uma aula de defesa pessoal é diferente. Pode ser interessante. Além do mais, preciso me mexer, tonificar. Pensar em outra coisa."

Susanna pega o celular. Lê o número no folheto e digita. Não custa nada tentar.

36

Niki estaciona rapidamente a moto, bloqueia a roda, e quando está prestes a entrar em casa, vê uma limusine preta parada em frente. O que é isso? O que está acontecendo? Ou chegou um embaixador ou alguém vai se casar... Bah! Dá de ombros e entra.

– Desculpe... – Um homem elegante e uniformizado desce do carro e tira o quepe. – Você é a senhora Cavalli?

– Eu? – Niki parece realmente desconcertada por um momento. – Talvez esteja procurando minha mãe!

O chofer sorri.

– Nicoletta Cavalli?

– Sim, sou eu. Posso lhe pedir um favor? Importa-se de me chamar de Niki?

– Ah, sim...

– Pelo visto, não há dúvida. Nesta rua, neste número, com esse nome e sobrenome só eu.

O chofer abre a porta para ela sempre sorrindo.

– Niki, por favor...

"Meu Deus, não posso acreditar. É uma brincadeira? Onde estão as câmeras? Meu Deus... É uma surpresa! Ou talvez um imprevisto, como disse Guido antes. Mas não, não pode ser tão louco."

– Desculpe, mas tem certeza de que é a mim que deve levar?

O chofer olha para ela sorrindo pelo espelho retrovisor.

– Cem por cento de certeza. E a pessoa que me mandou buscá-la tem razão.

– Por quê? O que ele disse?

– Que não podia errar, porque você é única.

Niki sorri.

– Estamos falando da mesma pessoa, não é?

– Acho que sim – o motorista sorri. Niki lhe devolve o sorriso, mas sente-se culpada por ter pensado em outro. A seguir, o chofer liga o rádio. – Ele disse que se você tivesse medo, se hesitasse ou não quisesse vir comigo, que a fizesse ouvir isto – Aperta um botão e começa a tocar *Broken strings,* interpretada por Nelly Furtado e James Morrison.

Niki esboça um sorriso. Olha emocionada pela janela. Então, seus olhos úmidos de felicidade se encontram com os do chofer.

– Tudo bem?

Niki assente com a cabeça.

– Sim. Pode me levar até o fim do mundo.

A limusine acelera e avança enquanto a música toca. "*You can't play on broken strings, you can't feel anything that your heart don't want to feel, I can't tell you something that ain't real...*"* A verdade do depois. E a música é linda.

A limusine avança lentamente, quase sem fazer barulho, como se rodasse sobre o vento; como se estivesse suspensa, desliza por entre os carros e abandona a cidade. Uma vez livre, na via Aurelia, acelera. Não há muito trânsito, e uma após a outra, vai deixando para trás as placas azuis com as indicações: Castel di Guido, Fregene... E ainda mais longe...

37

Aeroporto de Fiumicino.

– Chegamos. – O chofer desce da limusine e abre a porta.

– Mas... Fiumicino?

– São as ordens que tenho. Ah, outra coisa. Precisa me dar isso. – O chofer aponta para a mochila que contém os livros da faculdade.

– Tem certeza? São meus livros para o exame.

– Na volta os devolvo. Pelo que me disseram, não vai ter muito tempo para estudar.

– Mas, aonde vamos?

* "Você não pode tocar com cordas quebradas, não pode sentir nada do que seu coração não quer sentir, não posso lhe dizer algo que não seja verdade." (N. T.)

O chofer sorri para ela.

– Eu não sei, mas ele sabe – e enquanto fala, aponta para alguém que está atrás dela, em frente à porta de vidro que acaba de se abrir.

– Alex! – Niki sai correndo e o abraça. – Você está louco.

– Sim, você me contagiou... essa maravilhosa loucura. – Olha para o relógio. – Vamos, é muito tarde.

– Aonde?

– Nova York.

Antes de sair correndo, Alex se volta para o carro.

– Nos vemos daqui a quatro dias. Depois combinamos a hora. E, obrigado.

O chofer fica parado diante da limusine e os observa enquanto correm seguindo o rastro da felicidade, do entusiasmo de seu amor.

– Domenico. Meu nome é Domenico.

– Temos que pegar o ônibus para o terminal cinco. Os voos para os Estados Unidos saem de lá.

– Como fez uma coisa dessas? Está louco.

– Desde que voltamos, tudo se tornou muito normal. Além do mais, nunca comemoramos o LaLuna.

– Do que você está falando? Ao sucesso da campanha?

– Não, a termos ido juntos ao farol... e continuarmos juntos! Nosso único e personalíssimo sucesso!

Niki pega o celular.

– O que está fazendo? Gostou tanto da ideia que vai anotar?

– Está me confundindo? O publicitário aqui é você!

– É mesmo.

Niki balança a cabeça.

– Vou fazer uma ligação.

Alex se apoia nela.

– Já sei para quem.

– Oi, mamãe...

– Niki, você disse que ia voltar para casa. Até preparei almoço. E quando voltei, você não estava!

– Sente-se.

– Meu Deus! O que aconteceu? O que tem para contar? Estou começando a me preocupar

– Não há nada com que se preocupar. Alex e eu vamos passar quatro dias fora para comemorar uma coisa.

– Aonde vão? Comemorar o quê?

– Vamos para Nova York!

– Ora, Niki! Sempre brincando. Ouça, volte logo porque tenho de sair com seu pai e não quero que seu irmão fique sozinho outra vez – e desliga.

– Mamãe? Mamãe? – Volta-se para Alex. – Não acredito! Desligou! Primeiro diz que temos que nos contar tudo, e depois, cada vez que tento contar algo diferente do habitual, ela desliga o telefone na minha cara. Ninguém entende essas mães!

Alex sorri.

– Tome.

– O que é?

– Dentro dessa bolsa estão uma camisola, a maquiagem que você deixou no meu banheiro, uma blusa e um suéter para amanhã de manhã, sua roupa íntima... E a escova de dentes de que tanto gosta.

– Meu amor... – Abraça-o forte, para no meio do aeroporto e o beija. É um beijo longo, suave, quente, cheio de amor.

Alex abre os olhos.

– Meu amor...

– Sim? – Niki responde com ar sonhador.

– Dois guardas estão nos observando.

– Devem estar com inveja.

– Sim, claro, mas eu não gostaria que nos prendessem por atentado ao pudor.

– E daí?

– Como e daí? Não quero perder o avião.

– Agora você me convenceu!

Saem correndo a toda velocidade rumo à área de embarque. Niki para de repente.

– Meu amor, temos um problema absurdo, imenso, dramático.

Alex olha para ela assustado.

– Qual? Você não fala inglês?

– Nada disso, bobo! Não estou com o passaporte.

– Eu estou! – Alex tira-o do bolso sorrindo.

Niki pega e abre.

– Mas este é o seu, com chip, como os novos.

Alex coloca a mão no outro bolso.

– E este é o seu... Com o mesmo chip!

– Caramba... Você tirou o meu!

– Em dois dias.

– E como conseguiu?

– Eu tinha seus dados, a fotografia e tudo o que era necessário... E sua assinatura também; lembra que lhe pedi para fazer sua assinatura em um papel? Era para isso.

– Entendo, mas em dois dias?

– Você não sabe? Tratamento especial. Você vai fazer uma sessão de fotos em Nova York para a próxima campanha!

– Legal! Gostei! E eles estão pagando tudo?

– Não, isso não.

– Então, não vale, Alex. Vou pagar metade. Desculpe, mas, como você disse, vamos comemorar nosso único e personalíssimo sucesso... O mérito é dos dois, pertence aos dois, e deve ser compartilhado pelos dois.

– O problema é que não vai dar, meu amor.

– O que quer dizer?

– Que se dividirmos os gastos, você vai me dever dinheiro pelo resto da vida!

– Você é um arrogante! Não devia ter me dito quanto custou.

– Eu não disse!

– Não, mas insinuou.

Entram no ônibus. De repente, Niki tem uma ideia.

– Vamos fazer uma coisa. Nosso próximo grande, único e personalíssimo sucesso, que a partir de agora se chamará GUPS, vai correr por minha conta e será onde eu escolher.

– Combinado! Fantástico, não vejo a hora de passar umas férias em Frascati!

Niki dá um tapa nas costas dele.

– Ei! Por quê?

– Arrogante...

– De novo? O que foi que eu disse?

– Deu a entender...

– O quê?

– Que iremos a um lugar próximo e que, além do mais, vai ser barato.

– Ah, eu não tinha entendido!

– Mentiroso!

Chegam ao balcão.

– Por favor – Alex pega os passaportes e as passagens.

– Têm bagagem para despachar?

– Ah, é verdade. Sua mala está cheia de artigos de maquiagem, de modo que tem que despachar. Que droga.

– Melhor, assim fica mais leve.

– Vou despachar a minha também, por solidariedade.

A comissária vê duas mochilas pequenas.

– Só isso?

– Sim.

Faz uma cara de perplexidade, mas depois dá de ombros. Já deve ter visto de tudo e, no fundo, isso é só um pouco estranho.

– Aqui estão seus cartões de embarque, assentos 3A e 3B. Tenham uma boa viagem.

38

"Mas que dia, hein?" Olha pela enésima vez seu rosto no espelho. Procura distraidamente um indício, algo em seu rosto, mas não vê nada. Nenhum sinal. "Pelo menos, desta vez não vou ter que usar corretivo, como sempre. Que sorte. Talvez tenha sido um pouco de estresse que desajustou tudo. E nem mesmo uma espinha a mais! Finalmente." Tenta se convencer olhando de novo no espelho. Nada. Seu rosto habitual, alegre e sereno, cercado por um cabelo claro e luminoso. Vai até o quarto e se veste para sair. O celular vibra. Uma mensagem. Diletta lê: "Passo esta noite às oito, o filme começa às 8h40. Beijos cinematográficos!" "Que idiota! Às vezes parece realmente uma criança." Diletta sorri e calça as sapatilhas vermelhas de verniz. Pega sua bolsa em uma estante e o casaco cinza claro. Avança pelo corredor, mas para de repente. Dá meia-volta e vai para o banheiro. Procura algo em um armário. "Aqui está o pacote." Pega dois envelopinhos e os guarda na bolsa. "Talvez sejam úteis esta noite. Nunca se sabe." Fecha a porta, volta para o corredor e pega as chaves.

– Tchau, mamãe, volto logo.

Da cozinha chega uma voz abafada pelo som da tevê.

– Vai sair com Filippo?

– Sim! Ele está esperando lá embaixo. Não quero que suba quatro andares a pé. Ainda não consertaram o elevador!

– Está bem, mande um oi para ele, e não volte tarde.

"Caramba, como os pais são absurdos. Acabo de dizer que volto logo e ela me pede para não voltar tarde. Como quando dizem 'Tome cuidado', como se você não soubesse que precisa ter cuidado e que não pode se comportar como um irresponsável. Porque depois vêm as consequências." Ao pensar nessa palavra sente uma pontada no estômago. Consequências. Ter cuidado. Uma dor terrível. Uma pontada. Só que não é o sinal que esperava, o natural, o de sempre. Não é na parte baixa do abdome. É outra coisa. Mais difusa. Uma pancada. Uma espécie de choque. Diletta para no meio da escada. Começa a contar freneticamente com os dedos das duas mãos. Como somaria se estivesse no primário. Ou melhor, subtrairia. E quando chega ao resultado, arregala os olhos. Não. Não é possível. Repete a operação do início, dessa vez mais lentamente. Não tem jeito. O resultado é idêntico. Faz as contas pela terceira vez, mas lhe vem à mente a regra: "A ordem dos fatores não altera o produto". Caramba. Lembra-se de repente. Gostaria de não ter que pensar nisso. Mas pensa. E lembra. E, de fato, maldição, pode ser. É pontual como um relógio suíço. Mas desta vez, não. Não é possível. Depois, rapidamente, como um detetive que, após reunir todas as provas, está prestes a montar o quebra-cabeça que resolverá o caso, dá-se conta. Se em sete anos jamais teve uma espinha durante esses dias, deve haver algum motivo. E esse motivo se parece muito com uma noite em particular. Aquela vez, depois do pub, em que Filippo, antes de levá-la para casa, deu uma volta com o carro para lhe mostrar um arco antigo sobre a Via Apia que havia descoberto por acaso. E, depois de estacionar na escuridão, depois de falar e brincar como sempre, começaram a se acariciar. Mais. Cada vez mais, perdidos na música do rádio. Protegidos pelas travas automáticas das portas, porém, temendo esse lugar desconhecido, eles, que sempre haviam sido prudentes, que sempre haviam tido cuidado levando em conta o que se ouve por aí. Entretanto, nessa ocasião, foram um pouco descuidados e rebeldes. Deixaram-se levar pela paixão e pelo desejo. De repente, Filippo percebeu que não tinha preservativos, e desabou, abatido, sobre Diletta. E ela, então, docemente, disse que talvez fosse melhor deixar para outra hora. Ele concordou. Mas depois não conseguiram se controlar e seguiram em frente. Beijos, carícias, abraços, desejo e paixão. O olhar de um no outro. As estrelas pela janela, a paisagem e a noite. E eles unidos, próximos, juntos. Um longo abraço enquanto se olhavam nos olhos entre risos, mas também um pouco preocupados. E a frase de Filippo: "Tive cuidado, você viu, meu amor?" "Não. Não vi, meu amor, porque me deixei levar e me perdi com você, dentro de você. Eu confio." Filippo também confiou em si mesmo. "E agora? Será que é isso mesmo?" Diletta procura freneticamente o celular na bolsa, e sua mão encontra os dois absorventes que pegou do armário do banheiro e que deseja com todas as suas forças poder usar. Olha para eles e os coloca de novo no lugar. Pega o celular e escreve uma mensagem: "Não passe aqui, meu amor, nos vemos no cinema". Mas depois muda de ideia. "O que faço? Já é tarde. Filippo deve estar chegando." Apaga. "Não. O filme é muito legal. *Questione di cuore,* de Archibugi. Eu me recuso a pensar nisso hoje. Além do mais, posso estar enganada. Amanhã. Vou pensar nisso amanhã. E talvez até vá à farmácia. Talvez." Então, guarda de novo o celular na bolsa e desce a escada acompanhada desse novo e sutil pressentimento.

39

É hora de partir. Niki e Alex entregam suas passagens à comissária de bordo que está diante da porta.

– Por favor. – Corta os cartões de embarque e os passa por uma máquina na qual são em um piscar de olhos e cuspidos pelo outro lado. A comissária de bordo devolve os cartões.

– Que legal, ainda não consigo acreditar. Ainda sinto um pouco de medo – Niki diz a Alex apertando sua mão.

– Medo de quê?

– Da altura e do tempo que vamos passar dentro desse avião. Quanto dura o voo?

– Umas nove horas.

– Não saia de perto de mim, viu?

– E aonde quer que eu vá? Estamos em um avião!

– Sim, eu sei. Sabia que há filmes sobre isso?

– Sobre o quê?

– Sobre gente que desapareceu em um avião em voo. Como esse de Jodie Foster, que perdeu sua filha de oito anos e ninguém acreditava nela. De qualquer maneira, falo no geral. Não saia de perto de mim. Quero que fique sempre ao meu lado, que me faça sentir segura.

Nesse momento, Alex percebe quão acertada foi sua decisão. Aperta sua mão com força.

– Claro, princesa.

Chegam à porta do avião, Niki e Alex mostram os cartões de embarque a uma comissária de bordo e a um assistente.

– São as primeiras poltronas à direita, no segundo corredor.

– Obrigado.

Deixam para trás o primeiro e erguem o olhar para procurar os números.

– Aqui estão, 3A e 3B.

Niki olha para Alex surpresa.

– Nossa, parecem sofás! Estamos na primeira classe!

– Claro, princesa.

Niki vai até sua poltrona e abre um pacote de plástico com uma máscara para dormir, um travesseiro e uma manta.

– A manta é muito macia! – Acomoda-se na poltrona e se cobre. – Que legal, dá para estirar as pernas.

– É, podemos dormir, ou ficar acordados, princesa... – Alex sorri para ela.

– Mas podem nos ver aqui! Não está me levando para Nova York para fazer o que podemos fazer a qualquer hora em seu quarto, não é, meu amor?

Alex começa a rir.

– Você é terrível! – Adoraria poder lhe contar tudo. Em vez disso, acomoda-se em sua poltrona. Estão perto das janelas. Pouco depois, chega uma comissária de bordo.

– Boa noite, desejam um pouco de champanhe?

– Por que não? Afinal de contas, não preciso estudar.

Pegam duas taças e fazem um brinde olhando-se alegremente nos olhos, requisito indispensável para dar valor ao ato.

– Pense em um desejo.

Niki fecha os olhos.

– Pronto.

Alex esboça um sorriso. Olha para ela.

– Eu também...

Permanecem por um instante em silêncio enquanto se perguntam se o desejo dos dois é o mesmo. Alex terá que chegar a Nova York para saber se o de Niki coincide com o seu. Ou não. Enfim, não esclarecerá a dúvida enquanto não lhe disser. Nesse exato momento, toca o celular de Niki. Ela olha para tela e sorri para se desculpar com Alex.

– É minha mãe. – Atende à ligação. – Alô? Mamãe?

– Niki! Quanto falta para... Onde você está?

– Mamãe, eu já disse. Estou indo viajar, volto em três dias.

Alex nega com a cabeça e mostra quatro dedos.

– Quatro!

Niki agita velozmente a mão como se quisesse dizer: "Tudo bem, não tem problema, não importa, senão ela se preocupa".

Simona bufa do outro lado da linha.

– Venha logo. A brincadeira tem graça desde que dure pouco.

– Quer me ouvir, mamãe? É verdade!

Simona decide lhe dar trela, porque ainda acha que a filha está brincando.

– Então, como atendeu à ligação?

– É que ainda não decolamos.

– Ah, e quanto falta – o tom de Simona é cada vez mais debochado – para que decolem?

– Como? Espere um momento, mamãe. Com licença – Niki chama a comissária de bordo, que se aproxima deles –, quanto falta para decolarmos?

– Agora mesmo. E – acrescenta com um sorriso muito profissional –, por gentileza, desligue o celular.

– Sim, claro – Niki leva o aparelho à orelha e fala novamente com Simona. – Ouviu, mamãe? Vamos decolar agora!

– Sim, eu ouvi. Então, é verdade! Quando pretendia me contar?

– Mas eu contei.

– Achei que estava brincando.

– Não estava.

– E quando volta?

– Em três... – Alex ergue quatro dedos diante de seu rosto. – Quatro dias.

– Três ou quatro dias? E o que digo a seu pai?

– Que vou lhe trazer um presente! Mamãe, agora tenho que desligar.

– Niki...

– Sim?

Simona se cala por alguns segundos e suspira. Sente um nó na garganta.

– Divirta-se.

Diz isso com um tom diferente, sutil, quase trêmulo. Niki se comove também de repente.

– Não fale assim, mamãe, senão me faz chorar – Uma lágrima escorre por seu rosto enquanto ri ao olhar para Alex. – Arre!

Simona se recompõe e começa a rir, fungando.

– Tem razão, filha, divirta-se!

– Assim que eu gosto, mamãe... Eu te amo muito.

– Eu também.

Niki desliga a tempo, porque nesse exato momento a comissária de bordo se aproxima deles. Passa olhando entre as poltronas, verifica se não há nenhuma mesinha aberta, depois seu olhar se cruza com o de Niki, que está desligando o celular. A comissária de bordo sorri. Niki lhe devolve o sorriso e guarda o aparelho no bolso da frente. Alex também desliga o seu.

– Você e sua mãe... Não quero nem imaginar o que teria acontecido se a viagem durasse mais de quatro dias. Ou se decidíssemos ir morar no exterior.

Niki olha para ele segura.

– Se eu estiver feliz, eles também estarão. A única coisa que querem é me ver sorrir. – Depois, aproxima-se de Alex com curiosidade. – Por isso vamos a Nova York? Vão transferi-lo? Você vai morar lá? Temos que achar uma casa para você?

Alex se volta de repente.

– Como para mim? E você?

– Eu não tenho nada com isso, tenho que estudar. Já fiz alguns exames. Tenho que seguir meu caminho... O que eu faria em Nova York? Não conheço ninguém!

– Então, se isso acontecesse você me deixaria?

– Nem em sonhos! Agora, com a Internet, o Skype, a webcam e as redes sociais há mil maneiras de se ver e de se falar a distância; e, ainda por cima, de graça. Seria perfeito.

– Sério? E como faríamos com o resto?

– Que resto?

– O amor. Quando faríamos amor?

– Meu Deus, você é terrível. Só pensa nisso!

– Nada disso! Considere isso uma pequena e justificada curiosidade.

– Faríamos toda vez que nos víssemos, quando eu fosse visitá-lo ou você viesse.

– Ah, claro.

Nesse exato momento passa outra comissária de bordo. É muito bonita, e seu olhar pousa sobre Alex. Ele percebe e sustenta o olhar, até que a garota esboça um sorriso e se afasta. Só depois torna a olhar para Niki.

– É, pode ser... Assim, eu teria um pouco mais de liberdade. – A comissária de bordo passa de novo e Alex a detém. – Com licença.

– Sim – a garota se aproxima rapidamente, linda, sorrindo.

– É que... Será que se incomodaria de...

Niki o observa curiosa e irritada. Alex olha para ela e nem se abala, enquanto a comissária de bordo fica na expectativa.

– Sim...

– Pode nos trazer um pouco mais de champanhe?

– Mas claro, é para vocês. – E dirige-se a Niki. – Para a senhora também?

Niki responde depois de um profundo suspiro.

– Não – E só depois acrescenta: – Obrigada.

A comissária de bordo se afasta, e assim que desaparece de sua vista Niki se volta para Alex e lhe dá um soco na barriga.

– Ai! Está maluca? O que foi que eu fiz? Só lhe pedi uma taça de champanhe!

– Pois é – dá-lhe outro soco –, é justamente o jeito como pediu!

– Não é verdade! Você é que interpretou com malícia!

– Ah, é? Vou lhe dar outro soco mais embaixo, assim elimino qualquer outra possível malícia.

– Não, não – Alex finge medo. – Por favor, não, Niki! Mesmo que eu tivesse um pouco mais de liberdade, não cairia na tentação.

Nesse exato momento, a comissária de bordo volta.

– Aqui está o champanhe. Tem certeza de que não deseja, senhora? Não mudou de ideia?

– Não, não, obrigada, tenho certeza.

A comissária de bordo se afasta. Alex bebe um pouco.

– Hummm... que delícia – Niki ameaça se mexer e Alex logo se põe na defensiva – este champanhe! – Esboça um sorriso e, pouco a pouco, o avião vai para a pista de decolagem.

Os motores começam a roncar, aumenta a rotação. O avião acelera, cada vez mais. Niki se agarra ao braço de Alex. Aperta-o, olha pela janela no mesmo instante em que o avião se afasta do chão. É muito rápido. A seguir, aparecem algumas nuvens, as ondas do mar um pouco mais embaixo, e uma repentina curva à esquerda. O avião se inclina rumo aos Estados Unidos.

Alex sorri para Niki enquanto acaricia sua mão.

– Não tenha medo, você está comigo.

Niki sorri um pouco mais tranquila, acomoda-se na confortável poltrona e rouba um pouco de champanhe da taça de Alex enquanto olha para ele com certa astúcia, ou como se fosse um jovem guerreiro que depôs as armas e que aceita, impassível, a simples derrota. Depois, apoia-se no ombro dele e adormece. Alex afasta com doçura o cabelo de seu rosto, encontra seus lábios suaves já com um leve beicinho, os olhos fechados, serenos, sem uma gota de maquiagem, que repousam tranquilos aguardando o sonho. Essa imensa ternura lhe arranca um sorriso, e sentindo-se forte e seguro, desliza em sua poltrona enquanto inspira profundamente com a sensação de ter feito a coisa certa. Mantém a mão apoiada nas pernas de Niki, como se quisesse senti-la sempre ali, próxima, como se fosse um gesto de propriedade, de segurança, que impedisse que ela o abandonasse um dia. Mas a consciência de tê-la ao seu lado faz que lhe venha à mente outra coisa. "Como não pensei nisso antes?"

40

Um pouco mais tarde. Um ruído. Um repentino baque. Niki se assusta, acorda e olha à sua volta, amedrontada.

– Ssshh... Estou aqui – A mão de Alex acaricia sua perna e sobe até a barriga. – Estou aqui, está tudo bem.

– Onde estamos?

– Acho que estamos sobrevoando a Espanha, pelo que pude ver. Você perdeu *Se beber, não case*, uma comédia de Todd Phillips que se passa em Las Vegas. São três padrinhos de um casamento que perdem o amigo que vai se casar. – Na tela diante de Alex passam os créditos do filme. – Mas, se quiser, podemos assistir em Roma quando estrear, ou em Nova York.

– Bobo – olha à sua volta. – Sua comissária de bordo não passou de novo?

Alex parece preocupado.

– Não, de jeito nenhum. Sério.

– Que pena. Estou com sede. Queria beber um pouco de água.

– Aperte aqui que ela vem. – Alex se inclina sobre ela e aperta um dos botões do braço da poltrona. Uma luzinha acende acima de sua cabeça.

Niki olha para ele fazendo uma careta.

– Hum... Vejo que tem experiência!

– Niki, é assim em todos os aviões, até nos voos domésticos. Já viajei um pouco.

– Eu sei, mas não me agrada!

– Como assim?!

– Você gostou muito da ideia de ter um pouco mais de liberdade. E já não ficamos tanto juntos.

– Verdade.

– E se ainda assim você quer mais liberdade, imagine se fôssemos...

Nesse momento chega uma comissária de bordo, mas não a mesma de antes.

– Pois não? – Alex e Niki se olham e soltam uma gargalhada.

– Sim... Desculpe... – Niki fica séria de novo. – Pode me trazer um pouco de água, por favor?

– Claro, em um minuto.

– Obrigada.

– Viu? – Alex olha para ela sorrindo. – O perigo já passou.

– Mas que ideia! Eu não tinha medo da outra. Você é que está se justificando.

Alex decide não estender o assunto.

– Ok, o que você estava dizendo?

– Eu? Nada – Niki se faz de inocente. – Não lembro. Seja como for, sabe do que eu gostaria realmente? De ler.

– Sério? Eu também!

– Mas eu não trouxe nenhum livro.

Alex sorri e pega sua mochila, embaixo da poltrona.

– Eu cuidei disso.

Pega um livro grosso. É de Stieg Larsson. Niki observa-o.

– *Os homens que não amavam as mulheres.* O que é? Uma mensagem?

– Que mensagem, o quê! É um magnífico suspense de um escritor sueco que, infelizmente, já morreu, mas que, mesmo assim, está fazendo um sucesso incrível no mundo todo. Niki gira o livro em suas mãos.

– Mas este livro é enorme... Não sei quando vou acabar!

– Podemos ler juntos.

– Como? Você disse que é um romance de suspense! Como faremos, vamos dividi-lo em duas partes? Eu leio a primeira, você a outra e depois contamos um para o outro?

Alex sorri e coloca de novo a mão na mochila.

– Tenho dois – diz enquanto tira outro exemplar do mesmo livro.

– Assim é perfeito! – Niki lança para ele um olhar apaixonado. "É maravilhoso. Demais. Ninguém nunca fez algo assim para mim." Tanta felicidade quase a assusta.

Começam a ler com curiosidade. Em um primeiro momento a obra os distrai, depois apaixona, domina. Continuam lendo enquanto sobrevoam Portugal e chegam ao Atlântico. O avião, leve e silencioso, prossegue viagem.

Depois de um tempo, Alex se inclina para ela para ver o número da página que está lendo. Vinte e cinco.

– Eu li mais que você.

– Não é verdade. Deixa eu ver seu livro. – Verifica: página quarenta. – Não acredito. Você pula páginas, com certeza. Depois vou lhe fazer perguntas. Ou melhor, agora mesmo. Como se chama o jornal onde trabalha?

– *Millennium.*

– Ok, essa não vale, está escrito na contracapa.

Interrogam-se um ao outro tentando imaginar o que acontecerá.

– Não acha a história desses dois estranha? Ela é casada com outro, mas de vez em quando dorme na casa dele.

– Não é verdade!

– Claro que é, está escrito no início. Viu como você pulou algumas páginas?

– Ah, é verdade! – diz Alex, rindo.

– Não disfarce, você não sabia. Mentiroso!

– Não, não, eu li. O relacionamento deles segue a mentalidade sueca; são muito mais abertos, entende? Sexo livre.

Niki torna a bater nele.

– Ai! Mas está no livro!

– Não, você olhou de novo para a comissária de bordo.

– Sim, mas é porque estão servindo a comida e estou com um pouco de fome – aproxima-se dela como se a quisesse morder. – De você!

– Você é um imbecil! Esse negócio da comissária está começando a me irritar.

– Estou com vontade de você, sério. Vamos nos esconder no banheiro?

– Como nesse filme que vimos juntos? Qual era o nome?

– *Ricas e famosas.*

– É! Que ele, enquanto viaja de avião, finge que é viúvo para convencer aquela atriz tão linda... Qual era o nome dela mesmo?

– Jacqueline Bisset.

– Isso... para convencê-la a ficar com ele, e depois, quando ela vai para o banheiro, ele entra também e eles fazem amor. Só que depois, quando desembarcam, Jacqueline Bisset vê a esposa dele, que foi buscá-lo, e que, como se não bastasse, não só está viva como tem vários filhos com ele!

– É, esses caras recorrem a qualquer golpe, até à compaixão, para transar. Mas esse não é nosso caso, evidentemente. Vou para o banheiro?

– Mas o que há com você? É o avião que o deixa assim? Nunca mais vou deixar você viajar sozinho. Sabia que pegaram um ator famoso transando com uma comissária de bordo?

– Sei! Até queriam fazer um anúncio! Era uma comissária de bordo australiana da Qantas Airway, e ele era Ralph Fiennes, de *O paciente inglês*. Só que ele se comportou como um impaciente americano!

Continuam rindo, conversando, lendo e brincando. Chega o jantar e bebem um pouco mais; experimentam o crepe, comem um filé, Alex dá a ela a sobremesa de que não gostou e ela lhe dá o pedaço de queijo que deixou.

– Quer ouvir música? Eu trouxe os fones duplos para o iPod.

Então, escutam juntos James Blunt, Rihanna e Annie Lennox. Dessa vez é Alex quem adormece. Passa uma comissária de bordo e retira a bandeja. Então, Niki fecha a mesinha, dobra-a lentamente e a introduz no grande braço lateral. Vê algumas migalhas na blusa dele. Usando os dedos como pinças como no jogo da cirurgia, tira-as sem tocá-lo, com medo de acordá-lo. Depois, passa levemente a mão pelo braço dele, acariciando para acompanhá-lo em seu sonho, seja qual for.

41

Niki olha pela janela. A diferença de fuso horário fez com que perdesse a noção do tempo. Vê um estranho amanhecer ao longe. É como uma espécie de linha que segue o horizonte, cor de laranja intenso, forte, que indica o início de um dia importante. De repente Niki relembra sua história. Como se as imagens passassem rápidas por entre as nuvens. Um longa-metragem projetado só para ela, a única espectadora de uma sala voadora. "Não acredito... Nosso primeiro encontro, ou melhor, desencontro com a moto, e depois, nesse mesmo dia, a prova de italiano em que fui bem; quero dizer, nunca havia tirado uma nota dessas em italiano. Só isso deveria ter bastado para compreender que ele é um bom amuleto; as mulheres não deviam largar homens como ele. E depois seus amigos, minhas amigas, dois mundos muito diferentes, a anos-luz um do outro, mas não por causa da idade. Mas dizem que os opostos se atraem, de maneira que somos perfeitos." Niki olha para ele. Alex continua dormindo. "Somos perfeitos." Sorri e torna a olhar para fora. Uma asa do avião corta uma nuvem, atravessando, ferindo, e ela, suave, deixa-se cortar, e depois permanece suspensa no vazio desse espaço infinito. Niki volta a seu filme. "A primeira vez, linda, em sua casa, com esse aroma de jasmim, e todas as outras vezes, talvez ainda mais bonitas. Comer comida japonesa daquele jeito, rir cobrindo a boca com as mãos, talvez tudo tenha acontecido por causa daquele vestido oriental que havia colocado e logo tirado, e tudo o que veio depois... E depois a surpresa dessas fotos no quarto, a campanha de LaLuna, ver-se pela cidade inteira..." Niki fica séria. Outra recordação. Mais difícil, mais dolorosa, que continua ali, envolvida na penumbra. Aquele dia. Aquelas palavras: "A diferença de idade é muito grande, Niki." Mas, na realidade, o motivo era outro. A presença de Elena, que havia voltado. Niki se vira para ele. Alex dorme feliz, tranquilo, como um anjinho. Porém, naquela ocasião ele não lhe disse a verdade, não lhe contou o que estava acontecendo realmente. Fez que se sentisse repentinamente insegura, como se não estivesse à altura desse sonho que, para ela, havia se transformado em realidade. E os dias que se seguiram. Estudar para a faculdade sem conseguir se concentrar totalmente. Alex. Sua mente voltava a ele sem parar, como se fosse um ímã, como um vídeo em *loop,* um disco riscado no qual a agulha pula e repete sempre a mesma frase: "A diferença de idade é muito grande, Niki". A seguir, sua mente e seu coração dolorosamente congelados. Verão. Férias fantásticas na Grécia com Olly, Diletta e Erica, risos e a desesperada e inútil tentativa de não pensar nele. Mas depois, de volta para casa, encontrou sua carta e aquelas maravilhosas palavras:

> A meu amor.
> A meu amor, que pela manhã ri enquanto molha um delicioso biscoito no café com leite.
> A meu amor, que pilota rapidamente sua moto e nunca se atrasa.
> A meu amor, que brinca com suas amigas e sabe ouvi-las sempre.

A meu amor, presente até quando me esqueço dela.
A meu amor, que me ensinou muito e me mostrou o que significa "ser grande".
A meu amor, que é a onda mais linda e forte do mar em que ainda preciso navegar.
A meu amor sincero, forte como uma rocha, sábia como um antigo guerreiro e linda como a estrela mais maravilhosa do céu.
A meu amor, que soube me fazer entender que a felicidade não chega um dia por acaso, mas que é um desejo conquistado que se deve defender.
A meu amor Niki.

Niki ainda lembra de cor, leu-a infinitas vezes, dias, tardes e noites... Até gastá-la, até memorizar todos os parágrafos, até chorar, sorrir e, por fim, rir de novo. Encontrar em suas linhas cada instante dos momentos vividos, dessa maravilhosa fábula de amor que julgava infinita e que de repente via ressurgir das cinzas, recuperar a vida e o sorriso, o sonho e a esperança, o entusiasmo e a felicidade, até aquele dia. Sim, deixar de lado qualquer medo e partir, serena, rumo à ilha Blu, a ilha dos apaixonados. Onde Alex a estava esperando havia mais de vinte dias.

Niki olha para ele pela última vez. "E agora estamos aqui, a bordo deste avião, rumo a Nova York. Ele e eu. Ainda juntos, contra todos os prognósticos. Que maravilha... A 30 mil metros sobre o céu." Continua observando Alex, pensativa. Com a mão apoiada na dele, leve, temendo acordá-lo enquanto o avião segue viagem a toda velocidade e os minutos passam silenciosos, fluem como os primeiros arranha-céus que surgem abaixo deles.

42

Pietro lê a placa distraído enquanto entra. Olha em volta. Na verdade, aquilo é novidade. Nunca gostou de academias e agora vai fazer esportes. E, como se não bastasse, esse esporte.

Vários sofás, duas máquinas automáticas de bebidas e alimentos dietéticos. Atrás do balcão azul, uma garota usando um agasalho branco verifica algo no computador. Pietro a vê e vai até ela.

– Bom dia.

A garota se vira. A blusa do agasalho branco está com o zíper aberto e deixa à vista um top azul. Pietro esboça um sorriso. "Caramba. Nada mau."

– Olá, gostaria de saber onde é o *kickboxing*. E a que horas.

– Quer se matricular? São três vezes por semana, em dois horários diferentes. Pode verificar aqui – e mostra-lhe um folheto.

– Não, não. Preciso falar com uma pessoa, e acho que agora está em aula.

– Ah, nesse caso, deve estar ali, duas salas à frente – indica-lhe a porta.

Pietro olha para ela.

– Vejo que o efeito do *kickboxing* é fantástico – observa-a de cima a baixo.

Ela esboça um sorriso e depois se volta de novo para o computador. Pietro dá de ombros e entra pelo corredor. Passa em frente a umas salas com aparelhos, espelhos e colchonetes. Rapazes e garotas que treinam, música agitada ou suave, dependendo da aula. Chega à segunda sala à direita. Várias pessoas em círculo estão erguendo a perna esquerda. No centro, um rapaz não muito alto, musculoso, de cabelo ondulado e castanho, mostra aos outros o movimento que devem fazer. "Esse sujeito não está nada mal", pensa Pietro. "Bonitão." Pietro observa uma a uma as pessoas que compõem o círculo. Várias garotas jovens, quatro homens e duas mulheres mais velhas; bem, três. E então a reconhece. Usa uma faixa elástica branca na cabeça e o cabelo penteado para trás, preso com uma espécie de laço. Uma malha preta leve por baixo de uma camiseta justa azul-claro, tênis e meias sapatilha. Susanna mantém o equilíbrio na perna direita, em tensão, à espera. De repente, o instrutor solta um grito e desce a perna esquerda enquanto dá um chute imaginário com a direita. Todos, inclusive Susanna, o imitam.

– Mantenham os calcanhares levemente erguidos, e quando derem os chutes, batam com a tíbia, não com o peito do pé. Com a tíbia machuca-se muito mais o adversário. Girem o pé que fica apoiado no chão como se fosse a ponta de um compasso e procurem fazer o quadril e o ombro do lado da perna que bate seguirem a trajetória do chute; não deixem que vão em sentido contrário. – Faz umas duas demonstrações do que acaba de dizer.

Pietro permanece na porta, e quando o instrutor diz ao grupo que faça fila, entra. Várias garotas olham para ele e sorriem cutucando-se com os cotovelos, como se dissessem "Quem é esse aí?". O instrutor também percebe uma sombra. Susanna, que está agachada para ajeitar a meia, levanta-se e o vê. Não é possível.

Pietro se aproxima dela.

– Olá, meu amor. Precisamos conversar.

– Aqui? Acho que não é o momento mais adequado, estou treinando.

– Estou vendo. Mas, que história é essa de boxe? Que eu saiba, você nunca se interessou. Sua mãe me contou. Você deixou as crianças na casa dela.

– Para começar, não é boxe, é *kickboxing*. E qual o problema de eu ter deixado as crianças com minha mãe? Ela não é uma assassina em série. Além do mais, se antes havia muitas coisas que não me importavam, agora...

O instrutor, enquanto isso, mostra um novo movimento que o grupo precisa fazer antes do combate de treinamento.

– Preparados? Vamos começar. Tudo bem aí?

Susanna se vira e sorri.

– Sim, tudo bem! – E dirige-se de novo a Pietro. – Vá embora. Não tenho mais nada a lhe dizer.

– Mas, Susanna, vamos, saia só um instantinho para que possamos conversar sem toda essa gente em volta.

– Eu disse que não. Vá embora. Você devia ter pensado antes.

– Entendo, mas acho que isso não deve nos impedir de conversar. Como pessoas civilizadas, não? O que você acha que devo fazer se nunca atende ao telefone?

O resto do grupo para e começa a assistir a cena, com curiosidade.

– Pietro, acho que não... Se eu não atendo é porque não quero! Um advogado tão esperto como você deveria entender isso sem problemas, não acha?

– Mas, se não conversarmos, como vamos esclarecer as coisas?

– Acho que tudo já está bastante claro! Você me traiu e agora pretendo viver minha vida! Isso é tudo!

Pietro segura o braço dela e a puxa.

– Susanna...

Não tem tempo de acabar a frase, porque Susanna lhe acerta um soco na cara, bem no olho, com uma violência absurda que o joga no chão. Todos emudecem. O instrutor corre até eles. Olha para Susanna e, a seguir, preocupado, para Pietro. Ajuda-o a se levantar.

– Você está bem? Quer um pouco de gelo? Seu olho está começando a inchar.

Pietro recusa com a cabeça. Toca seu rosto. Está vendo tudo em dobro. Tenta chamar Susanna, que já se afastou com uma garota que tenta acalmá-la. Davide, o instrutor, segura Pietro.

– Desculpe, não quero me intrometer, mas tenho a impressão de que ela não está a fim de conversar.

– Você não sabe de nada. Eu a conheço, você não. Ela é minha esposa, e não sua. Ela sempre se comporta assim, e depois...

– Desculpe, não pretendia me intrometer. Vamos, acompanho você à enfermaria. Fica logo ali. Vamos pôr um pouco de gelo para evitar que o inchaço aumente. Isso também o ajudará a se acalmar. – Davide, segurando Pietro, vai até a porta e se volta: – E vocês, continuem treinando. – A seguir, procura Susanna com o olhar. Ela percebe. Com um gesto, Davide lhe diz que o espere e então sai.

Susanna cora levemente. Não sabe se por causa da raiva que Pietro a fez sentir ou pela surpresa de ver que Davide, pela primeira vez desde que começou o curso, presta atenção nela. Uma atenção especial. Mais prolongada que a habitual. Só a ela. Susanna se recompõe. A garota que está ao seu lado lhe dá uma palmada no ombro.

– Você se vira bem com os socos, hein? Jogou-o no chão! Ele é mesmo seu marido?

– Sim, infelizmente. Devia tê-lo socado muito antes. Vamos fazer um pouco de aquecimento. – Volta ao centro da sala. – Davide vai voltar, não é? – Começa a fazer vários exercícios de alongamento. A garota a imita.

Já fora da academia, Pietro se solta de Davide.

– Tem certeza de que está bem?

– Não, mas vou chegar ao escritório sem dificuldade.

– Temos que reconhecer que sua esposa é forte.

Pietro se vira de repente e o fulmina com o olhar.

– Outra vez? O que você sabe? O que pretende? Você não a conhece. E, além do mais, o que quer dizer com isso de que ela é forte?

– É verdade, não a conheço. Só digo que é forte. Ela o jogou no chão, não foi? E não faz muito tempo que treina. Ela tem jeito.

Pietro se contém. Olha para ele. Decide não insistir. Em parte porque o jovem é sarado e não quer acabar no chão pela segunda vez.

– Ok, vou embora.

Davide dá de ombros, se despede dele e entra na academia. Pietro vai até seu carro, que estacionou a certa distância, quase em fila dupla e na diagonal. Aproxima-se e vê. Por um instante, deseja que seja um folheto publicitário. Mas a cor é inconfundível. Uma multa de estacionamento cor-de-rosa. "Eu sabia. Devia ter ficado no escritório."

43

Stump! Um ruído surdo, imprevisto, o trem de pouso se abre sob a barriga do avião, as luzes internas se acendem e o comandante fala aos passageiros. Alex acorda de repente, olha em volta confuso, mas vê Niki sorrindo para ele e se acalma imediatamente. Espreguiça um pouco.

– Hummm... Eu também dormi.

– É! Um pouco!

Endireita-se levemente e se ajeita na poltrona.

– Onde estamos?

– Quase chegamos.

– Então, dormi um montão!

As comissárias de bordo passam pelo corredor verificando se tudo está no lugar, se os passageiros fecharam as mesinhas e colocaram suas poltronas na posição vertical. Ainda precisam dar várias instruções.

– Desculpe, mas precisa manter fechado. Obrigada.

Alex tira o relógio do pulso.

– Temos que mudar a hora, são cinco e meia – Move os ponteiros e põe o relógio de volta. Niki o imita.

– Pronto – Alex sorri. – Chegamos pontualmente. Vamos conseguir cumprir o programa.

– Que programa?

– Eu planejei várias coisas. Espero que goste!

– Diga só uma. Deixou um tempo para fazer compras? Quem sabe quando vamos voltar a Nova York, não posso perder esta oportunidade!

– Amanhã de manhã, visita guiada, e à tarde compras! Gap, Brooks Brothers... onde eu quero comprar camisas com botões no colarinho. Depois quero levá-la à Macy's, um lugar fantástico, Century 21, Bloomingdale's...

– Maravilhoso, podemos ir à Sephora também? Lá vendem maquiagem de todo tipo.

– Mas há uma em Roma, na Del Corso.

– É mesmo? Nunca vi!

– Acabaram de abrir! Ir até Nova York para comprar algo que se vende embaixo de sua casa... Ha, ha!

– Não deboche! – Niki se joga sobre ele.

– Ai, outra vez!

– Além do mais, eu não sabia que íamos a Nova York. Precisamos comprar algo para vestir se quisermos sair à noite. Eu não trouxe nada... Pena. Em casa tenho vestidos muito bonitos!

– Vamos fazer como naquele filme. Vamos sair para comprar roupa como em *Uma linda mulher*!

– Além de o filme se passar em Los Angeles, não gosto desse tipo de brincadeira. – Niki bate nele, mas continuam se provocando.

– Ai! Eu não estava insinuando nada! Ai! Chega, Niki. Você praticamente passou a viagem me batendo. Não foram as turbulências, e sim "Niki, o ciclone"!

A comissária de bordo para ao seu lado.

– Apertem os cintos, por favor – e sai balançando a cabeça, pensando na sorte que eles têm, na alegria e felicidade que lhes dá o amor que sentem um pelo outro, que não estão a bordo do avião para trabalhar, como ela, mas para continuar sonhando. E senta-se de frente para os passageiros, aperta o cinto e apoia as mãos sobre as pernas, elegante e tranquila, habituada a essa rotina e, principalmente, a não ter seu homem por perto.

Pouco a pouco, o avião vai perdendo altura e no fim quase parece tocar a ponte do Brooklyn e os primeiros arranha-céus até que finalmente aterrissa com um leve salto, quase um rebote, seguido de uma poderosa freada. Dentro da cabine ouve-se uma ameaça de aplauso que acaba quase imediatamente enquanto a aeronave continua circulando pela pista de pouso acompanhado dos suspiros dos passageiros mais medrosos.

Alex e Niki são praticamente os primeiros a descer pela escadinha central, e após vencer a longa fila do controle de segurança, unem-se aos demais passageiros em direção às esteiras de bagagem para pegar suas malas.

Niki olha em volta.

– Temos que pegar um táxi.

Alex sorri.

– Acho que – nesse exato momento vê um cartaz entre as pessoas que estão em frente à saída: "Alex e Niki" – alguém está nos esperando!

– Meu amor, como pode? Isto não é próprio de você... Tudo tão organizado...

– Por que diz isso? Não confia em mim. Sempre me subestima.

Vão até a pessoa que os espera, que fala perfeitamente italiano.

– Fizeram uma boa viagem? Meu nome é Fred.

– Maravilhosa, obrigada!

Alex e Niki se apresentam e depois o seguem até a saída. Niki se inclina para Alex discretamente.

– Você já o conhecia? Como o encontrou?

– Por meio de um amigo, um famoso designer gráfico chamado Mouse, ele mora aqui há um tempo. Foi ele que me deu uma mão... já que, segundo você, sou um desastre! – sorri para animá-la.

Niki não sabe ainda quantas surpresas a esperam.

– Aguardem aqui um momento, volto logo. – Fred desaparece por um instante e volta dirigindo uma limusine americana.

– Caraca! – Niki olha para ele erguendo as sobrancelhas. – Posso saber o que está acontecendo aqui? Devo me preocupar? O que você planejou, Alex? Você me deve desculpas por alguma coisa?

– Em absoluto – Abre a porta para ela antes de Fred descer do veículo. – Você ainda não entendeu até que ponto a campanha de LaLuna foi boa.

Niki entra na limusine.

– Mas já faz quase dois anos!

– Por isso o novo ditado: melhor festejar tarde que nunca!

Contorna o carro até chegar à porta que Fred mantém aberta para ele. O motorista volta ao seu lugar, em frente ao volante.

– Levo-os para o hotel?

– Isso mesmo.

Fred dirige pelas ruas nova-iorquinas. Niki está sentada à janela. Embasbacada. A cidade passa diante de seus olhos e ela contempla em silêncio esse filme, seu filme. Depois de um tempo, sai de seu devaneio.

– Não acredito... É magnífico... Muito bonito...

– Sim... A gente tem a impressão de já conhecer todos os cantos dessa cidade.

Niki se volta sorrindo.

– Não, muito mais... É como estar vivendo um filme. O nosso – nessa ocasião não bate nele, mas se joga sobre ele e o beija. Logo se afasta e sorri maliciosa. – Pelo que dizem, os VIPs às vezes fazem amor neste tipo de carro. Têm insulfilm nos vidros, são muito compridos... e espaçosos.

– Pois é...

Niki se aproxima de Alex novamente, provocante, e o beija sorrindo.

– Faz lembrar aquela cena de *Uma linda mulher.*

– Qual?

– A primeira, quando ela está vendo tevê e ri com um velho filme em preto e branco, enquanto cuida dele... – Começa a desabotoar a camisa dele. Alex se joga para trás, apoia a cabeça no banco. Niki desabotoa mais dois botões.

Alex sorri.

– Niki...

– Sim?

Ele se endireita e estende os braços.

– Seria maravilhoso, mas...

– Mas?

– Chegamos.

Niki olha para fora. Só nesse momento percebe. É verdade. Descem rapidamente do carro, que está parado em frente ao hotel. Estão na Park Avenue. O Waldorf Astoria se recorta diante deles em toda a sua imponência. Niki olha para cima. Os arranha-céus quase a fazem sentir vertigem, mas é maravilhoso.

– Estou reconhecendo! Aqui rodaram aquele filme no qual Jennifer López interpreta uma garçonete que se apaixona por um político rico e bonito... Como é mesmo o nome? Ah, é, *Encontro de amor.*

Fred abre a janela.

– Pego vocês em uma hora. Estão lembrados, não é?

Alex está tranquilo.

– Claro!

Entra no hotel de mãos dadas com Niki. Ela pula diante dele.

– Claro, o quê? O que vamos fazer?

Alex chega ao balcão da recepção.

– *Good evening.* Belli e Cavalli. – Entrega os passaportes.

Um segundo depois lhe dão o número do quarto.

– *Top floor.*

– E então? Ainda não me disse o que vamos fazer depois.

Alex aperta o botão do elevador enquanto Niki o enche de perguntas.

– Vamos ao teatro. Um maravilhoso espetáculo em que eliminaram a força da gravidade, *Fuerzabruta.* Está sendo apresentado na Union Square... É de uma companhia teatral argentina, e dizem que é fantástico.

– Mas está frio, e não temos nada para vestir. – Saem do elevador e chegam à porta do quarto. – Alex, está me ouvindo? Não tenho nem um único vestido, o que eu faço? Não posso sair assim, não...

Nesse momento, Alex abre a porta. Em cima da cama há dois maravilhosos vestidos pretos. Além de casacos e roupa íntima para os dois.

– Meu amor! – Niki se joga sobre ele. – Você é demais! – Olha a etiqueta. – Por que 8?

– Equivale ao nosso 38!

Niki sorri, impressionada.

– Retiro tudo que eu disse... Você é perfeito! Ou melhor, perfeito demais! Estou começando a sentir um pouco de medo.

– Boba... Vamos, temos pouco tempo. Vou tomar um banho.

Alex se despe e entra no boxe do grande banheiro de mármore cor de marfim. Abre a torneira e regula a temperatura a seu gosto. Um segundo depois a porta se abre. Niki surge sorrindo e depois entra também, completamente nua. Olha para ele maliciosa.

– Esta cena não é de *Encontro de amor...*

Alex sorri enquanto ela se aproxima.

– Sei.

Niki sussurra no ouvido dele:

– Ou talvez tenha sido cortada porque era muito forte – e, num piscar de olhos, quente como a água, começa a deslizar pelo corpo dele.

– Mas, meu amor... O teatro... O espetáculo...

– Está aqui...

Alex compreende que não há pressa e que talvez o teatro possa ficar para outra hora. E se abandona a esse jogo suave e sensual, delicado e provocante, enquanto a água desliza agradavelmente por sua pele.

44

Mais tarde, saem relaxados e sorridentes do hotel. Fred os espera na entrada.

– Por favor – abre a porta da limusine para que entrem.

– Tudo em ordem, Fred?

– Fiz o que me sugeriu, senhor Belli, dei as entradas a meu filho. Ele foi com a namorada. Ligou-me há pouco. Disse que adoraram o espetáculo.

– Sim... Que pena que o perdemos.

Niki e Alex se olham sorrindo, mas logo Niki franze a testa.

– Que pena?

– Ssshh.

Fred olha para eles sorridente pelo espelho retrovisor.

– Se quiserem, fiz outra reserva para amanhã; restavam só dois ingressos, tiveram muita sorte.

– Mas... – Alex quer dizer algo, mas Fred assente.

– Pode ficar tranquilo, acaba a tempo.

– Então, ok!

Niki compreende que estão tramando algo e olha para Alex com curiosidade.

– E agora, vamos?

– Aonde?

– Jantar. Estou com uma fome de leão!

Depois de comer um belo filé acompanhado de um magnífico vinho italiano em Maremma, uma taberna na Times Square cujo atendimento é impecável, Alex e Niki vão ao SoHo.

Niki está encantada. Deixa-se guiar por ele confiante e curiosa, como se fosse uma pequena Alice no País das Maravilhas, só que não a aguardam surpresas desagradáveis. Descobre e se impressiona com coisas que não acabam mais. SoHo, o verdadeiro paraíso das compras. Ela já ouviu falar daquele lugar e viu muitas imagens na televisão. As grandes redes comerciais: Adidas, Banana Republic, Miss Sixty, H&M e a mítica Levi's Store. Para não falar da Prince Street com seus vestidos *vintage*, o glamour das marcas, as prestigiosas butiques, a roupa íntima adequada para cada situação e lojas que oferecem de tudo. Além da galeria de fotos.

– Vê quantas fotos? A ideia surgiu de um grupo de fotógrafos e artistas independentes em 1971. Todos os meses, eles fazem exposições pessoais aqui. E sabe por que se chama SoHo?

– Não!

– O nome deriva das iniciais de South of Houston, porque o bairro fica ao sul da Houston Street.

E então, aquele lugar. Merc Bar, escrito em cor de cobre sobre tijolos vermelhos. Incrível. Niki e Alex entram. Luzes difusas, música a todo volume, gente que sorri, que brinda e que conversa. Alex leva Niki pela mão enquanto avança entre os clientes.

– Veja... é o Mouse!

O jovem designer gráfico se aproxima deles. Sorri. Tem um cavanhaque estilo D'Artagnan, um sorriso lindo, cabelo cacheado e escuro, e usa uma jaqueta de couro, calça estreita e sapatos Church's. Alex e ele se abraçam.

– Quanto tempo!

– Que alegria vê-lo de novo! – Permanecem abraçados até que Alex esboça um sorriso. – Obrigado por tudo, viu?

– Imagine! Mas, por que não me apresenta? Tem medo que ela se apaixone perdidamente por mim?

Niki sorri. De fato, o sujeito não é nada mau. Mouse aperta a mão dela.

– Então, você é a famosa Niki LaLuna.

– Dito assim, parece nome de um mafioso!

Mouse ri.

– Aqui todos a chamam assim. Você ficou famosa em nossa agência. Mas, devo dizer – Observa-a e sorri para Alex – que pessoalmente você é muito mais bonita, hein? Nosso Alex é que é esperto.

Ao fundo, uma banda começa a tocar samba jazz. Uma mulher loura com voz grave e doce canta acompanhando as notas de um saxofone. Por baixo se ouve um violão que impõe o ritmo. Alex, Niki e Mouse sentam-se à mesa e se perdem entre as notas de um tema histórico de Charlie Byrd e uma ou outra cerveja perfeitamente gelada.

45

Mais tarde. Continuam ali. Uma milonga incrível de violões invade o local. Um casal começa a dançar no meio do salão. Movem-se com os corpos muito juntos, ele segura o braço dela no alto, à altura de sua cabeça, ela entrelaça uns passos impecáveis que se cruzam com os dele. Um abraço estreito, mais frontal, o dançarino envolve com a mão direita as costas de sua companheira enquanto segura sua mão com a esquerda. Ele a guia. Giram leves; olhando-se, tudo parece muito simples. Niki aperta a mão de Alex por baixo da mesa. Sorriem. Mouse percebe e balança a cabeça, sorrindo também.

Um pouco mais tarde.

– Estamos começando a sentir o efeito do *jet lag*. Vamos indo. Vou pedir a conta.

– Não diga isso nem de brincadeira, vocês são meus convidados.

– Ora, obrigado!

Mouse se levanta, deixa Niki passar, aperta sua mão e a beija.

– Adorei tê-la conhecido, sério.

– Eu também.

Depois, despede-se de Alex.

– Amanhã conversamos – diz, e se inclina sobre seu amigo para que Niki não o ouça: – de qualquer maneira, está tudo acertado.

Alex lhe dá uma palmada no ombro.

– Está bem, obrigado por tudo, até amanhã.

Desaparecem pelo fundo do local. Caminham pelas ruas do SoHo em direção ao hotel.

Já no quarto, escovam os dentes rindo, fazendo espuma, tentando falar sem se entender e soprando na escova. Depois, enxáguam a boca e se secam lembrando cenas que presenciaram no bar, um rosto no restaurante ou um sujeito com quem cruzaram na rua que se vestia de maneira esquisita. Deitam-se na imensa cama para passar a noite. Uma noite de carinhos com sabor de aventura. Em um colchão diferente, mas muito macio. Uma noite de cortinas leves movimentadas calmamente pela brisa que entra pela única fresta que deixaram aberta. Uma noite nova-iorquina. Uma noite de luzes de neon, uma noite no alto, uma noite de trânsito ao longe.

Passam-se as horas. Alex se agita na cama, olha para ela. Niki dorme cansada, pacífica, serena, relembrando as imagens desse dia inesperado. Sua respiração é lenta, seus lábios estalam levemente de vez em quando: uma borbulha, um pulo, uma respiração um pouco rebelde. Com que estará sonhando? Dorme. Niki dorme porque não sabe. Alex inspira profundamente, está cansado, gostaria de dormir, mas está um pouco nervoso. Está ciente de tudo, e a emoção é tão intensa que lhe rouba o sono. "O que vai acontecer? Até que ponto podemos ter certeza de que nossas decisões farão a outra pessoa feliz? Vamos conseguir manter a sintonia que nos une depois que eu lhe disser? Será que interpretei bem os sinais, ou estou enganado? Como a felicidade é difícil às vezes! Quantas dúvidas! Porém, bastaria acreditar cegamente, mergulhar de cabeça, como ela fez comigo há dois anos. Contra tudo e contra todos. Ela é sábia. É incrível." Alex olha pela última vez para a cortina que continua dançando com o vento. Brinca, alegre e incansável. "Quanto gostaria de poder desfrutar também dessa simples leveza!"

46

– Então? Vocês não são pontuais. Não pego gente assim. Mouse me garantiu... como de costume, eu não devia confiar em certas pessoas.

Alex e Niki estão parados diante do hotel. Niki bufa. Claudio Teodori é um ex-jornalista italiano que trabalha há anos como guia. Mouse falou bastante dele para Alex, mas não lhe disse que era tão mal-humorado.

– Então? Vão entrar ou não? – Claudio olha para eles sentado em seu Mustang vermelho, no mínimo tão velho quanto ele. – Precisam de um convite por escrito?

Alex e Niki não se fazem de rogados e entram no carro. Claudio arranca sem mal dar tempo a Alex de fechar a porta.

– Vamos tomar o café da manhã.

Alex sorri tentando ser simpático.

– Em geral, somos pontualíssimos.

Claudio olha para ele e esboça um sorrisinho.

– Por que será que todos usam a mesma palavra: "pontualíssimos"? Impossível! OU se é pontual ou não se é. O superlativo não existe. Não se pode ser ainda mais pontual. Chega-se pontualmente, só.

Alex olha para Niki e engole em seco. Meu Deus, quem poderia imaginar uma coisa assim? Não vai ser fácil. Mas, contra todas as expectativas, no fim, Claudio, o mal-humorado, os surpreende. Mostra-lhes uma Nova York diferente, inesperada, longe das imagens batidas mostradas pelas revistas e documentários. Não a cidade das visitas turísticas, mas a Nova York que ninguém imagina, que não se conhece a menos que seja percorrida dessa forma.

– Ele não é ruim. É que o pintaram assim – comenta Niki sorrindo.

Andam pelo East e o West Side de Manhattan enquanto Claudio lhes conta coisas sobre a época dos nativos, dos piratas, da construção da ponte do Brooklyn e das intervenções urbanísticas de Robert Moses.

– Você sabe tanta coisa, Claudio! Faz muito tempo que mora aqui? – pergunta Niki, curiosa.

– O suficiente para entender que os nova-iorquinos se dividem entre os que nasceram em Nova York e o resto, e que eu sempre vou pertencer à segunda categoria, não importa o tempo que passar aqui. Aprendi muitas coisas sobre o estilo de vida deles, que agora é também o meu.

– Conte!

– Por exemplo, o *brunch*, que é feito geralmente no domingo e é uma mistura de café da manhã com almoço. As pessoas vão aos locais que estão abertos no domingo de manhã, conversam e leem o *New York Times.* Em Nova York há um monte de locais que fazem o *brunch*, como o Tavern on the Green ou o Mickey Mantle's, perto do Central Park. E também há os *happy hours*, que agora também estão na moda em outros lugares, mas são diferentes. Aqui as pessoas trabalham das nove da manhã às cinco da tarde, e, quando saem, não vão direto para casa; param um pouco nos bares para beber alguma coisa. Então, alguns locais oferecem duas bebidas pelo preço de uma.

Claudio os leva aos bairros menos conhecidos, onde moram os mórmons, ao velho brechó do SoHo, até o reduto de uma banda cingalesa do Bronx abarrotada de bandeiras do grupo, fotografias e calcinhas penduradas como troféus de umas conquistas mais ou menos verdadeiras e antigas.

– Por um momento me lembrei daquele filme *Os selvagens da noite.*

Claudio se volta.

– Eu devia deixar aqueles que atrasam mais de cinco minutos aqui nesse buraco – diz a Alex muito sério. Depois sorri. – Estou brincando. Nunca faria uma coisa dessas. Esses caras não têm senso de humor. Vejam – e aponta para uma espécie de megalavanderia dentro de um grande galpão industrial cercada de grafites desbotados e casas baratas. – Aqui, no Bronx, estão na moda lojas matrioska,* principalmente agora com a crise.

* Matrioska são as tradicionais bonecas russas que se guardam uma dentro da outra. (N. T.)

– Como assim?

– São lojas que ficam dentro de outras. Assim, economizam em espaço e aluguel. Sem ir muito longe, essa é a Hawa Sidibe, cabeleireira malaia que usa um canto sublocado da lavanderia. Enquanto a roupa gira na secadora, ela corta o cabelo de seus clientes. Mas não é só isso. Se bobear, também vende bijuteria, roupa íntima e o que for necessário. Não pode arcar com uma loja fora daqui. Assim, enquanto uma mulher espera que sua roupa fique pronta, passa o tempo arrumando o cabelo. Nada mau, não acham? O mesmo acontece na Jackson Heights, no Queens. Dividem os aluguéis, e assim, otimizam os serviços. Alguns têm os documentos regularizados, outros não.

No fim, Claudio os leva de novo ao centro de Manhattan.

– Todo mundo para fora. Fim da excursão.

– Tchau.

– E obrigado.

Alex e Niki observam o carro enquanto se afasta.

– Ufa, até que foi legal.

– Sim, mas corremos um baita risco.

– Pra mim, ele estava exagerando um pouco.

– Sim, mas em um cenário de verdade! De qualquer maneira, agora conhecemos Nova York em profundidade. Vamos.

Entram na Gap, na Brooks Brothers e na Levi's.

– Não acredito! É muito barato, e eles têm essas que não se encontram em lugar nenhum, e que eu tanto gosto!

– Compre, meu amor!

A seguir, vão à Century 21.

– Vendem de tudo aqui!

– E muito mais!

Encontram as coisas mais variadas, desde um casaco de veludo até uma jaqueta de couro baratíssima, calças de marca e outras não. E cada vez que param em algum lugar e dão uma olhada no mapa no Lonely Planet, um homem, um jovem ou um policial americano se aproxima e pergunta: "*May I help You?*".

Alex e Niki se olham. "*Yes, thanks*" – respondem em coro. Até isso já virou uma brincadeira.

47

Mais tarde, vão para o hotel para tomar banho, dessa vez realmente rápido. Fred os espera com seu carro para levá-los ao espetáculo *Fuerzabruta.*

Os espectadores estão em pé no centro de um pequeno teatro e se deslocam acompanhando a obra. Alex e Niki estão abraçados no meio dos outros, estrangeiros e mais estrangeiros, e olham para o alto. Uma tela transparente com água por cima, jogos de luz e homens e mulheres nus que se jogam nesse estranho tobogã. Esses mesmos homens e mulheres depois correm em círculo pelas laterais elevadas do teatro presos por uma corda. Dançarinos que, seguindo o ritmo, tentam se alcançar, correm um atrás do outro, empurram-se e se aproximam de novo: uma estranha guerrilha física e sensual executada sobre panos dourados envolvidos em jogos de luz. Por último, uma explosão repentina e mil pedacinhos de papel prateado caem do alto, lentos, girando em torno de si mesmos e indicando o fim do espetáculo.

– O que acharam? Meu filho tinha razão?

– Sim. É maravilhoso, único. O coreógrafo é realmente bom, li isso em algum lugar. Não é o primeiro espetáculo de sucesso dele, na Itália se falou dele.

– Sei.

Avançam até chegar a uma esplanada.

– Chegamos. Bem na hora.

Niki não entende nada.

– O que foi?

Alex pega sua mão.

– Temos que descer.

Niki segue Alex.

– O que há aqui? Não estou vendo nada.

– Porque está chegando... – Alex olha para o alto.

Nesse exato momento, por trás do arranha-céu, acompanhado de um forte estrondo, surge um grande helicóptero preto com grandes hélices em cima e reflexos prateados embaixo. Desce pouco a pouco e pousa na praça diante deles. O piloto abre a porta lateral e faz um sinal para que entrem.

Niki abraça Alex.

– Estou com medo!

– Não se preocupe, meu amor. É maravilhoso, são americanos, os melhores, e, além do mais, fazem isso diariamente... sério, princesa... Não precisa ter medo dessas coisas. Às vezes, o medo nos impede de viver.

Esta última frase a convence, e Niki entra e se acomoda ao seu lado no helicóptero sem soltar seu braço, que aperta com força. Alex fecha a porta. A aeronave inclina e se eleva por entre os arranha-céus com uma hábil manobra. À medida que vai subindo, o barulho diminui. Ao se afastar das paredes dos arranha-céus, retumba menos.

Niki observa os dois pilotos sentados diante dela e, pouco a pouco, recupera a calma e solta o braço de Alex.

– Ainda bem, você estava triturando meu braço!

Niki não responde. Olha para baixo e inspira profundamente.

– Nossa... É incrível... Estamos muito alto. Mas você tem razão: às vezes, o medo nos impede de viver essas coisas tão bonitas.

Alex sorri. "Sim, sim", pensa com seus botões. Por pouco o medo não destrói o que ele preparou. Nesse exato momento, como se tudo estivesse orquestrado, recebe uma mensagem no celular. Pega o aparelho e lê. "Estou vendo, estão chegando; está tudo pronto. Mouse."

Alex responde depressa: "OK". Suspira. Não há mais tempo. É agora ou nunca. Tem que ser agora.

– Niki...

Volta-se para ela explodindo de felicidade.

– O quê?

Alex engole em seco.

– Estou há várias noites sem dormir tentando encontrar as palavras adequadas para que você compreenda quanto a amo, até que ponto seu sorriso, sua respiração, cada movimento seu são a razão de minha vida. Eu gostaria de poder resistir, dizer que não é assim, agir como se não fosse nada, mas não consigo.

Alex olha de novo para fora. Pronto, tudo está saindo conforme o previsto. O Empire State Building está bem diante deles. Vira-se de novo para Niki.

– Lamento, mas é assim. Não consigo evitar!

Ela olha para ele sem compreender.

– Do que está falando?

Alex abre os braços.

– Niki, desculpa...

– Desculpar o quê?

Nesse instante, as luzes do último andar do arranha-céu que está diante deles se acendem na noite. Niki vê um grande letreiro, imenso e perfeitamente iluminado, como se fosse dia. Alex sorri enquanto ela lê: "Desculpa, quero me casar contigo!".

Niki fica pasma, e quando se volta o vê ali, diante dela, com um estojo aberto na mão. Dentro, uma aliança com um pequeno diamante que brilha na noite. Alex sorri emocionado. Pode-se dizer que ele resplandece também.

– Niki?

Ela continua boquiaberta. Alex sorri.

– Agora, a mulher, que neste caso é você, costuma dizer sim ou não...

Niki se joga sobre ele.

– Sim, sim, sim! Mil vezes sim! – E quase caem da poltrona.

– Socorro! – Alex consegue não perder a aliança, e no fim se vê arrastado para baixo dela, e ri, entusiasmado e feliz por tudo ter dado certo.

Niki chora.

– Meu amor! Olha só, você me fez chorar de felicidade. Caramba...

Rindo, Alex põe o anel em seu dedo e ela limpa o rímel que borrou.

Pouco depois, o helicóptero pousa no telhado do arranha-céu, e quando entram no restaurante do Empire State Building alguns clientes se levantam de suas mesas para aplaudi-los. Niki está emocionada.

– Todo mundo sabe...

– Parece que sim.

Depois, são levados até uma mesa. No fundo do restaurante está Mouse. Ergue o polegar e pergunta, alegre, de longe:

– Tudo certo?

Alex levanta o polegar também, dizendo: "Maravilhoso".

Niki o vê.

– É Mouse! Que legal!

– Sim, ele me deu uma mão. Mas disse que quando o pessoal do Empire State soube da minha ideia, organizou um evento e reservou as mesas pelo dobro do preço habitual!

– Não me diga!

– Sim! Toda essa gente veio jantar aqui por nós. O que você pensa, minha linda? Eles adoraram a ideia da proposta de casamento em pleno voo enquanto o último andar do edifício se ilumina.

– Claro... você é maluco! O que se podia esperar de um publicitário?

Imediatamente surge um garçom para pegar o pedido, enquanto outro serve o champanhe e um habilidoso violinista se aproxima entoando para eles as notas da canção que Niki adora. *I Really Want You,* de James Blunt.

– Não! Não acredito, é um verdadeiro sonho.

Alex sorri e pega sua mão.

– Você é meu sonho.

– Alex, se vamos nos casar, temos que comunicar a meus pais.

– Também?

– Claro. Mais ainda, você teria que pedir a eles.

– Ah, claro! – Alex abre o guardanapo e o acomoda sobre as pernas. – E vou ter que levá-los de helicóptero também?

– Não, isso não!

– De qualquer maneira, espero que aceitem.

– Depois eu falo com eles.

– Ah, Niki...

Sempre rindo, comem patê de pato acompanhado de sorvete de menta e uma salada fresquíssima, depois um filé ao ponto para dois com umas batatas enormes e magnificamente fritas; e, por último, um *cheesecake* muito leve... bem, na verdade, nem tanto, mas, de qualquer maneira, realmente delicioso. Tudo isso acompanhado de um ótimo Sassicaia que o maître recomendou.

– Precisamos escolher a igreja... e o vestido.

– Quer que seja em um lugar clássico ou algo mais original?

– O que você prefere, Alex? Imagino que não vai querer nada muito formal, não é? – diz Niki, e acrescenta: – Também temos que escolher as lembrancinhas.

– E o banquete!

– Ah, sim... Eu serviria só peixe... mas, e se alguém for alérgico?

– A peixe? Então não o convidamos!

– Ora, não pega bem!

– E as frituras?

– Não podem faltar!

– E um pouco de presunto cru?

– Não pode faltar!

– E um pouco de parmesão?

– Não pode faltar! – repetem os dois em coro.

Continuam inventando e sonhando sem limites.

– Ah, quanto à música, eu queria contratar uma banda de rock. Ou melhor, não, trompetes. Só jazz. Talvez pudéssemos chamar os Negramaro.

– Até parece!

– Ou Gigi d'Alessio. Pense em meus pais!

– Por quê? Eles não gostam?

– Não, não é isso! Mas convidar para tocar no seu casamento alguém que se separou...

– Ah, entendo...

– É, não é fácil organizar um casamento.

E continuam pensando em todas as coisas de que vão precisar.

Quando acabam de jantar e estão para sair, as pessoas presentes se levantam novamente e os aplaudem. Alex sorri envergonhado e levanta a mão como se fosse um presidente.

– Caraca... Mouse vai me pagar. E ainda por cima, agora temos um problema.

– Como assim? – Niki o olha surpresa.

– Não podemos decepcioná-los!

– Bobo! – Embarcam de novo no helicóptero e atravessam Nova York, Central Park, Manhattan, até que pousam sobre o hotel.

– Obrigado por tudo! – dizem sorridentes aos pilotos antes de descer.

Pouco depois, estão outra vez no quarto.

– Foi uma noite fantástica, Alex... – Niki se joga na gigantesca cama.

Alex tira os sapatos e se deita ao seu lado.

– Gostou?

– Sim, foi tudo maravilhoso!

– Sabe de uma coisa? Eu organizei tudo em Roma, mas devo dizer que, embora eu estivesse acompanhando cada detalhe, à medida que ia acontecendo era difícil acreditar que era verdade. Eu me perguntava se não estava sonhando.

– Meu amor... – Niki olha emocionada para ele. – Quer me fazer chorar de novo?

– Não... Tomara que isso nunca aconteça. – Alex a abraça.

Niki se abandona enquanto ele a beija, e então sorri.

– Eu nunca teria imaginado. Penso nesse momento desde que era menina. Ouvir alguém dizendo: "Niki, quer casar comigo?". Imaginei isso de mil maneiras, as mais estranhas, as mais bonitas.

– Não é possível.

– Por quê?

– Porque ainda não me conhecia.

– Bobo! – Niki dá um longo suspiro. – Mas você me deu um sonho que supera qualquer realidade.

Alex sorri. Quando se está tão apaixonado por alguém parece que nenhuma palavra, nenhuma surpresa é suficiente para se expressar. "Eu te amo, Niki. Eu te amo com todas as minhas forças e para sempre." Um beijo, outro, e a luz se apaga. Os neons dos edifícios em volta e algumas nuvens distantes brincam com a lua mudando os fachos luminosos que de vez em quando os iluminam como se fossem discos voadores ou aviões distantes... ou a luz de um farol. A roupa vai escorregando lentamente da cama.

– Hum, essa eu nunca vi.

– Gosta?

– Muito.

– Comprei hoje escondida, na Vitória Secret.

– Hum, quero vê-la mais de perto.

Um sorriso na penumbra, uma mão furtiva, um prazer inesperado, uma mordidinha, um suspiro e um desejo infinito de continuar sonhando e fazendo amor. Depois, a noite. Uma noite escura. Uma noite profunda. Uma noite imóvel. Sólida. Uma noite suspensa, que parece não acabar nunca. Alex inspira profundamente, está sereno, tranquilo. Seminu, deitado de bruços, com os braços embaixo do travesseiro, os ombros nus levemente envolvidos pelos lençóis, que lembram uma pequena onda em uma extensa praia. Dorme profundamente. Uma pálida réstia de lua traça o perfil de seu repouso.

Um pouco além está o travesseiro de Niki, vazio. O quarto parece suspenso no tempo. Uma grande poltrona com alguns vestidos espalhados por cima, uma mesa com alguns objetos, um abajur desligado e um quadro moderno de cores intensas. Tudo está em silêncio, rigorosamente à espera. No banheiro fechado, atrás da porta, Niki se apoia na pia para não cair.

Sua respiração é entrecortada, irregular, sua testa está levemente molhada de suor. Sente o estômago apertado nessa noite perfeita. "Não é possível, Niki, o que há com você? Isso é pânico, verdadeiro pânico, medo, terror... Niki, tem medo de se casar?" Olha-se no espelho, lava o rosto pela quarta vez, seca com a toalha branca que está embaixo da pia e quase se perde entre as grossas dobras do tecido perfeito. Sua respiração agora está mais lenta, como as batidas de seu coração; pouco a pouco vai recuperando o fôlego. Em um passe de mágica, quando torna a se olhar no espelho, se vê, de repente, com dez anos a mais. Está com o rosto suado, o cabelo emaranhado e com umas mechas brancas! Várias rugas em volta dos olhos e o semblante cansado. Niki se observa com mais atenção. Oh, não. "Mamãe, mamãe!" Uma criança puxa seu vestido. "Mamãe? Mamãe." Mas... Olha fixamente: é seu filho. E ao lado dele há outro. "Estou com fome, mamãe!" É uma menina! De repente se sente inchada, desajeitada, olha-se no espelho e seu rosto lhe parece levemente mais largo. Olha para baixo. "Oh, não!" Está com uma barriga incrível. "Estou grávida... quero dizer, não é possível, estou esperando outro filho. Mas eu já tenho três!" Três, o número perfeito. Nesse momento, Alex entra na cozinha imaginária sorrindo. Tem um ou outro cabelo branco, mas só nas costeletas, e, além do mais, ficam bem nele. Como se não bastasse, não engordou. "Caramba, não é possível." "Olá, meu amor. Oi, crianças! Niki, vou sair."

Fica sozinha na cozinha, ainda mais suada, com essa barriga enorme e as crianças gritando ao seu redor. Tem um monte de pratos sujos para lavar balançando em uma pilha que cairia se não estivesse apoiada em outra ao lado. As duas pilhas se inclinam, os pratos caem dentro da pia e se quebram, explodem, atiram molho, massa e restos de comida como uma estranha metralhadora enlouquecida. Niki limpa o rosto com o avental molhado. Está suada e coberta de molho. Tem vontade de chorar. Da penumbra sai Susanna, esposa de Pietro. "Niki, entendeu? Estou fora."

Susanna a ajuda a se limpar. "Eles ficam na boa enquanto nós temos que ficar com as crianças." Aponta para as crianças, que correm pela cozinha gritando feito loucas, puxando o cabelo umas das outras e se batendo, e no final se transformam em uns animaizinhos e desaparecem na escuridão do quarto. "Enquanto eles se divertem, entende? Fingem que trabalham, ficam no escritório até as nove e meia da noite... Mas estão mesmo lá? Na única vez em que o procurei de verdade, encontrei-o com outra."

Nesse instante aparece Camilla. "E o que você esperava? Os cretinos têm casos com a secretária, ou com a estagiária, ou a assistente novinha... Porque, lembre-se, sempre haverá neste mundo uma mais nova que você!" Niki se espanta. "Não. Não acredito, não é um pesadelo. É ainda pior. É o novo filme do Wes Craven. Um *Pânico* romântico, caramba!"

Camilla sorri. "Por isso fui embora! Para as Maldivas, e com um advogado mais novo que eu. Por que isso seria um privilégio só deles? Prefiro traí-lo antes que ele me traia."

Susanna sorri. "Mas Niki é muito nova ainda! Ela se dá bem com Alex, não tem nossos problemas", Camilla ergue as sobrancelhas. "Tem certeza? Os homens são todos iguais; depois de alguns anos a diferença de idade desaparece, até mesmo uma garota mais nova passa a ser como as outras. A rotina é a tumba do casamento. Querida Niki, espere até vê-lo andar pela casa de pijama no domingo à tarde sem ouvi-la e com a única pretensão de assistir a algum jogo na tevê; até que deixe de lhe dar flores..."

Susanna complementa: "E quando lhe dá flores, é exclusivamente porque está escondendo alguma coisa. Ou, se ainda não aprontou, está pensando em aprontar, e lhe dá flores para que você não suspeite".

Elas desaparecem na penumbra do quarto. Niki inspira profundamente, sentindo um pânico absoluto. Mas então vê Cristina. "Niki, não as ouça, elas estão exagerando. É duro, mas você pode conseguir! Claro que, depois de alguns anos, acaba o entusiasmo do início, a surpresa quando você volta para casa, a viagem de última hora, a paixão sob os lençóis... Mas você precisa continuar. Como um soldadinho, tum, tum, mesmo quando não tem mais vontade; sei que é terrível dizer algo assim, mas é melhor fingir. Infelizmente, muitas vezes eles têm desejos, não têm nossa inocência. Bem, eu me refiro a algumas de nós." Ela também abandona a cena balançando a cabeça e imediatamente chega Flávio, que olha para ela, sorri, não diz nada, dá de ombros e a segue. Niki se apoia na pia. "Não, pessoal. Assim não é possível, não vou conseguir. Tenho só vinte anos! Só vinte anos... Vinte anos maravilhosos. E tenho que acabar assim? Essas mulheres são infelizes. Nunca me haviam dito que se acabava assim, sem um sorriso, sem entusiasmo, sem felicidade... Então, o casamento é uma armadilha!" E enquanto pensa isso, surgem diante dela seus pais, Roberto e Simona. A mãe olha para ela com amor.

"E nós, Niki? Por que não pensa em nós? E nossa felicidade? Pense na beleza de uma trajetória juntos, em cair e se levantar, em amar e perdoar, em melhorar juntos, de mãos dadas o tempo todo, com os corações unidos mesmo longe."

Roberto suspira. "Sabe a quantos jogos de futebol eu renunciei por ela? Quantas viagens a trabalho?" Simona dá-lhe um tapa: "Roberto!". Ele sorri. "Espere, deixe-me acabar. Mas, no fim, todas essas renúncias serviram para alguma coisa, porque um dia você chegou com seu primeiro sorriso... E nossa felicidade foi imensa."

Simona sorri agora também: "E depois nasceu seu irmão. E depois vieram outros dias, um após o outro, árduos, duros, difíceis e extenuantes. Mas também houve os bonitos, intensos, saudáveis, conscientes, dias em que você escolhe o que quer construir." Roberto pega na mão de Simona. "E agora estamos aqui. E é magnífico, e nunca acaba, não há um objetivo, não existe um verdadeiro final; só existe a beleza à qual temos que nos segurar quando sentimos medo de fracassar. Mas, para isso, é preciso saber apreciá-la. Se quiser, Niki, você pode conseguir; tudo depende de você."

Simona aponta para a porta do banheiro. "E dele."

Pouco a pouco, Niki começa a sorrir e para de suar; seu cabelo está ajeitado de novo e as mechas brancas desaparecem. Passa as costas da mão na testa e sorri pela última vez para seus pais. Simona e Roberto olham para ela com amor e também desaparecem lentamente na penumbra que invade o quarto, que agora parece se recompor para deixar de novo o banheiro à vista.

Niki abre a porta em silêncio, atravessa o quarto e deita na cama sob os lençóis; desliza até chegar perto de Alex e se enrosca em suas pernas. Apoia seu pé sobre o dele para senti-lo mais perto, como se quisesse se acalmar. E, de repente, sente-se melhor. "Sim, eu posso conseguir", murmura enquanto Alex se mexe um pouco, coloca uma mão embaixo do travesseiro e continua dormindo. Niki fecha os olhos. "Agora posso dormir. Quantas bobagens me ocorreram!" Porém, ignora que, às vezes, quando não enfrentamos e resolvemos um temor, ele fica de tocaia, à espreita, como uma pantera escondida na mata, na confusão cotidiana, pronta para pular e ressurgir com toda a violência de suas garras, impossibilitando qualquer fuga.

48

Itália. Roma. Via Panisperna.

Acomodada no grande sofá azul Ingrid assiste ao DVD *Monstros vs. alienígenas*, fascinada com as imagens coloridas em movimento. Sentados um de cada lado, Anna e Enrico lhe fazem companhia. A menina se joga sobre Anna e a abraça com força. Ela devolve o abraço e as duas permanecem assim por um momento. Enrico olha para elas. Tem que reconhecer que se dão muito bem. Depois percebe que são sete horas.

– Ei, Anna, o que você acha? Vamos preparar alguma coisa? Assim a menina come e você janta também. Pode subir mais tarde, não é?

A garota olha para o relógio e bufa.

– Bem, se não pode, não tem problema – diz Enrico.

– Não, não é isso... É que o tempo voa. Alguns dias parecem passar em cinco minutos! Está bem, vamos fazer um macarrão com abobrinha, que tal? Fica uma delícia. De manhã Ingrid e eu fomos fazer compras e trouxemos abobrinhas, não é, princesa? – belisca carinhosamente o bracinho macio e rechonchudo da menina, que começa a rir.

– Ótimo! Adoro macarrão com abobrinha.

Começam a cozinhar. Anna lava e corta as abobrinhas em tiras. Enrico pega uma frigideira antiaderente, põe um fio de óleo e umas cebolas, que refoga sobre a placa vitrocerâmica. Depois de alguns instantes, Anna coloca as abobrinhas e mexe com uma colher de madeira. Brincam, riem e provocam um ao outro enquanto Ingrid olha para eles sentada em seu cadeirão e participa, a seu modo, mexendo em algumas coisas da mesa, que já está arrumada para comer.

– É divertido cozinhar com você! – diz Anna enquanto tampa a panela para que a água ferva logo.

– Verdade! Que massa quer fazer?

– A com ovos, está aí, na despensa.

– Ah... – Enrico sorri.

"Ela sabe mais da minha casa que eu. Acostumou-se depressa." E a ideia lhe causa um repentino prazer.

Pouco depois, estão sentados à mesa comendo a deliciosa massa *al dente*, salpicada de salsinha e parmesão. Ingrid termina seu leite homogeneizado com a colher. Ela também está tranquila. Depois, comem vários pedaços de frutas frescas. E, por último, o café. A seguir, Anna leva Ingrid para o quarto e a põe para dormir. Volta para a cozinha. Enrico está de avental e luvas de borracha.

– Como você cozinhou, eu lavo e você seca.

– É, não há muita louça para lavar na máquina. Melhor lavarmos à mão. Ou então, pode pôr a louça agora na máquina e a ligamos amanhã à noite, quando estiver cheia. É importante não desperdiçar água e energia, viu? Eu presto muita atenção a esse tipo de coisas.

Enrico esboça um sorriso.

– Está bem, está bem, chefa! Eu também vou me converter ao ecologismo!

– Faz muito bem! O planeta agradece! Além do mais, amanhã quero comprar lâmpadas de baixo consumo e trocar essas que você tem. Custam um pouco mais, mas duram muito e ajudam a economizar.

– Ok, obrigado. Vou deixar o dinheiro em cima da mesa.

– Não, quando eu comprar você me dá. Vamos lá! Use pouca água e detergente, ok?

Começam a lavar os pratos, os copos, a frigideira, a panela e o resto dos utensílios que usaram. Enrico lava e Anna seca. Um sincronismo perfeito. E, sempre rindo, contam vários episódios, recordações de acampamentos, de vida solitária.

– Sabe de uma coisa, Anna? – diz Enrico enquanto lhe estende um prato fundo.

– Sim?

– Não sei como lhe dizer...

– O quê? – Anna olha para ele com curiosidade, porque, de repente, Enrico fica muito sério.

– Tenho certa vergonha, mas tenho que reconhecer uma coisa.

– O quê?

– Não é fácil de dizer, mas quando estou com você...

Anna para de secar o prato e olha para ele.

– Bem, é que, quando estou com você, e pela primeira vez em muito tempo, não penso só em Ingrid.

Anna olha para ele e dá um sorriso muito doce, um pouco tímido. Para quebrar o gelo, pega a frigideira e coloca no lugar. Enrico olha para ela por um instante. Gostaria de continuar falando. Descrever seu novo estado de ânimo. Essa leveza que voltou a experimentar depois de muito tempo. A renovada consciência de si mesmo. Além do mais, gostaria de dizer que ela é linda. Sim, e doce. E que ao seu lado se sente muito bem. Mas quando tenta falar algo, não consegue e abaixa a cabeça. Lava de novo o prato que ainda tem na mão tentando disfarçar. É um desses momentos em que parece que vai ocorrer uma explosão, mas, de repente, sem uma razão aparente, ela se apaga. E não volta. Anna se coloca outra vez ao seu lado. Espera algo. Uma frase. Uma palavra. Ela também se sente estranha, como se a houvessem descoberto. Permanecem em silêncio por uns instantes. E o fio se rompe.

– É... quero dizer que passei vários dias me preocupando com a menina, pensando em como cuidaria dela, em lhe dar o melhor para que não sinta a ausência da mãe, e me anulei. Vou para o trabalho, passo pela casa de minha mãe para deixar Ingrid, depois volto para pegá-la e aqui estou novamente. Todos os dias a mesma coisa. Todas as noites iguais. Acabou-se o futebol, as noites com Alex, Flávio e Pietro. Nada. Porém, agora, graças a você, consigo relaxar outra vez, pensar que tenho uma vida além destas quatro paredes, amigos. Enfim, se não fosse por sua ajuda, eu teria me perdido. Você é uma ajudante magnífica. Se um dos meus amigos precisar de uma babá, vou indicar seu nome. Pode ter certeza! – diz enquanto passa o prato molhado a Anna.

Ela não olha para ele. Limita-se a esboçar um sorriso. Amargo. Distante. Talvez decepcionado. A seguir, abre a porta de um armário e coloca uma panela no lugar. É assim. Há momentos em que tudo parece possível e tudo pode mudar. Em que tudo está ao alcance da mão. Fácil e bonito. Mas, de repente, chega a dúvida, o medo de errar e de não ter entendido bem o que o coração sente de verdade. E puf. Nada. Uma promessa frustrada.

49

Diletta termina de pôr a mesa, vai à cozinha e dá uma olhada no forno. Tudo certo. O cozimento vai de vento em popa. A água para a massa está quase fervendo. Olha o relógio. São oito horas. Perfeito. Poucos minutos depois toca o interfone. Vai abrir.

– Sou eu, meu amor!

Diletta destranca a porta e a deixa encostada. Filippo chega arfante depois de ter subido os quatro andares a pé.

– Sou pontual, meu amor? Como vê, desta vez não me atrasei!

Diletta sorri. Agora mais que nunca, essa palavra tem um significado especial. Atraso. "Não, meu amor, você não está atrasado", gostaria de lhe dizer, "mas eu sim!".

– Quando pretendem arrumar o elevador? – Filippo a beija docemente na boca. – Tome! – entrega-lhe uma garrafa de vinho branco que acaba de comprar. – Vamos colocá-la um pouco na geladeira?

Diletta volta a sorrir.

– Sim! Sabe, faz bem para você subir pela escada, principalmente se vai comer em minha casa! Você sabe que aqui as porções são gigantes!

O jantar está pronto. É um desses improvisados, de certo modo roubados, após esperar pacientemente que a casa fique vazia. Um jantar tranquilo, em casa, porque algumas coisas exigem um pouco de intimidade. Uma boa entrada à base de camarão ao molho rosé e torradas. Um primeiro prato leve de filé de peixe e legumes, além de sardinhas gratinadas com farinha de rosca. Riem, conversam e brincam sobre qualquer coisa.

– A que horas seus pais voltam?

– A peça acaba à meia-noite, mas fica longe, então acho que chegam por volta de meia-noite e meia.

– Legal! Então podemos comer a sobremesa com calma – sorri malicioso.

Diletta pega a garrafa de vinho e serve um pouco. Então ergue sua taça.

– Um brinde?

– Claro! A quê?

– Às surpresas que mudam a vida.

Filippo ergue a sua.

– Sim! – Fazem o cristal tilintar no ar enquanto se olham nos olhos.

Depois Diletta se levanta.

– Espere.

Sai e volta depois de alguns instantes com um saquinho plástico. Tira uma caixa de dentro e a segura nas mãos.

– O que é, meu amor?

– A surpresa que muda a vida.

– O que quer dizer? Por quê? O que aconteceu?

– É que estou vários dias atrasada.

Filippo olha para ela sem entender, inclina-se sobre a mesa e pega a caixa. Lê o que está escrito e arregala os olhos.

Diletta sorri tentando suavizar a situação.

– É isso. Vamos fazer juntos? Eu também estou assustada – contorna a mesa e se aproxima dele. Dá-lhe um beijo e pega sua mão.

Filippo se move mecanicamente. Olha para ela. Olha para a caixa. Segue-a pela casa. Quando chegam à porta do banheiro, Diletta tira a caixa das mãos dele.

– Espere – e entra.

Filippo fica no corredor aturdido. "Não acredito. Isto é real? Não, é um sonho. De qualquer maneira, pode até ser um engano. Mas, e se não for? O que faço? Ou melhor, o que faremos?" Começa a andar de um lado para o outro pelo corredor com as mãos nos bolsos, a cabeça cheia de dúvidas e o coração acelerado.

Diletta abre a caixa e pega um dos dois testes que comprou à tarde no supermercado com certa vergonha. Antes tentou ir à farmácia, mas não se atreveu. Imaginou-se pedindo o teste à proprietária. A mulher teria olhado para ela tentando adivinhar sua idade, talvez alguém a tivesse escutado, julgado, pensado... Não, não se atreveu. Então, lembrou de ter visto no supermercado, na seção de band-aids e absorventes. E foi lá. Na hora de pagar, tentou esconder a caixa entre os pacotes de pães, biscoitos salgados e iogurtes, coisas que havia comprado sem necessitar, talvez para se consolar ou para disfarçar esse objeto tão insólito colocado na esteira preta. Depois, guardou rapidamente na sacola plástica e saiu correndo do supermercado como uma ladra que conseguiu fugir sem ser pega, como alguém que tem um segredo a esconder. Foi para casa. Ligou o computador, procurou várias receitas simples e foi cozinhar. Despediu-se dos pais, que saíram elegantemente vestidos, e continuou cozinhando. Resistiu ao desejo de fazer o teste sozinha. Queria esperar Filippo. E desfrutar, antes, desse jantar a dois que havia preparado com tanto amor. Comer e pensar. Comer e olhar para ele. Comer e saber que tudo ia mudar. De uma maneira ou de outra.

Diletta tira o lacre da caixa. Olha para a janelinha branca na qual em breve haverá uma certeza. Boa ou ruim, quem sabe. Leu algumas coisas na Internet. Com uma amostra de urina, os testes revelam a presença do hormônio da gravidez. O HCG. "Que nome!" O resultado se vê a seguir pela janelinha. Uma linha escura. Ou duas. Normalidade. Novidade. Absurdo. Uma linha colorida, e sua vida vira de ponta-cabeça. E que novidade! Dizem que há falsos positivos e falsos negativos. Mas a confiabilidade, de qualquer maneira, é alta. Diletta suspira e faz o teste. Lembra os demais sintomas que leu na Internet. Vômitos, náuseas, inchaço nos seios e variações de humor e de apetite. Sintomas da gravidez. "E eu tenho esses sintomas? Não é fácil saber. Estou muito confusa." Pronto. Diletta se recompõe, vira o teste ao contrário para não ver o resultado, senta-se na beira da banheira e chama Filippo.

– Entre, meu amor.

Filippo entra com uma cara horrível. Olha para ela:

– E então?

– Vamos ver juntos. – E pede que sente ao seu lado.

Filippo se senta. Diletta pega sua mão e a aperta. Com a outra, vira o teste. Um segundo. Dois. Três. Dez segundos. Filippo e Diletta olham para a janelinha. Depois, olham um para o outro. Espantados. Atordoados. Mais do que podiam imaginar. Não conseguem acreditar.

Diletta continua girando o teste. De repente, sente as lágrimas nos olhos. Comove-se. Positivo. Está grávida. A tensão nervosa que passou durante os dois últimos dias de repente se desvanece. Filippo nota. Está assustado. Abraça-a. Fica ao seu lado. Mas, depois:

– Meu amor, vamos fazer de novo.

– Não, em geral, não falham.

– De qualquer maneira, tente de novo. Pelo menos vamos ter certeza absoluta, não é? É importante. Afinal de contas, há dois na caixa.

– Sim, mas...

Filippo não responde, pega a caixa, pega o outro teste, abre e entrega a Diletta.

– Tome.

Ela olha para ele hesitante. Ainda não pode acreditar. Talvez Filippo tenha razão, talvez seja melhor tentar de novo. E faz o teste. Filippo espera com ela. Sentam-se outra vez na beira da banheira. Um. Dois. Três. Dez segundos. Diletta gira o teste. E a janelinha diz a verdade. De novo. O mesmo de antes. Duas linhas. Dois palitos. Dois sinais. Dois. Que, porém, significam um. Uma única coisa. Um bebê.

Filippo se levanta, pega a caixa do teste e procura as instruções. Desdobra a bula e lê.

– Filippo, já sabemos o que isso significa.

– Não, talvez tenhamos entendido mal.

Lê nervoso. Pula de uma linha para outra. Não. Não é possível. "O resultado é positivo (gravidez) quando junto à linha (ou ponto) de controle aparece outra. O teste deve ser considerado positivo mesmo no caso de essa segunda linha (ou ponto) ser menos definida ou apresentar uma cor menos intensa que a de controle. A taxa de confiabilidade dos testes declarada pelos fabricantes é superior a 99% (comparável à dos testes de laboratório)." Filippo lê em voz baixa, quase mastigando as palavras. Mas elas ecoam em sua cabeça. Duas linhas. Gravidez. E essa porcentagem, 99%. Ou melhor, superior a 99%. Praticamente certeza. É praticamente o fim. Prossegue: "Aconselha-se confirmar a gravidez mediante exames de laboratório, após consultar um médico. É conveniente suspender a ingestão de medicamentos que possam ser prejudiciais para o feto (inclusive a pílula anticoncepcional), bem como o consumo de álcool e cigarro." Para. E quase começa a rir. Porque, por um instante, agarra-se a essa recordação, como se fosse uma tábua de salvação. Navega dentro dela para se consolar, mas também para se distrair. É algo que aprendeu no colégio, durante uma prova de italiano sobre a etimologia das palavras. A bula dos medicamentos denomina-se também *bugiardino*. Pensa-se que o nome deriva do costume dos idosos na Toscana, especificamente os da região de Siena, de denominar assim a primeira página dos jornais expostos fora das bancas. Depois, o nome se estendeu à bula. Diziam que era porque as "instruções de uso" tendiam a realçar só as virtudes e a eficácia do fármaco. Ou seja, que diziam pequenas mentiras. *Bugiardino*, "mentiroso". E, por uns instantes, Filippo acredita. Acredita que pode estar errado. Que essa sentença, esse golpe, essa novidade absurda não é verdade.

Filippo senta de novo na borda da banheira e olha para Diletta. Ela cobriu a boca com a mão, ainda tem vontade de chorar.

– E agora? – pergunta transtornado. – O que faremos?

– Não sei, eu não esperava...

– De qualquer maneira, diz aqui também: Há a possibilidade de que seja um erro, o médico precisa confirmar o resultado. Porque o teste pode estar adulterado, podemos ter cometido algum erro, talvez tenha sido mal armazenado no supermercado, aqui diz que se você tomou determinados medicamentos...

Diletta olha para Filippo perplexa.

– Meu amor, eu não tomo nenhum medicamento.

– Está bem. Seja como for, acho que você devia ir ao médico. O quanto antes.

– Sim, amanhã vou marcar uma consulta.

Permanecem sentados na banheira olhando para o vazio. Juntos. Muito juntos. Diletta toca a perna dele e apoia a cabeça em seu ombro. Enquanto isso, um pensamento, esse pensamento tão grande e insólito, vai crescendo e os preenche. Mas, para cada um, de forma muito diferente.

50

Pietro para em frente ao clube. Desce e olha em volta. As oito quadras de tênis, de terra batida, estão cheias. Finalmente o vê. Seu filho Lorenzo está jogando ali e devolve a bola do outro lado com certa segurança. Carolina, sua irmã mais nova, hesita um pouco mais, ainda não segura a raquete com a força necessária e não bate bem na bola. Pietro vê Susanna sentada na arquibancada e vai até ela.

– Meu amor...

Susanna está fazendo um sudoku e não ergue o olhar; continua tentando encontrar o número certo para uma casinha em particular e para a linha toda, mas reconhece perfeitamente a voz. Além do mais, no fundo já o esperava.

– É o seguinte – Volta-se com um sorriso forçado, duro, decidido e firme. Mas ainda afiado. – Eu o proíbo que me chame de amor. Nem pense nisso. Nunca mais. Você não tem nenhum direito...

– Mas, meu amor...

Susanna olha para ele furiosa. Pietro abre os braços.

– "Meu amor" você não pode proibir. – Susanna balança a cabeça contrariada e se concentra de novo no sudoku; pelo menos, tenta. Pietro prossegue. – Meu amor, acho absurdo que você não ponha uma pedra em cima de tudo o que aconteceu. Foi um deslize.

– Um deslize? Se pelo menos fosse algo sério. Você devia ter seguido em frente até tropeçar com o primeiro degrau e quebrar todos os dentes. Queria ver se depois ia continuar mantendo esse sorriso estúpido. Não percebe o que você fez? Veja... Veja... – Susanna para de escrever e aponta para a quadra de tênis onde estão Lorenzo e Carolina.

Nesse exato momento, talvez graças a um golpe de sorte, Carolina consegue fazer a bola chegar ao outro lado da quadra. Vira-se para eles e sorri buscando o aplauso de seus pais. Pietro continua olhando nessa direção sem entender o que Susanna quer dizer.

– É, não jogam mal, estão melhorando – diz.

– Não me refiro a isso. Eles são um milagre. São nossos, nós os geramos. E eles são a coisa mais bonita que eu tenho; e, infelizmente, a única coisa que ainda me vincula a você.

– Você é muito dura, Susanna. Não foi nada. Aquela mulher não me interessa nem um pouco. Não é como naquele filme, *O último beijo.*

– O que isso que tem a ver?

– Assisti ontem por acaso. No filme, ele se apaixona de verdade...

– Nada disso! O medo do casamento faz ele acreditar que está apaixonado, o desejo de continuar sendo jovem, de não crescer! Igual a você. Desde sempre, Pietro.

– Não diga isso!

Susanna olha em volta.

– Não posso gritar porque não quero que me expulsem do clube. Meus filhos se assustariam e Carolina começaria a chorar.

– Mas, meu amor...

– Acabei de dizer que não me chame assim.

– Pense bem.

– Já pensei, e sabe qual é o problema? Você não percebe a gravidade da situação porque sempre fez isso, só que nunca foi pego. Enfim, antes tarde do que nunca.

– É que dei azar. Não devia ter ficado doente. Eu estava com febre, delirando. Ela apareceu assim... Eu havia tomado duas aspirinas. Acho que até bebi um pouco na hora do almoço... Não, Coca-Cola, foi isso. Você sabe que, misturada com a aspirina, a Coca-Cola pode produzir um efeito estranho, como dos entorpecentes. É isso, eu estava sob o efeito da droga! Como aconteceu com Daniel Ducruet, o ex-marido de Stéphanie de Mônaco, você sabe, não é? Saiu em todos os jornais: quando o pegaram com aquela fulana ele estava completamente drogado.

– É, só que ela não o perdoou.

– Sim, mas ainda se dá bem com ele, entendeu o engano. Seja como for, não leve a mal, eu estava fora de mim. Estava drogado, havia perdido a consciência!

– Não! Quem estava drogada era eu, no dia do nosso casamento! Drogada de amor! Você me deixou completamente tonta! Depois me engravidou duas vezes e me acorrentou. – Susanna aponta para as crianças. – Você me manteve trancada em casa devido ao amor imenso que sinto por eles! Mas agora acabou. Eu me libertei.

– Ah... Isso significa que já não os ama mais?

– Não! É você que eu não amo mais. Você é um babaca! Entende? Você é um filho da puta. Sabe-se lá quantas vezes me traiu, se na primeira vez que volto mais cedo para casa em dez anos eu o encontro na cama com outra.

– Mas, meu amor. Nosso casamento não pode acabar assim – Pietro tenta pegar a mão dela, mas Susanna se livra e ameaça acertá-lo com a caneta.

– Não me toque! E não me chame de "meu amor"!

Pietro olha para ela triste, desgostoso, ferido, tentando comovê-la.

– Desculpe... Por favor...

Susanna se volta e olha fixamente para ele.

– Desse jeito você não vai amolecer meu coração. Você não me desperta nenhuma ternura, não me importa nem um pouco. Estou falando sério. É inútil. Vai estragar o pouco de bom que talvez, e digo talvez, tenha existido no início entre nós. Então, só um conselho: evite...

– A única coisa que nos levou a isso foi minha insegurança.

Susanna olha para ele mais atenta.

– O que quer dizer? Explique melhor.

Pietro dá um longo suspiro.

– Desde que eu era quase um menino até os dezoito anos, namorei uma... bem, enfim... Quando eu saí de férias, ela saiu com meu melhor amigo, e depois com outro que costumava encontrar na praia, que havia conhecido no fim do verão, pouco antes de eu voltar.

– E daí?

– Então, eu me comporto assim porque prefiro enganar antes que me enganem.

– Só que a grande diferença entre as duas coisas é que essa fulana era uma vadia; pode acontecer, principalmente quando se é jovem, quando não se sabe distinguir... Mas eu não sou uma puta como ela, entende? Você devia saber. E agora vem e me diz que me chifrou para evitar que eu o chifrasse antes? Está achando que sou burra? Sou uma mulher que se casou convicta, que quis fazer uma escolha, respeitá-la, e que soube renunciar diariamente para defender essa decisão.

Agora Pietro parece intrigado.

– Ora, o que quer dizer com renunciar diariamente?

– Que muitas pessoas me fizeram propostas, me paqueraram, me fizeram rir, acariciaram minha vaidade feminina. Mas a coisa não passou disso, entende? O que você acha? Que eu só agrado a você? Mas eu sempre o respeitei. Você e o nosso casamento. Eu.

– Posso saber quem são esses sujeitos?

Susanna olha para ele rindo, desanimada.

– Está vendo? Você é um inútil! Agora, a única coisa que importa é quem me paquerou, e não o fato de ter rejeitado essas propostas.

– Claro, afinal, depende de quem foi.

– O quê?!

– Se foi o eletricista ou o pedreiro que fez a reforma este verão, sua renúncia foi ridícula.

– O único ridículo aqui é você! De qualquer maneira, eram pessoas melhores que você, e quase lamento tê-las rejeitado. Pense só, pode ter sido alguém deste clube, um desses advogados que convidamos algumas vezes para jantar em casa. Ou até um dos seus amigos. Só vou dizer uma coisa: agora, com calma e sem me esconder como você faz, voltarei a pensar no assunto e considerar a proposta. Está claro?

– Ah, é? E o que me diz de nossos filhos?

– Por quê? Por acaso você pensava neles quando transava com suas amiguinhas?

– O que isso tem a ver? Eu sou o pai.

– Ah, então você tem imunidade. Diferente de você, eu tenho consciência de mãe. Já falei com eles. Tivemos uma conversa adulta e madura. Eu lhes disse coisas nas quais você nem sequer pensou ainda, mas que eles entenderam perfeitamente.

Pietro olha em volta, sente-se perdido, não sabe o que fazer nem o que dizer.

– Por favor, Susanna, me dá mais uma chance.

– Sim, vou dar. Agora vou para casa com eles, vamos tomar banho e depois vamos sair. Passaremos o dia todo fora, vamos ao McDonald's e depois ao cinema – Pietro espera sua resposta, sorri. Olha para ela. Susanna continua. – Sim, quero um dia de liberdade, tempo para nós. Voltaremos por volta das onze, meia-noite.

– Sim, querida. Pode fazer o que quiser.

– Não preciso de sua permissão. É sua última chance. Se a essa hora ainda não tiver tirado todas as suas coisas do armário, vou queimar tudo o que deixar ou esquecer por acaso.

– Mas... – Pietro não consegue acrescentar mais nada.

Nesse exato momento chegam Lorenzo e Carolina.

– Oi, papai!

– Oi!

– Não vamos dar um beijo em você porque estamos suados.

Carolina é mais franca:

– E porque você deixou a mamãe triste.

Então, afastam-se com Susanna, de mãos dadas, e não olham para trás. Pietro conclui sozinho sua frase: "Mas, não é justo". Em silêncio, quase para si mesmo. "Essas crianças também são minhas." De repente, surge em sua mente aquela canção: "*Chi ci sarà dopo di te respirerà il tuo odore pensando che sia il mio...*"* Lembra que a cantou para ela em um piano bar. "*Mille giorni di te e di me...*".** Susanna. Contempla enquanto ela se afasta dando-lhe as costas, de uma maneira que jamais teria imaginado que fosse possível. Lembra de outra canção. "*E una storia va a puttane... Sapessi andarci io...*"*** Envergonha-se por um instante. Não vai mentir também a si mesmo, coisa que sabe fazer perfeitamente. Então, fica assim, com um vazio repentino e imenso dentro de si. Com a sensação de ter perdido essa pessoa para sempre. Uma certeza, uma segurança, esse conjunto de coisas que o faziam se sentir único, acima de tudo, quase imortal. Esse instante eterno que não existe. De repente, Pietro se sente mais ridículo que nunca. E sozinho. Sente vontade de chorar. Mas, dessa vez, de verdade.

51

Olly corre pela casa toda tentando organizar o imenso caos que a cerca. Esconde a maior parte das roupas espalhadas pelo chão dentro de uma grande cesta de vime que fica atrás da porta do banheiro. Joga as botas e os sapatos dentro do armário. Cobre um sofá abarrotado de CDs e de DVDs com um grande pano. Joga outras roupas em uma segunda cesta e depois, vendo que não cabem, espreme-as com um pé. Satisfeita, vê que, com certo esforço, atingiu o objetivo desejado.

Tira do saco do supermercado garrafas de água e coloca na geladeira, quatro Bitters na primeira prateleira, uma Coca-Cola grande na porta e, por último, esconde embaixo da carne que está no congelador uma garrafa de Don Pérignon.

---

* "Quem vier depois de você respirará seu perfume pensando que é o meu" (N. T.)

** "Mil dias seus e meus" (N. T.)

*** "E uma história que vai para o inferno... Se eu soubesse como ir..." (N. T.)

"Pronto. Essa acho que não vou abrir. Mas, nunca se sabe... E, caso tenha uma boa notícia, já está pronta! Se não abrir esta noite, vou ter que lembrar de tirá-la do congelador para que não estoure." E continua esvaziando a sacola, tirando copos de plástico, pratos e guardanapos. Vários canapés deliciosos, pizzas pequenas e uma caixa de chocolate Lindt. Tira três travessas do armário e enche cada uma com uma coisa. Em duas outras coloca batatas fritas e pistache. Tenta abrir o saco da pipoca, puxa pelas pontas com as duas mãos, mas – plof! – abre-se de repente e voa tudo pelos ares. Olly tenta pegar algumas no ar, mas a maior parte acaba no chão.

– Que saco! Só me faltava isso.

Coloca as que não caíram em outra travessa e começa a recolher as que estão no chão. Nesse instante, toca o interfone. Vai até a lata de lixo, joga as pipocas que recolheu e então manda abrir o portão sem perguntar quem é. Pega a vassoura e a pá e acaba de limpar o chão, fazendo as pipocas desaparecerem a toda velocidade no cesto de lixo. Bem na hora, vai até a porta e dá uma olhada pelo olho mágico.

Erica entra arfante.

– O que foi?

– Não sei, esperava que você me desse a notícia. – Tira o casaco, o chapéu e o cachecol e joga tudo no sofá.

– Eh... – diz Olly olhando para ela com os sapatos na mão –, quer que guarde tudo no armário?

Erica a olha, surpresa.

– O que foi? Seu trabalho lhe subiu à cabeça? Senhoras e senhores, em vez de *O diabo veste Prada,* aqui está "Olly arrumou a casa".

– Que simpática! Já que me pediram o favor de...

– E já que, acima de tudo, você é a única com uma família rica, o que lhe permite viver às suas custas.

– Ei, eu trabalho! E, além do mais, pago metade do aluguel. – Olly sorri para Erica. – Bem, na verdade, vou pagar a partir de maio.

– Agora quer pagar! Já espremeu bem a mamãe!

– Foi ela quem insistiu.

– Por que será? Deve querer a casa livre!

Olly olha para ela com cara de poucos amigos.

– Você está enganada. Minha mãe não é uma cabeça-oca como você. Já viajou muito para o exterior e diz que em toda a Europa os jovens vão morar sozinhos quando começam a faculdade.

– É verdade, mas quantas mães bancam a casa deles? Diga a ela que na maior parte da Europa os aluguéis são muito mais baixos que na Itália!

Olly decide ceder. Não pode dizer que, ainda por cima, sua mãe comprou essa casa. O aluguel é só um pretexto para manter um vínculo entre elas de alguma forma.

– Em vez de ficar reclamando, você pode me dar uma mão, vamos.

– O que tenho que fazer?

– Abra o pacote dos copos e pratos.

– Ok. Onde estão?

– Dentro desse armarinho, em cima da pia.

– Ah, já achei.

Erica pega os pacotes e coloca tudo em cima da mesa. Depois, os guardanapos. Gira completamente sobre si mesma arrumando os objetos em círculo no meio da mesa. Um instante depois, o interfone toca de novo.

– Eu abro – Erica corre para abrir. – É Diletta!

A seguir, abre a porta.

– Então, sabe de alguma coisa?

Diletta balança a cabeça.

– A única coisa que eu sei é que devia trazer isto.

Erica olha para ela fixamente.

– Quem disse?

– Olly!

Olly surge na porta do quarto. Trocou de roupa. Erica olha para ela contrariada.

– Não acredito! Falou para ela comprar canapés da Mondi e da Antonini. Crueldade dupla! Agora que eu havia conseguido perder um quilo, vou ganhar dois esta noite!

Olly esboça um sorriso.

– Você prefere os da Mondi, eu os da Antonini. Não entendo por que, em uma linda noite como esta, quando finalmente as quatro podemos nos reunir com um pouco de calma, temos que nos privar do que gostamos.

Diletta sorri.

– Assim é que se fala! Aliás, para ser um pouco egoísta, trouxe o sorvete da San Crispino que eu adoro: fruta e creme.

Erica se afasta sacudindo a cabeça.

– Odeio vocês. Isso é um orgasmo culinário.

– O que é isso? – Olly olha para ela com curiosidade. – É a primeira vez que ouço isso.

– Que eu comeria tudo isso com o maior prazer.

Diletta começa a rir.

– Você não me deixou acabar. Já que estamos falando do assunto, trouxe também os rolinhos sicilianos recheados de requeijão da Ciuri Ciuri.

– Não acredito! Você também é uma provocadora, uma maliciosa! Isso já é demais!

Toca o interfone. Olly vai abrir.

– Você são umas vadias esfomeadas!

– Você acha? – Erica olha para ela com candura. – Eu estou sempre de dieta.

– Sim, de comida!

– Venham, vou abrir a porta e vamos sentar para esperá-la na sala. Fiquem aqui! Assim ela vai nos ver quando entrar!

Olly, Diletta e Erica correm e sentam no sofá. Olly senta com as mãos sobre os joelhos.

– Façam como eu!

As outras a imitam e esperam impacientes a porta se abrir. Ouvem o elevador parar e, a seguir, seus passos.

– Olá! Já chegaram todas? – Niki entra e fecha a porta, dá alguns passos e vê as amigas sentadas muito certinhas no sofá.

Olly arqueia as sobrancelhas e fala com curiosidade, mas sem abandonar suas maneiras elegantes.

– Pois bem, adoraríamos saber qual é o motivo dessa convocação.

Niki começa a rir e balança a cabeça.

– Estão malucas? Desse jeito, não vou contar nada. Aliás, sabem o que pretendo fazer? Ir embora. – Ameaça se afastar, mas as amigas a cercam imediatamente.

Olly, a mais rápida de todas, tranca a porta. Diletta pega o pacote que Niki segura na mão esquerda, Erica o que está na mão direita e colocam em cima da mesa.

– Você não vai a lugar nenhum! Fale imediatamente se não quiser ser torturada!

– Não, ok, ok! – Niki esboça um sorriso e tira o casaco.

– Dê aqui – Olly pega o casaco gentilmente.

– Assim é que eu gosto... Alguém pode me oferecer alguma bebida?

Erica corre para a geladeira.

– Claro, o que você quer? Água, Bitter, Coca-Cola?

– Uma Coca, obrigada. – Niki também tira o chapéu e o cachecol e senta no sofá.

Suas amigas a cercam imediatamente, cada uma com um copo na mão. Olly aproxima os potes transbordantes de batatas, pipoca, salgadinhos e pistache. Niki também apoia as mãos nos joelhos e olha para as Ondas contente e achando graça.

– Então...

– Espere, espere – interrompe Olly. – Vamos ver quem adivinha.

Niki começa a rir, contente.

– Ah, boa ideia, vamos ver.

Olly fecha os olhos fingindo entrar em transe.

– Então, sabemos que você viajou.

Erica olha para ela concordando com a cabeça.

– Sim, quatro dias em Nova York! Superlegal!

Diletta ergue uma mão.

– Já sei!

Todas olham para ela curiosas, principalmente Niki, que espera.

– Você vai fazer a campanha da LaLuna nos Estados Unidos, ou algo parecido.

Niki nega com a cabeça.

– Não, não...

– Muito frio?

– Frio... Ou melhor, gelado.

Erica arrisca.

– Vocês foram adotar um bebê!

– Está louca? E, além do mais, por que adotar? É tão lindo ter um!

Erica começa a rir.

– Sim, uma delícia! Enfim, sei lá, achei que talvez houvesse algum problema. E, além do mais, está tão na moda, principalmente nos Estados Unidos.

– Sim, mas eles é que vêm adotá-los aqui!

– Enfim, seja como for, frio, gelado!

Diletta fecha os olhos.

– Agora descobri. É coisa ruim. Você gosta de outro!

– Outro? – Niki se altera. – Quem, posso saber?

Olly sorri.

– Aquele da faculdade. Você não disse como ele se chama.

– Guido... Mas não, nem me passou pela cabeça.

Erica olha para Diletta.

– E, além do mais, por que seria ruim? Ela gostar de outro seria, de qualquer maneira, bonito.

Diletta faz cara de surpresa.

– Mas sofrer porque não consegue deixar o outro ou, pelo menos, dar a entender que acabou para sempre é desagradável.

Erica a encara.

– Está se referindo a Giò e a mim?

– Por que ficou na defensiva?

– Ei, não briguem! Aliás, não é nada disso. Resumindo, é coisa boa. Nova York tem e não tem a ver, e vocês já vão entender por quê, ok? – Niki se levanta e abre um pacote. – Eu trouxe um delicioso bolo rústico que... não tem nada a ver.

– Agora entendi! – diz Olly tentando adivinhar. – Você pretende abrir um restaurante nos Estados Unidos!

– Não! – Niki esboça um sorriso. – Frio!

Tira uma faca grande de uma caixa para cortar um pedaço. Abre a embalagem. É nova, hipertecnológica; quando se segura o cabo toca uma canção: *Happy Birthday, Jolly Good Fellow, Merry Christmas* e a marcha nupcial. São notas simples, sem arranjos, basta apertar um dos botões.

– Estão prontas?

Todas estão ansiosas.

– Sim! Vamos, Niki! Você está nos enlouquecendo!

Niki começa a cortar o bolo e aperta o último botão, o da marcha nupcial. A música rompe o silêncio desse momento. "Tã-nã-nã-nã... Tã-nã-nã-nã..."

Diletta é a primeira a abrir a boca, seguida de Olly. A última é Erica.

– Você vai se casar! – O grito é quase unânime. – Mãe do céu!

– Meu Deus!

– Não acredito!

Niki faz que sim.

– É verdade! É verdade!

Olly bebe um gole de água e dá um grito. Diletta balança a cabeça tentando se recuperar. Erica continua desconcertada.

– É maravilhoso!

Em um piscar de olhos todas se jogam sobre ela, abraçando e beijando, riem e choram ao mesmo tempo.

– Meu Deus, o rímel! Manchei você.

– Não faz mal.

– Que lindo! Está feliz, Niki?

– Sim! Demais!

– Estou tão feliz por você!

– É muito lindo... muito!

Pouco a pouco, voltam a ocupar seus lugares no sofá. Servem bebidas, riem, recuperam a lucidez para entender melhor o que está acontecendo. Olly abre os braços por um instante, como se estivesse perplexa.

– Mas vai se casar com Alex, não é?

– Imbecil! Nem merece que eu responda!

Olly balança a cabeça.

– Eu não daria nada por certo, nesta vida nunca se sabe...

Diletta é a mais curiosa, quer saber até o menor detalhe.

– Vai nos contar como ele pediu ou não?

Então, Niki começa o relato.

– Quando cheguei em casa, uma limusine estava me esperando na porta.

– Não me diga, ele fez uma surpresa como essa em sua casa?! Uma limusine!

– Mas isso não é tudo, porque nos Estados Unidos outra estava nos esperando.

– Uma limusine em Nova York?

– Sim, no aeroporto!

– Você tem que se casar com ele! Não vai encontrar outro igual!

– Idiota! Como se isso fosse a única coisa importante!

– Bem, para mim, esse tipo de coisa também tem importância, e a maioria de nós pensa o mesmo, garanto. Desculpe, mas quem não gostaria de encontrar um homem assim?

Erica ergue as sobrancelhas.

– A verdade é que gosto deles mesmo sem a limusine.

– Ok! Não vou contar mais nada!

– Ei! Não, não, por favor. Cale-se, Erica, se abrir a boca de novo e Niki não nos contar como ele fez o pedido... mordo você! – Niki começa a rir e fala dos passeios, das compras desenfreadas na Gap, Brooks Brothers, Century 21, Macy's, Levi's e Bloomingdale's.

– E não nos trouxe nada?

– Sim, tenho presente para as três.

Olly dá um cutucão em Erica.

– Quer fazer o favor de não interromper?

– Estou curiosa!

Niki abre um sorriso.

– Então, na segunda noite, depois de ver um espetáculo maravilhoso no teatro, um helicóptero estava esperando por nós.

– Uau!

– Não acredito!

– Isso é um sonho!

– Sim, e ainda não acordei – Niki fala com olhos brilhantes, emocionados, que ainda continuam vivendo esse incrível momento. Voar sobre aqueles arranha-céus, depois as palavras de amor de Alex e, de repente, o último andar que se acende. – “Desculpa... quero me casar contigo.”

– Não! – Olly, Diletta e Erica estão quase tão emocionadas quanto ela, e ouvem atentas cada palavra, os detalhes mais doces e delicados.

– E depois tirou isso do bolso – Só agora mostra bem a mão às amigas; uma aliança se destaca, discreta, mas resplandecente, em seus dedos.

– É maravilhosa!

– É! Não pude resistir mais, pulei sobre ele e caímos no chão; os pilotos não paravam de rir.

Assim como fazem as Ondas nesse momento. Então, continuam ouvindo o relato interrompendo de vez em quando.

– Já decidiram quando? E onde?

– Agora precisa pensar no vestido.

Na realidade, cada uma delas já pensa em alguma coisa. E as três soltam longos suspiros.

Olly ajeita o cabelo. “Mas ela tem só vinte anos... Não tem medo? Eu teria. Se namorasse alguém como Alex... Bom, mas ele é mais velho.”

O sorriso doce de Diletta. “O que eu faria se Filippo me pedisse em casamento? Não estou preparada! Na verdade, eu a admiro. Gostaria de estar pronta como ela. Mas será que ela está realmente? Quem sabe... Espero que sim.”

E por último Erica, que aparentemente é a que ouve com maior interesse; porém, por dentro olha para ela aterrorizada. “Está louca. E os outros? E o resto dos homens? Tenho que reconhecer que Alex lhe fez uma surpresa realmente bonita, maravilhosa, na verdade, mas, e depois? O que vai acontecer depois? Ah, eu, de qualquer maneira, não pretendo me casar, garotas.”

Niki interrompe seus pensamentos, sorri e abre uma sacola.

– Vejam, são para vocês!

– Caramba, são maravilhosos! Moletons da Abercrombie lindíssimos... Aqui não tem desses!

Erica apoia o seu no peito.

– Fica maravilhoso, mas é verdade o que dizem? Quero dizer, que na loja de Nova York os vendedores são modelos tão lindos, tão maravilhosos, que a gente só compra a roupa para poder tirá-la o quanto antes com um deles?

– Erica!

Olly desdobra seu moletom curiosa.

– O que significa este número um?

Diletta também vê o seu.

– O meu é dois!

Erica não podia ficar para trás.

– O meu é três!

Niki sorri.

– Não é uma ordem numérica. Significa que vocês três... uma, duas e três, serão minhas madrinhas!

– Que lindo! Estamos muito felizes por você, Niki.

Abraçam-se comovidas, abobadas com esse momento incrível que estão compartilhando. Com medo e emoção. Sabiam muito bem que cedo ou tarde aconteceria com uma delas. Nenhuma, porém, havia imaginado que seria tão cedo. Nem mesmo Niki.

52

Várias batidas fortes e repetidas na porta. Enrico se vira. Quem será? As batidas continuam. Parecem chutes. Estão loucos? Enrico corre para abrir.

– O que foi?

Assim que abre a porta, um rapaz alto e forte como um armário, de cabelo raspado e camiseta preta justa, empurra-o com força, derrubando-o no chão da sala. Enrico evita bater a cabeça no chão mantendo-a erguida, mas cai de costas com violência sobre o assoalho. Não pode acreditar. Não entende o que está acontecendo. "Será um assalto? Uma agressão? Mas quem é esse sujeito?" Depois, olha com mais atenção e o reconhece. Sim, isso, já o viu sair algumas vezes com Anna. É o namorado dela. Ao que parece, chama-se Rocco. Sim, Rocco.

– Ei, está maluco? O que você quer? Minha filha está dormindo no quarto, não faça barulho! De qualquer maneira, se está procurando Anna, ela não está. – Enrico se levanta com dificuldade, balança a cabeça, está um pouco tonto.

– Não estou nem aí para a Anna, é você que estou procurando. – Empurra-o novamente.

Dessa vez Enrico acaba no sofá. Por um instante, só por um instante, volta a ver a cena do filme *Notturno bus*, quando o enorme Titti entra na casa de Franz, Valerio Mastandrea, quase derrubando a porta, e o empurra violentamente porque está irritado com ele, pois ainda não lhe pagou uma dívida de pôquer. Enfim, sente-se como Franz. Porque o sujeito em questão se parece com Titti.

– Sim, estou procurando você. Eu descobri, viu? Eu li tudo.

– O que quer dizer com tudo? O que quer de mim?

– Nem tente. Eu vi o que Anna escreveu no diário! – Dá outro chute em Enrico, que cai de novo no chão. Rocco dá meia-volta e sai sem dizer uma palavra.

Enrico permanece caído. Completamente atordoado, até que, por fim, consegue compreender a situação. O absurdo dessa história. "Para dizer a verdade, a mim Anna não disse nada." Só tem certeza de uma coisa. Sua mandíbula dói.

53

Cristina continua cozinhando, experimenta a sopa com a concha. "Não. Nada bom, está sem sal." Abre o saleiro e acrescenta um pouco de sal. Coloca também caldo vegetal granulado. Meia colher. Depois, inclina a cabeça e pensa. "Sim, um pouco de pimenta também. Vamos lá." Parte ao meio e coloca a pimenta na sopa. Segura o telefone entre a orelha e o ombro direito para ficar com as duas mãos livres e poder ouvir o desabafo. Mais que justificado.

– Terminamos para sempre. Eu o expulsei de casa com todas as suas coisas. – Susanna suspira por um momento do outro lado da linha. Depois prossegue. – E sabe de uma coisa? Não sei por que não fiz isso antes. No fundo, eu sempre soube que ele tinha outra; desaparecia, chegava e saía de novo, às vezes ficava fora até altas horas da noite, de vez em quando até nos fins de semana. Ora, desde quando se fazem reuniões de trabalho no sábado e no domingo? Só ele, mesmo! Ele era o único que tinha clientes assim!

Cristina experimenta o caldo de novo. "Agora está melhor." A história de Susanna é, no mínimo, curiosa.

– E como está levando isso tudo? Quero dizer, o que seus filhos acham disso, por exemplo? – Cristina escuta sem parar de mexer a sopa.

– Conversei bastante com eles. Nós sempre pensamos que eles não entendem, mas não é bem assim. Eles já são muito maduros e responsáveis. Meu filho me viu chorar. Sabe o que disse? "Se você decidiu, está bem, mamãe. Para nós está bem, mas, por favor, não chore mais." Entende? Isso sim é que é um homem! Ele quer que eu seja feliz! Não como o imbecil do Pietro! Sabe, quanto mais eu penso, mais acho que estava louca quando me casei com ele!

– Sim... – Cristina começa a rir do outro lado da linha. – Louca de amor!

– Não! Por causa das bobagens que me contava! Bom, agora vou desligar porque tenho que me arrumar – Susanna para por um instante e percebe que não perguntou nada à amiga. – E você, como está?

– Bem.

– Certeza? Está tudo bem?

– Maravilha, estou contente. Se quiser, conversamos amanhã ou mais tarde, não pretendo sair.

– Está bem, até depois.

Cristina desliga o telefone e coloca na pia. Depois, olha para ele. "Bem? Por que eu disse que estou bem? Não tinha vontade de falar. Não gosto de contar minhas coisas, escuto todo mundo, mas nunca tenho coragem de dizer o que sinto. Que saco! Não, isso não dá certo. Tenho que ser capaz de contar, tenho que admitir, a mim mesma e aos outros. Preciso contar." E, com raiva, tampa a panela fazendo sair um pouco de caldo que, inocente, sem saber o motivo dessa cólera repentina, cai um pouco mais longe. Cristina parece abalada pela confissão tão sincera e pessoal que acaba de fazer a si mesma. Desaba na cadeira, diante da mesa e da televisão e, quase sem perceber, pega o controle e liga o aparelho. Como costuma acontecer, parece uma brincadeira do destino. Debochado, divertido e amargo. Na tela surge um psicólogo em primeiro plano, como se a câmera pretendesse dar ainda mais importância ao que ele está prestes a dizer.

– É irremediável. Às vezes somos incapazes de falar, e isso só faz aumentar nossa dor. O verdadeiro problema é que não conseguimos admitir nosso fracasso, e não um fracasso específico. Pouco importa de que tipo seja; a impossibilidade de contarmos nos impede de compreender de verdade, enfrentar, resolver e analisar. Temos tendência a esconder essa incapacidade pelas razões mais variadas e passamos a trair, a estar sempre cercados de gente, a ouvir suas histórias ou a comprar compulsivamente coisas inúteis. Esse caos, esse ruído existencial, essa forma de fechar os olhos, os ouvidos e a mente denomina-se "tentativa de fuga". Mas é difícil continuar assim eternamente. Cedo ou tarde a pessoa desaba, e quando isso acontece, basta uma fagulha...

Pouco a pouco, a mente de Cristina escapa, afasta-se, ela para de ouvir essas palavras e se abriga em seus pensamentos. Vê a si mesma quando era jovem. Em uma praia, correndo à frente de Flávio, que a persegue. Caem na água, rindo. Eram as primeiras férias que passavam juntos na Grécia, em Lefkada. Continua mergulhando nas recordações, uma noite dessa mesma semana. Caminham pelo passeio marítimo e chegam até a ponta onde há um pequeno farol que emite uma luz verde intermitente. E ali, escondidos na penumbra, entre penhascos e grutas, atrás de um canavial que balança com a brisa noturna, fazem amor. Cristina lembra-se perfeitamente desse momento e sorri enquanto brinca com a colher sobre a mesa, essa loucura, esse desejo repentino. Eram jovens e estavam sedentos de amor, beijos quase roubados entre mordidinhas, entre o som leve produzido pela cana agitada pelo vento, das ondas do mar, rebeldes espectadoras de sua paixão. Outra recordação repentina. O branco da neve iluminada pelo sol. Um dia lindo em Sappada, ao lado de Cortina, deslizam pela neve fresca mantendo o equilíbrio, agachando-se ágeis e velozes, para frente e para trás, mantendo as pontas dos esquis para cima para não frear. Lembra como se fosse ontem. Parece ver tudo de novo, como se fosse um filme. Um belo filme de amor. E esse beijo abençoado pelo sol. As mãos loucas de paixão que exploram por dentro da roupa; tiram os esquis rapidamente, escondem-se atrás de uma rocha para continuar se despindo, arfando, rebeldes, enlouquecidos por esse amor tão lindo, pleno, infantil, bobo e caprichoso que é impossível controlar. Depois voltam a esquiar até tarde, apaixonados. "Quanta coisa", pensa Cristina enquanto coloca a colher no lugar. "Éramos incríveis. O amor nos inquietava, nos agitava. E agora? Onde viemos parar?" E vê-se tristemente ofuscada, casada, sim, mas de saco cheio do amor. Que tristeza! Cansada de amor, sentada diante de um psicólogo que parece estar falando do fim de sua bela história. Nesse momento, ouve a porta abrir.

– Você está em casa, meu amor? – Flávio fecha a porta, deixa a pasta em cima da mesa da entrada, tira o casaco, joga no sofá e vai para a cozinha. – Cri? Onde você está? – Entra e a encontra diante do fogão. – Ah, aqui! Por que não respondeu? Veja o que comprei... A cafeteira do George Clooney! – Coloca em cima da mesa e abre a geladeira para pegar alguma coisa para beber. – Acho que você preferiria que eu trouxesse o George pessoalmente, não é?

As palavras do psicólogo ecoam na cabeça de Cristina: "Compram coisas inúteis de forma compulsiva, para se esconder, para fechar olhos, para seguir em frente como se nada estivesse acontecendo". Em silêncio começa a chorar, virada para a parede.

– Cri? Você não diz nada? Gostou? Está feliz porque comprei a cafeteira?

Flávio percebe e fica assustado. Seu coração dá um pulo, está desconcertado, espantado, sinceramente surpreso.

– O que foi, meu amor? – Flávio se aproxima dela. Quase na ponta dos pés, com medo de que aconteça algo mais, que a situação fique pior depois. – Está chorando porque discutimos?

Cristina nega com a cabeça, não consegue falar, não para de chorar; olha para o chão, mas só vê as lajotas, as que escolheram juntos quando decidiram decorar a cozinha. Enxerga-as fora de foco, ofuscadas pelas lágrimas cada vez maiores. Não consegue articular uma palavra, sente um nó na garganta. As palavras do psicólogo voltam à sua mente: o verdadeiro problema é a impossibilidade de reconhecer o próprio fracasso, e não o fracasso em si. Flávio coloca uma mão sob o queixo dela, tenta levantar seu rosto com doçura, ajudando o movimento com dois dedos, e busca seu olhar. Então, vê em Cristina sua expressão de dor, os olhos afogados em lágrimas. Finalmente consegue falar.

– Não estou mais apaixonada.

Flávio não pode acreditar no que acaba de ouvir.

– Mas, por que está dizendo isso?

Cristina se senta e tem a impressão de ter superado um obstáculo, saído de um buraco negro, pulado um muro que lhe parecia insuperável, talvez de ter saído desse poço escuro em que estava afundando.

– Porque acabou, Flávio. Você não percebe, não quer perceber. Você não para de comprar coisas novas: um espremedor elétrico, a televisão de LCD, o forno de micro-ondas. Nesta casa só há eletrodomésticos modernos e caros. E nós? O que aconteceu conosco?

– Estamos aqui – Flávio se senta diante dela consciente da pobreza de sua resposta comparada com o problema que Cristina acaba de levantar. Continua, tentando se mostrar mais seguro e convicto. – Estamos aqui, onde estávamos, onde sempre estivemos.

Ela nega com a cabeça.

– Não. Não estamos mais. Só a presença não basta. Assim não. Já não conversamos mais, não contamos nada do nosso trabalho, dos nossos amigos. Sem precisar ir muito longe, você não comentou sobre Pietro e Susanna.

– Porque eu não sabia como lhe dizer.

Flávio se agita nervoso na cadeira. "Pronto", pensa com seus botões, "esse babaca do Pietro e suas confusões sempre são culpados por tudo." Cristina olha para ele.

– Mas não é isso, não tem importância. Apesar de que isso mostra uma vez mais que você não tem vontade de dividir as coisas comigo como antes, o verdadeiro problema é que eu não estou mais motivada. Nem mesmo me zanguei quando você não contou. Tenho a impressão de que seguimos em frente porque não tem jeito, mas a vida não deve ser assim, não é? É preciso entusiasmo! Mesmo com o passar do tempo. Ou melhor, principalmente com o passar do tempo. Crescemos, mudamos, e estar junto implica contar as coisas, comunicar essas mudanças para construir um novo equilíbrio. E continuar sendo nós mesmos, mas diferentes, maiores e mais ricos em experiências. Estamos aqui, como você diz, sim, mas ficamos reduzidos à imagem do que éramos, a um simples reflexo. Nós já estamos em outro lugar.

– Sim, é verdade – na realidade, Flávio não sabe o que dizer, só lhe ocorre o pior. – Diga a verdade. Você conheceu outro?

Cristina olha para ele surpresa. Decepcionada. Como quando queremos contar um problema e, quando finalmente as palavras saem, a pessoa que nos ouve, o destinatário da sinceridade, não capta, não entende. Porque, na verdade, está em outro lugar.

– O que isso tem a ver? Parece que você não me conhece.

– Você não me respondeu.

Cristina olha para ele com dureza agora.

– Meu comportamento deveria valer como resposta. Não. Não conheci ninguém. Está contente?

Flávio permanece em silêncio. "Será que ela está dizendo a verdade? Se tivesse conhecido alguém, me diria? Tenho que reconhecer que faz muito tempo que não fazemos amor, e que quando fazemos..."

– Em que está pensando?

– Eu? Em nada.

– Não é verdade. Eu sei.

– O que você sabe? Sabe em que estou pensando?

– Não. Só sei que não está me dizendo a verdade.

– Eu disse: em nada. – Cristina balança a cabeça.

– Você não me entende.

– Ok – Flávio dá um suspiro. – Estava tentando entender se você está mentindo ou não. Conheceu outra pessoa?

Cristina dá um longo suspiro. "Nada. É impossível. Ele insiste. Não acredita em mim. Não consegue acreditar. Ou há outro homem ou o problema não existe." Agora Cristina está irritada: será que ela não importa? Só a traição é digna de atenção?

– Você não entende, não quer entender o problema. Não conheci ninguém, se é isso que lhe interessa. – Então, desliga o fogo e põe a panela na mesa; pega a concha e começa a servir o caldo nos pratos.

Flávio não sabe o que dizer.

– Vou lavar as mãos. Já volto.

Pouco depois, sentam-se para comer, um em frente ao outro. O silêncio é insuportável. E Flávio zapeando na tevê só faz piorar.

– De Gregori devia estar no programa de Fazio.

O psicólogo foi claro. Cristina bebe um pouco de caldo. De novo aquelas palavras. Essa perturbação constante dos ouvidos e da mente denomina-se "tentativa de fuga". De repente, sente-se mais serena, tranquila e relaxada, como se o nó que a oprimia tivesse se desmanchado. E sente-se envolvida por um calor generalizado que não se deve só ao caldo.

– Pode desligar a televisão, por favor?

Flávio olha para ela surpreso, mas, ao vê-la tão decidida, não pensa duas vezes e faz o que lhe pede.

Cristina sorri.

– Obrigada... Por favor, ouça-me e não me interrompa. Tomei uma decisão. Se você me ama, ou se já me amou, peço que aceite sem discutir. Por favor.

Flávio não responde. Engole em seco e assente sem encontrar uma frase que lhe pareça adequada para esse momento. Cristina fecha os olhos por alguns instantes. Abre-os de novo. Sente-se serena, reúne a coragem que necessitava. Enfrentar um fracasso significa deixar de ser esse fracasso. E, sem pressa, começa a falar.

– Não sou feliz. – Um rio, quando vem a cheia, parece de repente sair de seu leito, inunda a terra que o cerca, expande-se e ocupa tudo. Arrasta a tudo e a todos. E pode até causar prejuízos. Mas ela continua, livre e incontrolável, verdadeira e sincera. Dolorosa. – Faz muito tempo que não sou feliz.

54

Anna deita Ingrid delicadamente sobre o trocador. Tira a fralda e limpa a menina. Enrico ajuda pegando uma nova e o talco.

– Vou passar um pouco de creme também.

– Que sorte Ingrid tem de tê-la conhecido; você é fantástica!

– Na verdade, com ela é muito fácil! Ela é uma gracinha, tão boazinha – Acaba de trocá-la, veste-a de novo e a senta no chiqueirinho abarrotado de bonecos coloridos, almofadas e duas mantas. – Agora você está limpinha e perfumada!

Anna volta ao trocador e começa a arrumar tudo. De repente, para e ergue a cabeça. Olha para o quadro do ursinho Pooh que está pendurado na parede.

– Eu briguei com Rocco. Era impossível argumentar com ele. Somos muito diferentes. Além do mais, ele batia em mim; quer dizer, não com frequência, mas uma vez ou outra. Eu o mandei embora de casa.

– Nem me diga – Enrico toca o lábio ferido e inchado. – Só que eu não tive tempo de expulsá-lo de minha casa; ele foi embora sozinho.

Anna o encara.

– Caramba! Eu não tinha reparado. O que aconteceu? – aproxima-se de Enrico e acaricia seu lábio. Parece contrariada. – Foi ele?

Enrico assente.

– Sim, veio aqui, deu vários chutes na porta, me empurrou...

– Mas isso é um absurdo. Por quê?

– Sei lá! Ele mencionou um diário, seu diário. Disse que você havia escrito umas coisas.

Anna pensa.

– Ah, sim... – Parece um pouco envergonhada. – Eu queria que o encontrasse. Queria fazer um teste, ver como reagiria e, de fato, ele reagiu. Desculpe, no fim, quem pagou o pato foi você.

– Ah, então era só um teste. – Enrico a acaricia. – Seja como for, você fez bem. Não pode ficar com uma pessoa que não a respeita.

Por um momento gostaria de ser Rambo ou Rocky. Depois, pensa no tamanho de Rocco e lembra uma frase de Woody Allen: "Eles me agrediram, me bateram, mas eu me defendi bem. Quebrei a mão de um: precisei do rosto todo para isso, mas consegui".

– Se ele voltar a incomodá-la me avise, vamos pensar em alguma coisa. – Sorri, mas por ora só lhe ocorre uma solução: fugir.

E Anna faz que sim, serena, compreendendo que, pelo jeito de Enrico, a mera intenção já é um grande esforço.

– Claro, obrigada.

55

A chuva cai estalando um pouco além da entrada. Um carro passa por um pequeno buraco no asfalto. Espirra água, acertando em cheio a bolsa de Susanna.

– Obrigada, viu! – grita para o carro que desapareceu após dobrar a esquina. – Imbecil! Você me encharcou inteira!

– Olá! Quer que a leve a algum lugar?

De repente, ouve a voz de Davide. Susanna se sente corar. Volta-se certa de que, por ter escurecido, ele não iria perceber.

– Olá! Hoje vim com uma amiga porque queríamos conversar um pouco, e pretendia voltar de metrô. Mas está chovendo, e não tenho guarda-chuva para chegar até a estação. Normalmente, venho de carro.

– Por isso perguntei se quer carona. Você mora muito longe?

– Na verdade, não... Bem, a alguns quilômetros.

– Está bem, vamos. Meu carro está ali... – aponta para um Smart Fortwo azul. Susanna faz cara de surpresa. Davide percebe. – Tenho dois carros. O outro é um BMW.

Ela não responde, mas pensa que todos os homens são idiotas; "como se o carro tivesse tanta importância. Isso também é culpa de Pietro, eu antes não pensava assim. Como é mesmo o ditado? Atrás de um grande homem há sempre uma grande mulher. Eu devia criar um novo: atrás de um homem insignificante a mulher pode se tornar insignificante também. Sim, é verdade. Um marido pode nos piorar." Mas depois sorri para Davide. "Ainda estou a tempo de remediar."

– Bonito, o Smart. Eu adoraria ter um, mas sabe como é, com dois filhos...

– Ah, claro! Quando quiser, eu lhe empresto o meu.

– Obrigada.

É incrível. Davide é realmente simpático. "Alguém me explique onde está a armadilha!"

Chegam ao carro e entram.

– Deixe a bolsa atrás. Parece pequeno, mas não é. Além do mais, os bancos são muito confortáveis – Sorri. Liga o rádio e procura uma emissora, uma canção, qualquer coisa. Mas nada o convence, e desliga. – Prefiro conversar com você – Olha para ela.

O coração de Susanna começa a bater a mil por hora. "O que há comigo? Fazia séculos que não me sentia assim." As ruas de Roma desfilam iluminadas e molhadas. Pequenas gotas se estendem no vidro seguindo o sentido da marcha. "Tenho que reconhecer que ele é bonito. E, além do mais, parece simpático. Vamos, Susanna. Ele é mais novo que você. Deve beirar os trinta. Talvez nem isso. Pode ter uns nove anos a menos que você. Bem, dizem na televisão que são cada vez mais frequentes os casais em que a mulher é mais velha que o homem." Pensa em Demi Moore, em Valeria Golino. "Sim, mas elas são famosas. Ou pode ser que qualquer homem se sinta atraído pela ideia de conquistar uma mulher mais velha e experiente que ele. Mas, o que estou dizendo? Ele está apenas me levando para casa." Susanna olha de novo pela janela tentando afastar esse pensamento concentrando-se na chuva.

– Gosta do *kickboxing*? – Davide dirige segurando o volante com uma mão só. Apoia o outro braço na janela. – É perfeito para manter a forma, sabia? E, além do mais, é uma boa alternativa para as palavras!

Susanna olha para ele.

– Na verdade...

– Não, você não me deve nenhuma explicação. Se bateu nele foi porque já não aguentava mais. Como treinador, posso lhe dizer que estou ensinando bem.

– É uma história complicada.

– Todas são.

Davide continua dirigindo. Susanna olha para fora.

– Quase chegamos. No segundo cruzamento, vire à direita. Eu moro ali.

Davide sorri.

– Ok, às ordens. Senão, eu também corro o risco de levar um soco!

– Não, isso é só para os maridos! É aqui, pode parar.

Davide encosta na calçada, liga o pisca-alerta e desliga o motor. Susanna se vira para trás para pegar a bolsa. Por um instante, deseja saber se as crianças já jantaram. Se sua mãe pensou nisso.

– Espere.

Susanna olha para ele.

– Se sair agora, vai se ensopar. Infelizmente, eu também não tenho guarda-chuva para lhe emprestar. Espere um pouquinho para ver se para um pouco.

Susanna se volta de novo para frente.

– A essa altura...

– A essa altura, o quê? Nunca diga "a essa altura".

"É verdade. Nunca diga 'a essa altura'. Parece o título de um novo filme de James Bond só para mulheres", pensa Susanna. "Mas por que meu coração continua acelerado?"

Davide sorri.

– É como a chuva... Viu o filme *O corvo*?

– Não, lamento...

– Não lamente. Então, no filme alguém dizia algo assim: "Não pode chover para sempre". A vida está cheia de surpresas, muitas vezes maravilhosas. E, além do mais, nem todos os maridos merecem ser nocauteados. Ou talvez sim, mas depende como... e onde! Em cima de uma cama é muito diferente! – Ri. Percebe que Susanna ficou um pouco espantada. Então, brinca um pouco até que ela começa a rir também.

Ela se sente leve. Lembra-se de quando era jovem e alguém por quem se interessava a acompanhava até sua casa, e ficavam conversando durante duas horas, e antes de descer do carro ele a acorrentava com o olhar; seus rostos se aproximando cada vez mais...

– Pronto! Parou de chover. Se sair agora não vai se molhar. Eu pego sua bolsa – E dessa vez ele se vira para trás. Pega a bolsa e entrega a ela. – Aqui está. Até depois de amanhã, na aula.

– Claro! Obrigada pela carona – Susanna abre a porta, lentamente, como se esperasse alguma coisa, como se desejasse... Mas ninguém a detém, de modo que em um piscar de olhos está fora do carro. Fecha a porta e começa a atravessar a rua.

– A propósito...

Susanna se volta e vê que Davide abriu a janela.

– Quando quiser que seja seu motorista, será um prazer – sorri e fecha o vidro.

Susanna sorri e continua andando. Percebe que seu passo mudou, que agora seu movimento é mais fluido, que até rebola levemente. E cora de novo, surpresa com esse flerte repentino e, principalmente, com o tanto de tempo que não fazia uma coisa dessas.

56

Olly guarda os copos no lugar. Sacode os restos de batata frita da mesa. Coloca as garrafas na geladeira. Senta-se no sofá com as pernas cruzadas. Sozinha. Suas amigas foram embora há meia hora. "Niki vai se casar. É incrível." De repente, saltam as lágrimas. Começa a chorar. "Minha amiga vai se casar. Está crescendo. De alguma forma, algo está acabando. Uma época. A nossa. A adolescência. E eu não me sinto preparada. Ainda me sinto muito nova. Mas ela vai se casar. Vai dar esse passo tão importante. Parece que já se passou uma vida inteira desde que corríamos pelos corredores do colégio e brincávamos no intervalo. E as saídas noturnas. Os shows. O diário em que escrevíamos. Quando acobertávamos uma à outra. Quando ela dormia em minha casa. É inútil dizer que nada vai mudar. Porque tudo vai mudar. Nada vai ser como antes. Ela vai ter um marido e não terá tempo para nós. E nós prometemos que nenhum homem jamais nos separaria. Palavras.

Simples palavras." De repente, sente-se egoísta, má, mesquinha e indefesa. Mas volta a si, orgulhosa. "Não. Eu estou errada. Eu devia me alegrar por ela, parece muito feliz; mas vou sentir sua falta, o casamento vai tirá-la de mim. Sim. Eu acho. E quero ser sincera comigo mesma. Talvez tenha inveja dela. Ou só medo. Mas agora, neste instante, não consigo sorrir." Olly pensa em Giampi. Em seu Giampi. Gosta muito dele. "Será que eu me casaria com ele? Talvez, mas não agora, claro." Alguma coisa a inquieta. A maneira como ele fala com outras mulheres. Dá a impressão de que se sente sempre obrigado a flertar com elas. As Ondas lhe disseram mil vezes que Giampi é só um garoto gentil e aberto, que não parece um galinha! "Meu Deus, que palavra!" Mas Olly não pode controlar. Tem ciúmes. Como jamais teve na vida. E agora, depois da notícia de Niki, sente o mundo desabar. Como se tudo aquilo em que sempre acreditou desaparecesse de repente. "Niki. Minha amiga. Vestida de branco. Niki e a coragem de crescer. De tomar uma decisão tão importante. Uma mulher. Madura. Diferente. Inconsequente. Sim, uma inconsequente, isso é o que ela é, com tudo o que se ouve hoje em dia sobre casamento. Gente que se casa e se separa depois de um ano. Famílias destruídas. Porém, ela parece tão certa do que faz. Como pode?" Olly ajeita melhor as pernas. Reclina um pouco e apoia a cabeça no sofá. Fecha os olhos e sente um estranho vazio no estômago. Uma espécie de pressentimento.

57

Erica estaciona na porta de casa. Não é muito tarde. Nem uma hora. Acabaram cedo. Todas tinham algo para fazer no dia seguinte. Maldita pressa. Já não é mais como antes. Os ritmos mudaram. Até para a amizade. Decidiram se deitar cedo depois da reunião inesperada convocada por Niki. Talvez por causa da notícia que receberam. Antes de sair do carro, pensa. Ainda não consegue acreditar. Niki vai se casar. "Não me parece verdade. Será que ficou louca? Eu não conseguiria. Casar com vinte anos. Perder a liberdade. Ter um compromisso sério com alguém. Morar junto. Ser fiel. Para sempre. Dividir alegrias, dores e costumes. Mudar tudo. Abandonar minha casa, meus pais. E, em parte, também as amigas. Minhas amigas. Minhas oportunidades de fazer, de conhecer e de decidir de quem gosto e de quem não gosto. Casar significa deixar tudo isso para trás. Significa se fechar para o mundo. E ainda mais aos vinte anos! No mínimo aos quarenta. Mas aos vinte, não. Quantas histórias se ouvem de gente que se casa cedo e que depois se separa antes de dois anos porque percebe que a coisa não funciona? Porque não refletiram o suficiente antes. É inútil dizer que tudo vai continuar sendo como antes, não é verdade. De alguma forma, Niki está nos abandonando. Fico feliz por ela, claro, desde que ela tenha certeza, mas não sei por que também sinto um pouco de raiva. Não consigo fingir. Pode ser que nunca lhe diga. Não quero que pense que não estou contente por ela. Ela é minha amiga. Mas, mesmo assim, não consigo concordar totalmente com sua escolha. Não consigo. De alguma maneira, tenho a impressão de que ela nos traiu. Como se tivesse colocado sua felicidade acima de nós, as Ondas. Sei que nem devia pensar nisso, mas não consigo evitar."

Erica tira a chave do contato. Sai e fecha o carro. Passam por sua cabeça pensamentos mistos de tristeza e raiva. E de sinceridade.

58

Põe a chave na fechadura. Entra silenciosamente. Quase nunca usa salto. Diletta adora sapatilhas, e essa noite, para ver as amigas, colocou um par azul-claro com umas bolinhas marrons e um laço combinando. Fecha a porta. Atravessa o corredor e entra no quarto. Ninguém a ouviu. Olha para o grande relógio que fica acima da cama. Uma e dez. Ficaram conversando até tarde. Diletta repassa mentalmente todas as palavras que disseram na casa de Olly. "Não é possível. Será verdade? Sim." Por um instante sente medo. Medo de que tudo acabe. Sua amiga vai se casar. E depois? Como impedir que as coisas mudem? Surge em sua mente uma canção de Renato Zero: *"Che fai se stai lì da solo, in due più azzurro è il tuo volo, amico è bello, amico è tutto, è l'eternità, è quello che non passa mentre tutto va, amico, amico, amico, il più fico amico è chi resisterà. Chi resisterà?"** "Então, quem? Ela vai se casar." Diletta repete essas palavras uma, duas, três vezes. "Ela vai se casar. Isso quer dizer que está crescendo, amadurecendo, transformando-se em uma mulher. Vai ter um marido, uma família e filhos. Vai estudar e trabalhar, e cada vez vai ter menos tempo para mim, para nós. Como pode não se assustar com um passo como esse com vinte anos?" Diletta se despe calmamente e veste o pijama. Senta-se na cama com as pernas cruzadas. De repente, esboça um sorriso. Pensa em si mesma, em sua situação. Em todos os medos que passou à noite, quando acordava de repente com os olhos arregalados e o coração batendo enlouquecido. A vontade de fugir e de procurar outra solução. Definitiva. Absoluta. Sem apelação. Mas depois, pensava que era absurdo, que jamais conseguiria evitar seu futuro assim. E depois o medo a assombrava outra vez. "Talvez Niki também se sinta assim, mesmo que faça todo o possível para disfarçar." Olha-se no espelho diante da cama. De repente, vê-se um pouco mais velha. A expressão de seus olhos é diferente, mais intensa. Essa noite, porém, sente certo alívio. "Mas o que estou dizendo? Se ela está com medo, o que devo dizer? Se ela pode, se Niki é capaz de dar um passo como esse, eu também posso." Tem outra ideia: "O melhor amigo é o que resistirá. Quem será? Por que tem que se casar tão cedo? É um passo importante. Muito. Ela vai ser engolida por um monte de coisas que vão acabar com ela. Vai perder a liberdade, a possibilidade de fazer o que gosta. Outras experiências, estudar no exterior, sei lá, tudo o que se faz quando não se

* "O que fazer quando se está sozinho, em dois o voo é mais azul, é lindo, amigo é tudo, é a eternidade, é o que permanece enquanto tudo passa, amigo, amigo, amigo, o melhor amigo é o que resistirá. Quem resistirá?" (N. T.)

é casada. Quando se é livre para escolher sem precisar prestar contas a ninguém. Quando diante de você só se abrem novas possibilidades e caminhos. Mas não consegui lhe dizer isso. Por um lado, fico feliz por ela, estava radiante. Mas, por outro, também tenho medo, e até raiva. Raiva, sim, porque de todo jeito algo importante vai acabar. Uma etapa. Uma vida. Nós e nosso jeito de ser. E, de alguma forma, ela é a primeira a ir embora." Sente um pouco de vergonha por pensar assim. As Ondas. Sempre juntas, aconteça o que acontecer. Agora enfrentam um novo desafio. Diletta pega o celular que colocou ao seu lado. Abre o menu de mensagens. Seleciona "Nova". Começa a digitar a toda velocidade. "O que você acha?", e envia uma cópia. Depois de trinta segundos a tela se ilumina e o celular vibra. Olly sempre é a mais rápida a responder. Diletta abre o envelopinho piscante. "Bem, me impressionou. Fiquei boba! Em parte, com raiva. Não tenho nada contra ela, mas sinto raiva de pensar que as coisas vão mudar." Depois de alguns segundos recebe a resposta de Erica. "Acho que ela está louca, casar com vinte anos! Só de pensar fico aterrorizada." As três concordam e têm as mesmas dúvidas. Diletta responde: "Sim, eu também penso isso, mas, mesmo assim, vou protegê-la com todo meu amor de Onda. Boa noite." Diletta estica as pernas, deita na cama e se cobre até os olhos, como quando era pequena. A cama que já tinha quando era menina. Um pouco curta, mas, de qualquer maneira, sua. Com os pés, explora todos os seus recantos. Segurança. O refúgio onde ninguém pode entrar. Sente-se protegida e esquece por um instante a estranha sensação que a notícia de Niki lhe causou.

59

Niki entra em casa e quase atropela Simona se jogando sobre ela.

– Eu sou a pessoa mais feliz deste mundo!

– Meu Deus, o que aconteceu?

Pulando pela cozinha, agarra sua mãe e a arrasta.

– Papai está em casa?

– Sim, está ali, foi ao banheiro.

– E Matteo?

– Não, está na casa de Vanni.

Niki fica pensativa. "Melhor. Assim conto só aos meus pais." Joga-se no sofá. Simona senta num pufe em frente a ela.

– E então? Não pode me adiantar alguma coisa enquanto papai não chega? Estou morrendo de curiosidade.

Niki sorri e nega com a cabeça.

– Não, vamos esperar.

A mãe olha para ela intrigada, mas não preocupada. Ela está tão contente que deve ser uma coisa boa, seja o que for.

– Já sei... Você ganhou na loteria!

– Mas que materialista, mamãe! De qualquer maneira... – Niki abre um sorriso – quase!

– Ai, Meu Deus! O que é? Tenho que me preocupar? Já sei: você arranjou um emprego e vai ganhar muito dinheiro – depois reflete por um momento e se entristece de repente. – E precisa se mudar para os Estados Unidos! Diga que não é isso, por favor, diga que estou errada.

Niki sorri.

– Está enganada!

Simona sorri, mas sua expressão muda de novo num piscar de olhos. Continua pensando.

– Você não está contando uma mentira, não é? Certeza de que não é isso?

Niki a tranquiliza.

– Não, mamãe, já disse que não é isso.

– Jure.

– Eu juro.

– Você e eu sempre nos contamos as coisas.

Niki a imita enquanto repetem juntas a mesma frase de sempre:

– Temos que nos contar tudo, absolutamente tudo!

Riem. Nesse exato momento Roberto entra na sala.

– O que está acontecendo? Vejo que estão se divertindo...

Simona dá umas palmadas no pufe ao seu lado.

– Robi, sente-se aqui, Niki quer contar algo importante.

Roberto se senta.

– Já sei, ganhou na loteria! – exclama ao ver a filha tão alegre. – Vamos mudar de vida!

Niki fica admirada.

– Mamãe! Papai! Mas que ideia fixa de vocês!

Simona olha para o marido.

– Eu também disse isso.

– Ah...

– E ela respondeu que mais ou menos!

Roberto sorri.

– Humm, muito bem, deve ser algo parecido... Talvez nós também possamos embolsar alguma coisa!

Niki sorri. Eles não sabem que estão prestes a gastar uma fortuna. Nada de loteria! Olha para eles. Estão diante dela sorrindo, curiosos. "Meu Deus, e se não gostarem da notícia? E se não ficarem contentes? E se minha decisão os contrariar? E se quiserem me impedir? E se tentarem me chantagear dizendo: faça o que quiser, não podemos obrigá-la a nada, mas que fique bem claro que você nos decepcionou." Em poucos instantes repete todos os ensaios que fez desse discurso desde que voltou de Nova York; devem ter sido uns mil.

À noite, na cama. "Mamãe, papai, vou me casar. Não, assim não. Mamãe, papai, Alex e eu decidimos nos casar. Não, isso não é verdade. Ele decidiu e eu aceitei." De manhã, no banheiro, diante do espelho. "Mamãe, papai, Alex me pediu em casamento." E de novo: "Alex e eu vamos nos casar." Com todos os tons, caras e caretas possíveis e imagináveis. E depois de ensaiar várias vezes, olhava-se no espelho e dizia que nunca conseguiria. "Porque ele é quem tem de falar, não eu!"

Niki olha para eles e sorri. Afinal de contas, é um problema dele.

– Esperem-me aqui – diz enquanto abandona a sala.

Roberto e Simona olham-se sem dizer nada. Ele encara a mulher com curiosidade e malícia.

– Você sabe de alguma coisa, não é?

– Juro que não. Eu teria lhe contado.

– Humm, tenho a impressão de que não é coisa boa.

– Seja o que for, se ela está tão feliz, vamos nos alegrar por ela!

– É... a felicidade de um filho pode, às vezes, ser uma tragédia para os pais.

– Nossa, que chatice! – Simona bate no ombro dele.

Um instante depois, Niki entra na sala acompanhada de Alex.

– Aqui estamos.

– Onde ele estava? Escondido em seu quarto?

– Não! É que eu não conseguia estacionar – Niki está com a desculpa na ponta da língua. Pelo menos isso.

Alex e Niki se olham sorridentes. Na realidade, ela o "estacionou" no hall porque antes queria preparar tudo, chamar seus pais e depois dar a notícia.

Niki olha para Alex, que inspira, expira e então sorri para os pais da namorada. Apertando com força a mão dela, solta tudo de uma vez.

– Niki e eu queremos nos casar. Esperamos que nossa decisão os deixe contentes.

Roberto, que tentava se acomodar no pufe, apoia mal a mão, escorrega e cai no chão.

– Papai! – Niki solta uma gargalhada. – Não se assuste!

Simona ajuda o marido a levantar.

– Não era minha intenção, eu juro.

Simona o deixa e corre para a filha.

– Isso é fantástico, meu amor! – diz abraçando-a.

– Não podia estar mais feliz, mamãe. Você não sabe quantas vezes ensaiei essas palavras, à noite em minha cama, no banheiro...

Alex assente.

– E, no fim, eu é que tive que falar!

– É verdade, mas quem mais deveria? – Roberto se aproxima de Alex. – Venha aqui – diz, e os dois homens se estreitam em um abraço bruto e masculino. Roberto lhe dá também umas palmadinhas no ombro. – Estou muito feliz por minha filha. – E abraça Niki também.

– Oh, papai... Eu te amo muito.

Simona abraça o futuro genro, só que um pouco mais contida.

– Temos que comemorar – diz após se afastar dele. – Temos uma garrafa na geladeira reservada para uma grande ocasião. E qual melhor que esta?

Roberto vai logo atrás dela.

– Eu a acompanho, meu amor... Vou pegá-la com você!

Quando ficam sozinhos na sala, Alex e Niki se abraçam radiantes.

– Viu, Niki? Não precisava se preocupar tanto, normalmente as coisas são mais fáceis do que imaginamos.

– Você acha?

– Mas claro! Não viu como seus pais ficaram contentes?

– Meu pai caiu de bunda no chão ao ouvir a notícia.

– Escorregou do pufe, só isso. Não teve nada a ver com o que dissemos.

– Você não o conhece. Ele deve estar transtornado.

Roberto e Simona estão na cozinha. Os dois apoiam as costas na pia e olham absortos para o vazio à frente. Roberto está perplexo.

– Não acredito, não é possível, diga que estou sonhando. Diga que é só um pesadelo e que cedo ou tarde vamos acordar. Não acredito. Minha menina...

Simona lhe dá uma cotovelada brincando.

– Ela também é minha! Ou melhor, primeiro minha e depois sua!

– Mas nós a fizemos juntos!

– Sim, mas eu a criei sozinha durante nove meses!

Roberto se volta para ela.

– E todas as vezes que você me acordava à noite porque ela gritava e você estava acabada e não queria ir consolá-la? Quem a ninava, hein? Quem se levantava?

Simona pega na mão dele.

– Você. É verdade, você também fez muito por ela.

– Nós dois sempre fizemos tudo por ela... E quem vai levá-la embora agora? Ele.

Simona esboça um sorriso.

– Ok, já chega. Vamos voltar para a sala. Senão, vão se preocupar.

– E Niki vai tirar suas conclusões.

– Já tirou.

– Não...

– Isso quer dizer que você não conhece sua filha.

Simona pega uma garrafa de um magnífico champanhe, taças no armário da cozinha e volta para a sala.

– Aqui estamos... Não encontrávamos as taças!

Os quatro se sentam enquanto Roberto abre a garrafa e serve um pouco de champanhe tentando parecer o mais tranquilo possível.

60

Domingo, um dia tranquilo, o céu azul com uma ou outra nuvem. Uma da tarde; alguém acaba de sair da missa, uma garota passeia com seu dog alemão: ele é grande, e a arrasta para farejar alguma coisa um pouco mais longe. Um homem entra na fila em frente à banca de jornal.

– Quero *Il Messaggero* e *La Repubblica*.

Outro homem, incomodado porque o outro passou na sua frente, reclama.

– Já saiu o último número da *Dove*? – pergunta apressadamente.

– Veja aí embaixo... Devia estar na frente. Se não, é porque ainda não saiu.

O homem em questão não encontra a revista. O rapaz da banca, com um *piercing* na sobrancelha, inclina-se para a frente tentando ler de ponta-cabeça as capas das revistas.

– Ali está... ali – aponta para uma revista demonstrando estar mais esperto que seu cliente, apesar da noite que passou na danceteria e que finalizou indo diretamente para a banca, sem passar por sua casa. Nem por um colchão qualquer. Infelizmente.

Alex para no Euclide di Vigna Stelluti e sai pouco depois com uma bandeja de docinhos. Comprou quinze, inclusive os de marrom glacê, com muitas castanhas e nata que Silvia, sua mãe, tanto adora.

Alex sorri enquanto entra no carro. "É a única que vai se comover, tenho certeza; vai deixar escapar uma lágrima, eu a abraçarei e depois, para superar o susto, ela vai comer alguns desses docinhos de castanha sem dizer nada, vai acabar com eles em silêncio. Mas, no fundo, vai ficar feliz, tenho certeza. Sempre achou estranho que eu, seu primeiro filho, seja o único que ainda não se casou, diferente dos filhos de suas amigas, e até de minhas duas irmãs mais novas." Após essa última consideração, Alex segue para a casa de seus pais. Põe um CD, uma coletânea que Niki gravou. Encontra a música certa. *Home*, de Michael Bublé. Sente-se em perfeita harmonia com o mundo. "Como não me ocorreu isso antes? Estou plenamente feliz por ter tomado essa decisão." Sorri para si mesmo. "Como você é idiota, Alex. Antes você não a namorava." De repente, passa por sua mente um pensamento, uma sombra, um raio em um céu sereno. "Onde ela estará agora? Como estará vivendo este momento? Será que minha decisão a deixou feliz? Nossa decisão, quero dizer. Porque é nossa, não é? Não só minha. Ou está vivendo este dia como se fosse um qualquer da semana?" Imagina-a rindo na faculdade, andando entre rapazes de sua idade que a observam, que falam dela quando passa, depois com um professor na saída da aula; o sujeito que olha muito para ela. Depois a vê em qualquer outro lugar, talvez fazendo fila no correio, fazendo brincadeiras com alguém. A seguir, como se já houvesse passado certo tempo, já mais adulta, vestida de mulher, com um terninho, séria, comprando em uma loja, ou em um escritório concluindo um trabalho com um colega que flerta com ela. Tranquila, serena, equilibrada, uma mulher dos pés à cabeça e segura de si mesma. E essas imagens o reconfortam, apagam os ciúmes sem que haja um verdadeiro motivo, uma razão. Porque Alex não sabe que, às vezes, as sensações podem ser corretas, e que muito em breve terá que enfrentar esses medos. Finalmente, entra tranquilo no jardim da casa de seus pais.

61

Da grande sala vê-se o maravilhoso roseiral que atravessa o jardim de inverno junto a uma linda pérgula, e um pouco mais além, uma videira.

– Mamãe? Papai? Alguém em casa?

Lugi, o pai, está cuidando de uma planta.

– Prazer em vê-lo, Alex!

– Olá. – Beijam-se. – E mamãe?

– Ali... Já vem vindo.

Por entre os buxos um pouco afastados, surge Silvia acompanhada de Margherita e Claudia, irmãs de Alex, com seus respectivos maridos, Gregorio e Davide.

– Olá, mamãe! – Alex vai até eles.

– Olá! Já chegou! Viu? Suas irmãs também vieram. Nunca conseguimos estar todos juntos.

Alex sorri enquanto os cumprimenta.

– Tem razão, mamãe. É que ultimamente estou trabalhando demais.

– A propósito, ainda não nos disse o que foi fazer em Nova York. – Gregorio, marido de Margherita, é assessor fiscal e dá uma de entendido. – Vão abrir uma sucursal lá? Hoje em dia é conveniente, com o dólar...

– Não, não fui para isso, não era uma viagem de negócios.

Davide abraça Claudia, a irmã mais velha.

– Um assunto amoroso? Nós pretendemos ir na Páscoa.

– É mesmo? Então, vou lhes dar alguns endereços. – Alex pensa em Mouse.

Gregorio e Margherita aproveitam a deixa.

– Se conseguirmos deixar as meninas com alguém, vamos com vocês. Você ficaria com elas, mamãe?

– Não sei, veremos. Em que dia cai a Páscoa este ano? Talvez os Pescucci nos convidem.

Alex ouve todo esse papo enquanto pensa na gentileza de Mouse. Não, não pode castigá-lo assim. Silvia olha para o marido.

– Luigi, falta muito?

O pai de Alex olha para o último galho e aperta a fita verde que deve servir para segurá-lo.

– Pronto! Aqui estou, querida, pronto para qualquer aventura.

– Simplesmente temos que nos sentar à mesa.

– Bem, depende do que houver para comer. Às vezes pode ser uma aventura perigosa.

– Engraçadinho! Dina, nossa empregada sarda, cozinha maravilhosamente bem.

– É mesmo, meu amor – Luigi abraça Silvia. – Mas não me referia a ela, e sim a você.

Silvia o afasta.

– Como você é malvado! Sempre fiz coisas deliciosas para você. Aliás, quando nos casamos, você estava em uma forma invejável, e desde então não fez mais que engordar. Só agora, que ela está cozinhando, é que você começou a emagrecer. Viu? Eu devia ter largado a cozinha antes.

– Mas, meu amor, era brincadeira! Além do mais, isso não é verdade; eu estava em forma antes, comia muito, mas também me mexia muito mais – e solta a maliciosa indireta.

Silvia cora um pouco e rapidamente muda de assunto.

– Então, mandei arrumar tudo no novo quintal. Na mesa de cerâmica que acabamos de receber diretamente de Ischia.

– Fantástico!

– Mas não está frio?

– Eu obriguei seu pai a comprar várias daquelas coisas metálicas que têm um chapéu em cima que esquenta.

– É aquecedor tipo cogumelo, mamãe.

– Como quiser. Enfim, pusemos esses cogumelos a gás, então vai ficar ótimo.

Logo todos atravessam o quintal e se sentam.

– Está ótimo aqui!

Alex serve um pouco de água no copo de sua mãe, que está sentada ao seu lado; suas irmãs ajeitam os guardanapos enquanto seus maridos cuidam do vinho.

Dina leva as entradas.

– Bom dia a todos!

Silvia corta o pão que está no prato à sua esquerda.

– Coloquei um pouco de música. – Luigi se aproxima sorrindo e senta à cabeceira da mesa.

Nesse exato momento, dos pequenos alto-falantes escondidos em vários cantos do quintal, no alto, chega uma peça de música clássica. Vivaldi. *Árias de Ópera.*

– É ideal para um dia tão lindo como este, não? – abre seu guardanapo no colo, orgulhoso. – E então, divertiu-se em Nova York?

– Demais.

– Com quem foi?

– Com Niki.

Margherita olha para Claudia.

– Ora, essa garota está durando – comenta em voz baixa.

– Ssshh – responde Claudia sorrindo para que Alex não ouça.

Silvia, embora tenha captado seus gestos, finge que nada viu.

– Ah, que bom. E aonde foram?

Alex conta a viagem falando das ruas e dos teatros, das lojas novas e dos restaurantes, enquanto, um atrás do outro, vão chegando os primeiros pratos: o risotto com laranja e o macarrão com berinjela e salada de ricota, acompanhados de um bom vinho branco.

– É um Southern 89, gostam?

– Hummm.

Alex prossegue com seu relato satisfazendo a curiosidade de todos, descrevendo com toda a riqueza de detalhes o espetáculo *Fuerzabruta*, no qual o público se transforma em protagonista e cúmplice participando plenamente da ação, as acrobacias aquáticas dos artistas sobre a cabeça dos espectadores, por cima de uma membrana que se enche de água e que substitui a parede do teatro, e a dança, a música, as luzes... Suas irmãs estão entusiasmadas e não veem a hora de ir a Nova York. Margherita insiste:

– E então, mamãe? Vai poder ficar com Manuela? Eu imploro, faz séculos que não vou a Nova York. Depois do que Alex nos contou, sinto o chamado da Big Apple!

Silvia sorri.

– Veremos.

Alex também sorri e retoma seu relato; inclui a maravilhosa cena no Empire State Building, omitindo, naturalmente, o helicóptero e, principalmente, a surpresa da placa iluminada. Margherita, a mais velha das duas irmãs, ouve divertida e agora pisca repentinamente os olhos, surpresa por não ter percebido antes.

– Mas por que foi a Nova York? Quero dizer, a que se deve essa repentina viagem sem mais nem menos, que, pelo visto, não tem nenhuma relação com trabalho?

Alex sorri. Estão quase acabando o almoço. Chegou o momento, só falta uma coisa.

– Dina, por favor. Eu trouxe um pacote e coloquei na geladeira. Pode trazê-lo à mesa? Obrigado.

Dina desaparece. Alex toma um pouco de vinho. Saboreia.

– É verdade, papai... Este Southern é realmente delicioso – diz, e intensifica o clima de expectativa, de estranho suspense.

Quase se ouvem os chutes que suas irmãs dão embaixo da mesa com seus elegantes sapatos. A mãe está mais tranquila. Os homens aguardam, serenos. Dina entra de novo por fim, coloca os docinhos no centro da mesa e volta para a cozinha.

– Hummm, que delícia – comenta Silvia. – Comprou os meus preferidos também, os de castanha.

– Sim – diz Alex. A seguir, seca os lábios. Sorri para todos e com uma calma realmente invejável, anuncia: – Decidi me casar.

As duas irmãs engolem em seco ao mesmo tempo, o pai sorri surpreso, os maridos, conhecedores do que o espera, olham para ele alegres enquanto pensam, ou melhor, recordam, as diferentes fases de seu próprio pesadelo. Tal como Alex imaginava, sua mãe é a que fica mais surpresa.

– Alex! Fico muito feliz por você!

E começa a disparar perguntas.

– Já falou com os pais dela?

– Sim.

– E como aceitaram?

– Muito bem. Mas que tipo de perguntas são essas?

– Bem... você sabe, a diferença de idade...

– Mas isso eles já tinham aceitado!

– Sim, mas talvez pensassem que não era sério!

Todos começam a rir.

– E, além do mais, quando se trata de uma filha... Enfim, sempre é mais delicado – intervém seu pai olhando para Margherita e Claudia, e principalmente a seus respectivos maridos. Alex dá um pequeno sorriso.

– Bom... quando falei, o pai dela caiu da cadeira.

Sua mãe se inquieta.

– E se machucou?

Margherita intervém:

– Mamãe, é só um jeito de falar!

– Não, não... ele caiu de verdade! Acho que não esperava. E, na verdade, ver que uma filha dessa idade vai se casar, vai sair de casa, deve ser difícil.

Nesse exato momento, a mãe de Alex se comove, estica uma mão, pega um docinho de castanhas e come de uma bocada só. Alex nota e sorri, discretamente. Depois sua mãe escolhe outro, dessa vez de zabaione e nata, ainda mais doce, e devora da mesma forma. Alex começa a se preocupar. "Caramba. Ela se comoveu de verdade! Não achei que fosse para tanto." Levanta-se e a abraça. Sua mãe fecha os olhos e se deixa envolver por seu filho. Sorri enquanto as filhas debocham dela.

– Ahhh... conosco você não fez isso!

– É, não estava nem aí!

– Você queria se livrar de nós, essa é a verdade!

– Éramos como as duas irmãs, Griselda e Anastasia, e Alex é sua Cinderela.

Alex senta-se de novo.

– Achei que eu era o príncipe!

– Pelo menos, o de Niki!

– Ah, queremos ser madrinhas.

– Desculpem, mas já foram madrinhas uma da outra.

– Mas você sempre foi um dos padrinhos!

– Porque vocês pediram!

– Foi uma delicadeza. Temíamos que se sentisse mal porque não se casava com ninguém!

– Que absurdo!

– De qualquer maneira, gostaríamos de dar alguns conselhos à noiva.

– Sim, gostaríamos de decidir os detalhes da festa com ela!

– E o vestido...

– Ah, e os presentes para os convidados!

– Sim, isso é importante!

– Já decidiram onde vão se casar?

– E quando?

– E as flores para a igreja?

– E os nomes para as mesas? Como distribuirão as pessoas?

– E os convidados... Quantos vão ser?

– Tem que ser uma grande festa...

– É...

Nesse momento, o olhar de Alex cruza com o de Davide e Gregorio, que o apoiam com um sorriso, no mínimo de solidariedade, e ele, sem saber o que fazer, estende a mão e se antecipa a sua mãe.

– Desculpe, mamãe... – E come o último docinho de castanha que restava na bandeja.

62

Andam pela grande sala vazia.

– É lindo! Sério, eu moraria aqui.

Pietro olha para Enrico surpreso.

– Acha que sou otário?

– Não, imagina, gostei muito. Um *loft* desses em Flaminio é um sonho. Além do mais, parece silencioso, e é grande, tem um monte de quartos. – Enrico anda pela casa realmente impressionado. – E está cercado de verde. Dá a impressão de estar no campo sem deixar a cidade.

– Sim, sim, entendi. Eu, de qualquer maneira, preferia estar em minha casa, com minha esposa e meus filhos.

Por um momento parece que está realmente triste. Enrico percebe.

– Ei, você não queria uma bicicleta? Pois pedale!

Pietro olha para ele surpreso.

– O que está dizendo? Está louco? A bicicleta era o casamento... E eu continuaria pedalando de boa vontade!

– Isso não! É exatamente o contrário! No seu caso, você é que deixou tudo rodar. Você provocou essa situação, diferente do que aconteceu comigo. No meu caso, foi minha mulher que me abandonou. Já você, sempre se esforçou muito para que ela o deixasse.

– Ainda bem que você é assessor fiscal, e não advogado. Senão, tenho certeza de que Susanna o teria escolhido e você ia me ferrar.

– Está vendo? O que realmente o preocupa é o dinheiro, não a possibilidade de voltar com ela. E ainda se lamenta! Para mim, até ontem seu casamento era um milagre. Daí você quis esticar muito a corda... e arrebentou!

– Falando assim, você me deprime mais ainda. Agora, tudo é culpa minha. Arrebentei a corda e fiquei com um pedaço na mão, com o qual só posso fazer uma coisa.

Enrico faz cara de curioso.

– O quê?

– Me enforcar.

– Não diga uma coisa dessas, não seja tão dramático! Talvez essa situação sirva para alguma coisa, talvez seja útil. Agora que ficou sozinho, pode ser que consiga raciocinar. Além do mais – ainda apontando para o *loft* –, veja o que você tem agora.

– É de um cliente que não me paga há anos. Cuido de todos os casos de suas propriedades. Ele tem infinitos apartamentos, poderia ter me dado um mais central. Sei lá, talvez mais perto de minha família.

– Muito bem. Viu, Pietro? Isso sim que é um belo pensamento. Assim, você poderia estar ao lado de seus filhos.

– Não, assim poderia vigiar minha mulher!

– Por um momento você parecia sinceramente comprometido, mas vejo que não, que no fundo não percebe as coisas importantes.

– Como pode dizer que não percebo as coisas importantes? Desculpe, mas eu continuo pagando o financiamento da casa onde eles moram. E ela, enquanto isso, fica saindo com outro. Na prática, é como se ela se divertisse às minhas custas! Quem ela é, outra filha minha?

– Sem comentários... Não percebe o que está dizendo? Eu acho que até agora você se divertiu bastante, e que agora é a vez dela.

Pietro olha fixamente para ele e por um instante uma ideia o atormenta. "Meu Deus, será que ele sabe da história com Camilla? Mas faz anos! E a esposa dele estava triste, entediada, tinha vontade de se divertir." Relembra alguns momentos íntimos que compartilharam. Como ela tinha vontade de se divertir! Envergonha-se um pouco.

Enrico interrompe suas divagações:

– O que foi? Em que está pensando?

– Eu? Em nada. Tem razão, eu me diverti muito, e, como não podia deixar de ser, o mundo dá voltas. Mas eu achei que você fosse meu amigo, e não dela.

– E, de fato, aqui estou, tentando lhe dar uma força, mas ser amigo significa, entre outras coisas, dizer a verdade. Sim, essa que talvez às vezes lhe incomode ouvir, mas que ajuda a aceitar a realidade.

"Ufa, pensa Pietro, ele não sabe de nada."

– Sim, claro...

– Isso mesmo. Aliás, falando em realidade, vamos tirar as coisas do carro.

Saem para a rua. Pietro abre o porta-malas e começa a descarregar uma pilha de malas.

– Você esvaziou a casa?

– É tudo o que preciso. Os ternos, os livros, alguns lençóis, as blusas, as camisas, as coisas de trabalho que estavam no escritório de casa... Tudo. Susanna disse que se não levasse tudo, queimaria o que ficasse.

– Entendo.

Enrico pega duas malas e entra na casa.

– Claro que ela deve estar realmente irritada.

Pouco depois chega Pietro com mais duas malas.

– É, muito. Não sei como, mas até outros casos vieram à tona. Na verdade, não sei quem pode ter ligado para ela, mas quando ficaram sabendo que havíamos terminado, parecia que todos sabiam alguma coisa sobre mim. Contaram-lhe não sei quantos casos que dizem que tive com as babás de meus filhos, com uma amiga dela, com outra que frequentava o mesmo salão de cabeleireiro... enfim.

– É mesmo? E é verdade?

– Nem de brincadeira! Precisa ver como as pessoas gostam de fofocar. Ou de exagerar – Enrico sai com Pietro para buscar outras coisas que continuam no carro. – Até disseram que eu tinha um caso com a esposa de um amigo meu. Percebe? Com a esposa de um amigo! Com todas as mulheres do mundo. Você acha que sou capaz de me enroscar com a mulher de um amigo? Faça-me o favor!

Enrico balança a cabeça.

– É verdade, tem gente que precisa ser má para ser feliz.

Pietro o segue, pega umas pastas lotadas de papéis e sorri com seus botões. Não é verdade, ninguém mencionou esse assunto, mas, pelo menos assim, se alguém resolver falar de seu caso com Camilla, eles já terão falado sobre isso.

– Onde quer que coloque?

– Deixe aí, ao pé da escada.

Enrico deixa as duas malas no chão e olha em volta.

– Quantos quartos?

– Em cima são quatro quartos. Mais os banheiros. Embaixo um, mais uma sala, um quarto ali atrás, outro banheiro e a cozinha no fundo. Além desta sala de dois ambientes que, como vê, dá para o jardim interno. – Pietro abre uma cortina e mostra o grande espaço que há lá fora.

– É maravilhoso! Pelo visto, esse cliente lhe deve uma fortuna.

– Sim, mas algumas pessoas são realmente estúpidas. Em vez de alugar e me pagar com esse dinheiro, preferiu me dar a casa pelo que me deve. Na verdade, ele saiu perdendo. Que horas são?

– Oito.

– Já deviam ter chegado.

– Quem?

– Flávio e Alex. Marquei com eles a esta hora.

– Já vão chegar, então. Enquanto isso, vamos acabar de pôr o resto das coisas no lugar.

– Justamente por isso queria que chegassem. Seria mais rápido!

– Ah...

– O que será que Alex tem para contar? Ele me pareceu excitadíssimo!

– Eu tenho minhas suspeitas...

– O que é?

– Não, não quero dizer nada para não dar azar.

Nesse exato momento tocam a campainha. Pietro vai abrir. É Flávio.

– Ah, estão aqui. Só faltava não encontrar vocês.

Entra e se joga desconsolado no sofá. Pietro fecha a porta e se junta a Enrico na sala. Os dois olham preocupados para o amigo.

– O que foi?

– Perdeu o emprego?

– Não, muito pior, perdi minha mulher.

Enrico senta ao seu lado.

– Caramba, você também? Que pena – e apoia uma mão na perna dele.

Flávio se vira para ele. Está angustiado, muito. Abraçam-se.

– Sinto muito, caramba.

– Pois bem, aqui estamos – Pietro abre os braços. – De uma maneira ou de outra, voltamos ao modo de quando estávamos na faculdade.

– O que quer dizer?

– Solteiros.

– Ah... achei que ia dizer que éramos uns infelizes.

Pietro se dirige à cozinha.

– Por quê? Vamos começar do zero. Somos três, e estamos cheios de esperanças. – Abre a geladeira.

– Não, não... É verdade, somos uns verdadeiros infelizes.

Flávio e Enrico olham para ele.

– Por quê?

Pietro escancara a porta da geladeira.

– Não há nada para beber!

Campainha. É Alex.

– Cheguei!

Pietro pega o que tem nas mãos.

– Não acredito! Vejam o que ele trouxe – Mostra aos outros. – Uma garrafa de champanhe!

– Caramba!

– Maravilha.

– É, às vezes, a sorte... – Pietro começa a tirar o lacre que envolve a rolha.

Alex vai sorrindo para o centro da sala.

– Sabem o que quero comemorar?

– Não, diga já.

– Vou me casar!

Flávio não acredita no que ouve.

– Não! Não é possível! – Leva as mãos à cabeça.

Alex o olha espantado. Vai até Pietro.

– Por que essa reação? – sussurra em seu ouvido, preocupado. – O que foi? Não acha legal?

– É que – Pietro tira a redinha metálica da tampa – Cristina o deixou hoje.

– Oh, sinto muito. Puxa, eu não sabia...

E enquanto fala, a rolha da garrafa sai disparada, com um perfeito senso de oportunidade.

63

O sótão de Olly está abarrotado. A festa em homenagem a Niki está indo de vento em popa. Erica está sentada no sofá. Está bebendo um Bellini que preparou sozinha na mesa onde Olly colocou os copos e as bebidas. E olha fixamente para um cara muito bonito. Depois procura Olly e Diletta com o olhar e faz um gesto para que deem uma espiada. As amigas veem Erica e balançam a cabeça. De novo. Está prestes a começar um novo romance. Conhecem Erica e sabem muito bem o que vai acontecer a seguir. De fato, Erica logo começa a conversar com o rapaz.

– Olá. Bela festa, não?

– Sim, muito.

– A casa é minúscula, mas melhor assim: fica mais íntimo.

– É mesmo. Muito prazer, meu nome é Tiziano – diz, estendendo a mão.

Erica se coloca levemente de lado, pega o copo com a mão esquerda e estende a direita.

– Erica, muito prazer! Você é amigo de quem?

– Faço faculdade com Niki, mas sou amigo de Giulia – e aponta para a garota que nesse momento está dançando no meio da sala.

– Ah, eu sou amiga da noiva!

– Sim, eu sei, perguntei a Niki antes.

Erica olha para ele meio de lado e sorri.

– Perguntou por mim?

– Claro! Está surpresa?

– Não... quero dizer, sim. É que... por quê?

– Ah, não sei... Você é muito bonita e eu não a conhecia. Só isso.

– Obrigada! Vamos brindar? – Erica ergue o copo para ele.

– A quê?

– Às jovens corajosas!

Tiziano ergue seu copo de uísque com gelo.

– A elas!

Brindam sorrindo e continuam conversando e brincando. Diletta, Olly e Niki passam de vez em quando ao lado deles para perguntar se está tudo bem, e Erica responde mostrando a língua. Tiziano não compreende o que está acontecendo, mas essa morena doce lhe parece simpática e quer conhecê-la melhor, então não dá muita bola. Depois de conversar um bom tempo, Erica pega o celular no bolso de sua calça jeans.

– Vamos trocar telefones? E eu estou no Facebook.

– Eu também.

Tiziano diz seu número. Erica grava e a seguir faz uma ligação para que ele grave o seu.

– Maravilha, a gente se fala em alguns dias, ok?

– Claro. Podemos sair para tomar uma cerveja – responde Erica enquanto se levanta do sofá.

– Perfeito, quando quiser!

Erica se afasta em direção a Olly. Percebe que a amiga está irritada.

– Ei, o que você tem?

– Nada. Vamos beber um pouco.

Olly serve um pouco de sangria em um copo de papel. Erica pega o copo e dá um gole.

– Hummm... que delícia. Quem fez?

Olly bufa.

– Giampi, esta tarde.

– Que legal!

– Sim... – Olly bebe nervosa.

– Viu como aquele amigo de Giulia com quem eu estava falando é bonito? Tiziano.

– Sim... quanto papo, parecia que não ia acabar nunca! E Francesco? Não vem esta noite?

– Não. Além do mais, ufa, estou sempre com ele. Não sei quando vai entender que não estamos juntos. Que somos só amigos.

– Você podia tentar dizer a ele. Tenho a impressão de que ele ainda não sabe.

– Sabe sim. É como uma sociedade.

– Sim, com um único sócio majoritário que faz o que dá na telha. Você!

Erica bate no braço dela e ri. Sempre brincando, observam os convidados. Niki está se divertindo como louca e acompanha o ritmo da música balançando a cabeça. Ouve suas canções preferidas no sótão. Olly fez um trabalho maravilhoso. Dedicou-se e ralou durante três dias. Colocou grinaldas por todos os lados, fez cartões-surpresa, encomendou o buffet e pensou nas bebidas. É uma pequena e perfeita anfitriã que organizou uma festa para comemorar o casamento da amiga. E as pessoas estão se divertindo. Alguns dançam, outros estão sentados no sofá e nos diversos pufes espalhados pela sala enquanto conversam, fumam e bebem. Em cima da mesa, canapés, pizzas, docinhos e massa fria, além de um cuscuz de legumes. Erica está falando com um colega de faculdade de Niki.

Olly pega uma bandeja de azeitonas e passa por entre os convidados imitando um garçom. Aproxima-se de Niki.

– Servida, senhora? – pergunta fazendo uma breve reverência.

Niki pega o palito com a azeitona e agradece.

– Parabéns, você organizou tudo com perfeição.

– Por você, faria qualquer coisa.

Olly está contente. Continua caminhando e vê Giampi junto à porta-balcão. Está bebendo algo, e na outra mão segura um prato com canapés. Está de costas. Olly se aproxima rapidamente com um sorriso.

– Oi, meu amor! – oferece a bandeja a ele.

Mas, um instante depois, nota que no terraço, ao lado de Giampi, está uma morena de cabelo comprido, muito bonita, conversando com ele. Olly congela. Giampi se vira.

– Aqui está ela! – Dá-lhe um beijo na boca. – Você é fantástica. A festa não poderia estar melhor.

A morena sorri para Olly.

– É verdade. Tudo perfeito! Saímos um instantinho para fumar. Não queríamos fumar aí dentro. Por causa da fumaça, você sabe.

Olly olha para ela com cara de poucos amigos, e depois para Giampi.

– Ah, obrigada. Fiz isso para minha amiga Niki.

– E ficou demais, Niki deve estar supercontente! Esta é Ilenia. É amiga de Erica, conheceram-se no trabalho no verão passado.

Olly estende a mão com má vontade.

– Prazer.

– Sua casa é muito bonita.

– Obrigada.

“Quem é essa fulana? Por que tanta gentileza? O que pretende, me agradar? E por que Giampi é tão atencioso com ela?” Olly sente que a raiva está se apoderando dela e procura acalmar-se. Está com ciúmes. Sim, reconhece. Ciúmes dele.

Do jeito como as garotas olham para ele. Do fato de ele sempre querer dar atenção a todas.

Olly se despede bruscamente deles e dirige-se a Niki. Ilenia olha para Giampi aborrecida.

– Eu disse algo errado? Se quiser, vou pedir desculpas.

– Não, nem pense nisso, Olly é assim. De vez em quando fica com ciúmes por nada. Não tem nada a ver com você – Dá um gole em seu vinho tinto e se distrai contemplando o horizonte. Ilenia termina seu cigarro e o apaga em um grande cinzeiro de cerâmica cheio de areia.

A certa distância, Olly toca o braço de Niki.

– Você viu?

Niki, que está falando com Giulia, se volta.

– O quê?

– Aquela fulana que está com Giampi.

– Hein?

– Fica se fazendo de boazinha, e ele dá corda.

Niki se vira para ver.

– Ah, parece uma conversa muito normal.

– Você diz isso porque não é com Alex.

– Olly, pare com isso! Desde que você está com Giampi ficou paranoica. Ou confia nele ou não confia; e, nesse caso, aconselho que o deixe. Não se pode viver o tempo todo nas trincheiras, pronta para atirar em qualquer mulher que se aproxime dele.

– Mas eu gosto dele, o que posso fazer?

– Então, relaxe, que agonia! Assim, só vai conseguir perdê-lo. Acho até que ele tem paciência demais.

– Claro, você fala assim porque vai se casar, não está preocupada.

– E o que isso tem a ver agora? Falo só pro seu bem. Ou você resolve esses ciúmes ou vai se acabar. Assim você não aproveita nada, vê inimigas por todos os lados.

Olly olha para ela contrariada. Faz uma careta e se afasta. Niki balança a cabeça. "Quando ela vai entender que tanto ciúme, sem motivo, não serve para nada?"

64

Uma hora depois estão todos na sala, jogados no sofá. Alex serve o que resta do champanhe na taça de Flávio.

Enrico ergue a sua.

– Sabem o que gostaria de fazer agora?

– Não.

– Um brinde. Um brinde à única coisa que perdura no tempo, a única coisa inoxidável, que resiste tanto aos sucessos quanto aos fracassos... aos vendavais da vida. Um brinde à amizade.

O primeiro a fazer um brinde é justamente Pietro. Flávio e Alex se juntam a eles a seguir.

– Sim, é verdade.

– À amizade!

– Quanta verdade há nesse ditado – Pietro termina sua taça e prossegue. – "Os amores passam, os amigos permanecem." – Então, volta-se para Alex: – Oh, desculpe, talvez você esteja fora dessa categoria.

– É, você é uma exceção.

– Não entendo. Eu trouxe champanhe para vocês, e que champanhe! O mais caro!

– Não acredito, que horrível essa sua mania de falar do preço.

– É para que vocês entendam o quanto este momento é importante para mim, enquanto vocês...

– Entendo... mas você deve estar brincando! – Flávio deixa sua taça em cima da mesa. – Cristina me deixou. Disse que nosso amor acabou. Não consigo ficar alegre, apesar da notícia de que você vai se casar e da garrafa de champanhe.

– Não vamos discutir agora. Além disso, desculpe, Flávio – Enrico se mete no meio –, mas você acabou de dizer que ela não está com outro, não é?

– Sim.

– Mas imagino que você deu uma olhada em suas mensagens SMS, telefonemas, na correspondência, nos e-mails...

Flávio olha para ele com raiva.

– Claro que não!

– Não checou? Então, como pode ter certeza de que ela está dizendo a verdade?

– Conversei com ela, e isso me parece mais que confiável. Não tenho nenhuma necessidade de passar por espioão. Por isso estou sofrendo. Porque me basta saber o que ela mesma me disse. E é assim. Ela era a coisa mais bonita da minha vida, eu dizia isso sempre; era minha ilha secreta, minha praia feliz, meu porto seguro.

Pietro gesticula animadamente.

– Já entendi, ela tem outro.

– O quê?

– Ela não suportava mais você. Foi uma reação. A ilha secreta, a praia feliz, o porto seguro, e, no fim, ela se jogou nos braços de um marinheiro!

Flávio se irrita.

– Você sempre tirando um sarro, não é?

Enrico intervém.

– Desculpe, Flávio, mas você precisa ficar calmo. Ainda dá para consertar a situação. Olha, é difícil para mim, mas admito que o caso dela não é como o de Camilla, que fugiu com um advogado para as Maldivas. Ou como o de Susanna, que pegou Pietro com aquela médica.

Enrico olha para Pietro, que não resiste e solta:

– E isso que eu disse que estava com febre altíssima, que minhas faculdades mentais estavam diminuídas – Sorri malicioso. – Os atributos físicos, porém, funcionavam perfeitamente.

Enrico e Alex balançam a cabeça. Enrico olha para Flávio e continua:

– Vê? O caso dele é patológico. O seu não. É coisa passageira. Talvez seja até bom. Há quantos anos estão casados?

– Oito.

– Sim, mas antes, havia quanto tempo que estavam juntos? – interrompe Pietro.

– Seis.

– Estão vendo? – replica Pietro. – Seis mais oito, catorze. É a clássica crise conjugal!

– É, a dos sete anos multiplicada por dois!

Alex toma a palavra.

– Deixem-me pensar, deixem-me sonhar por uns instantes. Eu vim dividir um momento de grande felicidade com vocês. Flávio, lamento muito que tenha acontecido uma coisa assim justo agora, mas Enrico tem razão, talvez tudo se ajeite.

– Espero que sim.

Pietro esboça um sorriso.

– Ei, me ocorreu uma coisa: querem saber a coisa mais absurda desta noite?

– Diga – responde Enrico, preocupado. – Desde que não seja uma das suas habituais idiotices.

– Não, não, estou falando sério. Temos que comemorar uma coisa: antes, éramos três homens casados e ele era o único solteiro.

Alex sorri.

– Reconheço que eu tinha um pouco de inveja de vocês, muito até.

– Agora, somos três separados e ele está prestes a se tornar o único casado!

Flávio se levanta do sofá com um salto.

– Um momento! Vocês acabaram de dizer que ainda tenho alguma possibilidade. Estão debochando de mim?

Pietro vai até ele e o acaricia.

– Claro, claro que tem... – depois, finge que o amigo é um cachorro. – Pronto, *sit, sit*, quietinho!

Flávio o afasta com um empurrão.

– Isso é jeito de me tratar? Vá tomar no... !

– Era brincadeira, estou tentando acalmar os ânimos. É um modo de lhe dar apoio. O que você pretende, que fiquemos com dó de você? Não é assim que se reage às coisas, caramba!

– Ah, não? – Flávio está prestes a atacá-lo de novo; põe a mão no rosto dele e o empurra. – Vou lhe mostrar como eu reajo!

Enrico e Alex intervêm e o seguram.

– Ei, calma! Calma, o que estão fazendo?

– Nós nos conhecemos há vinte anos, nunca brigamos, e temos que brigar justamente agora?

– Vinte anos...

– É, talvez mais. Desde o colégio.

Pietro fica pensativo.

– É verdade – então olha para Flávio. – E você sempre me passava as tarefas de matemática.

– É, e o ajudei a passar, mesmo você sendo uma negação. E agora, é assim que me agradece? Me trata como um cachorro.

– Tem razão, desculpe. – Abraçam-se; Pietro se afasta e olha para o amigo, curioso. – Já sabe fazer uma equação de segundo grau?

Dessa vez, Flávio ri:

– Claro! x^2, delta, Bhaskara...

Alex sorri.

– Muito bem, assim está melhor. Com um pouco de serenidade, pouco a pouco se consegue tudo.

Pietro olha para Alex.

– É... No entanto, você vai se casar. Há quanto tempo está com Niki?

– Quase dois anos.

– Daqui a cinco anos a gente conversa. Quero ver como vai estar, então.

Alex coloca as mãos nos bolsos.

– O que estamos fazendo? Todos contra todos? Pessoal, temos que nos amar muito e acreditar que as coisas vão dar certo para todos. Eu nunca serei totalmente feliz se um de vocês tiver algum problema. Antes de decidir me casar, nunca esperei que vocês se separassem para que ficássemos todos iguais! Queria me casar, e pronto. Eu teria gostado de me casar com Elena, mas vocês sabem o que aconteceu. Agora, espero poder me casar com Niki. Mais ainda, agora quero me casar com Niki e acho que... Ou melhor, tudo tem que dar certo e vocês têm que me ajudar. Porque eu estou feliz com o que está acontecendo comigo. Porque a felicidade de um amigo é também a minha. E eu gostaria que para vocês também fosse assim, que se alegrassem por mim! Ou não? – Alex olha para eles. Estão sentados no sofá diante dele e permanecem em silêncio.

Enrico sorri por fim.

– Suas palavras me comoveram.

– Sim, são lindas – concorda Flávio.

– Tem razão, eu me enganei – diz Pietro.

Enrico o abraça.

– Parabéns, Alex. Desejo que seja muito feliz!

Flávio se levanta também para abraçá-lo.

– Eu também.

Pietro se junta a eles.

– Ei, estão esquecendo de mim! O que pretendiam, me deixar de fora? Canalhas!

– Nós, é?

E ficam juntos no meio da sala, rindo e brincando.

– Gosto muito de vocês.

– Pare com isso!

Não percebem que nesse exato momento alguém está virando a chave e abrindo a porta. Entra Medi, uma mulher de uns cinquenta anos, filipina, que fica boquiaberta ao ver esse grupo de homens brincando e se abraçando dessa forma.

– Eu amo muito vocês!

– Não, eu amo vocês mais!

– Queria me divorciar e casar com todos vocês!

De repente, o olhar de Pietro se cruza com o da mulher.

– Ah, olá! – Afasta-se dos amigos e vai até ela. – Você deve ser Medi, não é? Martinelli me disse que de vez em quando você vem para arrumar a casa. A partir de agora, eu moro aqui.

– Sim, o senhor Martinelli me disse. Eu só vim trazer isto, como ele havia pedido. – Mostra uma caixa com umas garrafas de água. – Porque outro dia acabei com a água. E, isto – Pietro pega o envelope que ela estende com as contas de água, gás e luz. – Ele disse que o senhor vai fazer os contratos e que ia precisar das contas. Se quiser, posso voltar amanhã. Aqui está meu número e o valor que cobro.

Pietro olha para folha que ela lhe entrega com tudo o que a *Mediservice* é capaz de fazer.

– Nove euros por hora?

– Como todas, só que melhor.

Pietro se volta para seus amigos.

– Tem até um slogan. Esta mulher vai roubar seu emprego, Alex. – Acompanha-a até a porta. – Está bem... obrigado. Se precisar, eu ligo.

Depois que a mulher sai, Pietro se junta de novo aos amigos:

– Perceberam?

Flávio assente.

– Estão superorganizadas.

– Isso é porque nossas mulheres lhes deram muito espaço – continua Enrico. – Deveríamos ter controlado isso também, perdemos o controle da situação.

Pietro permanece em silêncio. Alex se aproxima.

– Em que está pensando?

– Que Martinelli logo se preocupou em me passar as contas. E que sabe-se lá o que essa mulher está pensando depois de nos ver pulando e rindo como uns imbecis. E, principalmente, no que será que vai sair contando por aí.

Flávio se aproxima.

– E o que você acha que ela pode pensar? Que somos amigos.

– É verdade – Pietro abre um sorriso.

Flávio olha para ele e muda de expressão.

– A propósito... posso lhe pedir uma coisa? Como Cristina quer ficar sozinha e eu tenho que procurar um lugar para morar, posso ficar com você até encontrar?

Pietro fica calado por um momento, depois nota os olhos de Enrico, mas principalmente o olhar severo de Alex, e sorri.

– Claro! Tenho quartos sobrando!

Flávio o abraça.

– Obrigado! Vou pegar a mala no carro.

Pietro espera ele sair.

– Então, ele está com a mala no carro? Isso quer dizer que tinha certeza de que ficaria aqui.

– Imagina! – Alex balança a cabeça. – Você só pensa besteira.

Nesse exato momento toca o celular. É Niki. Alex sorri um pouco envergonhado e se afasta de seus amigos.

– Oi, Niki!

– Oi, meu amor! Conte-me, como foi na casa de seus pais?

– Foi tranquilo.

Niki percebe um estranho silêncio.

– Sério? Está me dizendo a verdade?

– Claro que sim, meu amor, que ideia!

Niki está receosa.

– Onde você está?

– Na casa de Pietro.

Nesse mesmo instante, entra Flávio com duas malas e várias sacolas.

– O que é todo esse barulho?

– Os outros vieram também.

– Ah, é? – A voz de Niki se entusiasma de novo. – Contou a eles também?

– Sim.

– E o que disseram?

Enquanto isso, Flávio abre a mala e caem ao chão algumas blusas, recordação de sua vida com Cristina. Fica triste e olha desconsolado para seus amigos.

– Ainda não consigo acreditar no que aconteceu.

Eles também parecem tristes e tentam animá-lo, mas Flávio está muito deprimido.

Niki insiste:

– Então, como seus amigos reagiram?

Alex compreende que, em certos casos, o único jeito é mentir.

– Você não pode nem imaginar, estão malucos.

– Ótimo! É um momento especial para todos!

Mas, nesse mesmo instante, Flávio começa a chorar.

– O que foi?

– Acho que nada grave.

– Mas quem está chorando assim?

Alex pensa rápido em uma resposta.

– É Ingrid, a filha de Enrico! Deve estar com fome. Desculpe, Niki, posso ligar depois?

– Claro que sim.

Alex desliga e vai até Flávio.

– O que foi?

– É que, ao abrir a mala, vi esse suéter.

– E?

– Foi ela quem me deu.

– Ah, não me parece nada tão grave.

– Não, você não entende. Era Dia dos Namorados, passeamos o dia todo e, como sempre, dizíamos que gostaríamos de fugir em um barco.

– Taí de novo o marinheiro!

– Vamos, Pietro!

– Vocês têm razão, desculpem.

Flávio continua:

– Aquela noite, abrimos os presentes e descobrimos que havíamos nos dado a mesma blusa. A mesma marca idêntica, cor idêntica... – Flávio levanta a blusa. – Esta! – e chora de novo. – O que Cristina está fazendo agora?

Pietro dá um suspiro.

– E o que Susanna está fazendo agora? Talvez esteja pondo Carolina na cama.

Enrico suspira também.

– Pois eu prefiro não saber o que Camilla pode estar fazendo. Pior ainda, eu imagino.

Alex tenta controlar a situação.

– Ouçam, temos que nos animar. Que tal sairmos para jantar juntos, como nos velhos tempos?

– Japonês?

– Isso!

– Cerveja e partidinha de pôquer?

– Sim! – respondem todos em coro.

Alex alerta:

– Mas não até muito tarde, que amanhã tenho uma reunião.

Todos olham para ele contrariados.

– Já falou quem está prestes a se casar!

Alex entende que não deve insistir.

– Está bem. Eu dou as cartas.

E sentam-se em volta da grande mesa de vidro, próximos, amigos, unidos nesse novo e estranho momento de companheirismo, como não acontecia havia vários anos. E enquanto as cartas passam de uma mão a outra, em suas mentes entrelaça-se todo tipo de pensamentos. Pietro lembra uma frase de Woody Allen: "Sou a única pessoa no mundo a ter em uma mão de pôquer cinco cartas de naipes diferentes". Todos riem.

– Não é o meu caso! Você não imaginam o que tenho na mão.

– Só papo!

– Pague para ver, se tiver coragem. Cem euros!

Ninguém sabe quem vai ganhar essa mão, mas uma coisa é certa: nenhum deles nunca vai perder essa maravilhosa amizade.

65

Olly desliga o motor do carro. Apoia as duas mãos no volante. A luz da rua a ilumina. Um cachorro atravessa a rua correndo. Ela o segue com o olhar. Giampi a observa.

– Foi uma bela festa, não é? Obrigada por ter me trazido até minha casa.

Olly continua com o olhar distante.

– Sim, muito agradável... Niki estava contente.

Giampi percebe que o humor de Olly não é dos melhores; aproxima-se dela e acaricia seu rosto. Olly se afasta um pouco.

– O que foi, meu amor?

Olly se volta e olha para ele com um misto de dureza e tristeza nos olhos.

– Nada...

– Nada? Então, por que essa cara? O que você tem?

– Já disse que nada. E você, se divertiu?

– Sim! O pessoal era legal. Três pessoas se ofereceram para me levar para casa quando eu disse que você tinha ido me buscar para arrumarmos tudo juntos.

– Que gentis. Imagino que Ilenia também se ofereceu.

Giampi olha para ela.

– Bom, ela também. Ela é gente boa. Você foi embora, podia ter ficado para conversar um pouco conosco. Você teria gostado. – Olly brinca nervosa com o aromatizador com cheiro de pinho. Não diz nada. Giampi prossegue. – Ela faz enfermagem. E dança. Muito legal. Gosto de conhecer pessoas interessantes.

– Imagino, principalmente quando são garotas bonitas.

– O que quer dizer?

– Nada. Trocaram telefones? Senão, pode pedir para Erica. Você disse que elas são amigas, não é?

– E por que eu deveria ter pedido o telefone dela? Não, não trocamos telefones. Imagino que vamos nos ver de novo em outra festa, sua ou de Erica, se acontecer, é claro. Olly, você está com ciúmes?

Ela permanece um instante em silêncio. Olha pela janela.

– Eu? Que ideia! Por que deveria estar? Você sempre fala com outras mulheres, é simpático, e parece que eu não basto.

– De novo, Olly? Você sabe que eu a amo e que estou bem com você. Já provei isso uma infinidade de vezes. Sou só um cara que gosta de conversar. Jovens, velhos, homens ou mulheres, tanto faz. Quando você me conheceu eu já era assim, não é? Além do mais, você mesma disse que é disso que gosta em mim. O que acha que eu deveria fazer? Fingir que sou diferente? Me conter? Você sabe que eu nunca a traí.

Olly se sente confusa. Sabe que exagerou, mas não consegue se controlar, menos ainda se desculpar. Ouve, olha para ele e, por fim:

– Chega, Giampi. Você sempre diz a mesma coisa, mas não sei por que tenho a impressão de que a única coisa que lhe interessa são as garotas bonitas. Você não me respeita.

– Olly, o que você está dizendo? Que não a respeito? O que foi que eu fiz?

Olly morde os lábios e começa a chorar.

– Você faz eu me sentir mal, passou a noite toda falando com essa...

– Olly, chega, de verdade. Você está com essa história há meses. Segundo você, eu a traio a cada dois minutos. Mas é você que não me respeita. Talvez seja melhor darmos um tempo – Desce do carro irritado e bate a porta.

Olly o vê desaparecer por trás da porta de seu prédio e começa a socar o volante, com raiva de todos, mas principalmente de si mesma e dessa sua maldita fraqueza.

66

– Lorenzo!

O menino, que acaba de escorregar e cair no chão, tenta pela última vez acertar a bola, mas ao ouvir o grito de sua mãe desiste.

– Já disse para não jogar desse jeito!

Levanta-se limpando o agasalho.

– Mas, mamãe, estamos perdendo!

– E daí? Combinado?

– Está beeeem!

Lorenzo sai correndo mais exaltado e suado que nunca, com os cabelos louros cobrindo os olhos e colados no rosto, porque a faixa não consegue segurá-los. Afasta o cabelo com a mão e corre atrás da bola naquele campo que improvisaram no jardim de Villa Balestra, nos Parioli, sob o olhar inquieto de Susanna. Lorenzo chega junto à bola correndo e cai de novo. Sua mãe balança a cabeça olhando para o Monte Mario, depois em volta, para esse jardim elíptico, as avenidas paralelas, as grutas escavadas na encosta. De repente, percebe que faz tempo que não vê Carolina; volta-se imediatamente para o lugar onde estava pela última vez e procura com o olhar.

– Ah, está ali.

Ela está sentada em sua bicicleta. Os pés da menina balançam e mal tocam o chão, o asfalto dessa espécie de pista, que, na realidade, devia ser de patinação se não tivesse sido mal construída. Carolina fala com suas amiguinhas, ri, brinca sossegada. E, apesar de não ter tirado a jaqueta, não está suada. Ainda bem, pelo menos ela.

Susanna pega o Bitter vermelho que está à sua frente e esvazia o copo. Come uma batata frita, depois uma azeitona, pega o copo de novo, mas não deixou nem uma gota. Dá de ombros e decide comer outra batata. Essa é particularmente grande, e enquanto a pega, Susanna pensa de novo em seu propósito. "Caramba, eu disse que queria me cuidar, nada de porcarias depois do almoço. Faço academia, *kickboxing*, e depois me acabo por uma batata? Não quero me tornar uma dessas mulheres deprimidas por causa do amor que se consolam com comida porque acham que ninguém quer dormir com elas, e no fim, engordam tanto que seus piores temores se tornam realidade e ninguém se digna sequer a olhar para elas. Mas é que não consigo resistir. Como se fosse o próprio Rocco Siffredi nessa propaganda de batatas fritas da tevê." Susanna cai na tentação e come a batata em duas mordidas, satisfeita com sua decisão. "Bom, amanhã começo a sério. Não vou engordar só por furar a dieta um dia. Não se deve ser muito radical no início, é melhor ir aos poucos até conseguir um resultado ótimo."

– Com licença... estão ocupadas?

Um rapaz alto, de cabelo escuro e um pouco cacheado, olhos azuis e profundos, e acima de tudo um sorriso maravilhoso acaba de apoiar as mãos em duas cadeiras que contornam a mesa de Susanna. Ela fica vermelha.

– Não...

– Obrigado.

O rapaz levanta as cadeiras com facilidade e leva até uma mesa ao lado onde uma atraente jovem de cabelos longos e louros está esperando. "Que imbecil! Fiquei vermelha." Susanna come uma azeitona e depois observa o casal. "Conheço esse rapaz. Ele se chama Giorgio Altieri. Frequentava a mesma academia que eu antes. Éramos todas loucas por ele. Sabíamos tudo sobre sua vida e imaginávamos como devia ser na cama. Ele é incrível! Cheirava a perfume mesmo quando suava." Susanna o observa com atenção. "Sempre teve um sorriso lindo. E essa namorada tão linda, ia com ele à academia. Merda. Como é possível que esses dois durem tanto? Que inveja! Talvez ele não a traia. Se for assim, é um bom sujeito, porque com um corpo desses..."

Giorgio chama o garçom. Enquanto o procura por entre as mesas, seu olhar cruza com o de Susanna, que dessa vez não cora. Ele, curioso, olha para ela com um pouco mais de atenção, depois pisca e sorri. "Eu sabia." Susanna baixa o olhar e se agarra ao copo de Bitter como se fosse sua única tábua de salvação, em vão, porque cora de novo. "Como sou idiota. E, ainda por cima, o Bitter acabou!"

– Desculpe o atraso!

– Sem problemas!

Cristina chega sorridente, mas visivelmente cansada. Seus olhos estão um pouco vermelhos, como se não tivesse dormido bem.

– Quer pedir alguma coisa?

– Sim, talvez um *cappuccino*.

Susanna consegue atrair a atenção de um garçom que nesse momento passa perto de sua mesa.

– Um *cappuccino*, por favor.

Depois se volta para Cristina.

– Quer comer alguma coisa também?

– Não, não... Só um *cappuccino*.

– Então, um *cappuccino*, um Bitter vermelho e mais batatas fritas. – O garçom se volta para ir. – Ah, e também umas azeitonas!

Susanna olha de novo para Giorgio, em vão, porque ele continua conversando com sua amiga e lhe dá as costas.

– O que foi?

– Nada, por quê?

– Nada? Você nunca mais veio à Villa Balestra desde que eu a frequento.

– Não é verdade. Vim uma vez.

– Quando? Não lembro.

– Há dois anos.

– É verdade! Tem razão. Você veio... por que mesmo?

O garçom volta e deixa em cima da mesa o *cappuccino*, o Bitter vermelho e os pratos de batatas e azeitonas.

– Obrigada. – Susanna morde uma batata frita, bebe finalmente um pouco de Bitter e seca os lábios. – Ah, sim, agora lembro, Flávio e você haviam brigado. Sim, haviam discutido porque você queria continuar trabalhando e achava que talvez fosse muito cedo para ter um filho, mas ele... – Volta-se de repente para Cristina. – Brigaram outra vez?

– Pior ainda. – Cristina toma um gole de seu *cappuccino* e depois apoia com delicadeza a xícara sobre o prato. – Nós nos separamos.

– Como? Bom, deve ter sido uma discussão mais forte, mas, de qualquer forma, tem jeito, não é?

– Não, acho que não. – Cristina afasta o cabelo para trás e olha ao longe, para a cúpula da igreja de Belle Arti, e mais além, para o norte de Roma, fora dos limites da cidade, onde já não há prédios, só campos e plantações. Onde, porém, ainda pode nascer alguma coisa. Diferente de seu romance. – Acabou, Susanna. Ontem à noite conversamos bastante, choramos, nos abraçamos e dissemos o quanto nos amávamos. Depois, eu lhe confessei algo importante.

– O que quer dizer?

– Eu disse que quero ficar sozinha, que preciso de tempo para mim; que não suporto mais a presença dele, que o simples fato de vê-lo me faz sofrer, e que essa falta de amor por ele acaba comigo.

– Diga a verdade, Cristina.

Ela sorri.

– Não. Já sei o que você vai me perguntar. Não há mais ninguém em minha vida. – Dá um gole em seu *cappuccino* e olha outra vez para Susanna. – E não estou mentindo, juro! Você não sabe como seria mais fácil ter outro na cabeça e pensar exclusivamente em ir para a cama com ele.

Nesse momento, sem querer, por instinto, Susanna se volta para Giorgio Altieri. Mas a mesa está vazia. Dá uma olhada em volta e não vê ninguém. Pena. Susanna dá de ombros e volta a olhar para Cristina, que percebeu a repentina distração da amiga.

– Em que está pensando?

– Em nada, ou melhor, quando você falou em ir para a cama com alguém, lembrei de um cara que vejo sempre por aqui. Estava aqui ao lado até poucos minutos. Um tal de Giorgio. Mas ele foi embora.

– Ah, espertinha!

– Só que eu não queria fazer amor com ele. Queria fazer sexo!

– Susanna!

– Ora, por que só os homens podem ter esse instinto? Que saco!

– Susanna!

– É isso mesmo! Hoje eu adoraria dar uma boa transada, sabia? – Começa a rir.

Cristina acaba sorrindo também e se abraçam, esticando-se um pouco em suas cadeiras. Depois Susanna fica séria de novo.

– Espero que não tenha feito isso por causa de nossa conversa outra noite.

– Que conversa?

– Quando eu disse um monte de coisas sobre Pietro, sobre a vida, o casamento e nosso grupo. Talvez você tenha se identificado e quisesse dar um passo muito maior e importante que você...

– Não – Cristina nega também com a cabeça. – Sabe quantas vezes pensei nisso? Quantas coisas não me agradavam em minha vida, quantas coisas não funcionavam e, principalmente, quantas delas ele nem percebia? O simples fato de ficar de vez em quando em silêncio ao seu lado, jantando. Enquanto assistia à tevê sem prestar a menor atenção à tristeza que eu sentia... pelo menos podia ter olhado para mim, não? Se tivesse, teria entendido, e talvez até teria feito alguma pergunta.

– E o que você teria respondido?

Cristina olha para os filhos de Susanna. Estão com seus amigos e brincam com um cachorrinho na grama.

– Não sei. Pouco importa o que poderia ter dito; o importante era sentir a preocupação dele por mim. – Cristina olha para ela de novo enquanto a brisa agita seu cabelo; o ar é agora mais sereno, mais tranquilo.

Susanna acaricia a mão da amiga, apoiada no braço da cadeira.

– Talvez ele perceba agora e se pergunte por que não quis saber mais.

– Mas pode ser tarde demais. Talvez já seja. Agora, sem dúvida, é.

Susanna pega as comandas embaixo do prato e checa a conta.

– Pode ser que seja passageiro. Talvez agora você sinta a mesma coisa que eu, quer dizer, a vontade de me vingar de Pietro pelo fracasso que estamos vivendo por culpa dele. Talvez você até acabe se interessando por esse Giorgio de quem falei.

– Mas isso agora não tem nada a ver.

– Eu sei, mas você não deve se trancar em casa, porque, senão, vai ficar deprimida. Garçom?

Um garçom se aproxima delas.

– Não – Cristina a detém –, eu pago.

– Nem pensar! – Susanna pega uma nota de cinquenta, espera o troco e deixa um euro de gorjeta para o garçom, que sai rapidamente para atender a outra mesa.

– Quando sairmos juntas, você paga o jantar.

– Combinado. Vai ser ótimo.

Susanna sorri.

– Desde que nossos acompanhantes permitam que paguemos.

– E quem são nossos acompanhantes?

Susanna se levanta da cadeira e olha para ela radiante.

– Não faço ideia! Mas não importa. Talvez seja um cara bonito como Giorgio Altieri, ou até mais. Ora, claro que será!

– É, vamos ver! Por enquanto, não tenho vontade de sair.

– Mas sair não significa que tenha que ir para a cama com alguém!

Nesse instante, chega Lorenzo.

– Mamãe... Oi, Cristina! – cumprimenta-a antes que sua mãe o censure, como de costume. Depois sorri para ela. Os dois sabem que ele quase cometeu o mesmo erro de sempre.

– O que foi?

– Tem dinheiro para comprar uma Coca-Cola?

– Não. Dou o dinheiro, se quiser, mas para comprar um suco natural que não esteja gelado.

– Ok!

– Não... repita! Como tem que pedir ao garçom?

– Ufa! Natural e sem gelo.

– Muito bem, aqui está.

Lorenzo corre para a lanchonete com o dinheiro na mão.

– Sabe o que eu acho incrível? – diz Cristina olhando para o menino. – É que, de qualquer maneira, e apesar de sua relação com Pietro ter acabado, tudo, todo o cansaço cotidiano do casamento, de todas as noites, como cozinhar, lavar, passar ou fazer a cama, compensam porque você continua tendo algo. Algo muito grande: os dois, seus filhos – Susanna não sabe o que responder. Move a boca tentando esboçar um sorriso. – Já eu, tenho a impressão de ter desperdiçado todos esses anos; quando olho para trás, não vejo nem todo esse cansaço que acabei de mencionar. Só o vazio. Nós nem mesmo tentamos, entende?

Susanna vê, ao longe, Lorenzo sair da lanchonete. Está com um canudo na boca e segura uma bebida. Susanna se coloca de lado para controlá-lo melhor. Lorenzo percebe e foge correndo para seus amigos tentando manter a lata escondida. Mas basta um instante para que Susanna reconheça perfeitamente a cor vermelha e parte da marca: Coca-Cola.

– Muito bem! Não me peça mais nada! E se depois tiver dor de barriga, não se atreva a ir para o meu quarto fazer uma das suas cenas.

O menino se faz de bobo e se junta aos amigos sem se preocupar mais em esconder a lata de Coca-Cola.

– Desculpe, Cristina! Nisso ele puxou ao pai. Acha-se muito esperto e sempre acaba sendo pego! Ele não entende que não adianta mentir. Ou melhor, contar mentiras quando não é necessário. Acho que é uma doença hereditária. – Depois acrescenta, com sincera perplexidade: – Não, sério, eu gostaria de levá-lo a um médico! Mas, então, voltando ao assunto. Como Flávio encarou tudo? Como ele está?

– Conversamos por telefone. Parece tranquilo.

– Sério? Onde está morando? Na casa da mãe?

– Não, ainda não teve coragem de dizer nada.

Nesse momento toca o telefone de Susanna, que o tira da bolsa e olha para a tela.

– Ora! Falando em mãe... é a minha. Eu contei tudo a ela, mas ela me enche o saco – atende o celular. – Oi, mamãe, o que foi? – ouve em silêncio balançando a cabeça. – Não, tudo continua como eu disse, igual a ontem, e não tenho a menor intenção de mudar absolutamente nada. É uma situação ridícula e não pretendo continuar aguentando isso só porque você se sente mal de confessar a seus amigos que sua filha se separou! – Ouve e nega novamente com a cabeça. – Não... Você devia estar contente de poder ir a essas festas e dizer que sua filha é feliz de novo. Ouça, mamãe, estou com uma amiga e não estou com vontade de discutir. Se quiser ficar de vez em quando com Lorenzo e Carolina, me fará um grande favor; senão, eu me viro sozinha – Susanna ouve em silêncio e depois sorri. – Perfeito. Obrigada, mamãe. – Fecha o telefone. – Finalmente entendeu. É teimosa! Não entra na cabeça dela que eu não quero voltar com Pietro. Enfim, desculpe, você estava falando de Flávio.

– Sim. Então, ele não contou nada aos pais.

– Está vendo? É evidente que ainda pensa em voltar com você. Mas onde ele está dormindo?

Cristina se volta e olha nos olhos da amiga.

– Achei que você soubesse.

– Não. Onde?

– Está na casa de Pietro.

– Imagine só! Esses dois não sabem nem fritar um ovo!

67

– Está quente!

– Antes de experimentar, tem que soprar.

– Ok. Assim?

– Sim, isso.

Pietro tira a colher da boca.

– Desculpe, mas este molho não tem gosto de nada!

Flávio tira a colher da mão de Pietro, torna a provar e se queima de novo.

– É verdade.

– Eu acrescentaria um pouco de vinho tinto e talvez uma pitadinha de pimenta. Azeite, sal... Enfim, para dar mais sabor.

Flávio continua mexendo com uma concha grande demais, visto que a panela em que estão cozinhando o tomate é muito menor. E o fogo está muito alto.

– Está me ouvindo?

Flávio leva a concha à boca e prova outra vez o molho.

– É verdade. Está sem gosto.

– Já disse!

– Ouça, das poucas vezes que cozinhei, fiz o molho assim. E, além do mais, não se pode ficar acrescentando ingredientes de qualquer jeito.

– Você não observava Cristina na cozinha? Não aprendeu nada?

– Não.

Pietro bufa e abre uma garrafa de vinho.

– Então, estamos ferrados!

– Quando eu chegava em casa ela já havia preparado tudo.

– Sempre?

– Bem, na verdade, eu nunca entrei na cozinha para ver como ela cozinhava.

– Entendo. Se me permite dizer, você a tratava como uma criada! Apenas duas palavras para saber o que havia feito durante o dia, como havia sido o trabalho... não é? – Gostaria de acrescentar: "É óbvio por que ela o deixou!", mas sabe que não é o momento.

Pietro consegue abrir a garrafa. Flávio olha para ele preocupado.

– Eu deveria... Talvez tenha sido por isso.

Pietro assente.

– Veja, uma mulher precisa de certa atenção. Precisa se sentir importante, considerada, uma princesa, e isso mesmo quando está preparando um prato de macarrão com alho e pimenta! Puxa, devíamos ter feito isso! Era mais fácil – sorri, sente o aroma do vinho e dá um gole. – Hummm... estou brincando... – Olha para Flávio com mais atenção. – Sabe que no fundo você é bom nisso? Cozinha com certa classe, vê-se pelo jeito como mexe o punho, como coloca o sal, deixando-o cair com tanta graça.

Flávio olha para Pietro desconfiado.

– Está me zoando?

– Não, em absoluto, só quero que se sinta como um príncipe encantado! Talvez assim a massa fique melhor. Abaixe o fogo, está queimando!

Flávio reduz um pouco a chama. Pietro pega os pratos e se aproxima dele.

– Você assistiu a *Ratatouille*?

– Não.

– É um filme de animação muito bonito; em tese, é para crianças, mas, na minha opinião, é dirigido principalmente aos adultos, como todos os desenhos animados que estão fazendo de uns anos para cá, pensando bem. É a história de um rato louco por sabores, pela cozinha... Em certo momento, ele diz que a comida sempre encontra aqueles que adoram cozinhar. Então, depressa! Se continuar assim, ela nunca vai nos encontrar e vamos morrer de fome!

Flávio balança a cabeça.

– O molho está pronto – anuncia depois de sujar uma infinidade de panelas e de recitar, esperançoso, uma oração.

Pietro experimenta.

– Está gostoso!

Escorrem o macarrão, colocam de novo na panela e jogam o molho por cima.

– Como estava dizendo, esse rato sabia escolher os ingredientes necessários para preparar os diversos pratos. Farejava-os e depois, enfeitiçado, como se dançasse ao ritmo de uma espécie de sinfonia musical, combinava e misturava até obter um prato insuperável.

Flávio mistura com cuidado o macarrão com o molho, girando a concha dentro da panela.

– Vamos para a mesa, ratinho, que está pronto.

Pietro se senta. Flávio se aproxima dele, pega uma colher grande e começa a servir o macarrão no prato de Pietro; depois no seu, e finalmente joga o resto do molho sobre o prato do amigo. Senta e toma um pouco de vinho. Pietro não espera. Está morrendo de fome.

Flávio observa enquanto ele mastiga.

– E então? – Espera com curiosidade. – Que me diz?

– Digo que até aquele rato teria feito melhor de olhos fechados. Está horrível. Muito cozido e insípido.

– Mas não é possível! Eu não era o príncipe encantado?

– Pois agora você não é nem o Tatá, o ratinho da Cinderela.

Flávio levanta o dedo do meio, depois decide experimentar o macarrão.

– Você está exagerando – Mastiga um pouco e logo cospe diretamente no prato. – Noooossa! Está terrível! Está cozido demais, está até desmanchando! Não suporto macarrão assim. E, ainda por cima, tem pouco molho; não está ruim, mas...

Pietro esvazia rapidamente uma taça de vinho tinto, serve outra e esvazia também.

– O que está fazendo? Quer se embebedar?

– Sim, bebo para esquecer o gosto desse prato. E, ainda por cima, o molho queimou.

Pietro vai até o *notebook*, abre e começa a digitar algo. Flávio olha para ele surpreso.

– O que está fazendo? Procurando outra receita?

– Não, quero ver se encontro algum restaurante delivery. Aqui está... Take away, japonês – Levanta e tira o celular do bolso do casaco. Senta-se de novo em frente à tela. Lê o número. Digita-o. – Alô? Boa noite, quero fazer um pedido... Sim, sushi e sashimi... Você também quer, Flávio?

– Sim, o mesmo que você pedir – Continua ouvindo o que o amigo diz, seu entusiasmo, sua vitalidade.

– Precisamos nos alimentar. Estamos estreando a solteirice – Cobre o microfone com a mão. – É uma mulher. Que voz sensual! Tenho fetiche por mulher oriental, e você?

Flávio nega com a cabeça. Pietro abre os braços.

– Pois eu gosto da ideia! – Volta a falar ao telefone. – Sim, acrescente um prato de arroz branco – Olha para Flávio com o canto do olho. – Mas não cozido demais.

Flávio se serve de uma bebida e permanece desconsolado no sofá olhando para Pietro, que com seu absurdo entusiasmo tenta conquistar uma mulher por telefone.

– Como é mesmo seu nome? Não, do restaurante não. O seu... Como é seu nome? Fu Tan Chi... Ah, desculpe, Fu Dan Chi. Não? Tuta Chi? Está bem... Tanto faz.

Flávio pensa em Cristina. "O que estará fazendo? Com quem?" Mas não sente ciúmes. Imagina ela andando pela casa, preparando alguma coisa para comer, como sempre fez para ele, todas as noites, mesmo quando voltava tarde. E aquele caldo, aquele simples, bobo e às vezes insípido caldo de repente lhe parece o melhor prato que já comeu na vida. Lembra o passado. Cristina. Cristina que ri. Cristina que se emociona com um filme. Cristina que dorme. Cristina que toma o café da manhã ainda meio adormecida. Cristina fazendo amor. "Aquela noite à beira do mar, depois de ter bebido, aquele passeio, aquela praia e aquela lua escondida. O silêncio, naquela noite a praia estava deserta. Onde estávamos? Na Espanha. Em Ibiza. Não, isso foi um ano depois! Estávamos na Grécia." E lembra todos os movimentos, as sensações, esse jogo de luzes, a penumbra entre as rochas... A mulher abandonada em seus braços, embaixo dele, essa paixão que passa por cima de tudo, como se fosse uma fome repentina que não se pode controlar e que não deixa ver o que há lá fora. E, como se fosse vítima de um rapto, Flávio torna a se ver ali, vivendo aquela paixão que agora lhe parece nítida e intensa, de uma beleza quase dolorosa. Observa excitado o vazio, a escuridão da noite, e ouve uma vez mais o eco remoto daqueles suspiros, a respiração entrecortada do desejo e a maravilhosa fome de amor. Sente-se invadido por uma tristeza inesperada que o transporta para muito longe.

– Pedi de tudo, para você também.

– Ah, sim, obrigado.

Flávio levanta, vai até seu quarto, fecha a porta e se joga na cama sem nem tirar os sapatos. "Não acredito. Não pode ser. Não pode acabar assim. Como posso não ter percebido? Talvez eu soubesse, mas não queria ver." E como por encanto, sem razão ou motivo algum, surge em sua mente aquela canção: "*Senza te. Senza più radici ormai. Tanti giorni in tasca tutti lì da spendere.*"* De repente, aqueles dias lhe parecem mais inúteis que nunca. Pergunta-se se poderia ter feito alguma coisa. E de novo a recordação daquela canção parece lhe dar a resposta. "*Eppure io ero stanco e apatico, non c'era soluzione, ma sì che ho fatto bene...*"** Do nada, sente vontade de rir como um bobo. "Fiz bem. Mas, que estou dizendo? Eu não tomei essa decisão. Foi ela, Cristina. O que será que, de repente, a levou a isso? Sempre há alguma coisa, alguém, um fato, uma história, um filme ou um momento que determinam o que vai acontecer depois, o que decidimos depois de uma hora, de um dia, de uma semana ou de um mês. Um gatilho, a coragem de alguém que se assume, que nos mostra o que não queríamos ver e nos arrasta por um novo caminho. O que foi para você, Cristina? O que a levou a dar esse passo?" Uma nova canção na mente. "*Un passo indietro ed io già so di avere torto e non ho più le parole che muovano il sole. Un passo avanti e il cielo è blu e tutto il resto non pesa più come queste tue parole che si muovono sole.*"*** "*Un passo indietro.* Negramaro. Ela gosta tanto! Às vezes me falava de uma de suas letras, de uma frase que a havia impressionado em particular, mas como eu não os suporto logo a interrompia e mudava de assunto. Que imbecil. Quantas vezes devo ter feito isso, até com outros assuntos mais importantes. Mas eu não percebia. Sempre a amei. Como é possível perder o amor desse jeito?" Faz força para entender, para recordar as frases de uma canção que tenha sido a gota d'água. Porém, percebe que não sabe, que nunca saberá. Conversaram durante a noite toda, ele tentou convencê-la por todos os meios. Nada. Não houve nada a fazer. Flávio vira para o outro lado, encolhe as pernas como um novelo, como se precisasse de proteção. Aquela canção de Battisti continua rondando sua cabeça. "*Mi sento come un sacco vuoto, come un coso abbandonato.*"**** E então, sente-se mais sozinho que nunca, parece ter perdido tudo, não ter apoio, realidade, existência, casa, escritório, trabalho, como se estivesse no meio do mar e fosse um náufrago de si mesmo. Sente um ataque de pânico, fica sem fôlego, arfa, seu coração bate em um novo ritmo, irregular, durante alguns segundos. Taquicardia. Terror. Tenta tirar o celular do bolso. Não consegue, fica enroscado, mas por fim consegue, abre-o e procura o nome. Cristina.

---

* "Sem você. Sem raízes. Tantos dias no bolso para gastar." (N. T.)

** "Mas eu estava cansado e apático, não havia solução, sim, eu fiz bem..." (N. T.)

*** "Um passo atrás e eu já sei que estou errado, e não tenho as palavras capazes de mover o sol. Um passo à frente e o céu é azul e o resto não pesa mais que suas palavras que movem o sol." (N. T.)

**** "Eu me sinto como um saco vazio, como algo abandonado." (N. T.)

Mas de novo aquela canção se abate sobre ele. Dessa vez parece severa, dura e determinada. Parece gritar dentro dele: "*Orgoglio e dignità! Lontano dal telefono...*" * Fecha o telefone. E, pouco a pouco, sua respiração volta ao normal, lenta. "*Aspetta almeno un attimo... Sennò, si sa.*".** Esboça um sorriso. Sim. Tem razão, Lucio. Guarda o telefone no bolso enquanto Pietro bate na porta.

– Ei, você está aí? Tudo bem? A comida chegou. Já vou começar a comer.

– Está bem, estou indo.

Pouco depois Flávio sai do quarto, vai ao banheiro, lava o rosto, seca, vai para a sala, senta diante de Pietro e também começa a comer.

– Está gostoso. Mas o tempurá não é nada do outro mundo.

Flávio sorri.

– Acho que pelo menos um dos dois devia aprender a cozinhar direito.

– Sei – Pietro sorri enquanto limpa a boca. – Lembra de *Um estranho casal*?

– Sim, é genial.

– Então, eu sou Walter Matthau, o cara que está sempre cercado por um monte de mulheres, e arranjo umas para você. E você é Jack Lemmon, o que sabe cozinhar.

– Está bom para mim. – Flávio pega outro pedaço de salmão. – De qualquer maneira, sempre podemos recorrer ao japonês: o sashimi está fresquíssimo e delicioso!

Pietro sorri.

– Sim, mas temos que achar outro. A garota oriental que trouxe a comida é feia como o diabo!

68

Passado um certo tempo. É a noite do Dia dos Namorados. A noite do amor, mas também da diversão, da música, das palavras e dos eventos. Uma noite artística. A noite das grandes mentes.

– Alô, Alex, por que não atende? – Niki tampa a outra orelha para poder ouvir melhor a resposta. Na sala, reina uma grande confusão.

– Desculpe... Estamos jantando com o diretor e os outros, deixei o telefone no vibracall, e estava no casaco em cima da cadeira, não ouvi.

– Muitas explicações. E justo hoje, que é Dia dos Namorados! Apesar de que, de qualquer maneira, eu não ia querer comemorar, porque gosto de ser do contra. Mas você exagerou, e eu me preocupo!

Alex se levanta da mesa.

– Com licença – Afasta-se e vai até um canto do local onde pode falar com mais tranquilidade. – Meu amor, como pode dizer uma coisa dessas? Está louca? Como

* "Orgulho e dignidade! Longe do telefone..." (N. T.)

** "Espere pelo menos um instante... Senão, já sabe". (N. T.)

pode pensar... – Quer acrescentar: "Depois do que eu lhe pedi! Não percebe? Eu pedi que se case comigo, meu amor!", mas prefere ouvir a resposta de Niki.

– É sempre bom estar esperta! Nunca devemos nos acomodar. De qualquer maneira, eu gostaria de saber onde você está e fazendo o quê.

Alex solta uma gargalhada.

– Ah, então você é uma ditadora! Assim fico com medo.

– Isso mesmo – Niki ri do outro lado da linha. – Mas responda.

– Estou no Duke's da Viale Parioli. Estou com Soldini, Alessia, o diretor e a esposa e uma nova assistente.

– Ah... Você me contou que Soldini e Alessia estavam juntos e que estavam felizes, não é?

– Sim – Alex está preocupado porque sabe muito bem aonde ela quer chegar.

– O diretor e sua esposa, sejam quais forem seus sentimentos, são, de qualquer maneira, o diretor e sua esposa, certo?

– Isso mesmo.

– Só me falta entender quem é essa nova assistente.

– Certo. Na verdade, não há muito o que entender. Temos um novo trabalho; pela primeira vez, vamos cuidar diretamente da parte de produção, e ela tem experiência nisso.

– Em poucas palavras, é competente.

– Muito...

– E bonita?

Alex fecha os olhos e aperta os dentes; sabia que essa pergunta chegaria cedo ou tarde.

– Sim, bonita. – Em momentos como esse é melhor optar pela melhor solução, pela resposta mais rápida e imediata para não cair na armadilha da sensibilidade feminina, essa capacidade única que as mulheres possuem para entender tudo rapidamente e captar até o mínimo detalhe, em particular aqueles que pensamos que não estamos revelando.

– Bonita, é? Entendi. Uma gata.

– Eu só disse que é bonita.

– Sim, bem bonita!

– O que você entendeu?

– Quer dizer que eu estava certa, Alex? Por que não me disse logo?

Não, meu amor, está enganada, estou só brincando. Ouça, eu disse que é bonita, pode ser que outros a achem linda. Mas, no que me diz respeito, já falamos demais nela.

– Hum... você não me convence.

– Eu gostaria de estar aí com você – sorri. – Isso a convence?

Niki também sorri.

– Um pouco mais, mas não totalmente.

– Eu te amo.

– Ah, isso sim é falar claro. Agora me convenceu totalmente. Que pena que você não pode passar aqui. Vai ser bonito. Aquele cara que está sempre na tevê, Renato Materia, virá ler seus textos.

– Ah, sei quem é, aquele que finge ser de esquerda.

– Por que finge?

– Porque nós o chamamos para uma propaganda de uma ONG cuja arrecadação se destinava a caridade, e ele pediu um cachê altíssimo. Quando lhe oferecemos um pouco menos, recusou. Estava fora de qualquer parâmetro.

– Bom... É uma pena, porque parece uma pessoa verdadeira.

– Claro... Barba por fazer, suéter de gola alta sem nada por baixo... Tudo para aparecer na televisão, onde afirma ser o porta-voz do povo, sabe ouvir sua raiva e outras coisas do tipo. Mas experimente fazê-lo pôr a mão na carteira por uma causa justa e vai ver como finge de surdo. São todos iguais. Sabe quantos nomes eu poderia lhe dar? Se bem que, cedo ou tarde, virão à tona.

– Está bem... tchau, meu amor. Volte para seu jantar!

– Ok, até mais, divirta-se.

– Você também.

Alex volta para a mesa.

– Desculpem.

– Era Niki? – A esposa do diretor olha para ele de lado.

Alex desdobra seu guardanapo e coloca no colo.

– Sim.

O diretor prossegue.

– Os preparativos estão a todo vapor!

– Os preparativos para quê? – dessa vez, a esposa do diretor parece só curiosa.

– Posso? – o diretor olha para Alex.

– Claro – mas gostaria de acrescentar: "Já falou, não vejo como posso detê-lo!".

– Alex vai se casar!

– Caramba! Mas isso é fantástico! O máximo! – Soldini aperta sua mão. – A história de vocês parece um conto de fadas!

– Obrigado, obrigado... – Alex está levemente envergonhado.

Seu olhar cruza o de Raffaella, a assistente. A jovem "bonita" parece sinceramente contente.

– Parabéns – diz. – É a garota do LaLuna, não é?

– Sim...

– Ela é linda. Fico feliz pelos dois.

O diretor recupera o controle da situação.

– Bem, vamos pedir a comida, assim podemos falar um pouco sobre nosso projeto, o que acham?

E todos abrem quase automaticamente o cardápio e começam a escolher os pratos, curiosos e indecisos, recordando o que comeram na hora do almoço e procurando não se exceder com as calorias. "Melhor uma entrada e um segundo prato, ou um prato só com guarnição? De qualquer maneira, minha sobremesa ninguém tira!"

– Hummm, que delícia, pato com mirtilo!

– O que é *paccheri*?

– É um tipo de massa, como um minicanelone.

– Ah, obrigado.

Enquanto continuam decidindo, Raffaella observa Alex por trás do cardápio enquanto uma série de ideias passa por sua mente. Ele não percebe. Raffaella sorri e faz uma simples consideração final: é, mas ainda não se casou. Fecha o cardápio, particularmente satisfeita.

– Eu já escolhi.

– O que vai beber?

E enquanto alguém pergunta sobre os pratos que pretende pedir, Alex finge interesse também. Na realidade, sabe que ela está olhando para ele. Não tem jeito, alguns jogos ficam imediatamente claros. Resta, porém, determinar se é um simples desejo de jogar ou se a aposta é muito alta.

– Espaguete *à la* Norma para começar.

– Hummm, parece uma delícia! Tomate, salada de ricota e berinjela.

– Será que não é um pouco pesado?

Raffaella dá de ombros.

– Mas eu adoro, vou arriscar! – Olha de novo para Alex, que não consegue evitar seu olhar.

– Ah, não, eu vou pedir algo mais leve. Um filé com um pouco de salada. Já engordei uns quilos.

Raffaella sorri sem acrescentar mais nada. Depois, cora, mas por sorte ninguém percebe. Acaba de ter uma ideia para fazê-lo emagrecer.

69

O celular de Cristina toca. Após enrolar uma toalha em volta da cabeça, corre para a sala, onde deixou o aparelho.

– Alô!

– Onde você estava?

– Oi, Susanna. Estava no banho, mas já terminei.

– Ainda bem! Ouça, quero lhe fazer uma proposta. Hoje é Dia dos Namorados.

Cristina seca o cabelo, que pinga no tapete.

– Eu sei.

– Nós duas nos separamos um pouco antes, né?

– Sim... pelo visto não temos nada para comemorar.

– Isso é o que você pensa, princesa. Estou ligando por isso mesmo. Vamos sair! Vamos jantar e relaxar. Vou deixar as crianças com minha mãe.

– Sim, legal. Mas, grande diversão, ver todos esses casais... Eu já ia jantar, colocar o pijama e ver um filme.

– Que belo plano! Vamos comemorar como solteiras, ou não? O pior que pode acontecer é acharem que somos um casal. Como não deu certo com os homens, agora vamos tentar com mulheres!

Cristina ri. Tem que reconhecer que Susanna é forte.

– Mas já deve estar tudo reservado, com certeza.

– E daí! Vamos sair sem rumo, começar com um aperitivo. Daqui a uma hora passo aí. E fique linda, viu? Não quero ver você de agasalho ou desalinhada, e sim com seu melhor vestido e bem maquiada. – Desliga sem lhe dar tempo de responder.

Cristina olha o celular e balança a cabeça. A seguir, vai para seu quarto e abre o armário. Dá uma olhada nos vestidos. Escolhe dois ou três. Lembra que faz muito tempo que não os veste. Flávio gostava do preto. Cristina apoia-o no corpo e se olha no espelho. Logo solta e pega outro lilás com umas florzinhas brancas e os punhos um pouco franzidos. Um pouco mais alegre. Com as botas bege vai ficar muito bom. Acaba de se secar. Veste-se e depois passa um pouco de sombra lilás, rímel e gloss. Pronto. Olha-se no espelho. "Sim, esta noite quero relaxar de qualquer jeito."

70

A música enlouquece em um canto da sala. Alguns dançam. Uns rapazes sentados no corredor conversam, riem, bebem cerveja, um enrola um cigarro com tabaco picado, outro, um pouco mais afastado, acende um de "efeitos especiais".

Na grande sala alguns se sentam nos degraus ou em cima das carteiras; outros, mais pontuais, conseguiram cadeiras. A porta que fica ao fundo da sala, no centro da pequena arquibancada, abre-se de repente e entra Renato Materia, o jovem e robusto artista de esquerda, conforme afirma no folheto que passou de mão em mão por todas as universidades. Pega o microfone que está em cima da mesa do professor e começa a cantar seu rap sem enrolação. Move-se agitando a cabeça, de vez em quando para e ergue um braço com o punho fechado, como se quisesse destacar a força de sua convicção pessoal.

– Mentirosos e ladrões, falsos políticos, gurus fanáticos, afastem-se deste mundo e tirem as mãos do nosso círculo. Nós somos os da substância, os que odeiam a simples aparência, os que falam ao sair da sala e não se apagam na indiferença. Nós somos os que estão dentro e a quem as palavras são um tormento, somos os que sempre se divertem e jamais se envergonham de dizer chega. Mentirosos e ladrões, falsos políticos, gurus fanáticos, melhor se apaixonarem e irem a essa bela ponte, acorrentem-se com um cadeado e vão banhar-se com a chave... Um bom salto da varanda. E nós seremos livres! Livres! Voltaremos a ser livres, livres!

Então, no fundo da sala, um megafone surge do nada e eleva com firmeza a voz de Adriano Mei, um dos mais radicais.

– Sim, livres de você!

É o sinal, o grito de guerra.

– Ao ataque!

De todos os cantos da sala começam a chover tomates, aipo, todo tipo de alimentos podres. Adriano Mei continua com sua luta sem largar o megafone.

– Palhaço, mentiroso, falso artista de esquerda! Você é um vendido... Não apoiou uma iniciativa de caridade porque queria mais dinheiro. Você é um porco, um filho do sistema... Faça essa barba, deixe crescer outra coisa, que o reconheçam, não se esconda, maldito impostor.

E assim, alegres e curtindo, continuam acertando o pobre Renato Materia com todo tipo de produto agrícola, até que, jogado com grande precisão e força, um ovo o acerta bem na testa, estoura em sua cara e ele é obrigado a fazer uma retirada vergonhosa.

– Filho da puta! Filho da puta! Filho da puta! – O grupo que está sob as ordens de Adriano Mei continua a agressão e finalmente inicia uma espécie de ataque que obriga Materia a fugir para a sala ao final do corredor.

Seu pseudoempresário, Aldo Lanni, está falando nesse momento com uma garota muito atraente.

– Posso arranjar alguma coisa importante na televisão: temos um monte de contatos.

– Sério? Eu adoraria.

– Dê-me seu número que eu ligo.

Nesse exato momento, abre-se a porta e Materia sai em disparada coberto de verduras fedidas e ovos podres.

– O que fizeram com você?

– Uma salada, isso é o que fizeram! Cobriram-me de porcaria, e se me pegarem, são capazes até de me surrar. Vamos embora, depressa!

Aldo Lanni não tem tempo de anotar o número da potencial presa.

– Merda! – Materia puxa-o pela jaqueta.

– Vamos para o carro, anda!

– Onde você estacionou?

– Aí embaixo.

Entram correndo em um Mercedes conversível. Lanni liga o carro, mas os jovens, liderados por Adriano Mei, saem pela mesma porta e correm atrás deles.

– Aí estão! Vamos, vamos!

Lanni acelera, mas um dos estudantes joga uma garrafa com raiva e força. Acerta em cheio o vidro traseiro que estoura em mil pedaços.

– Merda, comprei o carro há seis meses! – Aldo Lanni vira à esquerda e se dirige a toda velocidade para a saída, fora de perigo. Materia se volta. Os rapazes pararam de correr atrás deles.

– Por que estão tão irritados? O que você disse?

– Eu não disse nada! Estava dizendo as coisas de sempre... essa bobagem sobre os políticos e os cadeados.

– Eu já falei que precisa mudar isso. Já estão cansados de ouvir isso!

– Não é isso. Não sei como ficaram sabendo do negócio do dinheiro para aquela ONG.

Aldo Lanni balança a cabeça.

– Eu também falei. Você devia ter aceitado o que lhe ofereceram. Cara, você abusou.

– Não sei por quê, mas acho que você tem razão – Permanece em silêncio por uns instantes.

Aldo Lanni olha para ele de vez em quando de rabo de olho enquanto continua dirigindo. Um fio de clara de ovo escorre pela testa de Renato Materia. Aldo Lanni sorri. "Ele mereceu. Assim, vai aprender a avaliar as propostas e, principalmente, a não reduzir minha porcentagem a 5%. O que ele está pensando? Que a gente fica rico sozinho? E na televisão, ainda por cima! Incrível. Adriano Mei agiu certo, do jeitinho que falei; nada de ações violentas, só meter um pouco de medo. Assim, Materia se assusta e continua trabalhando... para encher meus bolsos."

– É o seguinte – Materia se volta para ele –, o que precisamos é de uma esquerda construtiva, um cara inteligente que trabalhe com o cérebro; chega de demagogia, precisamos de ideias mais profundas. O que você acha, hein? O que você acha? Bom, não é?

Aldo Lanni olha para ele sorrindo.

– Maravilhoso, cara. Faça isso. Assim, vão voltar a acreditar em você e em suas palavras. E abandone também essa ideia de transmissores. Essa é velha.

– Tem razão. – Materia olha para ele radiante. – O que eu faria sem você?

Aldo Lanni assente e dá uma palmada na perna esquerda de Renato, a única parte que resistiu, íntegra, ao ataque de Adriano Mei e seus colegas.

Depois de fazer um ou outro comentário divertido, o grupo entra calmamente na sala; a música continua tocando como se nada houvesse acontecido; alguns começam a dançar de novo em um canto, outros se beijam, outros riem após contar uma história engraçada; uma garota olha para o rapaz que adora e que não se atreve a abordar.

– Então, o que vamos fazer? – Guido aparece atrás de Niki com um copo de plástico, uma limonada com um pouco de vodca e uma folha de menta.

– Que susto!

– Só por isso? Pensei que gostasse de correr riscos!

– Como assim? Por quê?

Guido sorri e dá um gole, dando-se o tempo necessário para aumentar o suspense.

– Hummm... está gostoso, quer um pouco?

Niki olha para o canudo que seu amigo acaba de usar. "O que ele está pensando? Que jeito de falar é esse? É um arrogante. Bonito e arrogante." E reconhecer isso a incomoda ainda mais.

– Não, obrigada. Eu gostaria de saber do que está falando.

– Nada, por quê? Tem algo de que se defender?

– Na verdade, não, sigo tranquila meu caminho. – E abre um sorriso forçado. – É que você interrompeu de repente meus pensamentos.

– Está pensando na música que vai escolher?

Niki olha para ele tentando entender.

– Da cerimônia... Ouvi dizer que vai se casar.

O coração de Niki dispara e ela cora, como se tivesse bebido toda a vodca. "Ai, por que me incomoda tanto? É um imbecil. O que é que há comigo? Por que fico vermelha?" Não consegue encontrar nenhuma explicação. Um repentino redemoinho de pensamentos e sensações, um vendaval de emoções que confundem seu coração.

– Olha, eu mal conheço você...

– Sabe, tenho a impressão de que está se refugiando em um casamento repentino.

– Está brincando? Por que faria uma coisa dessas?

Guido se senta no murinho e continua bebendo sua limonada tranquilamente.

– É sempre a mesma coisa: quando nos acontece algo que não sabemos explicar, fugimos ou nos escondemos, em vez de enfrentar.

– Pois eu não estou fugindo nem me escondendo. E, para falar a verdade, esta discussão me parece absurda.

– Discussão? Só estamos conversando. Achei que você estaria mais serena depois de dizer a todo mundo que vai se casar! Em geral, para uma garota isso é um grande motivo de felicidade, não é? – O cara de pau continua bebendo sua limonada com vodca.

– E, na verdade, é, mas eu não fico contando minhas coisas para o primeiro que passa.

Guido tira o canudo da boca surpreso.

– E quem é esse primeiro que passa de que está falando? Apresente, porque eu gostaria de dizer algumas coisinhas e dar uns pontapés.

Niki sorri.

– É você.

– Eu? Hum... Lembra o que dizia Jim Morrison? "Às vezes, basta um instante para esquecer uma vida, mas às vezes não basta uma vida para esquecer um instante."

– Que bonito! Você parece o homem Perugina, com uma mensagem para cada ocasião dentro dos bombons.

– É verdade. De fato, muitas garotas me dizem que sou doce, um bombom. Outras, que não me experimentaram, mantêm distância por medo.

– Fique sabendo que a mim você não assusta.

– Não era de você que eu estava falando.

Niki olha para ele hostil, apertando os olhos e observando-o. Guido percebe.

– Ai, ai, ai... Ela se irritou.

Niki respira fundo. Guido cai na risada.

– E muito. Está bem – Termina sua limonada e desce do murinho. – Acho que estamos encarando mal as coisas: cada vez que nos vemos acabamos discutindo. Pelo visto, alguma coisa não funciona entre nós.

– Sim: você.

– Está vendo? Você é muito agressiva. Por que não saímos uma noite para jantar e conversamos? Você ainda não se casou, não é?

– E o que isso tem a ver? Não vejo por que não poderia sair se já fosse casada.

Guido começa a rir.

– Não creio que possa. Quanto duraria seu casamento?

Niki sorri e faz o sinal de chifres com a mão.

– Sai pra lá com esse agouro dos diabos!

– Pensando bem, na maior parte das vezes são justamente eles que põem fim a um casamento: os chifres! – Guido continua sem lhe dar tempo de responder. – Veja aí – aponta para o grupo que está embaixo da arquibancada, os rapazes que dançam.

No meio deles, uma garota se movimenta livre, leve e solta; seu cabelo ondula sobre os ombros, está de olhos fechados e descalça; na mão esquerda segura um cigarro e na direita uma cerveja; alterna sem distinção entre um e outro com um único desejo: ficar na dela.

– É uma ex-namorada minha. Tem 23 anos. Está atrasada nos estudos, mas fizemos um monte de projetos juntos, foi ótimo durante um ano e meio. Depois, aconteceu alguma coisa. Ela começou a fumar. Maconha também, a beber e outras coisas que jamais havia experimentado. Está entendendo? De um extremo ao outro sem motivo algum.

– Talvez você não veja a razão, mas tudo tem seu porquê. Só que, às vezes, vocês, homens, não percebem.

Guido sorri.

– Sei. E seu futuro marido sempre terá a capacidade de compreendê-la, não é? Ele saberá observar o que está acontecendo? Adaptar-se e acompanhá-la em suas mudanças?

– Eu confio nele.

– Sim, não tenho a menor dúvida. É em você que não deve confiar.

Niki joga o cabelo para trás e ri.

– Em mim? Que absurdo.

– "Quem renuncia à liberdade para obter segurança não merece nem uma nem outra", dizia Franklin. Além do mais, o excesso de segurança faz escorregar com mais facilidade.

– Você não é o homem Perugina, é o das citações.

– É, eu sei muitas. Mas, se sairmos para jantar, prometo que não direi nenhuma e falarei de outras coisas. Desde que você não tenha medo, claro.

Niki fica séria de novo.

– Eu já disse que não tenho medo, assim como também não tenho nenhum motivo para sair para jantar com você – e, dito isso, vai embora deixando-o ali plantado, meio divertido, meio curioso, mas satisfeito por ter conseguido provocar algo nela.

Guido sorri otimista achando ter adivinhado do que se trata.

71

Oito horas. O ritual do aperitivo. Uma música *lounge* envolve o local enquanto garçons apressados preparam coquetéis e servem vinho e champanhe nas taças. No balcão, vários canapés apetitosos, patês, batatas fritas, pistaches e avelãs. Legumes salteados e algumas pizzas enchem várias bandejas. Por todos os lados piscam corações e faixas vermelhas com as palavras "*I love you*".

Susanna joga o cabelo para trás.

– Viu quanta gente? E não são só casais!

Cristina olha em volta.

– Sim, é mesmo, há também vários grupos de rapazes e garotas.

Susanna dá um gole em seu Negroni.

– Hummm, olhe aquele rapaz ali.

Cristina se inclina em seu banquinho. Um homem alto, moreno, está em pé ao lado do balcão, perto da entrada, com ar de tédio.

– Aposto que está esperando a namorada.

– Eu acho que não. – Susanna o chama com um gesto.

– Susanna! O que está fazendo? – Cristina cobre o rosto com a mão.

O rapaz olha surpreso para Susanna. Balança a cabeça e pega seu copo. Aproxima-se delas. Está bem-vestido, é jovem e levemente bronzeado. Cristina vira para o outro lado.

– Não, por favor, Susanna, por favor...

– Qual o problema? O cara é um gato!

O jovem chega perto de Susanna.

– Você me chamou?

– Sim. Minha amiga e eu estamos procurando um lugar para ir esta noite. Um lugar legal para comemorar.

O sujeito olha para Cristina, que não sabe onde se enfiar.

– Ah, certo. Vocês podem tentar o Joia, na Via Galvani. Lá vão muitos vips e as mulheres pagam menos para entrar. No último andar há também um restaurante, mas é estilo *privé*, não sei se hoje...

Susanna o observa satisfeita.

– Ótimo conselho. Aliás, se não estiver ocupado, por que não aparece por lá? Por volta da meia-noite. Minha amiga e eu vamos jantar e depois passaremos no Joia. Você nos convenceu, não é, Cri? – Susanna se volta uma vez mais para Cristina, que assente, envergonhada. – Minha amiga é tímida, sabe? Mas também gostou da ideia. Enfim, a gente se vê. Ou está esperando sua namorada?

O jovem sorri.

– Não, só vim tomar um drinque. Podemos, sim, nos encontrar depois no Joia, assim nos conhecemos melhor. Tchau, lindas – e pisca para Susanna.

Assim que ele se afasta, Susanna solta uma gargalhada.

– Pelo amor de Deus, Cri, relaxe! Não estamos fazendo mal a ninguém. Viu que bonitinho?

– Susanna, você não o conhece, como marcou um encontro assim?

– Ei, não vou me casar com ele! Vamos nos divertir, dar uma volta – pega Cristina pelo braço e saem andando.

Outros rapazes do local percebem sua presença e dizem alguma coisa quando passam por eles. Um elogio. Uma frase. Uma tentativa de puxar conversa. Susanna ri e dá corda. Dois homens de uns quarenta anos se aproximam delas. Susanna entra na deles. Diz a todos que estarão no Joia à meia-noite.

– Susanna, já pensou no que vamos fazer depois?

– Muito simples! Não vamos fazer nada! Ande, vamos jantar!

Depois de meia hora, Susanna e Cristina estão em uma taberna. Comem alegres, bebem vinho tinto e brindam. Cristina começa a se soltar. Admira a amiga, que sabe se divertir. "Na verdade, eu devia aprender com ela. Tenho que voltar a viver, a me sentir mulher."

Também no restaurante Susanna marca no Joia com uns homens que ocupam a mesa ao lado. Pagam a conta. Correm para o carro se fazendo de malucas, arfando.

– Você está louca, Susanna!

– Sabe há quanto tempo eu não me sentia assim? E você? Está bem?

– Pode ter certeza!

Susanna liga o carro.

– É quase meia-noite. Vamos ver o que pescamos hoje! – E arranca a toda velocidade.

Pouco depois chegam ao Joia. Freiam e veem todos na porta. O metidinho, o grupo de rapazes, os dois quarentões e os da mesa ao lado. Todos esperam em pé na porta enquanto fumam ou falam.

– Não acredito! Vieram mesmo! – exclama Cristina olhando pela janela.

– Imagina o que aconteceria se descêssemos agora e fôssemos até eles? Se nos vissem?

– Eles iam se pegar!

Susanna e Cristina se olham.

– Não, iam bater em nós! – E soltam uma gargalhada.

Susanna acelera e se perdem na noite romana, se divertindo adoidado como duas adolescentes.

72

– Obrigada, viu? – diz Niki interrompendo Giulia, Barbara e Sara, suas colegas de faculdade.

– Obrigada por quê? – pergunta Sara surpresa.

– Vocês tinham que contar justamente a Guido que vou me casar?

Giulia é a primeira a se manifestar.

– Eu não disse nada.

Barbara e Sara também negam.

– Eu também não, juro.

– Nem eu! Talvez ele tenha falado com os meninos.

Barbara dá de ombros.

– Como íamos esconder uma notícia tão bonita como essa? Mas, por que achou ruim? Isso a incomoda?

– Não.

– Eu acho que ele gosta de você.

– Eu, se fosse você, antes de me casar, e em vez das idiotices que se costumam fazer com as amigas no Clube das Mulheres ou em qualquer outro lugar, sairia com ele; tenho certeza de que ele me daria uma verdadeira despedida de solteira.

– Serviço completo! – acrescenta Giulia rindo; a única que não namora. – Não sei por quê, mas tenho certeza de que deve ser um verdadeiro prazer.

– Giulia! Que é isso? É tão divertido passar juntas a noite anterior ao casamento, fazer bobagens inocentes! E não fazer o possível para ir para a cama com alguém.

– Se o alguém em questão fosse Guido, valeria realmente a pena!

– E olha que os caras do Clube das Mulheres não são de se jogar fora, viu?

– Vocês não sabem. Antes do verão, fui à despedida de solteira de uma amiga. Bem, na verdade, o único motivo para se casar foi que estava grávida. – Giulia percebe o que acaba de dizer e, principalmente, a cara de Niki. – Oh... desculpe... Bem, é que... – Giulia muda de expressão e adota uma mais firme. – Niki, você é um caso raríssimo; as garotas que se casam com vinte anos fazem isso por algum motivo!

– Não é verdade! Algumas também se casam por amor.

– Diga uma!

– Por exemplo – Niki fica pensativa –, Niki Cavalli.

– Sempre a mesma!

– Está bem! Voltando ao assunto, estava dizendo que fui a essa despedida de solteira tão divertida e que minhas amigas levaram de tudo, desde calcinha fio dental até de leopardo. Uma apareceu com um vibrador cor-de-rosa.

– Não!

– Sim! Nunca se sabe! Então, uma hora, levaram um bolo enorme só com uma vela e as seguintes palavras escritas em cima: "Apague-me e eu a acenderei!". Minha amiga Valeria soprou e, bum! O bolo explodiu e saiu de dentro um cara incrível, com um corpo de cair de costas. Enfim, puseram música e o cara começou a fazer um *striptease*. Juro que algumas gritavam, outras arrancavam os cabelos, e tenho certeza de que várias delas se masturbaram ali mesmo.

– Giulia!

– Bem, comigo foi assim. O cara era muito sensual, seus movimentos eram perfeitos, nem muito provocantes, nem vulgares. Quando estava quase nu, foi até Valeria, e com uma mudança de música perfeita, simulou fazer amor com ela. Foi um espetáculo lindo, eu juro.

– Por que está nos contando tudo isso? Quer abrir nosso apetite?

– Depois conversamos com ele. Chamava-se Daniel. Ele tinha dois diplomas universitários, em astrofísica e engenharia aeroespacial, havia escrito vários artigos, até em revistas estrangeiras, e só fazia aquilo para sobreviver.

– Por que na Itália não dão bolsa de estudos para essas coisas. Um absurdo!

– Que triste.

– Ah, mas mais triste ainda foi que ele disse que namorava. E, pior ainda, com um homem!

– Caramba! Mas vocês caíram na dele! Claro, um gênio gay. Para nós, pobres e simples solteiras, uma espécie de ídolo inalcançável.

– Pensando assim, com Guido é mais certeza!

– Ah, é. Esse de gay não tem nada.

Niki começa a rir.

– Sim, mas talvez não saiba fazer um *striptease*. E também não se formou ainda! O problema é sempre o mesmo: ser sincera consigo mesma e, acima de tudo, admitir o que se quer de verdade em um homem!

– Mais exatamente – Barbara sorri com malícia –, o que um homem a faz acreditar que pode encontrar nele. – Assim que conclui a frase, Luca e Marco se aproximam.

– Trouxemos bebidas! – Passam os copos que levam em uma bandeja grande.

– Obrigada – Niki pega um copo de Coca-Cola.

– Do que essas gatas estavam falando?

– Ah – Sara sorri. – Lembra de Kierkegaard, *Diário de um sedutor*? Disso.

Luca abraça Barbara.

– Eu sabia. Tive muita sorte. É difícil encontrar uma companheira linda e divertida. E inteligente, então! Isso é quase impossível!

Barbara se volta, surpresa.

– Meu amor, você não me contou que tinha outra!

Todos riem e Niki bebe de novo olhando rapidamente em volta. Nota que Guido conversa com uma garota bonita do outro lado da sala. Ela ri inclinando-se para frente. Guido continua bebendo limonada. Em certo momento, seu olhar se cruza com o de Niki e ele ergue o copo. "É absurdo discutirmos cada vez que nos vemos; no fundo, ele é simpático. E não é perigoso." Enquanto pensa, as palavras dele voltam à sua cabeça: "É em você que não deve confiar". O excesso de segurança faz escorregar com mais facilidade. Menos segura, ela toma um gole de Coca-Cola, e quando baixa os olhos, vê que Giulia a observa com um sorriso divertido nos lábios. Presenciou a troca de olhares e de sorrisos e agora encara Niki maliciosa, como se estivesse imaginando sabe-se lá o quê. E Niki percebe que é tarde demais para disfarçar.

73

Alex chega sem ar e toca a campainha. Flávio abre imediatamente, sério e contrariado. Alex entra e fecha a porta.

– O que foi? O que aconteceu? Por que tanta pressa? Nem me deu tempo de acabar a reunião para vir correndo até aqui!

– Na verdade, não sei o que dizer. Não sei o que aconteceu. Ele se trancou ali dentro e não fala comigo, não quer saber de nada, não ouve ninguém.

– Sério?

– Acha que estou brincando?

Alex olha desconfiado e Flávio se sente sinceramente desolado.

– Ele disse que só fala com você. Sério, Alex, estou falando sério.

– Hum...

Por fim Alex se convence. Talvez tenha falado com Susanna, devem ter trocado gentilezas, ou talvez tenham recordado tempos passados; talvez seja algo relacionado com os filhos. De repente, Alex tem uma intuição. Talvez Pietro, que sempre teve outras mulheres, tenha descoberto agora que ela está com outro. Essa última reflexão o convence. Bate, temeroso, à porta de Pietro.

– Pietro? Pietro, você está aí? Vamos conversar. De qualquer coisa. É melhor falar, pôr pra fora, em vez de guardar tudo. Ruminar as coisas em silêncio só piora!

Finalmente a porta se abre e ouve-se uma música a todo volume: "*Zazueira, zazueira... A, E, I, O, U, ípsilon!*"

Pietro sai do quarto fazendo trenzinho.

– Brasil... paraparapapa! – canta alto, feliz e alegre como nunca.

Atrás dele, com as mãos nos quadris, uma garota negra, uma venezuelana um pouco mais clara e três italianas.

– Entre no fim da fila, vem conosco! Da última vez, não fizemos a festa que você merecia!

O trenzinho desfila na frente de Alex alegre e divertido. Uma sucessão de cabelos cacheados e escuros, lisos e louros, e até ruivos. Os aromas se misturam no ar, do mais doce ao mais seco, mas todos desejáveis.

Alex fulmina Flávio com o olhar.

– Ele me pediu para não dizer nada; disse que você gostaria da surpresa.

– Claro!

Como se não bastasse, no final do trenzinho, com uma estranha fita colorida prendendo seu cabelo e uma azul no pescoço, está Enrico.

Alex fica boquiaberto.

– Você também?

– Sim! Sou muito feliz. Encontrei a babá. E, além do mais, Pietro e Flávio têm razão. Temos que nos alegrar por você! Você também disse isso, não foi? E você vai se casar! Temos que comemorar direito. Entre outras coisas, porque nós já nos casamos, e não corremos nenhum risco. Pe-pe-pe-pe-pe-pe-pe-pe-pe...

Desaparece rebolando como um perfeito carioca nesse trenzinho multiforme, multicolorido e multiétnico. E, principalmente, perfeitamente equilibrado no que se refere a curvas, como essas sobre as quais Enrico apoia, radiante, suas mãos.

– Zazueira... zazueira... – desaparecem atrás do último pilar no fundo da sala.

Trimmm! Toca o celular de Alex, que o pega no bolso do casaco verde e lê o nome na tela.

– Não acredito! É Niki! Ela tem um senso de oportunidade! – Abre o aparelho. – Eu ia ligar para você, meu amor.

– Você sempre ia me ligar, e sempre, nem que seja alguns segundos, eu me adianto.

Alex pensa por um momento.

– Tem razão, deve ser algo genético. Parece que você tem um relógio biológico que faria os suíços morrerem de inveja; ou talvez seja ainda mais simples: nossas mentes se sintonizam perfeitamente. Só que você é mais rápida que eu!

– Hummm... – Niki reflete por um instante. – Não sei por quê, mas atrás de cada elogio vejo sempre uma enganação.

– Meu amor! Que horror! Assim você me tira a vontade de gritar ao mundo a sorte que eu tenho de ter ao meu lado uma mulher tão perfeita. E, logo, vai ser para sempre!

Niki sente um calafrio e fica sem ar. Medo. Essas palavras. Para sempre. Mas se recompõe rapidinho e prossegue como se nada houvesse acontecido:

– É... Quando você diz essas coisas, em vez de enganação eu diria deboche.

– Meu amor, sei que talvez você não acredite, mas penso isso de verdade. Quem, ou o quê poderia levar um homem a pedir a mão de uma mulher além, simplesmente, de tudo o que sinto por você? – Antes que possa acrescentar mais alguma coisa, o trenzinho sai pela porta da sala.

– *Zazueira... zazueira...* – Passa por Alex, que se afasta imediatamente e vai para a cozinha buscando um pouco mais de tranquilidade.

Mas, como sempre, Niki não deixa nada escapar.

– Onde você está, Alex? Em uma danceteria?

Ele sente vontade de rir.

– Não, estou na casa de Pietro.

– Ah, bom... Você me disse que ele estava muito triste, que precisava vê-lo com urgência, que Flávio havia ligado e que não sabia o que estava acontecendo.

– Sim, isso mesmo.

Pietro para diante dele e sopra uma língua de sogra em seu rosto. "Piiiiii..."

Alex o expulsa imediatamente da cozinha e fecha a porta. O silêncio, de novo, é quase absoluto.

– Que barulho todo é esse?

– Não sei. Talvez um alarme. Mudei de lugar.

– E então?

– Então nada. Cheguei aqui certo de que alguma coisa séria tinha acontecido, mas era uma brincadeira, fizeram uma surpresa para mim.

– Que tipo de surpresa?

– Que tipo? Nada demais, um pouco de gente, champanhe, comida, música... Uma pequena festa para comemorar a notícia de nosso casamento.

– Imagino que deve haver algumas garotas também.

– Sim, acho que trabalham no escritório de Pietro. Não sei, quando você ligou eu havia acabado de chegar.

– Hum... – Niki fica pensativa. – Justo hoje, minhas amigas e eu estávamos falando disso. Elas tiveram várias ideias para a minha despedida.

– Mas, meu amor, isto não é nenhuma despedida de solteiro. É muito cedo ainda.

– Ah, então, posso ir?

Alex fica mudo; a pergunta o pegou desprevenido. Olha pela porta de vidro que liga a cozinha à copa. Pietro está dançando entre a garota negra e a lindíssima venezuelana, roçando seus corpos. Em momentos como esse é que não se pode deixar-se pegar desprevenido.

– Claro, por que não? Quer vir?

Niki pensa um pouco e decide.

– Não, não... Amanhã de manhã tenho aula muito cedo. Mas não volte tarde, viu? E não se distraia muito nem beba demais. E, principalmente, não faça nada que depois não possa me contar.

– Meu amor, estou de acordo com tudo, menos com a última coisa que disse.

– O quê?

– Se depois eu lhe contar, é como se tivesse permissão para fazer de tudo!

– Claro, como não! Experimente! Você me conta e depois a gente conversa!

Niki desliga com essa última ameaça. Alex balança a cabeça, rindo. "É fantástico ter uma namorada assim, estou feliz de me casar com ela. Quando existe perfeita sintonia podemos contar tudo, não é preciso esconder nada; a gente se sente leve, sem preocupações e pode ser natural. Porque não há nada mais terrível que ter que se adaptar, que se esforçar para ser como na realidade não se é. Era mais ou menos isso que acontecia com Elena. Claro que ela era uma mulher excepcional, passei momentos maravilhosos com ela. O sexo era incrível, cheio de imaginação, de malícia, até de perversão às vezes. Elena sabia ousar, gostava de ir até o fim, de apimentar o sexo com fantasias. Uma vez, quis que assistíssemos *Lucía e o sexo*, e quis sentar na última fileira do cinema. Ainda lembro. Ela estava de saia, camiseta, casaco e meias de renda. E só. E enquanto as cenas do filme passavam pela tela, Elena se deixou levar pelo que acontecia, pegou minha mão e... Chega, Alex! Por que estou pensando nessas coisas? O que isso tem a ver comigo agora? Elena era estranha e, de fato, depois descobri o que estava escondendo. Por que estou pensando nela justamente agora? Será que tenho medo que o desejo que sinto por Niki possa diminuir por ela não ser tão ousada? Honestamente, Alex, porque ela, no fundo, não é uma 'saída'. Pode ser. Alex, agora você vai ter que inventar, que mudar, que alimentar o desejo, o seu e o dela, enquanto antes você é que era seduzido nesse sentido. Agora vai ser obrigado a fazer isso. E talvez goste mais. Ou pode ser que ela, Niki, mude, se torne mais mulher, mais adulta, use roupas de couro e botas até o joelho." Alex imagina uma Niki mais sensual, diferente, com o cabelo curtinho, uma espécie de Niki-Valentina de Crepax, vestida de preto dos pés à cabeça, sem calcinha, com um casaco de pele e uns objetos bizarros na mão. Ela é atrevida, sexy e atirada, apoia-se nos móveis da cozinha. Volta-se para ele, está com os olhos pintados de preto, os lábios de uma cor mais escura, intensa, mas não vulgar; sorri e espera, maliciosa, que Alex se aproxime. Enquanto isso, inclina-se levemente para a frente...

– Alex, o que está fazendo? – Pietro aparece de novo na cozinha. – Ainda no telefone? Vamos! Esta festa é em sua homenagem. Divirta-se esta noite, quem sabe quando vai poder se permitir liberdades deste tipo outra vez!

Alex sorri, sai da cozinha e imediatamente se une ao trenzinho colorido, que não parou em nenhum momento. Enrico lhe dá seu lugar, deixa-o entrar na frente dele.

– Vamos!

A festa continua. Flávio, que está sentado no sofá, também parece alegre; conversa com uma brasileira tentando lhe ensinar várias palavras em italiano, que ela parece não captar.

– Você, *paracula* (espertinha).

– O quê?

– *Furbetta* (espertinha).

– *Furbetta*?

– Astuta! Direta ao ponto, entende?

– Não! – A brasileira se levanta, começa a dançar e exibe seus atributos rebolando em um ritmo perfeito. – Direta, não. Eu, sou só curvas!

Alex balança a cabeça e agora admira os quadris suaves e sem um grama de gordura de uma lindíssima venezuelana, que passa ao seu lado, olha para ele e sorri. "Sim, reconheço que é linda, é minha festa e quero me divertir; mas, e Niki-Valentina? Quem é capaz de esquecê-la?" Continua dançando alegre e sereno, ciente de que seu verdadeiro sonho proibido o espera em casa.

74

Olly chega com uns minutos de atraso. As portas de vidro se abrem, as garotas da recepção a cumprimentam. Sobe de dois em dois os degraus da escadaria do hall, percorre um longo corredor e entra no departamento de Marketing. Cumprimenta os colegas que já estão trabalhando. Vai para sua mesa e se senta. Solta um longo suspiro. Olha pela janela. O céu está levemente nublado, mas ainda não chove. E talvez nem chova. Olly liga o celular. Precisa acabar de organizar um dos arquivos de endereços para a nova campanha publicitária. É um simples trabalho de arquivamento em ordem alfabética; e precisa acrescentar vários nomes novos. Bufa e abre o Excel. Nesse momento entra Bruno. Ele a vê sentada à mesa. Ajeita o cabelo, os óculos e se aproxima.

– Oi, como vai?

– Não vai.

– É, eu sei. Você está há mais de um mês aqui, e se Eddy não a mandou embora é porque tem uma boa opinião sobre você.

– Grande consolo. Ele nunca fala comigo, daqui a um mês o estágio acaba e eu não aprendi nada sobre design de moda.

– Você sabe o que dizem, não? Para aprender a escrever, basta calçar um par de sapatos e sair andando. Quer dizer que se começa de muito longe.

– Onde você ouviu isso? – Olly continua digitando sem olhar para Bruno. Percebe que foi rude com ele e ergue o olhar. – Desculpe, não estou irritada com você, é que está tudo dando errado. Até no amor.

Bruno olha para ela e opta por não aprofundar o assunto. Ela está estranha.

– Como vão seus desenhos? – pergunta.

– Bem, sou a única que olha para eles, ninguém presta a menor atenção. Ainda estão na gaveta.

– Mostre-me os últimos.

Olly inclina a cabeça aborrecida. Bufa.

– Não, melhor não...

– Vamos, não se faça de difícil – Bruno contorna a mesa e abre a gaveta.

– Não – Olly tenta detê-lo, mas Bruno é mais rápido. Pega a pasta e abre. Dá uma olhada.

– São lindos, Olly!

– Só você acha.

– Não, é sério, confie em mim.

Ela olha para ele sorridente. "Esse rapaz é um doce. Faz o possível para ser gentil comigo, mas eu estou tão mal! Não paro de pensar em Giampi. Não deu sinal de vida. Não responde as mensagens nem os e-mails. Também me ignora no Facebook, e quando estamos no MSN, desliga imediatamente. Como se não bastasse, em seu perfil está escrito: 'Decepcionado com o amor'. Fantástico. Estou péssima."

– Quer um café, Olly? Não faz mal que tenha chegado tarde... cinco minutos mais ou menos. Vamos descer.

Bruno a leva pela mão. Saem da sala, passam pelo hall, entram na lanchonete e põem duas doses de café na máquina. Esperam uns segundos e depois retiram de baixo do aparelho os copinhos de papel. Pegam uns envelopinhos de açúcar mascavo e duas colherinhas.

– Estou falando sério, Olly, você precisa acreditar um pouco mais em seu trabalho.

Ela dá o primeiro gole e então sopra para esfriar um pouco o café.

– Essa é boa. Eddy, a única pessoa que conta aqui, primeiro disse que eram dignos de uma criança da pré-escola, e depois, de segundo ano.

– Está vendo? Isso significa que já deu um passo à frente! Agora você deve estar, no mínimo, no primeiro ano do ensino médio.

Bruno termina o café com um gole só. Deixa apenas um pouco de açúcar no fundo e o recolhe com a colherzinha.

– Você é otimista, hein? Desde esse dia, ele não me disse mais nada. Nem lembra que eu existo.

Bruno a observa. Coloca na boca a colherzinha com o açúcar. "Eu sei que você existe. Você é linda. Mas fico me perguntando se sabe disso. Se se importa. Se sabe que eu gosto de você." Olly se vira de repente e vê que ele olha para ela. Bruno fica sem jeito. Engasga com o açúcar e tosse.

Olly esboça um sorriso.

– Vamos voltar lá para cima. Senão, Eddy vai me pôr na rua rapidinho.

Jogam os copinhos no lixo e sobem de novo a escadaria do hall. Quando entra em sua sala, Olly leva um susto enorme. Eddy está sentado à mesa dela. Bruno olha para ela e pisca. A seguir, deixa-os sozinhos. Olly engole em seco e vai até sua mesa.

– Você faz o que lhe dá na telha, não é? Pausa para tomar um café às nove e meia. Nem sequer começou a trabalhar e já se ausenta. E, como se não bastasse, chegou tarde hoje.

Olly treme. "O que está acontecendo? Ele tem espiões por todo lado?" Mantém a calma. Eddy se levanta e se dirige a outra garota. Diz alguma coisa sobre o trabalho. Depois olha de novo para Olly antes de sair.

– Você não tem nada a ver aqui. Nem mesmo seria capaz de desenhar, sei lá, três modelos com seus respectivos tecidos. Mas, pelo visto, é o que quer fazer... Bah! – E sai.

Olly assente sem deixar escapar uma palavra e o observa enquanto se afasta. "O que foi que eu fiz pra esse cara?"

75

Pietro folheia rapidamente o jornal com a mão esquerda enquanto bebe um *cappuccino* com a direita. De repente, vê uma notícia e balança a cabeça pouco convencido. "Não é verdade. Que enganadores! Cinquenta por cento das notícias que saem nos jornais são falsas. Deviam checá-las." Ao fundo da sala abre-se a porta do quarto de Flávio, que sai com o cabelo desgrenhado e com a parte de cima do pijama ao contrário.

– Nossa, que noite!

– Fale direito – Pietro termina seu *cappuccino*. – Nossa, que trepada! Ou não?

– Sim, incrível. – Flávio continua atordoado, mas sorrindo; senta-se orgulhoso à mesa e serve um pouco de café em uma xícara. – Quase não podia acreditar, é uma fera. Ela me deu uma canseira, de verdade. Nunca teria imaginado, foi uma noite realmente incrível!

Pietro veste o casaco.

– Espero que sim, porque, com o que me custou, só faltava que depois você não ficasse satisfeito.

– Está falando de quem? Da brasileira?

– Claro! Essas duas custam quinhentos euros por noite, o que está pensando? Ela e a venezuelana! Queria que Alex e você ficassem satisfeitos. Você precisava recuperar um pouco sua autoestima, sua tranquilidade e principalmente, descarregar! Ele... bem, era a festa dele, ou melhor, seu sacrifício! Enfim, ele merecia uma acompanhante com qualidades especiais!

Nesse momento Pietro percebe que Flávio está boquiaberto.

– Desculpe, mas você achou que estava na cama com uma garota normal? Dava para ver de longe, só pelo jeito de dançar! Não viu como ela esfregava os peitos na sua cara e mexia a bunda? Pelo amor de Deus, é de matar!

– É, é verdade... Bem... – Flávio tenta se refazer. – Eu achei que... Enfim, como se fazia de boazinha...

– Claro! É o trabalho dela. O homem sempre deve acreditar que é o predador!

Flávio dá um gole de seu *cappuccino*. Continua pensando no que aconteceu.

– E as outras?

– Não, aquelas eram apenas dançarinas. Cento e cinquenta euros.

– Ah, apenas... Dançavam bem.

– Sim, maravilhosamente. Bem, vou trabalhar, companheiro. De qualquer maneira, estou feliz, a noite não podia ter sido melhor.

Flávio pensa de repente:

– E Enrico e Alex?

Pietro põe o casaco.

– Você estava tão bêbado que não percebeu nada. Enrico sentiu uma repentina saudade de Ingrid.

– Apesar dessa babá, Anna, que, como ele diz, é uma maravilha?

– Sim, não aguentou e caiu fora. Samantha, uma das dançarinas, pediu uma carona, mas ele se negou.

– Não!

– Sim, tive que chamar um táxi.

Flávio balança a cabeça e morde um pedaço de *croissant*.

– Ele está péssimo. E Alex?

Pietro sorri.

– A venezuelana. Você viu como era linda?

– Sim, Monica Belluci perto dela é uma baranga.

– Bem, eu gostaria de lhe contar o que vi Alex fazer, mas sou um cavalheiro.

– Não! Desde quando?

Pietro assente.

– Sou um safado, mas cavalheiro – Segue em silêncio para a porta de entrada. – Só direi uma coisa: enquanto você dormia, eu a ouvi gritar – e sai deixando Flávio curioso.

"Incrível. Quem diria? Alex a fez gritar... nunca se sabe o que esperar das pessoas. Achamos que são de um jeito, mas depois sempre nos surpreendem."

Nesse exato momento, abre-se a porta da rua e Pietro entra novamente.

– Ei, a história de Alex é brincadeira, viu? Quem dera ele tivesse caído na armadilha! Aquele ali está completamente apaixonado e acha que até dormindo com putas está enganando Niki.

– Ah... – Flávio se sente aliviado. – Então?

– Então, não fez nada!

– E você desperdiçou quinhentos euros?

– Eu? Está maluco? No fim, eu disse a ela que também vou me casar mês que vem! Quem é o trouxa que deixa escapar uma coisinha daquela?

– Só Alex!

– Pois é! – Pietro fecha a porta e depois grita de fora: – Ah, não esqueça de fazer as compras!

Flávio pega um papel e começa a anotar tudo que precisam comprar. Macarrão, água, guardanapos, copos, vinho tinto, branco, champanhe... champanhe como o da noite passada. Para, coloca a caneta na boca e fica contemplando a sala distraído. Jacqueline, a brasileira, era demais. Lembra em flashes os diversos momentos da noite, a lua, seu corpo escuro entre os lençóis brancos, e todas as coisas que lhe disse, palavras de amor, palavras doces, palavras de um bêbado. "Quem sabe, talvez ela risse por dentro. Quero dizer, havia sido paga, de modo que todo aquele papo estava de sobra. Eu poderia ter dito a maior bobagem que ela teria me dado a mesma atenção. E eu que pretendia lhe mandar flores com um bilhete... Palavras de amor. 'Na escuridão da noite, um único sorriso: o seu.' Ela tinha uns dentes perfeitos." De repente, invade-o uma sensação de vazio, uma tristeza infinita, um mal-estar existencial. E pensa nela. Em Cristina, em sua esposa, em sua vida, em sua trajetória juntos, em seu desejo de construir e, principalmente, na beleza de sentir-se apaixonado. E, de repente, esse *loft* lhe parece completamente vazio e nunca como nesse momento caiu tão bem aquela frase que seu pai lhe disse antes de se casar: "Haverá dias em que você não terá vontade, em que terá que se esforçar até para fazer amor com sua esposa. Mas chegará um momento em que o relacionamento de vocês lhe parecerá tão importante que o resto não terá valor. Sabe quando esse momento aconteceu para mim? Quando você nasceu." Nesse instante, Flávio entende outra coisa. Que crescer é muito doloroso.

76

A sala de espera está bem iluminada. Uma emissora de rádio toca as músicas de sempre num volume agradável, que não incomoda. Cores suaves e relaxantes. Em uma das paredes, uma imagem engraçada: patos retratados em diferentes cenas. Um correndo vestindo um agasalho, outro levantando pesos, outro fazendo um bolo. As cadeiras são confortáveis, robustas e acolchoadas.

Uma mulher folheia um jornal entediada. Para em uma fotografia grande de moda, observa a modelo e faz uma leve careta. Depois, passa a página e lê. Um casal de uns trinta anos de mãos dadas comenta em voz baixa algo que aconteceu pela manhã em uma loja. Sob o casaco dela adivinha-se uma saliente barriga. Parecem felizes. Uma jovem, sozinha, escreve nervosa um SMS. Depois espera uns instantes até receber a resposta. Lê. Revira os olhos ainda mais nervosa. Outra mulher está sentada ao lado de um menino de uns quatro anos que brinca com um boneco enquanto a enche de perguntas. Ela responde com paciência e doçura.

Diletta balança os pés. Filippo está em silêncio. Olha em volta. "Esses dois... quem serão? São casados? Estão bem?" Depois pensa neles. "Somos muito novos. Ainda não acredito. Se a ginecologista confirmar, o que vamos fazer?" Continua remoendo essas ideias, que, sem sombra de dúvidas, são demais para ele. Torce as mãos e entrelaça os dedos.

Diletta respira profundamente. Olha para o menino rechonchudo, engraçado, louro e curioso. Uma vida em crescimento. Toca seu ventre sem se dar conta, como um ato reflexo. De repente, sente-se leve. Emocionada. Está com medo, sim, mas essa espera não deixa de ser também uma sensação agradável. Mas não comenta com Filippo. Sabe muito bem o quanto ele está perturbado. Muito.

– Adeli?

Uma voz tira Diletta e Filippo de seus pensamentos.

– Sim, somos nós.

Levantam-se ao mesmo tempo e entram no consultório da ginecologista.

– Bom dia. Fiquem à vontade. – A doutora Rossi parece uma pessoa gentil. É uma mulher de cerca de quarenta anos, magra, de cabelos longos na altura dos ombros, lisos, castanhos-claros. Usa óculos. Tem um olhar bondoso e sorri de maneira tranquilizadora. – Pois não?

Diletta e Filippo olham em volta. Nas paredes, vários pôsteres com imagens ilustrativas das diversas fases da gravidez ou do ciclo menstrual. O sol do entardecer ilumina uma grande planta junto à porta de vidro. Em cima da mesa, um porta-retratos com a fotografia de duas crianças sorrindo em uma praia. Provavelmente filhos da médica.

Diletta reúne coragem.

– É... bem, é que ontem à noite fizemos dois testes de gravidez e... – A doutora Rossi olha para ela impassível, pega uma pasta nova no móvel a suas costas e escreve o nome de Diletta. A seguir, abre e anota algo. Diletta procura Filippo com o olhar e prossegue, hesitante. – Os dois deram positivo, dois risquinhos escuros, mas não sabemos se...

A doutora continua escrevendo. A seguir, ergue a cabeça e olha primeiro para Diletta e depois para Filippo.

– Entendo. Quantos dias de atraso?

– Duas semanas.

– Muito bem. Querem saber se o resultado é confiável. Fizeram bem em vir. De fato, é melhor fazer um exame mais detalhado. Para começar, uma ultrassonografia transvaginal nos dará mais certeza. E depois, um beta-hCG, ou seja, um exame de sangue. Certo? – fala em tom tranquilo. Os dois jovens são muito novos e ela sabe que estão assustados. Diletta percebe o cuidado dela e sorri.

– Está bem – responde olhando para Filippo, que assente.

Observa-o por alguns segundos. Está um pouco pálido. "Em que será que ele está pensando? Não abriu a boca desde ontem à noite."

Filippo observa o monitor ligado a certa distância, ao lado da maca. Lá no fundo, espera que desfaça em um passe de mágica todos os seus temores.

– Precisa ir ao banheiro? – pergunta a doutora a Diletta.

– Não, não, estou bem. Fui antes, enquanto esperava.

– Perfeito. A transvaginal deve ser feita com a bexiga vazia.

– Meu namorado precisa sair? Eu gostaria que ficasse.

– Como ele preferir, para mim é indiferente.

As duas mulheres se voltam para Filippo, que, envergonhado, faz que sim.

– Não, não... eu vou ficar – diz, e permanece sentado.

A ginecologista pede a Diletta que tire a parte de baixo da roupa e que se deite na maca. Conversa com ela para tranquilizá-la, brinca um pouco também dizendo que formam um belo casal. Diletta relaxa e deixa que a examine. A doutora começa. Lava as mãos e coloca luvas brancas de látex. Filippo a observa e sente sua cabeça começar a girar. A doutora Rossi introduz a sonda coberta por um preservativo e gel. Enquanto isso, vai explicando tudo a Diletta com palavras simples, tentando confortá-la.

– Se incomodar, avise, vou devagar. Aqui estão o útero e os ovários. Veja comigo no monitor. – Diletta assente com a cabeça, sente um leve desconforto, mas nada que não possa suportar. A doutora é gentil. Deita um pouco a cabeça, na direção da tela, que mostra uma espécie de meia-lua riscada. – Já havia se visto assim? Impressionante, não é? – sorri.

Diletta nega com a cabeça e continua escutando atentamente, sempre olhando para ela.

– Esse tipo de ultrassonografia permite ver a cavidade uterina. Aqui está – continua mexendo pouco a pouco a sonda para explorar tudo. De repente para. – Muito bem – Filippo se levanta da cadeira e se aproxima delas. Tenta compreender essas imagens desagregadas que se mexem pelo monitor. –, aqui está a bolsa gestacional. Agora está com quase um centímetro de diâmetro e vai crescer durante os próximos dias.

– O que isso quer dizer? – pergunta Filippo, levemente assustado.

– Que sua namorada está em estado interessante – responde a doutora olhando e sorrindo para Diletta. – De qualquer maneira, ainda têm várias semanas para decidir se querem ter o bebê ou não. Já vamos conversar sobre isso. – Filippo e Diletta se olham assustados. – Pode descer e se vestir.

Diletta obedece. Filippo volta a se sentar um pouco atordoado e em silêncio. “Estado interessante... Por que chamam assim? Para quem é interessante? Para mim não, pode ter certeza. Eu tenho interesse em outras coisas. Correr no parque. Estudar. Provas de arquitetura. Meus CDs. Todos os filmes de Tom Cruise. Bolo de chocolate com coco. Fazer amor com Diletta. Isso, não. Isso me assusta.”

Diletta se senta ao seu lado. Toca o braço dele. Ele se volta para ela tentando sorrir.

A doutora Rossi olha para eles com doçura.

– Vocês parecem surpresos. Eu entendo. Seja como for, não vamos fazer drama. Por enquanto, sugiro que conversem com seus pais, porque, mesmo sendo maiores de idade, de qualquer maneira são muito jovens, e, portanto, é melhor serem sinceros e dividir com eles este momento. Depois, como disse antes, vocês podem decidir com calma o que fazer. Eu aconselho que procurem um especialista que vai tirar suas dúvidas, os eventuais temores que possam ter, e vai lhes dar algumas indicações úteis. Podem ir com toda a tranquilidade. É muito importante, tão importante quanto falar com as pessoas que os amam.

– Está se referindo a uma possível interrupção? – intervém Filippo.

Ao ouvir essa palavra, Diletta se volta de repente e olha para ele com ar interrogativo. A doutora Rossi percebe.

– Sim, é uma das possibilidades. Mas, antes de tomar uma decisão, precisam refletir com calma. Desabafem, e não escondam nada do que possam sentir. Não é hora de levar as coisas na brincadeira. Tentem imaginar as possíveis situações, as consequências de suas respectivas decisões para os dois, e discutam o assunto. A decisão só vem depois. Ouçam o que diz seu coração e não percam a cabeça. É o que digo a todos: não se preocupem. A gravidez é um momento importante em qualquer idade.

Diletta continua sem acreditar.

– Mas, doutora, posso voltar aqui? Eu não tenho ginecologista. Só conheço meu médico de família. E gostei de você.

A doutora Rossi sorri.

– Obrigada! Se quiserem, claro. Então, vou solicitar o hemograma e fazer sua anamnese. Quando trouxer os resultados, você me conta como foram os primeiros dias depois da notícia, está bem?

– Certo.

– Muito bem. Diga seus dados para eu anotar.

Enquanto Diletta responde, Filippo permanece sentado ao seu lado, imóvel e em silêncio. Não sabe o que fazer. Pensa. "Diletta pediu à doutora para fazer o acompanhamento com ela. Diletta olha zangada quando se fala em aborto. A ginecologista fala de tudo como se fosse a coisa mais natural do mundo. E eu? E eu, nessa história toda? Alguém pensou em mim? Pare o mundo que eu quero descer. Quero voltar para aquela noite e mudar tudo. Por que fui ter a brilhante ideia de dar uma volta tão longa para mostrar aquele arco para Diletta? Não podia ter me limitado a levá-la para casa? De agora em diante, vou carregar pelo menos dez preservativos no porta-luvas. Quero fugir. Gostaria de acordar amanhã de manhã e descobrir que tudo foi só um pesadelo. Que Diletta está menstruada, que tudo voltou a ser como sempre, e que eu não estou prestes a me tornar... pai! Pai! Socorro! Uma criança no meu colo. Meu filho." Surgem em sua mente as cenas mais absurdas. *Três solteirões e um bebê.* Passou na tevê outra noite. Até riu. Peter, um arquiteto, Michael, um designer de quadrinhos e de bonecos, e Jack, um ex-publicitário e ator, encontram uma manhã um cesto na porta de casa. Dentro está Mary, uma menina recém-nascida. Que cenas! Quando a trocam ou tentam alimentá-la... Filippo começa a tremer um pouco. Está sem ar, e seu coração bate a mil por hora.

– Não é, Filippo?

Ao ouvir seu nome, agita-se.

– Hein? O que foi?

– Não me ouviu? Eu disse que vamos voltar ao consultório da doutora dentro de uma semana com os resultados do beta-hCG. Está bem?

– Ah... sim, claro.

– Diletta, é importante você saber que, a partir de agora, desde as primeiras semanas, os hormônios sofrem alterações para proteger a gravidez. Você vai se sentir diferente. Por exemplo, um pouco tonta, com náuseas, talvez não goste de algumas comidas ou não suporte certos cheiros. De qualquer maneira, tudo isso é normal e não precisa se preocupar.

Diletta assente. Parece aérea. Ouve as palavras e entende, mas não assimila bem tudo. Volta-se para Filippo. Vê que ele está transtornado.

– Muito bem, aqui está meu cartão. Dentro de uma semana, às seis da tarde. Espero vocês. E, por favor, mantenham a calma. Certo?

Diletta e Filippo se levantam.

– Sim, obrigada, doutora. Até a semana que vem.

A doutora Rossi os acompanha até a porta. Observa-os enquanto saem silenciosos e depois volta a seu consultório. Senta-se um momento antes de chamar o próximo paciente. Pega o porta-retratos. Olha para a fotografia. Os dois sorrisos retratados cumprimentam-na, felizes, naquela praia de Fregene. Balança levemente a cabeça. Uma rápida recordação atravessa sua mente. Volta no tempo e, de repente, a contagem regressiva para. Vê uma garota de dezenove anos, linda, segura de si. Cercada de amigos e sorrindo. Uma noite equivocada. Ou talvez só arriscada. Alguém a quem amar. Uma noite exclusivamente sua. E a seguir, uma encruzilhada. O medo. A solidão. E uma decisão. Essa decisão. Drástica. Que tomou com determinação depois de passar várias noites de prantos e incertezas. E sem alguém com quem dividir. Manter as aparências. E depois a clínica. Agora. Tudo perfeito. Como se fosse algo sem importância.

A doutora Rossi volta a olhar a fotografia após ser catapultada de novo ao presente. Dois rostos. Seus filhos, que nasceram há apenas alguns anos. E um terceiro, mais velho, que só pode imaginar, recordar às vezes, um segredo em seu passado, uma época remota em que ela era uma garota frágil que se rendeu ao silêncio e ao medo. Coloca de novo o porta-retratos na mesa. Levanta-se, vai até a porta e a abre.

– O próximo. Constantini, por favor.

77

O hall está cheio de gente. A música é para dançar e toca a um volume que permite conversar. Belas modelos andam de um lado para o outro sorridentes, com suas respectivas taças. Homens em trajes esporte fino conversam com elas. A festa que o ateliê de moda faz todos os anos para distribuidores, fornecedores e clientes, bem como para fazer negócios, é um sucesso. Respira-se elegância por todos os lados. Olly convidou as Ondas também. Só falta Diletta, que se sentia um pouco cansada. Erica está conversando animadamente com Tiziano e sorri. Niki está sentada em um dos dois sofás brancos da entrada, enquanto dois jovens atraentes, talvez modelos, cercam-na tentando arrancar um sorriso. Olly, por sua vez, corre de um lado para o outro junto com uma moça atarracada que trabalha no departamento de Marketing.

– Temos que pegar mais catálogos, acabaram!

– Ok, estão lá, vamos!

– Quanta gente linda! Nunca estive em uma festa assim!

– O mundo da moda é assim – responde a outra garota. – Fazemos uma dessas todos os anos e mais duas em locais importantes de Roma e de Milão.

– Que legal!

– É. Ah, e quando sobram roupas do mostruário, às vezes eles nos dão de presente.

– É mesmo? Não acredito!

– É, distribuem tudo entre os funcionários.

– Ah... – Olly faz uma cara de espanto e segue a garota.

Entram em uma sala e pegam os catálogos.

– Olá!

Olly se vira e vê Bruno.

– Olá! Por que não está lá embaixo?

– Acabei de subir. Cansei de ficar lá. O que estão fazendo?

– Viemos pegar mais catálogos. Tome, ajude aqui – responde imediatamente a outra garota.

Bruno obedece, e passados alguns instantes, os três estão de novo embaixo, distribuindo os catálogos pelas mesas de vidro para que as maravilhosas modelos os entreguem depois, sorrindo, aos convidados com um pequeno presente: um chaveiro com a marca.

– Vou ao banheiro, pessoal!

– Está bem, Olly, estamos no buffet.

Bruno se afasta com a outra garota para pegar uma bebida. Olly abre caminho entre as pessoas com educação e paciência. Todos dançam, falam, sorriem e mostram o melhor de si mesmos.

– Que maravilha!

Olly sente alguém segurar seu braço. Vira-se. Um rapaz lindíssimo, de cabelo comprido, com camadas e uma mecha sobre os olhos olha para ela. Olly repara que leva no pescoço uma Nikon D3 profissional. Reconhece porque viu uma igual no eBay, quando estava procurando uma boa câmera fotográfica. Custa pelo menos 4 mil euros.

– Desculpe, mas tenho que...

– Quero tirar uma fotografia sua. Você é lindíssima... É modelo?

Olly sorri. Ele é encantador.

– Não... trabalho aqui, mas não sou modelo.

– Pena, deveria... – olha para ela intensamente. Olly fica um pouco vermelha. – Ouça, lá em cima há um terraço lindo. Por favor, eu gostaria de fazer umas fotografias com você. Vamos, é só um instantinho. Ah, estava esquecendo, meu nome é Christian. Chris para você.

Olly reflete por uns segundos. Christian. Claro. Chris. É um fotógrafo famoso de Roma, jovem e em ascensão. Desde que trabalha ali, já viu alguns de seus trabalhos. A música continua animando o ambiente. As pessoas parecem se divertir. Olly olha para ele de novo.

– Meu nome é Olly.

– Um nome lindo, como você.

Pega na mão dela. Quando passam por um garçom que carrega uma bandeja com taças de champanhe, Olly pega uma e a esvazia de um gole. Chris ri. Uma modelo altíssima passa por Tiziano, que olha para ela de boca aberta e engole em seco. Erica bate em seu ombro.

– Ei, o que está olhando? Se eu soubesse que você ia ficar babando desse jeito, não o teria trazido à festa.

– O que estou olhando? Ora, este lugar está cheio de mulheres maravilhosas! Você é mesmo uma amiga de verdade! Eu sempre disse! – e a beija.

– Sou mais que uma amiga. Digamos que sou uma "amiga especial". Mas você nunca esteve em uma festa de um ateliê de moda?

– Como se você fosse todos os dias a festas assim! Claro que não! É a primeira vez. Eu só vejo as modelos na televisão e em algumas revistas. Nunca pessoalmente! E tenho que reconhecer que a coisa muda! Veja essa! E a loura! E aquela outra de cabelo liso. Minha mãe! Vou enfartar! Vamos beber alguma coisa, venha. Será que Olly poderia me apresentar alguma, já que trabalha aqui? Assim, eu poderia tirar umas fotografias com o celular para mostrar por aí!

Erica belisca o braço dele.

– Ai! O que foi que eu disse? Não quero ir para a cama com elas! E, se quisesse, qual é o problema?

– Era só o que me faltava! Lembra que veio comigo? Que tipo de cavalheiro você é?

– Bem, se você pretendia que me comportasse como um cavalheiro, não devia ter me trazido a um lugar como esse. Não percebe? Além do mais, não me diga que você não fica impressionada com os modelos. Viu os caras?

– Vi! Claro que vi! Mas sou educada, e não gosto de ser indelicada com meu acompanhante!

Enquanto continua observando as pessoas, vê Olly, que está de braços dados com um rapaz lindíssimo de cabelo comprido. Aperta os olhos. Não é possível. Sim, ela o viu uma vez na televisão. É Chris, o famoso fotógrafo de moda, um dos mais atraentes e célebres do momento! E Olly está de braços dados com ele! Que sorte! Caramba! Ela é demais. É assim que se faz. Erica ergue um braço para chamar a atenção da amiga. Olly a vê enquanto sobe a escada com Chris. Olha para ela. Erica levanta o polegar em sinal de aprovação e pisca. "Sim, eu tenho uma amiga genial. Vamos ver com quantas fotos magníficas ela vai voltar para casa amanhã. Vamos, Olly, mostre a ele quem você é!"

Nesse exato momento, Bruno também vê a dupla e estranha, mas permanece onde está e continua bebendo, procurando passar despercebido. Chris e Olly chegam ao andar de cima e atravessam o corredor que leva ao imenso terraço. Chris faz Olly girar algumas vezes e ela obedece sorrindo.

– Você é fantástica. E se movimenta com espontaneidade.

Olly gira o corpo novamente, apoia-se no parapeito, olha para o céu, sorri, faz caretas, ajeita o cabelo e levanta um pouco a saia com malícia. Não pode acreditar. Sente-se bem, leve, com vontade de relaxar. E relaxa. Por alguns instantes Giampi deixa de existir. Giampi e Eddy, que ignora seus desenhos; ambos se desvanecem e a festa desaparece. Só existe ela. Livre de qualquer pensamento, graças ao champanhe, graças a esse maravilhoso jovem que tira uma fotografia após a outra dela e que gira ao seu redor como se ela fosse uma flor e ele uma belíssima borboleta. E as pétalas de Olly se abrem à luz da lua, que brilha no alto do céu. Christian se aproxima cada vez mais dela e deixa a Nikon escorregar em seu pescoço. Olly olha para ele, sedutora. Seus lábios se tocam. E ela esquece tudo por um instante, abandona-se a esse beijo novo, diferente e misterioso. Sim. A felicidade também é isso. Uma pequena loucura, um momento para si mesmo. E esse abraço lhe parece o melhor remédio para seu mal.

Um pouco mais embaixo. "Mas onde diabos ela se meteu?" Bruno se pergunta em silêncio enquanto procura no andar de cima. "Faz uma hora que não a vejo." Entra em várias salas, bate na porta do banheiro. Nada. Atravessa o longo corredor e chega ao terraço. Não vê ninguém. Só ouve um som parecido com uma voz, só que mais sutil. Bruno se aproxima. Está escuro, mas não o suficiente para esconder a figura de uma garota que ele adora nos braços daquele sujeito. Bruno não pode acreditar. “Não é possível. Achei que ela fosse diferente.” Vê os dois. Sente uma pontada mais funda. Em parte porque sabe muito bem quem ele é. Conhece-o. E como! Por isso se sente ainda pior. Toma cuidado para que não o vejam. Dá meia-volta e se afasta. Volta para a festa. Toda essa gente se divertindo. E nunca como nesse momento se sentiu como um peixe fora d’água.

78

Niki entra em casa esbaforida.

– Mamãe, papai... onde vocês estão?

Uma voz vem da outra sala.

– Aqui, na sala.

– Ah, achei.

Estão sentados no sofá em frente à televisão.

– Estamos vendo “L’eredità”. Carlo Conti é muito bom. Adoro a guilhotina.

– O que é isso?

– É um jogo. Aparecem cinco palavras e você tem que encontrar a que está embaixo da carta que, de alguma forma, está relacionada com todas as outras.

Simona abandona a televisão.

– Você queria nos dizer alguma coisa?

Niki fica séria e muda por completo de expressão.

– Este fim de semana os pais de Alex nos convidaram para ir à casa de campo deles. Assim poderão conhecer vocês.

Roberto bebe um pouco de água.

– Ah... Eu achei que vocês pensariam um pouco mais.

– Como assim?

– Achei que ia acabar não se casando.

– Mas, papai, o que você está pensando? Essa é uma decisão muito importante. Acha que eu ia levar na brincadeira? – E sai zangada.

Nesse exato momento Matteo, o irmão menor de Niki, entra na sala.

– O que foi? Niki não vai mais se casar?

Simona dá uns tapinhas no sofá.

– Tal pai, tal filho! Os dois são um desastre.

Roberto grita da sala:

– Niki, desculpe! Eu não queria irritá-la. Ao contrário. Quero que saiba que nós lhe damos toda a liberdade...

Niki entra de novo.

– ... de escolha! Entende, filha?

Roberto se levanta, abraça e dá um beijo na filha.

– Só quero que fique tranquila, meu amor.

– Mas eu estou tranquila.

– Então, ainda mais. Nós estaremos sempre ao seu lado, decida o que decidir. Mesmo se sair correndo quando estiver no altar, como naquele filme. Como era o nome?

Simona e Niki respondem em coro:

– *Noiva em fuga*!

– Isso! Eu, ou melhor, nós compreenderemos. Mesmo se na última hora... – Sorri olhando para Simona. – Bem, enfim, se tiver dúvidas, se hesitar, não tiver certeza, seria maravilhoso se comentasse conosco antes que comecemos a organizar o casamento. – Roberto insiste. – Não, o que estou dizendo? Mesmo depois disso!

Simona sorri para ele com doçura.

– Imagino que você sabe que cabe à noiva, e, portanto, a seus pais, pagar a festa – Pisca para Niki ainda sorrindo. – Talvez uns quatrocentos...

Niki dá de ombros, indecisa.

– Sim, talvez... Mais ou menos, não sei.

Simona olha de novo para Roberto.

– Bem – ele se mostra paternal de novo e sorri –, a noiva deve se sentir livre sempre para tomar qualquer decisão, mesmo que de última hora. Claro que se for antes, evita que a gente vá à falência inutilmente!

– Papai! – Niki ameaça voltar a seu quarto.

– Niki – Roberto corre atrás dela –, eu só estava brincando!

– Suas brincadeiras são terríveis – Niki volta para a sala com ele. – Você é *cheap*!

– Chip?

Matteo se intromete:

– Papai, em que mundo você vive? Quer dizer vulgar, coisa de pobre.

– Está bem. De qualquer maneira, vou ser chip quando falar de dinheiro! A única coisa que pretendo é que minha filha decida com calma e não tenha medo de mudar de opinião.

Niki o abraça.

– Obrigada, papai, eu te amo muito. Agora, vou para o meu quarto tentar estudar um pouco – afasta-se mais tranquila, e suspirando, entra pelo corredor a caminho de seu quarto.

– Eu também vou para o meu quarto. – Matteo se levanta do pufe. – Vou entrar no MSN para falar com meus amigos.

– Matteo, mas...

– Mamãe, estudei a tarde toda, já fiz tudo para agora poder desfrutar de um pouco de liberdade – Vai andando, mas para na porta. – O que foi? Não vão me dizer que eu também tenho que ir a essa excursão.

– Claro que sim. Por acaso você não faz parte desta família?

– Sim, mas eu tinha um jogo com meus amigos. Além do mais, quem garante que no fim ela vai se casar com um cara muito mais velho que ela?

– Ei, não se intrometa você também, viu?

– Por que nunca posso dar minha opinião, hein?

– Não sei, faça uma pesquisa com seus amigos no MSN. Vamos ver o resultado.

– Caramba! Vocês me fazem sentir como se não servisse para nada.

Matteo sai também e Simona e Roberto ficam sozinhos na sala. Continuam assistindo em silêncio ao programa. Carlo Conti lê as cinco palavras.

– Vamos ver. O total dos prêmios chega a 120 mil euros, você escolheu muito bem as palavras, que são: giro, Napoleão, lobo, anel e pássaro. Vamos ver se adivinha com qual palavra estão relacionadas. Tempo!

Roberto e Simona olham fixamente para a tela, tentando adivinhar a solução do enigma.

– Precisamos ter cuidado – diz Simona a Roberto sem sequer olhar para ele. – Acho que Niki não está muito convicta. No fundo, ela está com medo.

– Que nada! Você viu como ela se irritou? Ela está firme.

Simona nega com a cabeça.

– Ela faz isso para convencer a si mesma de sua decisão.

– Você acha?

– Tenho certeza.

– Pode ser... – Roberto se volta para ela. – Ei, a festa não se pagava meio a meio?

– Não.

– Nós também fizemos assim?

– Sim.

– Ah... Por isso a comida não estava lá essas coisas!

Simona bate nele.

– Bobo! Até a música era a melhor. Escolhi a banda da moda, pagamos uma fortuna!

– Felizmente, não desperdiçamos esse dinheiro.

Simona olha para ele arqueando as sobrancelhas.

– Por enquanto, parece que não...

– Que quer dizer? Que nosso casamento também pode estar em perigo?

– Claro! Sempre! E deixe sua filha em paz!

– É solitário!

– Hein?

– A palavra do jogo...

– Ah!

Simona torna a olhar para as cinco palavras.

– É isso mesmo. Solitário.

E parece um estranho jogo do destino, mais que o da guilhotina.

79

Um barulho repetitivo chega da rua. Olly acorda incomodada. Cobre a cabeça com o travesseiro. Mas não adianta. Ouve o barulho do mesmo jeito. Bufa e se senta na cama. Olha à sua volta. O quarto. Está decorado com bom gosto, é moderno e o piso é de assoalho de bétula do mesmo tom que a porta e as janelas. Aos pés da cama, que é baixa, redonda e muito grande, há um tapete macio. Olly olha para a esquerda. Vê Chris com suas lindas costas morenas cobertas com várias tatuagens. Ele continua dormindo. "Não! Não é possível! Eu fui para a cama com ele. E, na verdade, não tenho a sensação de que tenha sido algo espetacular. Parece que dormi demais. Olly vê a Nikon em cima de uma mesa. Levanta-se. Caminha descalça para a câmera fotográfica. Liga-a. Passa as fotografias. São lindas. Ela aparece em todo tipo de pose. Sim, Chris é realmente um bom fotógrafo. A seguir, anda pelo quarto. As paredes são forradas de fotografias de modelos. E dele. As poses também são as mais variadas. Olly ergue as sobrancelhas. Sai do quarto. Caminha lentamente pelo apartamento de Chris, que é enorme. E muito bonito. Tem um sótão cujo acesso se dá por uma escada metálica. Olly sobe por ela. Lá em cima, várias estantes com livros e alguns aparelhos de ginástica. Desce. Em outra prateleira vê uns bilhetes emoldurados. Pega-os e lê. Estão escritos à mão com diferentes caligrafias. "Chris, eu te adooooro!", "Ligue quando quiser.", "Já estou com saudades.", "Você é demais, já sabe onde me encontrar." E outros elogios no estilo. Ao lado, um bloco e uma caneta. As amigas de Chris devem ter arrancado as folhas emolduradas dali. "Não é possível. Quer dizer que cada vez que uma dessas vem aqui, deixa um bilhete, e ele o emoldura? Que nojo! Que tipo de homem ele é?" Olly olha em volta e de repente percebe que quem mora nesse apartamento é um verdadeiro Narciso. Em um piscar de olhos, toma uma decisão. Corre para o quarto. Chris continua dormindo. Veste-se a toda velocidade, vai ao banheiro, nem se penteia. Calça as botas, pega a bolsa e sai. Vai para o elevador, mas depois sente vontade de caminhar, e desce pela escada. Quase correndo.

Ao chegar embaixo, liga o celular. Nesse exato momento, ouve alguém chamar.

– Olly!

É Bruno, que sai de um dos prédios ao lado.

– Não acredito, o que você está fazendo aqui? – pergunta ela enquanto tenta se recompor.

Bruno olha para ela surpreso. Percebe que se vestiu rapidamente. Não é próprio dela.

– Eu moro aqui.

Olly olha para ele.

– É mesmo?

– É. E agora estou indo para o trabalho. E você? O que faz aqui? – enquanto fala, Bruno olha para o prédio do qual ela saiu. Sabe muito bem quem mora lá. Aquele sujeito. O fotógrafo. Porém, decide não dizer nada. Talvez esteja enganado.

– Ah, não, nada... – A verdade é que não sabe o que dizer.

– Quer que a acompanhe até o trabalho?

Olly está meio atordoada.

– Não, não, obrigada. Vou para casa, trocar de roupa. Mais tarde nos vemos, avise o pessoal do escritório que vou atrasar – e se afasta rapidamente. Confusa. Envergonhada. Sem acreditar.

"Bruno mora ali. Justo ele. Caramba! Que ridículo." Pega o celular e chama um táxi. Espera andando nervosa pela calçada.

80

É sábado de manhã. Nervosa, Niki só bebeu um suco e não comeu nada.

– Mamãe, papai, vocês estão aí? Estão prontos? – Entra no quarto deles.

Simona ainda não acabou de arrumar a mala.

– Mamãe! Estão nos esperando para o chá!

– Eu sei, mas não sei como vão ser as noites lá, então preciso pegar a roupa que me pareça mais adequada.

Roberto sai do banheiro com uma *nécessaire* na mão.

– Eu acabei. Tudo em ordem.

Entra Matteo.

– Posso pelo menos levar a bola? Assim vou ficar menos entediado.

Os três respondem em uníssono:

– Não!

Pelo menos nisso estão todos de acordo. Riem.

– Vamos!

Roberto pega a mala de Simona.

– Quanto tempo pretende ficar? – pergunta ao ver como pesa. – Um mês?

– Se o lugar for bonito e me quiserem lá, por que não?

Matteo está com a jaqueta jeans rasgada. Sua mãe segura seus ombros e o obriga a dar meia-volta e ir para o quarto.

– Coloque a nova que comprei semana passada.

– Mas, mamãe, é muito elegante!

– Justamente por isso!

– E penteie esse cabelo!

– Também?

– Sim, senão, eu mesma vou penteá-lo.

– Nem pensar! – Matteo coloca a jaqueta nova, entra no banheiro, pega a escova, molha levemente e se penteia. – Pronto. Vamos?

Roberto também colocou um casaco azul-escuro. Simona, um lindo casaco preto que fazia tempo que não usava, e Niki um Fay, simples, mas muito elegante.

Pouco depois saem do prédio e encontram o porteiro, que está colocando a correspondência nas caixinhas.

– Bom dia – cumprimenta-os com um agradável sorriso; acha a família Cavalli muito simpática. Depois pergunta, curioso. – Aonde vão tão chiques? A um casamento?

Niki se volta e sorri antes de entrar no carro.

– Sim, ao meu!

O Volvo da família sai tranquilamente e se junta ao pouco trânsito do sábado de manhã enquanto o porteiro continua contemplando-os e pensa: "Como são simpáticos! Sempre brincando!".

Roberto dirige com calma, Simona mantém as mãos apoiadas nas pernas e segura a elegante bolsa que escolheu. Niki olha pela janela. Matteo é o único que está realmente calmo. Distrai-se com seu Game Boy. Após pular um muro e obter uma pontuação perfeita, olha em volta antes de passar para o nível seguinte.

– Parece que vamos a um funeral.

Simona se volta bruscamente.

– Matteo!

– Ok, ok. Vou fingir que está tudo normal.

Niki o fulmina com o olhar.

– Só o que me faltava era o irmãozinho desmancha-prazeres.

– Eu disse que preferia não ir, mas vocês me obrigaram! Parece que eu sou o cachorrinho de vocês. Mas, tudo bem, quem sabe dá para remendar o fim de semana.

– Mas...

Roberto os interrompe antes que comecem uma discussão.

– Que tal uma música?

Liga o rádio. Ouve-se a voz de Tiziano Ferro e todos relaxam um pouco. O Volvo percorre a Via Aurelia a toda velocidade. A paisagem muda rapidamente nos sucessivos trechos da estrada. Primeiro predomina um verde suave, depois aumenta a presença de oliveiras, do Lácio à Toscana, com o cheiro de mar cada vez mais presente. Finalmente chegam a Maremma.

– Estamos quase chegando – Roberto sorri para Simona.

– Bem na hora.

Matteo chegou ao décimo primeiro nível e para de jogar um pouco. Vira-se para Niki, que continua olhando pela janela.

– Ei, maninha – aperta a mão dela. – Desculpe pelo negócio de antes – Percebe seu nervosismo e sorri. – Vai dar tudo certo.

Niki lhe devolve o sorriso e pensa: "Se até meu irmão tenta me animar, é porque estou realmente preocupada; ou melhor, angustiada. E, principalmente, porque dá para ver!".

– Chegamos!

Roberto abandona a via Aurelia e, após dar várias voltas, pega uma estrada de terra que sobe para uma chácara grande. Ao fundo, uma cerca com uma placa de bronze e uma inscrição: "Villa Belli dei Cedri".

– É aqui, não é?

Simona olha para a folha com as indicações.

– Sim. É linda! Espetacular!

O Volvo atravessa o jardim da mansão, as cercas vivas, os prados, as árvores... Tudo perfeitamente cuidado.

– É incrível!

Matteo olha pela janela. O carro passa pelos estábulos, onde um homem escova um magnífico garanhão de pelo brilhante.

– Eles têm até cavalos! Este lugar é um sonho!

– É mesmo!

Matteo dá umas palmadinhas na perna da irmã.

– Boa escolha!

Roberto e Simona se olham sem acrescentar mais nada. Fazem a última curva e param em frente a uma maravilhosa casa de campo de tijolo vermelho.

Um mordomo se aproxima do Volvo para abrir a porta de Simona. Uns segundos antes, Niki colocou a cabeça entre os bancos da frente.

– Papai, mamãe, obrigada pelo que estão fazendo por mim. Mas vão com calma!

Dito isso, abre a porta e desce a toda velocidade.

Roberto olha para Simona.

– O que quer dizer com "vão com calma"?

Simona tenta acalmá-lo.

– Eu já disse. Ela está com medo de assumir um compromisso tão grande. Vamos entrar.

Alex, vestido como um perfeito vaqueiro da região, sai da casa correndo e vai ao encontro de Niki.

– Meu amor! Finalmente chegaram!

Beija-a na boca e a abraça radiante de felicidade. A seguir, cumprimenta os pais dela.

– Olá, Roberto, bem-vinda, Simona! Como vai, Matteo?

– Ótimo. Este lugar é superlegal. Posso montar um cavalo depois?

Alex ri.

– Claro, vamos cavalgar juntos! – A seguir, Alex percebe que seus pais estão se aproximando. – Ah, aqui estão, venham, vou apresentá-los. Mamãe, papai, esta é Niki. E estes são os pais dela, Simona e Roberto.

– Muito prazer. Finalmente! – O pai de Alex aperta a mão de Simona. – Duas irmãs, parecem duas irmãs. Eu me pergunto qual das duas é que vai se casar com meu filho!

Roberto acompanha a brincadeira.

– É muito simples: a que não é casada, porque a outra eu já peguei!

– Mas, claro, que burro! – ri, achando graça e feliz com a sintonia que se criou imediatamente entre eles.

Silvia recebe seus hóspedes e logo dá as ordens necessárias aos dois mordomos.

– Said, Kalim, levem as malas deles a seus quartos e acompanhem-nos.

Alex se aproxima de Niki.

– Vá, meu amor, esperamos vocês no jardim. Minhas duas irmãs e seus maridos também vieram, além de uma amiga.

– Está bem, já voltamos.

Roberto, Simona, Niki e Matteo seguem os dois mordomos pela escada da magnífica casa. Roberto e Simona olham à sua volta. As paredes são cobertas de tapeçarias antigas, troféus de caça e óleos sobre tela que representam cenas de caça e retratos de antepassados ilustres. Niki e Matteo também ficam surpresos com a riqueza e a elegância das salas, as longas mesas de madeira, as cadeiras altas de encostos forrados com tecidos escuros, os pisos de cerâmicas grandes, lisas e enceradas, e as grossas cortinas drapeadas.

– Caramba! – Matteo não se contém.

Niki olha para ele e revira os olhos, como quem diz: "Era o que me faltava!".

– Este é o quarto de vocês. – Os mordomos indicam aos pais de Niki um maravilhoso quarto de casal com uma cama com dossel e jarros de cerâmica para lavar as mãos.

– Por favor.

Assim que os hóspedes entram, seguem-nos; colocam as duas malas em cima de grandes arcas que lhes permitirão abri-las sem se inclinar.

– Este é o banheiro.

Simona e Roberto veem dois roupões e várias toalhas de diversos tamanhos colocadas nas posições mais apropriadas para que possam ser utilizadas com facilidade. Têm bordas de renda de diversas tonalidades, de uma elegância refinada e sóbria.

– Aqui há um frigobar, onde encontrarão de tudo: Coca-Cola, champanhe ou água. Se desejarem algo mais, basta tocar esta campainha.

Apontam para a grossa corda de veludo que fica ao lado da cama e cuja cor combina com o resto do quarto.

– Obrigada. – Quando Roberto ameaça puxar a carteira, Simona o detém. – Meu amor – diz em voz baixa –, estamos na casa dos pais de Alex, não em um hotel.

– Ah, claro.

Os dois mordomos sorriem e abandonam o quarto. Roberto se joga em cima da cama.

– De qualquer maneira, parece melhor que todos os hotéis em que já estivemos até hoje!

Simona ri e senta ao seu lado.

– É mesmo! Espero de coração que Niki seja feliz, decida o que decidir.

– Seja como for, o que é certeza é que vamos passar um fim de semana magnífico!

Os dois mordomos avançam pelo corredor com Niki e Matteo.

– Este é o quarto de vocês.

Deixam as malas sobre uns baús parecidos com os do outro quarto, só que de cores mais claras. Depois de lhes mostrar o banheiro e o frigobar, deixam-nos sozinhos.

– Que legal! Veja – Matteo liga a televisão –, tem Sky, com todos os canais, e a geladeira está cheinha. Tem até avelãs e batata frita! Eu vou abrir uma Coca-Cola. Quer uma, Niki? Ou prefere champanhe?

– Não. – Niki está irritada. Deitou-se de costas na cama com os braços abertos.

– O que foi? – Matteo vai até ela.

– Quero saber por que não posso dormir com Alex!

– Ah, que bobagem! Resista! É só uma noite! Assim, você pode ler a revista *Cioè* para mim, como quando éramos pequenos.

– Matteo!

Os dois mordomos param no final do corredor. Said está perplexo.

– Sabe quanto tempo vão ficar, Kalim?

– Acho que só o fim de semana, por quê?

– A mala daquela mulher faz pensar em duas semanas!

Said balança a cabeça.

– Não tem jeito. Quanto mais ricos são, menos entendo!

– Mas esses não me parecem muito ricos, sei lá...

– Por quê?

– O homem quase me deu uma gorjeta!

– Nossa, que cafona!

Pouco depois, a família Cavalli se reúne no corredor.

– O que você fez, Matteo!

Simona se aproxima do filho e sacode uma infinidade de farelos de sua camiseta.

– Comi umas batatas.

– Sim, dois sacos – especifica Niki. – Vê se não apronta, Matteo.

– Nossa, mas que chatice! Alex disse que depois vamos montar a cavalo.

– Sim, mas não fique cobrando a cada dois minutos.

Descem a escadaria que dá para a sala e veem diante de si, no jardim, um grupo de pessoas sentadas em torno de uma grande mesa sob uma imensa azinheira, entre as mesas arrumadas e as telas de um gazebo que, brancas como as toalhas de mesa, agitam-se leves por uma delicada brisa.

– Ali estão – Simona olha para eles com entusiasmo. – Parece o jantar de um desses filmes.

Roberto assente.

– É, mas com uma pequena diferença.

– Qual? – pergunta Niki curiosa.

– Aqui tudo é de verdade!

A mãe de Alex é a primeira a vê-los.

– Aqui estão, aqui estão, chegaram!

Alex se levanta e vai até eles.

– Lembra-se de minhas irmãs? Margherita e seu marido Gregorio.

– Muito prazer.

– Claudia e Davide.

– Olá.

– E esta é Eleonora, uma amiga de infância.

– Olá! Prazer em conhecê-la. Ouvi falar muito de você, mas não a imaginava assim.

Niki olha para ela intrigada. “Assim, como?”, gostaria de dizer, mas compreende que com toda essa gente em volta não é hora de provocações. “No fundo, todos estão aqui por mim." Então abre um pequeno sorriso, satisfeita com a resposta que encontrou sem a ajuda de ninguém. Mas quer esclarecer algo.

– Alex – diz em seu ouvido enquanto se senta. – Uma amiga de infância de quem?

– Bom – Alex parece levemente envergonhado –, nossa, de todos. Quando íamos à praia em Forte dei Marmi ela ia sempre conosco.

– Ah.

Niki a observa enquanto ela se serve de chá. É realmente linda, está em perfeita forma e combina maravilhosamente... com a toalha de mesa. Sim, tanto uma quanto a outra estão cobertas de renda! Eleonora se vira para ela.

– Aceita um pouco?

– Claro, obrigada.

– Leite ou limão?

– Leite, obrigada. – "Eu não tomo chá azedo como você!", pensa Niki.

– Açúcar?

– Não, obrigada.

– Eu também tento manter a linha.

Niki pega a xícara.

– Ah, eu não, mas gosto de chá sem açúcar. Como de tudo, afinal, depois queimo todas as calorias!

Matteo se inclina para a irmã.

– Sim, menos esta noite.

Niki lhe dá uma cotovelada.

– Traidor! Quem é você, um inimigo infiltrado?

Luigi, o pai de Alex, toma as rédeas da conversa.

– Já soubemos da maravilhosa notícia.

Roberto concorda com ele e sorri.

– Pois é!

– Estamos realmente felizes. Claro que há essa diferença de idade, mas como hoje em dia isso é tão comum, basta que haja amor!

– Pois é.

Simona dá uma leve cotovelada em Roberto.

– Meu amor, tente dizer outra coisa além de "pois é", ou vão pensar que não sabemos conversar.

Roberto tenta ser mais brilhante.

– Eu concordo! Nós também pensamos o mesmo, e, de fato, ficamos assustados.

Simona o fulmina com o olhar. Roberto tenta consertar imediatamente:

– Quero dizer, antes! Porque o entusiasmo de Niki nos convenceu.

Luigi aplaude.

– Muito bem! – olha para eles e aponta o dedo, passando de um ao outro –, Mas entre vocês também há uma grande diferença de idade, não é? E isso é bom, o homem deve ser mais velho e mais maduro.

Roberto fica um pouco desconcertado.

– Na verdade, temos quase a mesma idade.

– Ah – O pai de Alex percebe que deu bola fora. – Um pouco mais de chá?

A conversa vai se animando pouco a pouco.

– Então, já escolheram a igreja?

– Na verdade, não.

– E a data? Não vão se casar em um sábado, não é? É muito *cheap*.

Roberto olha para eles achando graça. Pelo visto, eles também gostam de batatinha.

Margherita e Claudia sentam-se ao lado de Niki.

– Sabe, se não se incomodar, adoraríamos ajudá-la.

– Eu... não, claro!

– Nós já passamos por isso e sabemos os erros que se podem cometer.

– É – acrescenta Matteo –, além do erro de se casar!

Niki se sente um pouco envergonhada.

– Meu irmão... sempre quer se fazer de engraçadinho, mas não dá muito certo.

– Que gracinha! – Margherita sorri. – Ah, ali estão minhas filhas, Celeste e Miriam. Quer brincar com elas? Estão ali na balança!

Matteo dá uma olhada e vê, ao longe, perto da hípica, umas meninas brincando em uma balança.

– Está bem, vou lá com elas – e sai, não sem antes dizer a Alex: – Lembre-se que depois temos que andar a cavalo, hein?

– Claro! Mais tarde, ou amanhã de manhã.

– Ok, mas não me engane, viu? – Aproxima-se dele para que os outros não o ouçam. – Senão, vou contar todas as vezes que você foi lá em casa aproveitando que meus pais não estavam.

– He, he... – Alex dá um sorriso forçado.

– O que ele disse, Alex? – pergunta Silvia a seu filho, curiosa.

– Nada, que tem um jogo de corrida de cavalos para PlayStation.

– Ah, esses garotos de hoje já não distinguem entre a realidade e o mundo virtual.

Gregorio lembra de algo de repente.

– É mesmo! Ouviram falar daquele casal inglês? Eles se conheceram pela internet e depois se separaram porque traíam um ao outro virtualmente.

Davide entra na conversa:

– Se é para enganar, que seja de verdade, não virtualmente!

Claudia olha para ele irritada.

– É que, assim, economizam o sentimento de culpa.

Margherita dá de ombros.

– Alguns nem sentem, de qualquer maneira.

– Bem, na nossa época as coisas eram melhores – afirma Luigi. – Não havia celulares, nem todos esses sistemas tão complicados. Eu li que a maior parte das infidelidades são descobertas por meio das mensagens nos celulares.

Silvia se junta à conversa.

– É verdade. As palavras voam, mas a escrita permanece!

– Eu entrei uma vez em um chat – comenta Davide. Todos olham para ele com ar de reprovação. – A trabalho.

– Ah, claro – Alex sorri. – Agora são muito usados para as pessoas se apresentarem, mas as gerações mais jovens usam como se fosse o telefone de antes – olha para Niki, que continua ouvindo as sugestões das futuras cunhadas.

– Para a festa, o melhor é contratar um hotel grande.

Luigi pergunta a Roberto, intrigado, apontando para Simona.

– E vocês, como se conheceram?

– Tocávamos na mesma banda... punk.

Simona o interrompe:

– Sim, no colégio. Além disso, ele ia me buscar no conservatório, onde estudei piano durante certo tempo.

– Sério? Podemos ouvir alguma peça?

– Não! Não! Não poderia, sou perfeccionista! Quando erro uma nota eu me sinto muito mal. Depois que nascem os filhos, você sabe, temos que renunciar a tudo; eles se transformam em nossa paixão.

– Ahhh! – um grito aterrador os interrompe.

– O que foi? Veio dali, dos balanços.

Davide, Margherita, Gregorio e Claudia levantam e correm naquela direção, seguidos de Roberto e Simona. A pequena Miriam corre até eles.

– O que aconteceu? O que foi?

Miriam aponta para os balanços.

– Celeste saiu voando pelos ares!

– Como assim, saiu voando?

– É, saiu voando!

Os pais correm para os balanços e veem, além da paliçada, na cerca viva em frente, Celeste chorando mergulhada até a cintura em excrementos de cavalo.

– Como você foi parar aí?

Celeste aponta para Matteo, chorando.

– Foi ele!

– Mas, mamãe, ela pediu para eu empurrar mais forte. Insistia: "Empurre mais forte! Vamos, mais ainda!" Eu fiz o que pediu, e ela saiu voando pelos ares. Como eu ia saber que ela pesa menos que uma pluma!

Roberto lhe dá um pescoção.

– Você devia ter mais cuidado!

– Mas ela pediu!

– Agradeça por ela não ter se machucado sério!

– É! Ela foi parar no meio de um monte de cocô; no futuro, vai ter muita sorte!

– Pode ser, mas hoje não! Ela vai se lembrar disso para sempre. Você a marcou pelo resto da vida!

Gregorio e Margherita conseguem tirar Celeste do esterco.

– Bem, nós vamos entrar.

– Certo, até a hora do jantar.

– Sim, com prazer, desde que consigamos lavá-la bem.

Roberto, Simona, Niki e Matteo entram na casa.

– Que ridículo!

– Ainda bem que não foi nada.

– Ainda bem.

– É – Matteo esfrega a nuca –, mas que fique claro que foi ela que insistiu, tá? Talvez dê sorte de verdade. Vocês não imaginam como ela saiu voando pelos ares. Se em vez de Celeste se chamasse Estela... Estrela Cadente. Eu teria sido o primeiro a vê--la e teria pensado na hora em um desejo: uma moto!

Roberto lhe dá outro pescoção.

– Aia, papai!

– É "Ai". Outra dessas e você vai ver quem sai voando!

Luigi se aproxima dele e o pega pelo braço.

– Não se preocupe, Roberto. São crianças, e essas coisas acontecem; felizmente, a natureza nos protegeu.

– Verdade.

– Bem, vamos jantar dentro de uma hora. Na sala grande.

– Certo.

Saem deixando Roberto e Simona sozinhos.

– Eles são gentis, não? Não deram muita importância ao caso.

– Não. Digamos que, aproveitando o tema, essa foi nossa primeira cagada.

E vão rindo para o quarto.

81

Um pouco mais tarde, na sala grande, sob o gigantesco lustre com mais de duzentas lâmpadas em formato de vela, todos estão sentados.

– A cera dessas velas não escorre?

– Matteo! – Niki lhe dirige um sorriso falso. – Quem dera! Eu gostaria de ver cair um monte de cera capaz de tampar sua boca.

Tem início o jantar, e dois garçons, impecavelmente vestidos, servem as entradas.

– Compramos um pouco de presunto espanhol, é magnífico. Um "pata negra", queríamos que experimentassem.

Depois chegam os primeiros pratos.

– Levei a manhã toda preparando este molho de lebre com minhas próprias mãos.

– Luigi cozinha maravilhosamente bem; eu, porém, sou uma nulidade. Se ele se casou comigo por amor, eu casei pelo paladar.

Seguem-se pratos excelentes.

– Temos pato e javali. Não sabíamos se preferiam caça terrestre ou aves.

Matteo olha para Celeste e começa a rir, mas ela rapidamente lhe mostra a língua.

– Celeste! – sua mãe a repreende imediatamente – Não seja mal-educada.

– Mas ele estava rindo de mim.

– Não, ele só quer ser simpático.

O jantar prossegue regado aos melhores vinhos tintos, um Morellino di Scansano, mais leve, e um Prunotto del Brodo, para a carne mais apreciada, acompanhada de magníficas guarnições, além de batatas ao forno e fritas, douradas e ainda quentes. Matteo não consegue resistir e pega uma com a mão, mas, ao sentir o beliscão de Niki por baixo da mesa, deixa-a no lugar.

– Aia!

– É "ai".

– Em vez de me corrigir sempre, não seria melhor parar de me bater?

– Não, assim você aprende a falar. E também a se comportar na mesa!

Pouco depois chega um carrinho transbordando de doces deliciosos: *panna cotta*, creme catalão, vários tipos de bolos, doces e geleias para todos os gostos. Não faltam também os *cantucci* e o vinho de sobremesa.

– Um costume muito toscano.

As irmãs de Alex riem e enchem o prato.

– Nós não precisamos emagrecer, já somos casadas.

– Saibam que o ideal é que depois de dez anos de casadas ainda possam usar o vestido de noiva. – Gregorio é o estraga-prazeres habitual.

– Eu nem sei onde está o vestido. – Margherita tem mais classe. – Além do que, ainda faltam dois anos, e, portanto, tenho tempo de emagrecer; e, além disso, este é um momento mágico. Veja as fotos de todos os que se casaram: ninguém está magro como no dia do casamento.

– E se está, é porque se divorciou! – assinala Davide.

Rindo e brincando, dirigem-se à sala.

– Que tal uma taça de vinho do porto? Rum? Grapa? Um digestivo? Querem um *amaretto*? Nós mesmos o produzimos, em nossos campos.

– Hummm, que delícia. Provarei com muito prazer.

E enquanto Alex serve uma bebida a seus cunhados e demais convidados, Niki sente seu celular vibrar no bolso. Abre-o e lê a mensagem discretamente. "Quem está mandando mensagem a esta hora? Deve ser uma das Ondas." Mas tem uma grande surpresa: "Estou no show, só falta você. É tão fantástico que talvez nem tivéssemos discutido; ou, então, teríamos nos reconciliado logo. Um beijo. Guido".

Guido? Niki cora. "Como ele conseguiu meu número? Eu não dei. Não podem ter sido as Ondas. Estão loucas? Talvez tenha sido Barbara ou Sara." Então, lembra-se daqueles sorrisos, aquela noite na Faculdade de Filologia, aqueles olhares que os outros notaram. Giulia. Com certeza foi Giulia.

– Quem era? – Alex passa a seu lado nesse exato momento e o coração de Niki gela.

– Ah... estão se divertindo muito, estão no show da faculdade – e a seguir acrescenta algo que jamais teria imaginado. – Era Olly.

– Ah... – Alex sorri e vai até Roberto para lhe servir uma taça de rum.

"Olly. Era Olly. Por que fiz isso? Por que menti? Teria que dar muitas explicações, teria sido muito longo, e, além do mais, agora, com toda essa gente em volta, não era o momento. Sim, é só por isso." Volta a seu lugar tranquila. Sim, foi só por isso. Agora está completamente convencida, e para ficar ainda mais segura, desliga o celular.

82

– O jantar foi fantástico.

– Sim, tudo estava realmente perfeito.

– Até amanhã de manhã.

As mulheres se despedem e vão para seus respectivos quartos. Luigi se aproxima de Roberto.

– Amanhã teremos uma bela surpresa, exclusivamente para homens. Caça ao javali! Com Edmond, meu fiel cachorro, e em nossa reserva. Vai ser muito divertido. Já experimentou, Roberto?

– Oh... sim, uma vez ou outra.

– Maravilha! Preparamos o equipamento para você. Às seis em ponto, então.

Roberto engole em seco.

– Às seis, claro.

– A propósito, Roberto, acho que já é hora de menos formalidade.

– Sim, claro. Luigi, tem certeza de que quer começar às seis?

– Isso mesmo! Já para a cama!

Após trocar os cumprimentos de praxe, todos se dirigem a seus quartos. Simona anda de braços dados com Roberto.

– Meu amor, por que não lhe disse a verdade? Você nunca caçou na vida.

– E daí?

– Como, e daí? Você vai ter que usar um rifle.

– Sim, mas eu vi *Dança com lobos* umas dez vezes. Se a coisa não der certo, o pior que pode acontecer é eu não caçar nenhum javali e pronto.

– Desde que não cace ninguém... Depois do voo de Celeste, só nos faltava matar alguém!

Entram no quarto.

– Boa noite, crianças.

– Boa noite, mamãe.

– Boa noite, papai.

Niki finge entrar em seu quarto, mas foge pelo corredor e espera Alex.

– Ei, por que isso? Por que temos que dormir separados? Nem no colégio eu precisava fazer isso.

– O que quer dizer com isso?

– Nada – Niki continua –, só quis dizer que no colégio tinha mais liberdade.

– Ah, entendi.

Nesse momento Eleonora passa por eles.

– Alex, Niki, boa noite. Tomara que não haja uma tempestade esta noite! Lembra que quando éramos crianças tínhamos medo de trovões e dormíamos todos juntos, você, eu e suas irmãs?

– Sim.

Niki sorri.

– Mas a noite está estrelada! Não há perigo.

– É... Bem, boa noite – e entra em seu quarto.

– Quer dizer, então, que dormiam juntos.

– Com minhas irmãs!

– Ela que experimente. Nem que haja um furacão, que a mando voando pela janela!

– Eu gosto quando você fica com ciúmes. Venha – Pega-a pela mão e arrasta até seu quarto. – Faça de conta que estamos de novo no colégio. Os dois – Na penumbra do quarto, com a luz difusa da lua entrando pela janela, Alex começa a despi-la. – Adoro você, Niki, você me deixa louco. Gosto tanto que até me casaria com você.

– E eu de você também.

E a ideia de estar nessa casa, com os pais dos dois nos quartos ao lado, deixa-os tão excitados que num instante estão nus sob os lençóis e se perdem entre abraços confusos, suspiros rebeldes e carícias proibidas. Um sorriso, uma boca aberta, esse doce prazer, esse desejo perfeito e essas duas línguas que falam de amor na penumbra.

83

Depois de um leve e saudável café da manhã composto de ovos, torradas e café, os caçadores estão às portas da reserva. No alto de uma grande colina corre uma trilha mais clara que se perde entre os arbustos e a mata como se fosse uma grossa serpente. Luigi sorri para o grupo.

– Alex não veio, estava com sono.

Davide e Gregorio, que ficaram para trás, sorriem.

– Claro, com uma menina vinte anos mais nova, eu também teria sono sempre.

Gregorio o censura:

– Ssshh... cuidado, o pai dela vai ouvir. Mas, na verdade, você tem razão: Alex fez bem. A diferença de idade pode fazer o casamento durar.

Davide dá de ombros.

– Ah, não sei. Nesse sentido, Bruce Springsteen sempre me pareceu um cara exemplar. Primeiro se casou com a modelo Julianne Philipps, uma mulher de tirar o fôlego, e depois de alguns anos, com sua vocalista, Patti Scialfa, uma mulher insignificante. Sabe qual é a moral dessa história?

– Qual?

– Que o amor é o verdadeiro segredo do casamento.

– Caramba, você acordou filosófico hoje. Ouça, em vez de soltar bobagens a torto e a direito, tente acertar um javali, ande.

Aproximam-se do grupo rindo. Luigi está escolhendo seu perdigueiro.

– Tome, Roberto, fique com este, é Edmond, meu preferido. Mas, acima de tudo, o melhor. Ele é como um filho para mim, sou muito ligado a ele, sempre me deu muitas satisfações. Se houver um javali nas imediações, ele o encontrará! Avante, meus valentes. Vamos à caça!

Os quatro homens avançam pelo bosque. Roberto se sente um pouco incomodado porque a calça e a jaqueta que lhe emprestaram estão meio apertadas, e as botas são muito grandes. Empunha a arma como os outros e tenta imitá-los em tudo. Depois de um tempo, Davide se aproxima.

– Ei!

– Sim?

– Se não o soltar, Edmond não vai poder encontrar nada.

Só então percebe que os outros soltaram seus cães.

– Ah, sim, claro... Mas é que eu uso uma técnica inglesa.

– Que técnica?

– Você deixa que ele vá ficando nervoso, preso, assim ele não vê a hora de começar a caçar, e fica mais motivado. E depois, é só soltar! – Dizendo isso, solta a coleira de Edmond e o cachorro sai disparado como uma flecha e entra na mata mais próxima.

– Entendi... e também usa uma nova técnica para a trava de segurança?

Roberto percebe que não destravou o rifle; acha melhor não exagerar na enrolação:

– Não, não... É que ainda não estou muito concentrado – Pisca para ele. – Melhor ser cauteloso.

Pouco a pouco se afastam do ponto de partida; os caçadores tomam os diferentes caminhos, buscam entre os arbustos, na folhagem que se expande para o alto pela colina como uma grande mancha de óleo verde, cada um atrás de seu respectivo cachorro, que corre feito louco, fareja nervoso o terreno, de um lugar para o outro seguindo um rastro qualquer. Roberto, completamente inexperiente, corre atrás de Edmond, que sobe pela trilha e, no fim, espanta um enorme javali que estava escondido atrás de uma moita escura. Roberto chega bem na hora; primeiro olha para Edmond, depois para o javali, de novo para Edmond, pela segunda vez para o javali... e atira.

– Acertei! Acertei!

Davide, Gregorio e, por último, Luigi correm para ele vindos de vários pontos; atravessam a mata a toda velocidade até chegar onde se encontra Roberto.

– Acertou? Onde está?

– Sim, onde está?

– Ali!

Todos olham para o denso arbusto que se agita. De trás dele surge lentamente Edmond, que após dar dois ou três passos, desaba no chão ferido.

– Acertou, claro que acertou... meu cachorro!

84

A porta se abre. Alex e Niki entram na casa dele e andam nervosos de um lado para o outro. Estavam discutindo no carro. Niki deixa sua bolsa no sofá. Alex se vira.

– Niki, ponha a bolsa no chão. Quem sabe onde Said e Kalim a apoiaram enquanto a levavam.

– Mãe do céu! Pegou o mesmo vírus! Se algo se suja, que se lave imediatamente! Mas é preciso viver, entende? Viver, não ficar embalsamado como naquela casa.

Alex olha para ela constrangido.

– Ah, claro! Graças a seu pai, faltou pouco para embalsamar Edmond!

– Seria bom, assim combinava com Eleonora.

– Que implicância! É uma garota simpática.

– Nossa, dá para ver que os homens não entendem nada de mulheres!

– Nem eu? Cuidado, você está jogando pedras em seu próprio telhado. Lembre-se de que fui eu quem a escolheu. E que quero me casar com você!

– Sim, majestade.

– Ok, desculpe! Eu que adoraria me casar com você! – corrige Alex imediatamente.

Niki sorri.

– De qualquer maneira, eu sou a exceção que confirma a regra, um estranho caso em que um homem escolhe a mulher certa! Mas estou começando a pensar que você bem merecia uma como Eleonora.

– Como é que é?

– Quando esgota os quatro temas básicos, entra em *loop*, fala sempre a mesma coisa: "Ah – imita-a com a voz em falsete –, comprei uma jaqueta Prada maravilhosa, quero ir para Paris na semana da moda, você não pode perder a inauguração da nova Just Cavalli". Ora, ela não falou de outra coisa o fim de semana inteiro. Você é publicitário, ela só entende de marcas, fariam um casal perfeito. Ela tem até a mesma idade que você! – Niki dá um sorrisinho para acentuar esse último fato. – Além do mais, seus pais adorariam.

Alex se senta pasmo no sofá.

– Em primeiro lugar, ela tem dez anos a menos que eu.

– Claro, isso é o que ela diz!

– Eu a conheço desde que éramos crianças.

– Então, ela está bem acabada.

– Que maldosa! E, em segundo lugar, para meus pais, basta me verem feliz para serem felizes.

– Sim, mas suas irmãs ficariam muito felizes de ver Eleonora feliz.

Alex balança a cabeça.

– Primeiro, minhas irmãs são amigas dela; segundo, não me interessa. Por que tanta obsessão? Está com ciúmes? – olha para ela com malícia. – Então, é porque você nota algo especial que eu não percebo.

– Alex, o que você está insinuando? Que eu não estou à altura dela, talvez?

– Eu? Não estou insinuando nada! Você que não para de encher com Eleonora daqui, Eleonora dali! Quando você fica assim me tira do sério!

– Se você soubesse o quanto me tira do sério ficar com suas irmãs! Até permiti que dessem opinião sobre o casamento! Não percebe? No meu casamento, quem decide são elas!

– Mas quem decidiu isso?

– Sua mãe!

– Não, o que minha mãe disse foi que talvez elas pudessem ajudá-la porque, como já se casaram, conhecem todos os lugares. Ela só queria que você evitasse alguns aborrecimentos pelos quais elas já tiveram que passar. A única coisa que queria era ajudar, e se você não queria, podia ter agradecido e negado.

– É, e isso teria sido o fim do mundo!

– Você tem uma visão distorcida da realidade!

– E você de sua família.

Alex vai responder, mas percebe que a discussão está indo por um mau caminho. Às vezes as palavras podem ser perigosas; fogem do controle e dizem mais do que a princípio queríamos expressar. De modo que pouco a pouco vai se acalmando, fica calado e, pela primeira vez, vê uma Niki diferente. Outra mulher, mais velha, mais decidida, que sabe até ser irônica. Ela, que sempre se mostrou encantadora, gentil, generosa, até nos momentos em que estava em dificuldades; até quando ele voltou com Elena sem lhe dizer a verdade, ela o fez entender com simplicidade, como faz sempre, sem um pingo de maldade; ao contrário, com ingenuidade e pureza, com a surpresa de quem se feriu porque nunca podia imaginar que certas coisas podiam acontecer. Alex se dá conta. "Meu Deus, o que está acontecendo? É minha culpa? Eu a estou levando a fazer tudo isso? Estou forçando a situação?" E, nesse instante, enquanto a vê com a respiração ainda acelerada, apertando levemente os olhos e ainda zangada, percebe o quanto a ama, percebe que a única coisa que quer é vê-la feliz, que essas palavras, talvez equivocadas, lhe pertencem, e também por isso gosta delas; não são justas, sem dúvida, mas amar alguém também significa assumir a culpa dos erros alheios. "Tudo isso é amar alguém?" Pergunta-se e logo responde a si mesmo com o coração alegre: "Sim, isso e muito mais". E pela primeira vez sente-se realmente grande, maduro e seguro de sua escolha.

E nesse mesmo instante Niki percebe. Olhando para o rosto de Alex, seus olhos no início contrariados e depois, de repente, sorridentes como se realçassem o amor que sente, esse amor que consegue superar todas as dificuldades humanas.

– Meu amor – corre para ele, joga-se em seus braços e ele a envolve. Niki esconde o rosto em seu peito, o cabelo bagunçado. – Desculpe, meu amor. Não sei por que falei aquilo.

Alex sorri, depois afasta Niki um pouco de si e olha para ela. Ela está com os olhos brilhantes, quase chorando. De repente escorre uma lágrima, de surpresa, e Alex enxuga, leva para longe. Niki emburra. Pouco a pouco, com delicadeza, quase assustada.

– Caramba, eu choro por qualquer bobagem!

– Não é nenhuma bobagem. Venha, sente-se aqui.

Niki faz uma careta e por fim obedece.

– Não me trate como se eu fosse uma criança.

Alex agora está tranquilo.

– Somos todos crianças, depende só do momento. Às vezes, temos que ser mais adultos; outras, temos que nos comportar como crianças. O segredo é não confundir um momento com o outro.

– E, desta vez, eu confundi.

– Não. É normal você estar um pouco assustada, a pressão às vezes nos surpreende. Comigo acontece no trabalho. Ou melhor, acontecia, porque de repente entendi a importância de viver, de saber viver. Lembra-se do que eu disse? A felicidade não é uma meta, e sim um estilo de vida. Todos os dias fazemos coisas, corremos, ficamos angustiados por coisas que não valem a pena, e, enquanto isso, não vemos as coisas bonitas que estão perto de nós e que nos escapam. E uma dessas coisas é você.

– Mas eu não estou escapando, Alex!

Alex sorri.

– Hoje não. Mas naquele dia eu a estava perdendo e soube largar tudo para fazer você entender como era importante para mim. Ir ao farol daquela ilha foi a melhor prova.

Niki olha para ele.

– Você me perdoa?

– Que é isso? Não tenho nada para perdoar!

– Como não? Todas essas bobagens que eu falei sobre seus pais.

– Em parte, são verdade.

– E sobre suas irmãs.

– Mais ainda!

– Agora você está exagerando, Alex!

– Ouça, Niki – aproxima-se dela e pega suas mãos. – O casamento é nosso. Nada nem ninguém deve se intrometer em nossas escolhas ou decisões. Nós gostamos de uma coisa? Isso quer dizer que é a escolha certa. Se não quiser sair com minhas irmãs, se os conselhos delas não lhe interessam, os lugares que conhecem, enfim... se quiser fazer tudo sozinha, eu direi a elas.

Niki se afasta de repente.

– Acha que eu não sou capaz?

– Não, Niki! Que absurdo! Eu disse isso porque vejo que, querendo ser educada, você se envolveu em uma situação que fugiu ao seu controle, que gostaria de voltar atrás, só que não sabe como. Meu amor, temos que ser um time. Muitas vezes eu não vou conseguir me virar, e então você vai ter que assumir. Isso é normal.

– Está bem. – Niki se levanta do sofá. – Eu cuido disso. Quer beber alguma coisa?

Alex sorri ao ver que, de repente, ela se faz dona da sala. E de sua casa também. E decide aproveitar a situação.

– Sabe o que eu queria muito? Um mojito! Tem tudo o que precisa na geladeira. – Reclina-se no encosto da poltrona, já mais relaxado, mas, de repente, uma dúvida o aflige: – Você sabe fazer mojito, meu amor?

– Claro, não é tão complicado – responde Niki desaparecendo na cozinha.

Alex liga o computador que está em cima da mesa e verifica se há algum e-mail do escritório ou novas reuniões à vista.

Niki abre a geladeira e encontra uma infinidade de coisas. "Quanta comida Alex compra! Como se faz esse maldito mojito?" Só lhe resta uma alternativa. Tira o celular do bolso e liga imediatamente para Erica. Está desligado. Normal! Erica gosta de beber, mas quando vai à danceteria desliga o telefone. "Sabe-se lá o que está fazendo!" Tenta o celular de Olly. Espera um segundo. "O número que você chamou...". Fecha o aparelho. Não há o que fazer. "Desligado também! Mas o que essas Ondas estão fazendo? Saíram de férias. Quando mais preciso delas, me deixam sozinha." Tenta a última. Digita seu número a toda velocidade. "Ainda bem. Está chamando."

– Oi, Diletta!

– Ei, Niki! O que foi? Por que está falando baixinho?

– Nada, não é nada, não se preocupe. É uma emergência.

– Ai! Algo grave?

– Não. Algo alcoólico. Como se faz um mojito? Não tenho a menor ideia.

– Um mo o quê?

– Ai, caramba! Um mojito! Bebemos uns juntas naquela festa! Não lembra? Como cuba-libre, caipirosca, caipirinha. Esses coquetéis tão deliciosos! Sim, mojito!

– Ah, tá! Uma delícia. Só que eu não sei fazer!

– Então, faça uma coisa por mim: procure a receita no Google e me mande uma mensagem com a explicação, os ingredientes e as quantidades, ok?

– Entendi. Você quer embebedar Alex.

– Não, quero mostrar a ele que formamos um bom time! Ande, mojito! – Desliga.

Alex chama Niki da sala.

– Tudo bem, meu amor? Encontrou os ingredientes?

– Sim, tudo em ordem. Estou fazendo!

– Legal! Não esqueça de pôr suco de lima!

– Claro! Foi a primeira coisa que pensei!

Niki olha desesperada para o telefone. "Vamos, Diletta, vamos, por favor. Está demorando. Nesse exato momento recebe uma mensagem. Abre-a sem perder tempo: "Lembrei como o mojito é gostoso. Só falta um ingrediente. Se o quiser, vai ter que me garantir dez mojitos grátis!" "Mas que traidora! É uma aproveitadora." Niki responde imediatamente: "OK, pérfida Onda." Antes de um segundo ouve-se outro sinal de mensagem. Niki abre-a logo: "Açúcar a gosto!".

Balança a cabeça. "Ela vai me pagar." Deixa o telefone aberto em cima da mesa e pega os ingredientes da geladeira enquanto vai lendo.

– Como anda? – a voz de Alex chega da sala.

– Ótimo! – grita Niki da cozinha. A seguir, acrescenta em voz baixa: – É pra já. – Em um segundo aparece na sala. – *Et voilà*, aqui está seu mojito. Espero que goste, senhor.

Alex pega o copo da bandeja.

– Hummm, a cara está ótima. Você colocou também menta. Como servem nos bares.

– E também nas danceterias.

Alex engole em seco.

– É mesmo – prova-o. – Ótimo! Juro, Niki, está realmente bom. Sabe que não lembro de ter experimentado um mojito assim?

– Por que você sempre debocha de mim?

– Não, nada disso, estou falando sério! Toda vez que eu faço um elogio por alguma coisa você acha que estou sendo irônico! Já não sei como me comportar com você.

Niki o observa. "Não. É evidente que ele está dizendo a verdade." Tranquila e satisfeita, prova a bebida que preparou. "É, ficou muito gostoso. Parabéns, Diletta! Você ganhou o bônus de dez mojitos."

– Então, somos um bom time? – pergunta a Alex sorrindo.

Ele dá um gole maior e responde sorrindo:

– O melhor!

Niki assente e bebe um pouco do seu.

– Então, andei pensando... Quero que suas irmãs participem também.

– Tem certeza? Não está dizendo isso porque a acusei de não saber dizer não?

– Não! Viu? Eu disse.

– Bom! Fico feliz por você. Melhor assim. Você vai ver que não vai se estressar; ao contrário, podem ajudá-la a não cometer os mesmos erros que elas.

– Hummm... – Niki chupa com o canudo o finzinho do mojito fazendo barulho demais.

Alex levanta as sobrancelhas.

– Porque, no fundo, embora talvez ainda não tenham demonstrado, elas já gostam muito de você, assim como o resto de minha família.

– No fundo – sorri Niki –, bem lá no fundo!

– Adoram você.

– É, tenho a impressão de estar vivendo aquele filme de Woody Allen, *Recordações*. Hoje me adoram e amanhã atiram em mim!

Alex balança a cabeça e continua bebendo. "Não tem jeito, quando cisma com uma coisa não há quem a faça mudar de opinião. E eu vou me casar com ela com a esperança de que estejamos de acordo em tudo! Socorro!" Toma outro gole de seu mojito. "Está uma delícia. Não, talvez eu esteja exagerando."

85

– Você não percebe? Aquela menina bufa a cada dois segundos! Não entendo o que meu irmão viu nela.

Claudia caminha pela sala gesticulando. Davide, que nesse momento está arrumando uns livros que acaba de comprar, assente e pensa: "Eu sei o que ele viu nela, ah, se sei".

– Como se não bastasse, não comentou nada sobre o que sugerimos; ela é tão indecisa! Não tem sangue nas veias!

– Ela me pareceu uma garota muito educada e gentil.

– Claro, basta que tenha menos de trinta anos. Vocês dividem as mulheres em função desse limite de idade. As que devem abrir a boca e as que, pelo contrário, é melhor que fiquem caladas.

– Você esqueceu das que são um pé no saco e as que não são!

– Grosso!

– Não me referia a você.

– Era só o que faltava! Não existe mulher que seja um pé no saco. Existem as que veem as coisas e as que não percebem ou fingem não perceber nada. Bom, vamos deixar para lá essa conversa inútil, vou preparar uma carne com salada. Quer? Nada de massa, tenho que respeitar a dieta. E você também! – De repente, percebe uma coisa. – Por que está pondo os livros assim?

– Por quê? O que tem de estranho? Coloquei o romance policial de Jeffery Deaver ao lado do de suspense, *Criança 44*.

– Não vê que as capas não são da mesma cor? Eu classifico os livros por cores, como Fazio.

– Ah, ele também?

– Sim. Eu li em uma entrevista, Fabio Fazio faz isso! E, desde então, eu faço o mesmo, é ótimo. Você vê tudo como um grande matiz.

– Os livros?

– Sim. Arrume-os por cores e você vai ver! – Vai para a cozinha dizendo uma pequena e última gentileza sem olhar para trás. – Obrigada.

Davide pega os dois livros e põe o romance policial de Jeffery Deaver entre os azuis, especificamente entre *A ponte para o sempre*, de Richard Bach, azul-claro, e *Alta fidelidade*, de Nick Hornby, de um azul mais escuro. "Imagina se *Neve que cai em cedros* pode ficar entre dois romances açucarados! E ela diz que as mulheres não são um pé no saco. Sem dúvida, uma delas supera todas: ela! Perto dela, todas as outras são atenciosas e dóceis!"

– Diga-me, por quê, com tantas mulheres no mundo, meu irmão teve que escolher justo uma como essa? Eu lhe apresentei todas as minhas amigas, minhas colegas de trabalho, e quando ele estava deprimido porque havia terminado com Elena fiz que fosse convidado a todos os lugares. E o que ele fez? Começou a sair com Niki.

Gregorio lê o jornal sentado no sofá.

– Entendo. Mas ele gosta de Niki.

– Mas nós não gostamos!

– Ouça, Margherita. Acho ridículo você dizer essas coisas; além do mais, a quem se refere quando fala "nós"?

Margherita bufa e senta ao seu lado com os braços cruzados.

– Tenho certeza de que Claudia não gosta, e olha que ainda nem conversamos, viu? Eu garanto.

Gregorio abaixa o jornal suspirando, interrompendo a leitura da notícia da compra de um jogador.

– E por que acha que ela não gosta?

– Porque... porque... porque é muito nova, é isso!

– Então, vocês não gostam dela por causa da idade. Ela me parece uma garota madura, gentil e encantadora; até se dispôs a aceitar que a ajudem com os preparativos do casamento.

– Sim, mas no fundo teria preferido negar.

– Pode ser, mas ela não disse nada. Você teria aceitado que minhas irmãs a aconselhassem sobre a festa ou os convites?

Margherita se levanta sorrindo.

– Você não tem irmãs!

– Não, mas imagine que tivesse.

– Por sorte, não tive que enfrentar esse dilema.

Gregorio levanta o jornal de novo e reinicia sua leitura.

– Eu resolvo esse dramático dilema para você: teria dito não!

Margherita vai até ele e abaixa bruscamente seu jornal, quase rasgando-o.

– O irmão dela quase matou Celeste!

– E o que Niki tem a ver com isso? Além do mais, crianças sempre brincam assim, caem dos balanços, acabam no meio do mato e se machucam sem que ninguém considere isso uma questão pessoal.

– Aaaah! Mamãe! – chega um grito vindo do quarto das meninas.

– Viu? – diz Gregorio sorrindo e dando de ombros. – Até em casa acontece! Ou Matteo também tem culpa disso? Ele pode ter se escondido no armário...

Margherita vai nervosa para o quarto das meninas ainda falando.

– Quero só ver o que vai acontecer no dia em que Alex e sua futura esposa derem uma festa. Os convidados vão se dividir em dois grupos. Do lado A, a conversa será variada, desde temas políticos até sociais. Do lado B, porém, vão enrolar uns baseados ou beber cerveja enquanto comentam um dos muitos episódios patéticos que ocorrem nos estádios de futebol.

Já sozinho, Gregorio começa a ler de novo o artigo que comenta a aquisição do novo jogador por parte de seu time do coração. Porém, não pode evitar pensar por um momento no que Margherita acaba de dizer. "Na verdade, uma festa de Alex e Niki, com tanta gente que os dois conhecem, não seria nada mau." Mas, então, uma dúvida: "Em que lado eu estaria? No A ou no B?" Solta um suspiro de alívio. "Com certeza, no A. Mas, talvez, eu me divertisse mais no B!"

Silvia e Luigi estão em sua bela casa romana sentados a uma grande mesa, comendo a sobremesa.

– Viu, Luigi? Edmond vai se recuperar em poucas semanas.

– Graças a Deus! Pegou de raspão. Ainda bem que o sujeito atira mal!

– Vamos, não diga isso, eu me diverti muito. São um casal diferente de nós, mas com valores dignos de todo respeito. Os mesmos que nós passamos para Alex e nossas filhas. Não está feliz? Se Niki nos der um neto, vai ter nosso sobrenome.

Luigi acaba de mastigar um pedaço de abacaxi e seca a boca delicadamente com um guardanapo.

– Claro que estou feliz, mas ele poderia ter me dito que jamais havia empunhado uma arma na vida.

Silvia descasca uma laranja.

– Mas ele disse que já havia atirado.

– Sim, na piazza Navona, com espingarda de chumbo!

– Ele quis ser simpático! E foi: nos fez rir várias vezes!

– Eu não vi graça.

– Meu amor, reconheça que precisávamos ampliar um pouco nosso círculo de amizades. Pense no casamento. Vai ser muito divertido!

Luigi imagina seus amigos tabeliões, juízes, promotores e advogados se misturando com...

– O que o pai de Niki faz mesmo?

– Na verdade, ele não disse.

– Ah, sei...

– Não, espere, disse sim. Tocava em uma banda!

– Quando era jovem!

– Talvez ainda toque. Imagine que ótimo seria se ele tocasse no casamento!

– Não creio que ainda toque. Ele tem que sustentar a família de alguma forma!

– Pelo que li na *Vanity Fair*, algumas das pessoas mais ricas do mundo são atletas e cantores. Os cantores ganham direitos autorais a vida toda. Ganham centenas de milhões de euros!

– Sim! Os Beatles, Madonna, George Michael! Mas não creio que seja o caso de Roberto Cavalli. Nunca vi um cartaz anunciando um show dele.

– Bem, talvez seja de família rica. Talvez seja parente de Cavalli, o estilista. Pode ser filho dele.

– É muito velho!

– Irmão?

– Com o mesmo nome? Que falta de imaginação dos pais!

– Pode ser. De qualquer maneira, ele me parece ser uma pessoa tranquila, percebe-se em seu olhar. Os olhos são o espelho da alma. E ele, Luigi, é puro. Ficou perturbado ao ver o que fez a Edmond.

– Você acha?

– Claro! Ele até ligou!

– Porque esqueceu a *nècessaire*.

– Sim, mas ligou duas vezes!

– Porque esqueceu também as chaves de casa!

– Mas perguntou por Edmond e ficou feliz ao saber que estava melhor.

Luigi dá de ombros. Não está muito convencido. Silvia sorri. Claro que, para uma mãe, um filho é tudo. E o fato de finalmente ver Alex tão feliz é maravilhoso para ela. “Ora, esses Cavalli são simpáticos, são boas pessoas, e talvez Luigi volte a levar Roberto para caçar no futuro. Mas, nesse caso, vai fazê-lo ir na frente e tirar a licença de porte de arma.”

– Sabem que, no fundo, gostei de caçar? – confessa Roberto enquanto ajuda Simona a tirar a mesa.

– Sério, meu amor?

– Sim, tenho a impressão de que uma paixão acaba de nascer em mim. Enquanto estava ali sentia a adrenalina correr. O javali que saiu de repente da moita... Gostei muito.

Simona seca as mãos com um pano de prato.

– Acho que Edmond não pensa igual.

Roberto dá de ombros.

– Bem, qualquer um pode sofrer um acidente.

– Sim, claro, como não? Matteo, que faz Celeste sair voando da balança...

Matteo, que está sentado no sofá, começa a rir.

– Também chamada de estrela cadente.

– Justamente... E você, que para melhorar tudo, quase matou aquele cachorro. O que mais acha que poderíamos ter feito?

Matteo liga a televisão.

– Bem, não teria sido ruim dar uma volta a cavalo. Alex disse que me deixaria montar. Espero que se casem de verdade. Não sabem o quanto acho legal a ideia de poder montar a cavalo de vez em quando nessa espécie de castelo.

– Muito bem – Roberto se aproxima e apoia uma mão no ombro do filho –, vejo que você também sente uma nova paixão. Montar a cavalo deve ser um esporte maravilhoso.

– Não é isso, papai. Sabe quantas meninas vão ficar atrás de mim quando souberem que frequento um lugar como esse? É preciso saber jogar as cartas certas! Bom, boa noite, vou para a cama, não tem nada na tevê.

Roberto e Simona ficam sozinhos na cozinha e acabam de tirar os últimos pratos em silêncio. De repente, Roberto faz a esposa abandonar o que está fazendo e a atrai para si com doçura.

– Em que está pensando? Está preocupada? Prometo que não vou atirar em nenhum cachorro.

– Bobo!

Roberto a acaricia.

– Quando você ri fica linda.

– É? E quando fico séria?

– Sensual – tenta morder seu pescoço. – Nham!

Beijam-se. Um beijo tranquilo, sereno, doce, profundo e maravilhoso. Como a viagem que compartilharam até esse momento. Roberto sorri.

– Sabe de uma coisa? No fim, estou feliz por Niki se casar com Alex. Eles têm uma história muito bonita, e se algo falta a este mundo é justamente isso – coloca as mãos nos bolsos e vai para a sala, mas antes de chegar, para e se vira. – E, além disso, que mansão!

Simona fica realmente séria.

– Pare com isso! Você é pior que seu filho!

– É brincadeira, meu amor. Quer que veja que filme vai passar hoje?

– Sim, boa ideia.

Simona se demora um pouco na cozinha, serve-se um pouco de água e bebe em pequenos goles. "Eu também estou feliz por Niki. O mundo precisa de histórias bonitas. Mas, principalmente, com um final feliz. E isso é o que me preocupa."

– Venha, Simona.

– Estou indo! – Deixa o copo e vai para a sala sorrindo de novo. Senta-se ao lado do marido.

– O que vamos ver, então?

– *Vidas em jogo.*

– Mas esse eu já sei de cor!

Entre brincadeiras e risos, procuram outro filme para passar a noite. Talvez encontrem. Uma coisa, porém, é certa: uma mãe dificilmente se engana.

86

Diletta dá uma olhada em seu celular. "Nada. Não me respondeu. Será possível? Há dias que mando uma mensagem atrás da outra e ainda não se se deu ao trabalho de me responder." Nervosa, abre o menu. Mensagem nova. Digita a toda velocidade. "Onde você se meteu? Quando vamos nos ver?" Depois de alguns minutos o celular vibra. Diletta olha apressada para a tela. O envelopinho pisca. Bom. Abre. "Oi, amor. Quer ir correr no parque daqui a duas horas?"

Filippo. "Ir correr? Será que já não se lembra da situação em que estamos? Parece que esqueceu por completo. 'Oi, amor. Não estou a fim. Hoje de manhã tive enjoo'." Envia. Depois de alguns segundos, uma nova vibração. "Ah... OK. Que pena. Se à noite estiver melhor, vamos ao cinema?" "Legal, nem sequer pergunta como estou agora." "Ligo mais tarde." Envia. "E se tiver vontade. Ainda não estou muito bem."

"Ufa, por que não atende? Nunca faz isso. Está me irritando. Chega. Não vai escapar." Diletta pega de novo o celular. Procura o nome na agenda. "Aqui está." Tecla verde. Um, dois, três toques. Se não atender, vou me plantar embaixo de seu apartamento.

– Alô.

– Niki, posso saber onde você se meteu?

– Quem é?

– Como quem é? O que você tem? Perdeu o juízo? Sou eu! Diletta!

– Ah, oi, desculpe, é que peguei o celular sem olhar a tela. Não vi que era você. Tudo bem?

"Tudo bem? Estou confusa. Assustada. Excitada. Hormonalmente instável." Por um instante, Diletta gostaria de lhe contar: "Ah, tudo bem, estou grávida". Mas não pode contar algo assim por telefone. Não.

– Tudo bem. Estou um pouco cansada, mas bem. Mas, diga, por que não respondeu às mensagens que mandei nos últimos dias? Devo ter mandado pelo menos sete!

– Tem razão, desculpe. Eu li, mas nunca encontrava tempo para responder. Eu me odeio! Esses preparativos estão me matando.

Diletta sente algo estranho no tom de voz de sua amiga. É baixo, um pouco arrastado. Parece cansada. Não é sua voz habitual. Dá a impressão de ser outra pessoa.

– Tudo bem com você, Niki?

Niki senta na cama. As lágrimas brotam. Indomáveis. Rebeldes. Teimosas. Mesmo assim, consegue contê-las.

– Sim, sim, só que acho que estou metida em uma bela enrascada. Tenho uma infinidade de coisas para fazer. As irmãs de Alex estão me ajudando.

– Ah... – Diletta estranha. Sente uma leve pontada no estômago que não tem nada a ver com a gravidez. – Mas, bem, você podia ter dito, não é? As Ondas estão sempre dispostas a lhe dar uma mão. Mas se você não pede...

Niki morde o lábio. É verdade. Não consegue envolver as Ondas naquilo. Elas. Suas melhores amigas. Deixou-as de fora, as irmãs de Alex a dominaram. Mas será esse mesmo o problema? Continua ouvindo Diletta:

– Olly e Erica também estão há dias tentando falar com você, e estão preocupadas. Desde a noite em que nos contou que ia se casar que praticamente não temos notícias suas – Diletta tenta não pressionar demais, mas Niki percebe que a amiga está irritada.

"Como nossa amiga vai se casar e nos deixa de lado? Alguma coisa não está certa. Mas ela nunca confessaria. Sempre fizemos tudo juntas, compartilhamos as coisas, tanto na alegria quanto na tristeza, sempre nos ajudamos e compreendemos. E agora, o que está acontecendo? Justo quando algo tão importante está prestes a acontecer? Que raiva!" De repente, percebe que para ela também é difícil ter suas amigas ao seu lado em um momento tão delicado como o que está vivendo. E se sente culpada.

– Seja como for, Niki, você sabe que nós a amamos muito e que gostaríamos de estar ao seu lado, colaborar. Vamos, vai ser divertido! O que você vai fazer hoje?

– Vou dar uma olhada em uma dessas lojas de vestidos de noiva.

– Que legal! Podemos ir com você? Eu mando um SMS para Olly e Erica e nos encontramos onde você preferir. Basta dizer a hora.

– Eu já marquei com as irmãs de Alex.

– Nada disso, hoje você é nossa! Diga a elas que você mudou de ideia e que vai conosco. Pego você em uma hora, ok?

Niki pensa por alguns segundos. "Com certeza Margherita e Claudia vão ficar bravas. Combinamos tudo ontem. Elas não vão gostar."

– Tudo bem, Niki?

– Sim, eu dou um jeito. Daqui a uma hora, então – diz e desliga.

Satisfeita, Diletta manda um SMS para Olly com cópia para Erica. "Acabei de ganhar o prêmio de melhor investigadora do ano. Consegui tirar Niki do esconderijo! Fiquem prontas, pego vocês em trinta minutos e depois vamos à casa dela. Ela vai experimentar vestidos de noiva." Envia.

Depois de alguns segundos chegam as respostas. "Legal!"; "Ela não me respondia, agora vai me ouvir!".

Niki pega o celular e solta um profundo suspiro. A seguir, procura o número e liga.

– Alô, Margherita?

– Bom dia, Niki. Pegamos você às seis, certo?

– Obrigada, mas queria avisar que hoje não posso. Podemos deixar para outro dia?

– Mas eu já avisei Claudia que vamos, e ela até já deixou as crianças na casa da avó.

Niki bufa, contrariada. Sente-se mal, mas agora não pode ligar para Diletta para cancelar tudo. Ela ia ficar muito irritada, e com razão. Há dias que não se veem.

– Eu sei, imagino, desculpe. É que minhas amigas vão passar agora para me pegar, eu prometi a elas.

– Então, sem problema. Primeiro você sai com elas e depois conosco. A costureira nos espera, mesmo que cheguemos às seis e meia! Ficamos assim, então. Às seis e meia em sua casa!

– Está bem. Até logo.

"Não. Não acredito. Não pude dizer não. E agora, o que faço?"

87

Uma série de vestidos maravilhosos está exposta nos manequins em vários pontos da sala. Saias longas, justas ou amplas, corpetes magnificamente bordados, bolerinhos de renda, véus, chapéus e mantilhas. O ateliê de costura está muito bem decorado, cheio de quadros, espelhos e sofás para que os clientes possam assistir sentados às longas provas que, em geral, acompanham a escolha de um vestido tão importante. A dona recebe as garotas e, pouco a pouco, começa a mostrar a Niki alguns vestidos.

Enquanto isso, Diletta, Erica e Olly riem e brincam. Já começaram no carro, cantando uma música em coro, debochando de quem passava e fazendo mil perguntas a Niki sobre os preparativos. E Niki respondeu com um pouco de má vontade, tentando, porém, se concentrar em suas amigas e suas brincadeiras.

Olly e Erica tocam alguns vestidos que estão pendurados em uns cabides. Pegam um e apoiam na frente para ver como fica. Passa uma vendedora e as vê.

– Desculpem, mas esses vestidos custam muitos milhares de euros. Tenham cuidado – e olha para elas com severidade antes de se afastar.

Olly a imita em voz baixa e Erica começa a rir. Niki faz cara de pressa.

– Vamos, meninas.

Olly e Erica se olham surpresas.

– Ora, Niki, não fizemos nada.

– Sim, eu sei, mas aqui... – Segue a dona do ateliê de costura, que se dirige para a outra sala.

Erica olha para Olly.

– O que ela tem? Ficou louca?

– Não sei. Viu que no carro ela não queria falar do casamento?

– E eu entendo, mas não adianta nada ficar assim.

Diletta se aproxima.

– Meninas, ela está nervosa. Eu também percebi. Mas temos que dar apoio.

– Sim. Enfim, relax!

Erica chama Olly.

– Veja que xale lindo – e o pega. Nesse momento, Niki passa de novo por ela.

– Querem parar de mexer em tudo?

Olly perde a paciência.

– Ouça, Niki, já chega. Há dias que você anda desaparecida, que não dá sinal de vida, não atende o celular, não nos deixa participar de nada. E agora quer que fiquemos aqui como se fôssemos estátuas? Há alguns meses, você teria sido a primeira a brincar em uma loja como esta.

– E daí? Eu só disse que talvez devêssemos nos comportar um pouco melhor: ninguém nos conhece, e vocês estão vendo que tipo de lugar é aqui.

– Ah, sim, é verdade. A partir de agora mesmo vou começar a me comportar bem.

Olly sai do ateliê de costura. Erica passa por Niki, olha para ela um momento e depois segue Olly. Diletta, que viu a cena, tenta detê-las.

– Meninas... – A seguir, volta-se para Niki. – Você também, viu?

– O que foi que eu fiz? – Pergunta, já sabendo a resposta.

Diletta olha para ela com dureza.

– Niki, na verdade, eu não sei o que está acontecendo com você, mas quando estiver disposta a nos contar, sabe onde nos encontrar – diz antes de sair também.

Niki fica sozinha no meio da sala. Olha em volta. Observa os vestidos, os manequins e os quadros. A seguir, olha para a porta de entrada. "Elas foram embora. Foram e me deixaram aqui sozinha. Por que fiquei tão irritada? Olly e Erica estavam só brincando. Antes eu teria feito o mesmo."

– Por favor, senhorita, por aqui. Mandei que lhe preparassem alguns vestidos para provar, conforme pediu. E suas amigas? Onde estão?

Niki fica pensativa por um momento e então pega sua jaqueta e a bolsa, que estão em uma cadeira.

– O que aconteceu?

– Nada. Acabo de lembrar que tenho um compromisso. Não posso ficar. Obrigada, e desculpe o incômodo. – Vai embora deixando a vendedora boquiaberta.

Assim que Niki saiu, a mulher balança a cabeça. "Essas jovens de hoje... Querem se casar com vinte anos e nem sequer sabem assumir a responsabilidade de escolher um vestido e de respeitar o trabalho dos outros. O que ela está pensando? Que eu fico selecionando vestidos que me parecem adequados para ela porque acho divertido? É meu trabalho." Ainda nervosa, volta para a outra sala para arrumar tudo.

Niki dá alguns passos pela calçada antes de parar. Seus olhos estão embaçados. Está irritada. Com as Ondas, que foram embora, que não entenderam o momento de dificuldade e de fragilidade pelo qual está passando. Com as irmãs de Alex, de quem não consegue se livrar. Mas, principalmente, consigo mesma. Mas ainda não entende totalmente a razão. Olha em volta e, de repente, sente-se perdida.

88

Alguns dias mais tarde.

– Mamãe, não pode mesmo ir conosco?

– Meu amor, tenho que ir a uma reunião com os professores de seu irmão. E vamos precisar de um milagre para nos salvar dessa situação. Veja tudo, mas não decida nada às pressas. Escolha os lugares que preferir, talvez possa tirar algumas fotos ou pegar uns folhetos, e depois conversamos.

Nesse exato momento toca o interfone. Quando Niki atende, ouve a voz estridente de Claudia.

– Niki está? Pode pedir para ela descer? São as irmãs de Alex!

– Sou eu, já desço. – Desliga o interfone e olha desconsolada para a mãe. – Por que eu não disse não?

Simona tenta ajudá-la abrindo um sorriso.

– Minha querida, talvez a ajudem a evitar os erros que elas mesmas cometeram, os truques para não ser enganada nesses lugares, que, aliás, são maravilhosos!

– É, mamãe, você tem razão.

Simona parece mais serena.

– Só há um problema: Alex disse a mesma coisa, e eu engoli!

Assim que sai da portaria, Niki ouve uma buzina. Volta-se. É um Mercedes como o de Alex, só que rosa! "Não acredito. Que alguém me diga que é um pesadelo, e que logo vou acordar."

– Ei, estamos aqui – Claudia toca de novo a buzina e põe a cabeça para fora pela janela. – Aqui!

Niki se aproxima e entra no carro.

– Aqui estou, obrigada.

E inclina-se sorridente para elas.

– Têm certeza de que querem me dar uma mão? – Niki cruza os dedos embaixo do banco. – É que, às vezes, dizemos algumas coisas por educação, e depois nos arrependemos.

Permanece com os dedos cruzados e com a esperança de que uma delas diga uma frase tipo: "É mesmo, esses dias andamos muito ocupadas" ou "Obrigada, você não sabe como me cansa voltar a pensar em todas as voltas que demos, e fazer tudo de novo! É ainda mais exaustivo". Porém, Margherita olha para ela com um sorriso radiante nos lábios.

– Não, em absoluto. Só queremos garantir que Alex tenha tudo o que deseja, e como ele está sempre tão ocupado, achamos natural dar-lhe uma mão. – Vira-se para frente, mas logo se volta e olha para Niki com ar de espanto. – Mas será que você pensa essas coisas e não sabe como nos dizer? Talvez quisesse ser mais independente. Não queremos criar problemas, viu?

– Eu?! – Niki abre um sorriso forçado. – Imagina!

– Então, vamos lá! – Claudia engata a marcha e o carro sai a toda velocidade deixando atrás de si esse estranho rastro de mentiras.

89

– Este lugar é maravilhoso, veja, dá para ver o lago, e há uma igreja lá dentro. O jantar podia ser aqui, aqui o baile e o bolo, e aqui os fogos de artifício!

O Mercedes rosa sobe pelos caminhos campestres. Margherita mostra a Niki os diferentes lugares onde poderia celebrar a cerimônia.

– A vista do lago de Bracciano é magnífica, e ali estão os vestiários para os noivos. O jantar pode ser servido em parte dentro e em parte ao ar livre.

Niki mal tem tempo de fazer algumas fotografias, porque o carro sai a toda velocidade pelo caminho de San Liberato.

– Quanto você acha que deve custar um lugar assim?

– Doze mil euros só o aluguel.

– Ah...

– Bem, afinal de contas, a gente só se casa uma vez, não é? – As duas riem enquanto Niki enruga a testa. Meu Deus, que ideia!

Claudia dirige a toda velocidade e o carro quase entra na direção contrária na esplanada em frente à entrada.

– Eros Ramazzotti e Michelle Hunziker se casaram aqui.

– Mas se separaram!

– Sim, mas a culpa não é do castelo, não é?

O porteiro abre o portão e para que entrem. Margherita olha sorrindo para Niki.

– Conhecemos uma das Odelscalchi. É muito simpática.

O carro sobe veloz pela ladeira. À esquerda estende-se o lago de Bracciano. Niki olha pela janela.

– É maravilhoso! – Tira uma fotografia.

– Este lugar é um pouco mais caro, mas a noite seria fantástica aqui! As salas são maravilhosas, com todas essas armaduras, quadros antigos e cortinados. Vê aquele pátio? – Margherita aponta uma clareira coberta com maravilhosas roseiras cercada pelos muros do castelo, que no outono fica coberta de uma hera levemente amarela. – Os aperitivos ficariam maravilhosos ali.

– Sim, mas as frituras?

Claudia acrescenta, rindo:

– Frituras servidas em barquinhos, umas frigideiras enormes no fogo e o óleo espirrando... Adoro casamentos assim.

– Oh, claro – diz Margherita. – Pois assim será: presunto cru fatiado, pedaços de parmesão, uma deliciosa trança de muzzarela fresca...

Claudia entra de novo na conversa:

– De Latina ou Salerno, que são deliciosas. E também uma boa *burrata*. Vamos trazê-la de Puglia. – Fecha os olhos, sonhadora. – Hummm... Está me dando uma fome!

– Claudia, vamos prosseguir. Afinal de contas, isso são só detalhes. Niki tem que ver tudo!

– Sim, obrigada – Niki sorri com as duas irmãs enquanto o carro sai rumo a novos e incríveis lugares.

Pouco depois, encontram-se na via Appia.

– Esta é a villa dos Quintili, um lugar de sonhos.

Depois passam para a via Aurelia.

– Este é o caminho de Acqua Fredda, maravilhoso, com uma atmosfera particular. E de noite é ainda melhor!

Pouco depois, veem também algumas das velhas mansões da Cassia, imersas no verde do Parco dei Veio.

– Esta é fabulosa, um monte de VIPs estiveram aqui.

Depois chegam a Palidoro, a última etapa, que fica nas proximidades de Posta Vecchia.

– Acabam de reformá-lo. O *catering* é delicioso e a vista para o mar, maravilhosa!

E continuam subindo e descendo pela costa e a campina do Lacio até que finalmente estacionam de novo em frente à casa de Niki.

– Obrigada por tudo.

– Então, o que achou? As possibilidades são infinitas, não é? É bom ver tudo de uma vez e depois decidir. Mesmo que o casamento seja daqui a cinco meses. É que, não sei como, mas os dias voam!

Claudia concorda.

– Sim, lembro que quando eu ia me casar, as semanas passavam num piscar de olhos. Eu chegava à segunda-feira com a ansiedade de ainda não ter decidido nada, e depois, quando finalmente escolhia um lugar, alguém já tinha reservado.

– Esperamos que não!

– Quando algo lhe interessa, precisa reservar logo, porque, senão... Parece uma brincadeira do destino, mas sempre acontece a mesma coisa!

– Até amanhã, então.

– Amanhã?

– Sim, pensamos que – Margherita abre uma folha cheia de anotações – amanhã temos que cuidar das lembranças para os convidados, da organização das mesas e dos convites. Depois de amanhã, do vestido, da maquiagem e do cabeleireiro. É bom marcar tudo logo.

– Porque depois, semana que vem – Claudia aponta para as anotações de Margherita –, temos que fazer a lista de presentes e a dos convidados.

– Sem esquecer a lua de mel – lembra Margherita. – Vocês têm que decidir aonde querem ir. Mas, não se preocupem, nós vamos salvá-la dos aproveitadores.

Niki suspira e força um sorriso.

– Ok, até amanhã, à mesma hora.

As duas irmãs se afastam deixando Niki na portaria. “Elas podem me salvar dos aproveitadores, mas, e delas? Quem vai me salvar?” De repente, surge em sua mente o filme protagonizado por Julia Roberts, *Noiva em fuga*, quando ela diz: “Você quer um homem que a acompanhe à praia, que cubra seus olhos com a mão para que você possa sentir a sensação da areia sob seus pés. Um homem que a acorde ao amanhecer ansioso por falar com você e que morra de vontade de saber o que você vai dizer." "É isso. Eu também gostaria de ter isso. Por que as coisas mais bonitas só acontecem nos filmes?"

90

– E então, como foi, Niki? – Simona corre em direção à filha quando a ouve entrar.

– Fiz mais de sessenta fotografias e percorri pelo menos cem quilômetros. Vi trinta possíveis lugares onde poderíamos fazer a festa. E agora estou com vontade de vomitar.

– Por causa do carro? Você se sentiu mal?

– Sim, mas não pelo modo como dirigiam, e sim pelo que diziam! Esse casamento está me estressando demais, mamãe!

– Vou tirar o dia amanhã no trabalho para ir com vocês, o que acha?

– Obrigada, mamãe! – Niki a abraça pulando em seu pescoço.

– Vamos fazer o que tivermos que fazer, mas com calma, não precisa se esgotar. Vai ser um belo casamento.

– Espero.

Simona abraça a filha com força.

– Vai sim, você vai ver.

Niki, acabada por conta do dia, da conversa e da dificuldade de decidir qual de todas essas maravilhosas mansões é a mais apropriada, vai para seu quarto quase arrastando os pés. Simona olha para ela com um sorriso de ternura nos lábios. "Vai ser um dia lindo, Niki, você vai ver, e no fim tudo vai ser mais fácil que o esperado; de repente, tudo vai estar no lugar, assim, como em um passe de mágica." Ouve-a fechar a porta do quarto. "Desde que você queira de verdade, Niki."

Niki joga o celular em cima da cama no exato momento em que começa a tocar.

– Alex!

– Tudo bem, meu amor?

– Bem. Bem, bem...

– O que foi?

– Nada.

– Ah, fiquei preocupado. Como foi com minhas irmãs?

– Bem.

– Bem de verdade, ou diz isso só por educação?

– Bem, porque são suas irmãs.

Alex começa a rir.

– Eu sei, eu as conheço. Meu amor, quando você superar essa prova, vai ter a impressão de que o resto de sua vida será um mar de rosas.

– Eu preferia uma banheira morninha.

Alex sorri.

– Entendo, mas eu lhe dei a possibilidade de voltar atrás.

– Não, tudo bem, agora já foi, não se preocupe. Mas você disse que ia colaborar, e...

– Tive um monte de coisas para fazer, meu amor.

– Eu sei... Quer dizer, então, que também não vamos nos ver amanhã.

– Acho que não.

– E nos próximos dias?

– Vai ser difícil.

– Vou acabar me casando com uma de suas irmãs!

– Vamos passar o sábado à tarde juntos.

– Maravilha. E aonde pretende me levar?

– Bem... – Alex permanece uns instantes em silêncio, não sabe muito bem como lhe dizer –, temos o cursinho pré-matrimonial.

– Também isso?

– É obrigatório.

– Está bem. Depois conversamos. Agora quero comer alguma coisa, estou morrendo de fome.

– Certo. Tchau, meu amor.

– Ah, só uma coisa, Alex. Suas irmãs não vão conosco ao cursinho pré-matrimonial, não é?

Mas, no dia seguinte, e apesar da presença de Simona, as diversas etapas programadas por Margherita e Claudia voltam a ser uma verdadeira maratona.

– Vejam, estes são os convites Pineider, os melhores. Têm diversas gramaturas.

Niki olha intrigada para a proprietária do maravilhoso estabelecimento da Via degli Scipioni. Ela sorri.

– O peso do papel determina, naturalmente, seu custo. Desculpem – olha primeiro para Simona, depois para Margherita e, por último, para Claudia –, qual de vocês é a noiva?

As três apontam para Niki.

– Ela!

– Ah, certo. Nesse caso, temos também convites mais modernos. E também depende do tipo de letra que quiser utilizar. Isso é o que faz a diferença, tanto em relação ao custo quanto à importância e modernidade do convite.

– Quanto custa cada convite? – Simona não consegue conter a curiosidade.

Margherita e Claudia fingem não ouvir. A proprietária parece levemente envergonhada.

– Bem, antes você precisa escolher um, para que eu possa lhe dizer com precisão.

Niki decide socorrer a mãe e pega aleatoriamente o primeiro que encontra entre os espalhados pela mesa.

– Este, por exemplo.

A mulher pega o convite.

– Hum, vejamos... número de referência, 30... quantos convidados?

– Ainda não sabemos, não é, Niki? – pergunta Simona a sua filha.

– Ah.

Margherita e Claudia sorriem.

– Digamos que aproximadamente...

– Uns...

– Uns...

Niki e Simona se olham.

– Bem, digamos que uns...

– Bem, mais ou menos...

– Cem... – aventura finalmente Simona.

Ao ver a expressão de espanto de Margherita, muda de opinião:

– Duzent...

Vê a de Claudia e muda de novo:

– Trezent...

As duas irmãs assentem com a cabeça sorrindo.

Niki intervém de repente:

– Quatrocentos! Serão quatrocentos convidados – diz sorrindo para a mulher, que lhe devolve o sorriso e começa a fazer as contas.

– Imagino que vão querer que enviemos os convites aos domicílios, não é?

– Sim, claro.

– Nesse caso, o custo deste convite, que pesa trinta gramas, e do envio à casa dos quatrocentos convidados varia entre 1.800 e 2.400 euros.

Simona arregala os olhos.

– Bem, quem receber um convite desse preço, necessariamente tem que ir!

Prosseguem com os frenéticos preparativos do casamento.

– O que acham destes?

Niki nega com a cabeça descartando um pequeno pingente de prata como lembrança para os convidados.

– E isto? – Uma jarrinha de cerâmica.

Niki nega novamente com a cabeça. E assim avaliam um a um os objetos mais variados, desde um pequeno porta-retratos a um laço de prata, passando por uma bandejinha com um homem e uma mulher estilizados andando de bicicleta, no estilo dos desenhos de Peynet, ou um porta-guardanapos. E isso não é tudo.

– Como vamos organizar a disposição dos convidados?

Margherita é incansável.

– Bem...

– Elas não sossegam nunca? – comenta Niki em voz baixa com sua mãe.

Simona ri.

Margherita avança pela rua.

– Minhas amigas sempre encontram uma maneira encantadora de distribuí-los.

– Eu, por exemplo – explica Claudia –, usei nomes de flores. Rosa, tulipa.

Margherita, porém, está mais orgulhosa de sua escolha.

– Já eu usei pedras preciosas. Mesa diamante, mesa jade, esmeralda, turquesa.

– Nossa amiga Ballarini optou por frutas – prossegue Claudia. – Mesa pêssego, ameixa, pera. Ela se casou no verão.

Simona esboça um sorriso recordando seu casamento.

– Nós organizamos as mesas pensando na música: cada uma tinha o nome de uma banda. Naquela época adorávamos música – dirige-se principalmente a Niki. – Mesa U2, mesa Wham! ou mesa Aerosmith.

Margherita e Claudia olham-se de novo, sem acreditar.

– Que simpático! – dizem com um sorriso forçado.

Niki, ao contrário, parece entusiasmada.

– Adoraria fazer como vocês! Só que com bandas atuais. Não sei, tipo... mesa Negramaro.

Margherita se surpreende.

– Que banda é essa? Parece nome de remédio digestivo.

Claudia empurra sua irmã.

– Mas como você é velha! Eu conheço. O vocalista é Giuliano e canta como um anjo.

Dessa vez, Niki e Simona é que sorriem.

91

Alex escolhe um tema musical para usar de fundo em uma parte de sua filmagem. "É fácil trabalhar com esse programa do Mac. Temos que reconhecer que são uns gênios. Steve Jobs é muito bom. Pena que esteja tão doente. A pequena maçã nasceu graças à sua vontade de simplificar as coisas para as pessoas comuns."

Alex continua com seu trabalho. Fusão, imagem, fusão. "Será que ela vai gostar? Espero que sim." Olha os últimos fotogramas, ela se vira devagar, e depois o último enquadramento, que se concentra em seus olhos, naquilo que refletem, nesse olhar, nessa história de amor. E depois esse sorriso, fundido, enquadramento longo, e ela que aparece correndo pelas ruas de Nova York. "Sim. Ela vai gostar. Logo estará pronto, e vou colocar em nosso site. Toc, toc. Batem à porta.

– Posso entrar, Alex?

– Entre.

Entra Leonardo, o diretor.

– Estou muito contente. Era exatamente o que eu esperava, o que queria, o motivo pelo qual lutei, e agora consegui.

Alex vira para ele em sua cadeira.

– Do que está falando? Acho que perdi alguma coisa. E caso esteja me atribuindo o mérito ou a culpa de alguma coisa, já vou dizendo que não tenho nada a ver com isso – Sorri tentando compreender algo mais.

De modo triunfal, Leonardo põe uma folha em cima da mesa. E, com a mão direita, vira para Alex para que ele possa ler. Ele a pega. Ainda está quente, acaba de ser impressa. Quando vai começar a ler, Leonardo se antecipa.

– É sua promoção em escala internacional. Só vai precisar fazer uma ou outra viagem, um máximo de seis viagens por ano, e sua base de trabalho continuará sendo esta. Então – Leonardo sorri feliz, abrindo os braços –, máximos lucros, mínimo esforço. Praticamente dobraram seu salário.

Alex coloca o papel em cima da mesa.

– Não entendo por que essa promoção agora. Porque é uma promoção, não é? Nós não mandamos nenhum projeto, não me lembro de ter assinado nenhuma campanha em particular ultimamente, no máximo apresentamos algumas propostas.

– É verdade – Leonardo se senta diante de Alex. – Lembra aquela prova que fizemos, de que Raffaella, sua nova assistente, se encarregou?

– Sim, lembro perfeitamente, e também me lembro dela, da assistente que eu não queria e que você me obrigou a aceitar.

– Acho um absurdo rejeitar uma mulher pelo simples fato de ela poder fazê-lo cair em tentação. Quando acontece uma coisa assim é porque algo não está bem, e então, é inútil disfarçar. Além do mais, é muito competente.

– Sobre isso, não tenho nada a dizer.

– Nem eu; a questão é que no fim acabamos o projeto e enviamos as provas do documentário, aquele jogo sobre os animais, sobre a natureza e o produto em si.

– Sem eu saber!

– Você estava em Nova York realizando outro sonho. Mandamos o documentário em seu nome. – Leonardo fica sério. – Mas você não é obrigado a nada. Pode continuar com a produção cinematográfica do anúncio que fechamos, se quiser. O importante é que nossa sede em Londres disse que "o criador de LaLuna conquistou o mundo. Está com a indústria a seus pés". Eles estão fascinados. Você os ajudou a assinar um contrato no valor de cinquenta milhões de dólares. E, por isso, esta promoção. Era o mínimo que podiam fazer, não? – Leonardo se levanta do sofá. – Mínimo esforço, máximo lucro. Com isso, você pode ir passar mais um mês em algum lugar, se quiser. Algum farol em qualquer lugar do mundo, para variar. Pronto! Acabei de ter uma ideia ótima para a sua lua-de-mel! – Leonardo abre as mãos e, como se deixasse fluir um slogan no vazio, lê um título em cima da mesa de Alex. "Noites de sonho nos faróis mais bonitos do mundo." O que acha?

Alex parece hesitar por uns instantes.

– Eu agradeço; acho uma ideia magnífica, você seria um bom planejador de casamentos. Mas, se não se importa, do meu casamento cuido eu.

– Acho justo. Como também será justo que você compartilhe sua decisão, seja qual for, com a pessoa que, de alguma forma, contribuiu para tornar tudo possível. Posso chamá-la? – Sem dar-lhe tempo de responder, Leonardo abre a porta e chama, sorrindo. – Venha, Raffaella, ele quer falar com você!

Temerosa, um pouco envergonhada, ela aparece na porta ao cabo de alguns segundos. Ela é um outdoor ambulante. Tem cabelos brilhantes, cacheados e volumosos. Seu sorriso brilhante causa o mesmo efeito dos anúncios de chicletes ou de pasta de dentes branqueadora. Mas seu sorriso supera qualquer artifício.

– Olá, Alex – Raffaella para na porta. – Quero cumprimentá-lo pela promoção. – Fica parada, emoldurada pelo vão da porta, ela, uma imagem natural e provocante, mais pecadora que santa.

Leonardo, consciente do efeito que a mulher causa em Alex, olha para ele com uma expressão amistosa, como dizendo: "Ouça, somos homens, você não pode negar tudo isso, não pode fingir que não é nada. Sim, você está prestes a se casar, mas ela é como um superanúncio em carne e osso, reconheça!" Pelo menos é isso que Alex lê no olhar do amigo.

– Sim, estou contente. Mas acho que devo agradecer a você, o sucesso é seu.

Raffaella consegue controlar seu embaraço e recupera a autoconfiança, sem deixar, por isso, de ser agradável.

– Ora, que é isso. Você sabe muito bem que me deu indicações muito claras; eu me limitei a seguir e aplicar.

– É, mas você sabe: "Boas ideias existem muitas, mas o que conta é como se realizam". Sua realização foi perfeita. Foi isso que os impressionou.

– Sim, mas sem sua intuição...

– Está bem, está bem – interrompe Leonardo. – Ambos são muito bons, e eu não saberia o que fazer sem vocês. Foi graças a vocês que Londres embolsou todo esse dinheiro, graças a vocês que eu ainda sou o diretor e a Osvaldo Festa vai de vento em popa. Certo? E agora, eu gostaria de ir almoçar com os dois, que tal? Vamos comemorar este dia no melhor restaurante! – Olha para Alex, depois para Raffaella, depois de novo para Alex. – Vocês não podem negar – Sorri. – Em parte, porque eu vou pagar a bendita comida, mas, principalmente, porque eu sou o diretor!

Alex e Raffaella se olham e soltam uma gargalhada.

– Bem, sendo assim, não dá para recusar.

Leonardo parece visivelmente satisfeito.

– Meu motorista vai nos levar daqui a uma hora. Enquanto isso, vocês podem acabar o que estavam fazendo.

Raffaella sorri e sai da sala.

– Até logo.

Leonardo vai saindo também.

– Pense bem, Alex. Você não corre nenhum risco, uma ou outra reunião breve no exterior em troca de muito dinheiro. Peça conselho em casa. Você não pode rejeitar essa oferta.

– Certo, obrigado, Leo. Vou pensar, e depois conversamos.

Leonardo não consegue entender suas hesitações. "Ele devia ter aceitado maravilhado. Ah, ninguém entende esses jovens de hoje. Eles têm um monte de qualidades, são intuitivos, decididos, ambiciosos, mas depois se amedrontam diante da menor mudança." Entra em sua sala sacudindo a cabeça e pensando no que tem agitado as reuniões com seus superiores: "São uns moleques". Senta-se à mesa e responde ao e-mail de Londres. "Alex Belli está surpreso e contente com sua proposta." Reflete um instante acariciando o queixo com a mão. "Pronto. Vou dizer assim. E, decidido, põe mãos à obra. "Ele decidiu tocar o projeto. No tocante à promoção e suas novas funções no âmbito europeu, deseja refletir com calma." Satisfeito com suas palavras, aperta a tecla de envio. Depois, recosta-se na cadeira. "Eu praticamente disse a eles que Alex vai fazer os filmes que produzimos, e que se não aceitar logo é porque se trata de uma pessoa que atribui às coisas a importância adequada. Eles vão sorrir e compreender que isso significa também um sim, implícito, mas, afinal de contas, um sim. Claro que, assim que Alex souber, vai ficar irritado. Mas um diretor também deve assumir suas responsabilidades, não é?" E após essa última consideração, chama sua secretária pelo interfone.

– Pois não, senhor.

– Stefania, por favor, reserve imediatamente uma mesa para três.

– Claro. Onde? Já tem alguma ideia?

– Não... Um lugar importante para impressionar. Surpreenda-me! Assuma a responsabilidade!

Stefania sorri.

– Claro, senhor diretor. Vou encontrar o melhor. – Desliga e balança a cabeça. "Assuma a responsabilidade..." Por que não me encarrega também de organizar sua vida privada? Aqui todos recebem uma promoção, e eu, que faço o trabalho sujo, sou sempre deixada em segundo plano.

– Bom dia, quero reservar uma mesa para três, por favor... Sim, dentro de uma hora mais ou menos, com a melhor vista que tiverem. Obrigada.

92

Uma vez sozinho, Alex digita imediatamente o número. Um toque, dois, e finalmente ela atende.

– Niki! Meu amor, você não sabe a notícia – Para e pensa por um segundo. – Tudo bem? Bom dia!

Niki sorri enquanto caminha apressada pela avenida que leva à faculdade.

– Sim, tudo bem, fora o pesadelo que tive.

– Que pesadelo?

– Sonhei que, em vez de minhas amigas Ondas, suas irmãs eram minhas madrinhas.

Alex solta uma gargalhada.

– Sei... estou vendo que a situação só está piorando. Tem certeza de que não quer que fale com elas?

Niki continua andando apressadamente. Ajeita a bolsa cheia de livros no ombro, o que a faz se inclinar um pouco para o lado. Por um instante, esse novo oferecimento a deixa animada. Na verdade, não seria ruim. Mas também poderia piorar as coisas. Significaria abandonar a luta, recuar e, de uma forma ou de outra, seria como entregar-lhes a vitória em bandeja de prata.

– Não, meu amor, eu agradeço. Não se preocupe. Tenho certeza de que é só estresse! Daqui a pouco não terei mais que vê-las, nem em sonhos! Mas o que você queria me dizer?

– Que me ofereceram uma promoção!

– Magnífico! E por quê?

Alex pensa por uns instantes. Não acha conveniente mencionar sua assistente e o que ela fez.

– Por nada especificamente. Gostaram muito uma proposta que fiz para uma campanha e me ofereceram. – Niki sobe a escada da faculdade e vê que a sala está lotada.

– Desculpe, Alex! Estou muito feliz por você, mas tenho que entrar e encontrar um lugar. Posso ligar daqui a pouco?

– É tão gostoso poder dividir qualquer decisão sobre o trabalho com a pessoa que se ama.

– Está se referindo a mim, não é?

– Claro, boba!

– E o que acontece se a pessoa que você ama tem uma aula nesse momento? Você não vai querer que ela leve bomba por ficar conversando sobre sua promoção, não é?

Alex balança a cabeça. "Ela sempre consegue me enrolar."

– OK, conversamos depois.

– Alex – Niki percebe seu tom decepcionado. – Você tem que decidir alguma coisa agora? Podemos conversar logo.

Ele sorri.

– Tem razão, meu amor. Boa aula. – Desliga e olha para o telefone. "Não tem jeito, ela é muito rápida. Parece uma metralhadora! Tem saída para tudo! Será que tem alguma preparada para a igreja? Na verdade, em pouco menos de dois anos ela mudou muito, parece uma flor. Com a diferença de que as flores, quando brotam pela manhã, são sempre iguais. Niki, porém, dá a impressão de que se esconde embaixo das pétalas para oferecer uma surpresa cada vez que uma delas se abre. Eu teria adorado comentar com ela essa decisão, porque sei que, embora para Leonardo pareça muito simples, no fundo pode complicar muito a minha vida. É que, no mínimo, significa viajar com frequência para o exterior, além de ter que assumir o compromisso da campanha e aquelas reuniões todas, que dessa vez são sobre um produto muito diferente, um curta-metragem, e em uma mídia nova. Vai ser uma confusão."

Batem à porta.

– Posso entrar?

Raffaella põe a cabeça para dentro.

– É melhor irmos – sorri inclinando a cabeça.

– Já vou.

– Ok. Espero ali.

Alex levanta da cadeira e pega seu casaco. "É melhor irmos." Boa, a frase. É melhor irmos. Um pouco estranha, mas expressa bem a ideia. Veste o casaco e sai da sala pensando que talvez a confusão seja justamente Raffaella.

93

Niki tenta abrir caminho por entre os estudantes que entopem a porta da sala.

– Com licença, por favor, meu lugar fica ali na frente!

Não é verdade. Ou melhor, ela pediu a Barbara que guardasse um lugar, e espera que a amiga tenha se lembrado. Mas assim que consegue ultrapassar um pouco de gente e chegar às primeiras filas, os estudantes se levantam ao mesmo tempo e se dirigem à saída, quase esmagando-a.

– O que foi? O que foi?

Os empurrões quase a fazem tropeçar, até que, bem quando está quase caindo, uma mão a segura por baixo da axila e a levanta, ajudando-a a ficar em pé e recuperar o equilíbrio.

– Obrigada.

Vê o sorriso de Guido.

– De nada. Eu vi. Dois sujeitos se pegaram por causa de um lugar.

– Estão malucos?

– Sim... mas também há um novo protesto.

– Outra vez? Por quê?

– Contra as novas leis do ministro, e porque, ao que parece, está prevista uma visita do papa. Por que ele gosta tanto de vir à faculdade? Eu acho um pé no saco.

Finalmente conseguem chegar à saída sem novos incidentes. Niki sorri.

– Eu adoro a aula de literatura italiana, o professor parece um poeta quando faz aquelas citações e dá esses saltos no tempo; estabelece umas relações absurdas. Acho genial.

– "Para conservar por muito tempo o coração do nosso amante, é sempre preciso que a esperança e o temor se façam sentir sobre ele." Émilie du Châtelet. Viu? Eu também faço citações o tempo todo e não vejo você me apreciar tanto.

– Não é verdade! Estou aqui com você.

– E daí? Só está agora aqui porque eu salvei sua vida. Mas, tenho uma dúvida: não teria gostado de ser esmagada para que sua fotografia e seu nome saíssem em todos os jornais?

– O quê?

– É que aqui todos querem se exibir! Sabe o que esse pessoal pagaria para estar no BB, em vez de aqui?

– BB?

– É, o Big Brother. Ou em qualquer um desses *reality shows* que fazem as pessoas se sentirem famosas por um instante, e que, por causa disso, são levadas a deixar a esposa ou o marido, ou a mudar de emprego. Saem dali pensando que vão conquistar o mundo, mas depois de alguns meses voltam a ser um joão-ninguém, ou melhor, voltam a ser a pessoa que eram antes, e se sentem de novo insignificantes.

– Isso é pura filosofia!

Guido sorri.

– Pois é. *O ser e a aparência na sociedade moderna*, de Guido Desio. Nada mau para um tratado, não é?

– Não, é verdade. Só que acho que você está muito bem informado sobre esses *reality shows*, será que já não participou de algum?

– Não, mas vivi o drama de perto: minha ex queria participar de qualquer jeito do Big Brother, mas, como a rejeitaram, arrumou uma confusão inacreditável, ficou deprimida, e depois quis tentar em todos os outros programas do tipo. No fim, como não conseguiu ser importante para o público, decidiu ser para o professor. Percebe? Pode parecer absurdo, mas qualquer coisa pode acontecer com nossas garotas, porque as tentações desta sociedade são infinitas.

– De novo o tratado de Desio. Na realidade, eu acho que sua teoria pode se aplicar também a alguns homens.

– Mais no caso das mulheres.

Guido sorri, mas Niki percebe pela primeira vez que suas palavras deixam transparecer certa amargura, um desgosto sincero, o sabor do fracasso. Ele esperava tudo dela. Não há nada pior que acreditar em uma pessoa, no amor, principalmente, e entrar de cabeça sem pensar duas vezes. Em um segundo passam pela mente de Niki mil imagens. Pular de um trampolim de olhos fechados, em uma piscina vazia. E esse estranho exercício que fazem na academia, quando um se deixa cair para trás enquanto o outro tem que segurá-lo pelas costas. "Você fecha os olhos e se joga mostrando que confia em seu companheiro; mas, e se por acaso ele se mexer de repente, porque, suponhamos, alguém o chama? 'Ei, amigo, venha aqui um instante.' E o cara vai embora sem avisar no exato momento em que você se joga para trás." Niki aperta os olhos. "Nossa, que barulhão!" Na realidade, alguém virou no chão um banco de madeira. Um rapaz se levanta massageando as nádegas.

– Ai, doeu! Que queda boba!

– Eu vi. Você estava na janela com os pés apoiados no encosto e escorregou! – Afasta-se rindo com seus dois amigos, principalmente porque o tombo não foi com ele!

Guido também ri.

– Que susto você levou!

– É! E que tombo ele levou. Se fosse comigo, eu teria me quebrado.

– Não... Você parece uma pessoa muito atlética – Guido observa o corpo dela, mas sem segundas intenções. – Falo sério. Aliás, gostaria de desafiá-la, o que acha?

– Desafiar? A quê?

– É surpresa. Quer ou não?

Niki pensa um pouco. Não tem nenhum preparativo para o casamento e a aula está suspensa. Talvez pudesse ir para casa estudar...

Guido percebe que ela está na dúvida.

– Vamos, não é nada perigoso. Barbara, Luca, Sara e Marco vão também. Ande, não pense mais, vamos nos divertir sem correr nenhum risco.

Niki se convence.

– Ok.

Vão para a saída da faculdade conversando. "Não vai correr nenhum risco... O que ele quis dizer?"

94

À tarde, um sol morno ilumina os caminhos de Villa Borghese. Vários jovens fazem *jogging* enquanto escutam música com seus fones de ouvido. Um grupo de crianças brinca enquanto suas mães, um pouco afastadas, falam de assuntos do dia a dia. Um casal jovem se beija sentado em um banco.

– Que dia lindo, não é, amor?

– Sim, maravilhoso.

– Como você está? Teve mais enjoo?

– Não, está tudo sob controle. E você ouviu o que a doutora Rossi disse quando levamos o exame de sangue; disse que é normal e que os sintomas não são tão desagradáveis. Eu me sinto bem, sabia? Quando penso que estou carregando uma vida dentro de mim, fico muito emocionada. Eu não imaginava que seria assim.

Filippo chuta uma pedra, que mal se move, de modo que tenta de novo. Dessa vez a pedra sai voando; em uns instantes começa um drible imaginário até que acaba em uma cerca vida.

– Gol! Viu, amor? – Filippo volta sorrindo. – Sou um ás. Seu campeão!

– Muito bom, eu vi! Talvez um dia você esteja aqui com seu filho fazendo isso, e ele queira jogar com você. Não seria maravilhoso?

Filippo volta para seu lado e lhe dá um abraço. Continuam o passeio.

– Não sei, não pensei nisso. Sabe, para mim foi uma surpresa absurda, algo que não passava pela minha cabeça.

– Imagine eu! Mas temos que pensar nisso, mesmo que ainda tenhamos tempo para decidir. Contar aos nossos pais, pensar se queremos.

– Olha! – Filippo para de repente e aponta para algo. – Lá embaixo! Pier e Fabrizio! – diz, e sai correndo em direção aos dois rapazes que estão jogando bola no meio de uma alameda.

Filippo chega até eles, cumprimenta-os e aponta para Diletta, que enquanto isso se aproxima e acena com a mão. Filippo começa a jogar com os amigos. Diletta olha para ele e balança levemente a cabeça. "O que ele está fazendo? Por que não quer falar no assunto? O que acha, que para mim é fácil? Eu preciso dele, esta decisão deve ser tomada por nós dois. Um filho muda a vida da gente, principalmente quando somos tão jovens. Mas um filho também é uma coisa maravilhosa, é a razão de nossa presença aqui, nossa verdadeira ponte para o futuro." Olha em volta. Vê uma garota empurrando tranquilamente um carrinho enquanto fala com a criança que está nele, sem se importar que não entenda o que diz. Porém, esse contato é importante, é o vínculo que os une, e por isso ela continua falando. Diletta sorri. Sente uma grande ternura. A seguir, olha de novo para Filippo. Observa enquanto joga, diverte-se e brinca. Como um menino.

95

– Passei as férias de verão em Elba com meus pais.

– Ah, deve ser uma ilha linda. Nunca estive lá!

– Alguém como você, que gosta de surfe, devia ter ido para a Toscana. Há um lugar lá, perto de Civitavecchia, de onde se vê umas ondas incríveis. Tipo *Os três amigos*.

– É, em nosso mar não há ondas assim. "As únicas Ondas fortes e lindas que conheço são minhas amigas", pensa Niki.

– Mesmo assim, há uma ou outra onda que vale a pena! Temos que ir um dia.

Niki continua caminhando e sorri para si mesma. "Temos que ir... Quando? Logo vou me casar. Acho que depois disso vai ser mais complicado." Guido olha para ela.

– Todo mundo – Ele não percebe o que se passa na cabeça de sua amiga. – Reunimos o pessoal e vamos todos juntos. É uma delícia surfar à noite.

– Mas, não é perigoso?

– Não, de jeito nenhum, deixamos os faróis dos carros virados para o mar, você não sabe como é legal. A adrenalina fica a mil. E se for noite de lua cheia e estrelas, bem, então, é inevitável se apaixonar.

Niki ergue as sobrancelhas.

Guido volta a sorrir.

– Pelo mar. E para sempre. Você não pode mais ficar sem ele. Não entendo as pessoas que se drogam. Às vezes, a natureza me emociona tanto que eu poderia dizer que para mim é como uma verdadeira droga. Sabe, estive no Brasil, em Fortaleza, onde há umas dunas brancas altas como montanhas. Às vezes, ao entardecer, o pessoal faz uma espécie de peregrinação e sobe a pé até o alto de uma delas. Há gente de todos os lugares e chegam ao topo para contemplar o sol vermelho que, pouco a pouco, vai mergulhando no mar. Todos se sentam nessas enormes dunas com as pernas cruzadas. É um espetáculo único.

– Acredito. Basta ouvir você contar para ver que isso ficou gravado em seu coração.

– Lá, as ondas eram espetaculares, e a areia também. Todas as noites subíamos para ver o entardecer e às vezes alguns de nós levavam umas tábuas curtas de madeira para poder deslizar mais rápido na areia, até chegar lá embaixo.

– É mesmo?

– Sim, eu fiz isso; mas é perigoso.

– Por quê?

– Porque se você cair, não vai parar até chegar aos pés da duna. Você rola muito rápido porque a ladeira é muito íngreme.

– Já aconteceu com você alguma vez?

– Sim, mas eu já tinha quase chegado embaixo. Foi uma descida incrível, mais espetacular que qualquer outra coisa. Não me machuquei, não foi nada.

– Ah, falando em não foi nada – Niki põe as mãos nos quadris –, outra noite você quase criou um enorme problema com a mensagem que me mandou.

– Por quê? Que eu lembre, não escrevi nada de errado.

– Não devia ter escrito, e pronto.

– Por quê? Não somos amigos?

– Não. Pelo menos, ainda não. De qualquer maneira, não teria sido fácil explicar sua mensagem ao meu noivo.

– Que exagerada! Imagine se eu tivesse escrito: "Fico sem fôlego quando você está longe". É de Keats, então seu noivo devia se irritar com ele.

Niki balança a cabeça.

– Já que é assim, podia ter mandado aquela tão maravilhosa de Oscar Wilde: "Resisto a tudo, menos à tentação".

– Sempre gostei de Oscar Wilde. Sabe por quê? Porque ele não fingia e dizia sempre a verdade.

Chegam à saída da faculdade. Guido para em frente de sua Harley Davidson e abre um gancho que segura o capacete.

– Tome.

Niki coloca o capacete. Guido sobe na moto enquanto coloca o seu e estende o braço esquerdo para que ela se apoie nele para subir mais facilmente. A seguir, liga a moto e acelera um pouco. O escapamento soa potente e decidido no grande Piazzale Aldo Moro. Alguns rapazes que conversam sentados em suas motos viram-se para olhar para eles. Outros sorriem ao ver a maravilhosa 883 sair como um raio, costurando veloz pelos carros e desaparecendo pelas passagens subterrâneas rumo à Piazza del Popolo.

Guido se vira para ela.

– Se ficar com medo, pode me abraçar, Niki.

Ela abre um pequeno sorriso e seus olhares se cruzam no espelho retrovisor.

– Eu já disse que não tenho medo!

Guido sorri.

– Tem certeza? – Acelera de repente.

A moto dá um salto para frente e Niki se vê obrigada a se abraçar nele para não cair. Agarra-se à jaqueta dele e aperta com força, enquanto ele acelera de novo e entra a toda velocidade em uma curva descendo pela Strada del Muro Torto.

– Muito bem, assim você fica mais segura.

Niki se sente levemente incomodada, mas não tem como evitar se agarrar a ele. Guido continua correndo entre os carros, ultrapassa pela direita e pela esquerda, sai e entra, inclinando-se, como se estivesse fazendo oitos ao redor de cones. Pouco a pouco, esses movimentos lentos e constantes a vão acalmando. Niki se perde no vento, viajando em seus pensamentos. "O que estou fazendo aqui, atrás desse cara? E se sofrermos um acidente? O que iria contar a Alex? Ou, pior ainda, se eu chegar ao casamento com uma perna quebrada! Vestida de branco e engessada. Não poderia escrever nada no gesso; ou talvez sim: 'Recém-casados!' Ou poderia pendurar umas latas vazias. Ia ficar bom. Já imagino os pais de Alex e suas irmãs!" Enquanto pensa nisso, abraça Guido mais forte e se deixa levar perdendo-se ainda mais no vento.

96

A campainha toca. Olly vai abrir e Erica entra com uma bandeja de minipizzas.

– Aqui estou! Doutora Erica a seu dispor! – Passa pela amiga e vai até a cozinha. Abre a geladeira, pega uma Coca-Cola e dois copos e volta para junto de Olly puxando-a pelo braço.

– O que está fazendo?

– Como assim? Quando falamos pelo telefone, você me pareceu muito triste, e decidi que precisava de alguém para levantar sua moral.

Obriga-a a sentar no sofá e leva a bandeja com as minipizzas, os copos e a garrafa de Coca-Cola. Depois senta ao seu lado. Olly sorri para ela. É uma amiga de verdade. Começam a brincar e conversar.

– Sabia que minha amiga Ilenia foi escolhida para participar de um programa de tevê, no corpo de baile? É uma rede local, mas, mesmo assim, ela está maravilhada. Um cabaré com comediantes romanos.

Olly se vira para ela.

– Ilenia?

– Sim, lembra dela? Eu a convidei para a festa de Niki.

Olly pega uma pizza.

– Lembro, claro.

– Ela é muito simpática, e vale muito. Seu pai morreu há pouco tempo e ela cuida da mãe agora. Além disso, estuda e dança, e agora também vai ganhar algum dinheiro. Ela é apaixonada pelo namorado a vida inteira, sabia? É um desses relacionamentos eternos que a gente não acredita que possam durar tanto, mas eles se adoram mesmo depois de todos esses anos. Eu nunca vou viver algo assim.

Olly acaba sua pizzinha e pega outra.

– Então, ela namora.

– Sim, e está apaixonada, que é o mais importante.

Olly acaba a segunda pizzinha. Serve-se um pouco de Coca-Cola e dá um gole. Erica se levanta e liga o som. Põe uma música e começa a dançar no meio da sala.

– Venha, Olly! Terapia corporal! Vamos, não se faça de difícil! – insiste enquanto dança.

Olly permanece pensativa no sofá e entende como seu ciúme é estúpido. Pensa em como se comportou aquela noite, na festa, quando praticamente ignorou Ilenia. E em como tratou Giampi depois, acusando-o injustamente. "Que imbecil! Eu me deixei enganar por meus medos. Deixei que a superficialidade me vencesse. Eu, que sempre estou pronta para aconselhar os outros, para criticar quem é muito ciumento, justo eu caí nessa." Olha para Erica enquanto a amiga dança leve, despreocupada e alegre. Levanta-se e se junta a ela. Deixa-se levar pela música, pelas palavras de Tiziano Ferro e, depois, ao acaso, por R.E.M, Coldplay, The Fray, Oasis, Nelly Furtado. O rádio não segue uma ordem precisa. Como os pensamentos de Olly.

97

Lungotevere, Piazza Cavour, a moto corre ligeira. Piazza Belle Arti, de novo o Lungotevere, Piazza Mancini. A moto parece enfeitiçada, todos os semáforos que encontra no caminho estão verdes, ponte Milvio, Corso Francia, Llungotevere dell'Acqua Acetosa. A moto freia gradualmente, e após fazer uma ampla curva, entra no estacionamento.

– Pronto! Chegamos!

Niki tira o capacete enquanto desce.

– Caramba! Essa era a surpresa? Estamos no boliche!

– Sim, e agora você pode decidir se aceita ou não o desafio. Ou se prefere ser a bola!

– Trouxa! Tome! – Niki joga o capacete na barriga dele. Guido pega inclinando-se para frente. – Viu? Eu jogo com força, derrubo os pinos! – Niki sobe apressadamente a escada e entra na grande sala do boliche.

Guido ri, põe o cadeado na moto e corre atrás dela.

– Espere!

Ao chegar ao seu lado, ouve alguém chamar.

– Ei, vocês! Finalmente decidiram vir!

Marco, Sara, Luca e Barbara se aproximam.

– Não acredito! – Marco dá um empurrão em Luca.

– Viu? Guido disse que viria com Niki e você não quis acreditar.

Niki olha, irritada com ele. Guido abre os braços.

– Eu disse a eles que com sua ajuda ganharíamos. Eles ficaram com medo! Foi muito gentil de sua parte aceitar. Vamos trocar os sapatos.

– Isso, depressa, já vamos começar outra partida!

Guido e Niki vão para o canto onde as pessoas trocam os sapatos.

– Eu não disse que ia jogar! Não sabia que o desafio era esse!

Ele tenta acalmá-la.

– De qualquer maneira, você teria dito que sim, não é?

– Não!

– Por quê? Mas que cabeça dura! Vai ver como vamos nos divertir!

– Sem dúvida. Mas não gostei de você ter dito a eles antes que viria comigo.

– Fiz isso para reservar o lugar, senão talvez tivesse mais gente e não daria para todo mundo jogar. Se você não quisesse vir comigo, eu teria vindo de qualquer jeito, mas com outra.

Niki senta e olha zangada para ele enquanto tira os sapatos. Guido se desculpa.

– Só se você não quisesse vir. Mas não teria sido a mesma coisa, isso é certeza.

– Claro que não!

– Eu também poderia ter vindo com um amigo.

– Sim, você com um amigo. Difícil de imaginar. – Niki entrega seus sapatos a um funcionário. – Um 36, por favor.

Guido também entrega os seus.

– Para mim, um 42.

Pegam os sapatos de boliche. Sentam um ao lado do outro em um banco para amarrá-los. Guido olha para ela e sorri.

– Por que disse essa maldade?

– Qual?

– Que não me imagina saindo com um amigo.

– Não é uma maldade, acho que é verdade.

– A verdade é que depois dela nunca mais saí com uma garota.

– Tantas garotas assim lhe disseram não? Não acredito!

– Não, na verdade, é que...

Niki amarra o segundo sapato e levanta apressadamente do banco.

– Ande, mexa-se – e vai para a pista deixando-o com as palavras na boca.

– Como vamos jogar? Meninos contra meninas ou em duplas?

– Como quiserem.

Barbara e Sara se olham.

– Vamos, meninas contra meninos é mais divertido.

– Mas eles jogam mais forte!

– Sim, mas o que conta aqui é a precisão.

– Ok, então, meninas contra meninos!

Niki passa por Guido.

– Vamos acabar com vocês.

– Não tenho a menor dúvida!

Niki levanta uma bola. É muito pesada, escolhe outra mais leve. "Esta é perfeita."

– Vou jogar duas vezes para aquecer e depois começamos, ok?

Niki toma impulso, coloca o pé direito para trás e joga a bola fazendo-a deslizar perfeitamente pelo centro do assoalho. A seguir se endireita e observa quando avança a toda velocidade até chegar no fim. A bola parece frear um pouco, mas acaba acertando o primeiro pino e, em seguida, todos os outros.

– Caraca! Bom começo! *Strike*!

Guido olha para Marco e Luca.

– Ai, ai... estamos fritos.

– Claro, você trouxe a melhor da faculdade; ou melhor, de Roma!

– Você vem aqui todos os dias, Niki?

Ela pega uma nova bola e avalia.

– Que nada! A última vez que estive aqui foi quando matei aula no colégio! Eu tinha dezesseis anos. Isso foi na pré-história!

– De qualquer jeito, é como andar de bicicleta. Depois que se aprende, não se esquece nunca.

Guido joga uma bola nesse momento. Sai disparada, mas depois se detém, desvia para a direita e vai parar na canaleta lateral. Zero. Marco olha para as garotas.

– É melhor que ele seja café com leite. Senão, adeus partida!

Guido começa a rir.

– Pôxa, eu estava emocionado. Além do mais, como diz Frak Wilczek: "Quem não comete erros é porque não tenta resolver os problemas realmente difíceis. E isso já é, em si, um grave erro".

– O quê? Do que você está falando? Qual é o problema realmente difícil aqui? – diz Marco.

– Confiem em mim, caramba, confiem em mim. E quando eu disser, abram as portas do inferno!

– Isso era o que o gladiador dizia. O que isso tem a ver?

– Nada, era só para dizer alguma coisa. Temos que reagir, e foi a primeira coisa que passou pela minha cabeça.

– Pronto, baixou o poeta – responde Marco –, só que para nos fazer perder!

Guido o pega pelo braço.

– Juro que vou me esforçar. Só posso melhorar.

– Disso não dá para duvidar!

Guido se dirige aos outros, então.

– Querem beber alguma coisa?

Luca olha para Marco.

– Está tentando nos subornar!

– Digamos que eu gostaria de consertar o erro. Vocês também, garotas, querem alguma coisa?

– Eu quero uma Coca-Cola.

– Eu também!

– Eu quero uma cerveja!

– Para mim, um suco de abacaxi.

Guido olha para eles preocupado.

– Não sei por quê, mas tenho a impressão de que, de agora em diante, é melhor eu não errar mais – e vai desconsolado até o bar para pegar o que seus amigos pediram.

98

– É um lugar maravilhoso... A vista é realmente espetacular.

Alex sorri ao ver o entusiasmo de Raffaella.

– Esse é o l'Altare della Patria, não é?

– Acho que sim.

Leonardo volta à mesa.

– Então, gostaram do lugar?

– É maravilhoso!

– É magnífico, sério – responde Alex sinceramente. Olha à sua volta. Nas mesas ao lado se vê gente muito elegante e uma música toca no volume perfeito, sem incomodar. – Como consegue encontrar esses restaurantes tão especiais?

– Eu gosto de lugares de vanguarda que, ao mesmo tempo, sejam excelentes. Outro dia tentei o Gusto, na Piazza Augusto Imperatore, *salad bar, brunch*...

– É um risco! Como saber?

– É verdade. Só que eu gosto de me arriscar. Leio um artigo, ouço o que se comenta por aí e vou, experimento, me aventuro.

Alex o olha espantado.

– Pois aqueles canalhas do escritório garantem que sua secretária é quem cuida de tudo.

Leonardo fica sério.

– Bem... em parte é verdade, quero dizer, ela é quem cuida das reservas, mas digamos que a criatividade, a escolha do local, as coisas mais importantes quem faz sou eu!

Alex observa com mais atenção o restaurante. Lo Zodiaco. No topo do Monte Mario, ao lado do observatório científico universitário e da base militar de radiocomunicações. "Pelo que dizem, um dia Claudio Baglioni esteve aqui e isso lhe serviu de inspiração para *La vita è adesso*. É verdade, a vida é agora. Como era mesmo? '*Girano le nuvole... sopra i caffè all'aperto e ti domandi certo chi sei tu, sei tu che spingi avanti il cuore e il lavoro duro di essere uomo e non sapere cosa sarà il futuro*'*." Alex sorri. "Era algo assim. Que canção maravilhosa. A árdua tarefa de ser um homem e de não saber como será o futuro." Então, desdobra o guardanapo e coloca sobre o colo.

Quando chega o garçom, Leonardo decide fazer os pedidos.

– Então, o que querem comer?

Raffaella já está concentrada no cardápio.

– Hummm, que delícia, eu comeria tudo.

– É, os nomes fazem pensar em grandes coisas. – Alex também dá uma olhada no cardápio. "Hummm, preciso manter a linha. Eu, pelo menos, sei como será o futuro próximo: meu casamento." – Uma salada e um filé.

Raffaella sorri.

– Ah, vejo que já está pensando no terno do casamento, não é?

Ela não deixa escapar nada.

– É...

– Mas ainda tem tempo! Pode furar a dieta uma vez! Hoje, estamos comemorando sua promoção!

– Também é verdade. Apesar de que ainda não a aceitei. Está bem, então, acrescente umas batatas fritas.

Raffaella faz cara de surpresa como dizendo: "Só isso?".

– E como entrada, um pouco de *foie gras*.

Agora sorri contente.

– Eu também vou comer uma boa entrada, e depois um maravilhoso primeiro prato! E depois um segundo. Tudo peixe: uma salada, espaguete com amêijoas e to-

* "Giram as nuvens... sobre o café ao ar livre você se pergunta quem é; é você quem empurra para frente o coração e a árdua tarefa de ser um homem e de não saber como será o futuro." (N. T.)

mate, e depois camarão e lagosta. Com uma vista dessas, a gente tem a sensação de poder tocar o mar!

Leonardo fecha seu cardápio.

– Eu não tenho nenhuma desculpa! Tenho que seguir a dieta, e farei isso. Uma deliciosa *amatriciana*! Para começar.

Alex e Raffaella se olham e soltam uma gargalhada.

– O que foi?

– Não, nada... – Alex o olha preocupado. – Diga-me uma coisa: sua secretária também cuida de sua dieta?

– Bom... – Leonardo não consegue mentir–, para ser sincero, sim. Mas, de qualquer maneira, sigo uma dieta irregular. Então na hora do almoço posso comer melhor, não é?

Raffaella o olha em dúvida.

– Sim, claro, mas talvez não exatamente uma *amatriciana*!

Alex dá de ombros.

– Bom, ele já é casado!

– É verdade!

– Nesse caso, traga também uma garrafa de champanhe!

– Com licença um instante, tenho que fazer uma ligação. – Alex se levanta e sai do restaurante.

Anda pela pequena avenida da frente e digita o número de Niki. Está chamando. Alex contempla a cidade a seus pés. Ônibus abarrotados de gente trafegam pelo caminho que margeia o rio, alguns carros avançam em fila ao longe; ao fundo, os cumes das montanhas nevadas fecham esse maravilhoso cartão-postal. Alex olha para o celular. Nada. Ninguém atende. Desliga e tenta de novo. Olha a hora. "Que estranho, já devia ter saído da aula. Talvez esteja na moto." Depois leva de novo o aparelho à orelha e espera um pouco mais, confiante. Seu olhar pousa na placa da rua. Alex sorri. "Um dia, tenho que trazer Niki aqui em cima. A avenida dos apaixonados."

99

O telefone de Niki vibra silencioso na bolsa que está em cima do banco, atrás da pista onde os seis estão jogando. A bola rola rapidamente pelo centro da pista até alcançar os quatro pinos e derruba todos.

– Caramba! Outro *strike*! – Niki pula de felicidade e abraça Sara e Barbara. – Estamos acabando com eles!

– Somos boas demais!

Luca espera o mecanismo levantar de novo os pinos no fundo da pista.

– Esperem, vamos nos recuperar.

A seguir, seguro e totalmente concentrado no jogo, joga a bola. Um tiro rápido, seguro e preciso que acerta em cheio o pino central e derruba todos os que estão atrás.

– *Yes*! Dessa vez o *strike* foi nosso! – Luca bate a palma de sua mão na de Marco e depois na de Guido. – Queridas... – diz dirigindo-se às garotas – Um *strike* desses vale o dobro, não é? Nem tentem fazer igual.

– E quem pretende fazer isso? – Niki checa os pontos que têm até o momento. – Nem com quatro seguidos vocês conseguiriam ganhar de nós.

Marco balança a cabeça e vai até Sara.

– Da próxima vez vamos jogar em duplas. Nós dois teríamos ganhado de todos! – Abraça-a e lhe dá um beijo na boca, mas Sara se afasta dele:

– Não tente comprar o inimigo. Não vai adiantar!

Luca abraça Barbara enquanto ergue o queixo em direção a Marco.

– De qualquer maneira, e com o mesmo número de jogadas, Barbara e eu estaríamos na frente. Na frente, disparados! Temos o máximo de *strikes*! Muito bem, meu amor! – E a beija também. Barbara devolve o beijo e abre um sorriso suave e apaixonado:

– Eu disse que tínhamos que jogar em duplas. É que eles são uns invejosos, sabiam que íamos acabar com eles!

Continuam rindo e brincando, alegres pelo desafio e pelo amor que sentem.

Guido olha para Niki e abre os braços.

– Teria sido bom jogar em dupla com você. Você é campeã!

– É, pena que não posso dizer o mesmo. Você teria nos feito perder.

Guido esboça um sorriso.

– Fiz de propósito – aproxima-se dela e acrescenta em voz baixa: – Joguei mal para deixá-la ganhar. Entre outras coisas, porque estamos apostando um jantar, quem perder, paga. E eu não permitiria que você pagasse de jeito nenhum.

– Pode ser, mas você não pode provar.

– Por quê? Você não iria jantar comigo?

– Isso também, mas principalmente porque você está perdendo.

Guido se aproxima ainda mais dela.

– Já disse, estamos perdendo porque quero que você ganhe.

– Ok, mas eu não acredito.

– Então, proponho uma coisa: se a cada jogada eu fizer um *strike*, você sai comigo para jantar?

– Combinado.

– Prometa.

– Eu prometo.

– Você me dá sua palavra?

– Mas que chato! Já disse que sim. Afinal, que diferença faz? Você não vai conseguir.

Guido olha nos olhos dela, examinando-a, enquanto inclina a cabeça.

– Ok, você me convenceu. Rapazes, agora vou fazer um lançamento perfeito. Estão prontos? Querem ver uma jogada perfeita?

– Claro!

– Já era hora!

Guido recua, introduz os três dedos na bola, apoia na mão esquerda, acaricia um pouco e, seguro, dá dois passos, para e se agacha levemente para jogar com um leve impulso, fazendo-a deslizar pelo centro da pista em direção aos pinos. A seguir, volta-se para Niki sorrindo. Levanta as sobrancelhas. Ela o olha por um momento. Depois olha de novo para a bola, que, pouco a pouco, nem muito depressa nem muito devagar, segue sua trajetória até que alcança o primeiro pino e o derruba. Então derruba os dois de trás, os três e, por último, os quatro, que, depois de balançar levemente, caem rebotando um no outro e desaparecem, engolidos pela escuridão.

Guido espera que Niki olhe para ele. Não olhou nem por um momento para o avanço da bola, tão seguro e convicto que estava do resultado, e o confirma abrindo um sorriso.

– *Strike*...

– Muito bem! É campeão!

– Uma jogada magnífica!

– Ainda bem! Mas, o que aconteceu? Acordou?

– É, tomou um Viagra especial para boliche.

Guido olha para Niki, que não pode esconder sua irritação.

– Digamos que agora me sinto mais motivado.

Luca o ouve intrigado.

– O que quer dizer?

– Que refleti sobre a condição masculina em geral. Mulheres soldados, mulheres policiais, mulheres promotoras, mulheres bonitas e jovens na política, ministras... No nosso país, os homens estão ficando para trás. Então achei que, pelo menos no boliche, temos que ganhar, não é? – aproxima-se de Niki e sussurra em seu ouvido. – Em parte porque a recompensa não podia ser mais agradável, não concorda?

Niki faz uma careta.

– Por enquanto, você só fez um *strike*. Ainda faltam cinco para acabar o jogo. Acho um pouco cedo para cantar vitória.

– Você sabe que eu sou otimista por natureza. Eles disseram que você não viria, porém...

– O quê?

– Porém você está se divertindo, joga maravilhosamente bem e me fez um enorme favor.

– Que favor?

– Eles quiseram apostar cem euros que você não viria, por isso, quando formos jantar, será por conta deles! Pode imaginar algo melhor?

Niki sorri e balança a cabeça.

– Ok, muito bem. Então eu o fiz ganhar cem euros. Sem querer! Cinquenta são meus.

– Isso se você tivesse concordado! Mas não concordou.

Niki sorri.

– Não, realmente não. Além do mais, você tem certeza de que vamos jantar. Lembre que apostamos que eu só iria se você fizesse *strike* nas cinco jogadas.

– Tem razão. Por que se preocupa, então? Afinal de contas, você disse que não vou conseguir.

Niki sente uma estranha pontada no estômago.

Luca e Marco se aproximam deles.

– Sua vez de novo, Guido!

– Se você fizer outra jogada boa, a gente se recupera.

– Ok – Guido escolhe a bola, coloca-se em posição, e quando está prestes a jogar, olha para Niki. – A propósito, o que você prefere: carne ou peixe?

– O quê? Jogue de uma vez! – Niki o olha nos olhos um pouco preocupada. – E eu prefiro pizza!

100

– Eu gostaria de alcançar um sucesso em escala mundial. – Leonardo sorri enquanto seca a boca, e prossegue. – Um filme que surpreenda, que assuste, que comova e que faça rir. Entendem o que quero dizer?

– Sim – Alex assente –, você está falando de um milagre.

– Não, estou falando de algo que Alessandro Belli sabe fazer. Sabe o que gosto em você? Você vê coisas onde os outros só veem escuridão. Sabe criar emoções a partir de uma simples folha em branco, quando olha pela janela vê o mar ou as montanhas.

– Não esqueça que, ao lado da minha colocaram a propaganda da Calcedonia, e isso sim que é uma bela vista... – Alex começa a rir e leva à boca um pedaço de carne. Depois olha rindo para Raffaella: – Olhe, mas não toque. Isso também pode ser uma fonte de inspiração.

– Ah, claro. Sabia que antes de ser redatora publicitária eu fiz um anúncio?

– Como assim?

– Fui modelo em uma importante campanha publicitária. Adorei trabalhar com meu corpo.

– E qual era?

Raffaella pega um camarão com a mão e come.

– Não vou dizer, vamos ver se me reconhece. Vou mostrar vários e você tem que dizer quem sou eu.

– Ok – Alex come rapidamente outro pedaço de carne. – Certo, então.

– Essa brincadeira é divertida. De qualquer maneira, o anúncio é maravilhoso, não se vê meu rosto, então não é tão fácil me reconhecer.

– Ah, entendo.

– Posso provar um pouco do seu? – Raffaella se inclina com o garfo para o prato de Alex sem esperar sua resposta. – Parecem deliciosas.

– À vontade.

Raffaella coloca uma batata na boca e sorri para Alex.

– Como imaginava, uma delícia! O restaurante é magnífico, parabéns pela escolha!

Leonardo serve um pouco de champanhe para Raffaella, depois para Alex e, por último, enche sua taça também.

– Que bom que gostaram. A qualidade do que fazemos às vezes depende da qualidade com que vivemos!

Alex o olha surpreso.

– Essa é sua, não é?

Leonardo parece um pouco envergonhado.

– Sim... quer dizer, li isso em algum lugar e depois adaptei um pouco.

Raffaella ergue sua taça.

– Bem, como diz Alex: ao nosso milagre!

Alex sorri, seca a boca e levanta a taça. O diretor se junta ao brinde.

– Tim, tim!

Raffaella olha fixamente para os olhos de Alex.

– Você não sabe? Precisa olhar nos olhos, senão o brinde não é sincero – a seguir, quase para quebrar o calor do momento, pega uma *pontarelle* do prato da guarnição. – Hummm, também estão deliciosas. Nem todos sabem preparar isso! Precisam ser maceradas até dar o ponto. Quando se joga o molho de qualquer jeito, não ficam bem misturados. Estou falando sério, diretor, este lugar é demais! Quando fizermos a projeção para os americanos, podemos pôr uma tela pendurada ali fora – aponta a vista de Roma que se vê da janela.

Leonardo concorda com ela.

– É mesmo.

– O efeito seria incrível – prossegue Raffaella –, se bem que o filme vai ser bonito de qualquer jeito – tranquiliza Alex. – Os americanos ficam loucos com essas coisas, acham que o *packaging*, em todas as suas expressões, desde a mesa até a caixa, passando pela apresentação da ideia, é fundamental.

Alex dá de ombros.

– De certa forma, é uma pena, porque isso reflete a teoria da aparência, e não a do ser. Essa mesma que Barack Obama está combatendo.

– É – sorri Raffaella. – Trabalhei com os americanos. Sempre nos fazem acreditar que aceitam uma mudança, mas, depois, depende de qual seja. Quanto à aparência e o ser, e sem questionar a grande capacidade de Obama, será necessário um pouco de tempo. Ele também disse: "América, este é nosso momento, nosso tempo. O tempo de virar a página em relação à política do passado. O tempo de trazer uma nova energia e novas ideias para enfrentarmos os desafios que temos pela frente. O tempo de oferecer uma nova direção ao país que amamos." Deixou todos muito impressionados, mas, mesmo assim, vão precisar de tempo. Nossa, essas *pontarelle* têm alho demais. Ainda bem que não vou beijar ninguém – Pisca para Alex. – Entre casados e quase casados não corro nenhum risco, não é?

Leonardo olha para ela surpreso.

– Não tenha tanta certeza. Nunca se sabe.

Alex sorri.

– Não conte comigo. Se cair na tentação antes da largada, vai ser duro chegar à linha de chegada.

– Por que diz isso? – pergunta Raffaella intrigada. – Acha que o casamento é uma maratona? Isso significa que lhe parece árduo.

– Não. Vejo como uma volta ao mundo, "em mil dias seus e meus", aproveitando o tema, "sem deixar-se jamais".

– Que bonito!

– É, lindo.

Leonardo parece refletir.

– Poderia servir de slogan para...

Alex o fulmina com o olhar.

Leonardo abre os braços.

– Ok, ok, eu não disse nada.

– Está bem, então estou segura – brinca Raffaella. – Posso acabar com elas! – e pega as *pontarelle* que restam no prato com o garfo.

Alex sorri e, disfarçadamente, dá uma olhada no celular, que está no modo silencioso. Nada. Nenhuma ligação. "Niki não me procurou. Deve estar ocupada."

101

Cristina fecha a porta da lava-louças, que inicia imediatamente um programa de lavagem curta. Depois, acaba de arrumar a cozinha e senta no sofá. Tem que admitir que a casa está realmente silenciosa. Levanta e liga o aparelho de som. Dentro dele, um velho CD de Elisa. A música se espalha pela sala. "Mas, pensando bem, antes também era assim. Flávio passava o dia todo fora. Só nos víamos à noite, nunca à mesma hora, e aos sábados e domingos sempre tínhamos um monte de coisas para fazer. Sim. Mas agora me sinto sozinha à noite. Tenho este apartamento enorme totalmente à minha disposição, posso fazer o que quiser, entrar, sair, jantar a hora que me der na telha, cozinhar o que quiser, dormir no sofá ou não, arrumar a casa, enfim, não tenho que dar satisfação para ninguém. Nem preciso me justificar se tiver vontade de chorar. Choro e ponto, ninguém percebe. Passei muitos anos tentando me adaptar a outra pessoa, comprimindo meu espaço para oferecer um pouco a ele; enfim, vivendo junto, com tudo o que isso implica. As pessoas se juntam para não se sentirem sozinhas, para dividir as alegrias e as dificuldades, e, no fim, o que acontece? Tudo se apaga. E o 'parassempre' escrito em uma só palavra do qual Richard Bach falava naquele livro... como era o nome? *Longe é um lugar que não existe*, vai por água abaixo. E agora a liberdade sem limites. Estou muito confusa."

Toca o celular. Cristina se levanta e vai pegá-lo no quarto. Desconecta do carregador.

– Alô?

– Oi, Cri, o que está fazendo?

– Acabei de arrumar a cozinha e estava relaxando um pouco.

– Não vai se transformar em uma dona de casa desesperada, hein?

– Na verdade, eu me sinto um pouco assim.

– Não, não... Então, vou salvá-la – Susanna ri. – Nós nos divertimos bastante na outra noite, não foi? Vamos repetir! Vamos sair de novo! Estou ligando para isso.

– Mas não vamos fazer besteiras, isso não.

– Não, claro. Vou lhe fazer uma surpresa. Lembra de Davide, meu professor de *kickboxing*?

– Aquele bonito?

– Exatamente. Ele tem um amigo, treinador da academia, que dá aula de *spinning*, entre outras coisas. É simpático. E agora está livre! Chama-se Mattia.

– E por que está me contando isso?

– Porque vamos sair para jantar com eles! Já fiz a reserva!

– Mas não estou a fim. Além do mais, eu nem os conheço.

– Está a fim, sim, e vamos sair para jantar justamente para que você os conheça, não é? Ou melhor, para você conhecer Mattia, porque Davide é meu!

– Mas, Susanna...

– Susanna, o quê? Tenho que me sentir culpada pelo simples fato de que pretendo aproveitar um pouco a vida? Não entendo. E você quer ficar dando uma de dona de casa hoje também? Nada disso, ouça bem, esta noite eu quero ver você linda de morrer às oito em ponto. Um beijo! – Desliga sem que ela tenha tempo de responder.

Cristina olha o celular e desliga. "Mas que energia ela tem! Susanna não para. Mas, no fundo, tenho que reconhecer que ela me ajuda. Se não me obrigasse a sair, eu me conheço, ficaria trancada em casa de moletom, descabelada, comendo chocolate e me deprimindo. Ela tem razão. Talvez eu me divirta. Além do mais, que opção me resta?"

102

– Muito bem, garotas, quando quiserem a revanche, estamos aqui. – Luca debocha de Barbara, Sara e Niki.

Marco o ajuda.

– Isso! No fundo, nós nos divertimos. Sabem qual foi a melhor parte? Quando, por um segundo, vocês pensaram que iam ganhar! Ha, ha!

– Sim, isso foi demais!

Barbara lhe dá um empurrão.

– Vocês devem tudo a Guido! Sem ele, nós teríamos esmagado, destruído, aniquilado vocês.

– Vocês não teriam ganhado de nós nem no Wii!

Sara é ainda mais irônica:

– O que vocês deram a ele? Devem tê-lo drogado. Parecia Jesus Quintana, aquele do filme dos irmãos Coen!

– Nossa, esse filme é muito bom. Como é mesmo o nome?

Guido ri.

– *O grande Lebowski.* O mítico Drugo.

Niki o olha curiosa.

– Eu lembro.

– Eu assisti um monte de vezes. Adoro esse filme. É cheio de citações interessantes. "Isto aqui não é o Vietnã, há regras no boliche." Bem, rapazes, até mais.

– Até as dez, na aula, amanhã?

– Ok, se acordar a tempo.

– O mesmo digo eu.

Após se despedirem, cada um segue para sua moto com a respectiva namorada atrás. Niki e Guido ficam sozinhos. Guido caminha junto a ela com as mãos nos bolsos.

– Bem, vejamos... Pizza, pizza... Temos o Cassamortaro Caffè em Corso Francia, é muito gostoso lá; senão, tem também a Baffetto e Montecarlo, atrás da Corso Vittorio, ou a Berninetta, ao lado da piazza Cavour, lá também tem uns petiscos deliciosos.

– Você é um mentiroso terrível.

– O que quer dizer?

– Que me fez acreditar que não sabia jogar.

– Eu? – Guido leva a mão esquerda ao peito. – Você me julga capaz de enganá-la assim?

Niki abre um sorriso forçado.

– Com certeza.

– Nada disso, você está enganada. O que acontece é que depois tive sorte nas jogadas. Quer dizer, tentei e deu certo. Você sabe: a sorte favorece os corajosos. Então, fui corajoso e a sorte sorriu para mim. Como eu gostaria que você fizesse agora.

O sorriso de Niki se torna ainda mais falso.

– Um enrolador, isso é o que você é.

– Pronto!

– O quê?

– Já sei aonde levá-la! Esta noite vamos comer no Soffitta, na Via dei Villini, a pizza de lá é fantástica e é servida na mesa com uma pá de madeira, a mesma que usam para colocar no forno!

– Nada disso.

– O quê? Você perdeu uma aposta e agora se nega a pagar? Nesse caso, a enrolona é você, e eu diria até que uma das piores. Mais ainda, é desonesta, você prometeu. Não acredito! Não acredito!

– Já chega, Guido! Que exagero!

– Você se nega a pagar nossa aposta depois de ter perdido!

Niki está muito irritada, mas entende que as coisas são assim e que não pode fazer nada para mudar. Não deveria ter aceitado. Mas, quem ia imaginar que ele faria seis *strikes*! Era uma aposta impossível. Porém, ele ganhou.

Guido lê seus pensamentos.

– Você achou que eu não conseguiria, não é? Nunca se deve desafiar o impossível e não acreditar na possibilidade. Como nessa propaganda da Adidas que eu gosto tanto: "*Impossible is nothing*". E você perdeu por isso, simplesmente. Acho que demonstraria uma grande elegância se agora pagasse sua "dívida".

– Ok, acho justo.

– Ah, bom. Então, a que horas passo para pegá-la?

– Esta noite não posso.

– Como? Vai começar outra vez?

– Não, é que... – Niki sorri. – Vou pagar minha aposta, vamos jantar juntos, mas esta noite não.

Guido se sente enganado.

– Eu sabia, sabia que de um jeito ou de outro você ia me enganar.

– Isso não é verdade. Combinamos que, se eu perdesse, jantaria com você, mas não dissemos quando. Como vê, não estou mentindo.

– Já eu acho que está sim, e diria mais: você é muito espertinha!

– Nem tanto.

– Diz isso porque vai se casar?

– Idiota! Porque não devia ter caído na sua armadilha. Vamos, me leve até minha moto.

Guido começa a rir, monta na sua, ajuda Niki a montar e lhe dá o capacete.

– Só uma coisa, Niki...

– O quê?

– Agora, enquanto estiver pilotando...

– Sim?

– Não me agarre demais!

– Pare com isso! – Niki lhe dá um soco no ombro brincando.

– Ai, também não vale bater.

– Ande, Guido, pilote e cale-se, a menos que queira que esse hipotético jantar voe pelos ares!

– Eu já sei que pizza vai pedir.

– Qual?

– De calabresa, bem ardida. Combina com você.

E continuam avançando entre risos e brincadeiras, jovens e despreocupados, falando de suas coisas, no meio do trânsito de um dia qualquer, tornando-se amigos e sem pensar em nada, com essa leveza tão rara que pertence aos momentos únicos e que não se repetem, que é patrimônio dessa idade, desses estranhos dias que precedem o que acontecerá depois. Em todos os sentidos.

– Gosta mesmo de Vinicio Capossela? Nunca teria imaginado.

– Por quê? – Guido sorri virando-se um pouco para trás. – Como pode saber se gosto ou não de alguém como ele?

– Você deve ter uma visão muito particular da vida.

– Tenho, mas talvez não tenha conseguido mostrá-la a você. *"Bocca bacio di pesca che mangi il silenzio del mio cuore..."* * É a letra de uma música dele.

– Hum... E Paolo Nutini?

– Não conheço.

– Então não tem mais aquela visão particular.

---

* "Boca, beijo de pêssego que devora o silêncio do meu coração..." (N. T.)

– Mas gostei muito do último de Marco Carta.

– Demais! – E acrescenta: – Nós só vamos comer uma pizza, não é?

– Depende.

– Idiota, certo, duas pizzas! Quero dizer que você não está pensando também em um show, né?

– Ah, não. Mas, se quiser perder outra aposta para justificar uma segunda saída... Aí, eu a levaria a um show de Negramaro.

– Ah, isso seria legal. Só que há um pequeno problema.

– Qual?

– Nunca mais vou fazer uma aposta com você.

Guido sorri pelo espelho retrovisor.

– Melhor.

– Por quê?

– Porque então, se for ao show comigo, se aceitar meu convite para ouvir Capossela ou Negramaro, não será porque perdeu uma aposta, e sim porque quer estar comigo.

– Ou ver Capossela! Deixe-me descer, ande, já chegamos. Minha moto está ali.

Guido faz uma curva fechada e para a um passo da SH de Niki.

– Pronto. Quer que passe para pegá-la amanhã? Temos a mesma aula.

– Não, obrigada. – Niki lhe passa o capacete. – Amanhã não vou à faculdade.

– Então, talvez eu também não vá. Talvez possamos ir ao boliche. Adoraria lhe dar umas aulas! Às vezes, é só uma questão de captar o movimento e, depois, pronto!

– Eu agradeço, mas tenho que fazer outra coisa.

– Quer que a acompanhe?

– Não, obrigada. Ok, até mais, agora tenho que ir.

Niki lhe dá um beijo no rosto e vai para sua moto. Então, vira-se mais uma vez. Guido está longe. Acena. Ele lhe devolve o aceno e desaparece no final da avenida. Niki se agacha para tirar o cadeado da moto. "Genial. 'Quer que a acompanhe?'. Sim, claro! Amanhã vou provar o vestido de noiva. Já posso imaginar. Ele sentado no sofá com uma taça de champanhe e eu entrando e saindo do provador cada vez com um vestido diferente. Só que isto aqui não é *Pretty Woman*, nem mesmo *No tempo dos namorados*. É meu casamento!" De repente sente-se invadida por uma estranha sensação de pânico e percebe que os dias estão passando a uma velocidade incrível, que ainda precisa fazer mil coisas e, principalmente... essa decisão! Fica sem ar.

Observa os grupos de rapazes e garotas que saem da universidade. A certa distância dela, um casal se beija apoiado em uma moto como se estivessem sozinhos em uma praia, como se não existisse nada nem ninguém. Beijam-se com paixão, sem parar nem por um momento, indiferentes ao mundo, com as mãos afundadas nos cabelos um do outro, sedentos de amor, de uma paixão rebelde, louca, sem pensar nos outros. "Mas, em quem?" Segue assustada, sua respiração é entrecortada, sente medo, pânico, a adrenalina a mil por hora. "Preciso falar com alguém. Estou com medo. Socorro!"

– Olá... com licença...

Niki para uma garota qualquer.

– Sim?

Nesse momento Niki se envergonha, cora, mas se recompõe.

– Que horas são? Meu relógio parou.

A garota olha o seu.

– Três e quinze.

– Ah, obrigada.

– De nada. – A garota a observa com mais atenção. – Desculpe, mas você não é a modelo daquela propaganda de balas? O sol... como era mesmo?

– LaLuna.

– Isso!

– Sim, sou eu.

– Eu sabia. Às vezes, o acaso... – Ficam em silêncio durante alguns instantes. A seguir, a garota retoma a conversa. – Digo isso porque tentei um monte de vezes, eu gostaria de ter um emprego para conseguir me sustentar aqui, em Roma. Sou de Macerata. Estudo Direito, quero ser advogada, mas se surgisse uma oportunidade eu não me importaria de fazer uma propaganda, ou até mesmo um filme. Tenho chances, não acha?

Niki olha para ela e sorri feliz. O pânico se evaporou e a situação agora lhe parece absurda. Ser reconhecida por aquelas fotos, alguém poder se tornar famoso enquanto dorme. Nada mau. A seguir, examina a garota.

– Meu nome é Paola – apresenta-se.

– Niki, prazer. Se quiser, eu lhe dou o número da agência. A responsável pelos *castings* chama-se Michela, ela seleciona as garotas para os anúncios. Você pode se inscrever.

Dá o número do escritório de Alex, que sabe de cor. Enquanto Paola o registra em seu celular, Niki reflete. "Ela é linda, talvez um pouco vulgar, sim, mas basta que não abra a boca. Fisicamente é muito bonita, tem pernas longas." Paola fecha o celular.

– Obrigada – Sorri. – Você não tem celular?

Niki dá de ombros.

– Tenho.

– Então, podia ter visto a hora nele.

– Ah, tem razão, que idiota, nem passou pela minha cabeça.

Paola sorri como dizendo "não tem importância".

– De qualquer maneira, foi um prazer conhecê-la. Achei a situação estranha, por isso talvez tenha um significado especial; esse tipo de encontro jamais acontece por acaso.

– Sei – Niki relembra seu ataque de pânico e se envergonha um pouco. – Bem, agora tenho que ir, Paola.

– Ok, tchau. Seu nome é Niki, não é?

– Sim.

– Tenho que dizer que você estava demais naquele anúncio no ônibus. Sua imagem era vista por toda Roma.

– Ah, obrigada.

– Bem, tchau – Paola se afasta, vira-se mais uma vez e a segue um pouco com o olhar.

Niki tira o cadeado da roda e o guarda no baú da moto. "Demais naquele anúncio"? Mas, se a única coisa que eu fiz foi dormir?! Acho que está me confundindo com outra. O mais bonito da propaganda da LaLuna é como fiquei natural naquela fotografia. E sabe por quê? Porque Alex tirou a foto enquanto eu dormia. Alex. Hoje ele não me ligou. Como é possível? Pelo menos para saber, sei lá, onde estou, o que estou fazendo." Niki pega o capacete do baú e tira o celular da bolsa. "Nããão! Seis chamadas perdidas! Como pode ser?" Examina o aparelho. Caramba, apertei a tecla do silencioso. Por isso achei que ninguém tinha ligado. Nem Alex nem os outros: casa, mamãe, papai, as Ondas..." Verifica as chamadas perdidas. "Olly, o que será que queria? E Alex... quatro chamadas! Ele me ligou quatro vezes e eu não atendi nenhuma." Verifica os detalhes. 12h15, 12h16, depois mais duas tentativas às 14h30. "O que será que aconteceu? Vou ligar." Digita rapidamente o número. Chamando.

– Oi, meu amor! Onde você estava? Parece que sua aula era interminável, hoje!

Niki morde os lábios.

– Não, nada disso. Fiz o impossível para entrar, tinham guardado um lugar para mim lá na frente, mas depois houve uma confusão impressionante.

– Como assim?

– Dois caras se pegaram e depois ocuparam a sala.

Alex sorri.

– Por um momento pensei que você havia feito como a Julia Roberts.

– Como assim? – Niki ainda se sente culpada.

– *Noiva em fuga*. Achei que você havia fugido.

– Não! – Gostaria de acrescentar "ainda não", recordando o momento de pânico, os jovens que, como ela, saíam da universidade despreocupados.

Alex percebe seu estranho silêncio.

– Niki...

– Sim?

– O que foi? Está tudo bem?

– Sim, sim, desculpe, tudo bem.

Alex está tenso, mas procura disfarçar.

– Lembro que quando eu estava na faculdade também suspendiam um monte de aulas.

– Sim, eu sei, mas neste último semestre são mais as suspensas que as dadas.

Alex tenta tranquilizá-la.

– Você vai ver que as coisas logo se ajeitarão. Essas são as consequências naturais da mudança de governo. É sempre assim. Alguém agita os estudantes, talvez os grupos mais relevantes da sociedade, que pretendem passar a sensação de que o sistema é frágil. O ruim é que muitas vezes aquele que participa das manifestações nem sabe por que faz isso. Se você perguntar aos rapazes da Onda a razão de suas manifestações, quantos saberão dizer algo sensato?

– Isso é verdade. Alguns fazem isso porque está na moda.

– Outros porque fazem sucesso. – Nesse momento, Niki pensa em Guido. Alex continua. – Como acontecia no meu tempo. Acho que é uma dessas coisas que valem para qualquer geração.

– É mesmo.

– Mas, se não teve aula, por que não atendia ao telefone?

Niki fica vermelha de repente, seu rosto arde e ela sente o coração bater a dois mil por hora. "E agora, o que faço? O que digo? Mas, bem, eu não fiz nada errado, não é?"

– Fui jogar boliche com meus amigos.

– Com as Ondas?

– Não, com um pessoal da faculdade – Niki fecha os olhos por um momento antes de prosseguir. – Barbara, Sara, Marco, Luca, enfim, o grupo com quem estudo.

– Ah...

Guido. Não mencionou Guido. Excluiu-o de propósito. "Por que fez isso, Niki? O que está tramando? Agora não pode consertar dizendo: 'Ah, a propósito, um tal de Guido também foi.' Ia soar falso demais, poria em evidência sua culpa. Mas, culpa de quê? Oh! Niki, o tempo está passando... Muito. Diga alguma coisa."

– E você, o que fez, Alex? Tudo bem no trabalho?

Nunca antes essa frase havia soado tão estranha e fora de lugar. É como se não lhe interessasse realmente saber a resposta daquilo que perguntou, como se só quisesse se distanciar de sua mentira. "Mentira. Ausência absoluta de verdade. Mas só omiti a presença de Guido, só isso. Ou será que há muito mais? O que foi, Niki? Por que todas essas perguntas? O que está acontecendo? Está ficando maluca? Não é possível, Niki. Você sabe, não é?" Ainda bem que Alex retoma a conversa. Mas ela tem a impressão de que se passou um século, de que a pausa foi muito longa, e que durante esse tempo não parou de pensar em mil coisas, de queimar os miolos. "Como era aquela música de Battisti? Alex me ensinou quando começamos a sair juntos: '*Confusione... mi dispiace se sei figlia della solita illusione e se fai confusione...** E depois aquela outra: '*Ma io gli ho detto no e adesso torno a te con le miserie mie, con le speranze nate morte che io non ho più il coraggio di dipingere di vita...*** Mas, o que estou dizendo? O que estou pensando? O que é isso tudo?" Niki percebe que Alex continua falando.

– Então, no fim fomos comer no Zodiaco, um lugar maravilhoso, meu amor, temos que ir lá.

– E quem foi?

Alex para por um segundo. Fica como suspenso, tomado por uma preocupação repentina.

– Niki, acabei de dizer: Leonardo, eu e a nova assistente, Raffaella, que está me dando uma mão no projeto.

– Ah...

Alex acha ela estranha. Talvez esteja cansada. Preocupações não lhe faltam: a faculdade e os preparativos para o casamento.

---

* "Confusão... Lamento que você seja filha da sabida ilusão e que se confunda..." (N. T.)

** "Mas eu lhe disse não e agora volto para você com minhas misérias, com as esperanças que nasceram mortas, que eu não tenho mais a coragem de pintar com a vida..." (N. T.)

– Meu amor, vamos nos ver mais tarde? Vou tentar acabar o quanto antes as coisas aqui e talvez possamos sair depois. Podemos ir ao cinema ou jantar, o que você preferir.

Niki pensa por alguns segundos.

– Obrigada, mas acho que não. Quero aproveitar para estudar esta noite. Se conseguir. Quero adiantar um pouco, porque depois não sei como vão ser as coisas.

– As coisas com as duas monstras?

– Isso! – Niki ri. – Talvez me façam passar uma semana superestressante como esta. Quando chegar o dia do casamento você não vai me reconhecer, meu amor. Amanhã também marcamos de...

– Algo importante?

– O mais importante de tudo: o vestido de noiva. Estou tão preocupada!

Alex sorri.

– Princesa, pouco importa o que você vestir. Mesmo com o vestido mais simples você estará deslumbrante.

– O que é isso, Alex? Você acaba de dizer uma daquelas típicas frases que se usam para consertar alguma coisa.

Alex pensa por um instante em Raffaella, mas sabe que é totalmente inocente.

– Tem razão. Desculpe. Eu perdi muito tempo. Devia tê-la pedido em casamento na primeira vez em que você entrou no meu carro, quando nos conhecemos.

– Ora, sua única preocupação era que eu tirasse os pés do painel!

– Claro, porque senão eu não ia conseguir parar de olhar para suas pernas e íamos acabar batendo.

– Mentiroso!

– É verdade! Amor, eu ligo depois, agora tenho uma reunião.

– Ok, tchau, amorzinho.

Alex desliga. "Que estranho. Ela não me perguntou como Raffaella é. Em geral, as mulheres se preocupam com as novas assistentes."

– Alex – Nesse momento a própria aparece na porta. – Posso mostrar uma coisa?

– Claro, entre – Alex a observa enquanto se aproxima de sua mesa. Dá para ver de longe que foi modelo. Ou melhor, que ainda é. Quando Raffaella põe seus desenhos em cima da mesa e se inclina para frente, talvez excessivamente, Alex já não tem a menor dúvida, se é que ainda tinha. Se há alguém a quem essa nova assistente realmente preocupa é justamente a ele. Raffaella percebe, mas se faz de inocente e sorri.

– Gosta?

– Hein?

– Dos desenhos, gosta?

– Sim, sim, você é muito boa. São perfeitos – e, ao dizer isso, fica vermelho.

103

Susanna escolheu um restaurante étnico. Ela, Cristina, Davide e Mattia estão sentados a uma mesa no Sawasdee, o restaurante tailandês próximo à piazza Bologna. O ambiente é refinado e elegante.

– Então, gostaram? Espero que a culinária tailandesa os inspire. Dizem que é afrodisíaca! – sorri Susanna. – Além do mais, a comida aqui é muito boa. Até o pessoal da embaixada vem comer aqui. O *curry* vermelho com frango e bambu é muito bom, chama-se *Kaang nar Mai*; e o porco frito em molho agridoce, a carne de vaca ao *curry*. Eu só vim uma vez.

Cristina olha em volta. Tem que reconhecer que o local é bonito.

– Você tinha razão, Davide.

Ele se vira e olha para Mattia.

– Em quê?

– Disse que ia valer a pena. Nossas duas convidadas são fascinantes! – sorri olhando para Cristina, que fica vermelha.

Mattia é muito atraente: musculoso, moreno de olhos claros. Seus modos são refinados, mas masculinos. Impressionou-a à primeira vista.

– Eu disse, sou exigente, e eu tinha certeza de que Susanna teria amigas pelo menos tão bonitas e simpáticas quanto ela.

Davide enche as taças e brindam. A noite passa tranquila, divertida, leve e cheia de novidades. Cristina volta a se sentir mulher, admirada e viva. E isso, por um lado, a assusta. Mas, por outro, não.

104

Olly está trabalhando na enésima lista de endereços. São nove horas da manhã e ela já está no escritório. De repente, toca o telefone em sua mesa. "Que estranho. Ninguém nunca me liga aqui. Deve ser engano." Pega o telefone e atende.

– Alô?

Em um primeiro momento, Olly não reconhece a voz.

– Alô? Alô?

– Sim? – responde Olly.

– É da creche? Você está aí, criatura?

Olly empalidece. É Eddy.

– Sim, sim, estou aqui. Pois não.

– Não tenho nada a dizer... Tenho que ver seus desenhos. Depois do almoço.

Olly empalidece ainda mais. "Os desenhos! Então, outro dia ele estava falando sério. E agora, o que faço? Não estão prontos!"

– Eh... sim, claro. Depois os levo – e desliga.

"E agora, como vou fazer?" Abre rapidamente a gaveta. Pega a pasta. Folheia os desenhos buscando algo que possa servir. "Não. Não. Não. Estes não. Além do mais, ele já viu pelo menos metade! Caramba!" Bruno entra no escritório e nota a agitação de Olly. Sua primeira reação é dar meia-volta. Ainda está um pouco decepcionado com o comportamento dela. Até o momento não disse que sabe por que ela estava em frente à sua casa naquela manhã. Não queria que ficasse sem jeito. Olha para ela de novo. Dá para ver que está bloqueada. "O que será que aconteceu?" Decide se aproximar.

– Olá, Olly.

Ela ergue a cabeça de repente.

– Ah... Olá, Bruno...

– O que você tem?

– Estou acabada! Há uns dias Eddy me pediu que fizesse uns desenhos. Bem, na verdade, ele não disse exatamente que os queria, pensei que estava me provocando, então não dei bola. Achei que estava brincando. Só que agora ele ligou e disse que quer vê-los depois do almoço. Estou acabada, morta. – Leva as mãos à cabeça e esfrega os olhos.

Bruno olha para ela.

– Viu como ele queria lhe dar uma oportunidade?

– Sim, parece que sim. E eu pus tudo a perder.

Bruno sorri.

– Se você se rende logo é porque não é dura o suficiente. No mundo da moda, temos que tornar possível o impossível.

– Mas, o que vou fazer? Tenho que combinar os tecidos! Sou um desastre! – Está prestes a começar a chorar. Bruno pensa por uns segundos e depois aproxima uma cadeira.

– Pegue o álbum.

Olly olha para ele com os olhos embaçados.

– Ãhn?

– Parece que você está meio devagar hoje, hein? Pegue o álbum e os lápis.

Olly obedece.

– Vamos nos inspirar nesses três – pega três desenhos de Olly –, e vamos fazer modificações. Depois, vou lá embaixo escolher os tecidos que combinarem. Ande, se começarmos agora, vamos acabar entre uma e uma e meia.

Olly olha para ele. E então inclina-se e lhe dá um beijo no rosto.

– Você é um anjo.

– Eu sei. Só que você ainda não percebeu. – Começa a desenhar. Olly o acompanha.

Depois de quatro horas de trabalho ininterrupto, sem uma pausa nem mesmo para um café, trocando conselhos, apagando, desenhando de novo e, por último, avaliando os tecidos que Bruno pegou na produção, Olly sai da sala e atravessa apressadamente o corredor. Bate na porta de Eddy. Ninguém responde. Tenta pela segunda vez. Nada. "Não é possível. Ele não está. Tenho que encontrá-lo. Não quero que pense que cheguei tarde. Ou que fui embora." Desce correndo a escada. Pergunta à garota da recepção. Não sabem onde ele está. Procura-o na lanchonete. Nada. Vai à sala de reuniões. Nada. Torna a subir e bate de novo à sua porta.

– Quem é?

"Ainda bem. Ele voltou."

– Olimpia Crocetti.

– Ah, sim, entre. Vamos ver se conseguimos promovê-la.

Olly gira a maçaneta, respira fundo e entra. Eddy está sentado em sua cadeira de couro com os pés em cima da mesa. Olha para ela. Olly começa a falar um pouco agitada.

– Ainda bem, achei que você não estava... Quero dizer, que havia ido embora... é... que pudesse pensar que eu tinha me atrasado... que não tenho palavra... enfim...

– Eu estava no banheiro, só isso.

– Ah, claro.

Olly fica em pé, petrificada.

– Então? Vai se aproximar ou eu tenho que me levantar?

– Não... quero dizer, sim... Enfim, aqui estou – Olly se aproxima e senta.

Entrega a Eddy a pasta com os três desenhos. Ele a abre de má vontade. Observa o primeiro. O segundo. O terceiro. Sem mudar a expressão. Como sempre. Olly já o conhece. Depois de vários minutos de silêncio interminável, com as mãos de Olly suando e as orelhas ardendo, Eddy olha para ela. Observa-a por uns instantes. Examina uma vez mais os desenhos. Depois Olly. De novo os desenhos. Por último Olly.

– Você fez estes desenhos?

– Sim.

Por um segundo tem vontade de dizer que na realidade os terminou graças a Bruno, que as ideias são dela, sim, mas que se Bruno não as tivesse modificado um pouco, dado os últimos retoques e escolhido os tecidos...

– Não acredito. Se estivéssemos no colégio eu diria que você copiou.

– De mim mesma.

Eddy olha para ela e faz uma careta.

– Ainda por cima é engraçadinha... – Examina outra vez os desenhos. – Considere-se promovida.

Olly mal pode acreditar no que está ouvindo. Não sabe o que dizer. Está com os olhos arregalados e a boca seca.

– Pode respirar, viu?

– Hein? Ah... sim... não, é que...

– Você sempre gagueja? Uma estilista cujos três desenhos estão prestes a entrar em produção – Eddy se interrompe um momento, consciente do peso de suas palavras – não pode se permitir o luxo de gaguejar. Imagine que ridículo seria.

Olly olha para ele. E de repente sente que o ama. Ameaça levantar, quer abraçá-lo. Ele percebe.

– Pelo amor de Deus, nem pense em uma coisa dessas, tire isso da cabeça imediatamente. E agora vá embora. Pegue os desenhos e leve-os à produção. Vou ligar para lá agora mesmo. Ande, ande, até logo – com um gesto a manda sair.

Olly pega rapidamente as folhas e a pasta de cima da mesa, despede-se dele, tropeça no tapete, sai e fecha a porta. Apoia-se nela fechando os olhos. Respira fundo. "Não acredito. Não é possível!" Então se recompõe e desce correndo a escada. Quando chega à metade para, recua, atravessa de novo o corredor e entra no departamento de Marketing. Bruno está olhando algo na tela de um *notebook*, mas vê que entra correndo. Feliz. Louca. Com o rosto vermelho. Um pouco suada.

Ela se joga sobre ele e o abraça.

– Ele mandou os desenhos para a produção, para a produção! – Pula enquanto o arrasta. Todos olham para ela surpresos.

Depois Olly se afasta, dá um beijo no rosto de Bruno e sai correndo de novo, dessa vez para o andar de baixo. "Bruno é um verdadeiro anjo. De bobo, ele não tem nada." Se Olly soubesse o quanto lhe custou o que fez, ela o apreciaria ainda mais.

105

Nos dias que se seguem, Margherita e Claudia não largam Niki nem por um instante.

– Precisa ser perfeito. Mamãe pega no nosso pé.

Niki se intromete, curiosa:

– Do que estão falando? Não estou entendendo.

– Ah – Margherita sorri, ergue as mãos e deixa cair. – Você sabe como ela é, não?

"Na verdade, não. Só a vi uma vez", pensa Niki.

– Bem, enfim – continua Margherita –, ela é uma mulher muito exigente e se diverte nos colocando em apuros. Encara tudo como um desafio.

Claudia sorri.

– É, não se pode dizer que seja uma sogra fácil!

"Sogra. Sogra?! Meu Deus, é verdade!" E, como se, de repente, um raio atravessasse sua mente, ou um trovão, uma bomba, enfim, um verdadeiro atentado à sua tranquilidade, Niki é vítima de um novo ataque de pânico. Mas Margherita e Claudia não percebem e continuam como se nada tivesse acontecido.

– Por exemplo, ela acha que não conseguimos fazer você mudar de ideia.

Claudia pega Niki pelo braço.

– Mas nós concordamos em tudo, não é?!

Niki se deixa levar, está quase sem fôlego, faz que sim com os olhos arregalados e sente sua cabeça girar.

– Sim, claro – respondendo finalmente com um fiozinho de voz.

As duas irmãs a arrastam sem lhe dar a possibilidade de parar.

– Bem, este é Aberto Tonini, um fotógrafo excepcional.

– Bom dia, senhoras.

– Para nós, é o ideal. Ele fez uns ensaios fotográficos maravilhosos dos nossos casamentos. Veja – Abrem um grande livro de couro com uma série de fotografias de todas ou de quase todas as cerimônias importantes de Roma. – Aqui, é a família Vassilli. Esta é a filha do doutor Brianzi, esta é a senhora Flamini, esta...

Mostram-lhe todo tipo de casamento, com vestidos e noivas para todos os gostos, louras, morenas, de cabelo preso, bonitas, feinhas, lindíssimas, jovens, mulheres com joias mais ou menos caras, com penteados mais ou menos sofisticados, que riem enquanto os convidados jogam arroz na saída da igreja, buquês de flores que giram pelos ares, as mãos dos noivos com as alianças recém-colocadas e ainda brilhantes, sem um único arranhão, só o reflexo dourado de um amor feliz, e depois sorrisos e véus que escondem lágrimas de alegria, e a corrida dos dois noivos sob as pétalas de rosa, e beijos, beijos na porta da igreja, beijos sorrindo, promissores, entre os risos dos amigos e os pequenos grãos de arroz que ficam imóveis como minúsculos pontos brancos ressaltando esse momento e contribuindo para que fique gravado na memória para sempre. Para sempre. Niki ouve essas palavras ecoarem em sua mente enquanto o fotógrafo continua falando imperturbável.

– Este é o passeio romântico dos noivos, várias fotos que fiz no roseiral de Aventino, outras às margens do Tíber, estas são da ilha Tiberina...

Para sempre. Niki olha fixamente para as fotografias que passam sob seus olhos, que desfilam velozes arrastando histórias, amores repentinos, grandes paixões, loucuras de juventude e encontros casuais destinados a se prolongar no tempo. Para sempre. Para sempre.

– Aqui, fizemos o ensaio fotográfico dos noivos no lago de Bracciano.

Niki vê o casal passeando e se beijando na ponte. O fotógrafo continua passando as páginas.

– Aqui, um entardecer, com o sol refletindo no lago e eles entre as flores brancas das roseiras.

O fotógrafo prossegue, mas Niki o interrompe de repente:

– Espere. – Abaixa com delicadeza a página, apoia-a, segura-a, inclina-se um pouco e olha para ela com mais atenção. – Eu conheço esses: é aquele cantor famoso. Há uns dias vi a fotografia dele no jornal. Agora ele está com outra.

– Sim, esses são os que menos duram. Como alternativa, há também estas fotografias na cidade, com os monumentos ao fundo. – Continua folheando seu livro indiferente a esse casamento rompido ou às demais histórias de amor, mais leves que o papel de seda que protege as fotografias.

– Quantos?

– Como?

– Quantos dos casais que você fotografou ainda estão juntos?

Alberto Tonini para por um momento, coloca o livro em cima da mesa e olha para ela pensativo.

– Acho que mais ou menos metade. A possibilidade de uma união durar depende da capacidade de tolerância das duas pessoas. É só uma questão de experiência. É óbvio que, no início, o que conta é o amor, mas é preciso alimentá-lo com confiança e paciência. Sabe que, às vezes, as pessoas se separam logo depois de se casar? Alguns duram apenas alguns meses. E podemos dizer que a resistência é inversamente proporcional à riqueza.

– O que quer dizer?

– Quanto mais dinheiro se tem, mais fácil é se separar; não pensam duas vezes. Não funciona? Então, acabou. Bom. Ou melhor, péssimo! Sabe, algumas pessoas são assim, não se importam com nada, talvez não achem que o fim de um casamento é um fracasso.

Niki se sente confusa. "Para sempre ou um fracasso. Não há meio-termo. Ou se consegue e tudo dá certo, dura para sempre e você se sente feliz o tempo todo por estar ao lado de uma pessoa, de amá-la e de ser amado, ou é um fracasso." Em instantes repassa todas as relações que teve na vida. Todas... Mas foram muito poucas! Um ou outro amor de verão. Só se lembra de dois. Fabrizio e John, o americano. Conheceu-os na praia. Com Fabrizio deu o primeiro beijo e algo mais no ano seguinte. Depois, tudo terminou porque conheceu John. Um garoto atraente; o problema era que Niki não falava bem inglês. Não se entendiam, mas riam tanto... Podia ter sido uma bela história de amor, e até que foi, mas ter que se despedir inevitavelmente no fim de cada verão segurava seu amor. E o amor não pode ser pausado; é como quando ouvimos uma música de que gostamos: quando alguém nos chama, nem percebemos. "Depois veio Fabio. A primeira vez que me apaixonei e a primeira vez em todos os sentidos, mas depois acabou, não nos entendíamos, estávamos sempre nervosos, eu não gostava do que ele dizia, como se comportava ou como tratava os garçons quando saíamos para jantar. Que estranho. Tenho a impressão de que já passou uma vida inteira depois disso. Amadureci muito desde então. Quando você vive um amor acha que vai durar para sempre, e depois... Depois tudo passa em um piscar de olhos. E você se vê mais velha, diferente, mudada em certos aspectos, uma mulher diferente. Por exemplo, agora me envergonho quando relembro algumas saídas com Fabio ou algumas de nossas brigas. Mas, uma noite na casa dele, antes daquele verão, depois que seus pais foram embora, dissemos coisas maravilhosas, nus, tontos de paixão, plenamente presentes, tanto que fizemos amor até o fim, esquecendo as preocupações e os problemas, porque tanto ele quanto eu sentíamos profundamente o carinho que nos unia e juramos amor... Para sempre. Naquela ocasião, eu disse para sempre. Pela primeira vez, para sempre. Porém, acabou. Esses dias não deixaram nenhuma marca, não há rastro dele em minha vida, só em meu coração e em minha mente. Algumas fotografias, algumas em preto e branco entre minhas recordações, como um simples álbum de couro. Agora estou apaixonada por Alex e vou me casar para sempre. Como queria naquela época, e não foi assim. Hoje é, claro. Mas, e amanhã, e depois de amanhã? Será ainda? Ele é rico, pode se permitir um fracasso. E eu? Mesmo se eu fosse a pessoa mais rica deste mundo me negaria a prometer algo que já sei que não vou poder cumprir. Porque as coisas depois mudam e eu não posso responder também por essa outra mulher e por esse outro homem que podemos vir a ser um dia."

Alberto Tonini interrompe seus pensamentos:

– Além disso, podemos fazer um vídeo a partir da filmagem na igreja e na festa; acrescentamos música, que a noiva pode escolher pessoalmente ou deixar por nossa conta.

O fotógrafo liga um reprodutor de vídeo e aparecem as imagens de um casamento com a música *Ti sposerò perché* de fundo. Um rapaz e uma garota caminham de mãos dadas por entre árvores. Outubro, um tapete de folhas vermelhas. Primeiro plano dos dois, o beijo em câmera lenta e, nesse exato momento, o volume da música aumenta. "*Ti sposerò perché ti piace ridere e sei mezza matta proprio come me...*".* A garota se afasta dele e, sempre em câmera lenta, vê-se um sorriso lindo. Depois os dois começam a correr e se perdem no bosque. Ouve-se de novo a canção: "*Ti sposerò perché ami viaggiare e poi stare in mezzo alla gente quando vuoi...*".** E, depois de uma fusão com umas nuvens livres num céu ao entardecer, aparecem de novo passeando na festa entre os convidados, conversando e rindo sem soltar as mãos. Mais beijos, mais sorrisos, uma garrafa, a rolha que salta e a música que acaba: "*Ti sposerò perciò ci puoi scommettere quando un giorno, quando io ti troverò...*".***

Niki fica olhando o último beijo desse casal tão apaixonado. "Essa é a força da canção. *Ti sposerò perché* fala de uma mulher que ele ainda não conheceu. Porque a força do amor é a fantasia, o desejo de amar que às vezes a realidade transforma em uma amarga desilusão? Porque o simples fato de um sonho se tornar realidade já constitui em si uma decepção? Porque sonhar é a verdadeira força do amor? Porque é a música de um apaixonado. E enquanto procura a mulher tudo vai bem, fala de amor e sonha com ele. Mas, quando a encontra, tudo se acaba, é só questão de tempo. Eros Ramazzotti se casou com Michelle Hunziker. Eu era apaixonada por essa música e por eles dois, por sua história de amor, pelo maravilhoso casamento que celebraram em Bracciano e pela canção dedicada a ela, escrita e cantada para ela. '*Più bella cosa non c'è, più bella cosa di te, unica come sei, immensa quando vuoi, grazie di esistere...*'.**** Obrigada por existir. Tem frase mais linda para se dizer a uma mulher? É como admitir que só porque ela existe, só isso já é um presente para o mundo. Mas, no fim, terminaram. Essas palavras não bastaram. Essa música maravilhosa, uma filha, sua poesia, os sorrisos e os beijos desse casamento, não foram... para sempre. Se eles não conseguiram, por que deveria ser diferente comigo? Alex até desafina quando canta! Não sei muito bem por que acabo de pensar em algo tão estúpido, talvez por desespero, porque compreendo que o casamento é como a roleta russa. Já que estamos falando de música... *Uno su mille ce la fa*, Gianni Morandi, um a cada mil consegue."

O fotógrafo interrompe de novo seus pensamentos com delicadeza e educação:

– Este casal quis que os acompanhássemos até durante a lua-de-mel, imagine quanto gostou do nosso trabalho.

– Nossa!

– Sim, mas meus assistentes e eu não podíamos, já havíamos nos comprometido com outro casamento.

– Ah...

– De qualquer maneira – o fotógrafo lhe mostra a imagem dos noivos se beijando no final do vídeo –, caso se interesse por estatísticas, esses dois continuam

* "Vou me casar com você porque você gosta de rir e é meio maluca como eu..." (N. T.)

** "Vou me casar com você porque você ama viajar e pode estar no meio das pessoas quando quer." (N. T.)

*** "Vou me casar com você, pode apostar, quando um dia eu te encontrar." (N. T.)

**** 'Não há coisa mais linda, mais linda que você, porque você é única, imensa quando quer, obrigado por existir...' (N. T.)

juntos. E tenho que confessar que quando começo a fazer as fotos, na décima já sei se vai durar ou não.

Niki olha para ele sem acreditar muito. Ele sorri.

– Garanto. Como dizia Neil Leifer: "A fotografia não mostra a realidade, e sim a ideia que se tem dela". É muito simples: na décima fotografia, se um dos dois não sorri, bufa ou parece de um modo ou de outro constrangido, isso significa que não vão passar de um ano. Depois da décima, porém, podem durar para sempre. É a magia do amor!

Niki sorri. Tem que reconhecer que o fotógrafo é simpático. E nota como olha para ela e como sorri tentando animá-la e tranquilizá-la. É o único que percebeu que está com medo. Ele percebeu perfeitamente. O homem apoia uma mão sobre a dela.

– A magia do amor é capaz de qualquer coisa. Não se preocupe. No final, ele decide por todos.

Fica surpresa, balançada, aliviada finalmente por alguém, o amor, poder ajeitar tudo, decidir em seu lugar. "Quem dera fosse assim... Por enquanto, tenho a impressão de que os únicos que decidimos somos nós dois!"

– Voltamos! Acabaram? – Margherita e Claudia os interrompem de repente. – Se não tiver certeza, Niki, podemos lhe apresentar outros. Tão bons quanto ele!

Alberto Tonini sorri sereno: sabe muito bem que é o melhor.

– Claro. Aqui está meu cartão e o folheto com todas as possibilidades.

Margherita complementa.

– E com os preços. Mas você vai nos tratar bem, não é? Vai nos fazer um bom desconto? Senão, não lhe traremos mais casamentos!

Tonini sorri novamente.

– Claro. Vou lhes fazer um preço conveniente, como de costume. – Dá a mão a Niki. – Decida sem pressa. Quando vocês se casam?

– Em 27 de junho.

– Então, ainda temos tempo. Vou reservar a data durante um mês, ou melhor, dois. Está bem? Assim pode pensar com calma.

– Está bem, obrigada.

Margherita e Claudia se distraem olhando o álbum.

– Veja, esse não é Giorgio Ballantini?

– Isso mesmo.

– Ele se casou? Achei que estava com outra.

– Ainda continua com ela.

– Eu os vi no Bolognese. É uma amiga.

– Estão todos loucos.

Alberto Tonini aproveita a distração das duas mulheres para se aproximar de Niki.

– Elas são meio eufóricas e um tanto barulhentas, mas nenhuma das duas bufou na décima fotografia. O casamento era importante para elas. Lembro muito bem.

Niki sorri.

– Que bom, fico feliz.

Afasta-se com o cartão e o folheto na mão. "Mas o problema não é se elas bufaram ou não na décima fotografia. O problema sou eu! E quando chegar o momento, já será tarde demais, bufando ou não."

106

Alex chega arfando, corre suado com sua maleta de couro marrom. Sobe rapidamente a escadaria da igreja.

– Cheguei, cheguei!

– Ainda bem! Os outros já entraram.

– Desculpe, Niki – Beija-a apressadamente na boca. – É que estou adiantando tudo o que posso no trabalho para ter mais tempo livre no final. Assim, poderemos fazer uma viagem mais longa. De mil e uma noites!

– Sim, mas, enquanto isso, você me largou com todas as responsabilidades. Depois, se não gostar de alguma coisa, azar!

– Tenho certeza de que tudo ficará maravilhoso e de que gostarei muito – tenta abraçá-la.

– Não pode, bobo! – Niki aperta o passo enquanto atravessa o corredor da igreja e passa pela sacristia.

Alex a segue com dificuldade.

– Qual é o problema? Devia ser o contrário: este é o lugar mais adequado para demonstrações de amor.

– Sim! Assim até pode se confessar depois, se quiser! De qualquer maneira, não vá pensando que vou escolher tudo o que suas irmãs sugerem, viu? Não gosto de algumas coisas e, na minha opinião, devem ser diferentes.

– Sim, eu sei, já me disseram.

Niki se vira de repente.

– Você falou com elas?

Alex abre os braços em um gesto de desculpas.

– Claro que sim, o que quer que eu faça? Que não atenda? Elas me ligaram!

Niki parece um pouco irritada.

– Bem que podia.

– São minhas irmãs, Niki!

– E o que disseram?

– Que está tudo correndo bem, que será maravilhoso, que mamãe ficará espantada – depois, decide acrescentar algo de sua própria autoria: – E que você tem muito bom gosto!

– Sei! – diz Niki revirando os olhos. – Isso elas não disseram.

Alex sabe que Niki pega as mentiras no ar.

– Bem, não dessa forma, mas disseram.

Niki aperta ainda mais o passo.

– Eu sabia.

Alex corre atrás dela.

– Deram a entender.

– O que disseram exatamente?

– Que você gostou do fotógrafo.

– É verdade.

Niki lembra a história da décima fotografia e sorri. A seguir, pensa no folheto que mostrou a seus pais e o preço: seis mil euros. Eles não acharam muita graça.

– É aqui, chegamos. Deve ser aqui dentro – Niki para e bate à porta.

– Entre – uma voz profunda e doce os convida a entrar. Niki abre a porta e encontra o semblante gentil de um homem com entradas na testa e o cabelo branco. – Entrem, por favor. Sentem-se ali, reservamos seu lugar.

– Com licença.

Niki e Alex entram na sala quase na ponta dos pés, tentando passar despercebidos ao grupo de doze casais que estão ali pela mesma razão que eles.

– Eu estava explicando a importância deste cursinho pré-matrimonial.

O padre sorri para os recém-chegados.

– O casamento é uma fantasia, um sonho, mas também pode se transformar em um pesadelo. – Então, o homem, de uns cinquenta anos, sorrindo, gentil e tranquilizador, muda repentinamente de expressão. – O Senhor não gosta que debochem dele. De modo que se vieram para contentar seus pais, para manter as aparências nesta estúpida sociedade, as convenções que se aceitam depois de certa idade... – ao dizer isso, o sacerdote olha para um homem de uns quarenta anos e depois observa Alex. Niki percebe e esboça um sorriso, está prestes a rir. É a primeira vez que isso ocorre há pelo menos uma semana. O padre continua. – Pelo que me diz respeito, podem até mudar de ideia; afinal de contas, é só questão de tempo. O casamento é um sacramento importante que deve ser vivido com sinceridade e com serenidade, não podem se enganar; cedo ou tarde, terão de olhar-se no espelho de sua alma. E então, chorarão, sinceros e culpados por sua decisão, uma decisão que ninguém, nem agora nem nunca, os obriga a tomar. Nosso Senhor os ama mesmo que sejam solteiros e não se casem!

Sergio, um sujeito com a gola da camisa levantada, sobrancelhas grossas, uma corrente grossa e chamativa no peito coberto de pelos, o cabelo cheio de gel, mastiga um chiclete com a boca aberta e olha em volta visivelmente irritado.

O padre se inflama.

– Vocês não têm que ter medo. Se não têm certeza, se não estão decididos e felizes de dar este passo, e, principalmente, se não estão apaixonados, não só pelo futuro marido ou esposa, mas também pela ideia do casamento, então é melhor que renunciem a ele. Não se casem, por favor. Mesmo que já tenham escolhido algumas coisas, mesmo que já tenham se exposto. Não o façam.

O sacerdote faz silêncio e observa os casais que estão à sua frente. Sergio e sua noiva Fabiola, com mechas no cabelo e uns brincos de argola; Alex e Niki, com a diferença de idade que os separa; e outro casal um tanto engraçado, pois ele é alto, magro e de nariz aquilino, e ela é atarracada, bochechuda, a boca em forma de uma pequena rosa e os olhos grandes e azuis. Mais dois casais: no primeiro, ele é sério, usa óculos e cabelo curto e grisalho, enquanto ela tem uma cara alegre e uns olhos escuros e cheios de vida; no segundo, ele é rechonchudo e jovial, enquanto ela é magra, seca e séria, de cabelo preso e uma boca proeminente com uns dentes grandes, como de cavalo. Seria quase natural trocar os integrantes desses dois últimos, de maneira que, pelo menos para quem olha, parecessem compatíveis.

O padre suspira antes de prosseguir.

– Muito bem. O que pode ser mais bonito que uma escolha feita por amor? Vou lhes perguntar no início de cada encontro; quem não estiver satisfeito, pode ir embora.

Sergio olha pela última vez em volta e então, sem parar de mastigar o chiclete com a boca aberta, levanta-se, dá uma última olhada em Fabiola, depois no resto do grupo e, sem dizer nada, balançando os ombros com ar arrogante, coloca as mãos nos bolsos e se dirige para a porta.

O sacerdote olha para Fabiola quando seu noivo fecha a porta.

– É melhor agora que qualquer outro dia, por mais distante que esteja. Se ele foi embora assim, mostrou ter coragem neste momento de sinceridade.

Fabiola assente, mas abaixa a cabeça e uma lágrima silenciosa corre por sua face. A seguir, levanta-se e o padre a acompanha à saída enquanto acaricia seu cabelo.

– Seus pais vão entender. Vá para casa e procure descansar um pouco.

Ela concorda de novo com a cabeça e sai.

Niki se vira para Alex.

– Não faça uma coisa dessas. Eu morreria.

Alex apoia uma das mãos sobre a dela.

– Eu não seria capaz, meu amor. Tomar uma decisão tão importante diante de todos sem ter falado com você antes, sem ter lhe dito alguma coisa... Eu não poderia. Além do mais, eu não preciso das palavras de um padre para decidir o que quero fazer da minha vida. Estou aqui porque quero... Nada mais.

O sacerdote percebe que Alex e Niki estão falando em voz baixa.

– Tudo bem aí? Vocês também têm algo a dizer?

Alex sorri.

– Não, não, tudo em ordem. Estávamos falando de outra coisa.

E todos os outros casais viram-se para eles e depois se olham tentando adivinhar quem permanecerá nessa sala antes que o curso acabe. Cada um deles começa a apostar em silêncio por um casal ou outro.

– Bem, Sergio e Fabiola nos deixaram. Talvez se reconciliem, mas também pode ser que não. Isso quer dizer que, de qualquer maneira, este não era o momento deles, o momento para a vida a dois, para dividir um caminho. Talvez se reencontrem mais adiante, quando estiverem mais serenos e determinados a ir até o fim – O padre percorre com o olhar o grupo de casais, um a um, da esquerda para a direita, lentamente, sorrindo. – Antes do fim deste curso, mais alguns nos deixarão.

Vários deles se olham, algumas mulheres sorriem envergonhadas olhando rapidamente para seus futuros maridos como se dissessem: "Não se refere a nós, não é, meu amor?".

Don Mario prossegue.

– A beleza de um casal está na preservação da individualidade de cada um, no pensamento pessoal. Talvez, sem que vocês saibam, o outro já está pensando nisso.

Um dos jovens coloca a mão no bolso buscando nesse gesto de conjuro um apoio inútil. O sacerdote percebe e esboça um sorriso.

– E pode até ser que nunca cheguem a saber; esse momento passará e tudo seguirá em frente até chegar ao casamento, e depois dele... com grande serenidade. Esses são os mistérios do casamento. Vocês devem respeitar o espaço e os silêncios da outra pessoa. – Senta-se atrás de uma mesa e relaxa. – Sabem, uma vez, de trinta casais que queriam se casar, no final só restaram dois.

– Don Mario – intervém sorrindo Pier, um jovem e futuro esposo de cabelo comprido. – Não está nos pressionando demais? Quero dizer, o senhor quase parece um sabotador de casamentos.

Todos riem.

– Nós estamos seguros e decididos a dar este passo. Mas quem não tiver medo de fracassar, está maluco! Desculpe, mas se o senhor não nos der uma mão... Sabe o que me dizem todas as noites? Tem certeza? Você não está fazendo uma bobagem? Pensou bem? Ah, eu estaria seguro – Pier se aproxima de sua noiva e lhe dá a mão –, mas se me fizerem sentir toda essa angústia o tempo todo, vou acabar desabando. Realmente acabam comigo!

Todos se olham sorridentes. Essa divertida intervenção aplacou um pouco a tensão gerada pela saída de Sergio e o pranto silencioso de Fabiola.

Alex se volta aliviado para Niki.

– Não desanime, ok?

Niki assente.

– Claro que não. – Abre um tímido sorriso.

Alex percebe.

– Ei, nada de brincadeiras, hein?

– Não, mas não saia de perto de mim.

Alex aperta sua mão com força.

– Claro que não!

Don Mario se apoia na mesa e começa de novo a falar:

– Gibran escreveu: "Vós nascestes juntos, e juntos permanecereis para todo o sempre. Juntos estareis quando as brancas asas da morte dissiparem vossos dias. Sim, juntos estareis até na memória silenciosa de Deus. Mas que haja espaços na vossa junção. E que as asas do céu dancem entre vós. Amai-vos um ao outro, mas não façais do amor um grilhão: Que haja, antes, um mar ondulante entre as praias de vossas almas. Enchei a taça um do outro, mas não bebais na mesma taça. Dai do vosso pão um ao outro, mas não comais do mesmo pedaço. Cantai e dançai juntos, e sede alegres; mas deixai cada um de vós estar sozinho." Mas, às vezes: "O *amor* agrada mais que o *casamento*, pelo mesmo motivo que os romances divertem mais que a História", como diz Nicolas Chamfort. Apesar disso, vocês devem amar a história. A história é duradoura. Antes de concretizar essa grande decisão, surgirão muitas coisas que tentarão sabotá-la. Não cedam. Reflitam, tomem uma decisão e mantenham-na. Enquanto seguem em frente vão pensar que parece uma brincadeira do destino, mas à medida que forem se aproximando do dia do casamento e que as tentações forem aumentando...

Niki ergue a cabeça de repente com os olhos um pouco apertados. Parece que essa última frase a impressionou particularmente. Ouve com atenção, memoriza e tenta compreender seu significado. Como se já soubesse que algo assim vai acontecer com ela. E seu instinto, naturalmente, não está enganado.

107

Toca a campainha. Cristina vai abrir. Surge diante dela um maravilhoso buquê de flores. Enorme. Umas maravilhosas rosas vermelhas combinadas com florzinhas verdes e brancas, e vários tipos de folhas. Tudo embrulhado em um delicado papel com um grande laço de seda. Cristina fica boquiaberta. Por detrás do buquê, o entregador a cumprimenta com cara de tédio.

– Bom dia, senhora. Cristina Bertelli?

Cristina acha estranho que se dirijam a ela pelo nome de solteira.

– Sim.

– Para a senhora – o entregador estende o buquê.

Cristina o pega.

– Espere...

Entra em casa. Pega várias moedas de um cestinho em cima de uma prateleira e entrega ao rapaz. Ele agradece e vai embora.

Cristina fecha a porta. Olha o buquê. Encontra um cartão e lê: "Obrigado pelas emoções com que me presenteou ontem à noite. Gostaria de sair comigo novamente? Se aceitar, me fará muito feliz".

Cristina revira os olhos e corre para pegar o celular. Procura apressadamente o número na agenda. "Aqui está." Tecla verde. Chamando. Vários toques.

– Alô?

– Oi, Susanna, o que você fez? – pergunta em tom zangado.

– O que eu fiz? – Susanna está espantada.

– Ora! Você deu meu endereço a Mattia!

– Sim, e daí?

– Como, e daí? Como pôde fazer uma coisa dessas! Agora ele sabe onde eu moro! Você até deu meu sobrenome! O que ele vai pensar?

– Ei, calma, calma. O que quer que ele pense? Ele não é um psicopata! Ontem à noite você se divertiu, você mesma disse, conversaram o tempo todo, e hoje na academia Davide me disse que Mattia gostaria de vê-la novamente, só que não sabia seu endereço. Então eu dei!

– Ah, muito bem! E se eu não quisesse?

– Por quê? Não gostou dele?

– Sim, mas e daí?!

– E daí que você gostou, então não pense tanto e aproveite o momento. Depois conversamos! – Susanna desliga o telefone.

Cristina olha pasma para o aparelho. "Ora essa! Ela dá meu endereço ao primeiro que passa, sem me avisar." Enche de água um vaso de cristal, tira o papel do buquê e coloca as flores dentro com cuidado. Tem que reconhecer que é maravilhoso. "Ele foi muito gentil. Fazia muito tempo que ninguém me dava flores. E eu logo pensei mal. Sem aproveitar o momento, como diz Susanna. É verdade. Eu me transformei numa pessoa seca e desconfiada. Há alguns anos, um gesto como esse me faria enlouquecer de alegria." Lê de novo o cartão. Biiip. O celular. Uma mensagem de Susanna: "Já que se irritou tanto, vou avisando: Dei o número do seu celular também!".

Cristina não pode acreditar. Está possessa! Antes que pense em mais alguma coisa, toca o telefone. Um número desconhecido. Cristina atende.

– Alô? – É uma doce voz masculina. Reconhece: é Mattia. – "Não é possível!" – Ah, olá.

– Olá, Cristina. Recebeu meu presente?

– Sim, é maravilhoso, obrigada.

– Sabe, eu não conseguia me decidir com as flores. Falei muito com a florista, descrevi sua beleza, disse que você é simpática, e no final ela disse que rosas vermelhas eram perfeitas. – Depois brinca: – Cada uma delas parecia me falar de você.

Cristina ri e continuam conversando um pouco.

– Então, já que nos divertimos tanto, passo daqui a pouco aí para sairmos juntos. Mas, dessa vez, só nós dois, o que acha?

Cristina hesita por uns instantes, mas logo lembra as palavras de Susanna: "Aproveite o momento".

– Está bem. Daqui a uma hora está bom? Você escolhe o lugar.

– Perfeito. Até já!

Cristina desliga. Corre para o banheiro, toma um banho e se arruma sem descuidar de nenhum detalhe. Pinta as unhas, veste um par de maravilhosas meias de cinta-liga, um conjunto de lingerie muito bonito e, por cima, um vestido preto. Começa a se pentear. Tocam a campainha. Cristina corre para abrir.

– Você chegou cedo.

Cristina não pode acreditar. Flávio está em frente a ela. Encontra-a linda, bem vestida, pronta para sair. Olha para suas costas e vê o buquê de flores no vaso. E, de repente, entende. Gostaria de dizer algo. Que está linda. Que é uma pena que tenham terminado assim. Que talvez... E mil coisas mais. Sente medo de perdê-la de novo. Mais ainda. Não sabe quem lhe mandou essas flores. Se a ama. Se ela o ama. "Com que direito vou lhe perguntar? O que nos une, no fundo? Nem temos filhos! Não é como no caso de Pietro." Então, sem dizer nada, olha para ela pela última vez nos olhos, balança a cabeça e vai embora.

108

– Está pronta?

Niki se olha no espelho. Sente vontade de chorar. Não gosta nem um pouco desse vestido de noiva, e já é o décimo que experimenta.

– Ande, Niki, saia do provador para que possamos ver. – "Ótimo, agora até minha mãe se intromete. Como se não bastassem essas duas! Hoje ela quis vir também, e a carga é ainda mais insuportável."

– Já vou!

Niki coloca a tiara no cabelo e deixa cair o véu para a frente. "Já que tenho que provar, pelo menos provo direito." Pega o buquê de rosas brancas e de umas delicadas florzinhas de malva e abre a porta do provador. Simona está sentada entre Margherita e Claudia esperando com impaciência. Quando a vê sair, leva as mãos à boca.

– Oooh... Minha filha, minha filha vai se casar – diz, como se só nesse momento se desse conta pela primeira vez, talvez devido à beleza única e absoluta do vestido. De repente, começa a chorar. – Você está lindíssima, meu amor!

– Que é isso, mamãe? Pareço uma mulher do século XIX com este vestido! Veja que mangas, como é bufante nos ombros, e o decote bordado. Nem pensar! Achei que aqui encontraria algo mais moderno!

Simona balança a cabeça sem tirar as mãos da boca; seus olhos estão afogados em lágrimas, que, indecisas, não sabem se escorrem ou não por suas faces.

– Você está linda!

– É só o que você sabe dizer, mamãe? Veja como fica na cintura! Não é o meu estilo! Não é o que eu quero!

Margherita e Claudia se olham surpresas.

– Que pena, nós concordamos com sua mãe.

– Isso mesmo – concorda Claudia –, totalmente! Talvez porque não pode vê-lo de fora, mas é como ela diz. Você está lindíssima.

Margherita ri e conclui acrescentando um novo argumento:

– Se Alex a visse agora, se casaria com você duas vezes!

– O problema é que quem vai se casar sou eu, e só uma vez. Espero! Não gosto deste vestido de jeito nenhum, é o pior de todos. Pelo menos os outros eram menos...

– Menos... – pergunta Margherita.

– Menos... – Niki não encontra a palavra, mas a dona da loja, Gisella Bruni, dá uma mão.

– Volumosos.

– Isso! – Niki sorri aliviada. – Sim, menos volumosos.

Gisella pega Niki pelo braço.

– Venha comigo, vamos procurar outras opções – e a leva, roubando-a das irmãs de Alex e de Simona, mas dando um sorriso e uma piscadinha antes de sair, como se dissesse: "Não se preocupem, ela só está um pouco nervosa e estressada". – Venha comigo, querida, eu vou encontrar o vestido certo para você.

Margherita, Claudia e Simona se olham e soltam um suspiro de alívio. Simona enxuga as lágrimas com o lenço que Margherita acaba de lhe passar.

– Ela estava tão linda com esse!

Claudia sorri.

– Não se preocupe. Gisella tem mil recursos. Cedo ou tarde encontrará o mais adequado.

Margherita intervém:

– Niki é tão bonita que pouco importa o vestido que escolha, vai ficar bem de qualquer maneira.

Simona se sente elogiada.

– Obrigada.

Claudia se serve um pouco de chá.

– É verdade. Quer um pouco, Simona?

– Sim, obrigada – Claudia serve outra xícara. – O problema é que ela é quem tem que gostar, porque, às vezes, se você não está bem consigo mesma, quero dizer, com o vestido que escolheu, acaba se angustiando no momento em que for usá-lo. Acha que está horrível e fica incomodada o tempo todo!

Margherita dá de ombros, rindo.

– Lembro quando estava me arrumando para meu casamento. Eu estava tão histérica que chorava a cada dois minutos.

Claudia balança a cabeça.

– Eu todas as noites dizia a meus pais que havia mudado de ideia! Eu os estressei de tal maneira que quase foram parar no manicômio! No fim, quando me casei, eles foram viajar para fazer uma tratamento antiestresse!

– É – Simona as surpreende –, eu também estava nervosa demais antes do meu casamento! Achei que ia enlouquecer! Passava as noites andando pelo terraço, não conseguia dormir, e, além do mais, todos aqueles que eu encontrava, desde o dia em que meu marido me pediu em casamento até que finalmente nos casamos, me pareciam potenciais namorados, homens, amantes, maridos, cúmplices... Enfim, qualquer um representava uma boa oportunidade para fugir. Eu imaginava cada coisa! Mas, naturalmente, nunca disse uma única palavra disso a meu marido!

Nesse exato momento Niki se junta a elas.

– Mamãe, pode vir aqui um instante?

– Sua mãe é tão simpática, Niki!

– É, eu sei!

– Quer um pouco de chá?

– Não, obrigada.

Simona vai até Niki e ela se afasta um pouco para que não a ouçam.

– Desculpe, mamãe...

– O que foi?

– Você devia me apoiar, mas está do lado delas!

– Imagina! Aquele vestido ficava realmente bem em você. Era maravilhoso, mas se você não gosta...

– Não, não gosto.

– Nesse caso, eu também não! E sabe de uma coisa? Pensando bem, era muito feio!

Niki começa a rir finalmente, depois a chorar, e depois de novo a rir.

– Estou muito cansada, mamãe.

Simona a abraça.

– Venha aqui, meu amor. – Afasta-a ainda mais das futuras cunhadas, atrás de um biombo, e enxuga suas lágrimas com o polegar. – É só o cansaço por causa do nervosismo, Niki, relaxe, você vai ver que tudo vai dar certo. Vai ser uma festa maravilhosa, como todas as que você já fez. Tão bonita quanto a que você fez quando completou dezoito anos. Só que, dessa vez, vai estar acompanhada!

Niki tenta se recompor e inspira profundamente. Sua mãe acaricia seu cabelo.

– Você está cuidando de coisas demais. Leve tudo com mais calma. Você tem que cuidar de tudo, da escolha do vestido, do lugar, das lembranças para os convidados, mas precisa se divertir enquanto faz isso, em vez de se angustiar.

"Certo." Niki morde o lábio. "Com mais calma. Mas, como faço isso? Eu me sinto sufocada." Simona parece estar esperando uma resposta.

– Está bem, mamãe, vou tentar.

– Muito bem. – Simona pega em seu braço e as duas voltam até as outras mulheres. – Bom, eu acho que por hoje chega.

Margherita e Claudia ficam surpresas e se olham, preocupadas.

– Mas é que...

– Ainda falta a prova da maquiagem.

Simona sorri para as duas irmãs.

– Sim, eu sei, mas Niki está um pouco cansada.

– Não, mamãe, não se preocupe. Só falta isso – Niki sorri –, ainda tenho forças.

Simona se aproxima dela.

– Tem certeza? Podemos adiar sem problemas.

– Não, não, vou fazer como você disse.

– Como assim?

– Com calma.

Enquanto Samanta Plessi, a maquiadora, testa as diferentes possibilidades, Mirta, sua assistente fotógrafa, faz várias fotos. Imediatamente depois, Chiara, a cabeleireira, estuda alguns penteados e Caterina, sua assistente, faz mais fotografias. O cabelo para cima, para baixo, ondulado, liso; só na parte da frente, com franja, enfeitado com umas pequenas flores, com uma trança contornando a cabeça, mil combinações esquisitas; a cor dos olhos que passa do azul claro ao escuro, do verde ao marrom; com as tonalidades e os matizes mais variados, com purpurina e brilhantinhos, com fundo preto ou branco. E depois mais penteados e fotografias, e presos, e mais fotografias, e provas de vestidos, de buquês e de sapatos; e essa igreja sim, e a outra não, e essas plantas não e as outras sim; e o banquete assim, e as lembranças para os convidados assado, e as amêndoas não, e a lista de casamento e a dos convidados, e a escolha dos convites, e a viagem de lua-de-mel, e as flores tanto na entrada quanto na saída, e o fotógrafo, e o vídeo... Depois de passar uma semana assim, Niki está largada na cama.

– Alex, onde é que você se meteu?

– Quando?

– Estes últimos dias! Suas irmãs não me deixaram em paz, algumas vezes minha mãe foi junto, uma vez até a sua foi. Se eu não tivesse sua fotografia no celular, nem ia lembrar sua cara!

– Obrigado!

– De nada! Talvez você não saiba, mas há algum tempo um cara que se parecia com você pegou um helicóptero, inventou umas coisas absurdas e me pediu em casamento enquanto um arranha-céu se iluminava.

– Sei, é... era... Sou eu! Merda!

– O quê?

– Eu tinha esquecido. E você, o que respondeu?

– Que sim! Idiota!

Alex começa a rir.

– Meu amor, são sete horas, passo para pegá-la daqui a uma hora, ok? Para começar, proponho um banho turco no Hammam Acquamadre, maravilhoso, na Via Sant'Ambrogio, e depois um jantar leve. Vou comprar um pouco de comida japonesa e levar para casa com um fantástico Cerable gelado. Vamos ouvir as músicas de Nick the Nightfly na rádio Montecarlo e, para terminar, uma massagem especial. O que você acha? Será que isso pode compensar o estresse que teve que suportar esses dias, além de minha ausência total?

– Bem, pelo menos você reconhece.

Niki lembra os momentos mais difíceis que viveu durante a semana e gostaria de dividi-los com ele, mas acha um absurdo contar tudo por telefone. Vão poder falar disso mais tarde.

– Está bem, Alex. Espero você daqui a uma hora, mas não se atrase. Sério, eu preciso de você.

– Quando acabar as coisas aqui no escritório passo para pegá-la, ok? Às oito em ponto aí embaixo.

– Está bem, até depois.

Assim que desliga, Niki permanece um tempo deitada na cama, olhando fixamente para o teto e pensando em tudo o que aconteceu em apenas dois meses, em como seu relacionamento mudou. Liga o rádio, procura uma emissora sem propaganda, sem palavras, só quer ouvir música e relaxar.

Fecha os olhos e lembra o acidente de moto. Sorri recordando aquele dia. Discutiram na rua, diante das pessoas, e depois de voltar a si, pensou, ao vê-lo: "É um anjo..." Deitada no chão após o acidente, envolvido pelo sol, o céu e umas pequenas nuvens que, de alguma forma, o "santificavam". E depois, quando ele a levou ao colégio, as primeiras ligações, e aquela noite na casa dele, no terraço dos jasmins. A primeira vez que fizeram amor, sem pressa, no ar dessa mágica noite. Pouco a pouco, vai relembrando todos os momentos que passou com Alex: os risos, a fuga para Fregene, a excursão à montanha, a vez em que escolheram aquela música de Battisti... como era o nome? Ah, sim. *Perché no.* E quando foram à montanha e voltaram para casa à noite, sem contar nada a seus pais. "Você me ama ou não? Não sei, mas aceito." E depois a viagem a Paris... Que surpresa mais linda! Naquela noite percebeu que Alex era o homem de sua vida. A seguir veio a dor pelo regresso de Elena. A solidão, a raiva, a impotência com o fim de seu relacionamento e, de repente, o renascimento, a maravilhosa fuga à ilha Blu, a ilha dos apaixonados, a carta que encontrou ao voltar das férias, e partiu, assim que tirou a carta de motorista foi se encontrar com ele. Durante os dias que passaram nessa ilha o relacionamento mudou, Alex parecia diferente, mais calmo, mais tranquilo, sem idade, sem compromissos, sem pressa, um homem todo para ela. Em seus braços ao amanhecer, ao pôr do sol, fora do tempo, perdido no amor. "Mas aquilo era um sonho. Logo acordamos. Voltamos à realidade cotidiana. Duas casas, a universidade, os amigos de idades diferentes, as discussões e as reconciliações. Mas ele continuou me fazendo sonhar." Niki relembra a última escapada. Nova York, a limusine, ele que a esperava no aeroporto, os dias que passaram fazendo compras. A seguir, o passeio de helicóptero e a surpresa do arranha-céu iluminado no meio da noite. "Escute... quero me casar com você." A felicidade desse momento, a confusão dessa alegria arrebatadora, o pânico daquela noite, esse medo repentino que a oprime, perder o controle da própria vida, encontrar-se em uma dimensão imprevista muito cedo. E, em um piscar de olhos, vê a sequência dos dias que se passaram depois que voltaram, as semanas, os encontros, as famílias, as decisões que tem que tomar, o doloroso afastamento de suas amigas, de sua vida, da faculdade, da possibilidade de perder tempo. Sem pressa, como sempre dizia Battisti. "*Tanti giorni in tasca tutti lì da spendere.*"* E, para não se deixar levar pelo pânico, Niki deita de bruços, abraça o travesseiro e, como se fosse um balão, desses que se veem subir pelo céu quando uma criança os perde em uma manhã azul de domingo, com esse mesmo desejo de deixar para trás a realidade, adormece. Um sono sem sonhos. Sua respiração é, de início, breve, como oprimida, própria de quem por um momento quer abandonar tudo, descansar do excesso de preocupações, dos sentimentos de culpa e da sensação de dever, das esperanças e das expectativas dos outros.

Mas, pouco a pouco vai se acalmando, como se voltasse àquela ilha. A ilha Blu dos apaixonados, o Giglio, onde fica aquele farol. Só que agora Niki está sozinha nessa ilha. Caminha tranquila pela praia e de repente vê alguém se aproximar. Não. Não é possível. Acorda de repente, surpresa, espantada, perplexa. "Que horas são?" Olha o relógio. "Não, não é possível? Oito e quinze. E o Hammam? Olha o celular. Recebeu uma mensagem. É de Alex. "Desculpe, meu amor, mas ficou tarde. Vamos ao banho turco em outra ocasião, mas o jantar será perfeito. E depois farei o possível para que me perdoe. Do jeito que você gosta."

Niki lê a mensagem e depois a apaga. Está irritada. Vai para o banheiro e começa a se maquiar devagar. Vai recuperando a calma lentamente. Foi bom dormir um pouco, mesmo tendo um sonho tão estranho. Sorri. "O que será que quer dizer? O inconsciente trabalha enquanto dormimos. Deixe para lá. Hoje quero pôr o vestido azul que comprei outro dia. Ele me deixa mais mulher, mas eu gosto. Aproxima-se do espelho para se maquiar melhor, sem se descuidar de nenhum detalhe. E começa a rir. "Um vestido de mulher. Mas eu já sou uma mulher!"

Um pouco mais tarde vai pegar alguma coisa para beber na cozinha, está com sede. Ouve seus pais na sala.

– Temos que convidá-los também, Robi? Você nunca os vê.

– E daí? São meus primos. Moram fora, mas nem por isso deixam de ser da família. Somos muito ligados. Sempre passamos as férias juntos em San Benedetto del Tronto.

---

* "Tantos dias no bolso para gastar." (N. T.)

– Então, serão mais de duzentos. Se calcularmos que vai custar pelo menos cem euros por pessoa, o valor é altíssimo, faça as contas.

"O casamento. Eles também estão falando do casamento. Nesta casa não se fala de outra coisa." Enquanto Niki está no corredor, ouve seu celular tocar. Corre para não perder a chamada. Chega a seu quarto bem a tempo de ver quem é e atender.

– Oi, Alex!

Ele está em casa, colocando rapidamente algumas coisas em sua mochila: uma camisa, um suéter, meias, cuecas, e a *nécessaire* com a pasta e a escova de dentes.

– Meu amor, desculpe, mas surgiu uma urgência em Milão.

– Em Milão? E o jantar antiestresse e tudo que planejamos?

Alex sorri.

– Tem razão, mas eu estou me livrando de um monte de trabalho para ter mais tempo livre depois. Os americanos estão nos chamando. Vamos pegar o voo das nove, Leonardo e eu... e ninguém mais – Como se isso pudesse acalmá-la. – Voltamos amanhã à noite. Vamos deixar para amanhã?

– Não. Não vamos, Alex. Nossa vida vai ser sempre assim a partir de agora? Vou estar sempre abaixo dos americanos, dos japoneses, dos chineses, dos russos e sabe-se lá quem mais? Você vai se casar comigo para me deixar de lado?

– Mas, meu amor, o que está dizendo?

– Digo que não sou o centro de sua vida. Que antes vem seu trabalho e sei lá quantas coisas mais. Hoje eu precisava relaxar. Hoje mais que nunca.

– Mas, meu amor, eles mandaram um avião particular sem avisar.

– Não me importa! Se acha que pode me impressionar só porque tem um avião particular à sua disposição, então, acho que você não me conhece.

– Mas eu não falei por isso! Quis dizer que eu não sabia que íamos viajar esta noite.

Tarde demais. Niki desligou. Alex digita imediatamente seu número. Niki ouve o telefone tocar, lê o nome na tela e rejeita a chamada. Alex balança a cabeça e tenta de novo. Niki rejeita de novo. Não há nada a fazer. Alex sai rapidamente de casa e entra no carro de Leonardo, que está esperando.

– Tudo bem?

– Não, Niki está brava.

Leonardo esboça um sorriso e lhe dá uma palmada na perna.

– Nas primeiras vezes sempre acontece a mesma coisa, depois elas se acostumam. Traga-lhe um belo presente de Milão!

– Sim, farei isso.

Alex está inquieto, mas depois pensa no DVD que Niki vai receber em sua casa no dia seguinte, e isso o acalma um pouco. Ele fez o vídeo com muito amor, dedicou-lhe muito tempo, com certeza ela vai gostar. É uma surpresa linda, uma dessas de que ela tanto gosta, feita com o coração, e não com dinheiro. De modo que relaxa enquanto o carro corre para o aeroporto dell'Urbe. Um avião particular os levará a Milão para essa reunião importante. Alex se acomoda na poltrona. Está cansado, muito cansado, mas as coisas não tardarão a melhorar. "Essa reunião é decisiva, e também a última. A partir de agora tudo vai ser mais fácil, um passeio." Sim, assim será. Alex não sabe até que ponto está enganado, porque, a partir dessa noite, nada voltará a ser igual.

109

Cristina e Mattia brindam erguendo suas taças de champanhe enquanto se olham nos olhos. A pequena taberna do centro está praticamente vazia, afinal de contas, é um dia de semana. Comem com apetite, riem, falam de tudo e contam um ao outro suas histórias. Mattia é divertido, vivo, um homem que transmite segurança. Cristina se sente bem em sua companhia. Olha para ele, ouve o que tem a dizer. Acha-o simpático. As horas passam voando. Surpreende-se um pouco consigo mesma. Por se sentir tão à vontade. Por ter vontade de flertar.

– Você é maravilhosa – diz Mattia com um grande sorriso.

– Não diga. Aposto que diz isso a todas.

– Todas? Quem? – Mattia olha em volta com ar intrigado. – Não vejo nenhuma outra aqui que mereça essas palavras. E nem fora daqui. Eu não sou nenhum safado, viu?

– Ah, não?

– Não! O fato de eu ser professor de *fitness* não significa que saio sempre por aí fazendo papel de babaca. Eu também tenho meus gostos! E você os satisfaz plenamente – Acaricia a mão dela.

Primeiro, Cristina a retira, mas depois relaxa e aceita o gesto.

Mattia sorri.

– Quer mais alguma coisa? Talvez uma sobremesa?

– Se tiverem creme catalão, sim. E você?

– Não, pelo amor de Deus. Você deve ter percebido que só pedi um filé e uma salada. Sigo uma boa dieta para me manter em forma. Nunca como carboidratos no jantar. Já, você, vejo que é um bom garfo!

Cristina olha para ele.

– Sim, gosto de comer bem.

– Você pode se permitir, tem um corpo perfeito. Além do mais, as mulheres que gostam de comer também gostam de ter prazer – olha para ela com ar malicioso.

Cristina, envergonhada, procura o garçom com o olhar para sair do apuro e o chama.

– Por favor...

– Sim...

– Você tem creme catalão?

– Infelizmente não, mas temos *sorbet*, bolo de amêndoas, tartufo de chocolate branco, *tiramissu* e profiteroles.

– Hummm... então não, nada de doces. Dois cafés, por favor.

– Pois não. – O garçom se afasta e desaparece atrás do balcão do bar.

– Ficou decepcionada porque não têm creme?

– Um pouco. Adoro creme catalão.

– Bem, vou tentar consertar isso – aperta ainda mais forte a mão dela.

Cristina faz uma expressão engraçada. "Não acredito. Estou fazendo isso de verdade? Estou aqui com um rapaz maravilhoso que até me agrada, que me diz coisas maravilhosas. E estamos prestes a sair deste restaurante e talvez..."

O garçom leva os cafés. Cristina e Mattia bebem de um gole. Ele se levanta e vai pagar a conta. Vários minutos depois estão no carro.

– Antes de levá-la para a sua casa, quer conhecer a minha? Não fica longe daqui, moro no Campitelli. É um apartamento, minha avó o deixou para mim. Moro lá há dois anos. Queria lhe oferecer alguma sobremesa... – diz Mattia, e ri.

Cristina parece um pouco assustada.

– Estou falando sério! Tenho um bolo de creme na geladeira. Só comi um pedaço.

Cristina sorri.

– Está bem. Desde que não fique muito tarde.

– Eu prometo. Olha só, viramos aqui e já quase chegamos.

110

Niki está diante do espelho, ainda muito irritada. "Não acredito! Não acredito!" Pega o celular e joga no armário. Depois senta em frente à escrivaninha com as mãos nos cabelos, que caem em seu rosto, e começa a chorar cansada, esgotada, exausta. Nesse exato momento, depois de umas propagandas, começa a tocar no rádio *She's the one.* A canção deles. De Alex e dela, do dia em que se viram pela primeira vez. O dia do acidente. E de novo tudo lhe parece absurdo. "Tenho vinte anos e estou aqui desesperada por causa da pessoa com quem vou me casar, que prefere ir para Milão fazer uma reunião com uns americanos desconhecidos a passar a noite comigo, justo agora que preciso tanto dele, que lhe pedi, que gostaria de tê-lo a meu lado mais que nunca. E ele faz o quê? Não está nem aí e viaja, como se isso não fosse um problema, como se o que eu disse não fosse importante."

Niki vai até o rádio e muda de emissora enquanto a música de Robbie Williams diz. "*When you said what you wanna say, and you know the way you wanna play, you'll be so high you'll be flying...*".* Põe outra. "*e tu che sogni di fuggire via... di andare lontano lontano, andare lontano lontano...*".** "Poster", de Baglioni. "Isso mesmo. É justamente o que preciso agora, preciso fugir, ir embora, quanto mais longe, melhor, um ano na Inglaterra, estudar inglês, ficar sem celular, sem deixar meu endereço com ninguém, bum, desaparecer. Seria magnífico, maravilhoso." Leva a palma da mão à testa, aos olhos, e depois solta um profundo suspiro tentando relaxar. Segundos de-

* "Quando você diz o que quer, quando sabe como quer jogar, tão alto você voa..." (N. T.)

** "E você, que sonha em fugir, em ir para longe, ir longe, longe." (N. T.)

pois, Jovanotti canta no rádio: "*dolce fare niente, dolce rimandare, stare con i piedi penzoloni guardando il mondo girare, andare andare aspettare dolcemente l'ora di mangiare, guardare l'erba crescere e l'acqua evaporare, tranquillamente all'ombra di una fresca brezza farsi accarezzare, dare forma tonda a bolle di pensieri che scoppiano nell'aria non appena si fan troppo seri o troppo pesi, starsene leggeri, trasformare le ore in mesi come foglia lungo il fiume dentro la corrente, dolcemente arresi, sììì, starsene così...*" * Niki sorri. Sempre gostou dessa música, talvez porque fala de rebelião e de independência, de grandes espaços remotos. Nesse momento, ouve um bip no telefone. "Claro. Ele se sente culpado, e como eu desliguei duas vezes na cara dele, mandou uma mensagem. Se ele acha que pode resolver as coisas assim, está enganado." Niki pega o aparelho e abre a mensagem. Mas, a vida é assim. Quando menos se espera, quando se deixa de pensar em algo, quando não se sabe que esse é o momento certo, algo acontece. Ao ler a mensagem, fica vermelha.

111

Olly está dançando no meio do corredor. As Ondas estão espalhadas aqui e ali. A festa da faculdade está ótima, o *DJ* é muito bom. Já é muito tarde. Um monte de gente apareceu, alguns saíram ao terraço para fumar ou beber. Olly relaxa, acompanha o ritmo, sorri. Procura não pensar em Eddy, em seu temperamento difícil. Mas ele também é capaz de ensinar a ter paciência e a acreditar realmente no que se faz. Depois pensa em Bruno. O modo como a salvou naquele dia, de uma forma tão espontânea, trabalhando com ela durante quatro horas sem parar. E também no dia em que cruzou com ele na frente da casa de Chris. Talvez ele tenha imaginado alguma coisa. Depois, pensa em Giampi. Não ligou mais para ele, apesar de reconhecer que errou sendo tão ciumenta. A música continua tocando. Olly se movimenta como se executasse uma dança tribal que libera a mente, que relaxa sem necessidade de drogas e de ajudas externas, sem artifícios, só a música e ela. *Miles Away*, Madonna, e sua nova felicidade por ter obtido um resultado importante, por ter aprendido uma lição e por ter encontrado um amigo. Um verdadeiro amigo.

Os estudantes continuam dançando nos corredores e nas salas da faculdade. A música é atual, os melhores sucessos *pop* e disco. Erica se esconde atrás de uma coluna.

– O que está fazendo? – pergunta Olly.

– Ssshh... Não acredito. Ele veio!

– Ele quem?

– Ele! – e aponta para alguém, tentando ficar escondida.

* "Bom é não fazer nada, adiar, balançar os pés vendo o mundo girar, ir, ir, esperar docemente a hora de comer, ver a grama crescer e a água evaporar, tranquilamente, à sombra, acariciado por uma brisa fresca, arredondar as bolhas de pensamentos que explodem quando se tornam muito sérios ou muito pesados, estar leve, transformar as horas em meses como uma folha arrastada pela corrente, docemente vencidos, sim, ficar assim..." (N. T.)

Olly se inclina e olha em volta, mas não vê ninguém conhecido entre a multidão.

– Não estou vendo ninguém que conheça. Pode me dizer quem é? Você parece um agente secreto. O que é, um segredo de Estado?

Erica se inclina levemente para ela.

– Está vendo aquele alto, moreno, bonito e muito bem-vestido?

Olly sai de trás da coluna e fica na ponta dos pés.

– Não... Ei, ele vai ver você!

– E daí? Ele não me conhece – replica sem parar de olhar.

– Olhe, está vendo? Veja, veja!

– Então, olho ou não olho? Estou vendo um homem alto, mas é velho!

– Que velho, o quê! Ainda não completou quarenta, é como Alex!

Olly encara Erica.

– Ele é... não me diga que...

– Não digo.

– É seu professor?

Erica faz que sim, feliz.

– Sim! É ele! Ele veio! Entende, ele veio!

Olly olha de novo para ele.

– Não me parece grande coisa.

– Porque desde que não namora você anda muito má! E não percebe as coisas!

– Como quiser. De qualquer maneira, o que você vai fazer? Ficar escondida aí a noite toda?

Erica pensa um pouco.

– Não... quero falar com ele! Hoje me sinto em forma!

– O que você vai fazer?

– Vou agradecer pela boa nota que me deu no exame!

E sem acrescentar mais nada, Erica sai de trás da coluna e abre caminho por entre a multidão até chegar ao professor Giannotti, que está dançando um pouco duro, tentando acompanhar o ritmo e deslocando o peso de um pé a outro.

– Boa noite!

Giannotti aperta levemente os olhos para vê-la.

– Ah! É você. Como vai? Está se divertindo?

Erica dança o melhor que pode tentando fazer movimentos sensuais e fluidos.

– Professor, sem formalidades! Estamos em uma festa! Somos livres! Meu nome é Erica, lembra?

Ele assente.

– Sim, lembro, você fez um exame comigo há pouco e agora está em outra classe minha. Sempre a vejo sentada na primeira fila, fazendo anotações muito atenta.

– O mérito é seu! Você é muito bom! – diz sem parar de dançar na frente dele.

Depois de uns minutos, fala no ouvido dele.

– Quer beber alguma coisa? Vou buscar!

Marco Giannotti olha para ela.

– Mas nada alcoólico.

Erica sorri maliciosa.

– Só um gim tônica tudo bem, não é? – e se afasta sem dar-lhe tempo de protestar.

Olly observa a cena de longe. Balança a cabeça e se junta a Niki e Diletta, que estão conversando em um canto.

– Sabiam que Erica está tentando ficar com o professor?

Olly aponta o centro da sala.

– Olha lá, dançando com ele.

– O que ela pretende fazer?

– Sei lá! Disse que queria agradecer pela nota do exame, mas pelo jeito que dança, acho que a coisa não vai ficar por aí.

Enquanto isso, Erica já pediu dois gim tônica no bar improvisado e agora está cruzando de novo a pista em direção ao professor. Quando chega ao lado dele, estende um dos dois copos e o convida a brindar com um gesto. Ele olha para ela surpreso. Depois, ergue o copo também e brinda com ela. Depois de alguns minutos, afastam-se da pista e sentam em umas cadeiras de madeira. Falam. Fazem graça. Giannotti é realmente divertido. Tem umas tiradas muito legais, e ela ri e olha para ele com admiração.

– Erica, você é muito bonita. Eu não havia reparado – diz em seu ouvido.

Ela estremece levemente. Afasta-se e olha para ele. Sorri. Ele devolve o sorriso. E de repente acontece algo entre os dois. Algo novo. Indefinido. Diferente. O olhar se prolonga. Seguem-se algumas palavras. Ele se levanta e ela o segue. Olly os observa enquanto se afastam. "Não é possível, ela está indo com ele!" E tem um estranho pressentimento.

112

Niki lê outra vez a mensagem: "Não acha que já está na hora de você pagar a aposta?".

Seu coração dispara. "Não. Não é possível. Guido. Justo agora, justo esta noite me manda essa mensagem. Sem dúvida, é coisa do destino." Niki responde depressa: "Sim, tem razão. Na universidade, dentro de meia hora".

Tira imediatamente o vestido azul de mulher mais velha e, com ele, alguns anos; rejuvenesce e se sente mais livre que nunca. Veste uma calça jeans escura, tênis de cano alto, uma camiseta com um zíper e uns bolsos na frente, um gorro, um cachecol e uma jaqueta por cima.

– Tchau, vou sair! – despede-se de seus pais enquanto sai de casa e fecha a porta. – Volto tarde.

Desce correndo a escada fugindo da gravidade dos dias passados, da infinidade de decisões, dos convidados, da festa, do vestido, das irmãs, dele... E de todas essas responsabilidades. Mais leve que nunca.

Niki entra no carro, liga o rádio e parte a toda velocidade. Dança ouvindo Rihanna, *Don't Stop the Music*, alegre, acompanhando perfeitamente o ritmo, tombando completamente ao fazer a curva. Mas, quando se endireita, sente uma fraqueza, uma falta de ar, e se assusta. Freia e encosta. Volta à sua mente o sonho interrompido na metade. Ela caminhando tranquila pela ilha Blu e de repente vendo alguém chegar. A pessoa se aproxima sorrindo. Sim, agora lembra com toda clareza. Era Guido.

Niki para o carro na praça da universidade e desliga o motor. Olha em volta. Não vê ninguém. Ele já deveria ter chegado. Talvez isso também seja um sinal do destino. "Vou embora." Mas quando vai ligar o carro, uma moto para ao seu lado. A moto dele. Guido tem um sorriso lindo. E um segundo capacete embaixo do braço. Niki abre a janela.

– Olá.

– Olá, Niki. Prefere ir de moto ou de carro? Se quiser, pego o carro, só preciso tirar as pranchas de surfe de cima.

Ela sorri.

– De moto está ótimo.

Desce do carro e o tranca. Na praça, um estranho silêncio; não passa ninguém, nem ônibus, nem carro, nem um só jovem. Ao erguer o olhar, Niki vê no céu a lua escondida atrás de umas pequenas nuvens, que parecem querer esconder algo; mas a noite é magnífica. Por uns instantes hesita. "Aonde você vai? Não vá, volte para casa, isso não é a solução." Quase responde a si mesma. "Eu sei, mas estou com vontade. Vontade de quê? De tudo. De liberdade." E sente medo desses pensamentos. "Do que não posso fazer agora." Depois olha para Guido, que nesse instante está lhe dando o capacete, e se acalma. "Sim. Não é a solução, mas não vai acontecer nada só por eu sair com ele. Claro, Niki, o que vai acontecer? Não sei! E não quero pensar nisso agora. Por favor, sem mais perguntas."

Mas Guido faz uma bem simples:

– Aonde quer ir?

Niki sobe na garupa.

– Qualquer lugar. Quero me perder no vento.

Ele fica desconcertado. Então seus olhares se cruzam e basta um instante. Nesses olhos vê a mulher, a menina ansiosa por liberdade, a rebelde, a frágil, a forte e a aventureira. Paixão e vida em um olhar, que quase o assusta. Depois a Niki de sempre esboça um doce sorriso.

– Vamos? – pergunta.

E em um segundo se perdem no vento, como ela queria. A moto corre veloz às margens do Tíber, costura sem problemas por entre os carros e os ônibus lotados de passageiros, pegando todos os semáforos verdes, tão livre quanto seus pensamentos. Niki se abraça a Guido, que acelera na noite, apoia-se em suas costas e permanece imóvel, contemplando tudo o que passa por seus olhos, esse estranho quadro urbano, os reflexos das luzes, os bares que fecham suas portas e as pessoas nos pontos de ônibus. De repente, lembra algo e se endireita no assento. Revira a bolsa, encontra-o e checa. Nenhuma ligação. Desliga o celular. Pronto. Como se tivesse cortado esse último fio sutil, como um elástico que fica mais curto quando se rompe. Definitivamente livre, encosta de novo em Guido, abraça-o com mais força e deixa-se levar por essa moto que, cada vez mais veloz, a afasta de tudo e de todos.

113

Um pouco mais tarde. Viale Ippocrate, 43. Sahara.

– Veja, é assim – Guido põe as mãos que acaba de lavar na comida e a leva à boca. – Os africanos comem assim. Isso sim que é verdadeira liberdade... comer com as mãos! – Pega o arroz com a ponta dos dedos e o mistura com uma deliciosa carne vermelha, temperada com pimenta e especiarias, e com um feijão escuro. Sorri, e a estranha colher humana faz seu percurso. – Experimente!

Niki aceita, e após superar a primeira e estúpida vergonha burguesa, pega com os dedos o arroz quente, mergulha-o no molho ao lado e o leva à boca. Está mais gostoso do que imaginava. Talvez seja esse o sabor de liberdade, essa nova extravagância, a ruptura com os costumes e as tradições. Lambe os dedos, come o último grão de arroz que ficou colado em um deles e sorri como uma menina ingênua e surpresa flagrada comendo faminta, sensual e selvagem. Fica vermelha, baixa o olhar, e quando torna a levantá-lo, vê que ele a observa com curiosidade, atento a todos os passos dessa nova Niki, que não se parece em nada com a de costume, que é muito mais adulta, livre, alegre e leve.

– Está uma delícia! De verdade!

Niki toma um pouco de cerveja e depois enche também o copo de Guido. Bebem e riem enquanto ela continua comendo. A seguir, Guido prepara uma *ingera* para ela. Joga por cima um pouco de *zighini* apimentado com *berbere*.

Niki experimenta.

– Socorro! É muito ardido!

– Mas que exagerada! – Guido experimenta também. – Ai, é verdade! Queima!

Depois de beber uma boa quantidade de água e ficar um pouco com a língua para fora, experimentam o frango *saka-saka*, com amendoim, e, por último, um pedaço com *dongo-dongo*.

– Hummm... gostoso... – Niki adora. – É delicado, e não arde!

Ficam no restaurante um bom tempo. Sahmed, o cozinheiro, surge de vez em quando e explica os pratos, os tipos de sabores, de onde vem cada coisa e com que é feita.

– Esse aqui vocês têm que experimentar. É nosso prato mais famoso!

Para terminar comem banana frita com batata-doce e um pouco de mandioca fervida, tudo isso acompanhado de um creme de origem francesa, assim como Camille, a mulher que Sahmed conheceu em uma viagem e que agora sorri para eles pela janela da cozinha. E com uma boa taça de Chablis e um pequeno doce frito em óleo de palma concluem a viagem pela Etiópia, Somália e Eritreia, e tomam de novo, como um raio, as ruas romanas.

Corso Trieste, Via Nomentana, Viale XXI Aprile, e a seguir XXIV Maggio até chegar aos Fóruns Imperiais e, depois, sempre em frente rumo ao Campidoglio e o teatro Marcello, e ainda mais, até chegar à Via Locri.

– Ssshh...

– O que foi?

– Não faça barulho – Guido abre lentamente a grande porta de ferro fundido.

Niki aperta seu braço.

– Estou com medo.

Guido sorri.

– Não se preocupe, só quero que veja uma coisa.

Entram e avançam em silêncio pela grama alta, entre plantas exuberantes, troncos grossos e lajes frias.

– Guido, estamos em um cemitério!

– Sim, não católico. – Pega-a pela mão e avançam em silêncio na escuridão da noite entre cruzes antigas, fotografias desbotadas, inscrições em inglês e breves epitáfios. – Aqui está. – Param, e Guido se emociona quando lhe mostra. – Quando eu estava no colégio e discutia com meu pai, pegava a moto e vinha aqui com um livro e uma cerveja. Deitava ao sol, sobre o túmulo de Keats.

Niki olha as lápides com mais atenção.

– Vê o que ele escreveu? "Aqui jaz um homem cujo nome está escrito sobre a água." – Guido explica, sorrindo. – Ficou amargurado por causa do confronto com seus inimigos. E veja o que alguém respondeu: – Afasta-se, para em frente a uma laje de mármore e lê: – "Keats! Teu querido nome foi escrito sobre a água, cada gota caiu do rosto dos que o choram". Maravilhoso, não é? Alguém quis que se sentisse amado. Talvez um desconhecido, quem sabe. O mais estranho é que às vezes não percebemos o quanto nos amam as pessoas que nos cercam, e talvez o autor dessas palavras jamais tenha dito nada a ele; talvez tenham se conhecido por acaso ou de passagem, ou talvez nunca tenham se cumprimentado.

Continuam caminhando entre ciprestes centenários, por aquele prado verde e fresco, deixando para trás a pirâmide Cestia, de estilo egípcio, que se recorta com sua brancura atrás dos muros romanos. Os gatos correm velozes na penumbra, entre as lápides com inscrições em todos os idiomas do mundo. Niki e Guido passam pelo túmulo de Shelley, o poeta inglês cujo navio afundou no mar, em frente à costa do Tirreno, e cujo corpo, levado pelas ondas, apareceu em uma praia próxima a Viareggio. Também estão ali o escritor Carlo Emilio Gadda e William Story, sepultado sob a escultura *L'angelo del dolore*, que concluiu pouco antes de morrer.

– Este lugar é mágico. Os protestantes, os judeus e os ortodoxos, os suicidas e os atores não podiam ser sepultados em terra consagrada, então eram enterrados fora das muralhas. E à noite. Dizem que a primeira pessoa que enterraram aqui foi um estudante de Oxford, em 1738. Muitos não católicos morriam na cidade. Eu li que este lugar consta da lista do Fundo Mundial de Monumentos como um dos cem lugares mais ameaçados. Atualmente, é administrado por uma comissão de embaixadores estrangeiros voluntários que moram em Roma. Mas falta dinheiro, e talvez tenham de fechar. Absurdo, não é? Veja que estátua mais linda!

– É mesmo.

– Ela está na capa de um disco de uma banda de metal finlandesa, Nightwish.

– Caramba, como será que tiveram uma ideia dessas? Ou melhor, como você sabe de tudo isso?

Guido sorri.

– Às vezes certas coisas nos conquistam, atraem nossa curiosidade, e o mais bonito, para mim, é quando isso ocorre sem segundas intenções.

Niki se surpreende muito com essa frase, com a serenidade com que Guido a pronuncia, sem ênfase, sem excessiva importância, com naturalidade, sem segundas intenções, justamente. E olha para ele pela primeira vez com outros olhos. Ele caminha diante dela, mas isso não a impede de ver seu sorriso, que a lua borda em seu perfil, seus cachos um pouco rebeldes e seus lábios carnudos.

– Aqui também está enterrado o célebre ator Renato Salvatori, que protagonizou *Pobres, mas belas,* um filme lindo. Ele era um ator magnífico. Em uma cena, banham-se no Tíber. Imagine como devia ser limpo naquela época, tão diferente.

– Sim, e os filmes eram rodados em preto e branco.

Guido sorri.

– Sim – param diante de uma lápide. – "Um pano vermelho, como o que os partisans usam amarrado no pescoço, e junto ao túmulo, no terreno calcinado, de um vermelho diferente, dois gerânios. Ali jaz, banido e com triste elegância não católica, no elenco dos mortos desconhecidos..." *As cinzas de Gramsci.* Os versos são de Pasolini. Gramsci foi sepultado neste cemitério não católico porque naquela época sua cultura era considerada "diferente" da dominante. Absurdo, não? – Guido olha para ela com uma intensidade especial. – Se existe algo a que nunca vou renunciar, é a minha liberdade.

Permanecem assim por uns instantes, envolvidos pelo silêncio da noite. A lua se libertou das nuvens e domina a cidade com seu olho vigilante, mas só se vê metade dela. Olham-se sorrindo e parece surgir entre eles um novo entendimento, como se tivessem decidido deixar de brigar por bobagem, baixar as armas e selar um pacto silencioso com esse simples olhar. De repente, ao fundo do cemitério, entre a grama alta e os bambus embalados por uma leve brisa noturna, veem uma luz fraca. De trás de um grande cipreste surge uma mulher que avança lentamente com seu vestido longo e os cabelos brancos e embaraçados que cobrem seu rosto. Com uma mão protege a fraca chama de uma vela, enquanto a seus pés uma multidão de gatos famintos a segue esperançosa. Guido segura Niki, que, assustada, se agarra ao braço dele imediatamente.

– O que é isso?

– Ssshh... Olhe ali.

– Onde? – pergunta ela em voz baixa.

– No meio das árvores. Está vendo essa mulher?

– Sim, é uma mendiga?

– Não, é uma mulher apaixonada. A primeira vez que a vi eu devia ter uns dezesseis anos. Ela tinha decidido vir morar aqui, apesar de ser rica e ter muitas propriedades. Quando o marido a enganou, ela ficou louca, perdeu o juízo. Ama o amor mais que nada no mundo, então agora é ela quem cuida de Keats, o único que nunca a decepcionou.

– Não acredito, você está inventando, isso é uma lenda.

– Eu juro! "Sem ti não posso existir. Esqueço tudo que não seja tornar a ver-te: minha vida parece parar aí, não vejo além. Tu me absorveste." E ainda mais: "Tu, ainda inviolada noiva da quietude, tu, filha adotiva do silêncio e do tempo vagaroso, silvestre historiadora, que podes assim narrar um conto florido mais docemente que os nossos versos". É de Keats. Você não acredita que uma mulher louca de amor tenha escolhido dedicar sua vida inteira a um poeta como ele? Que pode haver de mais bonito? Ela renunciou às coisas práticas, à moda e a suas propriedades inúteis para recuperar aqui o sentimento, para se dedicar com devoção à poesia e ao amor. Veja. – A mulher acaba de colocar a comida dos gatos em uns pratos, depois vai até o túmulo de Keats e põe a seus pés uma pequena flor, ainda fresca, e uma vela. Faz isso com delicadeza e depois permanece ali, pensativa, recordando um verso qualquer, fiel à recordação daquele homem que soube amar o amor. Os gatos a cercam pouco a pouco, andam ao seu redor, esfregam-se em suas pernas, ronronam e levantam o rabo. Mais que o amor, o que os faz feliz é a comida, e essa simples mulher, já idosa, acaricia-os. A seguir, pega uma cadeira dobrável e se senta diante da vela, enrolada em seu xale.

Niki aperta o braço de Guido.

– Vamos embora, por favor.

– Por quê?

– Isso me parece um momento muito especial, coisa dela, pessoal, e nós não fomos convidados.

Guido assente, e, sem dizer uma palavra, do mesmo modo que chegaram a esse prado verde, seus passos deslizam velozes por esse manto que cobre os defuntos, famosos ou não.

Sobem de novo na moto e voltam a cruzar a cidade, com calma, sem programação, no meio de uma noite misteriosa que desaparece de repente. Pouco a pouco, por entre ramos verdes, na penumbra, diante do rio, entre os leves reflexos de uma lua escondida, duas cervejas se chocam. Tintim.

Guido sorri para Niki.

– A tudo que desejar. À sua felicidade.

Ela devolve o sorriso.

– Para você também – diz, e bebe um bom gole de sua cerveja.

"Felicidade. Minha felicidade. Em que consiste minha felicidade?" Perdida nessa reflexão, sem limites, sem uma realidade sólida, em silêncio, dá um gole após outro de sua cerveja até que para. Permanece em silêncio ouvindo o ruído do Tíber.

Um pedaço de madeira, talvez o pequeno galho de uma árvore, destaca-se entre a espuma da água, arrastado pela rápida corrente, aparece, desaparece, dança entre as ondas, afunda, flutua de novo e, com uma repentina pirueta, prossegue com sua dança e desaparece na silenciosa música do rio. "É assim. Assim eu me sinto. Como esse pedaço de madeira nas mãos das ondas." Niki contempla a água escura assustada com a força da natureza, ainda mais com o momento que está vivendo. "Que estou fazendo com minha vida? Por que estou aqui agora?" E olha para ele. Silencioso. Guido bebe sua cerveja. Depois, como se ele se sentisse observado, vira-se lentamente e sorri.

– Fez um pedido?

Niki faz que sim. E então baixa o olhar. Ele se aproxima ainda mais e se senta ao seu lado. Tira a jaqueta e coloca nos ombros dela.

– Tome. Vi que está tremendo um pouco. Está frio. É a umidade do rio.

Niki ergue o olhar e seus olhos se encontram com os dele.

– Obrigada.

Permanecem em silêncio, sem constrangimento. Bebendo suas cervejas.

– Sabe, tive uma ideia – Guido sorri na penumbra.

– Qual?

– É uma coisa bonita. Vamos colocar um bilhete na garrafa e jogar no rio, destinada a quem a encontrar, o que acha? Como naquele filme, *Uma carta de amor*, com Kevin Costner e Robin Wright Penn.

Dessa vez é ela quem o surpreende. Ela, que adorou aquela longa carta e que a decorou para não esquecer jamais. Ela, que agora relaxa, fecha os olhos e declama:

– "A todos que amam, amaram e amarão. Aos barcos que navegam e aos portos de escala, à minha família, a todos os meus amigos e aos desconhecidos: esta é uma mensagem e um pedido. A mensagem é que minhas viagens me ensinaram uma grande verdade: eu já tive o que todos buscam e só uns poucos encontram, a única pessoa deste mundo que eu estava destinada a amar para sempre. Uma pessoa rica de simples tesouros, que fez a si mesma e que aprendeu por conta própria. Um porto onde me sinto em casa para sempre e que nenhum vento ou dificuldade conseguirão jamais destruir. O pedido é que todos possam conhecer esse tipo de amor e que ele os cure. Se meu pedido for ouvido, desaparecerão para sempre todos os lamentos e as culpas, e acabarão todos os rancores."

– Nossa – Guido está de queixo caído –, você lembra de tudo! Era exatamente assim.

Niki não pode acreditar. É seu filme favorito. Assistiu um milhão de vezes, o amor que sobrevive à morte dela. O amor além da vida. Eros e Tânatos. E o fato de Guido mencionar justo esse filme a faz sentir um frio na barriga. Vê que ele arrancou uma folha de sua agenda e está escrevendo algo. Observa seu perfil, seus lábios, seus traços firmes. "É um rapaz? É um homem?" Seu corpo robusto, tranquilo, protegido do vento da noite por um suéter leve. Sua cintura estreita. Suas pernas longas. E, além de tudo, esse sorriso.

– Pronto, já escrevi. Vou ler: "A você, que me encontrou, eu grito amor; que você possa amar com uma loucura rebelde, com uma paixão insana, que estas palavras sejam para você o começo de uma corajosa felicidade".

Niki fica em silêncio, impressionada com a beleza dessas frases, com sua importância, com a incrível sintonia que ela mesma está experimentando. Sente algo novo. Tem a impressão de ter vencido um obstáculo, de ter rasgado um véu, de ter descoberto algo ao virar uma esquina. Como essa canção que surge repentina, que rompe o silêncio e a perturba. E ele está ali. Guido. O mesmo do primeiro dia, do desafio constante, das respostas fáceis, sempre na ponta da língua. Às vezes inoportuno, outras não. De repente, sente-se muito perto dele, em perfeita harmonia. Como se estivessem tocando juntos uma canção que os outros não pudessem ouvir. E ninguém poderia imaginar. Nem mesmo Niki.

– São palavras maravilhosas.

– Que bom que gosta. Tome, pegue este papel e a caneta: escreva você também.

– Não... Não quero.

– Vamos! É uma brincadeira, talvez seja útil para a pessoa que encontrar a garrafa, talvez a ajude a refletir sobre o momento que está vivendo.

Niki pensa um pouco. Guido a observa. Olham-se rapidamente. Ele inclina a cabeça.

– E então?

Niki finalmente aceita, conquistada por esse estranho jogo.

– Me dá o papel.

Guido lhe passa a folha sorrindo.

– Muito bem! – Contempla-a enquanto ela busca inspiração no céu. Niki percebe. – Ei, não fique me olhando, senão não consigo pensar em nada.

– Ok. Vou jogar minha garrafa enquanto você escreve.

Encontra um pedaço de galho do diâmetro certo, dobra o papel, enrola e coloca dentro da garrafa de cerveja vazia. Depois, põe o galho. Dá umas batidinhas com a palma da mão para encaixar bem e depois o parte ao meio. Pega a garrafa com a nova tampa de madeira improvisada e solta suavemente no rio. A água a arrebata, quase arranca de suas mãos e leva rapidamente, veloz, rumo a um destino desconhecido. Enquanto isso, Niki termina de escrever.

– Pronto – diz, enrola o papel e coloca dentro da garrafa.

– Não vai ler para mim?

– Não, tenho vergonha.

– Ora! – Guido sorri e faz cara de decepcionado. – Tenho certeza de que ficou ótimo.

– Não sei. Escrevi a primeira coisa que me veio à cabeça. Quem encontrar esta garrafa vai ler.

Guido compreende que não deve insistir, que ela precisa de sua independência, da possibilidade de escolher, e que o simples fato de que tenha decidido brincar com ele já é uma grande conquista. De modo que a ajuda a fazer de tampa outro pedaço de galho e vai com ela até a margem do rio para jogar a segunda garrafa. Acompanham o movimento por um momento subindo e descendo na água, o gargalo desaparece de vez em quando e volta a surgir em outro lugar, até que, por fim, se perde na escuridão.

– Que sorte daquele que ler suas palavras. Quem sabe será capaz de imaginar a beleza da autora.

Niki vê que ele está muito perto. Muito. Demais. Envolve-os a penumbra desse recanto sob a copa verde de uma grande árvore. Os galhos mais longos descem sobre eles formando um grande guarda-chuva natural. Protegem-nos até do mais singelo raio de lua. Estão ali, longe de todo o mundo. Um vento leve, mais quente, agita algumas folhas e o cabelo de Niki. Essa mecha rebelde desliza por seu rosto e traça nele como que um bordado hesitante, um sinal de interrogação, um cacho curioso que acaba seu percurso na borda da face. Um silêncio feito de mil palavras. Seus olhares e esses olhos que sorriem serenos, conscientes da beleza do momento, desse instante que parece durar uma eternidade.

Guido avança a mão com delicadeza para o rosto dela, afasta o cacho rebelde e acaricia seu cabelo. Sem deixar de se olhar, lentamente, suas bocas se aproximam com um movimento milimétrico enquanto se abrem como flores nesse leito de rio. Esses lábios vermelhos, essas delicadas pétalas de dois jovens sorrisos, já quase se tocam. "Niki? Niki? O que você está fazendo? Vai beijá-lo?" E então, como se acordasse de um doce sonho, de uma hipnose imprevista, Niki volta a si e quase se envergonha de ter cedido lentamente, da fraqueza que demonstrou nesse momento, da louca, tola e simples atração humana. Atormentada, afasta-se e baixa os olhos.

– Desculpe, mas não posso.

"Desculpe, mas não quero", pensa Guido. "Não, não gosto de você. Não, não o desejo. Mas ela só disse que não pode. Como se na realidade quisesse, como se o desejo existisse, como se pudesse acontecer um dia, mas não agora." E então, sem pressa, sem irritação, dá um sorriso simples e leve.

– Não se preocupe. Eu a levo para casa.

Num instante, Niki está de novo na moto dele, tonta, confusa, desorientada, e o vento fresco do Lungotevere não basta para clarear sua mente e, principalmente, seu coração. A moto avança lentamente e, em certo momento, Niki sente a mão esquerda de Guido, que soltou a manopla e agora se apoia sobre a sua, como se quisesse reconfortá-la, evitar que se sinta perdida.

– Tudo bem? – Seus olhos se encontram com os dela, que o espiam sorrindo pelo espelho retrovisor. Quer transmitir tranquilidade e confiança. Prossegue e insiste. – Tudo certo?

– Sim, tudo bem.

Então sorri e assente, serena, com a cabeça. Percorrem parte do trajeto de mãos dadas, já longe de qualquer disputa, brincadeira estúpida ou deboche. Como se tivessem entrado em uma nova dimensão. Cúmplices. Niki olha para baixo, para sua perna. Sua mão aperta a de Guido durante um longo tempo, imóvel, quase em sinal de rendição. Cúmplices. E não se sente culpada. "No fundo, o que foi que eu fiz?", pergunta-se. Porém, sabe muito bem que está respirando um ar novo. Que está exalando um suspiro prolongado, profundo e pleno. Cúmplices. Jamais teria imaginado que poderia estar assim com outro. Outro. Outro. Quase tem vontade de gritar essa palavra que soa tão estranha, absurda, alheia e impossível. Olha de novo para a mão dele, está ali, sobre a sua, e acha impossível. Mas é verdade. Então, fecha os olhos, apoia-se em suas costas e se deixa levar completamente rendida pelas ruas dessa estranha noite. Silêncio. Não se ouve nem o ruído do trânsito. Silêncio. Dá a impressão que a cidade ficou boquiaberta. E uma lágrima rebelde desliza por seu rosto. "Sim, é verdade. Sou cúmplice." Sem perceber, está de novo em frente à faculdade.

– Pronto, chegamos.

Niki desce rapidamente da moto e, servindo-se do cabelo para esconder o rosto, fugindo até de si mesma, despede-se dele.

– Tchau – e foge sem nem dar-lhe um beijo no rosto.

Corre para o carro e abre sem olhar para trás. Liga o motor e parte, dirige distraída até sua casa. Atravessa a portaria e chama o elevador. Está sem ar e, desesperada, tenta recuperar o equilíbrio. Entra no elevador, e quando se olha no espelho, não consegue se reconhecer. O cabelo emaranhado após o passeio de moto, selvagem, rebelde apesar do capacete, e também seu rosto, tão diferente, os olhos alegres, vivos, loucos, animados por uma consciente e excessiva loucura. Esse desejo de liberdade, de rebelião incrível de tudo e de todos, de não ter limites nem deveres, de pertencer ao mundo e a si mesma. Sim, só a si mesma. Entra em casa. Por sorte, todos estão dormindo. Na ponta dos pés, vai para o quarto e fecha silenciosamente a porta. Suspira. Tira o celular da bolsa. Coloca em cima do criado-mudo e olha para ele fixamente. Está desligado. "Será que ele ligou? Quem sabe? Mas não quero ligar agora. Não quero saber. Não quero depender de nada nem de ninguém. Onde você estava? O que você fez? Não sei. Sim, estava com minhas amigas." De repente se rebela também diante disso. Do fato de ter que enganar, mentir. "Por quê? A vida não é minha? Por que tenho que mentir? Por que não tenho a liberdade de ser eu mesma? Por que ele tem que me controlar, limitar, por que tenho que fingir que não sinto algo só porque 'não é adequado' para uma mulher que está para se casar? Em que estou me transformando?" Niki caminha nervosa pelo quarto. Sente-se tomada por um grito sufocado, que exige espaço e atenção. "Mas, o que estou dizendo? Eu amo Alex, estou com ele, lutei por ele. Eu, que sempre critiquei esse modo de se comportar quando o via nos outros, o que estou fazendo agora? Sou pior que eles? Erica, Olly, minhas colegas do colégio, meus amigos. Cada vez que me contavam uma história como essa eu atirava em tudo e em todos sem ouvir os motivos. E agora? Agora sou um deles. Eu diria que ainda pior, porque tive até a ousadia de falar, de criticar, de julgar, de rir pensando que comigo nunca aconteceria algo parecido. Que nojo, eu dizia, eu jamais poderia fazer isso. Porém, agora estou em uma situação igual. Estou indecisa, insegura, infeliz; em cima do muro. E ao ouvir essa última frase ecoar em sua mente como um tiro de canhão, como um estrondo repentino, como um possível ataque a tudo que construiu até o dia anterior, Niki deixa de duvidar. Não tem escolha. Não mais. Aproxima-se da mesa onde estudou para entrar na faculdade, onde chorou, sofreu e checou mil vezes o celular esperando em vão uma mensagem dele. Quantos socos deu nela quando terminou com Alex desejando que ele voltasse, que reconhecesse que estava errado, que implorasse para voltar para ele, que lhe pedisse perdão. Afasta a cadeira. Quantos dias, quantas lágrimas. Quanto desespero. E agora? Senta-se em silêncio. Agora tudo mudou de novo. Afasta o cabelo do rosto e se vê obrigada a fazer o que jamais teria imaginado.

114

O apartamento de Mattia é bastante grande, mas não exatamente bem cuidado. A decoração é uma mistura de móveis dos anos 1970 e de algumas coisas compradas na Ikea, uma loja popular. Dá a impressão de que sua avó morou ali até pouco tempo. Em cima de alguns móveis há até uns paninhos de crochê, e, no corredor, uma cômoda com um espelho que ocupa quase todo o espaço. A sala se transformou numa espécie de academia, com vários aparelhos e uma esteira.

– Aqui é onde eu relaxo. A atividade física é o melhor remédio contra o estresse e a dor de cabeça. Venha.

Entram na pequena cozinha. Mattia acende a lâmpada fluorescente do teto e abre a geladeira. Tira uma faca de uma gaveta, um pratinho e um copo de um armário. Coloca em cima da mesa os guardanapos e uma garrafa de vinho que está pela metade.

– Fique à vontade, por favor. Não podemos deixar uma princesa sem sobremesa.

Cristina sorri e se senta. Mattia também. A seguir, corta um bom pedaço de bolo e coloca diante dela. Cristina come com prazer.

– Tenho que reconhecer que você tem um apetite impressionante. É insaciável.

Mattia rouba um pouco de creme com o dedo e, antes que ela perceba, mancha um pouco seu nariz. Cristina ri. Brincam. Ela põe um pedaço de bolo na boca de Mattia. Brincam. Mattia se aproxima.

– Deixe eu experimentar – diz, e começa a beijá-la lentamente fingindo que a está mordendo.

No início Cristina fica um pouco tensa, mas depois relaxa. Um beijo suave, longo e intenso. E uma carícia. Duas. Então se levantam, uma camiseta que voa, um vestido que desliza e cai no chão, ele que a levanta e a leva para o outro lado do apartamento. O corredor, uma porta escura que se abre, um quarto e um abajur que se acende. E mais beijos, carícias e paixão. Cristina sente em suas mãos esse corpo perfeito, os músculos definidos e a pele lisa e quente. Olha em volta. E vê que esse quarto é o único aposento decorado em estilo moderno, com muitos espelhos nas paredes e alguns móveis brancos. Percebe também outra coisa: que Mattia de vez em quando se vira e olha sua imagem no espelho. Satisfeito. Talvez consigo mesmo, por ser o protagonista dessa cena. Cristina nunca fez amor cercada de tantos espelhos e se sente um pouco inibida. Mas Mattia é doce e por fim se deixa levar por ele. Depois de se beijarem um pouco mais, ele se coloca sobre ela. Nesse momento, Cristina percebe outra coisa. Na prateleira ao lado da janela vê uma pequena bola de vidro, dessas com neve. Dentro, um bonequinho com uma plaquinha que diz "Eu te amo". Cristina se entristece de repente. Parece com a que comprou para Flávio para lhe fazer uma pequena surpresa. "E ele começou a rir. E me abraçou. E depois virou a esfera de vidro com o bonequinho dentro uma vez, outra, e contemplou a neve cair. Agora está em seu criado-mudo. Sempre gostei muito dela. Talvez Mattia também a tenha ganhado de alguém especial. E gosta dela." A simpatia que sente por ele aumenta. Deixa-se acariciar. Mas mil recordações voltam à sua mente enquanto ele a beija alheio a tudo.

Mais tarde. Os ruídos da cidade foram se apagando. É quase uma da manhã. Cristina se veste com calma. Olha de novo para o bonequinho. Mattia está deitado na cama e a luz da lua que entra pela janela o ilumina e cria um estranho jogo com os espelhos. Está de olhos fechados. Abre-os.

– Já, princesa?

– Sim, é tarde.

Mattia se levanta.

– Vou levar você.

– Não, não se preocupe, já chamei um táxi.

– Quando? Não percebi.

– Antes. Você adormeceu. Além do mais, não quero fazer você sair agora. De táxi chego rapidinho.

– Gosto de você; é uma mulher independente.

Quando ouve essa palavra Cristina experimenta uma estranha sensação. Levanta-se. Mattia também. Ela pega a bolsa e o casaco que deixou na cozinha. Ele a acompanha até a porta. Cristina se vira ao sair.

– Quem lhe deu aquele bonequinho que está no quarto? Aquele da bola de neve.

Mattia fica perplexo. Pensa por uns instantes.

– Foi... na verdade, não lembro o nome. Por quê?

É curioso como um pequeno objeto, um *souvenir* tão insignificante, pode ter um valor tão diferente para duas pessoas. Muito diferente. "Nem se lembra dela. Uma mulher que talvez o tenha presenteado com amor, como eu fiz com Flávio. Uma mulher afetuosa, que talvez fosse bonita e paciente, e que talvez tivesse certeza de que ele também a considerava especial. E agora ele nem mesmo lembra o nome dela." Cristina olha para ele por alguns instantes. Mattia sorri.

– Então, mulher maravilhosa, posso ligar amanhã?

– Não.

Mattia fica surpreso.

– Vai estar ocupada? Depois de amanhã?

– Não.

– Daqui a alguns dias?

– Também não.

Cristina se despede dele, sorri e desaparece pelo corredor. Mattia olha enquanto se afasta. Não entende essa mudança repentina de humor. "Bah! Mulheres. Quem entende?"

115

Erica se vira de repente. No início não entende nada, sente o colchão um pouco duro. "O que está acontecendo?" Abre os olhos. Tenta focar, mas não reconhece nem os objetos nem o quarto. Levanta-se e olha em volta. E o vê, ao seu lado. Respira pesado e se descobriu dormindo. O lençol está praticamente no chão. Deitado de costas, seu corpo nu deixa à vista sua flacidez. "Que estranho. Vestido não dava essa impressão." Erica olha para o criado-mudo. Um relógio digital marca três da madrugada. Percebe que também está nua sob o lençol. Vê suas roupas espalhadas pelo chão. Vira-se de novo para ele. E lembra. Saíram da faculdade. Ele a convidou para dar uma volta de carro. Riram e brincaram. Ele deu a entender que gostava dela. E ela se sentia feliz. Depois, chegaram a um prédio. Ele propôs que subissem para tomar um café e prometeu que depois a levaria para casa. Conversaram um pouco e depois de um tempo ele a beijou. Cada vez com mais intensidade. Erica se deixou levar, e agora, ao vê-lo, sente-se irritada. Ele está ali, deitado, dormindo, um pouco pálido. Já não parece tão bonito como antes. "O que foi que eu vi nele? E isso que eu pensava que era um gato! Queria chamar sua atenção a todo custo e agora que fui para a cama com ele me sinto assim." Erica se levanta. Anda descalça pelo quarto iluminado pelo reflexo da luz de um poste que entra por entre as persianas. Vários livros. Uma cômoda. O espelho. E um porta-retratos em cima de um móvel. Erica o pega. É a fotografia de uma mulher linda e morena de cabelo comprido e duas crianças de uns oito e dez anos. Ao seu lado, agachado, sorridente, está ele, Marco Giannotti. Outra fotografia maior com uma moldura de prata mostra Marco e essa mesma mulher no dia do casamento. "Então ele é casado." Erica olha para ele. Está dormindo, mais profundamente ainda. Ronca. Erica balança a cabeça. "Que tristeza. Não é possível. O que está fazendo aqui sozinho? Talvez sua esposa e os filhos estejam fora. Ou talvez este seja um daqueles apartamentos onde ele traz mulheres como eu." Ao pensar nessa frase, para. "Mulheres como eu? Um cara como ele, isso sim. Eu não fiz nada de errado. Eu apenas segui meu instinto. Gostava dele, só isso. O mentiroso é ele, que engana a mulher e se aproveita das alunas." Mas essas palavras a fazem sentir que está mentindo para si mesma.

116

O motorista estaciona o carro em frente à casa de Alex, que desce rapidamente e tira sua mala de rodinhas do porta-malas. Leonardo abre a janela.

– Tire o dia de folga se quiser.

Alex sorri.

– Está bem, obrigado. Parece que deu tudo certo, não acha?

– Sim, perfeito – Leonardo sorri, entusiasmado. – Os americanos já anteciparam boa parte do orçamento para o próximo ano e ficaram impressionados com a beleza das filmagens. Raffaella e você são umas máquinas. Pena que ela não tenha ido conosco.

– É verdade – reconhece Alex. – O trabalho dela ficou muito bom. Se passar pelo escritório, diga a ela. Até depois de amanhã.

O carro com o motorista e Leonardo sai enquanto Alex entra no edifício e chama o elevador. Checa o celular. "Que estranho. Niki não me ligou. Nem sequer uma mensagem. Ontem tentei uma vez e não tinha sinal, depois tentei de novo durante o jantar com os americanos e também não consegui. Bom, é normal. De qualquer maneira, agora as coisas vão se acalmar. Foi o momento decisivo para a escolha da linha da campanha; agora tudo vai ser mais fácil." Abre a porta do apartamento. "De agora em diante tudo será mais fácil, muito mais, assim também poderei cuidar do casamento." Entra em casa e deixa as chaves no móvel da entrada. "Na verdade, até agora não fiz muita coisa."

– Niki, você está aí? – Talvez já tenha saído. – Niki?

"Talvez não tenha vindo, talvez tenha preferido ficar em casa. Acho que hoje tinha que sair com a mãe para reservar a igreja." Mas, de repente, vê o armário e várias gavetas abertas. A porta do quarto idêntico ao de Niki está aberta e o armário, vazio.

– Não... mas, o que aconteceu? Entraram ladrões? – e diz isso hesitante, quase esperançoso, preocupado que seja outra coisa, temendo que por trás dessa inexplicável desordem exista outro motivo.

"Não. Alguém me diga que não é verdade." Alex deixa a bolsa de viagem no chão e sai correndo pela casa, cada vez mais agitado, até que chega ao quarto e a encontra. Uma carta. Outra.

– Oh, não...

Abre o envelope quase freneticamente e tira a carta, desdobra-a rudemente, com raiva, veloz, ansioso por saber o que está escrito nela.

"Querido Alex, talvez não seja o melhor modo de lhe dizer isso, mas neste momento me sinto muito covarde."

Alex não pode acreditar no que seus olhos veem, sente que vai desmaiar, tem vontade de vomitar o delicioso café da manhã que tomou e devora agitado cada palavra da carta. Lê a toda velocidade pulando os conceitos, as frases, as linhas, buscando, fuçando, com medo de encontrar a temida afirmação: "Estou apaixonada por outro". E por fim para, um pouco mais tranquilo, mais controlado, mais sereno. "Desculpa, é um passo muito grande para mim. Percebi que tenho medo, que não estou preparada." Pronto. Respira mais lentamente. "É só isso, menos mau; de qualquer maneira é importante, mas não definitivo." Continua lendo até a última linha. "Então, acho que é melhor não nos vermos por um tempo, preciso pensar."

"Mas eu abandonei meu trabalho por você, fui para uma ilha, um farol, esperei por você, e depois voltamos juntos porque decidimos que queríamos voltar. Mudei de casa para apagar qualquer recordação de Elena, recriei seu quarto para que você pudesse estudar aqui e se sentisse como em sua casa, livre ou, de qualquer maneira, independente. Fui até Nova York, fiz contato com Mouse e inventei uma infinidade de coisas para pedi-la em casamento do jeito que você sonhava, como no conto de fadas que você adora, porque a vida pode ser um conto de fadas se quisermos, se decidirmos viver sonhando. E agora você renuncia a esse sonho? Não está preparada? Está com medo? Renuncia a tudo isso? Por que, Niki? Por minha culpa? Porque andei muito ocupado? Porque você teve que aturar minhas irmãs? Pelos preparativos de um casamento? O peso de uma decisão? Diga, Niki, por favor!" Permanece em silêncio nessa casa vazia, entre essas paredes que ainda cheiram a risos e amor, a divertidas perseguições, fugas simuladas e suaves quedas entre os lençóis, a beijos em todos os cômodos e suspiros que ainda permanecem no ar como leves sorrisos que lentamente vão desbotando. De repente Alex sente essa casa triste, como se tivesse perdido todo o brilho, como se as cores do sofá, dos tapetes, das cadeiras, dos quadros e de todas as coisas que escolheram juntos tivessem desbotado de repente, ficado fora de foco, ofuscadas, dissolvidas na água. É assim que ele vê tudo através de suas lágrimas.

117

Correndo, Olly ajeita a casa, esconde algumas coisas no armário, tira distraída o pó aqui e ali. Põe a água para ferver. Pega um saquinho do pequeno móvel junto à pia. Com uma colherzinha, joga um pouco de hibisco no filtro que depois vai colocar na panela. De uma prateleira pega quatro xícaras grandes e coloca em cima da mesa, onde já estão alguns biscoitos, o limão e o açúcar mascavo.

Continua limpando. Depois de um tempo toca o interfone. Três vezes seguidas. "Deve ser uma delas." Olly vai abrir e espera que chegue ao hall.

– Ah, é você. – É Erica. – Olá, entre.

Olly vai de novo para a cozinha e abaixa o fogo.

– Venha aqui, assim eu cuido da água.

Erica a segue. Nesse exato momento tocam de novo. Olly corre para a porta.

– Chegou!

Diletta a abraça.

– Mas que séria! O que foi?

– É, desculpe. Esta é uma época um tanto especial. Além do mais, quando Niki nos convoca desse jeito sempre me dá uma sensação desagradável. Estou nervosa por causa dela.

Entram na sala.

– Olá, Erica! – Diletta vai até sua amiga e lhe dá um beijo. – E então?

– Aqui estamos.

Diletta senta em um banquinho alto ao lado do balcão.

– Este sótão é lindo, você o decorou com muito bom gosto.

Olly sorri.

– Obrigada. Eu gosto muito daqui, e, além do mais, durmo muito bem, é silencioso. Acho que cada casa tem sua própria atmosfera, uma energia especial, não acham?

– Sim, e esta como é?

Olly volta a sorrir.

– Muito positiva. O que acham que Niki quer nos contar?

– Sei lá, acho que quer que duas de nós sejam suas madrinhas.

Erica arregala os olhos.

– Duas? Só duas? E por que não três? Se for assim, com certeza vai me excluir!

Olly parece surpresa.

– Por quê? Se alguém vai ficar de fora, sou eu. Eu liguei um milhão de vezes e ela não me atendeu.

– Comigo foi a mesma coisa. Ontem à noite quis falar com ela, mas estava com o celular desligado.

Diletta pega um biscoito.

– Posso? Estou morrendo de fome.

– Sim, claro, desculpem. Querem mais alguma coisa?

Erica nega com a cabeça.

– Não, não, eu não; tenho que emagrecer, estou um barril.

– Imagina! Você está maravilhosa! – Olly olha para Diletta. – Já ela ganhou alguns quilinhos.

Diletta se faz de sonsa, sorri e tenta esconder-se, em vão, atrás do biscoito que está comendo.

– Eu? Pode ser. Ultimamente ando sempre com fome. – Ri. – Tenho que me mexer um pouco mais para tentar recuperar a forma!

– Isso mesmo – concorda Erica. – Com Filippo, talvez.

Diletta faz uma careta de deboche.

– Invejosa. Quanto tempo faz que não transa?

– Eu? Eu tenho para escolher!

Diletta se dirige a Olly, então.

– Bem, seja como for, estamos de acordo quanto a Niki, não é? – diz enquanto arruma na mesa os biscoitos de manteiga e amêndoas que trouxe.

– Bom – responde Olly –, ainda estou com um pouco de raiva.

– Eu também – diz Erica enquanto apaga o fogo.

– Eu sei, garotas, mas, de qualquer jeito, somos amigas dela. Já falamos sobre isso pelo telefone. No dia do ateliê de costura Niki estava cansada e estressada, assim como nos dias anteriores, quando não atendia. Ela não está irritada conosco e não gosta menos de nós por isso. O problema é que está com coisas demais na cabeça.

– Até aí, tudo bem, mas que culpa nós temos? Só estávamos tentando ajudar – diz Olly, colocando o filtro com chá na panela.

– Ela também sabe, só que por um momento perdeu a cabeça. Não viram como ela estava estranha outro dia? Meninas, somos as Ondas. Para o bem e para o mal. Não somos perfeitas. Não podemos ser sempre as melhores. E com qualquer uma de nós pode acontecer algo inesperado, que nos assusta e que acaba com nossos planos. – Acaricia a barriga de um modo que só ela é capaz de entender. – Mas somos as Ondas, lembram? Sempre e em qualquer circunstância. Somos quatro. E temos que permanecer unidas quando uma de nós se afasta um pouco, está em apuros e talvez nos rejeite sem entendermos por quê. Amigas também brigam, não estão sempre de acordo. Senão, que tipo de amizade seria? Puro teatro. O importante é que sejamos capazes de esclarecer as coisas, que tenhamos coragem de derrubar o muro de silêncio que erguemos algumas vezes. Alguém tinha que dar o primeiro passo. E nós demos. Vocês vão ver como tudo se ajeita. Temos que recuperar a harmonia. Prometem? Senão, depois vamos nos sentir mal por termos deixado as coisas assim.

Erica e Olly se olham rapidamente.

– Ouça, Diletta, que fique claro que nós gostamos muito de Niki. Nós a adoramos, você sabe, assim como adoramos você. Mas o que me dá raiva é que Niki, em um momento de dificuldade, tenha se trancado em si mesma, não tenha se aberto para nós. Ela é que está nos afastando. Vai para Nova York, decide se casar, isola-se, aceita a ajuda das irmãs de Alex, e não nos dá mais bola. Ela é que não quer estar conosco.

– Vamos, Olly, não seja tão dura. Porque no fundo você não é assim. Você também lamenta que ela tenha se isolado desse jeito, e justamente por isso devíamos entender que ela não está bem. Atacá-la neste momento não adianta nada, não acha? E, além do mais, repito, somos amigas. Chega. Ela está para chegar, não é? São quase quatro horas.

Depois de alguns minutos toca o interfone. Olly vai atender e então olha para as outras.

– É ela.

De repente todas se sentem tensas, emocionadas e assustadas. O coração de Olly bate a toda velocidade como antes de um desafio ou de uma prova difícil. Diletta anda nervosa pela sala. Erica gira nas mãos uma colherzinha de café. Conversar. Esclarecer as coisas. Recomeçar. É a primeira vez que acontece isso com elas. Uma pequena rachadura que se não for remediada a tempo corre o risco de ficar muito grande. Uma amiga a quem precisam socorrer, proteger e ajudar além do que ela mesma é capaz de entender. Entre as frases, entre todas essas frases que escreveram durante anos em seus diários, que se dedicaram umas às outras para reforçar o vínculo que as une, esse provérbio árabe: "Amigo é aquele a quem você pode abrir seu coração, oferecer-lhe qualquer grãozinho, sabendo que suas mãos delicadas o passarão pela peneira e só conservarão o valioso, que descartarão o resto com um delicado sopro". Ou aquela outra frase de Khahil Gibran: "Meu amigo, tu e eu seguiremos alheios à vida, e um ao outro, e a nós mesmos, até o dia em que tu fales e eu escute pensando que tua voz é minha voz; e eu permaneça em silêncio diante de ti pensando estar diante de um espelho". E aquela de Antoine de Saint-Exupéry: "Meu amigo, com você não preciso me desculpar por nada, não tenho que me defender de nada, encontro a paz. Independente de minhas torpes palavras, você é capaz de ver em mim simplesmente o homem". Bom, agora é o momento de ver simplesmente Niki. Independente de qualquer raiva ou irritação.

Nesse exato momento toca a campainha. Olly vai abrir.

– Olá!

Niki a abraça rapidamente, pegando-a desprevenida. Olly deixa os braços caídos, meio sem jeito. Diletta e Erica se olham. Erica torce a boca, como se dissesse: "Tem algo estranho aqui". As outras a abraçam também. Diletta sorri.

– Esse casamento a afastou de tudo e de todos.

Niki se afasta e concorda.

– Sim, é verdade, você tem razão.

Mas suas palavras não refletem a habitual alegria, e as Ondas, como não podia deixar de ser, percebem imediatamente. Niki fecha os olhos por um instante, só um instante, e então abre de novo. Diletta, sem deixar de mastigar um pedaço de biscoito, sorri tentando suavizar a situação.

– Sabe o que apostamos? Que hoje você vai escolher suas duas madrinhas. Tenho que confessar que conversamos e que uma de nós vai se decepcionar. Pode me eliminar, porque sou a mais forte, ou as três podemos ser madrinhas. Niki, você precisa saber que as Ondas correm um grande risco com essa decisão.

Niki encosta no balcão atrás de si como se pretendesse encontrar sustentação, sentir-se mais segura para poder dar a notícia que está prestes a anunciar. Então sorri hesitante e envergonhada.

– Não correm nenhum risco – Interrompe-se por um momento e olha nos olhos delas certa de sua decisão. E do apoio delas, que agora necessita mais que nunca. – Não vou mais me casar.

– O quê?! – Diletta quase engasga com o último pedaço de biscoito.

Erica, apesar de ser o tipo que não segue regras, dessa vez fica realmente pasma.

– Está brincando, não é?

Olly fica em silêncio, está desconcertada e não sabe o que dizer, pensar, sentir; não sabe se fica feliz ou triste, se é menina ou mulher. No final, opta por ser simplesmente amiga.

– Conte tudo.

118

– Não é possível!

Flávio, Enrico e Pietro estão espantados, atônitos. Mal podem acreditar no que acabam de ouvir. Ou ver, melhor, porque estão passando a carta de Niki de mão em mão, e todos já leram pelo menos três vezes.

– Não é possível – repete Pietro sacudindo a cabeça.

Flávio olha para ele.

– É a terceira vez que você diz isso.

– E digo de novo: não é possível.

Alex está sentado, confuso, no sofá da sala.

– Pois eu digo que é possível, sim, rapazes. É sim. Ela escreveu. Eu não inventei nada.

Enrico tenta ponderar.

– Deixando de lado o fato de que me parece uma carta escrita às pressas, percebi um erro.

Flávio abre os braços.

– E daí? E qual é? Porque eu não vi nada.

– Eu também vi. – Pietro pega a carta. – Aqui está: “As suas irmãs, elas me cansam...”. É disso que você está falando, não é?

Flávio abre os braços:

Caramba! E como se diz, então?

– Deveria ter dito “As suas irmãs me cansam”, e só.

– Que implicância! Isso não é um comunicado de empresa! É a carta de uma garota... desculpe – diz olhando para Alex–, que acaba de deixar seu noivo.

– Obrigado.

– Foi o que ela escreveu aqui, não foi?

Pietro assente.

– E não se pode dizer que tenha sido muito delicada.

– Exatamente!

Alex olha para eles desconsolado.

– Tirando o erro, o que vocês acham?

Enrico intervém:

– Acho que sua decisão não foi a mais acertada.

– Que decisão?

– Deixar-nos ler a carta!

– O quê?! Eu não perguntei isso! Além do mais, tanto faz, vocês são meus amigos de sempre. Se não falar com vocês, com quem vou falar?! Com o pessoal do trabalho, com Andrea Soldini, com Leonardo?

Pietro dá sua opinião.

– Bem, outro dia passei para buscá-lo no escritório e não posso negar a verdade: eu enfrentaria Raffaella com muito prazer em qualquer tipo de problema.

– É, mas nesse momento para mim ela é Raffaello, um homem.

– Agora você pirou!

– De vez, eu diria. É a segunda vez que peço uma mulher em casamento.

– E que encontra os armários de sua casa vazios e uma carta.

Pietro se senta em frente a Alex.

– Você tem que admitir que alguma coisa não dá certo.

Alex olha para ele preocupado.

– O que quer dizer?

– Bem, é que quando vão se casar, com os preparativos do casamento e todo o resto elas sentem um nervosismo, um medo... eu diria até terror, que no fim as leva irremediavelmente a dar no pé.

– Com Elena, nem chegamos aos preparativos.

Flávio se vira para Pietro.

– De modo que sua teoria está furada!

– Pode ser, mas acho que com a próxima...

Alex olha para ele boquiaberto:

– Com a próxima?! Que próxima?! Não! Nem pensar. Eu quero Niki!

Pietro tenta acalmá-lo.

– E o mais provável é que ela volte. Mas a história do casamento já não deu muito certo. E se as coisas não derem certo com ela... – a simples ideia faz Alex sentir que vai desmoronar, mas Pietro continua como se nada fosse –, acho que o melhor seria que, de agora em diante, você convidasse as mulheres para uma festa importante, muito elegante, para que elas se preparassem, saíssem devidamente arrumadas, e depois... tchanãn! você as levava para o lugar onde preparou tudo de antemão: a festa, os padrinhos, as lembrancinhas, as flores e as alianças. E se casam no susto! Sem dar a oportunidade de esvaziar os armários, de deixá-lo com a maldita carta e todo esse drama que você já viveu em muitas ocasiões, não acha? Não creio que você consiga suportar uma terceira carta.

Alex olha um a um.

– Talvez vocês não percebam, deve ser isso. Entendo a situação de vocês, o fato de que os três, de uma maneira ou de outra, uns mais, uns menos, tenham vivido dificuldades no casamento, e que tudo o que aconteceu os impeça de continuar acreditando no amor. Mas não é o meu caso. Não é minha história. Não é meu conto de fadas.

Pietro fica um pouco surpreso.

– Que conto de fadas?

– Nosso conto de fadas, meu e de Niki. Eu a amo!

Flávio, Enrico e Pietro suspiram e se largam no sofá em frente a Alex.

Pietro é o primeiro a falar.

– Se com quarenta anos você continua acreditando em contos de fadas, o problema é mais grave do que eu pensava.

Alex olha para ele sorrindo.

– Talvez o fato de você ter deixado de acreditar seja ainda mais grave.

Pietro assente.

– Ok, ok, ele é um cabeça-dura e quer ter razão. Então, vamos analisar bem essa carta. Em um dos parágrafos, Niki diz que teria gostado que você a sequestrasse, que a tivesse afastado de tudo e de todos, de moto. Uma versão moderna do príncipe encantado para o terceiro milênio; uma moto em vez de um cavalo.

Enrico entra na conversa:

– Bom, talvez ela esteja esquecendo que depois do acidente que você sofreu com seu pai aos catorze anos, tem medo de moto.

Pietro a justifica.

– Talvez ele não tenha contado a ela.

Alex o interrompe.

– Sim, eu contei.

– Então, não tem justificativa.

– Não, então é pior: ela quis ressaltar esse medo, de modo que...

Alex parece intrigado.

– O quê?

– Que o considera muito velho.

– Velho? Eu? Por quê?

– Porque você não faz as coisas que qualquer jovem faz! Quantas vezes a levou a uma danceteria?

Alex pensa por alguns instantes.

– Uma.

– Ok.

– Era a apresentação de uma campanha da empresa; escolhemos uma danceteria porque o produto era uma cerveja.

– Nada bom.

– Por quê?

– Eu disse danceteria. Eu sei que era, mas também era trabalho. Foram de moto?

– Não, eu não tenho moto e, além do mais, como disse Enrico, morro de medo.

– Terrível.

– Quantas cervejas você bebeu com ela?

– Ela bebe Coca-Cola e eu, às vezes, rum.

– Ih! Beber uma cerveja juntos dá certa sensação de liberdade, e, além do mais, lembra muito um anúncio publicitário. Tatuagens? *Piercings*? Teorias sobre fenômenos estranhos? E o sexo, como anda?

Alex o interrompe bruscamente.

– Ouça, Pietro, a única coisa que a assusta é a ideia do casamento.

– Ah, é? Pois eu também vejo outra coisa nessa carta.

– O quê? Onde? Como? Por quê?

– Não sei. Não acredito nesse medo repentino. Infelizmente, a vida é assim, e por trás de uma carta como essa sempre há... – Pietro a agita no ar – Na maioria dos casos, revela a incapacidade de contar o que realmente está acontecendo.

Alex se levanta e vai se servir uma bebida. Enrico e Flávio olham zangados para Pietro, e ele faz um gesto como dizendo: "O que querem que eu faça?" Nesse exato momento, Alex volta com um copo cheio de Red Bull.

– Muito bem, isso vai animá-lo! Poderia derrubá-lo psicologicamente.

Alex dá um gole e depois olha para ele sereno.

– Sabe, Pietro? Você fala assim porque passou a vida enganando.

– Eu enganei para evitar que me enganassem. Aconteceu comigo quando eu era jovem. Eu estava muito apaixonado por uma garota que era uma vadia e que saía com outros. Quando descobri, jurei a mim mesmo que isso nunca mais ia acontecer, que eu me anteciparia, que enganaria antes que me enganassem.

Alex bebe outro gole.

– Nada bom, isso significa que você perdeu duas vezes. A primeira quando enganou, e a segunda quando deixou de acreditar no amor. Mas eu quero acreditar.

– E se ela tivesse outro, como você se sentiria?

Alex pensa um pouco. Seus amigos se olham preocupados. Então, ele fala de novo sem perder a calma.

– Ela poderia estar com outro e não ter coragem suficiente para me contar. Mas, por que não me contaria? O que haveria de mau nisso? A beleza do amor está justamente no fato de que nos apaixonamos sem uma razão determinada, sem querer e no momento mais inesperado. Você sabia com antecedência que se apaixonaria por Susanna?

– Não!

– E você por Camilla?

– Também não.

– E você por Cristina?

– Sempre fui apaixonado por Cristina, e não fale nela porque isso me deixa mal.

– Está bem, seu caso não conta. Seja como for, voltando a Niki, pode ser que ela tenha se apaixonado por outro, mas também existe simplesmente a possibilidade de que o casamento a tenha assustado. As probabilidades são de 50% para cada caso, e eu, talvez por querer continuar acreditando em meu conto de fadas, escolho o segundo. – Mais tranquilo, senta no sofáe e continua bebendo seu Red Bull e olha para seus três amigos. – Entre outras coisas porque, se ela estiver com outro, eu me mato.

– Ah, claro! Bem que estava achando sua atitude meio estranha! – Pietro sorri. – Conto de fadas, sim... e depois, quando acaba, é tudo um desastre.

Alex se aproxima dele.

– Ei, minha casa me parece realmente desolado sem Niki. Posso ficar aqui com vocês?

Flávio lhe dá um abraço.

– Claro que sim! Que pergunta! Considere-se em casa.

Pietro lhe dá umas palmadinhas no ombro:

– Bem, já que a casa é minha, acho que eu é que devo decidir se você fica ou não. – Faz uma longa pausa, enquanto Alex e Flávio ficam na expectativa. Enrico também acompanha o assunto com o maior interesse. Finalmente, Pietro esboça um sorriso e abraça Alex. – Era só o que me faltava! Mas que tipo de pergunta é essa? A casa é sua! Entre outras coisas, porque você me acolheu um monte de vezes com as russas e outros enroscos; é um prazer poder lhe devolver o favor agora. Vamos, vou mostrar seu quarto – Pietro pega no braço de Alex para acompanhá-lo ao outro lado do corredor. – O melhor! Para Alex, o melhor, porque ele merece! – Saem da sala.

Enrico e Flávio permanecem sentados no sofá.

Flávio está visivelmente contrariado.

– Caramba, era só o que faltava. Alex estava tão contente, tudo correndo tão bem... pelo menos para ele.

Enrico concorda.

– É mesmo. Até que não era tão ruim que pelo menos um de nós vivesse esse conto de fadas! Agora somos como todo mundo.

– Como assim?

– As pessoas se deixam, se separam ou continuam juntas por puro hábito, por comodidade, por interesse, nunca por amor. Caramba! Eu contava com Niki e Alex, eram minha aposta certeira, o grande prêmio do amor.

Flávio abre os braços.

– De qualquer jeito, ainda não é definitivo. Eles podem voltar, se casar e viver um maravilhoso conto de fadas. Depois do farol, do arranha-céu...

– Sim, da lua! – Pietro volta à sala. – Vocês vivem no mundo da lua!

– Por quê?

– Essa garota tem vinte anos, é normal que seus hormônios estejam em revolução! Depois de ter vivido uma experiência diferente com um homem mais velho, agora ela quer viver, como é normal, uma bela história de sexo com alguém da idade dela. Ora, rapazes, sejamos sinceros, dá para ver de longe que ela está com outro!

Flávio e Enrico fazem um sinal que olhe para trás. Alex está atrás dele, de queixo caído, com os braços caídos ao lado do corpo.

– Vim buscar um pouco de água, mas, pelo jeito, acho que é melhor eu tomar um copo de uísque.

– Sim – Pietro concorda. – Eu também vou beber um, duplo. Desculpe, Alex, mas é melhor passar por pessimista que por ingênuo. Tenho certeza de que, do jeito que a coisa está, você só tem duas alternativas: ou a confronta ou a esquece para sempre.

Alex faz chocar seu copo de uísque com o de Pietro.

– A primeira solução é melhor. Quanto à segunda, para esquecê-la eu precisaria de mais de uma vida. Nunca esquecerei Niki.

119

Olly é a primeira a se manifestar.

– Eu sabia, eu sabia! Alex é perfeito demais. Simpático, divertido, bonito, sempre atento, até conosco; o farol, depois a surpresa de Nova York... Eu sabia que havia algo por trás. Ele tem outra. Não, espere, pior ainda... Algo contra o que você não pode lutar... Ele é gay!

– Não...

– Agora entendo! Ele é casado e você não sabia!

– Não...

– Quero dizer, nunca se divorciou.

– Olly, se me deixar falar, eu conto.

– Sim, tem razão, desculpe.

As três amigas, as três Ondas, estão diante dela, inclinadas para frente, morrendo de curiosidade.

Niki sorri.

– Bem, fui eu. – Suas amigas ficam ainda mais surpresas. – Estou com medo. Não sei o que deu em mim, chegou um momento em que fiquei feito maluca, não aguentava mais, estava com uma sensação horrível... tinha a impressão de ser uma clepsidra* quebrada. Quando a virava, percebia que estava furada, a água escorria toda e acabava, saía por um buraco. – Olly, Diletta e Erica ouvem em silêncio. Niki prossegue. – Eu já não entendia mais nada, tinha ataques repentinos de pânico, sentia o tempo fluir, passar, voar, queimar-se... meu tempo – começa a chorar. – Não sei o que aconteceu. Mas Alex era muito importante para mim. Não entendo mais nada. Estou desesperada. Choro pela beleza do amor que sentia... Mas não sinto mais!

Olly é a primeira a sentar ao seu lado, e a abraça.

– Niki, não fique assim, vai me fazer chorar também.

– É – Diletta e Erica sentam do outro lado –, a nós também. Vamos chorar como Madalenas arrependidas. Veja só – Diletta aponta para seus olhos –, não consigo me controlar! Gostaria de ser mais velha, estar a seu lado para poder consolá-la, ser uma rocha para você... Mas choro mais que você!

Riem. Niki e Diletta fungam. Apertam-se em um abraço. De repente, Niki sente que recuperou suas três amigas, como se o tempo todo que passou sem elas tivesse desaparecido. Esse abraço cancela as culpas, reduz as distâncias, incentiva a retomar o fio e a voltar a ser como antes, como se nada tivesse acontecido. Terão tempo de conversar, de se desculpar, de esclarecer o acontecido enquanto desfrutam de um bom chá de hibisco. Mas esse abraço conta mais que qualquer palavra.

Erica coloca em cima da mesa sua xícara vazia. Está com os lábios levemente manchados de vermelho. Olly a alerta e lhe dá um lenço.

– Tome, você se sujou com o chá.

---

* Clepsidra é um relógio de água. (N. T.)

Erica pega o lenço e se limpa. Depois sorri.

– Sempre me mancho!

– Você é um desastre! – diz Niki. – Que saudade disso tudo...

– Nem me diga! Você desapareceu! Sempre grudada com Griselda e Anastasia!

Niki começa a rir.

– Não são esses os nomes delas!

– Dá no mesmo!

– Pelo visto, você acha que eu sou como a Cinderela. Na verdade, até que você tem razão. Só que eu perdi o príncipe, em vez de encontrá-lo.

Niki se entristece.

Diletta estende a mão, busca a dela e a aperta. Olly também. Erica se levanta e contorna a mesa, coloca-se atrás de Niki e a abraça.

– Ouça bem e lembre-se da história: a Cinderela não tinha amigas como nós!

Niki se comove. Todas a abraçam.

– É verdade, não tinha as Ondas. Que sorte eu tenho! Adoro vocês! Vocês aguentaram muita coisa, eu estava insuportável.

Olly procura ser racional e prática.

– Está bem! Já chega, vamos, garotas. Não estamos no colégio. Temos que ficar calmas, ser fortes, mulheres. Nessa idade, já poderíamos ser mães.

Diletta olha para ela e sorri sem que as amigas vejam. "Você não imagina para quem está dizendo isso", pensa.

– Veja, Niki – prossegue Olly–, a coisa é mais simples do que parece. Significa apenas que não é o momento certo. Não é nenhum problema! Quer dizer que era muito cedo. Talvez baste adiar o casamento um pouco, não acha? Você não fez nada de errado. Não tem culpa de nada.

Mas o silêncio de Niki é muito expressivo. Olly, Diletta e Erica olham para ela.

– Niki?

Ela baixa o olhar.

– Eu saí com outro.

– O quê? – Olly não pode acreditar. – Você é uma surpresa constante!

Diletta não sabe o que dizer. Erica vai direto ao ponto.

– E como foi? Gostou?

Niki olha para ela espantada.

– Erica!

– Por quê? Você não foi para a cama com ele?

– Não. Eu resisti. – O simples fato de contar lhe causa uma dor imensa. É a primeira vez que admite em voz alta: "Resisti". E se envergonha, de qualquer maneira. Sente-se suja.

Olly, Diletta e até Erica logo percebem. Olly sorri com delicadeza.

– Ora, não vamos exagerar, a vida é assim. A gente cai, levanta e segue em frente. Todo mundo erra.

Erica muda de expressão de repente, quase parece outra pessoa.

– Por que resistiu?

Niki levanta o rosto de repente e olha para ela.

– Diga, por favor – prossegue Erica. – Por que se controlou? Você quis por um momento, mas alguma coisa a fez parar. O que foi?

Niki pensa um pouco.

– Não sei. Várias coisas ao mesmo tempo; mas todas muito simples. Lembrei de Alex. Pensei onde ele poderia estar naquele momento, no que estaria fazendo, na tranquilidade que devia estar sentindo, talvez estivesse pensando em mim e sorrindo, talvez achasse que eu já estava dormindo... Eu estava com o celular desligado. E então, ao imaginar seu rosto e seu sorriso, pensei em como tudo poderia mudar se ele me visse naquele momento. Foi isso que me fez resistir. Assim, aconteça o que acontecer, sempre vou pensar nele com amor, darei a justa importância a meu relacionamento com Alex, nunca terei nada de que me envergonhar. – E olha para elas um pouco mais reflexiva, mais pensativa, como se tivesse escavado no mais fundo de si mesma, como se essas palavras pertencessem a uma Niki mais adulta. – Sim, talvez tenha resistido por mim mesma. Egoistamente, quis resistir para ficar bem.

Erica dá de ombros.

– Você sentia curiosidade – diz, mas logo replica: – Talvez naquele momento ele não estivesse pensando em você, talvez estivesse falando com seus colegas de trabalho, ou, pior ainda, talvez estivesse se fazendo de engraçadinho com outra. É, talvez estivesse falando essas idiotices que às vezes certos homens dizem para impressionar, e, em vez de ser sinceros, de reconhecer que estão atraídos, fazem um monte de rodeios. Talvez estivesse fazendo um desses rodeios. E você renunciou a algo que poderia ter vivido. Porque certas coisas não voltam, só existem em determinados instantes e depois acabam. Talvez você tenha resistido em vão.

Niki sorri.

– Sim, pode ser que tenha razão, talvez ele estivesse fazendo um desses rodeios que às vezes os homens fazem. Mas eu não resisti em vão. Estou feliz por ter tomado essa decisão, assim como até ontem eu estava feliz com o que estava vivendo. Agora, alguma coisa mudou.

Olly coça a testa.

– Falou com Alex?

– Não, ainda não. Escrevi uma carta.

Olly olha para ela preocupada.

– E contou tudo isso?

– Não. – Niki sorri. – Está louca?

Olly suspira. Diletta balança a cabeça.

– Se eu encontrasse uma carta do meu futuro marido, pouco antes de me casar, dizendo que estava me abandonando, não sei o que faria! Acho que ia me suicidar. – Logo percebe o que acaba de dizer. – Não... quero dizer que ficaria muito mal, mas mesmo assim tentaria compreender o que aconteceu. O que é certeza é que eu ligaria imediatamente para ele, ficaria plantada em frente à casa dele e o encheria de perguntas.

Niki sorri.

– Mas você não é Alex. Além do mais, na carta eu disse também que precisava de um pouco de tempo para mim, que tenho que pensar, entender... Alex é uma pessoa madura, vai entender minha necessidade, tenho certeza.

Erica intervém, intrigada:
– E o que pretende fazer com o outro?
– Ainda não sei.
Olly sorri.
– É o cara da faculdade que você queria nos apresentar, não é?
Niki faz que sim e sente uma ponta de vergonha de sua segurança. Em questões de amor, nunca se deve estar muito seguro.

120

Do outro lado da cidade. Em um *loft* que ainda é um caos, Pietro, Enrico e Flávio estão em pé em frente a uma porta fechada.

Enrico pergunta em voz baixa aos outros dois:
– O que ele está fazendo? Não entendo.
Pietro balança a cabeça.
– Como o que está fazendo? Chorando!
– Ah, não acredito!
Pietro se afasta um pouco e os outros o seguem.
– Está falando sério?
– Sim, dava para ouvir perfeitamente. Estava até fungando!
Pietro abre os braços.
– Ficar chorando aos quarenta anos por uma fulana... É absurdo.
Flávio serve uma bebida.
– Não entendo o que a idade tem a ver com tudo isso. Dá no mesmo aos vinte ou aos quarenta! Isso depende do que você sente pela pessoa, do tipo de emoção ou de sentimento, do quanto está apaixonado, e não da idade que tem!
– Pois eu não acho que estou dizendo nenhuma bobagem: acho ridículo chorar por uma mulher aos quarenta anos.
Flávio se irrita.
– Mas ela não é uma qualquer! É a mulher dele, a mulher da vida dele, a esposa, a mãe dos seus filhos...
Pietro esclarece:
– Para começar, o tempo verbal está errado: poderia ter sido a mulher da vida dele, sua esposa e a mãe dos seus filhos. – E aponta para a porta fechada do quarto de Alex. – Por enquanto ela não é nada disso, e a probabilidade de Alex realmente se casar com ela é, sendo objetivo, muito, mas muito pequena.
Flávio balança a cabeça.
– Você me dá nojo! E pensar que é amigo dele...
– Justamente por isso digo a verdade! Não o engano, não dou falsas esperanças como você gostaria de fazer, afirmando que contos de fadas existem. O que existe é uma realidade. E sabe qual é? – Indica com a mão o quarto de Alex. – Que ele tem quarenta

anos e está trancado ali chorando, e que ela, porém, tem vinte e também está trancada, só que transando. Não se trata de um conto de fadas nem de um pesadelo; é, simplesmente, a realidade. E ela às vezes pode ser linda, às vezes maravilhosa, outras assim e outras assado; e em alguns casos pode chegar até a dar nojo. Mas, de qualquer maneira, começa e acaba, e essa é a realidade.

121

Olly, Diletta, Erica e Niki estão agora mais tranquilas diante de suas xícaras vazias. Olly se sente orgulhosa.

– É em momentos como estes que devemos relaxar.

Erica discorda.

– É, o chá foi inventado justamente para quando você decide que não vai mais se casar.

Diletta olha para ela irritada.

– Cedo ou tarde você também vai experimentar um sentimento sincero. Não pode passar a vida se fazendo de cínica desencantada. Um dia, o amor vai dar uma virada na sua vida.

Erica sorri abrindo os braços.

– Tomara! E que tudo isso aconteça graças a um homem maravilhoso com um sorriso lindo e um corpo de tirar o fôlego; enfim, uma mescla de Clive Owen, Brad Pitt, Matthew McConaughey, Ashton Kutcher e Woody Allen.

– Woody Allen? Que parte de Woody Allen?

– Bem, você não vai negar que, se depois de uma boa transada o homem ainda nos faz rir, é o paraíso!

– Erica!

– Não, não... – Niki a defende. – Até que foi boa. Acho até que estou ouvindo risos lá em cima...

Diletta termina seu chá, que esfriou.

– Sim, estão rindo, mas duvido que a deixem entrar no paraíso um dia.

Erica dá de ombros.

– E quem tem pressa? Sempre há tempo para se converter e pedir perdão. Vejam Claudia Koll. Primeiro fazia filmes eróticos, e agora falta pouco para virar freira. Deixe-me viver pelo menos o que ela viveu e depois garanto que vou virar santa!

Olly olha para Niki.

– Falando em santa ... seus pais devem ser maravilhosos. Depois do tempo todo que gastaram com os preparativos, de conhecer os pais dele, do dinheiro que já devem ter desembolsado para esse casamento dos sonhos, aceitam, não se irritam, não censuram sua decisão... Você tem que reconhecer que isso não é muito comum, não é?

Diletta sente curiosidade.

– É verdade! Como eles encararam?

– Bem, por enquanto estão muito tranquilos...

Olly assente.

– Acho fantástico. Isso é o que deveria acontecer em todas as famílias.

Niki ergue as sobrancelhas.

– Basicamente, porque ainda não contei a eles.

– Ah...

122

Fecha a porta devagar e caminha na ponta dos pés, certa de que seus pais estão dormindo, ou pelo menos deitados. Mas não. Vozes muito claras vêm da sala.

– Eu acho que não vão ficar sabendo.

– Sim, mas e se souberem?

Niki olha na sala e vê Roberto e Simona sentados à mesa com vários papéis. Simona insiste:

– Vamos ficar mal com eles. Você sabe que eles adorariam ir, são gente simples; para eles, um casamento é um grande acontecimento, e você não os convida ao de sua filha, a adorada sobrinha deles! Sabe que depois de uma coisa dessas você não vai poder pôr os pés lá?

Roberto faz que sim.

– Está bem, então temos que convidá-los. São quantos os Pratesi? Três, não é?

– Seis! O dobro! Caramba! Com isso, chegamos a 241 convidados. É demais! – Simona vê a filha na porta, levanta-se e vai até ela. – Niki! Como está, meu amor? Esta manhã você saiu muito cedo, vi que nem tomou café.

– Sim, eu tinha aula cedo.

Simona a abraça.

– Deve estar cansada.

– É, estou.

Naturalmente, como qualquer mãe, percebe imediatamente que algo não está bem, mas disfarça e não diz nada. Sabe que, às vezes, é preciso esperar o momento de a filha sentir necessidade de se abrir e falar.

Sente-se, Niki... nós continuamos aqui. Estávamos calculando a disposição das mesas e o número de convidados.

Roberto coça a testa.

– Os Belli disseram que os deles deviam ser uns 250, nós estamos aí também... No final, vamos chegar a uns quinhentos convidados, e como a comida que você escolheu...

Simona o censura:

– Roberto...

– Que você, as irmãs de Alex e sua mãe, em resumo, vocês, mulheres; sem sombra de dúvidas deve ser deliciosa, mas custa os olhos da cara.

– Ora, Robi... – Simona censura-o novamente, embora rindo.

Ele abre os braços.

– Não estou dizendo nada de errado. É pura matemática. Vai ser uma refeição magnífica, mas vai custar uns cem euros por pessoa, o que multiplicado por quinhentos... – Começa a digitar na calculadora que está em cima da mesa com os papéis. – Nem dá o resultado, não cabe na tela, até a calculadora se assusta. – Roberto olha para Niki. – Em poucas palavras, sua mãe e eu estávamos pensando nesses casais que fogem e se casam em Nova York de surpresa. Não acha muito mais bonito?! Nós podemos fingir que não sabemos de nada e depois lhe damos uma lua de mel fantástica de presente. Uma volta ao mundo, se quiser, com todo incluído, com todos os luxos!

– Roberto! – Dessa vez Simona se irrita de verdade. – Que grosso! Como pode pensar em dinheiro em se tratando do casamento de sua filha? Prefere economizar em vez de ir à cerimônia? Você devia estar disposto a pagar o dobro para não perder esse momento!

Roberto tenta amenizar as coisas.

– Mas claro, eu estava brincando! – E fala com Niki. – Não se preocupe, meu amor. Gaste o que quiser, não economize em nada.

Niki olha para eles. Morde o lábio sem saber muito bem como abordar o assunto. Nesses casos, às vezes é melhor começar com uma brincadeira. Hesita. É a primeira vez que pensa algo do tipo. Mas, no fim, decide que é a melhor solução. Sorri e solta.

– Vamos economizar em tudo.

– Muito bem! – exclama Roberto, que visivelmente não entendeu nada.

Simona, porém, fica logo séria, apesar de saber que em momentos como esses não se deve perder o sorriso.

– O que quer dizer, querida?

Niki observa sua mãe tentando descobrir se está brava.

– Quero dizer que, nesse momento, não vamos precisar gastar todo esse dinheiro porque... bem, porque decidimos que por enquanto é melhor não nos casarmos.

O queixo de Roberto vai caindo pouco a pouco.

– Ah, sim... – diz, como se estivesse acostumado a mudanças desse tipo. – Decidiram que por enquanto é melhor assim.

Niki assente.

– Sim...

Simona a analisa.

Roberto, porém, fica folheando os papéis; por um lado, pensa em todos esses convidados e no dinheiro que vai economizar; por outro, nos adiantamentos que já pagou e, consequentemente, no dinheiro que perdeu. Mas disfarça, tenta não sobrecarregar com seus pensamentos uma situação que em si já é tensa.

– Bem, se é o que vocês decidiram...

Simona solta um longo suspiro e decide saciar sua curiosidade. Sabe muito bem que é impossível que duas pessoas mudem de ideia ao mesmo tempo, principalmente quando se trata de algo tão importante e tão difícil de decidir.

– Desculpe perguntar, Niki... mas foi uma decisão conjunta? Quero dizer, vocês dois a tomaram juntos ou um de vocês propôs primeiro essa possibilidade?

– Por que está perguntando?

– Bem, digamos que por curiosidade.

– E o que seria melhor para você, mamãe?

Simona sorri.

– Entendo, Niki. Você acabou de responder. Se você está feliz, nós também estamos... não é, Roberto?

Ele olha para Simona, depois para Niki e, por último, de novo para a mulher.

– Sim, claro, estamos felizes.

Niki se levanta, corre para ela e a abraça com toda a força.

– Obrigada, mamãe. Eu te amo muito.

A seguir, dá um rápido abraço em Roberto e corre para o quarto.

Roberto acaricia o próprio rosto, ainda um pouco zonzo.

– Não entendo. No fim, foi Niki quem decidiu não se casar?

Simona brinca com seus anéis nos dedos.

– Sim.

– E como você sabe?

Simona olha para ele sorrindo.

– Porque ela me respondeu com uma pergunta. Se ele tivesse tomado a decisão, ela não se sentiria culpada e não teria me perguntado o que eu preferia. Teria se limitado a responder que ele havia decidido.

– Ah... – Roberto não tem muita certeza de ter entendido. Mas logo surge em sua cabeça uma pergunta ainda mais simples. Por que não fazê-la a sua mulher, já que, afinal de contas, ela entende tudo? – Mas, na sua opinião, querida, foi uma decisão tranquila ou há algo mais por trás?

Simona olha para ele com mais atenção.

– O que quer dizer? Em que está pensando?

– Não sei... Será que eles apenas brigaram, ou há uma terceira pessoa?

– Não, Niki não tem ninguém.

– Não me referia a ela.

Dessa vez Simona não sabe o que responder.

– De qualquer maneira, o problema não é esse.

Só tem certeza de uma coisa: não gosta de mentiras. Pega um pacote e leva ao quarto de Niki. Bate na porta.

– Posso entrar, Niki?

– Sim, mamãe.

Simona entra. Niki está deitada na cama com as pernas para cima apoiadas na parede.

– O que foi?

– Nada... chegou isto para você, vou deixar aqui – coloca o pacote em cima da mesa.

– Ah, obrigada.

Simona para por um instante na porta antes de sair:

– Você sabe que sempre pode contar comigo, não é? Aconteça o que acontecer. – Niki sorri e sente um pouco de vergonha. Sua mãe já entendeu tudo. – Estarei a seu lado sempre e em qualquer circunstância. – E, sem olhar para ela ou buscar sua aprovação, Simona abandona o quarto.

Niki fica imóvel e em silêncio na cama por alguns momentos. Então, gira as pernas com um movimento ágil e rápido. Vai até a mesa. Olha o pacote. Reconhece a caligrafia. Alex. Niki sente o peso do pacote nas mãos. É leve. Não imagina o que pode ser, e nesse momento nem sequer sente curiosidade, só vontade de chorar. E disso ninguém pode impedi-la.

123

Os dias que se seguem são para Alex um grande esforço. Um esforço imenso. Tem a impressão de que, de repente, nunca como nesse momento, nada tem razão de ser. Nem o sucesso, nem o trabalho, nem os amigos. Sente-se perdido nessa cidade, em sua cidade, Roma. E tem até a impressão de que não a conhece, as ruas de sempre lhe parecem novas e descoradas; as lojas e os restaurantes famosos perdem todo o encanto. Durante vários dias, vagueia sem rumo, sem olhar o relógio, sem saber aonde ir, sem objetivo, um porquê ou um dever. Battisti canta dentro dele. Tem a impressão de estar em um liquidificador com todas as suas músicas. "*Che sensazione di leggera follia sta colorando l'anima mia. Senza te. Senza più radici ormai. Tanti giorni in tasca tutti lì da spendere. E se davvero tu vuoi vivere una vita luminosa e più fragrante... Luci ah, di solito così non si fa.*" * Confuso. Pelos gritos, pela raiva, pelo amor acabado, pela dor física, um coração partido, uma amizade quebrada, uma emoção despedaçada, um sentimento abalado, curvado e cortado. Assim se sente. Com a música soando sem parar em sua cabeça e uma fragilidade interna, uma sutil aflição, uma lágrima repentina e o desejo de não falar. Flui a noite e essa lua imóvel parece saber tudo, mas não fala. Passam os dias iluminados por um sol que quase cega com sua esfera perfeita, com sua dolorosa distância, com sua incômoda permanência. Um dia após o outro. Uma noite após a outra. Tudo o deixa entediado. Alex passeia com seu carro.

"Alô? Não, Andrea, hoje não vou ao escritório." "Alô? Mamãe? Quero dizer uma coisa." – Silêncio e o medo das perguntas, da curiosidade humana, da razão e da maneira como as coisas acabam. "– Não, não é um simples adiamento. Pare tudo." Adiado até um possível amanhã, quem sabe. Mas eles insistem, querem saber: "Mas por quê? Há outra pessoa? Por sua causa? Por causa dela? Vocês brigaram? Posso fazer alguma coisa? Acho chato não ligar para ela, e, além do mais, tem os pais dela. Diga a verdade, Alex! Podemos fazer algo por você? Nossa casa sempre está aberta. Venha e nos conte tudo, por favor".

Do outro lado sentem uma curiosidade ávida, como se os assuntos humanos fossem sempre um motivo de surpresa, despertassem o desejo de fuçar, de buscar, de

* "Que sensação de leve loucura tinge minha alma. Sem você. Sem raízes. Tantos dias no bolso para gastar. E se você realmente quer viver uma vida luminosa e mais perfumada... Luzes, ah, não é assim que se faz." (N. T.)

abrir gavetas, de ler cartas, de conhecer notícias, verdades surpreendentes ou descobertas dramáticas. Famintos da vida dos outros. "Mas o que querem saber? Que mais há para saber além do fato de que o amor acabou? Acabou e pronto. Acabou?" Essa palavra é um grito de dor. Ao ouvi-la em sua mente seu coração parece se encolher e estender como um elástico de absurdas capacidades, tenso como um arco violento e pronto para lançar a dolorosa flecha, mais e mais tenso, até o impossível; até se partir como cinco cordas de um instrumento levadas ao desespero, o fim dilacerante de um velho cantor de rock em seu último bis, o último canto de um velho cisne, já rouco. Assim se sente Alex, de joelhos, extenuado, derrotado e ferido frente à beleza e à grandiosidade do amor que sente por Niki. Só agora entende o quanto a amou, só agora se arrepende de tê-la feito sofrer, de ter apagado, mesmo que só por alguns instantes, esse lindo sorriso de seu rosto, e gostaria de se castigar por tê-la feito chorar, queria se desdobrar, clonar-se, criar outro Alex inocente para poder açoitar-se, sentir em suas costas os golpes cortantes e tingir suas marcas com esse maravilhoso vermelho, idêntico ao dos lábios de Niki, e mais marcas, novas, sutis, mas ferozes e profundas, que arranham como garras, que arrancam sua pele, tão perfeitas quanto o sorriso dela. Que saudade tem desse sorriso! Gostaria de sentir tudo isso e muito mais. Nem mesmo a pior das dores físicas pode se comparar com o que seu coração sente nesse momento. O absurdo desse vazio, a ausência total de tudo, como respirar em um mundo sem ar, como beber de um copo vazio, como cair em uma piscina sem água; o silêncio das profundezas marinhas, a ausência de qualquer som, palavra, cor, alegria, felicidade, sentimentos cristalizados, como se o mundo tivesse se partido ao meio e, de repente, esse sorriso roubado, impresso, crucificado, dissecado e inanimado. Assim é o vazio lancinante que Alex sente. "Quem me privou da emoção, do sentimento e da felicidade? Ladrão, maldito ladrão do amor, você o levou e depois o escondeu, enfiou-o em uma garrafa e o jogou nas mais frias profundezas desta terra que hoje me acolhe. Avanço dia após dia sem sentir mais o calor do sol, tudo me aborrece e me tortura dolorosamente, estou destinado a sofrer para sempre, como um condenado à prisão perpétua que não viu em nenhum momento um tribunal, juízes ou alguém que pudesse dizer algo, o motivo de sua culpa, qualquer que seja." Não. Ele ficará para sempre nesse quarto, sozinho com seus pensamentos e suas recordações, tentando imaginar quem é que o trancou ali e qual pode ser sua culpa, caso tenha alguma. "Como esse filme que me abalou, violento, dramático e lancinante. *Old Boy*, um filme coreano. Uma história incrível que atingia a parte mais profunda da mente, o negro mais escuro. Como se um enorme polvo, gigantesco, emergisse do abismo, abraçasse com seus enormes tentáculos o barco de um pobre náufrago que dorme e o levasse corrente abaixo, para a escuridão do mar, sem que ele percebesse, desaparecendo simplesmente, pluf, como por encanto. Quando se sofre desse jeito é difícil acreditar que possa existir um Deus, que realmente haja alguém entre as estrelas que não se compadeça de seu desespero."

Por um momento recorda a felicidade do amor, e o simples fato de enxergar a beleza desse paraíso o faz compreender melhor as barbaridades do inferno que está vivendo. Alex olha para a televisão. Um apresentador extraordinário, que conquistou tudo e todos, arfa, suado, em um palco, joga-se no chão, pula, tenta dirigir uma orquestra, depois para de repente e fala sobre algo. Mas Alex tirou o volume. De modo que não ouve o que diz, mas pode ver seus lábios e ler em seus olhos. Parece cansado e seus olhos refletem certo sofrimento. Nesse momento Alex compreende que nem as palavras nem o dinheiro ou o poder servem para reconquistar essa luz, essa pequena e enorme chama que é a felicidade. E não existe loja nem documento, papel nem recomendação capaz trazê-la de volta. Nada é certo, então. Do outro lado do arco-íris não existe nenhum pote cheio de moedas de ouro. Depois do "*The End*" dos filmes românticos, depois desse belíssimo filme de amor, depois desse beijo apaixonado e antes de tudo escurecer no meio de uma música maravilhosa, não resta nada. Nada. Pode ser que até os atores protagonistas se odeiem! Depois do "*Stop!*" do diretor não se falam mais, trancam-se em seus respectivos camarins e ligam para alguém para falar mal do outro: "Sabe o que ele fez? Tentou pôr a mão em mim, é um porco, na tela parece um cara muito legal, mas na verdade ele dá nojo". Ou quem desabafa é ele: "Você não faz ideia de como beija mal! Além do mais, tem mau hálito e um corpo todo flácido. Deviam me pagar o dobro por rodar essa cena com ela".

Alex continua mergulhado em sua dor, como se estivesse embriagado, apesar de não ter bebido uma única gota. Procura dar um sentido a esta vida, mas em alguns casos Vasco tem razão quando diz que quando se sofre assim ela perde o sentido. "Sem amor não tem sentido. Sem você, Niki." De novo essas palavras no liquidificador. "*Tanti giorni in tasca tutti lì da spendere. Ma perché adesso senza te mi sento come un sacco vuoto, come un coso abbandonato?*" * E continua passando músicas de Battisti como se, de alguma forma, só ele e Mogol soubessem realmente a que Alex se refere, como se só os dois soubessem de verdade a dor infinita quando se perde o amor. E resiste e sofre em silêncio, e segue em frente com sua vida como se ela estivesse presa a umas grossas cordas que ele engancha nos ombros como se fosse o jugo de um boi; e arrasta, sofrendo, o peso da vida, um dia após o outro, no trabalho, no escritório, brincando e rindo com todos como se nada tivesse acontecido, no meio da gente, na rua, nas lojas, no supermercado e também com seus amigos, à noite, durante esse único silêncio que de vez em quando se concede. Porém, resiste. Passam-se as semanas e resiste. E parece impossível. E cada noite parece ainda mais dolorosa, como se aumentasse o espaço e o tempo que separam tudo o que tinha dessa partida repentina para uma viagem imprevista, talvez sem retorno. "Tudo acabou? Realmente acabou? Não. Não pode ser." Viver com essa incerteza lhe faz ainda mais mal. É como se Alex quisesse permanecer na dúvida, não saber ao certo o que será deles, essa mesma frase que se diziam sempre alegremente, como se fosse uma brincadeira: "Só vivendo saberemos." "E agora? O que falta descobrir agora? Talvez o nada de seu silêncio. Frio, cínico, pérfido, malvado e divertido. Ah, é terrível! Só resta essa canção. *Orgoglio e dignità*. Orgulho e dignidade. Até o infinito. Resistir. '*Lontano dal telefono. Sennò... si sa*'. Longe do telefone, senão..."

* "Tantos dias no bolso para gastar. Mas por que agora sem você me sinto como um saco vazio, como uma coisa abandonada?" (N. T.)

124

O sol ilumina o parque Villa Pamphili num belo dia de domingo, e muitas pessoas aproveitam para dar um breve passeio antes do almoço. Enrico empurra o carrinho enquanto Ingrid ri apontando para umas crianças que correm a certa distância.

– O que está fazendo? – pergunta ele.

Anna parou para olhar uma azinheira imensa. Observa-a com atenção.

– Viu que bonita essa árvore? Está bem saudável. Gosto dela.

– Você é ecologista?

– Sim, as árvores são muito importantes. Sabia que fixam o carbono?

– Sei que dão sombra no verão. O que foi, Ingrid? Cuidado, não se suje. – A menina está tentando pegar um chocalho que caiu no chão.

Anna se aproxima correndo, e quando chega ao seu lado, agacha-se e o recolhe. Dá a Ingrid, que começa a rir. Anna se endireita e eles retomam o passeio, um ao lado do outro.

– De onde veio essa paixão pela natureza?

– De meu pai. Ele me ensinou muitas coisas e me fez compreender a importância de amar, de entender e de proteger o meio ambiente. Ele me levava a longos passeios pelo campo e pelas colinas, íamos à praia de bicicleta, enfim, passeávamos, mas nunca de carro. Eu me divertia muito. Ele me explicava tudo, os nomes dos animais, o motivo de seu comportamento, o porquê de uma árvore ter as folhas de uma determinada forma e muitas outras coisas. Meu pai era demais. Veio para Roma quando tinha vinte anos para trabalhar como designer gráfico e fez a vida aqui.

– E antes, onde morava? – pergunta Enrico enquanto ajeita o casaco de Ingrid.

– Na Holanda. Meu pai era holandês. Por isso sou tão linda e tão loura! – Anna agita um pouco os cabelos com ar provocador, mas depois não se contém e começa a rir. Enrico olha para ela. Tem que reconhecer que é linda. Mas ela continua. Fala a toda velocidade olhando para a frente. – Estou brincando! Na verdade, linda, linda, não sou. Mas loura, sim! De qualquer maneira, ele era um grande homem. Morreu há três anos e sinto muita saudade dele.

Um véu de tristeza cobre os olhos de Anna de repente. Ela para e se aproxima do carrinho de Ingrid para brincar com ela tentando afastar esse sentimento que dificilmente passa. Enrico olha para ela de novo. E sente uma ternura repentina. Gostaria de abraçá-la para consolá-la. Retomam a caminhada.

– O legado mais bonito que ele me deixou foi o amor. Ele amou demais minha mãe, que era romana. Formavam um casal fantástico, duas pessoas muito unidas e cúmplices. Por isso eu tenho minhas próprias ideias a respeito do casamento. Não quero me conformar com uma história qualquer, para mim tem que ser algo único, um verdadeiro projeto entre duas pessoas que se adoram e que ajudam uma à outra; que se gostam muito e que mesmo depois de muitos anos continuam tendo vontade de se beijar. Como era com eles, que se buscavam sempre, fisicamente inclusive – prossegue Anna.

Uma brisa leve agita seu cabelo e faz cair uma mecha em sua testa. Ela a afasta com delicadeza e continua andando.

– Então, você sonha em se casar? – pergunta Enrico.

– Sonho com uma família, mas como isso vai acontecer eu não sei. Quero uma família alegre, verdadeira, que não se quebre com as primeiras dificuldades. Uma família formada por um homem e uma mulher que se respeitam de verdade, que desejam o bem do outro e que não se rendem. Só que vejo que geralmente não é assim. Hoje em dia, os casais racham ao primeiro problema, parece que estão juntos só porque viver junto está na moda, não porque acreditam realmente nisso. Estou falando sério: você já viu quantos casamentos fracassam depois de pouquíssimo tempo juntos? – de repente se interrompe. Claro que viu. Com ele também aconteceu. – Desculpe, Enrico, não pretendia...

Ele sorri com certa amargura.

– Não se preocupe... Você tem razão, eu também penso assim. Só que, depois, olho em volta e vejo, entre outros, meus amigos: Flávio, Pietro, o próprio Alex... seus relacionamentos também não vão bem. Nossa sociedade muda e, no fim, temos que aceitar a impossibilidade de realizar o próprio sonho e nos conformarmos com o comum, que é menos bonito e romântico. "É barato construir castelos no ar e bem cara a sua destruição."

Anna olha para ele.

– Que frase bonita!

Por uns instantes Enrico se sente como Pietro, "o homem das citações", a quem tantas vezes criticou por usar as frases dos outros para se mostrar.

– Sim, mas não é minha, é de François Mauriac – reconhece, um pouco envergonhado.

Continuam andando em direção ao estacionamento. É quase hora do almoço e Ingrid está com fome.

– Almoça conosco? Vamos, podemos preparar alguma coisa. Tenho também um pouco de queijo, frios e chicória fresca, podemos temperar com vinagre balsâmico, se quiser – sugere Enrico.

Anna sorri.

– Seria legal, estou com a geladeira vazia. Você salvou minha vida!

Um pouco mais tarde, na casa de Enrico, Anna está na cozinha colocando os pratos na lavadora, Enrico está acabando de tirar a mesa e Ingrid adormeceu no sofá. Toca o telefone. Enrico atende.

– Alô?

– Alô... – Enrico fica petrificado. Reconhece imediatamente a voz. Ao fundo, gente falando. Parece um restaurante.

– Camilla...

– Sim. Como estão as coisas? E Ingrid?

– Bem, está com a babá. Quando você vem vê-la?

– Semana que vem... Então, você não esqueceu de nada?

Enrico franze a testa. Não entende. Repassa rapidamente seus diversos compromissos, mas não lhe ocorre nada.

– Não, acho que não. Tem a ver com Ingrid?

– Não, comigo. Ontem foi meu aniversário.

– E daí?

– É que você não disse nada, não me deu parabéns.

Enrico fica pasmo. "Não é possível. Liga quando quer e agora me censura por ter esquecido seu aniversário. Algumas pessoas não sabem o que é respeito pelos outros, não têm consciência de seus atos, não têm noção do que fizeram à pessoa que diziam amar."

– Acho que não havia nada a comemorar, Camilla, sinceramente. E realmente esqueci. E digo mais: o fato de eu ter esquecido me causa uma estranha felicidade.

Desliga sem lhe dar tempo de responder.

Enrico continua espantado quando entra de novo na cozinha.

– O que foi, Enrico? Aconteceu alguma coisa? – Anna percebe sua estranha expressão.

– Nada... Um problema absurdo que não dá para resolver – e continua ajeitando a cozinha.

Anna prefere não insistir, percebe que não é o momento. Enrico guarda a garrafa de água na geladeira e olha para ela.

– Anna, quando é seu aniversário?

Ela olha para ele um pouco surpresa.

– No mesmo dia que nos encontramos no hall pela primeira vez... faz já algum tempo.

Enrico faz um cálculo rápido. "Ainda bem, não é do mesmo signo que Camilla."

– Eu não contei qual foi o presente mais bonito que ganhei naquele dia. Foi de Ingrid. Assim que acabamos a entrevista, quando a peguei no colo.

– Qual foi?

– Um sorriso lindo. Parecia que ela sabia que era meu aniversário.

Enrico sorri. "Ano que vem vou lembrar e, principalmente, espero poder lhe desejar muitas felicidades."

125

Em outro lugar, a festa continua. Os jovens dançam em grupos, riem e bebem. A música sai da mesa de mixagem e dos alto-falantes do *DJ* numa seleção musical que vai desde os anos 1970 até os sucessos mais recentes. Niki convidou as Ondas também. Olly está dançando feito louca, pula com todas as músicas. Erica bebe um pouco de Bitter e balança sua taça seguindo o ritmo. Filippo se aproxima de Diletta com um copo de suco de abacaxi.

– Tome, meu amor, está gelado!

Diletta pega o copo e começa a beber.

– Hummm, delicioso!

– Nããããooo! Ouça esta, que legal!

Filippo começa a dançar. Pouco a pouco, acaba no meio do corredor usado como pista de dança. Encontra Olly e Niki e se junta a elas.

– Olá!

– Olá, tudo bem?

Continuam dançando e gritando para poderem se ouvir apesar da música.

– Tudo bem! Viram como minha Diletta está linda? – Vira-se para ela e acena. Diletta devolve o aceno erguendo seu copo de suco de fruta.

– Claro, Diletta sempre está linda! – concorda Olly. – Mas me parece um pouco mais cheinha, não é?

– Sim, levemente – responde Niki. – Mas está muito bem! Até diria que parece mais velha!

Essas palavras impressionam Filippo como se um raio tivesse rasgado o céu noturno.

– Eu também acho! Gosto muito mais assim... mais molinha... em todos os sentidos!

Olha de novo para ela enquanto a música continua tocando e pela primeira vez nota algo diferente, uma sensação estranha. Enquanto dança, não para de pensar nessa nova Diletta, tão diferente, tão doce e tão madura. Lembra a coragem que demonstrou nos primeiros dias no consultório da doutora Rossi; foi ela quem o apoiou e que tentou tornar tudo mais simples, apesar de também estar muito assustada. Lembra de si mesmo confuso, irritado e desconcertado em casa, na faculdade, com os amigos e com ela. Como se estivesse esperando algo sem saber bem o quê. Como se alguém pudesse escolher por ele. E aquela noite, quando conversaram até bem tarde sobre a possibilidade de abortar, sobre o que isso significaria para ela, para os dois, tentando imaginar tudo depois de terem ido juntos ao consultório. Aquelas palavras, as suposições, tudo em câmera lenta. E ele, que tentou de todas as formas negar a evidência e rejeitou essa nova realidade. Mas Diletta não perdeu a calma nem por um momento, demonstrou ser mais corajosa que ele, capaz de lhe transmitir uma energia enorme. Olha de novo para ela. Sorri. Diletta devolve o sorriso e percebe algo diferente nos olhos dele.

126

Chove sem parar há uma hora. Susanna sai e o vê.

– Ei! O que faz aqui fora?

Davide dá meia-volta.

– O Smart – aponta para o carro. – Não pega. Com certeza é um problema elétrico, da partida, não sei como vou voltar para casa. E, como se não bastasse, está chovendo! Mas cedo ou tarde vai parar, né? Não pode...

– ... chover o tempo todo. O filme...

– Isso, você lembra!

– Sim, e também lembro que lhe devo um favor, então...

Davide olha para ela com ar de interrogação.

– Assim ficamos quites. Você me deu carona outro dia!

– Está bem, obrigado. Aceito com prazer.

Durante a viagem não param de rir e brincar. Susanna põe um CD de Paolo Conte.

– Mas que gosto refinado! – Davide olha para ela. – No fundo, eu já imaginava.

– Por quê?

– Porque você é uma mulher fascinante – diz com alegria, mas com ar distraído.

"Por que ele faz isso? Nunca se sabe o que está pensando. Será que gosta de mim? Ou apenas está se divertindo comigo? Se bem que, de fato, qual o problema?" Susanna continua dirigindo.

– Onde você mora?

– Siga reto por aqui; Estamos quase lá.

Depois de alguns minutos Davide diz que vire à direita em uma pequena praça:

– Procure um lugar para estacionar, a esta hora talvez encontre.

Susanna se faz de desentendida, mas enquanto dá umas voltas no quarteirão procurando uma vaga, pergunta-se o que está acontecendo. "Disse para eu estacionar o carro e eu estou fazendo isso. Significa que aceito ficar com ele? Que ele deu isso por certo? Será? Mas eu não disse nada!"

– Ali, ali tem uma vaga. Cabe. – Davide aponta para a frente.

Susanna obedece e estaciona. Ele sai do carro e pega as bolsas dos dois. Susanna desce.

– Moro ali, naquele edifício amarelo, no terceiro andar. Sozinho.

Também essa frase solta assim, como quem não quer nada...

– Ah, certo. "Mas, o que estou dizendo?"

– Posso oferecer um chá para agradecer? – Davide não lhe dá tempo de pensar nem responder. Sorri e sai andando na frente dela.

Uma vez mais, Susanna não se opõe; devolve o sorriso e o segue. Depois pensa: "É meio tarde para um chá, vai me tirar o sono. Mas vou subir." Sorri serena e, de repente, volta a ser dona de suas decisões.

127

A música enlouquece. Diletta, Erica, Olly e Niki dançam juntas, cada uma do seu jeito, com o desejo e a necessidade de relaxar. Com as mãos para o alto e os cabelos ao vento. "*Balla per me balla balla, tutta la notte sei bella...*"* Nunca uma música foi tão adequada

* "Dance para mim, dance, dance, a noite inteira, você é linda..." (N. T.)

para uma noite de saudável euforia, quando todos têm vontade de gritar, de cantar bem alto. *"Non ti fermare ma balla, fino a che non finiranno le stelle, l'alba dissolva il tramonto, io non completo il mio canto e canto te!"** Rindo, brincando, empurrando-se no ritmo da música, loucas de alegria, de amor pela vida, de força e fragilidade, de entusiasmo e desejos, de anseios ocultos, de sentimentos palpáveis, de profunda amizade, de valentia fingida e medo. E continuam assim, sob os olhares de todos, jovens e alegres de novo, amigas para sempre. Ao fundo, alguns professores tentam recuperar a juventude perdida. Grupos de jovens tomam bebidas coloridas. Um *DJ* ouve nos fones de ouvido o próximo disco para engatar com perfeição a próxima música.

– Vou beber alguma coisa. Não aguento mais. Querem que traga algo?

Niki é a primeira a ceder, sorri, suada, para as amigas e espera a resposta.

– E Então? Bem, eu vou, hein?

– Vá, vá!

– A gente se vê depois!

– Pare com isso, você parece uma velha! Vamos dançar!

Niki se afasta. Nesse exato momento começa a tocar *Alala*, do CSS, perfeitamente mixada.

Diletta parece enlouquecer.

– Essa é demais, *please, please*!

E começa a cantar alto: *"Ah la la, ah la la... Would you be kind? Gimme one little more, and I'll be superfine..."* Dança pulando, dá uma voltinha com os olhos apertados, apontando para o alto sabe-se lá para onde ou para quem, e todas a imitam imediatamente.

– Uma Coca-Cola *light*, por favor.

Depois de pedir, Niki segue o ritmo com as mãos enquanto olha para as amigas, que, ao longe, dançam eufóricas. Balança a cabeça saboreando à distância a maravilhosa felicidade que transmitem seus sorrisos, seus risos sem sentido quando se abraçam, pulam juntas e fazem o mesmo passo.

– São bonitas, e você olha para elas com um amor infinito.

Seu coração dá um pulo ao ouvir essa voz. Reconhece imediatamente, apesar de não ter tido notícias dele desde aquela noite. Guido. Não imaginava que o veria nessa festa. Ou talvez sim. O que está claro é que se alegra de vê-lo. Sorri enquanto bebe sua Coca. Guido olha para ela, curtindo.

– Como você está?

– Bem...

– Bem bem, ou muito bem?

– Bem regular.

– Ah, não pensei nessa hipótese.

– Viu? – Niki sorri enquanto dá mais um gole. – Às vezes deixamos passar algumas coisas.

– Ou fingimos deixar.

---

* "Não pare, dance, até que as estrelas acabem, até que o amanhecer dissolva o ocaso, eu não completo meu canto e canto para você!" (N. T.)

Niki apoia o copo em uma mesa e olha para ele. Guido prossegue.

– Qualquer decisão traz em si, inevitavelmente, um momento de dor e de felicidade.

– Mas...

Ele tampa a boca dela com a mão.

– Ssshh... Não vamos falar disso agora. Eu não tenho nada a ver com isso. A decisão é sua, e você só tem que dar satisfações para si mesma e para seu coração, onde os outros não são convidados a entrar. Só você sabe... não é?

Niki sorri.

– Obrigada.

– Venha comigo – diz Guido, e não lhe dá tempo de responder.

Pega a mão dela e a leva para longe de toda essa gente, entre braços erguidos que se movimentam ritmicamente, rapazes e garotas que conversam, amores que nascem ou simples amizades que decidem se dar uma oportunidade. Talvez como eles dois. "É isso?", pensa Niki. "Com ele?" Olha para ele enquanto saem do salão da faculdade, e de repente estão longe dos outros, e percebe que ri justamente por isso, porque é feliz, essa distração é legal, gosta que Guido a sequestre afastando-a da normalidade e da rotina. "Tudo isso está acontecendo por causa dele? Ele é o motivo de minha confusão? É ele o motivo de minha repentina rebelião?" Fecha os olhos assustada e depois torna a abrir bem a tempo de ver Guido olhar para ela sorrindo.

– Como está?

Dessa vez Niki também sorri.

– Tudo bem.

E se deixa levar até a saída.

– Pronto. Pare aqui. – Param junto à escadaria de mármore. Guido está agora ao seu lado e não solta sua mão. – Feche os olhos. – Niki obedece sem nenhum tipo de temor. Ele se coloca diante dela. – *"Estou a caminhar para sempre nestas costas de mar, entre a areia e a espuma das ondas, a maré alta vai apagar as minhas pegadas, e o vento vai soprar a espuma para longe. Mas o mar e a costa vão permanecer para sempre."* É de Khalil Gibran. Está ouvindo o ruído ao longe? Ouve o que sussurra o vento? – Apoia-se delicadamente no ombro dela, apenas roçando-a, e a seguir, temeroso e educado, aproxima-se de seu rosto. – As ondas distantes nos chamam, nos desafiam, insolentes e corajosas, robustecidas por sua própria força, riem de nós. Não é verdade, Niki? Nós aceitamos seu desafio, não é? – e diz isso quase implorando, suplicando, pedindo que esse momento tão lindo e tão perfeito não seja despedaçado por um simples e pequeno "não".

Niki abre os olhos nesse instante, olha para ele e todas as suas dúvidas se desfazem como por encanto. Sorri.

– Nós não podemos ter medo.

Guido quase enlouquece de alegria.

– Sim! Eu sabia, eu sabia! Vamos – e desce correndo a escada puxando Niki, que quase tropeça e o segue rindo.

– Calma! Mais devagar! Você está louco, caramba!

Mas Guido não para, pula os últimos degraus, corre até ficar sem fôlego e, após virar a esquina, chega a seu carro.

– Veja, estas serão nossas armas – diz apontando as duas pranchas de surfe que estão no bagageiro.

– Mas eu não trouxe nada!

Guido abre o porta-malas.

– Tenho aqui uma roupa de surf de mulher manequim 38.

Niki se sente levemente envergonhada. É exatamente o dela. Guido decide ser sincero.

– Eu perguntei a Luca e a Barbara. Uma vez vocês surfaram juntos, Barbara me disse que a roupa dela ficava certinha em você. E ela usa 38.

Niki se sente aliviada. Agradece por Guido ter dito a verdade. Já a conquistou por completo.

– Comprei ontem. É nova.

– E se eu tivesse dito que não?

– Então eu daria de presente no seu aniversário. A bondade nunca representa um risco – olha para ela.

Niki se rende com um sorriso e depois se deixa levar; entra no carro em silêncio, fecha os olhos e o ouve arrancar. É um instante. A partir daí, perde-se tranquila pelas ruas da cidade.

128

O apartamento é pequeno, mas bem conservado. Piso de assoalho. Iluminação embutida. Decoração *clean* e moderna. Sobre uma mesinha de madeira branca, um *notebook* aberto. Várias prateleiras de metal leve com livros de esporte e *fitness*, um abajur estilo anos 1960 e um iPod.

– Este é meu reino. Deixe a bolsa onde quiser. Vou pôr a água para ferver e fazer um bom café de cevada. Está a fim?

Susanna sorri.

– Sim. Perfeito.

Davide desaparece atrás da divisória que separa a pequena cozinha da sala.

Susanna olha à sua volta. As paredes são repletas de grandes fotografias de Davide posando de um jeito sexy, tipo calendário, ou fazendo *kickboxing*. Ele é lindíssimo. Sente um calor subir em seu rosto. "Eu me sinto como uma menina. O que minhas amigas iam pensar? E meus filhos? Agora estão fazendo esporte e minha mãe vai buscá-los. Não posso ficar muito." Susanna olha o relógio. Davide volta nesse instante.

– Ei, pare com isso, espero que não pretenda ir embora já. Você não pode perder o famoso café de cevada *à la kick*! – diz, e esboça esse sorriso maravilhoso que tanto a impressionou no primeiro dia na academia.

– Relaxe, não vou perder.

– Já está quase pronto. Fique à vontade, vou servir.

Desaparece de novo e volta depois de alguns segundos com uma pequena bandeja, duas pequenas xícaras coloridas e dois açucareiros: mascavo e refinado. Coloca tudo sobre a mesinha em frente ao sofá em que Susanna acaba de sentar. Senta-se ao seu lado.

– Sirva-se.

Ela pega a colherzinha, escolhe o açúcar mascavo e adoça o café. Mexe bem e dá um gole.

– Hummm... forte!

– É café de cevada com uma gota de Baileys, café *à la kick*! Forte como um soco... no olho de um marido! – Sorri e dá um gole. – Susanna, nunca tive oportunidade de falar com você, mas faz tempo que a observo e que penso em você. Você é uma mulher linda, alegre e decidida. Uma mãe que nunca se rende, uma mulher que se doa muito. Confie e viva intensamente, há uma infinidade de coisas que você pode descobrir e curtir. Você merece. Sei que merece.

Davide deixa a xícara já vazia na bandeja. Pega a que Susanna tem nas mãos. A seguir, olha para ela. Ela sorri e desvia o olhar. Davide pega seu queixo e a atrai para si. E um beijo lento, doce, terno, e então mais intenso. Dominada, não sabe o que pensar. Nega-se a pensar. Em vez disso, abandona-se a esse abraço que a envolve, o sofá é confortável e estão cada vez mais juntos. O tempo passa. Não sabe quanto. Indefinido. Não saberia dizer se pouco ou muito. Susanna só sabe que está feliz. Por uns instantes, esquece tudo. Sente-se leve. Ela mesma.

Davide a abraça com força e ela se cobre com a manta amarela de pelo que há pouco estava bem dobrada no braço do sofá.

– Sabe? Da outra vez, quando você me levou para casa...

– Sim...

– Achei que ia tentar algo, mas quando não fez nada, me perguntei se você não era gay.

– Entendo... Quando não tentamos, somos gays, e quando tentamos somos uns porcos. Enfim, nunca acertamos.

– Não, não, você acertou, está indo muito bem – Susanna o abraça com mais força e sorri, serena, sem pensar em nada.

129

Uma canção se espalha lentamente pelo carro. *Lovelight.* É a música perfeita. Niki continua sorrindo com os olhos fechados. “O que diz essa música? Ah, sim... *What am I supposed to do to keep from going under? Now you’re making holes in my heart and yes it’s starting to show...** Que engraçado. Não tinha pensado nisso.” Sente o carro acelerar, e depois de um tempo estão na campina do Lacio, na Via Aurelia, rumo a

* O que devo fazer para não afundar mais? Agora você está cavando buracos em meu coração e, sim, estão começando a aparecer... (N. T.)

Civitavecchia. Rumo ao mar. O verde das árvores muda para dar lugar aos campos de trigo, às cores mais claras, aos arbustos ainda ocultos. As plantas vão mudando, as jovens oliveiras que se veem na beira da estrada inclinam-se em uma saudação noturna, dobradas pela fresca brisa marinha, suas mil folhas prateadas brilham beijadas pelos reflexos da lua. O carro com as pranchas de surfe no alto reduz a marcha e abandona a Aurelia. Pega um caminho de terra, trota, rebota nas pedras redondas, por entre as copas empoeiradas das árvores, que, leves, o acariciam quando passa, e um doce atrito o acompanha durante certo tempo até que o veículo chega à praia, e então o abandona. Seguem viagem, agora mais silenciosa. Pouco depois o mar se abre diante de seus olhos. O grande desafio. O mar e sua força. O mar e sua poderosa respiração. O mar e sua raiva divertida. Umas ondas enormes quebram na praia. Estouram espumando, correm até a margem e se quebram nos pequenos penhascos que delimitam a praia. Vários carros com os faróis ligados em direção ao mar tingem de luz essas ondas. Surfistas ousados aparecem e desaparecem deslizando pelas cristas, descendo como destemidos esquiadores marinhos. "Uhuuu!". Os gritos chegam até a areia, enquanto na praia as fogueiras acesas com galhos de pinheiro e uma ou outra madeira velha de um barco que afundou sabe-se lá onde estalam aquecendo os surfistas que acabam de sair da água e que contam, excitados, as façanhas que acabam de realizar na escuridão da noite.

– Está pronta? – Guido sorri enquanto desce do carro.

– Para isto, sempre.

Niki desce também e o ajuda a carregar as pranchas. Pouco depois coloca-as no chão, vai de novo para o carro e começa a tirar a roupa. Ao perceber que ele está perto, para.

– Ei, pode me deixar um pouco sozinha?

Guido se vira.

– Claro.

Niki apaga a luz do carro e observa lentamente em volta. Não há ninguém, está escuro. Continua se despindo e coloca a roupa de surfe. Fica perfeita. Sai do carro, dobra a camisa, o suéter e a calça e deixa tudo no banco de trás.

– Guido?

Segundos depois, ele está diante dela.

– Pronto, tudo certo?

– Sim. – Guido se trocou também. Deixa sua roupa junto à de Niki, fecha o carro e esconde as chaves em cima do pneu dianteiro. – Vou deixar a chave aqui, ok? Qualquer coisa...

– Ssshh. Alguém pode ouvir! – alerta Niki.

Ele dá de ombros.

– E daí? Não há nada para roubar. – E aponta para o mar. – Vamos?

– Sim.

Pegam as pranchas, colocam debaixo do braço e vão para a água. Niki lembra de repente que não disse nada para Olly, Erica e Diletta. "Talvez estejam me procurando, preocupadas... Meus pais. Tenho que avisar meus pais." Mas imediatamente pensa. "Quanto tempo faz que me preocupo com tudo? Muito. Agora é noite e tudo é maravilhoso." Pouco a pouco, Niki afasta suas preocupações e a cada passo que dá se sente mais e mais tranquila. A areia está fria. Passam por uma fogueira; alguns jovens cozinham algo em volta dela.

– Ei, Guido, guardo duas... Quando acabarem, venham se aquecer um pouco, ok?

– Claro, obrigado! – A seguir, dirige-se a Niki. – Quando sairmos, vamos comer umas salsichas e beber um pouco de cerveja, que tal?

– Sim, claro... – Por fim, Niki esquece as amigas, os pais e o resto do mundo.

– Aaaah, está gelada.

Ela também entra na água e se deita sobre a prancha.

– É, gelada, mas à noite é superlegal. Nunca fiz isso antes.

Dá duas braçadas rápidas, não tarda a ser arrastada pela correnteza, e depois de um tempo encontra-se mar adentro. Perdida na escuridão, entre os focos de luz dos carros que estão na praia, com a lua ao longe, que ainda não está cheia. Niki olha para o mar aberto esperando a onda. Algo roça nela, mas não tem medo. Deve ser um peixe; talvez até grande. Silêncio. Já não pensa em nada. Nem em suas amigas nem em seus pais. Está sozinha no meio do mar noturno. E o mais estranho é que não se lembrou de Alex nem por um instante. Ao contrário, sente-se leve. Leve. "Quanto tempo faz que eu não vivo um momento como este? Muito. Muito tempo." E, como num passe de mágica, sente o mar sumir embaixo dela e de repente se inchar como se estivesse respirando profundamente. Uma onda grande está chegando e Niki sabe. Não precisa vê-la para entender. Dá braçadas a toda velocidade e começa a correr sobre seu vigoroso rastro. Para Niki é um instante; dobra as pernas e pula para cima, levanta-se, sem vacilar, segue a onda, brinca com a prancha, passeia por cima da onda, vai para a direita, agora para a esquerda, fazendo pequenas curvas, subindo e descendo rapidamente sobre a empinada barriga da onda. De vez em quando cruza com outro surfista, ultrapassa, desvia e continua com sua brincadeira. Sobe e desce, aparece e desaparece, ela, maravilhosa amazona sobre as ondas selvagens feitas de água que espumam, encrespam-se embaixo dela, até que, depois de domar algumas, consegue finalmente entrar em um tubo. Acaricia com a mão a parede de água que corre ao seu lado e se deixa levar docemente pela última onda até a praia. Enquanto tira a presilha do tornozelo, Guido se aproxima.

– Ufa... Aqui estou! Foi fantástico.

Niki está radiante.

– Sim, maravilhoso! É uma emoção única, sério!

– Você nunca havia surfado à noite?

– Nunca. – Ela está comovida, quase chorando. – Que bobagem, não é? Essas coisas se apoderam de mim de um modo incrível, eu juro, causam-me uma emoção, não sei nem dizer...

Guido sorri um pouco envergonhado por não ser tão intenso o que ele próprio sente.

– O que a envolve é a beleza da natureza. Você está em perfeita harmonia; em cima dessas ondas você se sente parte deste mundo. E, além do mais, durante a noite, na escuridão, não há pontos de referência, e a gente ouve melhor. Mas isso é um privilégio para poucos. – Volta a sorrir. – De gente como você.

– Seu bobo!

– É verdade!

– De qualquer maneira, foi uma experiência maravilhosa, e devo a você. Obrigada.

Ficam em silêncio por alguns momentos. Por fim, Niki diz algo para quebrar o constrangimento.

– No início, achei que sentiria um pouco de medo, sabe? Mas não queria que você percebesse. Não queria lhe dar essa satisfação.

– De qualquer jeito, eu notei.

– Pare com isso!

– Claro que sim! Depois da primeira onda, os problemas se acabaram.

Niki sorri.

– Peguei pelo menos cinco.

– Seis.

– Como você sabe?

– Eu estava sempre atrás de você. Estava na onda atrás da sua, o que você está pensando? Não a deixei nem por um instante; de certo modo, eu me sentia responsável. – Niki não sabe se acredita ou não. De qualquer maneira, é normal, poderia ter sido perigoso. – Vamos, Niki, vamos para perto do fogo comer alguma coisa.

– Sábia decisão!

– Está se divertindo de verdade? – pergunta ela.

– Claro – Guido sorri. – Eu era seu anjo da guarda marinho.

– Não sei se acredito.

– Você é quem sabe. Aliás, você foi ótima no tubo. Eu não consegui. Aqui estamos, rapazes! Guardaram as salsichas ou já comeram tudo?

Guido se senta no meio do grupo. Niki olha para ele. Então é verdade: ficou o tempo todo perto de mim. De outra forma, ele não saberia de nada.

– O que está fazendo? Ande, vai esfriar, Niki!

Ela se senta ao seu lado, cumprimenta os outros surfistas e logo está bebendo cerveja e segura na mão uma magnífica salsicha ainda quente.

– Hummm! Que fome! Isso sim é que é um jantar! Está uma delícia.

Uma garota loura lhe passa um pedaço de pão.

– Tome, ainda está quente.

Outra lhe dá uma cestinha de plástico.

– Tem uns tomates aqui, já lavei.

– Obrigada.

Sorriem uma para a outra. Não se conhecem, mas dispensam-se as apresentações. O amor pelas ondas é o melhor cartão de visita. De modo que continuam comendo, sorrindo, conversando, passando a cerveja, contando os casos dos surfistas que enfrentaram ondas maiores por todo o mundo. A noite vai passando e o fogo, lentamente, vai se extinguindo.

– Brrr... está começando a esfriar.

Niki passa as mãos pelos ombros; a roupa já secou.

– Devíamos ter tirado essa roupa. Estou com os ossos gelados. Vamos embora?

– Eu tenho o remédio certo para evitar que você fique doente! Quando você se encharca com água fria, fazendo surfe ou andando de moto na chuva, o melhor é tomar uma ducha quente.

– Claro, mas onde vou tomar uma ducha aqui?

– Não, aqui não. Confia em mim?

Niki inclina a cabeça e olha para ele indecisa.

– Desculpe, mas você confiou até agora. E gostou do que fizemos, não? Por que deveria enganá-la justamente agora?

Niki torna a olhar para ele erguendo as sobrancelhas. "Pois é, por que deveria?" Então, dá o braço a torcer.

– Está bem, vamos, mas não posso ir embora muito tarde, ok?

– Eu prometo.

Entram no carro com o ar quente no máximo, mas a música, *light*. O ar quente é agradável. Em poucos instantes têm a impressão de estarem em um deserto onde o vento quente seca tudo. Enquanto isso, as notas de Vinicio Capossela enchem o ar. A música parece escolhida de propósito. *Una giornata perfetta*. Um dia perfeito.

Sim. É uma noite perfeita. Niki olha para ele sorrindo. Ele também. A seguir, fecha os olhos. "Não quero pensar, esta noite não." Capossela continua cantando e ela concorda com suas palavras: "*Non si è fatti per stare a soffrire, andarsene se è ora di finire, affidarsi alla vita senza più timore, amare con chi sei o dare a chi ti dà e non desiderare sempre e solo quello che se ne va...*"*

130

O carro azul avança a toda velocidade pelos caminhos campestres. Niki abre a janela para tomar um pouco de ar.

– Veja, quero mostrar uma coisa.

Guido desliga os faróis e prosseguem o caminho às escuras, iluminados apenas pela luz da lua, que agora parece mais intensa.

– Bonito, não? Estamos descendo sozinhos por esta ladeira. – Guido tira o pé do acelerador e fica em ponto morto.

O carro voa silencioso na noite sob um céu escuro, entre o verde dos bosques. Não se ouve nem o ruído do motor, é como se estivessem sobre uma estranha prancha de surfe. O vento entra pelas janelas e sentem calor por baixo das pernas. Depois de um momento, veem algo estranho.

– Veja, Guido.

Ele sorri, engata novamente o carro e acende os faróis.

– Sabe o que são essas luzinhas?

* "Não fomos feitos para sofrer, ir embora se é hora de acabar, confiar na vida sem medo, amar quem está conosco ou dar a quem nos dá, e não desejar sempre e só o que não temos." (N. T.)

– Não, o quê?

– Vagalumes. – Acelera um pouco e desaparece atrás da colina. Dirige seguro, curvas longas, lentas, atravessando grandes prados verdes e trigais, definitivamente sozinhos no meio da campina toscana. – É aqui, chegamos.

Niki se endireita no banco, curiosa, alegre, de novo menina. Sim. Depois de fazer uma curva, o veículo desce por uma ladeira, pula, até que finalmente para em uma pequena clareira. Guido desliga o motor. Diante eles, uma fumaça clara e leve sobe lentamente ao céu e se perde. Estão nas termas de Saturnia. Na penumbra, como se estivessem em um pequeno inferno natural, vários homens e mulheres estão mergulhados em pequenas piscinas de água sulfurosa; parece um alegre círculo dantesco, natural e agradável, sem sofrimento, mas talvez com um ou outro culpado. Da escuridão do bosque, uma grande cascata de água quente desce de uma rocha e cai em cheio no centro da grande piscina. Veem várias pessoas que se mexem lentamente dentro desse estranho borbulhar, que aparecem e desaparecem de vez em quando de onde emana o enxofre.

Guido observa Niki. Essa imagem infernal a fascina e arrebata.

– E então? Pronta para mergulhar? Vai ser maravilhoso.

Niki olha para ele e sorri.

– Acho uma ideia fantástica.

Em um piscar de olhos sai do carro, dá uns passos descalça sobre a rocha fria e porosa que contorna a piscina e aos poucos entra na água, vestindo sua roupa de surfe. Mergulha.

– O que me diz? Não a decepcionei, não é? Este lugar é maravilhoso. Já esteve aqui?

– Não. – Faz silêncio, e a seguir, submersa até o queixo na água quente, reconhece. – É maravilhoso, de verdade, é muito relaxante.

Guido sorri.

– E você não sabe como a pele fica – Logo se corrige. – Mas a sua já é naturalmente maravilhosa.

Niki evita seu olhar e mergulha ainda mais; a água chega agora até quase seus lábios. Tem a impressão de estar em uma banheira, como quando preparava um banho em casa. Faz já muito tempo. É realmente relaxante.

– O estranho dessas piscinas é que quando você se afasta do centro, a água esfria.

Guido faz que sim.

– É – Então, tem uma ideia: – Siga-me!

Pega-a pela mão e a faz sair.

– Mas estou com frio!

– Venha, você vai ver que pode ficar ainda melhor.

Como bons surfistas, sobem pela borda da cascata até chegar à piscina superior. Ali há outra cascata mais alta ainda, onde não há ninguém.

– Venha!

Guido é o primeiro a entrar. Niki o segue.

– Está bem quentinha, é maravilhoso.

– É! Vamos lá embaixo.

– Como?

– Assim. – Guido nada para o centro e entra embaixo da cascata que, quente, cai de uns dois metros de altura e se quebra em seus ombros, em sua cabeça e em suas costas, fazendo uma vigorosa massagem. – Venha, Niki! É demais! O que foi? Está com medo?

– Eu não tenho medo de nada! – replica, e num segundo está ao seu lado, sob a água que quase a arrasta.

Niki resiste, movimenta os ombros embaixo do forte jorro, seus músculos se soltam e ela se sente cada vez mais relaxada e serena. Fazia meses que não se sentia tão bem. Fecha os olhos embaixo da água quente e se deixa levar por essa ideia, solta um profundo suspiro, cada vez mais longo, e se abandona por completo. "Ah... Que maravilha, como eu precisava disso!" De repente, sente alguém a segurar. Abre os olhos e se afasta do jato de água. É Guido. Puxa-a para si, entre a cascata e as rochas, escondidos de tudo e de todos, e a leva até uma pequena gruta onde a água que cai do alto à frente deles parece uma cortina. Através dela vê-se a lua envolvida pela escuridão do bosque.

– O que acha, Niki? Gosta?

– Demais! Este lugar me devolve ao mundo, sério. Faz a gente recuperar todas as energias. Agora, seria capaz de surfar durante horas.

Guido, que não soltou sua mão em nenhum momento, olha-a nos olhos.

– "Aonde vão minhas palavras, aonde fogem? Têm, talvez, medo de dizer que o amo?"

Niki fica boquiaberta, não pode acreditar.

– Essa é minha frase, a que coloquei na garrafa!

Ele sorri.

– Depois de levá-la para casa corri a noite toda pela margem do rio. Não podia permitir que outro a encontrasse em meu lugar. – Volta a sorrir e depois aproxima lentamente seus lábios dos dela sob a cascata.

Niki vê seu lindo sorriso cada vez mais perto. Essas palavras, ainda... "Corri a noite toda pela margem do rio". Ainda mais perto... "Não podia permitir..." Cada vez mais... "Que outro a encontrasse em meu lugar..." Niki fecha os olhos e já não vê mais nada, nem com a mente nem com o coração; nem aquele farol distante, outros dias, outras épocas, aquela ilha Blu, o mar, as recordações. Nada mais. Lança-se por fim, pula e cai em seus braços, e se perde nesse doce beijo de lábios quentes e esquecidos, de confusão humana, de culpa e de perdão ao mesmo tempo. Ela, uma menina arrastada por um tolo e estúpido desejo: voltar a ser livre. Instantes depois, estão embaixo dessa cascata, quase libertadora, afastam-se e se buscam, riem envergonhados e felizes por terem dado esse estranho passo, tão leve, tão lindo, tão límpido... E não só pela água. Niki flutua. Joga a cabeça para trás. Seus ouvidos estão tampados e os ruídos chegam distantes, estranhos ecos marinhos nessa piscina sulfurosa. Seu cabelo cai para baixo, assim como seus braços, abandonados. Debaixo d'água toca com os dedos algumas pedrinhas que o enxofre arredondou. Os vapores da piscina e tudo o que aconteceu fazem que se sinta perdida. "Quem sou eu? Onde estou? Que será de mim? E meu amor? Meu amor forte, sólido, firme, quase raivoso, determinado e decidido apesar do mundo, que se opunha à nossa diferença de idade? Alex... Por que você me abandonou? Ou melhor, por que eu o abandonei? Mas, a culpa não é sempre dos dois?" Permanece imóvel na água, apavorada com essa infinidade de perguntas sem resposta. "Silêncio. Preciso de silêncio. Não me pergunte nada, coração, deixe que eu vá, mente. Uma só lágrima cai de seus olhos, desliza por sua face, furtiva, escondida, como uma pequena ladra que acaba de furtar algo no mercado e foge assim, perdendo-se entre a gente, da mesma maneira que essa lágrima acaba na água pondo fim a seu breve percurso e a todos os porquês que a geraram. Niki fica um pouco mais na água. Depois, levanta-se e sorri para Guido. Ele olha para ela curioso, quase preocupado, talvez levemente arrependido.

– Cometi algum erro?

Niki começa a rir.

– Se alguém cometeu um erro, fui eu. Mas eu sabia. E, além do mais...

Guido olha para ela esperando o final da frase.

– E além do mais, o quê?

– Nada...

– Não, por favor, diga – Pega de novo sua mão, as duas, temeroso por um instante, com cuidado, sem saber se ultrapassou de novo o limite ou não. – E, além do mais...

Niki sorri.

– E, além do mais, eu estava com vontade de tomar um banho.

Sai da piscina. Guido olha para ela. Pela primeira vez nessa roupa de surfe pintada pela lua, emoldurada pelo verde desse bosque escuro, vê uma mulher. Vê seu corpo desenhado, decidido, feminino, suave e arredondado. E pela primeira vez não se trata de uma simples brincadeira. Agora é verdadeiro desejo. Sente um calafrio forte, intenso, que percorre suas costas, que encolhe seu estômago, que não lhe dá uma trégua nesse instante que parece eterno. Niki se vira e o vê na piscina, submerso na água e cercado pelos vapores que emanam. Vê seus olhos na escuridão, seus lábios carnudos, a evidência de desejo sob essa luz noturna.

– O que está fazendo? Venha.

Guido sai em silêncio. Sem dizer nada, entram de novo no carro. Pouco depois, estão do outro lado das colinas, na Via Aurelia, e finalmente de novo na cidade. Param em frente à casa de Niki. Foi uma viagem silenciosa. Guido olha para ela. Ela ainda conserva a campina no olhar e não tem nenhuma vontade de enfrentar de novo a realidade. Volta-se para ele.

– Obrigada, foi uma noite linda – e após um suave beijo na boca, foge. Tão suave que quase parece que não aconteceu, e ainda deixa mil interrogações.

"O que somos? Amigos? Amantes? Apaixonados? Namorados? Nada?" E com esta última pergunta, Guido a vê desaparecer no prédio.

Niki não chama o elevador. Sobe a pé tentando fazer o mínimo de barulho possível. "Não acredito, são quatro e meia. Quanto tempo fazia que não chegava tão tarde? Uma vida." Uma vez diante da porta de casa, põe a chave na fechadura e a faz girar lentamente. Clic. Por sorte não passaram o trinco. Entra e fecha a porta com as duas mãos, com cuidado para não fazer barulho. A seguir, tira os sapatos e vai para seu quarto na ponta dos pés. Quando passa pelo quarto de seus pais olha por baixo da porta. Está escuro. Apagaram a luz. Ainda bem. Porém, Niki não sabe que Simona está de novo acordada. Bastou o levíssimo ruído da porta de entrada para fazê-la abrir os olhos, ou talvez tenha sido outra coisa, quem sabe. O fato é que acompanha os passos de sua filha como se pudesse vê-la e, como qualquer mãe, compreende. Não se sabe bem até que ponto... mas compreende. Quando ouve a porta do quarto de Niki se fechar, solta um profundo suspiro e tenta pegar no sono de novo. Revira-se na cama. "Devo fazer alguma coisa? Tenho o direito de intervir na vida de minha filha? Quem sou eu para dizer alguma coisa? Sou sua mãe. Sim, é verdade. Mas posso saber o que sente? Como posso interpretar, decidir, traduzir seus sentimentos, o que experimenta, o que sente, o que sonha? Se agora está feliz, triste ou assustada... Será que está pensando melhor? Está avaliando o que fazer. Niki é jovem, às vezes madura, muito adulta para sua idade. De modo que agora é justo que viva sua vida, não importa que seja um conto de fadas ou a crua realidade, que caia e torne a se levantar, que avance com facilidade ou a duras penas, que viva no céu ou com os pés na terra. O papel de uma mãe é justamente esse, permanecer o tempo todo ao lado de sua filha sem dizer nada, pronta para acolhê-la e para animá-la quando for necessário, dar-lhe a máxima liberdade de escolha e estar de acordo com suas decisões esperando que a façam feliz. Sou uma chata. Que mãe chata!" Seus pensamentos a fazem sorrir. "Sabe o que pretendo fazer, Niki? Vou aceitar todas as suas decisões esperando que a façam feliz. É isso." Então, olha para Roberto, que dorme ao seu lado, roncando levemente. "Será possível? Eu devia ser como ele. Dorme profundamente, nada importa, principalmente o que acontece em casa! E, como se não bastasse, ronca!" Pelo menos por esse motivo, dá-lhe um pontapé firme e seco na perna. Roberto se assusta, mas imediatamente começa a respirar de novo ainda mais profundamente que o habitual. Move um pouco os lábios como se mastigasse, como se buscasse algo no ar, e então vira para o outro lado e continua dormindo como se nada mais existisse. "Não acredito! Não é possível. Dorme como um anjo, enquanto eu perco o sono com meu dilema. Que, a bem da verdade, deveria ser nosso!" Roberto vira de novo. "Não pode ser", pensa Simona, e se sente ainda mais desconsolada. "Está roncando outra vez! Será possível?"

131

Niki começa a se despir. Cheira sua pele. Leva o cotovelo ao nariz. "Hum... Que estranho esse cheiro. Parece o sabonete que papai usava de vez em quando. Mas é bom. E forte. Além do mais, é verdade, a pele fica muito suave. É incrível o efeito do enxofre no pH, é muito bom para fungos, bolhas, protege a pele... Enfim, a gente deveria mergulhar nessas piscinas pelo menos uma vez por semana. Isso mesmo. E depois?" Sorri. "O que aconteceria, já que só um banho bastou para que eu o beijasse? Eu o beijei." Essas palavras parecem, de repente, muito estranhas. "Eu o beijei." A seguir, olha-se no espelho. O cabelo, crespo e emaranhado, contorna seu rosto dando-lhe um aspecto diferente, quase não se reconhece sob essa nova luz. "Eu o beijei." E torna a se olhar, hesitante, como se buscasse em seus olhos as marcas de uma verdadeira mudança. Como naquele filme, o *remake* protagonizado por Nicole Kidmam que fala de uns alienígenas que adotam uma aparência humana, que vão se introduzindo pouco a pouco nas pessoas, e elas começam a se comportar de maneira diferente do habitual. Niki se aproxima um pouco do espelho. "Será que um alienígena entrou em meu corpo?" Sorri. "Não gostei desse filme. E desta noite? Gostou desta noite?" Fica mergulhada em seus pensamentos, suspensa em frente ao espelho. Depois sorri para essa estranha garota de aspecto rebelde. "Tinha vontade de tomar um banho, é? Então agora é assim? Então tá. Digamos isso, por favor." Continua se despindo, tira a calça, coloca sobre uma cadeira e, nesse exato momento, chega de repente outra pergunta, repentina, inesperada, que a deixa quase sem sentidos. "E Alex? O que diria Alex de tudo isto? Ele gostaria?" Sente-se sufocar, sente-se morrer. "Não, acho que não. Não acredito. Está ouvindo? É como se outra pessoa estivesse rindo dentro de mim. Não acredito! Como pode dizer uma coisa dessas? Você quase se casou com ele, durante dias, semanas, meses, mais de um ano e meio, em poucas palavras, construíram juntos coisas importantíssimas, e agora você vem e diz que acha que ele não ia gostar? Mas claro que não! Ele sofreria muito. O que você fez é inaceitável, inimaginável. Assim como tantas outras vezes, a vida é irônica, diverte-se com você, faz cócegas, provoca, ridiculariza." Seus olhos o veem agora. Ele está ali, naquele canto, o mesmo onde o deixou há certo tempo. O pacote que Alex mandou. E quase em transe, apesar de não querer, ou, pelo menos, querer não querer, porque gostaria de resistir, de se enfiar na cama e dormir... pega-o. Olha para ele por um instante e cede. Começa a desembrulhá-lo. Curiosa, arranca o papel como se pretendesse precipitar o castigo, machucar-se o quanto antes para poder se açoitar de alguma forma e expiar imediatamente e por completo esse desejo juvenil... de tomar um banho. O último pedaço de papel cai no chão. E aparece em suas mãos.

"Para você, para Niki."

Um DVD. "O que será? Quando ele me mandou isso? Já havia encontrado minha carta?" Depois vê a data. "Não, mandou no dia em que viajou. Na noite em que saí pela primeira vez com Guido." E só de pensar nesse nome e no que aconteceu desde então tudo lhe parece absurdo, uma eternidade, outra época, outro mundo, outro planeta. Antes de ser dominada por um ataque de pânico, Niki pega o DVD, segura-o com as duas mãos, como se fosse um documento importantíssimo encontrado depois de muitos anos de busca. Ergue-o pouco a pouco. É delicado, frágil, fundamental, é o mapa da verdade, o testemunho dessa lenda que sempre se conta sem revelar tudo. "Tenho certeza de que aqui dentro vou encontrar tudo o que preciso." Introduz o DVD em seu computador e depois de alguns segundos aparece o ícone preto com a palavra "Play" escrita em cima. Nik clica nela e é como se abrisse uma porta, como se acessasse uma dimensão desconhecida. "Eu era ela, ela era eu, éramos um, éramos livres." A música do dia em que nos conhecemos, quando sofremos aquele acidente, quando eu caí. *She's the One*... As notas prosseguem lentamente. "*We were young, we were wrong, we were fine all along*...". E no filme aparece Alex. Sorri. A música vai caindo e ele começa a falar: "Meu amor... Eu gostaria de lhe dizer que sou feliz, mas não encontrei palavras suficientes. Este mundo não inventou palavras bastantes para poder expressar o que sinto por você. Por isso, quero que estas imagens falem por mim." O vídeo continua passando. A música sobe de novo e ela vê, uma após outra, as fotografias dos dois juntos. Alex e Niki em uma festa, Alex e Niki aprendendo a dirigir, fotografias tiradas com o celular. Niki dormindo e se zangando porque percebe que ele a está filmando quando acorda. De vez em quando ouve-se a voz dele: "Aqui você estava linda, aqui a amei a noite toda, aqui tive medo... Medo porque estava me apaixonando por você". A música se eleva de novo, e começa a ver as fotografias de Alex sozinho no farol durante os dias em que a esperava. "Aqui era quando minha vida já não tinha sentido." Niki sorri. "Aqui, quando compreendi que estava renascendo." Breves imagens dele saindo da casa do velho guardião do farol.

"Tá na mesa!", sua voz, a dela, Niki. "Que ridícula estava vestida daquele jeito. Era a primeira sopa da minha vida!" E mais fotografias e imagens. "Aqui percebi que era um idiota, que só havia perdido tempo." Uma música diferente. Coldplay. Começam as imagens de Nova York. Niki sente uma pontada no coração. Contempla em silêncio os dois correndo pelas ruas de Manhattan, ela entrando na Gap e depois na Levi's, ela provando alguns vestidos e camisas, ela empurrando com uma mão a câmera. Ela dizendo: "Pare, não me filme agora. Se filmar, não vou me casar com você." Naquele dia ela falou brincando, como se fosse uma frase tola que nunca, jamais, se tornaria realidade. Niki começa a chorar baixinho, suas lágrimas rolam velozes, uma após outra, como um rio subindo, como uma onda inchando, enorme, que já não se pode conter, de modo que se abandona, deixa-se levar, sente-se invadida por um vendaval de sentimentos confusos e seu pranto cresce. A música continua. Aparece o passeio de helicóptero, a vista de Nova York do alto. O letreiro sobre o arranha-céu do Empire State. "Desculpa... quero me casar contigo." E o primeiro plano final de Alex. "Desculpa, mas não fui muito claro: Desculpa... sempre vou te amar." Niki não consegue resistir mais, começa a soluçar e cobre o rosto com vergonha daquele beijo, de seu repentino desejo de se rebelar, de se afastar de tudo o que tinha, do maravilhoso amor de Alex. E então desespera-se em silêncio, enxuga as lágrimas com as costas da mão, doída, desconcertada, desorientada e também irritada por não poder culpar ninguém senão a si mesma por essa estranha e inesperada mudança. "Por que as coisas acabaram assim? O que aconteceu realmente?" Um vazio enorme a domina e sente-se mais sozinha que nunca, apesar de seus pais, que estão no quarto ao lado, a amarem e apoiarem em todas as suas decisões. E o mesmo se pode dizer de suas maravilhosas amigas, que sempre estão em sintonia com ela, sempre presentes em qualquer ocasião. Nesse momento, Niki se sente como um balão que esvaziou. "Há algo que ninguém pode afastar de mim. Algo de que nem sequer posso falar porque não adianta nada, não posso nem explicar nem compreender. A falta do amor. Perder o amor, o fim de um amor, a fuga de um amor. Quando isso acontece você se sente nua e vazia. Mesmo que esteja bem consigo mesma, não deixa de ser uma beleza sem alma." Levada por essa imensa solidão, deita-se na cama. Talvez amanhã veja tudo diferente. Pode ser. Tomada pela dor, exausta, joga-se sobre o travesseiro como se buscasse um refúgio, uma praia segura, um recanto tranquilo onde se refugiar de todos esses pensamentos. Mas quem é o verdadeiro culpado por tudo isso?

132

Uma linda caixa embrulhada de amarelo e laranja descansa sobre a mesinha de vidro da sala. Ao lado, dois copos de suco de laranja e dois pedaços de bolo de chocolate com coco. Diletta olha para Filippo sorrindo.

– Mas, por quê?

– Como por quê? Porque você merece!

Diletta olha o pacote, então.

– Mas não é nosso aniversário, nem o meu!

– Não, mas é uma festa! Confie em mim!

Diletta pega a caixa. Olha, vira e sacode para adivinhar o que há dentro.

– Não faz barulho.

Filippo não responde e sorri.

– Ande, abra!

Diletta não aguenta mais de curiosidade. Finalmente começa a desembrulhar a caixa pouco a pouco tentando não rasgar o papel. Nunca gostou de rasgá-lo. Lentamente vai aparecendo o conteúdo. Diletta não pode acreditar no que vê. Depois, repara no cartão. Pega e lê.

– Não acredito... – Olha para ele e pula louca de felicidade, Cobre-o de beijos, abraça-o e ri emocionada.

Filippo se deixa abraçar e ri também, surpreso e satisfeito com essa explosão de alegria. Porque é mais que um presente. É uma promessa, uma escolha, uma tomada de consciência e uma viagem juntos rumo a numerosas e diferentes surpresas. É um salto no vazio, mas com um paraquedas capaz de proteger os dois. Diletta se levanta e pega a mão de Filippo. Olha para ele docemente.

– Venha comigo.

Leva-o para seu quarto, fecha a porta e o faz se acomodar na cama. Começa a beijá-lo. Sentem-se muito próximos, mais unidos que nunca, de certo modo adultos e conscientes, ainda com medo, mas preparados. Finalmente preparados.

Na sala, no sofá, cercada pelo papel que não foi rasgado e pelo grande laço que a amarrava, uma caixa aberta com um macacãozinho de bebê amarelo pálido com ursinhos bordados. E um cartão que diz: "Amarelo como o sol que ilumina seu mundo, amarelo como uma flor que brilha ao meio-dia, amarelo como seu cabelo, louro como o ouro, amarelo como um sonho que se tornará realidade. Não importa que seja menino ou menina: vai ser maravilhoso como você".

133

Vários dias mais tarde. Um céu azul sem nuvens. Um trânsito lento e sem buzinas tentando acelerar o ritmo da cidade. Alex acaba de fechar o carro. Dirige-se apressado para o pátio e entra no edifício.

– Bom dia, senhor Belli, estão esperando o senhor lá em cima.

– Está bem, obrigado.

"Estão me esperando? Quem? Por quê? O que será que aconteceu?" Enquanto entra no elevador, uma ideia estranha, uma recordação do passado surge dolorosa em sua mente. Aquele dia, ao telefone.

– Oi! Sua secretária não me deixou falar com você.

– Lamento, onde você está?

– Aqui do lado de fora do seu escritório.

Alex sai correndo e a vê ali, sentada na sala de espera, em um sofá colorido, com seu casaco azul e os tênis Adidas de cano alto, e suas pernas, e a pasta com os desenhos da campanha LaLuna... Em um instante tem a impressão de ter voltado no tempo e parece impossível que Niki já não faça parte de sua vida. Sente isso particularmente quando para em frente ao sofá. "Onde você está, Niki? O que foi de nossa vida? Por quê?" Sente uma espécie de vertigem ao pensar no absurdo de tudo que aconteceu. Mas, nesse exato momento, abre-se a porta da sala de reuniões.

– Alex, estávamos esperando por você. Vamos! – Leonardo sai a seu encontro correndo e o pega pelo braço. Depois, quase arrastando-o, abre seu melhor sorriso. – Aqui está meu número um: Alessandro Belli! – e o faz entrar.

Na sala de reuniões é recebido por um grupo alegre de publicitários, redatores, designers, produtores, contadores, o presidente e o administrador da empresa.

"Parabéns!" "Muito bom!" "Excelente!"

Recebem-no com esses adjetivos para comemorar seu sucesso. Alex olha para todos meio zonzo, gira lentamente a cabeça da esquerda para a direita, da direita para a esquerda. Conhece todos de seus muitos anos de trabalho, desde seu começo no nível mais baixo, sua trajetória feita de cargas, de melhoras, de tenacidade, de aplicação, de criatividade, de pequenas metas, de enormes esforços, de infinitas corridas, de horas intermináveis e de grandes sucessos. Porém, ele trocaria de boa vontade tudo isso e toda essa gente por uma só pessoa. "Onde você está, Niki? O que significa um sucesso quando não temos ao lado uma pessoa com quem dividi-lo, a única pessoa que amamos?"

– Você fez um sucesso incrível nos Estados Unidos! – Leonardo envolve Alex pelos ombros devolvendo-o à realidade. – Acertou em tudo, gostaram até do slogan.

Ao se virar, vê Raffaella, linda como sempre, mais ainda, elegante, séria, silenciosa, perfeita tanto nos modos como no senso de oportunidade, sorrindo para ele de longe e piscando com simpatia, sem malícia. A seguir, faz um gesto como dizendo: "É por você. Tudo isto devemos a você, este momento de glória é coisa sua." E Alex esboça um sorriso, aturdido por todas essas palavras.

– Ponha para rodar, ande.

Na sala reina um silêncio quase religioso quando a tela desce do alto. Alex fica parado, e num instante é envolvido pelas imagens de seu filme. Animais correndo, um leão, um guepardo, uma pantera, um antílope que pula, uma gazela capturada pelas garras de uma onça e, ao fundo, umas mãos escuras que batem continuamente um tambor de couro. Tum-tum-tum. Tum-tum-tum. As imagens vão passando e pouco a pouco se desvanecem. Depois surge a palavra "Instinto", que emerge do fundo com uma música cada vez mais forte. Um *close* da boca de uma pantera que se abre soltando um rugido. Depois, "Amor": um leão e uma leoa copulando selvagens enquanto se mordem no pescoço, quase se despedaçando de paixão. E de novo vários antílopes cada vez mais velozes, centenas, que fogem, correm, pulam e quase atravessam a tela: é o momento da palavra "Motor", que vai imediatamente seguida de um carro preto que aparece como um raio em primeiríssimo plano e a seguir faz uma curva e para. Uma pantera passa ao seu lado, olha, esfrega-se nele e logo se afasta enquanto aparece o nome do carro e seu slogan: "Instinto, amor, motor." Quando se acendem as luzes, todos aplaudem entusiasmados. Alex está surpreso, desconcertado até.

– Genial, muito bom!

Todos continuam aplaudindo, de vez em quando dão umas palmadinhas nas suas costas.

– Excelente! Parabéns, a campanha é magnífica, a melhor que já vi para um carro!

Alex sorri sem acreditar. "Como posso ter feito isso? Eu usei o slogan da minha vida, da minha filosofia, minha corrente de pensamento, para um carro, para um pedaço de ferro que, um dia, vai sobreviver a mim friamente, que não pensa, que não raciocina, que não sofre nem se alegra. Amor... motor. A que ponto cheguei? Não é possível." Sorridente, cumprimenta ainda várias pessoas, depois abandona a sala e corre para a sua. Tranca-se nela e começa a revirar uns papéis, umas pastas, uns desenhos, os diversos tipos de letras que considerou, escolheu, avaliou. Até que encontra. "Amor... motor." É sua caligrafia. "Eu fiz isso!" Um pouco mais embaixo encontra outro papel cheio de sinais de interrogação, outro com um coração e várias letras escritas, sempre as mesmas: A e N. "É isso. Eu devia estar bêbado, devia ter bebido, quando foi isso? Quando estive mal. Faz semanas que estou mal. Eu mergulhei no trabalho e também nele criei uma bela confusão." Leva as mãos à cabeça. "Mas, como é possível?" Nesse exato momento batem à porta. Alex ergue o olhar.

– Entre!

É Raffaella.

– Olá! Como vai? Viu que sucesso?

– Não... O que vi foi outra coisa! – Alex mostra as palavras "amor, motor", furioso. – Você escolheu isto?

– Não, Alex. Eu jamais me permitiria fazer uma coisa dessas. Você deixou aí em cima da mesa. Depois, na noite em que devíamos terminar o filme você foi embora porque... não estava muito bem.

Ele olha para ela e lembra. Refere-se ao dia em que ele se embebedou e ela o acompanhou até sua casa de táxi. Ajudou-o a entrar e foi embora. Foi muito gentil, porque nos dias que se seguiram não lembrou de nada, agiu como se nada houvesse acontecido, e não disse uma palavra a ninguém. Alex abaixa o papel. Raffaella sorri. Percebe que ele acabou de lembrar.

– Depois, Leonardo disse que havia ligado para sua casa e que você mesmo ditou o slogan: "Instinto... amor, motor!" – Raffaella volta a sorrir. – É lindo. Pode ser que não perceba, mas você só sabe fazer coisas maravilhosas – e depois de dizer essas palavras com voz trêmula, sai da sala.

Alex balança a cabeça e dá um soco na mesa, depois se reclina na cadeira. "Só me faltava isso. Eu a humilhei. Ela fez tudo, o filme, a escolha da música, a montagem, o ritmo, as cenas de animais do *National Geographic*, o primeiro plano da pantera e até o do carro. Instinto, e eu... eu encontrei o slogan. Mas, o que estou dizendo, não encontrei! Usei um que já existia. Eu copiei! De mim mesmo, mas copiei! E ainda por cima fiquei irritado. Sou um desastre... Bem, de uma maneira ou de outra terei que compensá-la. No fundo, o sucesso é mais dela que meu, e todos me deram os parabéns." Nesse momento ouve um *bip* em seu celular. Uma mensagem. Pega o telefone do bolso quase sem pensar. Quem será agora? Mais parabéns? Um colega, um publicitário, um redator, Leonardo que quer me chamar para almoçar... Espero que não. Hoje não estou com fome." Quando abre a mensagem e vê o nome, a sala começa a rodar, o teto parece cair, as paredes tremem, a terra treme, um remoinho repentino, um terremoto emotivo. Niki. Olha de novo a mensagem. Afasta o aparelho de seu rosto. Sim. Niki. É ela. E fica paralisado, sem respirar, à beira de um precipício, de uma montanha, em frente ao abismo de um vulcão em erupção... ou talvez nas margens de um paraíso? O que será que diz essa mensagem? Será feliz de novo ou já não tem o direito de esperar isso? Imediatamente, uma infinidade de suposições, de frases que Alex imagina que encontrará ao abrir a mensagem.

"'Desculpa, mas estou com outro'. Não, por favor, não me diga que é isso." Outra, de certo modo, ainda mais dolorosa: "Desculpa, mas não te amo mais." Outra, ainda pior: "Desculpa, mas nunca te amei." A seguir, uma leve melhora: "Desculpa... mas ainda penso em nós." "Desculpa... mas ainda estou indecisa." "Escuta, eu pensei e..." Ainda melhor: "Escuta... eu queria voltar." "Desculpa... quero me casar contigo." Sim. Talvez. Olha fixamente por alguns minutos para o celular. Só ela sabe o que contém. Ela, que escreveu a mensagem. E continua olhando. "Antes de abri-la posso imaginar qualquer coisa; depois, só terei a certeza do que encontrar. Posso apagá-la sem ler, passar o resto de minha vida imaginando o que poderia ter encontrado." Mas logo compreende que não pode ser assim, que a vida tem que ser vivida até o fundo. Uma vez, um de seus amigos, agora não consegue recordar quem, disse: "Tem que beber da taça até o fim quando for amarga, e só então vai poder se recuperar." Fecha os olhos por uns instantes, respira profundamente, torna a abri-los e abre a mensagem.

Contempla as palavras em silêncio. Relê várias vezes. Depois decide responder. Mas justamente nesse momento batem de novo à porta.

– Posso entrar? – Leonardo entra sem aguardar resposta. – Eu trouxe um café e um *croissant*! Para comemorar com doçura seu sucesso pessoal.

Não lhe dá tempo de acabar a frase. Alex se levanta da cadeira, pega seu casaco, a pasta e abandona o escritório a toda velocidade.

– Não... Desculpe...

– Alex... Mas seu sucesso... em um dia como este todos querem falar com você!

Alex entra no elevador. Sem responder, aperta o botão da garagem. As portas se fecham diante dele. Leonardo ainda está falando, mas Alex não o vê, não o ouve. Para ele só contam as palavras dessa mensagem: "Alex, eu gostaria de falar com você. Estou no Villa Glori. Quer passar por aqui?" Sua resposta foi muito clara: "Sim".

134

Um vento leve agita as folhas das grandes árvores. Outras, que já caíram, transformam esse grande prado verde em um tapete. Algumas pessoas sobem a ladeira que leva à cruz dos tombados. Outras, menos preguiçosas, correm pelo caminho que cerca as atrações e as estruturas arquitetônicas que um fantasioso escultor pôs um dia ali.

Alex caminha depressa. Desde que saiu do escritório só pensa nessa mensagem. "Quer passar por aqui?" Como se fosse algo normal, como se entre eles nada tivesse acontecido, como se um dos dois estivesse de férias durante um breve período de tempo, ou trabalhando no exterior. Ele ligou algumas vezes para ela, mandou várias mensagens dizendo que tinha vontade de vê-la, de entender, de falar, de esclarecer as coisas, de conversar um pouco, de olhá-la nos olhos. De poder enfrentar seu olhar. Alex tinha certeza de que assim poderia compreender. Teria bastado um silêncio, um tempo suficientemente longo, para descobrir a verdade em seus olhos. Se os tivesse baixado, olhado para outro lado, se tivessem se mostrado fugidios ou nervosos, teria esclarecido todas as suas dúvidas. Teria sabido que estava tudo acabado. Agora caminha ladeira acima por esse lugar onde se encontraram mil vezes, onde riram e brincaram, por onde andaram de mãos dadas. Até fizeram *jogging* juntos. Alex sorri. Quando corriam, tinha que segurar o passo para não deixá-la para trás, para ouvi-la arfar de vez em quando. Ensinou-a a se alongar, correr na ponta dos pés, subir de costas uma ladeira escarpada para trabalhar ao máximo os glúteos, com que tanto se preocupam as mulheres e, por outros motivos, os homens também. E agora? Alex caminha arfando, nervoso e com um sorriso tenso nos lábios. O parque também mudou. "Parece quase coisa de outros tempos. De um momento diferente de minha vida. Algo que aconteceu há muito, que já não existe, que se perdeu no tempo, e de que, agora, resta uma distante e confusa recordação. Alex chega à esplanada. Olha para a direita e para esquerda, os campos que cercam o caminho. Aqui e ali, várias pessoas passeiam com as mãos nos bolsos e um cigarro na boca, enquanto um cachorro solto corre por todos os lados à espera de que apareça um animal qualquer. Alguns rapazes passam por Alex, talvez com o objetivo de bater um recorde pessoal. Duas garotas passam ao seu lado. Elas também estão fazendo *jogging*. A primeira, a loura, tem uns grandes seios que balançam ao ritmo de seus passos; a outra, mais magra e baixinha, tem peitos menores e seu cabelo escuro pula sobre seus ombros. Conversam enquanto correm, respiram do jeito certo e mantêm um bom ritmo. Quando passam por Alex as duas se viram para olhar para ele por um instante. Depois, ao se afastar um pouco, a loura diz algo e a morena olha mais uma vez, faz um sinal com a cabeça e responde à amiga. As duas riem e, alegres, desaparecem ao fazer a curva. Mas, como costuma acontecer aos que sofrem por amor, Alex não percebe nada disso. Procura ao longe, entre as árvores, pelas pequenas esplanadas, nos breves espaços verdes entre uma estrutura e outra, até que a vê. Ali está. Caminha com um casaco azul-escuro, moderno, um pouco *vintage*, um casaco militar. "Onde ela comprou? Ah, sim, no Governo Vecchio, pouco antes de chegar à Piazza Navona, em uma pequena loja de segunda mão. Compraram juntos certa noite em que passeavam por ali. Niki quase enlouqueceu o proprietário da loja. Experimentou tudo, e cada peça foi uma oportunidade para desfilar para ele. Alex lembra como se fosse ontem. Estava sentado em uma velha poltrona de couro admirando sua modelo preferida, a protagonista da campanha publicitária de sua vida. Amor motor. A mesma que todos os dias lhe dava forças para ser feliz, para sorrir para a chuva, para celebrar o sol e tudo o que acontecia sobre a Terra... O que Niki vai dizer quando vir esse slogan, que praticamente foi cunhado com base na nossa história? Alex pega um atalho e vai até ela. Niki caminha com as mãos nos bolsos da calça jeans, chutando de vez em quando alguma coisa. Olha para o chão com a cabeça baixa e às vezes a sacode como se estivesse discordando de alguém, como se estivesse discutindo ao telefone. De fato, agora que está mais perto, Alex vê que ela está com um fone de ouvido na orelha. "Com quem está falando?" Sente um ciúme absurdo. "O que está dizendo? Está rindo? Está dizendo palavras de amor, doces, passionais, frases românticas?" Esse repentino vendaval de sentimentos o confunde a tal ponto que sente vontade de sair correndo, de sair dali e de fugir para o mais longe possível. Depois olha melhor para ela e percebe que na outra orelha também há um fone de ouvido. Ufa... suspira de alívio. Por isso balança a cabeça, está dançando ao ritmo de uma música. Niki deve ter percebido sua presença, mesmo sem vê-lo, porque ergue a cabeça. Seu olhar é delicado. Alex reconhece imediatamente esses olhos. Choraram muito. Sofreram. Estão cansados, esgotados, e precisam falar. Sente um nó no estômago. "Niki... Por favor, não diga nada." Ela esboça um sorriso leve, fraco, e tira os fones dos ouvidos.

– Oi... Estava ouvindo James Morrison. Como você está?

"Como estou?", pensa Alex. "Como acha que deveria estar? Como um homem acabado, destruído, sem uma razão para viver, sem motivação." Mas decide não demonstrar esse estado de ânimo, facilitar a vida, ajudá-la a dar um passo, caso queira, e estimulá-la a falar.

– Bem... – Alex sorri. – Agora estou bem, melhor...

Tinha que dizer algo, senão não teria parecido verdadeiro. Ela teria suspeitado de algo; tinha que permitir que ela dissesse serenamente o que pensa a um homem maduro, e não a um garoto frágil, aflito, arrasado, despedaçado pelo amor, pelo ciúme, pela dúvida, pela insegurança, pelos filmes que a pessoa monta na cabeça quando não sabe, quando já não aguenta mais, quando, exausto, deixando de lado o orgulho pega o telefone, liga para a amada e encontra seu celular desligado a uma hora em que não deveria estar, e durante muito tempo. Mas Alex sorri e em um instante é como se todos esses minutos, esses dias e essas semanas dos quais já perdeu a conta tivessem sido cancelados. "Ânimo, tenho que manter o ânimo", repete sem parar para si mesmo. Aperta os dentes, "Vamos, disfarce, avante, mostre a raiva, a vontade e a resistência". E, a seguir, a frase mais dolorosa, mais estúpida e inútil, mas ao mesmo tempo tão necessária, para poder manter uma conversa:

– O que me conta?

Niki abaixa imediatamente os olhos tentando reunir todas as suas forças para dizer tudo, para contar tudo com detalhe, sem deixar nada para trás.

– Sabe? Acho que nos precipitamos. Talvez ainda não tivesse chegado a hora, talvez eu ainda precisasse viver minha liberdade. – À medida que vai falando percebe que não está lhe contando toda a verdade, que em parte está mentindo, porque não o menciona. – Além do mais, suas irmãs... ter que escolher todas aquelas coisas...

Nesse momento seus olhares se cruzam. Segue-se um silêncio muito longo. Depois ambos desviam os olhos para outro lado e os abaixam. Alex sente seu coração dar um salto e compreende imediatamente. É como havia imaginado. Gostaria de fugir para muito longe, sozinho, voltar para aquele farol cercado de mar, envolvido no silêncio. Sozinho. Sozinho. Porém, permanece ali e continuam falando de suas coisas, de tudo e de nada, imaginando como seria com mais liberdade.

– Podemos adiar o casamento; talvez possamos nos casar mais para frente... Ou talvez nunca.

– O quê?

Niki parece quase surpresa, desconcertada de ouvi-lo falar assim, mas de repente percebe. Alex está cansado, tenso, esgotado. É um desses momentos em que a pessoa faria de tudo por amor, até mais, que se arrastaria pelo chão; momentos que nunca esquecemos quando os vivemos, mas quando depois de um tempo voltam à cabeça, fazem que nos envergonhemos de termos nos humilhado a tal ponto. Esses momentos não se confessam a ninguém, nem mesmo aos melhores amigos. Pertencem exclusivamente a cada um, e ao recordá-los percebemos até que ponto amamos.

– Só sei que não me sinto preparada.

Niki não acrescenta mais nada. Não quer dizer mais nada. Em parte porque não sabe o que dizer. Depois de ouvir Alex falar volta a se sentir confusa. Marcou o encontro para contar que está saindo com um rapaz; porém, não disse nem uma palavra. Nada. Talvez seja importante que Alex saiba, poderia ajudá-lo a superar esse momento. Ela admite a presença de outra pessoa em sua vida. Mas, essa presença realmente existe? Na realidade, não tornou a acontecer nada porque ela ainda não está segura, está assustada, está mal, chora muito, gostaria de ser muito feliz, mas não consegue. "Não é justo. Não é possível. Por que isso tem que acontecer justamente comigo?" Niki se desespera. Em silêncio, debate-se em sua dor. Alex percebe.

– Niki, o que está acontecendo? Posso fazer algo por você? Por favor, diga, eu adoraria poder ajudá-la, eu me sinto culpado pelo estado em que está, pelo que você está sentindo. Tenho a impressão de que é tudo por minha culpa, porque eu, com meus vinte anos de diferença, a obriguei a queimar etapas; é como se você tivesse sido forçada de repente a dar um salto para frente, a deixar de lado tudo que justamente tem que viver.

Niki suspira. Adoraria poder explicar o que sente, dizer que não é culpa dele, ou, pelo menos, não só dele, que ela é uma tola, uma menina, uma insensível que não soube viver por sua conta, refletir, esperar e decidir antes de dar um passo como esse. E agora só se sente confusa e cansada. Alex vê de novo esse olhar um pouco triste, distante, meio ofuscado. Tudo que Niki não era antes. Sofrendo por causa desse sorriso que já não encontra, tenta distraí-la.

– Você não me disse nada. Eu mandei um DVD com um vídeo que fiz para você... com você... Assistiu?

Niki se lembra desse maravilhoso filme, mas principalmente do momento em que o viu. Na noite em que beijou Guido. Alex continua falando:

– Sabe? Quis colocar *She is the One* porque, para mim, é a nossa música. Quando batemos...

Quando a olha nos olhos, porém, percebe que ela está chorando. Em silêncio, lentamente, as lágrimas caem uma atrás da outra sem parar. E Alex não entende, não sabe o que dizer.

– Meu amor, o que foi? É por causa do filme? Eu não deveria ter mandado, mas já o havia feito quando recebi sua carta, não foi para reconquistá-la. Jogue fora se não gostou, não é tão importante.

Alex se aproxima dela e tenta abraçá-la; gostaria de apertá-la em seus braços, transmitir todo o amor que sente por ela, fazê-la sorrir, sentir-se de novo feliz, como sempre, mais que nunca, ela, sua Niki.

Mas Niki o repele, afasta-se.

– Não, Alex – Continua chorando e só consegue dizer: – Desculpe, não devia ter procurado você.

E então se afasta correndo, foge pelo prado, o mesmo lugar onde se amaram tanto, onde se abraçaram rolando entre as flores, cobrindo-se de beijos numa tarde de primavera. Porém, agora ela foge sem dizer nada, assim, sem um verdadeiro motivo, e Alex pensa em uma canção de Battisti. Sem uma razão, sem pé nem cabeça, assim parece sua vida. "Como eram essas palavras? "*Un sorriso e ho visto la mia fine sul tuo viso, il nostro amor dissolversi nel vento... Ricordo. Sono morto in un momento*." * Alex continua olhando nessa direção. Niki não está mais. Não há mais nada ali. Não é possível. É como se estivesse imerso num pesadelo, numa dimensão absurda, num mundo paralelo. E vê gente correndo, crianças rindo, pessoas falando, apaixonados se beijando, aquelas duas garotas que passam de novo por ele, agora mais cansadas, mas que o olham sorrindo tanto quanto antes. "Não é possível. Por quê? Parem vocês também, por favor." Anda. Lembra-se de outros versos dessa mesma canção. "*Un angelo caduto in volo, questo tu ora sei in tutti i sogni miei...*" ** "Isso é o que você é para

* "Um sorriso e vi meu fim em seu rosto, nosso amor dissolver-se no vento... Lembro. Morri em um instante." (N. T.)

** "Um anjo caído em voo, é o que você é agora em meus sonhos..." (N. T.)

mim agora, Niki? Um anjo caído em voo?" *"Come ti vorrei... Come ti vorrei... All'improvviso mi hai chiesto lui chi è... Un sorriso e ho visto la mia fine sul tuo viso, il nostro amor dissolversi nel vento..."* * Era disso que falava a canção. Agora está claro. De um engano.

135

Uma semana depois.

Fim da tarde. Olly abre a porta e joga a pasta de trabalho no sofá, tira os sapatos e vai para a cozinha. Abre a geladeira, pega uma garrafa de Coca-Cola e bebe um gole. A seguir torna a colocá-la no lugar. Olha em volta. "Por hoje passa, o caos em casa não é tão grande." Só algumas jaquetas espalhadas por aí, os chinelos embaixo da mesa e algumas caixas de CD abertas. Olha o relógio de parede. "Vão chegar a qualquer momento. O que será que ela tem para nos contar?"

Depois de alguns minutos toca o interfone. Já chegaram. Olly corre para abrir a porta e vê as três.

– Oiê! Nós nos encontramos lá embaixo! Veja, Diletta trouxe coisas deliciosas para comer! – diz Erica.

Diletta sorri enquanto mostra uma sacola de supermercado.

– Sim, dessa vez é por minha conta. Comprei um monte de porcarias maravilhosas!

Entram e se acomodam no sofá grande. Diletta começa a tirar do saco as garrafas de Coca-Cola, os sucos de fruta, uns salgadinhos de arroz e chocolate, avelãs e pistache.

– Mas nem um pouco de vinho?

– Erica! Que está dizendo? A esta hora da tarde?

– Só como aperitivo!

– O aperitivo será de sucos de fruta! – diz Diletta enquanto acaba de colocar as coisas em cima da mesa. – São mais saudáveis!

Niki começa a rir.

– Bem, o que você comprou não é exatamente muito saudável... O que foi? Anda com desejo de porcarias? Por isso deu uma engordadinha?

– De vez em quando me permito, é verdade. E, por enquanto, não parei de correr.

Olly olha para ela.

– O que tinha de tão importante para nos contar? Você nos convocou com uma mensagem muito estranha: "Vou anunciar uma pequena onda." Que quer dizer?

– É, eu também não entendi – diz Erica enquanto come um punhado de avelãs.

Diletta sorri e olha uma a uma. Suas amigas. Juntas desde sempre. Divertidas. Lindíssimas. Tão diferentes, tão unidas. E agora estão ali por ela, prontas para atendê-

---

* "Como o amaria, como o amaria... De repente, me perguntou quem era ele... Um sorriso e vi meu fim em seu rosto, nosso amor dissolver-se no vento..." (N. T.)

-la a todo momento. Então olha para Niki e pensa no quanto se afastou dela por causa de seus problemas. Mas hoje ela está ali, pronta para ouvir a notícia.

– Minhas queridas Ondas, o que vocês pretendem fazer daqui a seis meses?

Elas se entreolham sem entender.

– Não sei – responde Erica. – Talvez esteja saindo com um cara lindíssimo!

– E eu talvez esteja fazendo um belo trabalho na agência! – exclama Olly.

– Eu, na verdade, não sei – diz Niki, triste.

Olly aperta sua mão.

– Bem, eu sei o que vão fazer – diz Diletta.

Todas olham para ela.

– Sim, eu sei. Vocês estarão no hospital!

Olly faz sinal de esconjuro, Erica vira os olhos e Niki olha para ela com cara de espanto.

– Por que isso? Está nos rogando praga?

– Vão estar no hospital... procurando meu quarto.

As garotas se olham ainda mais surpresas.

– Você está nos assustando, Diletta. O que você tem? – Niki parece realmente preocupada.

Diletta sorri balançando a cabeça.

– Vão estar procurando meu quarto na maternidade.

Niki olha para Olly. Erica engasga com um pistache e começa a tossir. Niki leva a mão à boca.

– Não... mas...

Olly pula de repente no sofá.

– Mas... mas... está me dizendo...

Diletta olha para as amigas sorrindo e acaricia a barriga com a mão.

– Eu escrevi na mensagem, não foi? Vim anunciar uma pequena onda que vai chegar.

Olly, Erica e Niki se olham e de repente começam a gritar e abraçam Diletta, beijam-na e começam a chorar.

– Cuidado! Senão, como vou poder trazer essa pequena onda?

E fazer mil perguntas sem parar de gritar e rir. Diletta lhes conta suas dúvidas, a ideia de abortar e a indecisão de Filippo. E depois, a decisão que tomaram, a coragem de seguir em frente e a vontade dos dois de ter esse filho. As Ondas lhe perguntam mais coisas, querem saber como está, como se sente, se está contente.

– Ah, agora vou ter que chamá-la de "mamãe"! – exclama Erica.

– Sim, e eu vou pedir conselhos para você quando minha mãe me estressar! – brinca Olly.

– Você é corajosa – reconhece Niki.

– Sabe, Niki? Basta querer as coisas – diz Diletta, e sorri.

Niki se impressiona com essas palavras. Simples, verdadeiras, capazes de fazê-la pensar. Por um instante repete-as em silêncio, uma, duas, três vezes. "Basta querer as coisas." É verdade. A vida depende de nós. Assim como a felicidade. O que de início assusta pode se transformar em uma fonte de força e de beleza. Fica pensativa enquanto Erica e Olly falam com Diletta comovidas com a maravilhosa notícia que vai mudar a vida de sua amiga. E, em parte, a delas também.

136

– Onde você se meteu?

Niki está surpresa. Não esperava encontrá-lo. Pelo menos, não agora. Guido.

– Faz vários dias que não vejo você na aula. – Guido sorri. Tenta não parecer muito intrometido. – Tudo bem?

No fundo, ele não tem nada a ver com a história. "Afinal de contas, não é culpa dele, não é?"

– Sim, tudo em ordem. É que certas coisas nunca são fáceis.

– Tem razão. Quase sempre são as mais difíceis.

Esse jeito de falar com meias palavras, deixando espaço para a imaginação... Permanecem alguns momentos em silêncio com seus pensamentos. Niki. O que será que entendeu? É sempre difícil interpretar o próprio coração, saber que rumo tomou, onde nos levará. Quanto mal lhe fará nessa ocasião. Guido olha para ela fixamente. Pergunta-se que decisão terá tomado. De uns tempos para cá parece muito distraída. Mas, na verdade, só a viu duas vezes e sempre cercada de gente. "Não pudemos conversar muito. Vou tentar."

– Quer ir estudar lá em casa?

Niki olha para ele surpresa.

– Mas, estudar de verdade! Estou muito atrasada com a programação.

Guido sorri e cruza os dois dedos indicadores sobre os lábios.

– Eu juro!

Pouco depois, estão na casa dele.

– Meus pais já foram, que sorte a sua – sorri. – Temos uma casa em Pantelleria e eles costumam ir uns meses antes do verão para ajeitar tudo. Para mim, é uma maravilha. Afinal, deixam Giovanna, a empregada, que limpa a casa e faz as compras e a comida todos os dias. Que mais se pode pedir? Liberdade... E conforto.

Assim, estão sozinhos em um apartamento grande e tranquilo.

– Quer um chá?

Niki sorri.

– Pode ser.

Entram na cozinha e conversam sobre os amigos da universidade que começaram a sair ou que terminaram.

– Que pena, eram tão bonitos!

– É, faziam um belo casal.

Por alguns instantes Niki pensa em sua situação e se assusta. Seu coração dá um salto, sente uma leve pontada.

Guido parece perceber, mas também pode ser que não. De qualquer maneira, muda de assunto.

– Nós já reservamos o apartamento em Forteventura. No fim, todos vão!

Niki parece feliz de poder se distrair um pouco.

– Quem são todos?

– Luca, Barbara, Marco e Sara. Erica e Olly também disseram que sim, talvez Diletta e Filippo.

– Sério? Elas comentaram algo a respeito, mas tudo parecia estar ainda no ar.

Guido sorri, desliga o fogo e coloca os saquinhos de chá na panela.

– Não, o que acontece é que suas amigas estão deixando você de fora.

– Elas nunca fariam isso, são minhas Ondas. Faço surfe na vida com elas, e se você se meter conosco, vamos jogá-lo em alto-mar, viu?

– Ok, ok, esqueça. Eu me rendo. Quer leite ou limão?

– Limão, obrigada.

Guido serve o chá em duas xícaras e os dois sentam à mesa da cozinha esperando que a bebida fumegante esfrie um pouco.

– Ah, eu nunca perguntei, mas, como conseguiu meu número?

Guido esboça um sorriso e bebe o primeiro gole.

– Ai, ainda está quente!

– Bem-feito! Bem, quem deu meu número?

Guido abre os braços.

– Conta-se o milagre, mas não o nome do santo!

– Pare já de se fazer de moralista e assuma as responsabilidades por seus atos. Sabe quanta gente se comporta como você neste mundo? Muita! Porque não é homem suficiente para isso. Mas você é, não é?

Guido parece desconcertado com a conversa. Não esperava essa reação.

– Claro...

– Bem, então, nesse caso, imagino que tem consciência de que, de alguma forma, contribuiu para o fato de que não vou mais me casar, não é?

Guido fica perplexo por uns instantes.

– Vejamos... está me dizendo que se não fosse por mim, você teria se casado? Me sinto lisonjeado, mas, talvez, se não fosse eu, o causador tivesse sido outro.

– Sim, bem... Viu como não é homem? Está fugindo da responsabilidade.

Niki olha para ele e dá de ombros, depois toma um gole do chá, que já esfriou. Guido segura sua mão.

– Está bem, assumo a responsabilidade. Fico feliz que não tenha se casado por minha causa, ok? – E dá um sorriso. – Agora pode beber o chá. Mas, antes, eu gostaria de fazer uma última pergunta. Você é feliz?

Niki suspira. A pergunta mais difícil deste mundo.

– Digamos que estou buscando minha felicidade. E que estou no caminho certo. Um japonês dizia: a felicidade não é uma meta, e sim um estilo de vida.

Guido pensa por um instante.

– Hum, gosto disso.

Niki sorri.

– Eu sei. Porque é bonita. Meu noivo, Alex, me disse isso. – Acha impossível, inimaginável, falar dele com outro, com Guido, porém, fala. – Seja como for, e voltando a nós, ainda não disse quem deu meu número.

Ele termina o chá.

– Quer mesmo saber?

– Claro!

– Tentei todas as combinações possíveis!

– Pare já! Está vendo? Não sabe enfrentar um assunto.

– Está bem, foi Giulia.

– Eu sabia!

– Como sabia?

– Tinha certeza! Ela é uma hipócrita. Fez de propósito.

Guido tenta acalmá-la.

– Não fique com raiva dela. Enchi o saco de todos: Luca, Marco, Sara e Barbara, mas nenhum deles deu o braço a torcer! Não queriam me dar seu número, fiz de tudo para conseguir. No fim, tentei com Giulia e consegui.

– Como?

– Ela percebeu nossos olhares. Compreendeu que havia algo entre nós. Eu disse que se não me desse seu número, carregaria sempre na consciência o peso de não ter impedido um mau casamento.

Niki se cala. Bebe seu chá pouco a pouco, de pequenos goles, remoendo o que acaba de ouvir. "Quer dizer, então, que tudo aconteceu por mérito ou culpa de Giulia, uma garota que simplesmente percebeu uma vez que nos olhávamos. Que estranho, uma pessoa que nem faz parte da minha vida, tão afastada de tudo isso, influi na decisão mais importante que já tomei." Às vezes, as circunstâncias, a maneira como as coisas acontecem, começam e acabam, são determinadas por razões inexplicáveis ou insignificantes. De repente lembra-se de um filme, *Magnólia*, o acaso, os detalhes de várias vidas, as combinações, algo parecido com *Crash*, de Paul Haggis. Sim, a vida é uma bela confusão. Segurar as rédeas desse cavalo indócil é difícil, às vezes até impossível, e só temos controle sobre algumas poucas coisas, já que em grande parte tudo depende da sorte.

Niki termina seu chá.

– Vamos estudar um pouco. Giulia não vai para Forteventura, não é? Se ela for, eu não vou!

Guido coloca as duas xícaras na pia e deixa correr um pouco de água em cima.

– Nem vai saber quando vamos! Satisfeita?

Vão estudar no quarto de Guido e no início tudo vai bem, tranquilo, sereno. Repassam juntos alguns temas de história do teatro e do espetáculo. Comentam uma frase de De Marinis. Niki lê: "O teatro é a arte do efêmero, está em constante movimento: o teatro é o símbolo por excelência de todas essas mortes com que diariamente semeamos o caminho. O que hoje somos e pensamos difere do que éramos e pensávamos ontem, e não nos ajuda a prever o que seremos e pensaremos amanhã." Olham-se. Niki continua lendo:

– "Se há um lugar onde a pessoa nunca se banha no mesmo rio é no teatro." É a mesma coisa que dizia Heráclito, lembra?

Guido faz que sim. Mas essas palavras o impressionam de alguma maneira. Os dois pensam no sentido da mudança, na diferença entre ontem e hoje. Guido está perto dela. Muito perto, demais. O aroma de seu cabelo, seu sorriso visto de perfil, seus lábios que pronunciam as palavras do livro, que se mexem quase em câmera lenta. E ele, que enquanto isso a olha, sonha e deseja. E ainda há essas mãos que, de vez em quando, viram a página, que avançam indecisas para recuar depois. Permanecem assim, com uma página no ar, na metade do livro, como suspensa, entre o polegar e o indicador.

– Entendeu?

Guido ouve pela primeira vez suas palavras. Fascinado ainda, não responde. Em vez disso, inclina-se para ela, fecha os olhos e aspira o aroma de seu cabelo. Niki se vira.

– Entendeu alguma coisa? Ei, está me ouvindo?

Guido não consegue mais resistir e a beija. Niki fica surpresa, não acredita, seus lábios acabam de ser sequestrados por um jovem sem-vergonha e atrevido, esse livro de história fez as vezes de cupido e facilitou esse beijo roubado. E Guido insiste, levado pelo desejo, abraça-a e acaricia seu cabelo, seus ombros e, talvez depressa demais, desliza para seus seios. Com doçura, mas decidida, Niki se desfaz rapidamente de seu abraço.

– Você disse que íamos estudar.

– Sim, claro... Eu estava tentando interpretar o melhor possível a paixão que suas palavras me transmitiram.

Ela está visivelmente incomodada. "Mas, para dizer a verdade, o que pensou que aconteceria depois de aceitar ir à sua casa? O que você esperava? Que, de repente, ele não estivesse nem aí para você? Que não a desejasse, que não quisesse ir além? Foi você que o fez acreditar, que colocou isso na cabeça dele, você tomou essa decisão." De repente, lembra a frase de Guido: "Está me dizendo que se não fosse por mim, teria se casado?". Torna a ouvir em sua mente o eco dessas palavras, em sua repentina solidão, no silêncio em que parecem retumbar. Outro em seu lugar. Sim, talvez pudesse ter sido assim. Então, ele não é o único causador de meu não casamento; o motivo é outro.

Guido interfere em seus pensamentos.

– Ok, desculpe, eu disse que íamos estudar, mas não consigo. Quero beijá-la de novo desde o dia de Saturnia, não via a hora de poder passar um tempo com você, de ter você, quero dizer, de ter você a meu lado, de poder abraçá-la e senti-la minha.

– Não, por favor, não diga isso.

Guido se levanta e a abraça com ternura, com sinceridade e calma, sem segundas intenções.

– Não quero discutir, não quero que se afaste, tem razão. Eu me comporto como um menino quando faço isso. – A seguir, afasta-se dela e a olha nos olhos. – Prometo que vou tentar me conter.

Niki olha para ele com cara de dúvida.

– Tem certeza? Oscar Wilde uma vez disse uma frase que não pode ser mais sincera: "Resisto a tudo, menos à tentação".

Guido sorri.

– Sim, ele era um gênio. Mas eu sei outra tão boa de Mario Soldati: "Somos fortes contra as tentações fortes e fracos contra as fracas." Vamos, chega de estudar. – Pega-a pela mão. – Vamos nos divertir – e correndo, arrasta-a para fora de casa.

137

Alex quis ficar um pouco sozinho. Voltou para casa e acaba de se servir uma bebida. Uma taça de Saint Emilion Grand Cru 2002, apesar de não ter nada para comemorar. Seu sucesso pessoal no trabalho não é um verdadeiro motivo de felicidade. Bebe um gole enquanto mastiga um pedaço de camembert com uma torrada. De repente, tem uma espécie de visão. A vida é como uma grande rede de pesca feita de incontáveis tramas, e um simples pescador tem só duas mãos, de modo que pega apenas uma parte e a outra cai, sobe uma e escorrega outra. A vida é tão complexa e articulada que as mãos não bastam para segurar tudo; algumas vezes perdemos coisas, outras as encontramos. É preciso escolher, decidir e renunciar. "E eu? Sou feliz? O que poderia ter feito para não perdê-la?" Esse pensamento o bloqueia de repente. Ouve algo. O interfone. Seu interfone. "É ela. Niki. Mudou de ideia. Quer me pedir desculpas, perdão, ou simplesmente quer ficar comigo. E eu não vou dizer nada. Não vou perguntar o que aconteceu, por que foi embora, se há alguém em sua vida, em nossa vida."

– Alô? Quem é?

Uma voz. Não é a dela.

– Senhor Belli?

– Sim.

– Encomenda.

– Suba, é o último andar.

Um pacote. Alguém pensou em mim. O que será? E principalmente, quem enviou? Ela, talvez? E por que um pacote? O melhor presente teria sido que viesse esta noite. Alex abre a porta, espera o elevador chegar e quando as portas se abrem, a surpresa é incrível. Jamais teria imaginado. Está com um pacote na mão, elegantíssima. Mais linda que o habitual.

– Raffaella... – sorri.

– Má hora? – Para a poucos passos dele. – Não quero criar problemas. Talvez não esteja sozinho.

"Infelizmente, estou", pensa Alex. "Adoraria ter esse 'problema', Niki, mas ela não está. Não há perigo."

– Não, não, estou sozinho. Não a reconheci pelo interfone!

– Fiz de propósito, mudei um pouco a voz – entra de novo no personagem e falseia o tom. – "Senhor Belli, encomenda." – E começa a rir. – Caiu direitinho, hein?

– É mesmo. – Não saem do hall. Depois de um tempo, chega a ser falta de educação. Alex percebe e se sente na obrigação de remediar de alguma forma. – Mas que idiota! Ou melhor, um mal-educado. Vamos, quer entrar?

– Claro que sim.

Entram e Alex fecha a porta.

– Posso lhe oferecer uma bebida? Eu estava tomando uma taça de vinho. Ou prefere outra coisa? Não sei, um Bitter, uma grapa, um suco de frutas, uma Coca-Cola...

Sem querer, lembra a mesma frase, aquela que disse a Niki quando a convidou para ir à sua casa. Chega. Alex se esforça para afastar essa recordação. "Eu disse chega."

– E então? O que você prefere? – Percebe que fez a pergunta com certo nervosismo. "Ela não tem nada a ver, Alex, pelo contrário, foi muito gentil."

– O que você estiver bebendo está bom para mim, obrigada.

Ele suspira.

– Quer um pedaço de queijo? – pergunta a seguir, um pouco mais calmo. – Um biscoito, outra coisa... Não sei...

– Não, não, uma taça de vinho está ótimo.

Estão na sala saboreando o vinho com o pacote em frente a eles, em cima da mesa de centro. Raffaella está usando uma linda saia de seda estampada com borboletas, flores e ondas. Combina as cores roxo, rosa e fúcsia com um leve azul-claro que parece unir suavemente essas imagens, como se um delicado pintor tivesse usado esse tom pastel para fazer o fundo. Na parte de cima, uma regata azul-clara com as bordas roxas e botões da mesma tonalidade. Cruza as pernas. Seu corpo é maravilhoso. E também seu sorriso, que mostra agora. É linda. Realmente linda. Uma garota divertida com uns cachos castanhos que a envolvem em uma imagem leve, como um refinado perfume, em nada penetrante. Seus olhos se escondem atrás da borda da taça.

– Então, Alex...

– Sim – responde ele, inibido, como se já soubesse o tema da conversa.

Mas está enganado. Raffaella sorri.

– Trouxe isto para você. Adoraria que o abrisse.

– Ah, sim, claro.

Alex pega o pacote e começa a desembrulhá-lo. Raffaella continua bebendo seu vinho. Sorri, sabendo o que contém. Ele o ergue com as duas mãos diante do rosto.

– Mas... É maravilhoso! – Tira o último pedaço de papel que ainda o envolve.

– Gostou mesmo?

– Como fez isso? – diz ele enquanto contempla, admirado, o pequeno objeto de plástico.

É a maquete de sua campanha. Fotografias transparentes de animais que se atacam e se mordem em primeiro plano e, a seguir, o carro e o slogan: "Instinto. Amor. Motor".

Alex está sinceramente surpreso. Raffaella termina seu vinho.

– Ah, foi fácil. Imprimi as fotografias em filme transparente. – Senta-se ao seu lado. – Mas você não reparou no que há no fundo.

Atrás da última imagem da pantera aparece o escritório de Alex e ele pensativo diante dos papéis com o queixo apoiado na mão.

Ele fica impressionado.

– Como fez isso? Sério!

Raffaella sorri.

– Esses dias você anda deixando a porta aberta. Você sabe que adoro fotografia. Fiz várias enquanto você pensava.

Alex imagina essas fotografias. Nelas, Raffaella deve ter captado momentos de amor, de dúvidas, de dor e de busca sem resultado. Sabe lá em quantas pensava em Niki...

– Viu esta? – Raffaella o devolve à realidade e mostra um ponto do outro lado da maquete.

– É você – Trata-se de uma imagem dela enquanto faz as fotografias. Aparece atrás de uma coluna enfocando-o com sua câmera fotográfica. – Quem fez essa?

– Ah, não me lembro – responde Raffaella, inibida.

"Claro, todo mundo quer fazer uma foto dela. Além de outras coisas", pensa Alex, que agora olha para a maquete com outros olhos.

– Se quiser, pode tirar minha foto daí, Alex, não a colei de propósito. Se quiser que fique, por mim, é um prazer, mas se não... – olha para ele fixamente.

Estão muito juntos no sofá, muito, demais. Alex sente seu perfume, leve, elegante, seco, nem intenso nem sufocante. Como ela. "Se quiser que fique, por mim, é um prazer, mas se não..." Alex olha para ela e abre um sorriso.

– Por que deveria tirar? A ideia é linda. Adorei. Vai me lembrar o trabalho que fizemos juntos.

"Mas também vai me fazer lembrar todo este período", pensa Alex. É um presente doloroso.

– E espero que seja uma ideia para tudo o que fizermos no futuro.

Raffaella chega mais perto. Sua proximidade é uma tortura. Alex a observa.

– Sim... Para tudo o que fizermos.

Então, ficam em silêncio no sofá. Alex olha para a maquete, as fotografias, os animais, os filmes transparentes, o slogan. A marca do carro. Instinto. Seu slogan: amor motor. O silêncio parece infinito. Tem uma nova ideia, um novo slogan para uma campanha terrível: "Silêncio. Amor. Dor". Raffaella o arranca de seus pensamentos com sua voz alegre.

– Mas minha surpresa não acaba aqui. Vem comigo?

138

A moto corre a toda velocidade no trânsito lento da tarde, desvia com facilidade, ágil, esbelta e silenciosa às margens do Tíber. Niki vai atrás de Guido, que ao notar que sua amiga se agarra a ele com força, freia um pouco.

– Está com medo? – sorri pelo retrovisor.

Niki afrouxa o abraço.

– Não.

Guido decide ir mais devagar.

– Ok, vamos assim agora.

E avança mais tranquilo, dando um pouco de gás com a mão direita enquanto a esquerda, livre, desliza pela perna de Niki buscando sua mão. Encontra-a e a aperta. Ela vê seu reflexo no retrovisor. "Que estranho estar atrás dele, segurando sua mão. É uma sensação diferente. Não a retiro, não sei por quê, mas não a retiro; mas, ao mesmo tempo, não fico muito feliz em sentir-me assim. Ai, não sei, sinto-me meio oprimida, é isso, oprimida. É que preciso de liberdade absoluta, completa, sem limites de nenhum tipo."

Afasta a mão dele e a empurra para frente.

– Segure o guidão.

– Eu também piloto bem com uma mão só.

– Eu sei, mas segure o guidão, eu me sinto mais segura.

Guido bufa, mas decide não contrariar; quer fazer tudo o que ela deseja, fazer que se sinta tranquila. Levará certo tempo, mas não sabe quanto. E se será suficiente. Então, acelera um pouco.

Niki segura nos apoios laterais que ficam embaixo dela e começam a correr de novo, dessa vez até chegar à Piazza Cavour; depois Guido vira à esquerda e para em uma esquina.

– Chegamos. Fazem uns aperitivos maravilhosos aqui. Está a fim?

– Muito!

– Eu também estou com um pouco de fome. – Põe o cavalete na moto e a ajuda a descer.

Pouco depois estão dentro do local. O rádio está ligado. Toca uma ou outra velha canção, mas também algumas mais recentes. Niki reconhece a emissora Ram Power. Alex a ouve sempre. Mas não presta muita atenção.

– O que você vai beber? – Guido aponta algumas coisas para comer do outro lado do vidro. – Esses salgados são deliciosos, e as minipizzas também; são secas, com um azeite leve...

Nesse exato momento chega pelos alto-falantes outra melodia: "*Prendila così... Non possiamo farne un dramma, conoscevi già hai detto i problemi miei di donna*." * Niki ouve. Não há nada pior que uma canção que diz a verdade.

– Vou comer umas minipizzas e um salgado... sem anchovas.

– Ok! – Guido se dirige ao garçom. – Podemos sentar lá fora?

– Sim, claro, vou em um minuto.

Saem e se sentam a uma mesa enquanto a música continua tocando. Niki se afasta em pensamento. Imagina, lembra e reflete. "O que ele estará fazendo agora? Talvez esteja trabalhando."

– Em que está pensando?

Niki quase fica vermelha ao ser pega de surpresa.

– Eu? Em nada. Nunca vim aqui.

– Você vai gostar.

Guido sorri e acaricia a mão dela. "Outra vez", pensa Niki. "Quero ser livre." Surge outra ideia em sua mente. "Além do mais, não gosto de mentir. Quero poder pensar no que quiser."

---

* "Encare assim... Não podemos fazer disso um drama, você disse que sabia que eu era casado." (N. T.)

139

– Esse Fiat 500 é maravilhoso, e adoro esse azul.

Raffaella olha para ele sorrindo.

– Sério? Vi um amarelo também, mas não conseguia decidir.

Alex acaricia o painel.

– Eu adoro esta cor, e, além do mais, combina com você.

– Ora, mas *blue* é sinônimo de tristeza.

– Tem certeza? Você me parece uma pessoa muito alegre. De qualquer maneira, eu não seria capaz de imaginá-la com o amarelo.

Raffaella parece satisfeita com sua resposta.

– Sim, é verdade. Sabe, esta noite estou muito contente – olha para ele. – Quer que ponha uma música?

– Claro, como não!

Liga o rádio, aperta o botão três e do estéreo do carro chega ainda a música de Ram Power: *"No che non vorrei, dopo corro e faccio presto..."* * Raffaella sorri.

– Gravei as mesmas emissoras que você tem no rádio do escritório.

Alex fica surpreso.

– Espero que não se incomode.

– Não, imagina...

Raffaella nota que Alex entristeceu. Talvez porque está ouvindo essas palavras. "Eu mostrei essa música a Niki. Ela não conhecia Battisti. Sempre o escutava distraidamente. Onde estará agora?" A música continua. Nesse exato momento o novo Fiat 500 azul metálico atravessa a ponte Cavour, vira um pouco além, em frente à Ruschena, e acelera no Lungotevere. *"Cerca di evitare tutti i posti che frequento e che conosci anche tu..."***

– Viu que delícia os salgados daqui?

– Sim, deliciosos.

Niki come outro e toma um gole de Coca-Cola. Abandonou o pensamento de antes e não sabe que Alex acaba de passar a apenas alguns metros deles. *"E tu sai che io potrei purtroppo non esser più solo..."* ***

Alex sorri para Raffaella. "Não quero pensar nisso. Agora não."

*"Nasce l'esigenza di sfuggirsi... Per non ferirsi di più..."***** "Roma é muito grande, vai ser difícil nos encontrarmos." Não sabe quão perto acabam de estar.

– Aonde vamos?

---

* "Não é que não queira, depois corro e chego logo..." (N. T.)

** "Procure evitar todos os lugares que frequento e que você também conhece..." (N. T.)

*** "E você sabe que, infelizmente, eu poderia não estar sozinho..." (N. T.)

**** "Nasce a exigência de evitar-se... para não se fazer mais mal..." (N. T.)

Raffaella faz que não com a cabeça.

– Já disse que é uma surpresa – e acelera ultrapassando um carro pela esquerda e dirigindo-se a toda velocidade a seu destino.

Guido pega a nota e deixa o dinheiro em cima da mesa.

– Gostou?

Niki sorri.

– Sim, perfeito.

– Quer ir a outro lugar?

– Aonde?

– Um restaurante de uns amigos meus.

– Desde que não voltemos muito tarde.

– Eu prometo.

Niki olha para ele. Guido abre os braços:

– Ainda não percebe que eu cumpro minhas promessas?

Niki balança a cabeça.

– Um pouco sim, um pouco não. Às vezes não cumpre.

– Não é verdade.

– Tínhamos que estudar.

– É verdade.

– Então, jure que não vamos voltar tarde, assim vai ter que cumprir sua palavra na marra.

– Ok, está bem. – Cruza os dedos na frente da boca e os beija. – Eu juro!

Niki coloca o capacete e sobe na garupa.

– Não entendo uma coisa: por que você faz esse gesto tão antigo quando jura?

Guido começa a rir.

– Porque não tem nenhum valor!

– Que imbecil! Então, me dá sua palavra de que não vamos voltar tarde! Senão, desço agora mesmo!

– Até parece.

Niki se levanta sobre os estribos da moto.

– Ok, ok! – Assustado, Guido a obriga a sentar. – Eu dou minha palavra de que não vamos voltar tarde.

Continuam acelerando ao longo do Tíber. Niki percebe que ele está rindo.

– O que é tão engraçado?

– Dissemos que não voltaremos tarde, mas não decidimos o que significa tarde!

Niki lhe dá um soco.

– Ai!

– Tarde é quando eu decidir!

– Certo... – Guido tenta acariciar a perna dela.

– E ponha as duas mãos no guidão.

– Esta é minha surpresa. Gostou?

Alex e Raffaella descem do carro.

– A barca é nova. Você janta enquanto percorre o Tíber... É maravilhoso.

– Já esteve aqui?

– Não, mas já ouvi falar, e tinha muita vontade de experimentar com você.

Alex fica pensativo por uns instantes.

– Será um prazer.

– Mas, com uma condição: é por minha conta.

– Por quê?

– Porque o sucesso que fizemos é principalmente seu.

– Não, só aceito se eu pagar.

– Então, você me faz sentir como uma mulher que não tem poder de decisão, que não é independente, que deve se submeter às decisões de seu chefe... Ou seja, você.

Alex reflete um pouco.

– Está bem. Então, eu proponho que façamos *à la* romana. Vamos deixar de lado esse negócio de chefe e mulher muito independente. Somos dois amigos que racham um jantar.

Raffaella sorri.

– Ok. Assim está bom! – diz, e sobe sorridente na barca.

– Boa noite.

O rapaz do caixa a cumprimenta.

– Boa noite.

– Reservamos uma mesa para dois. Pedi uma mesa no fundo. Está no nome de Belli.

O rapaz verifica a folha de reservas.

– Sim, aqui está. É a última mesa da proa. Tenham uma boa noite.

Raffaella se dirige à mesa seguida de Alex. Ele balança a cabeça, rindo.

– Você deixou meu sobrenome?

– Sim.

– E se eu não pudesse vir esta noite? E se quando você chegasse em minha casa eu não estivesse, ou estivesse com um amigo ou uma amiga ou, simplesmente, me negasse a sair com você?

Raffaella senta e sorri.

– Estamos aqui, não? Corri o risco. De outra forma, a vida seria muito chata.

– Sei... – Alex também senta.

– E fique tranquilo, me disseram que se come muito bem aqui.

– Perfeito. Só uma coisa... ainda há mais surpresas?

Raffaella desdobra o guardanapo e coloca no colo.

– Não – sorri. – Por enquanto.

Deixa que ele passe o resto da noite com essa curiosidade. Só uma coisa é inquestionável: sua beleza. A barca se afasta lentamente do cais com os motores a diesel um pouco afogados e dirige-se ao centro do Tíber. Depois, levada pela corrente, acelera e desliza silenciosa na noite rumo a Ostia.

140

– Não! Eu sabia! Não conseguimos!

A moto de Guido para na ponte Matteotti bem a tempo de ver a barca que navega pelo centro do rio aumentar a velocidade e alcançar a ponte mais embaixo.

– Esse é o restaurante dos meus amigos! Você teria adorado!

Niki dá de ombros.

– Ah, que pena! Fica para a próxima.

– Que droga! Foi culpa sua chegarmos tarde: não me deixou correr.

– Nada disso! Também não tinha que ser obrigatoriamente esta noite, não é?

Niki não imagina como sua vida teria mudado de novo se tivesse chegado a tempo.

– Sim, tem razão.

Mesmo assim, Guido não pode deixar de pensar no clima que teria criado no rio com as luzes fraquinhas, o jazz de seus amigos... tudo isso teria dado uma ajudinha.

– Sei de outro lugar tão encantador quanto esse. Vamos.

A barca navega pelo Tíber. Uma cantora francesa com sua voz doce e suave segue o ritmo de dois rapazes que libertam lindamente suas notas no baixo e no saxofone. Alex ouve a agradável conversa de Raffaella.

– Estive em Berlim. Lá tudo é mais barato, até as casas. Aquela cidade oferece mil possibilidades. Além do mais, é muito bonita, cheia de arte e de cultura, acho que poderíamos tirar um monte de ideias dali. Por que não vamos um dia, Alex?

Ele dá um gole do magnífico vinho branco que está tomando. Ir para Berlim com outra mulher. Com Raffaella, ainda por cima. Com essa mulher tão linda.

– O que acha? A trabalho, claro...

"A trabalho, claro...". É ainda pior ouvir como pronuncia essa frase, com um malicioso sorriso enquanto bebe pelo canudinho.

– Este daiquiri está delicioso. Então, o que me diz? Vamos?

Alex se serve mais vinho.

– Por que não?

Raffaella mal pode acreditar no que acaba de ouvir.

– Mais um, por favor – pede a um garçom que passa, como se quisesse comemorar essa inesperada vitória.

Alex cede um pouco. Sorri. Pouco depois, chega o novo daiquiri.

– O pessoal é rápido – diz Raffaella, e dá um gole imediatamente.

A música continua tocando e as canções francesas interpretadas em tom de jazz são maravilhosas. O barco atravessa silencioso o rio, luzes de casas ao longe, reflexos de faróis na água, a lua tímida no céu e o jantar delicioso. Raffaella sorri; está um pouco embriagada e ainda mais fascinante.

– Estou feliz por estarmos aqui.

Alex faz um momento de silêncio e esboça um sorriso educado:

– Eu também.

Mas não acrescenta mais nada. Raffaella come, uma última garfada. Ainda falta muito para chegar a Ostia. Em todos os sentidos. E ela sabe. Alex olha para ela mais uma vez, ela sorri e ele baixa o olhar. Aquela canção: "*Le sorrido, abbasso gli occhi e penso a te. Non so con chi adesso sei...*" *

– Então, gostou?

– É muito legal, e comemos realmente bem.

– É um apartamento de verdade, Niki. É como se a convidassem para jantar na casa de alguém. Por isso o restaurante se chama L'Appartamento. A comida é maravilhosa.

– Por isso os pratos são estilo caseiro, não é?

– Sim, é de propósito. Se procurar no guia, nas páginas amarelas ou na Internet, não vai encontrá-lo.

– Só quem conhece esse tipo de lugar é você.

– É mesmo. Você não sabe como lamento termos perdido a barca, você teria gostado ainda mais!

– Não faz mal, gostei daqui também.

– Meus amigos são espertos. De Ostia, trazem as pessoas de volta para Roma de ônibus. Subir o rio levaria muito tempo.

– Ah... é uma boa ideia mesmo.

Guido lhe dá o capacete.

– Talvez pudéssemos ir com o pessoal, Luca, Barbara, Marco e Sara.

– Desde que Giulia não vá.

– Ok – Guido coloca o capacete e dá a partida na moto.

141

O ônibus se dirige rapidamente para a ponte Matteotti. Acaba de voltar de Ostia a Roma. Para na praça.

– Chegamos, senhores.

Os clientes descem após agradecer pela maravilhosa noite. "Tenho que reconhecer que foi mesmo. O jantar, a música, tudo perfeito", pensa Alex.

– Ai! – Raffaella tropeça com um paralelepípedo e, se Alex não a tivesse segurado pelo braço, teria caído. – Obrigada – sorri, lânguida. – Não caí por pouco. Se não fosse você...

Está alegre, quase bêbada.

– Estou vendo. Acho melhor eu dirigir.

* "Sorrio para ela, baixo os olhos e penso em você. Não sei com quem está agora..." (N. T.)

– Claro.

Raffaella procura, confusa, as chaves em sua bolsa até que encontra. Alex desativa o alarme do carro, abre a porta para ela e a ajuda a entrar, depois contorna o veículo, entra, ajusta o retrovisor e sai.

– Onde você mora?

– Perto do escritório, na San Saba.

– Ah, que prático, pode dormir um pouco mais de manhã – comenta ele, e segue tranquilo para esse endereço.

Guido para em frente à casa de Niki.

– Viu? Cumpri meu juramento: não chegamos tarde.

Niki tira o capacete.

– Certo. Você não sabe a dor de cabeça que lhe teria dado se não cumprisse.

– Precisamos manter um bom relacionamento, sereno, tranquilo... Não baseado no terror!

– Que terror?

– Esse que você gera!

Alguns andares acima, Roberto está na varanda fumando um cigarro.

– Não fume muito! – Simona acaba de sair.

– É o primeiro da noite.

– Tem certeza? – Apoia-se ao seu lado no murinho com uma xícara na mão.

– Claro! Eu não minto. O que está tomando?

– Um chá.

– Ah, que gostoso, estou sentindo o cheiro. – Roberto dá outra tragada e depois, quase sem querer, olha para a esquina da rua que fica embaixo de sua varanda. – Ei, aquela não é Niki?

Simona bebe outro gole de chá e se aproxima do marido.

– Sim, acho que é.

Em um piscar de olhos, a suposição se transforma em certeza. Com Niki está um rapaz que acaba de descer da moto.

Roberto se vira para a esposa.

– É Niki, sim, mas não está com Alex!

– Parece que não.

– É outro!

Guido encaixa o capacete no braço e sorri.

– Ei, estou brincando. Foi uma linda noite.

Niki concorda.

– Sim, é verdade. Obrigada.

– Bem – Guido a atrai para si –, quer que passe para pegá-la amanhã para ir à aula?

– Não, obrigada. Tenho outras coisas para fazer durante o dia, então vou de moto.

Na verdade, não sabe muito bem o que tem para fazer; organizar o casamento não, obviamente, mas quer ser independente de qualquer maneira.

– Ok – Guido sorri –, como quiser.

Roberto e Simona se olham. Ele está visivelmente preocupado.

– Não é o que parece, é?

Simona balança a cabeça.

– Não sei o que dizer.

No exato momento em que tornam a olhar para a rua, Guido abraça Niki e a beija. É um beijo leve, não muito longo nem apaixonado, mas um beijo, afinal.

Niki se afasta.

– Tchau. A gente se vê na faculdade – diz.

Foge, e Guido balança a cabeça. "Não tem jeito. Ela é durona. Em Forteventura as coisas sairão melhor, tenho certeza." Arranca a moto e se afasta.

Niki atravessa o portão e antes de entrar, olha para cima. Não sabe bem por quê, mas tem uma estranha sensação. Vê Roberto e Simona na varanda. "Oh, não, eles viram tudo!" Entra no prédio.

Roberto olha preocupado para Simona.

– Por favor, diga que não é verdade, diga que não é isso, diga que é uma fantasia, ou melhor, um pesadelo, que foi um sonho. Por favor, diga!

Simona nega com a cabeça.

– Eu estaria mentindo.

E após abandonar o cigarro e o chá, correm para a porta da sala para esperá-la.

142

– É aqui.

Raffaella aponta para um pequeno prédio. Alex estaciona o Fiat 500 bem em frente com uma rápida manobra e desliga o motor. Bebeu menos que ela. Muito menos. Raffaella se recosta no banco e tira as chaves de casa da bolsa. Depois, ainda um pouco alegre, mas consciente, sorri.

– Posso convidá-lo para subir?

Alex permanece em silêncio e nesse instante mil pensamentos se apoderam de sua mente. Positivos, negativos, contraditórios, bobos, luxuriosos, desejosos e corretos. "Ela trabalha com você. E daí? Ela é quem está provocando, Alex. Olhe suas pernas, olhe seu corpo, ela é lindíssima, Alex. Quem poderia dizer não? Quem poderia dizer não?" Sente seu perfume suave, seus olhos profundos e o vestido levemente levantado que ressalta a parte da perna que fica exposta, tornando-a ainda mais desejável. Nesse instante, Raffaella parece ler todos os seus pensamentos ou, pelo menos, boa parte deles.

– Não bebi demais, Alex – Como se esse fosse o único e verdadeiro problema. – Pelo menos, não o suficiente.

Ele pensa nessas palavras. "Pelo menos, não o suficiente. O que será que quis dizer? Não o suficiente para fazer isso, não o suficiente para fazer isso sem pensar? De modo que, se decide fazer, é porque quer, não porque está bêbada. Enfim, o que quer dizer essa frase?" Se ela não o acudisse de novo, teria faltado pouco para embriagar-se com essas palavras.

– Vamos, suba. Tenho uma surpresa para você.

De novo uns instantes de silêncio. Alex sorri, por fim.

– E depois você vai embora.

Então, nada comprometedor, pelo menos não nesse sentido. E Raffaella volta a sorrir. Alex desce do carro sem dizer uma palavra.

143

A porta da sala se abre. Assim que Niki entra, Roberto corre para ela.

– Você poderia ter nos contado! Pelo menos, poderia ter explicado que esse era o motivo por você ter jogado tudo pela janela!

– O que está dizendo, papai?

– Que você está saindo com outro!

– Eu? Está totalmente enganado.

– Ah, é? Então é ainda pior! Não sai com ele, mas o beija! Alex sabe? Pelo menos ele sabe disso?

– Ouça, papai, não tenho nenhuma intenção de ser submetida a interrogatório a essa hora da noite.

Niki sai pelo corredor. Roberto a segue.

– Ah, claro, porque você deve achar que sou um palhaço que vai à casa das pessoas fazer promessas. Digo que minha filha vai se casar e uns meses depois a vejo na rua beijando outro!

– Papai! – Niki grita como uma louca, como se não quisesse mais ouvir, como se se negasse a aceitar a verdade que seu pai está jogando em sua cara. Sua verdade.

Tranca-se no banheiro. Roberto esmurra a porta.

– Quero saber o que está acontecendo, entendeu? Abra! Abra!

– Não! Não vou abrir!

– Eu disse para abrir!

– Não!

Simona segura o braço de Roberto, que continua batendo na porta do banheiro e, pouco a pouco, docemente, o faz sair de novo à varanda.

– Sente-se aqui, calma, isso...

Roberto se senta em uma poltrona.

– Essa pirralha não vai me fazer de palhaço!

– Roberto, essa pirralha é sua filha, e em um momento como esse precisa de nós. Tome – Simona acende um cigarro para ele. – Hoje você pode fumar outro, ok? Mas fique calmo. Eu vou falar com ela.

Roberto dá uma tragada.

– Certo, mas diga também...

– Ssshh... Calma... Vou dizer tudo que tiver que dizer, está bem? Fique calmo.

Roberto dá um longo suspiro e outra tragada em seu cigarro; parece ter se acalmado um pouco.

Pouco depois Simona para em frente à porta do banheiro, que continua fechada.

– Niki, abra, sou eu.

Silêncio.

– Ande, minha querida. Quero falar com você, estou sozinha.

De novo silêncio, mas uns instantes depois ouve Niki destrancar a porta.

Simona sorri e entra no banheiro.

144

– Seu apartamento é maravilhoso.

Raffaella deixa o casaco em cima do sofá.

– Gostou? Eu me diverti muito decorando-o. Comprei muitas coisas em Londres, outras em Amsterdã. Trabalhei um tempo nessas duas cidades. Quer beber alguma coisa? Tenho um rum muito bom, um John Bally Agricole millesimato. É muito delicado, e intenso ao mesmo tempo.

"Ela também entende de bebida. Incrível, é uma mulher realmente especial."

– Sim, obrigado.

Raffaella entra apressadamente na cozinha.

– Com gelo? Eu costumo colocar duas pedrinhas.

– Prefiro puro.

Alex está na sala e observa a biblioteca. Vê algumas obras interessantes. *Na natureza selvagem*, livro que inspirou o filme de mesmo nome, todos os livros de Kinsella, *A casa das cotovias, O caçador de pipas*, algumas monografias de diretores e atores, livros de fotografia de Walker Evans, Stephen Shore, William Eggleston e Robert Frank. Um ou outro pequeno souvenir de suas viagens pelo mundo e algumas fotografias emolduradas de um jeito muito moderno. Alex pega uma. Raffaella com o cabelo preso de lado, caindo sobre os ombros, e um vestido longo com um decote de deixar zonzo. Em outra, ela está ao lado de um piano branco usando um vestido preto e um colar de pérolas. Deixa-a e pega outra onde aparece de biquíni. Ela tem um corpo incrível. O biquíni é maravilhoso, até porque é minúsculo.

– Nessa eu estava em Saint Barth, no Caribe, um lugar lindo, tem um rum delicioso lá. – Entrega-lhe o copo, depois vai até o aparelho de som e põe um CD. Uma música *lounge*, sensual. – Gosta?

– Do rum ou da música?

– Das duas coisas.

– Sim... O rum é ótimo – Alex dá outro gole. – E a música não podia ser mais adequada.

Raffaella senta ao seu lado.

– É Nick the Nightfly. Acho que essa música tem uma sensibilidade especial. Não podemos desperdiçá-la.

Alex continua bebendo.

– O que quer dizer?

– Você viu *Vicky Cristina Barcelona*?

– Sim.

– Lembra quando Javier Bardem vai até a mesa das duas garotas?

Alex é mais específico:

– De Scarlett Johansson e Rebecca Hall.

– Sim, isso. E diz: "A vida é bela e não podemos desperdiçá-la: um bom vinho, uma boa música e fazer amor". Eu acho que é uma grande verdade, Alex. Acho que não devemos desperdiçá-la.

Silêncio. Dessa vez mais longo, ou pelo menos é o que Alex sente.

– Tenho uma surpresa para você... Posso?

Ele assente. Raffaella sorri.

– Volto logo.

E desaparece em seu quarto.

145

Simona se senta no chão ao lado de Niki e abraça as pernas. Imita a posição da filha. Apoia a cabeça na parede e solta um profundo suspiro, e começa a falar.

– Quando eu estava para me casar com seu pai tive um repentino ataque de pânico; fugi de casa dois dias antes do casamento e meus pais levaram um belo susto. Ele também, claro. Eu morria de medo do casamento, mas, na verdade, achava que havia me apaixonado por outra pessoa.

Niki ergue a cabeça.

– Sério, mamãe?

– Claro – Sorri. – Acha que entrei aqui e me sentei ao seu lado no chão para lhe contar um monte de mentiras? Fiquei com esse homem, ele se chamava Sandro, e depois, quase imediatamente, senti uma espécie de repulsa. Quero dizer, eu não gostava dele. Na verdade, o que me levou a dar esse passo foi o medo, o desejo de continuar sendo jovem. Eu não estava realmente apaixonada por ele, só assustada com todo o resto.

Niki solta um suspiro e limpa o nariz na manga de sua camiseta.

– Niki!

– Desculpe, mamãe! – depois começa a rir. – Mas nessas situações acho que é permitido.

– Sim – Simona sorri. – Tem razão. Não sei em que confusão você se meteu, mas lembre que nós estaremos sempre a seu lado e que, faça o que fizer, apoiaremos sua decisão.

– Papai também?

– Claro que sim. Eu diria até que ele seria o primeiro. No início, ele reage assim, mas você sabe como ele é. Adora você e só quer sua felicidade. Então, acalme-se e vá dormir. Com o tempo, você vai entender tudo. – Simona se levanta e se dirige à porta. – Claro que, quanto antes compreender, melhor.

Niki esboça um sorriso.

– Sim, eu sei, mamãe.

– Boa noite.

– Boa noite. Ah, mamãe...

– Sim?

– Não se preocupe, não vou contar nada para o papai dessa história de Sandro.

Simona sorri.

– Vá para a cama.

Sai do banheiro e se junta a Roberto na varanda.

– E então? Como foi?

Simona senta ao seu lado e olha o cinzeiro.

– Você fumou quatro!

– É que estou nervoso.

– Você sabe que faz mal!

– Sim, não vou fumar mais! Mas, o que tem para me contar?

Simona se acomoda na poltrona.

– Acho que só está assustada. Esse outro rapaz não lhe interessa.

– Sério?

– Sim.

– Como pode ter tanta certeza?

– Eu lhe contei que eu também fugi e saí com Sandro.

– É mesmo? O que ela deve estar pensando agora?

– Foi bom para fazê-la falar; imaginei que ao saber que eu também havia me comportado assim, ela me contaria tudo. Até confessei que fui para a cama com ele!

– Você disse isso?

– Sim. Vendo que a mãe se comportou assim, Niki não vai ter vergonha de me contar tudo.

– Sei – Roberto se cala por uns instantes, depois se levanta da poltrona um pouco tenso. – Mas foi só um beijo, não foi?

– Sim, meu amor, só um beijo. Faz vinte e dois anos.

146

Alex termina seu rum. A música que toca nesse momento é linda. *The Look of Love,* de Nina Siro. Ouve olhando pensativo para o copo vazio e depois para as fotografias dessa garota tão linda e atraente, tão sensual, tão divertida, tão solícita e tão fascinante. De repente, tudo lhe parece fácil e claro, longe de qualquer dúvida.

Levanta-se do sofá. Raffaella terminou de preparar sua surpresa.

– Já estou indo, Alex...

Mas apenas tem tempo de ouvi-lo fechar a porta de entrada. Para no meio da sala. Pena. Teria adorado que ele a visse com essa lingerie azul La Perla que comprou especialmente para ele, para que ele a arrancasse e a amasse sem fazer muitas perguntas, sem planos de futuro, sem muitos porquês. Pena. Raffaella tranca a porta e atravessa a sala com seus saltos altos, exibindo suas esbeltas pernas e suas nádegas perfeitas.

A repentina determinação de Alex tem um motivo muito simples. Chama um táxi, espera-o na rua, até que chega, e entra.

– Quero dar um passeio... por uns cinquenta euros. Depois leve-me à Via Ripetta.

O taxista parte.

– Já ouvi essa frase. É de uma cena de *Conduta de risco,* não é? Gostei muito desse filme, realmente muito bom.

Alex se acomoda no assento. Não tem vontade de falar com ninguém. Agora vê tudo com mais clareza. Ama Niki, totalmente e sem nenhum tipo de dúvida. E sua vida jamais estará completa sem ela; qualquer sucesso, qualquer riqueza ou propriedade não o impedirá de sentir sua falta. A tudo sempre faltará essa pequena peça que ela representa em todas as coisas. Alex olha pela janela. A noite. A cidade. Os carros. Os semáforos. As lojas fechadas. As pessoas que saem dos lugares. "Agora sei o melhor. Não queria me casar com ela porque já sou velho, ou porque ela é uma garota linda e decente, honesta e sincera, que não me engana e que nunca me decepciona. Queria me casar com ela porque, faça o que fizer, sempre será Niki, e isso me basta. Esta é a maior prova de amor, é a primeira vez que consigo compreender isso e que descubro que posso sentir isso. Sim. Sem a menor dúvida. Niki e pronto."

147

Muitos dias depois.

Olly anda descalça pela casa enquanto fala ao celular. Anda de cima para baixo muito excitada.

– Sim, adorei a ideia! Forteventura é superlegal! E quando vamos?

Erica explica tudo do outro lado da linha. Como sempre, mostra que é uma perfeita organizadora.

– Saímos dia 15 e ficamos duas semanas. Encontrei um prédio espetacular, onde todos poderemos nos alojar por um bom preço. Pegamos o voo de última hora, pois sempre surgem ofertas. E serão umas dez pessoas! Todos vão.

– Todos, todos?

– Claro! Nós, as Ondas, Filippo, Guido e mais duas amigas de Niki da faculdade. Convide alguém, se quiser, é só me avisar a tempo para fazer a reserva.

– Muito bem. Vou pensar, e quando decidir, eu aviso!

"Que maravilha. Umas férias em uma ilha como Forteventura. É exatamente o que eu preciso. Sim, eu mereço. De vez em quando temos que nos permitir algum capricho, não é?" Lembra a frase de Erica: "Convide alguém, se quiser." "É, não seria nada mau. Eu gostaria de ir com Giampi. Mas eu o perdi." Senta-se no sofá. "Não, irei sozinha. Como Niki e Erica. Vamos nos divertir de qualquer maneira." Depois sorri. "Mas eu poderia convidar Bruno. Adoraria que ele fosse." Então, pensa em Diletta. "Ela é maravilhosa. Tomou uma decisão muito importante. Eu sinto muito orgulho dela. Vai ser uma mãe maravilhosa." Olly se deita e relaxa um pouco. "Sim, é uma bela época, tenho que reconhecer. Só espero que Niki também encontre sua felicidade."

148

Roma. Dentro do *loft* importantes preparativos estão sendo realizados.

– Ponha aí, aí em cima... Isso, assim.

Pietro olha satisfeito para o técnico que está instalando o alto-falante do equipamento de som em um canto da biblioteca.

– Assim, doutor?

– Sim... Sim, assim está ótimo.

Flávio está colocando vodca em uma jarra.

– Rapazes, eu já bebi três, hein? Laranja misturada com toranja rosa e abacaxi, um pouco de lima... E a "bomba" está pronta!

Pietro prova com uma colherzinha.

– Hummm... que delícia! Assim que experimentarem, vão pular de cabeça em minha cama!

– Ande – Flávio olha para ele com cara de bravo –, tente ser generoso e deixar algo para os outros.

Enrico está sentado no chão brincando com Ingrid.

– Ainda esse assunto? – Olha para a menina. – O que será que ela pensa de vocês?

Pietro fica pasmo.

– Ela não entende uma palavra do que dizemos!

Enrico acaricia a pequena.

– Está enganado! As crianças entendem tudo, são muito sensíveis. Diferente de você!

Pietro continua dando instruções sobre os alto-falantes do estéreo.

– Ah, agora, para variar, é culpa minha! Mas quando crescer...

Flávio olha para ele, curioso.

– Quem? Enrico?

Pietro começa a rir, sabendo que o amigo está debochando.

– Não, a filha dele! Assim que tiver a idade certa, vou aparecer na sua casa com um conversível e convidá-la para sair. Vou gostar de ver a cara do pai!

Enrico nem se digna a olhar para ele.

– É, uma cara sombria. Entre outras coisas, porque não a deixarei sair!

– Ah, então você será um desses pais autoritários!

– Não, serei um pai que salva a filha de conhecer pilantras como você.

Pietro ergue as sobrancelhas.

– Essa sim eu não esperava. De qualquer maneira, irei buscá-la quando completar dezoito anos; talvez ela seja linda, e ela é quem vai decidir o que quer fazer.

O técnico sai de baixo de um móvel.

– Já fixei os alto-falantes, doutor. Quer testar?

– Sim, melhor. Vamos testar com este! – Entrega-lhe um CD. – Trouxe uma coletânea que meu livreiro de confiança gravou para mim.

Flávio olha para ele surpreso.

– Seu livreiro grava CD?

– Sim. Mistura músicas que você escolhe de vários CD e vende por um preço legal!

Flávio está boquiaberto.

– Ah, ainda por cima vende! E ele não sabe que se arrisca a acabar na cadeia?

– Na verdade, eu sou advogado dele, já o livrei de uma boa encrenca e agora ele grava de graça para mim. Você dá o tema e ele se encarrega de colocar as músicas mais adequadas para a ocasião.

– E que tema você escolheu?

– Noite ardente.

– Genial! – exclama Flávio.

Nesse exato momento o técnico aperta uma tecla e começa a tocar *Single Ladies,* de Beyoncé.

– Aumente! Aumente!

Todos começam a dançar, rindo, ao ritmo da música.

– Olhe, até a menina está dançando.

Ingrid acompanha a melodia com a cabeça enquanto Enrico cobre a boca com as mãos, comovido. Nesse exato momento abre-se a porta de entrada e aparece Alex.

– O que estão fazendo?

O técnico abaixa aos poucos o volume.

Com um gesto, Pietro indica que está perfeito.

– Já pode desligar, ficou fantástico.

O técnico desliga o tocador de CD.

Alex para surpreso no centro da sala.

– O que vão fazer?

Pietro abre uma pasta que está em cima da mesa e tira umas fotografias de garotas lindíssimas.

– Por enquanto, nada. Mas hoje à noite, você nem imagina! Veja isto, gosta? Espanholas, para sua nova campanha.

– Que campanha?

– Falei com seu escritório, o qual, como você bem lembra, eu represento como advogado e fecho importantes negócios diariamente.

– Claro – Alex sorri. – Porém, eu lembro que tudo isso é assim graças a mim.

Pietro engole em seco.

– Claro. E justamente por isso, para facilitar seu próximo trabalho, ou seja, a campanha espanhola... tchanã! Teremos o prazer de escolher as modelos esta noite. Convidamos todas para uma superfesta com música, diversão garantida e champanhe.

Flávio é mais específico:

– Bem, na verdade, só tem vodca aqui.

– Tanto faz. Quanto mais forte a bebida, mais cedo perdem a cabeça.

Alex olha para Pietro, Flávio e Enrico.

– Se dependesse de vocês, continuariam levando essa vida para sempre, não é? Vale tudo: festas, vodca, música, mulheres maravilhosas...

Os outros se olham. Pietro, talvez o mais convencido de não estar fazendo nada de errado, concorda satisfeito.

– Não têm o menor interesse em construir um verdadeiro relacionamento – continua Alex. Depois aponta para Pietro. – Você se separou de Susanna, continuou agindo como se nada tivesse acontecido, e depois de uns dias de falso pesar voltou com tudo e faz festas sem sentido que só servem para preencher seu vazio interior. Bem, talvez eu esteja enganado. Talvez você seja realmente assim. Talvez se sinta bem nesse vazio. Nesse caso, enganou a todos nós. Talvez nem mesmo se importe com nossa amizade.

Pietro abre os braços.

– Ei, você não pode dizer isso! Está redondamente enganado, e eu já demonstrei isso!

– Ah, é verdade. Você se importa com nossa amizade, pelo menos com a minha, senão, não poderia convidar as espanholas.

– Que dramático!

– Sou realista! – Alex continua, dirigindo-se agora a Flávio. – E você não fica para trás: sua esposa decidiu que a relação de vocês havia acabado e você, em vez de reagir, conformou-se e não mexe um dedo. É feliz com a vida que leva? Precisava se separar para poder vivê-la? Não podia tê-la vivido desde sempre? Por que se casou? É desta vida que gosta? Talvez sua esposa já tenha encontrado outro, e para você tanto faz. E você – aponta para Enrico –, você continua brincando com uma menina porque não tem coragem de sair por essa porta e recomeçar sua vida.

– Mas eu tenho Ingrid!

– Mas é claro! Que resposta! Ela também tem você, e se pudesse, ela o criaria, ensinaria que não podemos nos esconder, que devemos ter coragem de continuar acreditando no amor, além desse que você sente por sua filha. Amor por uma mulher. Para construir juntos, um dia após o outro, cair, levantar, errar, perdoar e amar. Amar, entendem? – Balança a cabeça e sai batendo a porta.

Todos se olham, mas o técnico é o único que tem coragem de falar.

– Bem, eu acho que ele tem razão. Eu vivo com minha esposa há trinta anos. Algumas vezes tenho vontade de matá-la, mas outras percebo que sem ela seria muito infeliz. E o último acontece com mais frequência que o primeiro.

Pietro, Flávio e Enrico se olham. Depois, sem dizer nada, Enrico pega Ingrid no colo, Flávio seca as mãos e os dois saem da casa. Pietro pega as chaves do carro. E os três partem em diferentes direções. Cada um com suas preocupações, com seus medos e suas contradições.

149

A mala está quase pronta. Diletta pegou de tudo. Mais até.

– Meu amor, só vamos ficar dez dias.

– Sim, mas nunca se sabe. Melhor levar bastante roupa! Também comprei uns vestidos de gestante, olhe que bonitos. – Coloca-os em cima da cama.

– Sim, você vai ficar linda. Acha mesmo que podemos viajar?

Diletta olha para ele confusa.

– Caro que sim, por quê?

– Porque você está grávida, se ficar cansada...

– Você mesmo disse, estou grávida, não doente! Além do mais, a brisa marinha fará muito bem ao bebê. Ondas de verdade para uma ondinha que está para chegar! Vamos entrar no mar, passear pela praia e dançar. Vai ser bom demais! E assim você relaxa também. – Continua colocando as coisas na mala. Uma camiseta. Outro par de chinelos. Calça. Um tomara que caia. Top. Depois corre para o banheiro e pega a *nécessaire*. – E, hoje em dia, as mulheres grávidas estão mais bonitas, li isso em uma revista. Quero me exibir o máximo possível!

Filippo começa a rir.

– Sim, mas sem exagerar! Você é minha Diletta e tem uma ondinha na barriga! – aproxima-se dela e a beija com ternura. – Ande, vamos logo, os outros estão nos esperando. Minha mala já está no porta-malas do carro. Vamos para o aeroporto! – Abre os braços imitando um avião e se afasta.

Diletta sorri sacudindo a cabeça. "Parece um menino. Mas, no fundo, é bonito que ele seja assim." Acaba de fazer a mala. "Dentro de algumas horas estaremos voando com as Ondas e os amigos de Niki rumo a Forteventura. Niki. Como eu gostaria que neste momento você estivesse tão feliz quanto eu! Pequena e indecisa Niki. O que ela vai fazer? Espero que estas férias a ajudem."

150

O trânsito está particularmente intenso. Erica batuca nervosa com o dedo na janela. Depois olha para sua mãe, que está dirigindo.

– Ande, mamãe, mexa-se. Estão me esperando no aeroporto! Você sabe que eu odeio chegar atrasada quando organizo uma viagem!

A mãe de Erica sorri.

– Nem que eu tivesse uma varinha mágica capaz de fazer desaparecer todos esses carros! Além do mais, na próxima, em vez de perder três horas fazendo as malas, tente se apressar um pouco mais, assim poderemos sair antes.

Erica olha para fora. "Ela sempre tem razão. Mas não importa. Dessa vez, não quero me aborrecer. Quero aproveitar. Forteventura. Um novo início. Mar. Praia. Danceterias. Sem preocupações, finalmente. Sem rapazes na cabeça. Nada. Minhas amigas e eu, nada mais. E vários colegas da faculdade de Niki. Sim. Simplicidade. Sem problemas. O mar e eu." Então, olha de novo para sua mãe e lhe dá um beijo no rosto. Como ela não esperava, quase perde a direção.

– O que está fazendo, Erica? Quase nos matamos! Avise, não é?

Ela começa a rir.

– Claro, vou dizer: "Mamãe, vou lhe dar um beijo! Prepare-se, hein?" Viu? Esse é justamente o problema dos tempos que vivemos. Ninguém está mais acostumado a gestos de afeto. Nem você. Mas isso está errado. É algo parecido com essa história dos abraços grátis. Sabia que na rua dão abraços grátis a desconhecidos? Existe até o dia mundial do abraço, que se comemora há alguns anos. Eu acho maravilhoso. As pessoas se abraçam, muitas vezes sem nem se conhecer, por um único motivo: trocar um afeto sincero. E já que você está dirigindo e não posso abraçá-la, aceite meu beijo e fique quieta.

Sua mãe balança a cabeça.

– Acho que você precisa dessas férias, princesa. Está um pouco estressada! – e continua dirigindo até que, finalmente, veem o aeroporto.

151

O aeroporto está cheio de gente andando de um lado para o outro arrastando malas de todos os tipos. Os grupos organizados cercam seu guia e escutam suas instruções. Alguns se despedem com um abraço e mil advertências. Outros, porém, partem sozinhos e olham os painéis de horários com ansiedade ou tédio, conforme o caso. Os anúncios ininterruptos em vários idiomas enchem o ar. Niki, Diletta, Filippo, Erica e vários rapazes da faculdade, entre eles Guido, estão em pé ao lado de uma banca de jornal. Conversam felizes, imaginam como será a viagem e brincam. Filippo abraça Diletta por atrás e morde sua orelha. Erica mostra às outras garotas uns papéis que pegou na Internet com vários locais e itinerários em Forteventura. Niki perambula silenciosa. Guido olha para ela de longe. "Ultimamente, ela está um pouco distante. Mas é normal, depois de tudo o que aconteceu, talvez precise de um pouco de tranquilidade." De qualquer maneira, em Forteventura terão tempo de resolver tudo.

– Quando Olly vai chegar? Vamos perder o voo.

– Sei lá! Sempre que vamos a algum lugar, ela sempre atrasa.

De repente, no fundo do corredor, no meio da multidão, surge Olly correndo. Arrasta uma mala enorme e carrega uma bolsa a tiracolo. Erica a vê.

– Ainda bem, ela chegou!

Olly sorri ao longe e ergue a mão em um aceno. Depois de alguns instantes, chega onde estão.

– Oi, gente! Cheguei!

Todos festejam sua chegada.

– Então, vamos para o balcão – diz Erica.

– Não, esperem um instante – replica Olly.

– Ainda? Por quê?

– Tem mais alguém, ele foi ao banheiro.

Erica, Diletta e Niki se olham. Depois olham para a amiga.

– Pode-se saber quem? Você não disse que ia sozinha?

– Eu sei, mas ele achou lugar no avião e acho que não vai haver problema no hotel por causa de uma pessoa a mais ou a menos.

– Não – reconhece Erica. – Mas eu pedi que me avisasse.

– Tem razão, só que eu não sabia ainda.

Depois de alguns instantes chega Bruno puxando duas malas com rodinhas. Quase tropeça em uma delas, para de repente e olha intimidado para o resto do grupo.

– Olá... Muito prazer, Bruno, trabalho com Olly.

Todos o observam. Niki, Erica e Diletta sorriem. Sabem muito bem quem é ele, Olly lhes contou toda a história dos desenhos. Mas nunca teriam imaginado vê-lo ali.

– Sim, este é Bruno.

Erica se aproxima rapidamente de Olly e lhe dá uma cotovelada.

– Então, você está saindo com ele! – Bruno, enquanto isso, está falando com Filippo.

Diletta e Niki também se aproximam.

– Mas claro, é óbvio! Se vai levá-lo a Forteventura, está com ele, com certeza, não adianta negar!

Olly tenta explicar a situação às amigas.

– Não... não estou saindo com ele. Eu o convidei para agradecer, só isso. Já contei o favor que ele me fez, não é? Ele me salvou de morrer nas mãos de Eddy.

Suas amigas não acreditam.

– Ah, claro! – Erica cobre os olhos como se não quisesse ver. – Você gosta dele, e pronto!

Diletta está ainda mais convencida.

– Só isso, não. Gosta muito, senão não o teria trazido!

Riem, e Olly lhes dá uns empurrões.

– Vocês são umas víboras!

– E você está apaixonada!

E se batendo de brincadeira, vão até o balcão de embarque.

152

Pietro está no carro, olha a hora e acelera, seguro de seu destino. Flávio também corre com seu carro, toca a buzina e sorri, aparentemente feliz. Continua buzinando. Bi, bi, bi.

– Sai da frente! Anda! O que está esperando? Sai para o lado, muito bem, isso, conseguiu, viu? – e ultrapassa um senhor que olha para ele como se estivesse louco.

Enrico também dirige depressa, mas não demais; checa se o cinto da menina está bem preso, mas, de qualquer maneira, segura Ingrid com a mão enquanto ela brinca apertando os dedos dele. Pietro é o primeiro a chegar. Para na academia, a academia dela, e olha em volta.

– Susanna? – Ela se vira e vai até ele, envergonhada e ao mesmo tempo um pouco preocupada. – O que foi? Aconteceu alguma coisa? É com as crianças?

– Não... conosco.

– Conosco? O quê?

– Nós poderíamos... é... tentar de novo. Acho um absurdo que as coisas tenham acabado assim.

– Acha um absurdo, é? – Susanna olha para ele e quase começa a rir, irritada. – Pois eu acho um absurdo não ter percebido antes. Você sempre levou sua vida, da qual eu não fazia parte de modo algum, uma vida frequentada por uma infinidade de mulheres a quem você devia contar de tudo. Sabe o que mais me doeu? Pensar que elas tinham pedaços de sua vida que eu não tinha, coisas que você dizia, que fazia, algum lugar aonde foi, uma notícia que leu, um prato especial que comeu, enfim, algo que, de qualquer maneira, não havíamos feito juntos.

Pietro sorri e segura-a pelos ombros.

– Mas isso é amor!

– Pode ser que tenha sido. E tire as mãos de cima de mim se não quiser que alguém lhe dê um soco.

Pietro olha em volta e depois abaixa as mãos lentamente.

– Quem? O que quer dizer?

Susanna levanta a bolsa.

– Que já não sinto nada por você. Divida sua vida, suas palavras e seus momentos com quem quiser, mas não comigo. Para mim só existia você. Agora existe outra pessoa. E sou otimista, espero que as coisas deem certo desta vez. – Vai para a saída.

Pietro corre atrás dela e balança a cabeça, rindo.

– Não, não acredito, você está brincando comigo. Só o que pretende é me fazer sofrer. Mas eu sei que você não tem outro.

Nesse exato momento, em frente à entrada da academia para uma BMW escura que faz sinal com os faróis.

– É ele, está me esperando. As crianças estão na casa de minha mãe e nós vamos sair para jantar.

– Ah... – Pietro olha para o carro sem saber de quem se trata.

– É meu professor de *kickboxing*.

– Ah... – Pietro entende imediatamente que talvez seja melhor não fazer nenhuma bobagem.

– Seja como for, quero dizer que pensei na história do quadro de Schifano. Você não queria, mas eu insisti. É verdade que compramos juntos, mas minha vontade prevaleceu, portanto vou ficar com ele.

– Claro, sem problemas. Se quiser – diz, e observa enquanto se afasta orgulhosa, cheia de si. Pietro dá uma última olhada no BMW e depois entra em seu carro e vai embora.

Susanna fica olhando para ele até que vira a esquina. Balança a cabeça, sorrindo. Baixa os olhos e caminha para o BMW. Pensa que é uma das poucas vezes em que se sente segura e feliz com sua escolha. É tão raro não hesitar. Ao entrar no carro, sorri de novo.

– Olá, desculpe.

Davide devolve o sorriso.

– Desculpe por quê?

Coloca a bolsa no banco de trás.

– Tudo bem?

Susanna faz que sim.

– Sim, tudo ótimo.

– Aonde quer ir?

Fazia muito tempo que não se sentia tão bem. Apoia-se no banco e fecha os olhos.

– Você decide.

153

Toca a campainha. De novo.

– Já vou! – ouve-se a voz de Anna.

Enrico brinca com Ingrid no colo.

Anna abre a porta após dar uma olhada pelo olho mágico.

– Olá! Que surpresa! – Sorri para Enrico, alegra-se muito por vê-lo. – Posso pegá-la?

– Sim, claro!

Anna pega Ingrid dos braços dele e a aperta nos seus.

– Você tem que sair? Eu estou estudando, mas posso ficar com ela.

– Não, estava com vontade de ver você. Ou melhor, de ver vocês juntas. São uma maravilha. – Enrico se aproxima de Anna e lhe dá um leve beijo na boca. Olha para Ingrid, de novo para Anna, e sorri. – Está olhando para nós. Quem sabe o que está pensando.

Anna sorri.

– Pensa que seu pai é feliz e que, consequentemente, ela também será.

Enrico fica surpreso.

– Acha que ela já pensa coisas assim?

Anna balança a cabeça.

– Ela, não sei. Eu pensei desde o primeiro dia.

– Eu também.

Enrico lhe dá outro beijo. Depois acaricia seu cabelo e olha para ela com carinho. Também Ingrid, alegre e curiosa, pega o cabelo de Anna e brinca com ele. Anna e Enrico imitam os gestos da menina e se olham emocionados. Ingrid, então, toca o cabelo de Enrico e ele olha para ela sacudindo a cabeça.

– Já sei, quando crescer quer ser cabeleireira!

E os dois riem.

154

Cristina abre a porta de casa e o encontra plantado ali.

– O que faz aqui, Flávio? – Passa uma mão pela roupa para checar como está.

Flávio percebe. Pela primeira vez depois de muito tempo, nota. E decide dizer, porque às vezes não basta pensar as coisas; é preciso dizê-las.

– Não se preocupe, você está linda.

Cristina fica espantada, talvez porque faz muito tempo que não ouve essa frase... Da boca dele.

Flávio sorri, olha e nota coisas às quais fazia muito tempo que não prestava atenção: o cabelo, a cor, o penteado, as pequenas rugas de seus lábios e esse olhar profundo. Lembra de repente as palavras de Alex: "Talvez sua esposa já tenha encontrado outro... e para você tanto faz".

Flávio baixa o olhar. Cristina percebe e observa, preocupada com o que pode ter lhe passado pela cabeça.

Flávio ergue os olhos.

– Eu queria perguntar uma coisa, Cristina.

Ela aguarda em silêncio. Flávio suspira e solta:

– Acha que podíamos tentar de novo? Essa separação me fez compreender muitas coisas. Talvez tenhamos a oportunidade de encontrar novos amores e nos darmos bem com eles, mas também podemos fracassar de novo. Durante os primeiros meses tudo funciona; as dificuldades chegam depois de um ano ou dois, e nós passamos muitos juntos. Não digo que por apego ou hábito, ou porque pense que, em se tratando de duas pessoas que já se conhecem e que já superaram certas coisas, é mais fácil. Digo porque eu te amo, porque cada dia é uma novidade, e eu não soube perceber isso. Há muitos anos é assim – Flávio sorri. – No início, tudo era maravilhoso, mas depois nos acomodamos, nos perdemos, dormimos. Quer despertar comigo todos os dias nesse sentido?

Cristina não responde. Aproxima-se silenciosa e o abraça.

– Você não imagina o quanto desejei que você viesse e me dissesse todas essas coisas.

Flávio a beija e imediatamente começa a chorar. Lágrimas salgadas rolam por seu rosto, por seus lábios, misturando-se a seu sorriso e suas gargalhadas.

– Parecemos duas crianças.

Flávio olha para ela e a abraça.

– Eu te amo... Desculpe.

Cristina se esconde nesse beijo. Depois afasta-se um pouco e encosta no rosto dele, fechando os olhos.

– Eu é que peço desculpas, meu amor.

Lembra tudo o que aconteceu desde que Flávio foi embora de casa. Ele, porém, fecha os olhos e volta a pensar nas palavras de Alex, mas dessa vez não tem o direito de fazer essa pergunta, porque crescer implica também deixar de precisar de certas respostas, não buscar segurança, e sim saber dá-la.

– Amor... Estamos aqui. Isso é só o que importa.

Cristina o abraça ainda mais forte e sente de novo todo o amor que os une.

155

Simona vai abrir a porta de casa. Alguém toca a campainha. Quando o vê, fica espantada.

– Alex!

– Olá. – É evidente que está inibido, mas sorri.

– Prazer em vê-lo.

Aparece Roberto com o jornal nas mãos.

– Quem é? É para mim? Estou esperando um pacote. – Quando o vê, fica espantado. – Alex, que bom vê-lo. – Fala sério, lamenta profundamente o modo como as coisas terminaram, e de certa forma a situação o incomoda. – Entre, por favor. Quer beber alguma coisa?

– Não, não, obrigado.

– Entra, ande, não fique aí na porta.

Simona a fecha. Olha para Roberto erguendo levemente as sobrancelhas como se dissesse: "E agora, o que fazemos?" Enquanto isso, Alex dá uns passos olhando em volta. Nesse exato momento entra Matteo.

– Ei! Olá, Alex!

– Olá, como vai? – Apertam-se as mãos de uma forma um tanto engraçada.

Dessa vez Roberto e Simona é que riem ao ver a cena

– Sabe? – prossegue Matteo. – Eu senti muito por uma coisa. Quero dizer, é coisa de vocês, claro, e nisso não quero me meter. Mas você me prometeu que íamos dar uma volta a cavalo e depois não fomos.

Alex ri, achando graça da ingenuidade dele.

– Tem razão. Mas vamos; eu prometo que, aconteça o que acontecer, vamos fazer esse passeio a cavalo – e passa a mão no cabelo do garoto com ternura, despenteando-o. Matteo olha para ele como iluminado por uma grande intuição.

– Você trouxe outra carta?

– Não – Mas Alex não tem tempo de responder.

– Vá para seu quarto, Matteo. – Simona se levanta e vai até o filho.

– Mas não é justo, já sou bem grandinho, posso entender toda essa história!

– Eu disse para ir para seu quarto – e praticamente o empurra pelo corredor até que finalmente Matteo se convence, acelera o passo e se tranca, irritado, em seu quarto, batendo a porta.

Simona balança a cabeça e volta rapidamente para a sala, intrigada, emocionada, e com o coração batendo a toda velocidade. "O que será, agora?", pergunta-se. Senta-se em frente a Alex e suspira fundo.

Roberto oferece novamente:

– Tem certeza de que não quer nada? Uma Coca-Cola, um Bitter, talvez um suco.

– Não, não, não quero nada, de verdade. – Faz uma pequena pausa e logo prossegue, tranquilo. – Lamento muito o que aconteceu, foi tudo tão... tão... caótico. Eu adoraria que as coisas fossem de outra forma!

Roberto assente.

– Nem me diga!

Simona lhe dá um tapa na perna.

– Não o interrompa!

– Só queria me mostrar solidário; queria que soubesse quanto lamentamos também.

– Então – Alex sorri –, a única coisa que eu quero é que sua filha seja feliz.

Roberto o interrompe de novo.

– Nós também.

Simona olha para ele irritada, mas Alex não se incomoda.

– Vim vê-los para conversar – continua. – Eu gostaria de esclarecer a Niki algumas coisas que tenho certeza de que...

Dessa vez é Simona quem intervém para evitar que fale muito.

– Alex... eu adoraria que pudesse falar com Niki agora, mas ela partiu.

156

Grandes ondas quebram em Playa Blanca, perto de Puerto del Rosario. Um vento forte, tenso, soprou durante o dia todo varrendo com força a areia. As gaivotas abrem suas asas e se inclinam deixando que o vento as leve muito longe. Brincam destemidas, afastando-se repentinamente do grupo e voltando depois de se lançar nas ondas. Rebeldes, de vez em quando famintas, aves de rapina em busca de uma presa, arrancando do mar pequenos peixes prateados que depois engolem em pleno voo.

Niki passeia sozinha pela praia. Seu cabelo cai para a frente o tempo todo, cobre seus olhos, seu rosto, e ela mexe as mãos como uma menina, imprecisa e confusa, tentando afastá-lo dos olhos. Com a palma, quase esfregando no rosto, leva-o para trás, com força, com raiva, mas é questão de poucos instantes. Porque não adianta nada. O vento torna a despenteá-la e a obriga a repetir todos esses gestos cada vez com maior irritação.

Niki para em um penhasco. Senta-se, contempla o mar, apoia os cotovelos nos joelhos. E olha além, na linha do horizonte, como se algo ou alguém, um navio pirata, um veleiro ou qualquer outra coisa pudesse surgir em seu socorro. Mas não é possível. E não há nada mais terrível que sentir, que perceber, que a inquietude apareça de repente das profundezas, nos sequestre, possua, nos faça bater com força na areia, segure nossos braços e monte em nossa barriga para nos manter firmes no chão. Assim se sente Niki, bloqueada por essa sensação. Tudo lhe parece repentinamente claro, tão nítido quanto esse entardecer, quanto o sol abrasador que castigou o dia todo essa praia. Sim, Niki agora sabe. Não é feliz. E tem também consciência de outra coisa. Ela se enganou. Não há nada mais terrível que perceber que tomou uma decisão errada que não pode mudar, ou melhor, que não lhe permite recuar porque é definitiva. Sim, não há nada pior. "Não. É ainda pior quando essa decisão, essa escolha imprudente diz respeito ao amor." De repente sente-se pequena, sozinha, sente uma pontada no coração, seus olhos se embaçam de lágrimas e ela tem vontade de gritar, chorar... Mas já não tem mais lágrimas. Ninguém percebeu, mas desde que começaram essas férias não fez nada além de chorar escondida, no apartamento, no banho, durante seus passeios solitários, na cama. Só riu em uma ocasião. Quando recordou a primeira vez que Erica terminou com Giò, seu primeiro namorado, e começou a sair com outro. Estavam no colégio, Erica passou a aula de matemática toda chorando e ela debochou dela. Lembra como se fosse ontem. "Viu? Todas querem sair com outro, e assim que conseguem, querem voltar com o de antes. São todas iguais, sabe quantas histórias como a sua já ouvi?"

Niki riu lembrando esse dia. Depois pensou em sua situação e se sentiu ridícula. Agora ela é uma das que se arrependeram. A simples ideia de falar sobre isso com as amigas a envergonha, e com Alex, então! É terrível ser tão indecisa, mudar de ideia em questões de amor. Querer voltar com ele, com Alex... "Que poderia lhe dizer agora? Como me justificaria?" Nunca se sentiu tão suja, apesar de não tê-lo enganado totalmente. A situação parece absurda. "Que quer dizer com 'totalmente'? Que existe algo que desvaloriza e não desvaloriza o amor? Que existe algo que a leva a enganar ou não? Você sabe muito bem que qualquer relação mais estreita que o normal, qualquer sintonia que vá além da simples amizade, qualquer pensamento a mais sobre outra pessoa significa afastar-se da história que está vivendo. É inútil negar." Niki se sente morrer. Madura, diferente, mulher e distante. O simples fato de ter pensado em outro, de ter imaginado um novo relacionamento com ele, uma nova possibilidade, um novo futuro, só isso já implica o maior dos enganos. Permanece em silêncio olhando o mar e ouvindo os gritos das gaivotas e as palavras do vento. Sente uma tristeza profunda. "'Um amor só durará para sempre se não se consumir totalmente.' Alguém disse isso uma vez, ou vi em um filme?" O que importa é que se sente mal. "Onde estará Alex agora? Eu não quero que nosso amor dure para sempre se não posso tê-lo ao meu lado. Agora, aqui. Penso nele sem parar e minha obsessão, em vez de diminuir, só aumenta. Sinto sua falta, Alex..."

– O que está fazendo, Niki? – Olly se aproxima dela por trás. – procuramos você por todos os lados.

Niki enxuga rapidamente a lágrima que ainda não teve tempo de cair.

– Ei... – Olly percebe. – Tudo bem?

– Sim – Niki sorri. – Tudo bem.

Olly sabe que não é bem assim.

– Se estiver com vontade de conversar, estou aqui, você sabe.

Niki hesita por alguns instantes. Sabe que seria bom desabafar. Mas pensa de novo em tudo o que imaginou antes, no que justamente ela disse a Erica, e agora não quer se ver no lugar dela, contar suas dúvidas, sua indecisão, para que Olly a julgue por ter mudado de ideia. Que diria Olly se contasse o que está passando por sua cabeça? Talvez lhe desse um conselho, talvez não a julgasse, pode ser que brincasse a respeito. Pode ser. Mas, de que serviria? Talvez para que se sentisse melhor? Não. Só a ajudaria se falasse com uma pessoa. Com ele, com Alex. Mas ele é o único que não está ali.

Niki sorri.

– Não, obrigada. São só recordações sem importância. Está tudo bem.

Olly sorri.

– Maravilha! – diz, apesar de não acreditar em uma palavra. – Então, vamos! – e pega-a pela mão. – Está começando a apresentação do grande Lovat. Ele acabou de chegar, e está pondo os primeiros discos. É alucinante, fantástico!

E correm pela areia de mãos dadas, cambaleando, até que vencem a última duna.

Na grande praia da baía já há mais de 2 mil pessoas dançando T. I. e Rihanna em *Live Your Live.* Movem-se ao ritmo da música com suas cangas coloridas, camisas brancas e azuis, calças jeans rasgadas, lenços na cabeça, óculos de grau na testa, espelhados nos olhos, e agitam as mãos enquanto dançam sob a luz alaranjada e azul do entardecer sobre o mar. Dançam os jovens, com os olhos fechados, sonhando, cantando, imaginando, deixando-se embalar por essas notas mágicas. Algum abraçam a namorada, um sujeito gordo de cabelo cacheado colocou nos ombros a sua, que tira a camiseta gira sobre sua cabeça. E ela permanece assim, com os seios de fora, sorridente, admirada, desejada, curtindo, sentindo-se parte dessa música, de pele morena, cabelo castanho-claro caindo pelo pescoço como uma doce cascata de mel, e a calça jeans rasgada que mostra umas pernas longas e igualmente bonitas.

Olly e Niki abrem caminho entre as pessoas, pouco a pouco, ziguezagueando para a direita e para a esquerda; avançam por entre a grande massa que se move ao mesmo tempo como se fosse um único dançarino. Aproximam-se do palco.

– Ali! – Olly aponta para o grupo, que está a uns passos dela. Erica, Diletta, Filippo, Bruno, Barbara, Luca, Sara, Marco e Guido. A seguir Olly se vira para Niki.

– Vamos com eles? Mas, se preferir, podemos ficar aqui só nós duas, viu?

– Vamos, não seja boba... Vamos!

Olly e Niki avançam por entre a multidão no exato momento em que o *DJ* troca de disco. Faz isso gradualmente, encaixando perfeitamente as duas músicas. E todos começam a dançar a fantástica nova música do The Killers, *Human.* Dançam felizes e alegres.

Bruno as vê.

– Aí estão elas. Chegaram.

Guido também olha.

– Finalmente! Perderam umas músicas fantásticas!

Niki sorri e fica no meio do grupo. Guido se aproxima dela.

– Estava preocupado, sabia? Lamento a discussão da outra noite!

Ela dá de ombros.

– Não se preocupe. Além do mais, não foi uma discussão. O que acontece é que temos pontos de vista diferentes.

– É – Guido também dá de ombros, vira a cabeça e a sacode como dizendo: "Não há nada a fazer, não tem jeito." E volta a dançar com os amigos.

"Ora", pensa Niki, "parecia estar preocupado com a discussão, mas, o que fez? Não veio me procurar, não tentou me encontrar, ver o que estava acontecendo. Não, Olly veio. Diz que lamenta, mas o que faz para consertar? Dança! Bah! Que estranho modo de cuidar de um relacionamento. Talvez seja só um menino mimado, talvez não demonstre, mas quando não consegue o que quer, tudo fica em segundo plano. Não sei se ele é mimado, mas a palavra que usei é apropriada: menino. Talvez essa fosse a verdadeira razão. Eu queria continuar sendo uma menina, por isso me voltei para ele, por isso renunciei a esse passo, ao casamento e a todo o resto." A música é particularmente bonita e, pouco a pouco, a luz se torna mágica, toda a praia se tinge dessa tonalidade laranja, suave, como esse sol que ao longe, mar adentro, ouve a última canção antes de ir dormir.

DJ Lovat dança com o público, movimenta-se sorrindo no palco, ergue as mãos agitando ao ritmo da música, depois olha para seu equipamento, que está no início da escada, e sorri assentindo com a cabeça. Pega o microfone e abaixa a música. E a imensa multidão de dançarinos que festeja na praia silenciosa para lentamente.

Lovat pega o microfone.

– Desculpem, mas dentro de alguns instantes prosseguiremos com a festa. – Todos olham em silêncio. – É que agora tenho uma surpresa reservada para vocês. Ouvi uma história que me emocionou. Não sei se também vai convencer vocês. Só peço uma coisa: deem-lhe uma chance. – Interrompe-se e olha de novo para a escada, ao fundo. Sorri e com um gesto diz. – Venha.

Alex sobe ao palco. Ao vê-lo, o público começa a murmurar, ouvem-se vários assovios. Niki o reconhece e sente que vai desmaiar.

Olly, Diletta e Erica olham para ela quase ao mesmo tempo.

Olly balança a cabeça.

– É demais!

Niki está com os olhos embaçados, muito emocionada.

Alex se aproxima de Lovat.

– Obrigado.

O *DJ* sorri e lhe passa o microfone. Alex dá dois passos no palco e para no centro. Também ele parece muito emocionado. Diante dele há uma multidão silenciosa. Alguns parecem irritados.

– É... – Alex limpa a garganta um pouco. – Boa noite. Por nada neste mundo queria interromper esta festa, mas...

Um rapaz do público aproveita a deixa:

– Muito bem, assim é que se fala. Por que não vai embora, então, e nos deixa continuar dançando?

– Porque um dia pode acontecer com você também. Ou com você. Ou até com você. – Alex aponta para várias pessoas. – Porque pode ser que uma manhã você se levante e veja que está jogando sua vida fora; pode perceber que tinha algo maravilhoso e que o está perdendo. E não poderá permitir isso. Não pode continuar sofrendo em silêncio e vivendo uma vida vazia e inútil. Porque quando conhece a pessoa certa, especial, a única, essa que sabe que nunca ninguém poderá substituir, então precisa fazer qualquer coisa para reconquistá-la. Até subir num palco e interromper a apresentação de um *DJ*, parar a música e fazer seu coração falar. Já se apaixonaram alguma vez? Já aconteceu de não pensarem em outra coisa que não fosse essa pessoa, desejar com todas as suas forças ver a outra pessoa, passar seu tempo com ela, poder tê-la? Está acontecendo comigo agora!

Um rapaz grita de baixo e abraça uma garota, que ri com ele enquanto se beijam.

– Como nós!

– Você tem mais sorte que eu. Ela era minha e eu era o homem mais feliz deste mundo, mas a deixei escapar.

Niki olha para as amigas. Todas estão com os olhos marejados de lágrimas, mas nenhuma ousa abrir a boca. Por fim Niki ri um pouco, chora também, ri de novo, e todas, emocionadas, se unem às suas lágrimas.

Alex volta a falar no palco.

– Niki, cheguei hoje mesmo, vim até aqui esperando encontrá-la. Acredito que esteja aqui esta noite e que esteja ouvindo minhas palavras. Se não estiver, não se preocupe, tentarei de novo, por toda a ilha, dia após dia. Porque uma vida não bastará, jamais me cansarei de dizer o quanto te amo...

– Estou aqui! – Niki grita, levanta e agita as mãos para que ele a veja. Alex ouve uma voz e a procura entre o público, mas há gente demais. Ela abre caminho com dificuldade por entre a multidão. – Com licença, por favor, desculpe...

Um rapaz decide ajudá-la.

– Ei, suba aqui, senão nunca vai conseguir. Antes de você chegar ele já vai ter achado outra!

Niki ri.

– Duvido. Mas, de qualquer maneira, obrigada.

O rapaz a segura e a ajuda a subir em suas pernas, depois em seus ombros, e por último em uma prancha de surfe, e num piscar de olhos Niki está sobre as pessoas. Os outros surfistas também colocam suas pranchas na cabeça e Niki, tentando não perder o equilíbrio, corre sobre essa estranha passarela, sobre esse mar de braços estendidos que a seguram. E ri, Niki ri enquanto faz surfe sobre esse estranho mar humano até chegar ao palco. Quando chega, desce da última prancha. Caminha lentamente pelo palco e para em frente a Alex.

– Oi.

– Oi. Parece que dei sorte.

– Porque eu vim ao show?

– Não, por tê-la conhecido.

E se beijam na frente de todos.

– Muito bem! Bravo! Viva o amor! É o melhor! Ei, se terminarem de novo, lembre-se de mim!

O público ri, se abraça e alguns até se beijam.

Filippo olha para Diletta nos olhos.

– Eu te amo, meu amor...

– Eu também te amo.

Olly e Bruno também se beijam, assim como Marco e Sara, Luca e Barbara.

Guido balança a cabeça e permanece em silêncio.

Lovat coloca outro disco.

– E agora, uma música dedicada a todos os que se amam como eles. Bonitos e alegres, que não têm medo do amor e de suas consequências, que se arriscam, mergulham de cabeça, que são felizes porque seu coração bate a dois mil por hora! Esta é dedicada a vocês, rapazes! *Love is in the air...*

Todos dançam, mais loucos e desinibidos que nunca. Dançam cantando, abraçados, beijando-se, felizes, com a emoção desse maravilhoso momento ainda nos olhos: não temer o amor.

– Vamos – Alex puxa Niki para que desça a escada.

– Mas, aonde vamos?

– Longe daqui... Tenho uma surpresa.

– Outra?

– Sim, mas, acima de tudo, quero ficar sozinho com você.

– Eu também.

Saem por baixo do palco. Alex para bem atrás da duna.

– Aqui está.

– Não acredito.

Niki olha sem acreditar para a fantástica Harley Davidson.

– E quem a trouxe?

– Eu.

– Até aqui?

– Claro! – Alex sobe na moto e coloca o capacete, depois entrega um a ela. – Temos que superar certos medos, Niki!

– Eu sei... – ela baixa o olhar, envergonhada.

Ele levanta o queixo dela e sorri.

– Por amor e por você supero qualquer coisa. E se você não puder, esperarei até que esteja preparada.

Niki sorri, beija-o e o abraça com força.

– Eu te amo.

– Eu também, demais. A ponto de... querer me casar com você.

Riem e se afastam, abraçados, por Playa Blanca, rumo a Puerto Del Desiderio, na moto que derrapa um pouco na areia, mas sem medo algum. Nenhum dos dois. De nada.

157

Apenas dois meses depois.

A beleza de uma ilha como essa. O barco para chegar até ela, as pessoas que desembarcam, os turistas. O sol é maravilhoso. Dá para sentir a excitação no ar.

– Garotas, isto é demais! – Diletta se vira para Erica. – E nós estamos demais vestidas assim!

– Sim!

Dirigem-se para a igreja.

– Não sabia que a ilha de Giglio era tão bonita – comenta Filippo enquanto ajuda Diletta segurando-a pelo braço.

– E eu não achei que chegaríamos a viver este dia – diz Erica tentando não sujar muito as sandálias de salto de dez centímetros.

– Eu achava. Nunca pensei que poderia acabar de outra forma. Alguns relacionamentos estão destinados a durar, percebe-se em muitas coisas. É uma energia que você não controla, que vence qualquer dúvida – afirma Diletta, depois olha para Filippo sorrindo e ele a abraça mais forte.

– É o amor! – exclama Erica. – Sem cálculos, sem suposições ou previsões, capaz de surpreender e de mudar as cartas em cima da mesa a todo momento! – A subida a faz arfar. – Caramba, se não voltar para a academia estou frita! – e solta uma gargalhada.

A certa distância delas, Olly olha em volta. A ilha é magnífica. "Estou feliz de estar aqui." Respira profundamente para sentir a salinidade do ar, que se mescla com o aroma do mato mediterrâneo. O sol brilha e o céu tem uma maravilhosa tonalidade azul. Uma gaivota brinca de se equilibrar no vento, e no horizonte dois veleiros distantes entre si, mas aparentemente próximos, traçam uma linha perfeita.

Erica e o resto do grupo caminham diante dela com o resto dos convidados. Olly para junto ao muro. Bruno se aproxima.

– É maravilhoso! Seus amigos tiveram uma ideia magnífica fazendo o casamento aqui, não acha?

– Sim, Niki e Alex são especiais. Eu teria ficado muito triste se não se reconciliassem. Há casais tão perfeitos que conseguem superar as dificuldades. E eles são assim. E assim é o amor, não é? – Olly continua contemplando a paisagem. Está feliz. Serena.

Bruno concorda.

– E, como se não bastasse, eu estou feliz também por outra coisa. Daqui a uma semana vamos trabalhar definitivamente juntos. Finalmente! Vamos nos ver todos os dias sempre. Contou para suas amigas?

– Não, ainda não. Agora elas só pensam no casamento. Contarei depois. Vou dar uma festa quando voltarmos.

– Assim vamos poder anunciar a todos duas coisas: que você foi contratada no ateliê...

– Sim... e a outra? Acabou de dizer que eram duas.

Bruno abaixa a cabeça e sorri.

– E... que você e eu estamos mesmo juntos, não é? – Sem esperar uma resposta, e após reunir coragem, beija-a. É um beijo longo, suave e profundo. Olly se abandona, feliz por esse gesto com que tanto sonhou.

Enquanto isso, Erica, Diletta e os outros se voltam para chamá-los e ver onde estão. Ao ver o que está acontecendo, sorriem.

– Olha só...

– Vocês é que vão se casar, ou são Niki e Alex?

– Vamos, gente! Sempre se beijando!

Olly e Bruno se unem a eles e riem de suas brincadeiras e comentários, de mãos dadas, felizes pelo amor que sentem um pelo outro e por ter um grupo de amigos como esse.

Finalmente chegam ao farol. O grupo se acomoda nos bancos do lado da noiva. Filippo ajuda Diletta a ajeitar o vestido. Depois, acaricia sua barriga, que já está mais que visível e redonda. Erica e Olly sentam ao seu lado. É a hora esperada. A mais bonita. Graças ao branco, que se mescla com o azul do céu e com as cores das flores e da ilha, a atmosfera é maravilhosa. Erica observa vários casais de diversas idades. Os pais de Niki. Os de Alex. Pessoas que estão juntas há muito tempo. Anos. Pessoas que se amam. "Sim. O amor é isso. Respira-se no ar. Amor verdadeiro e simples. Amor cotidiano. O amor que um dia eu também vou encontrar." Agora que está sentada sozinha, sem um companheiro ao seu lado, finalmente toma consciência.

158

A moto chega de longe, corre pelas colinas, pelo verde tão intenso, ensolarado como esse dia quente. Percebe-se o odor dos pinheiros, o aroma dos bosques, o mar que cerca esse pedaço de litoral, e é como se desse para ouvir as batidas de seu coração nesse silêncio. Emoções em liberdade. A bordo dessa moto que avança como um raio pelo caminho do sol até chegar ao ponto de onde se pode contemplar a paisagem. Niki vai atrás de Alex e o abraça radiante. Seus olhos estão fechados, a cabeça apoiada em suas costas, e os dois vestidos de branco.

Os convidados esperam na parte mais alta da ilha, nesse pedaço de terra que avança para o mar ao lado do desfiladeiro. Os pais de ambos, os parentes, os amigos e todos os que quiseram estar presentes nesse dia na ilha Blu. A ilha dos apaixonados. A ilha de Giglio.

Sob o farol, escondido pelo bosque que o cerca, o sacerdote aguarda junto ao altar. Sorri cumprimentando os que acabaram de chegar e que vão se sentando. Depois os vê.

– Ali estão eles! Já estão chegando.

Roberto, Simona, Luigi, Silvia e os demais presentes, todos vestidos de branco por expresso desejo dos noivos, viram-se. A moto para e Alex e Niki descem dela sorridentes. Tiram o capacete e se dão as mãos. Avançam entre os bancos da simples igreja. Caminham com o sol nos olhos e no coração até chegar ao altar. Niki dá um suspiro, longo, muito longo. Olha para Alex e em alguns instantes passa por sua mente toda a história deles. Desde o primeiro encontro até a primeira saída, desde o primeiro beijo até a primeira vez que fizeram amor. Mal ouve o sacerdote, que continua falando, os convidados que se levantam e tornam a se sentar marcando os diferentes momentos da cerimônia. "Estou apaixonada. Sou feliz, não tenho medo, é meu casamento, eu escolhi tudo e assim vai ser em todos os momentos de minha vida; serão escolhidos por meu marido e por mim, para nós e para nossos filhos." Parece quase uma oração, e nesse instante compreende o que é a beleza, a felicidade, e percebe quão curta pode ser a vida e como é absurdo não ter coragem suficiente para ser feliz. Olha em volta chorando de alegria por dentro e vê tudo que ama, o que sempre amou e que gostaria de amar eternamente. Mas Niki sabe que talvez um dia isso não seja possível. Por isso precisa apreciar, viver e respirar o agora. Porque a felicidade só bate à porta uma vez. Porque não existe amanhã quando não se vive o hoje. E a alegria não pode ser adiada. "Se um dia tudo isto mudar, serei feliz por ter vivido com intensidade, por não ter deixado para os outros, por ter aproveitado enquanto pude. E não serei eu a dizer chega ou a fugir. Jamais."

Ouve uma voz:

– Niki?

– Sim?

Alex olha para ela sorridente.

– Eu já respondi à pergunta. Disse que sim. Agora é sua vez. Você tem duas opções: ou diz que sim... – ergue as sobrancelhas levemente preocupado –, ou diz que não.

O sacerdote a observa intrigado. Niki olha atrás de si. Simona, Roberto, os pais de Alex, os parentes, as Ondas e seus demais amigos. Todos esperam, curiosos e um pouco assustados, sua resposta. Niki dá um suspiro e torna a olhar para frente. Dessa vez, não tem nenhuma dúvida. Sorri. Está linda, como sempre, mais que nunca.

– Sim, meu amor. Sim. Quero me casar com você – e depois acrescenta, ainda mais convicta: – E quero que seja para a vida toda.

Agradecimentos

Obrigado a Stefano, "*il pazo*", que me aconselhou magnificamente bem. E pelo dia em que me fez companhia naquela praia cheia de ondas.

Obrigado a Michele por sua paciência e sua tranquilidade. Acompanhou-me ao farol com Federica e, depois... casou-se com ela!

Obrigado a Matteo. No fim, era verdade: mora realmente em Nova York! Ele me ajudou a descobrir um monte de lugares, convidou-me a comer em um restaurante fantástico e me presenteou com uma maravilhosa noite de jazz.

Obrigado a Giulio, que foi me ver no estúdio e até se divertiu. E eu com ele.

Obrigado a Paolo. O entusiasmo que demonstrou no México me impressionou muito.

Obrigado a Roberta, a Paola, a Stefano, a Andrea e a Caterina. Também a Maria. Eles foram magníficos, rapidíssimos, incríveis. Eu me atreveria a dizer que "desconcertantes". Esta última palavra, porém, eles queriam corrigir!

Obrigado a Annamaria, a todo o departamento de Imprensa e a Federica, que, com grande paciência, mais que me seguir... me persegue.

Obrigado a Rosella, cujo incrível entusiasmo consegue me arrastar.

Obrigado a Ked por suas anotações sempre atentas e alegres. E também por todo o resto!

Obrigado a Francesca, que me acompanha de longe, mas sempre com a mesma atenção, apesar de agora ter uma moto nova!

Obrigado a Chiara e a Luca, companheiros fantásticos nesta nova viagem na tranquilidade de Torre in Pietra.

Obrigado a Loreta e a Romano por seu maravilhoso presente.

Obrigado a Giulia por nossa maravilhosa viagem a Nova York. Muito do que acontece no livro, mas principalmente em minha vida, devo a ela.

Obrigado a tia Annamaria pela quantidade de dúvidas que me resolve sempre, e a tio Pietro, de quem simplesmente sinto falta.

Obrigado a Vale e a Fabi, que foram as primeiras a se casar!

E, por último, um agradecimento cheio de amor a Luce e a meu amigo Giuseppe. Eu jamais teria sabido narrar um casamento tão lindo.

Este livro foi composto em Minion
para a Editora Planeta do Brasil
em janeiro de 2011